हिन्दी नाटक : उद्भव और विकास

(संशोधित तथा परिवर्द्धित संस्करण)

डा. दशरथ ओझा

भूमिका

डा. हजारीप्रसाद द्विवेदी

राजपाल

₹ 599

ISBN : 9788170284024

संस्करण : 2026 © राजपाल एण्ड सन्ज़

HINDI NATAK : UDBHAV AUR VIKAS (Criticism)

by Dr. Dashrath Ojha

मुद्रक : जी.एस. ऑफसेट, दिल्ली

राजपाल एण्ड सन्ज़

1590, मदरसा रोड, कश्मीरी गेट, दिल्ली-110006

फोन : 011-23869812, 23865483, 23867791

website : www.rajpalpublishing.com

e-mail : sales@rajpalpublishing.com

www.facebook.com/rajpalandsons

अध्ययन का प्रयास किया है। बिलकुल आरम्भिक हिन्दी-नाट्य-परम्परा के सम्बन्ध में ओझा जी का कहना है कि :

"तेरहवीं शताब्दी में एक ओर तो कण्हप-काल से चली आने वाली स्वांग की नाट्य-परम्परा थी, जिसके नाटक डोम और डोमिनियों द्वारा अभिनीत होते थे, दूसरी परम्परा रास की थी, जिसका अभिनय बहुरूपिए अथवा जिन-सेवक किया करते थे। पहली परम्परा समाज में उतनी समादृत न थी, जितनी दूसरी। यह दूसरी परम्परा ही मध्यमवर्ग और धार्मिक जनता का मनोरंजन तथा रुचि का परिमार्जन कर रही थी। बहुरूपियों द्वारा नाटकों का अभिनय मन्दिरों के बाहर होता था, किन्तु जैन-मन्दिरों में अभिनयकर्ता जैन धर्म के सेवक हुआ करते थे। प्रमाण के लिए 'जम्बूस्वामी चरित' का उद्धरण देखिए—

"चंचरिय बांधि विरहउ सरसु, गाहज्जइ संतिउ तारू जसु,
नच्चिज्जइ जिणाजय सेवकहि, किउ रासउ अम्बादेव यहिं।

"इस उद्धरण से यह ज्ञात होता है कि अम्बा देवी रास का अभिनय जिन-सेवकों के नृत्य द्वारा प्रदर्शित किया जाता था। इस काल के लगभग चार सौ रास ग्रन्थ उपलब्ध हो चुके हैं, जिनके परिशीलन से हम इस निष्कर्ष पर पहुंचते हैं कि इनका कथानक होता था—

"(1) धार्मिक, (2) ऐतिहासिक, (3) पौराणिक, (4) आध्यात्मिक, (5) नैतिक, (6) लौकिक प्रेम-सम्बन्धी।

"उपर्युक्त विभाग कथानक की दृष्टि से किया गया है। वस्तु-विभाग की दृष्टि से निम्नलिखित भेद किए जा सकते हैं—

"(1) एकांकी, (2) दो अधिकार के नाटक, (3) दो से अधिक खण्डों के नाटक, (4) मुख्यतः पाठ्यरास।

"इन ग्रंथों में जो पद्धति सर्वत्र समान रूप से पाई जाती है, वह है संगीत की। सभी रास विविध छन्दों में राग-रागिनियों के निर्देशन के साथ मंगलाचरण और प्रशस्ति-समन्वित हैं। आश्चर्य तो यह है कि यही पद्धति बंगाल में प्रचलित यात्रा-नाटकों में, महाराष्ट्र में अभिनीत दशावतारी नाटकों में तथा गुजरात में प्राप्त भवाई नाटकों में भी विद्यमान थी। ऐसा प्रतीत होता है कि देश का जनमत उस काल में गद्य की अपेक्षा संगीतमय काव्य के पक्ष में अधिक था। यद्यपि किसी-किसी रास में रंगमंच-निर्देश गद्य में मिलता है, किन्तु ऐसे स्थल नगण्य हैं।"

हिन्दी-नाट्यकारों में ओझाजी ने विशेष रूप से भारतेन्दु हरिश्चन्द्र और प्रसादजी का अध्ययन किया है। सहृदय पाठक देखेंगे कि इस क्षेत्र में ओझाजी की दृष्टि में भी स्वकीयता है और नई सूचनाएं भी उन्होंने दी हैं। भारतेन्दु हरिश्चन्द्र के बारे में अपनी आलोचना का उपसंहार करते हुए वे लिखते हैं :

"भारतेन्दुजी के एक-एक नाटक का हम विस्तृत विवेचन कर आए हैं। उस विवेचन से हम यह निष्कर्ष निकाल सके हैं कि भारतेन्दुजी ने परम्परागत भारतीय नाट्य

भूमिका

यह बडी प्रसन्नता की बात है कि मेरे मित्र डॉ० दशरथ ओझा की यह महत्त्वपूर्ण पुस्तक 'हिन्दी नाटक : उद्भव और विकास' प्रकाशित हो रही है। पुस्तक मूल रूप में दिल्ली विश्वविद्यालय की पी० एच-डी० उपाधि के लिए निवन्ध-रूप में प्रस्तुत की गई थी। विश्वविद्यालय ने सन्तुष्ट होकर उन्हें यह उपाधि प्रदान की। अब यह बृहत्तर पाठक-समाज के सामने आ रही है।

ओझाजी संस्कृत और हिन्दी के गम्भीर विद्वान् हैं। केवल विद्वान् ही नहीं, रचनात्मक रस-साहित्य के निर्माता भी हैं। उन्होंने कई उत्तम नाटक लिखे हैं। वे दीर्घकाल से हिन्दी और संस्कृत साहित्य का अध्यापन करते रहे हैं। उनके अध्ययन और अनुभव, दोनों ही व्यापक हैं। परन्तु इन सबके ऊपर है ओझाजी का शील और सौजन्य। विद्या और शील के मणिकांचन योग ने उनके व्यक्तित्व को अद्‌भुत गरिमा दी है। उनके दुर्बल शरीर में—जो कल्पों और उपवासों से प्रतिवर्ष कुछ और क्षीण हो जाया करता है—विचित्र कार्यकारी क्षमता है। सबकी सहायता करने को प्रस्तुत, सबके लिए सदा कुछ न कुछ करने को बद्ध-परिकर!

प्रस्तुत पुस्तक में ओझाजी ने हिन्दी नाटकों की दीर्घकालीन परम्परा और उनकी विशाल पृष्ठभूमि का अध्ययन किया है। यद्यपि हिन्दी में नये ढंग के बहुत नाटक हाल में लिखे जाने लगे हैं, परन्तु इसका मतलब यह नहीं है कि हिन्दी नाटकों की परम्परा नई शुरू हुई है। हिन्दी के लोकनाट्य की परम्परा बहुत पुरानी है। संस्कृत-साहित्य से हम उसके अंश-मात्र से परिचित हो सकते हैं परन्तु पूरी लोक-परम्परा का ज्ञान हमें उस साहित्य के द्वारा नहीं हो सकता। इसमें कोई सन्देह नहीं कि संस्कृत के साहित्यकार लोक-परम्परा के बहुत-से रूपकों और उपरूपकों का भी आकलन अपने ग्रन्थों में कर लेते थे—कई रूपक-भेदों के तो उदाहरण भी संस्कृत-साहित्य में नहीं मिलते, क्योंकि मूलत: वे लोकप्रचलित मनोरंजन-मात्र थे—परन्तु फिर भी उससे पूरी लोक-परम्परा का ज्ञान नहीं होता, केवल इस प्रकार की विशाल परम्परा का आभास मात्र मिल जाता है। ओझाजी ने परिश्रम के साथ उन संकेतों को ढूंढ़ा है और प्राकृत, अपभ्रंश आदि पूर्ववर्ती और बंगला, गुजराती आदि पार्श्ववर्ती साहित्यों में पाए जानेवाले संकेतों के आधार पर प्राचीन नाटकीय परम्परा के छिन्न सूत्रों को खोज निकालने का प्रयास किया है। रासलीला के उद्भव और विकास का उन्होंने नवीन रूप में अध्ययन किया और महत्त्वपूर्ण निष्कर्षों पर पहुंचे हैं। हिन्दी नाटकों के विकास के अध्ययन के लिए जिस प्रकार पुराने साहित्य के इंगित सहायक हैं, उसी प्रकार लोक-परम्परा के अनेक मनोरंजन नाट्यरूप भी सहायक हैं। ओझाजी ने सावधानी से दोनों परम्पराओं के सम्भावित प्रभावों के

पद्धति के प्रवाह में यूरोपीय नाट्य-कला की नई धारा संयुक्त कर दी। परीक्षा के लिए उन्होंने अपने प्रारम्भिक नाटकों में दोनों शैलियों का अलग-अलग प्रयोग किया और जिस कथानक के अनुकूल जो पद्धति प्रतीत हुई, उसी को स्वीकार कर लिया। रचना-शैली में उन्होंने मध्यम मार्ग पकड़ा—न तो अंग्रेज़ी नाटकों का अन्धानुकरण किया और न बंगला नाटकों की भारतीय शैली की नितान्त उपेक्षा ही की; साथ ही साथ प्राचीन नाट्य-शास्त्र के गहन आवर्त में अपनी नाट्य-नौका भी न फंसने दी। तात्पर्य यह कि नाटक के गति-रोध करने वाले सभी बन्धनों से उन्होंने अपने को मुक्त रखा। नाटक की सामग्री भी उन्होंने जीवन के विविध क्षेत्रों—श्रृंगार, शौर्य, करुणा आदि से ग्रहण की। इस विषय में उन्होंने अपनी दृष्टि इतनी व्यापक रखी कि जिससे संस्कृत, प्राकृत, बंगला, अंग्रेज़ी सभी प्रकार के नाटक-रस से रस खींचा जा सके।"

इस प्रकार काफी व्यापक दृष्टि लेकर उन्होंने हिन्दी नाटकों का अध्ययन किया है और बहुत ही महत्त्वपूर्ण निष्कर्षों पर पहुंचे हैं। ये निष्कर्ष निस्सन्देह विद्वानों के परीक्षण और मनन की अपेक्षा रखते हैं। परन्तु इतना कहने में कोई संकोच नहीं कि प्रथम बार इतनी विशाल पटभूमि पर रखकर हिन्दी के नाटक देखे और बांचे गए हैं। मेरा विश्वास है कि इस पुस्तक से हिन्दी-नाटकों के अध्ययन को बहुत बल मिलेगा और यह हिन्दी-संसार के विद्यार्थियों द्वारा-मान प्राप्त करेगी।

—हजारी प्रसाद द्विवेदी

काशी
5-7-54

आभार प्रदर्शन

हिन्दी नाटक के उद्भव-स्रोत की प्रेरणा आचार्य द्विवेदी जी से शांति निकेतन में सन् 1947 में मिली। इसी खोज में सम्पूर्ण उत्तर भारत की यात्रा करते हुए असम, मिथिला, नेपाल, पंजाब, गुजरात, राजस्थान के हस्तलिखित ग्रंथों से अंकिया नाट, रास, यात्रा, नौटंकी आदि के प्रदर्शन से मूल-स्रोत का पता चला। आचार्य क्षितिमोहन सेन, आचार्य द्विवेदी, आचार्य वाजपेयी और जगदीशचन्द्र माथुर के समर्थन पर उद्भव का स्रोत मन में दृढ़ हो गया। आज सारा देश ही नहीं, अमेरिकन प्रोफेसर 'नॉरविन हेन' ने भी हमारे उद्भव सम्बन्धी सिद्धान्तों की मुक्त कंठ से प्रशंसा की है। मैं अपने इन दिवंगत मनीषियों के प्रति श्रद्धांजलि और नॉरविन हेन के प्रति कृतज्ञता प्रकट करता हूं।

अन्तर्राष्ट्रीय परिप्रेक्ष में आधुनिक काल के इतिहास की प्रेरणा विद्याव्यसनी प्रकाशक भाई विश्वनाथ जी से मिली। वे अपने साहित्यिक कार्यों के सम्बन्ध में कई बार अमेरिका, रूस, चीन और यूरोप की यात्रा करते रहे हैं। छह वर्ष पहले एक बार वे पश्चिम देशों के नाट्य-साहित्य और रंगमंच का विधिवत् अध्ययन करके लौटे थे। उन्होंने विभिन्न देशों की नाट्यशालाओं में आर्थर मिलर, टेनेसी विलियम, ब्रेख्त, बेकेट तथा रूसी एवं चीनी नाट्यकारों की कृतियों का प्रदर्शन अपनी आंखों से देखा। उनसे इन देशों की नवीन गतिविधि की कितनी ही कौतूहलवर्धक बातें सुनने में आईं। उन्होंने विदेशी नव नाट्य-साहित्य का अध्ययन करने के लिए मुझे सामग्री दी। उन पुस्तकों के अतिरिक्त रूसी, अमेरिकन, जर्मन और ब्रिटिश लाइब्रेरियों से नवीनतम ग्रन्थ उपलब्ध करता रहा। मेरे मित्र डॉ० के० एल० गांधी रूस में वर्षों तक भारतीय दूतावास के उच्चाधिकारी थे। अत: रूसी नाटक और रंगमंच की नवीन गतिविधियों से साक्षात् परिचय प्राप्त करना उनके लिए सहज और सुगम था। उनके परिवार और रूसी मित्रों से रूसी नव नाट्यान्दोलन की गतिविधि समझने में बड़ी सहायता मिली। अमेरिका में दस वर्ष तक अध्यापन कार्य करने वाले प्रो० अंजनिकुमार सिन्हा, मेरे घर पर कई दिन निवास करने वाले जर्मन नाट्य-प्रेमी श्री स्टाडिच (Stodich) आदि मित्रों से विदेशी नाट्य-चिन्तन समझने में सहायता मिली। अत: इनका आभारी हूं। भाई नेमिचन्द के सहयोग-परामर्श और कृतियों से मुझे नेशनल स्कूल ऑफ ड्रामा का योगदान स्पष्ट हुआ। हिन्दी की एकमात्र उच्चकोटि की नाट्य-पत्रिका 'नटरंग' उनके एकाकी प्रयास का परिणाम है। इसकी पुरानी प्रतियां इतिहास लेखक और नाट्य-प्रेमियों के लिए सन्दर्भ ग्रंथ बन गई हैं। वेकेट, ब्रेख्त, आइवोनेस्को, ओनील, मिलर आदि के सम्बन्ध में मुझे इनके विचारों से बड़ी प्रेरणा मिली है। अत: मैं उनका हृदय से आभारी हूं। दिल्ली के अंग्रेजी प्रो० डॉ० उर्मिल खन्ना ने अनेक बार समय निकालकर

ब्रिटेन और अमेरिकन नाट्य प्रवृत्तियां समझाईं। वह ब्रिटिश नाटकों पर नया ग्रन्थ लिख रही हैं, उनका आभार कैसे व्यक्त करूं। नेशनल ड्रामा को समृद्ध बनाने में जीवन उत्सर्ग करने वाले स्वर्गीय जगदीशचन्द्र माथुर से भारतीय एवं विदेशी नाट्य गतिविधियां उनके जीवन काल में स्पष्ट होती रहीं। उनके साथ प्राचीन भाषा नाटक पर दस वर्ष तक काम किया। यह संस्करण उनकी प्रेरणा का परिणाम है, अतः मैं उन्हें श्रद्धांजलि समर्पित करता हूं।

मेरा सौभाग्य रहा है कि अयोध्यासिंह उपाध्याय से लेकर आज के युवा प्रतिनिधि नाट्यकारों के साथ मैं सीधा सम्पर्क कर पाया हूं। सन् 1930 में 'चित्तौड़ की देवी' नामक मेरे नाटक को पढ़कर अयोध्यासिंह उपाध्याय और जयशंकर प्रसाद ने मुझे नाट्य-क्षेत्र में कार्य करने की प्रेरणा दी। उन्हीं लोगों के आशीर्वाद से मेरे कितने ही छात्र आज नाट्य-जगत के जाज्वल्य रत्न बन रहे हैं। अतः दिवंगत नाट्याराधकों को श्रद्धांजलि समर्पित करता हूं। आज के प्रायः सभी जीवित नाट्यकारों से साक्षात्, परिचय या पत्र-व्यवहार करके यह नया संस्करण तैयार कर रहा हूं। मैं इन सभी मित्रों का आभारी हूं।

जन्माष्टमी, 2040

—दशरथ ओझा

प्राक्कथन

इतिहास लेखन की नई परम्परा

इस ग्रंथ के प्रथम संस्करण सन् 1953 में हिन्दी नाटक और रंगमंच से मूल स्रोत की खोज की गई थी। सन् 1950 से पूर्व यही निश्चित नहीं हो पा रहा था कि हिन्दी-नाटक का प्रारम्भ कब और कैसे हुआ ? एक पक्ष संस्कृत नाट्य-साहित्य से आविर्भाव मानता था, जो प्रबोध चन्द्रोदय के अनुवाद (1700 वि० सं०) को प्रथम नाटक मानता था। दूसरा अंग्रेजी और बंगला के प्रथम प्रभाव को मानकर उत्पत्ति घोषित करता था। पर इस ग्रन्थ में प्रथम बार हिन्दी नाटक का आदि स्रोत वैष्णव और जैन रास सिद्ध किया गया। राजस्थान और गुजरात के जैन मन्दिरों और स्थानकवासों में गेय सुकुमार रास, भरतेश्वर बाहुबलि रास आदि के चौदहवीं शताब्दी में अभिनय के प्रमाणों से और पन्द्रहवीं के अन्त में असम के अंकिया नाटों की भाषा और अभिनय स्थलों की खोज से हिन्दी-नाटक के आदि स्रोत खोजने में बड़ी सहायता मिली। मैथिली नाटकों में उमापति उपाध्याय संस्कृत एवं हिन्दी-नाटक की उपलब्धि और उनके अभिनय के प्रमाण से खोज का परिणाम और स्पष्ट होने लगा। मैथिली, मगही, भोजपुरी के नेपाल में उपलब्ध शताधिक नाटकों से यह दृढ़ हो गया कि हिन्दी-नाटक का उद्भव लोक नाट्य-धारा और संस्कृत-परम्परा के मिलन से राजदरबारों में हुआ, पर मन्दिरों में मूलतः जन-भाषा के माध्यम से जैन देवालयों में और संस्कृत का पुट देते हुए लोक-भाषा के द्वारा वैष्णव रास-लीलाओं से हुआ।

इसके द्वितीय संस्करण (1956) की आवश्यकता कुछ ही वर्षों में आ गई। तब तक पुरुषोत्तम कवि के नाटक आन्ध्र प्रदेश में, महाराज शाह जी के नाटक महाराष्ट्र में खोजे जा चुके थे। अतः द्वितीय संस्करण में उत्तर भारत में नेपाल से लेकर दक्षिण भारत के महाराष्ट्र तक व्याप्त हिन्दी नाटकों का इतिहास प्रस्तुत किया गया।

तृतीय संस्करण (1960) का समय आते-आते प्रो० कुंवर चन्द्रप्रकाश सिंह, अम्बाशंकर नागर, मदनगोपाल गुप्त ने बड़ौदा के प्राचीन ग्रंथागारों से गुजरात और महाराष्ट्र में विरचित गोविन्द हुलास आदि हिन्दी-नाटकों को खोज निकाला। प्रो० सहगल, प्रो० हरभजन सिंह ने पंजाब में विरचित हिन्दी के प्राचीन काव्यों एवं नाटकों का विवरण तैयार किया। भारतीय भाषाओं के अतिरिक्त फ्रेंच, रूसी, अमेरिकन नाटकों के कई अनुवाद तैयार हो गए। पर उनका हिन्दी के मौलिक नाटकों पर बहुत कम प्रभाव रहा। अतः केवल अन्तर्राज्यीय नाट्य-प्रभाव दिखाना इस संस्करण का मूल उद्देश्य रहा।

चतुर्थ संस्करण में रेडियो और रंगमंचीय नाटकों का प्राधान्य हो गया। गीति-नाट्य, समस्या-नाटक नए रूप में आए। उनका विशेष विवरण इस संस्करण की विशेषता थी।

पंचम और षष्ठ संस्करण में पाश्चात्य प्रभाव सामान्य परिचय के साथ प्रकाशित हुआ।

सप्तम संस्करण (वि० सं० 2040) की भूमिका

यह ग्रंथ कई वर्षों से अप्राप्य है। प्रकाशक के पास भिन्न-भिन्न भागों से पुस्तक की मांग आ रही है पर मुझे यह संस्करण बिलकुल नई दृष्टि से तैयार करना अभीष्ट था। सन् 1970 में हिन्दी नाटक-कोश के प्रकाशन के समय विभिन्न, पुस्तकालयों में प्रभूत सामग्री प्राप्त हुई। अनूदित नाटकों पर पाश्चात्य रंगमंचों का प्रभाव लघु नगरों और कस्बों तक पहुंच गया। हिन्दी नाट्यकार अब अन्तर्राज्यीय प्रभाव तक ही सीमित नहीं रहा। अन्तर्राष्ट्रीय आन्दोलनों से भी सीधे सम्पर्क स्थापित करने लगा है। अत: नए नाट्य-लेखन का एब्सर्ड, एपिक के अतिरिक्त अस्तित्ववादी, यथार्थवादी, जनवादी, समाजवादी, प्रतीकवादी, व्यक्तिवादी दृष्टि से परीक्षण करना अनिवार्य बन गया। इसके लिए अमेरिकन, रूसी, फ्रेंच, इंगलिश नाट्येतिहास का अध्ययन करना और उनका मंचन देखना आवश्यक हुआ, जब तक इन नए आन्दोलनों का विकास का क्रम स्पष्ट न हो जाए तब तक हिन्दी का नव नाट्यान्दोलन समझ में कैसे आए ? इसी कारण इस नए संस्करण में अन्तर्राष्ट्रीय प्रभाव पर विशेष बल दिया गया है।

इस इतिहास में संवत् 2000 से 2040 तक का नाट्येतिहास विगत सात शताब्दियों की नाट्य-प्रगति की परिधि में रखकर देखा गया है। जो कृतियां मूलधारा के आस-पास न पहुंच सकी हैं, केवल बाढ़ के जल के समान नदी के किनारे जानवरों के लोटने योग्य जोहड़ या गर्त बनकर पृथक् रह गई हैं, उनको नहीं सम्मिलित किया गया है। इस संस्करण में मूलत: दो वर्ग के नाटकों को समेटा गया है। एक श्रेणी उन नाट्यकारों की है जो अपने किसी प्रिय पाश्चात्य नाट्यकार की कृतियों के इर्द-गिर्द घूमकर स्वतंत्र रचना करते हैं। दूसरा वर्ग उनका है जो किसी भारतीय नाट्यकार की कृतियों को आदर्श मान कर तद्नुरूप नाटक लिखते हैं। कई वयोवृद्ध नाट्यकार हैं जो प्रारम्भ में किसी न किसी पाश्चात्य नाट्यकार का अनुसरण भारतीयता का ध्यान रखकर करते रहे या अब स्वतंत्र रूप से अपनी धारणा बनाकर लिखते जा रहे हैं। आज का नवयुवक आलोचक उनकी आलोचना विसंगत या जनवादी समीक्षा शैली से करते हुए उन्हें असामयिक समझकर उनकी अवहेलना करता है। इस इतिहास में उनके साथ भी पूर्ण न्याय करने का प्रयास किया गया है।

आज विदेशों में नाट्येतिहास चार दृष्टियों से लिखे जा रहे हैं (1) सूत्रधार या नाट्य-निर्देशक-दृष्टि (2) पत्रकारिता-दृष्टि (3) विश्वविद्यालयी शिक्षण-दृष्टि (4) नाट्येतिहास-दृष्टि।

1. निर्देशक की दृष्टि अभिनय तक सीमित रहती है, अतः वह कृति का केवल विवरण प्रस्तुत करता है, उनकी नाट्य-समीक्षा, पात्रों की भाव-भंगिमा, विविध मुद्रा, रंगमंच की गतिविधि, स्वर वैविध्यमयी अभिनय प्रणाली पर—केंद्रित रहती है। वह प्रकाश-व्यवस्था, साज-सज्जा डिजाइनर की समीक्षा करता है।
2. पत्रकार पात्रों के अभिनय के साथ नाटककार के उद्देश्य नाटक की रोचकता, हास्य व्यंग्य की विशेषता का उल्लेख इस ढंग से करता है जिससे उस नाटक का मार्गदर्शन हो सके।
3. स्कूल और विश्वविद्यालय के छात्रों के लिए प्राध्यापक की समीक्षा उक्त दोनों दृष्टियों के अतिरिक्त नाटक का मर्म समझने की ओर रहती है। वह साहित्यिक गुण-दोष विवेचन के अतिरिक्त रंगमंचीय आलोचना करते हुए यह मानकर चलता है कि प्रत्येक पात्र कृति-सांकेतिक-अभिनय-पद्धति का पालन करता हुआ रंगमंच पर दिखाई पड़ेगा। अतः वह कृति की आन्तरिक रंगमंचीयता का विवेचन करता है, अभिनेताओं का नहीं।
4. नाट्येतिहासकार की दृष्टि उक्त पद्धतियों को ध्यान में रखते हुए कृति के मूल्यांकन के समय यह भी रहती है कि वह रचना नाट्य-परम्परा में कहीं संयोजित की जा सकती है या नहीं। इतिहास तो उन क्रान्तिकारी कृतियों का आकलन करता है जो नाट्यधारा की दिशा मोड़ने में किसी रूप में सहायक होती है। यह तथ्य है कि क्रान्तिकारी नाट्यकार जीर्ण-शीर्ण मान्यताओं को तोड़ते-फोड़ते आगे बढ़ना चाहता है। पर इतिहासकार को यह भी देखना होता है कि उसकी विध्वंस-कामना पुरातन को केवल ध्वस्त करने को है या उस वास्तुकलाविद् (architect) के सामने नव-निर्माण की कोई योजना भी है। ध्वंसकारी नाट्यकार का मस्तिष्क जितना साफ-सुलझा होगा, उसकी बुद्धि जितनी प्रखर होगी; उसके विचार जितने संयत एवं नियोजित होंगे; उसका हृदय जितना संवेदनशील होगा, उसकी कृति में उतनी ही सम्प्रेषणीयता आ पाएगी। इतिहासकार कृतिकार की इन सारी शक्तियों की खोज करते हुए इतिहास के युगविशेष में नाट्य-कृति और कृतिकार का स्थान नियत करता है।

नई दृष्टि

पश्चिम के प्रसिद्ध इतिहास-लेखक वाल्टर बेंजामिन साहित्य कला इतिहास-लेखन की एक नई दृष्टि देते हैं। उनका कथन है कि कला की प्रत्येक विधा के इतिहास-निर्माण में कतिपय नियम पालन करने होते हैं। उन नियमों के केन्द्र में यह मूलमंत्र जपते रहना होता है कि कला से इतिहास में अनेक बार ऐसे नाजुक और जीवन-मरण के मिलन-काल आए हैं जब कला नए लक्ष्य की आकांक्षा में छटपटाती दिखाई पड़ती है, ऐसे (क्रिटिकल) विषम काल प्रायः कला के गत्यवरोध की स्थिति में आते ही रहते हैं। ऐसे समय में वर्तमान मान्यताओं और प्रचलित शैली-शिल्प में बिना आमूल परिवर्तन

आचार्य द्विवेदी उस इतिहास को इतिहास नहीं मानते जिसमें एकमात्र कवि, नाट्यकार और उनकी कृतियों की विकास कहानी ही कही जाती है। इतिहासकार को तो 'वस्तुत: अनादि काल-प्रवाह में निरन्तर प्रवहमान जीवित मानव समाज की ही विकास कथा खोजनी होती है। ग्रन्थ और ग्रन्थकार, सम्प्रदाय और उनके आचार्य, उस परम शक्तिशाली प्राणधारा की ओर सिर्फ इशारा भर करते हैं।' उस इशारे को पकड़ने की इतिहासकार में क्षमता होनी चाहिए। उक्त दोनों सिद्धान्तों के आधार पर विश्वव्यापी नाट्य-चिन्तन का लेखा-जोखा लेकर ही हिन्दी का नाट्येतिहास प्रामाणिक माना जाएगा। जब डॉ० राजेन्द्रप्रसाद, डॉ० जाकिर हुसेन, राजाजी, के०एम० मुन्शी, रवि बाबू, डॉ० राधाकृष्णन, आचार्य द्विवेदी, डॉ० रामविलास शर्मा, डॉ० नगेन्द्र, शम्भू मित्र आदि साहित्य में भारतीयता पर जोर देते हैं तो उनके सामने साहित्य के इतिहास का ऐसा ही अन्तर्राष्ट्रीय रूप रहता है।

विसंगत नाटकों का आकर्षण यूरोप में सन् 1960 के आस-पास जाता रहा। क्यों 'एब्सर्डिटी' अर्थात् नाट्य-विसंगतियों में मौलिकता का अभाव हो जाने से वह (मेकेनिकल) यंत्रवत् और निष्प्राण हो गई। प्रो०एसलिन, रूसी एडामाव (Adamov) प्रो० राबर्ट कारिगन (Robert Corrigan) उसी निष्कर्ष पर पहुंचे जिस पर भारतीय आचार्य पहुंचे थे। प्रो० कारिगन लिखते हैं :—In fact absurdity has its own built in adolescence. Such absurdity is ill suited to the extensiveness of literature be it novel or drama." By Prof. Corrigan (Introduction to Theatre In the Twentieth Century)

अर्थात् विसंगत नाटक की सृष्टि ही अव्यावहारिकता और व्यवहार लुप्तता के माध्यम से होती है। अत: जीवनोपयोगी न होने से यह उपन्यास और नाटक को विकासोन्मुखी बना ही नहीं सकता। प्रो० कारिगन कहते हैं कि हम नाट्यशाला में कुछ पाने के लिए जाते हैं। कविता में एब्सर्डिटी एक बात है, क्योंकि उसे पढ़ने या न पढ़ने की स्वतंत्रता है, पर "But a single visit to the theatre must leave us with something to hold on to. The theatre os nothing if it is to develop at all. Will have to move to something—whether the subjects are artistic, political, social or religious." (The Absurd, by Arnold P. Hinchliffe, Page 81)

अर्थात् थियेटर में एक बार जाने का प्रयोजन है कुछ न कुछ पकड़ में आना। 'कुछ नहीं' का विसंगत थिएटर तभी विकसित हो सकता है जब वह कलागत, राजनैतिक, सामाजिक या धार्मिक विषयों को पकड़ पायेगा। दी एब्सर्ड— अर्नाल्ड हिंचलिफ, पृष्ठ 81 विसंगत के साथ इस नए संस्करण में अस्तित्ववादी नाट्य-चिन्तन का विश्वव्यापी स्वरूप समझने का भी प्रयास किया गया है।

अस्तित्ववाद का यह नव नाट्यान्दोलन व्यक्तिगत भावों वैयक्तिक अनुभवों पर बल देता है। समाज और राष्ट्र से उदासीन होने के कारण एक ही देश फ्रांस का अस्तित्व-

वादी नाट्य-चिन्तन एक दूसरे से सर्वथा भिन्न और प्रतिकूल है। प्रत्येक देश का दार्शनिक अनुभव अलग-अलग होता है। अतः फ्रेंच अस्तित्ववादी नाटक इंग्लैंड की जनरुचि के विरुद्ध और अमेरिकन नाटक इन दोनों से बिल्कुल अलग जान पड़ते हैं। इंगलिश नाट्यकार पिंटर वेकेट से भिन्न है और अमेरिकन एलबी वेकेट और पिंटर से अलग है। ओसबार्न (Osborne) वेस्कर, सिम्पसन आदि वेकेट, आइवोनेस्को से सर्वथा पृथक् है। एक समय था जब यूरोप के युवा नाटककार अपनी कृतियों को एब्सर्ड कहने में गौरव मानते थे, किन्तु अब अपने को एब्सर्डिटी की परिधि में रखने से रुष्ट होते हैं—रूस, अमेरिका, जर्मनी ने एब्सर्डिटी को कभी प्रश्रय दिया ही नहीं। प्रो० एसलिन अपने ग्रंथ में लिखते हैं :—

"After the Second World War, America did not suffer the feeling of disillusionment characteristic of countries in Europe. The American dream of the good life was still very strong. American literature has been a long moral dialogue in which the voices of pessimism have been at least as strong as those of optimism."

(Modern American Theatre—Page 170)

अर्थात् अमेरिका को युद्धोपरान्त यूरोप की तरह भ्रम मोहभंग की आवश्यकता नहीं जान पड़ी। अमेरिकन सुखी जीवन में विश्वास करते हैं। इसी कारण अमेरिकन साहित्य का नैतिक वार्तालाप आशा और नैराश्य की प्रतिवादी चिन्तनधारा की बुराइयां पहचानकर ही निर्मित होता है। फ्रांस, रूस, अमेरिका, जर्मनी और यूरोप के विचारकों ने निष्कर्ष निकाला है कि एब्सर्ड नाट्यकारों ने भी अपनी एब्सर्ड धारणा में परिवर्तन किया। जिस कामु ने अपने प्रारम्भिक नाटक—कैलिगुला (Caligula) क्रास परपज़ (Cross Purpose) में मानव को सर्वथा असहाय और महादुखी रहने के लिए विवश दिखाया उसी ने अपनी रचनाओं—की आउट साइडर और प्रेग दी रिबेल के द्वारा ईश्वर में अविश्वास करते हुए सिद्ध किया कि व्यक्ति अपने निजी प्रयास के द्वारा नैराश्य और आपदा के घेरे से बाहर निकल सकता है। वह कहता है :—"That all men die is a problem we can do very little about, but all men are oppressed is a condition we can ameliorate. The Absurd is a beginning not an end."

(Hama, Page 103/page 44)

अर्थात् मृत्यु अनिवार्य है, इस समस्या का समाधान प्रायः असम्भव है। कोई क्या कर सकता है। किंतु जो दुःखी मानव-समाज आज की विषम परिस्थितियों के पैरों तले क्रूरता से कुचला जा रहा है, वह जिस प्रकार भी बचाया जा सकता है, वह उपाय सम्भव है। इसके लिए नाट्यकारों ने पारस्परिक प्रेम का मार्ग निकाला है। अतः एब्सर्ड थियेटर का लक्ष्य केवल एब्सर्डिटी में अन्तिम पटाक्षेप करना नहीं, अपितु यह तो प्रारम्भिक साधनमात्र है, साध्य तो मानव-समाज को सुखी बनाता है।

इससे प्रमाणित होता है कि अब फ्रांस के विसंगत नाट्य-चिन्तक आचार्य द्विवेदी,

आर्थर मिलर, टी. एस. इलियट के नाट्य-सिद्धान्तानुसार रचना का उद्देश्य स्वीकार कर रहे हैं, ऐसे ही विसंगत नाट्यकारों की परिपक्व कृतियों के आधार पर एब्सर्ड नाट्यान्दोलन का नाट्य-कला को योगदान निम्नलिखित रूप में माना जा रहा है।

1. एब्सर्ड थियेटर ने ऐसी सांकेतिक मिथकीय नाट्य-भाषा का आविष्कार किया जो इससे पूर्व, कभी देखी और सुनी नहीं गई थी। इसी भाषा की अनेक विशेषताए हैं :—

   (क) शब्दों से अधिक प्रतीकात्मक अर्थ जीव-जन्तुओं, पेड़-पक्षियों, कीट-पतंगों, चेतन पदार्थों के संकेत और उनकी मौन प्रतीकात्मक उपस्थिति से व्यंजित होता है। अतः कम से कम शब्दों के प्रयोग से अधिक से अधिक भाव अभिव्यंजित करने का मार्ग निकाला गया।

   (ख) वाक्यों की अपूर्णता पूर्ण वाक्यों की स्पष्ट अर्थ बोधकता से अधिक संवेदनशील बनाई गई।

   (ग) पात्रों के संवादों में वाह्य रूप से असंबद्धता होते हुए भी बेतुके वार्तालाप से ध्वनित अर्थ सोचने का आह्वान इस नाट्य-भाषा की बड़ी विशेषता है।

2. इस विश्वव्यापी नव नाट्यान्दोलन ने देशों की सीमा तोड़कर सारे मानव-समाज को एक नए ढंग से सोचने के लिए बाध्य किया।

3. तत्कालीन गत्यवरोध के निवारणार्थ इन क्रान्तिकारी नाट्यकारों ने पुरातन अन्ध-विश्वासों, ईश्वर धर्म सम्बन्धी दृढ़बद्ध धारणाओं, संकीर्ण राष्ट्रीयता की सीमाओं को तोड़-फोड़कर विस्तृत आकाश के नीचे खड़े हो सोचने के लिए मानव-समाज को प्रेरित किया।

4. इन नाट्यकारों की परिपक्व रचनाओं ने असंगति के मध्य संगति, नैराश्य के मध्य आशावादिता, व्यवहारपरता-अकर्मण्यता के मध्य कर्मशीलता, दुःख-रोदन के मध्य हास-परिहासप्रियता, आत्महत्या के मध्य जिजीविषा, असत्य और अधर्म के मध्य सत्य और धर्मप्रियता का मार्ग निकालने को बाध्य किया।

5. विसंगत (एब्सर्ड) थिएटर ने रंगमंचीय व्यवस्था को ऐसे एन्टी थियेट्रिकल रूप में प्रदर्शित किया जो दर्शक को चौंकाने, सर खुजलाने, घर आकर सोचने-कुढ़ने और झल्लाने को विवश किया।

एब्सर्ड थियेटर का पतन क्यों ?

उपर्युक्त विशेषताओं के होते हुए भी एब्सर्ड थियेट्रिकल नाट्य-कृतियों में कई ऐसी मूलभूत भूलें थीं, जो उनकी अकाल मृत्यु का कारण बनीं। विश्वविश्रुत नाट्य-चिन्तक जिन प्रधान रोगों (त्रुटियों) का संकेत समय-समय पर करते रहे हैं, उन्हीं के आधार पर निम्नलिखित निष्कर्ष निकाला गया है :—

1. एब्सर्ड नाट्यकारों ने जल्दबाजी में आकर मेधावी साइंटिस्ट वैज्ञानिक आइन्स्टाइन, प्लांक (Planck) बोहर (Bohr) के इन सिद्धान्तों का विरोध किया

कि सारा विश्व ब्रह्मांड एक पैटर्न पर किसी निश्चित सिद्धान्त और उद्देश्य के अनुसार निरन्तर चक्कर लगा रहा है। एब्सर्ड नाट्यकारों के उद्देश्य को प्रो० डेविड टुटेव (David Tutaev) अपने एक लेख में लिखते हैं :—

"That man and his fate were merely a process of ever changing and purposeless patterns." (The Theatre of the Absurd : The Absurd, by Arnold—Page 88)

अर्थात् "मानव और उसका भाग्य सदा परिवर्तनशील रहता है और उसमें न तो कोई उद्देश्य पाया जाता है और न उसका कोई विधि-विधान या पैटर्न है।"

2. एब्सर्ड नाट्यकारों की दूसरी त्रुटि की ओर प्रो० टाइनान ध्यान आकृष्ट करते हैं। उनका कथन है कि :—

"Absurd dramatists attended to the wrong things, misused imagination and utilised inappropriate things."

(Absurd Fairy Tales—Page 89)

अर्थात् एब्सर्ड नाट्यकारों ने गलत विचारों के पोषण में कल्पना शक्ति का दुरुपयोग किया और मनमानी एब्सर्ड कहानियों के अनुचित प्रयोगों से उन भ्रान्त विचारों की पुष्टि की।

3. सबसे भयंकर रोग जो एब्सर्ड ड्रामा की अकाल मृत्यु का कारण बना, वह था जीवनदायिनी दृष्टि का अभाव। प्रो० जोजेफ मैक महोन (Joseph Mc Mahon) का कथन है :

A. "Because Absurd theatre has no obvious message with which to agree or disagree, nor characters to love or hate,

B. The poverty of ideas and endless repetition, self destructive dramatic invention and

C. Its fascination with indecision,

D. It overlooks the large amount of decisionmaking necessary in the process of keeping body and soul together."

(The Imagination of Jean Genet—Page 199)

अर्थात् "एब्सर्ड ड्रामा में जन्मजात अनेक रोग हैं :—

(अ) यह कोई जीवन सन्देश देते ही नहीं जिनको स्वीकार या अस्वीकार करने को सोचा जा सके। इनका कोई पात्र ऐसा नहीं जिसके साथ सहानुभूति या परान्मुखता दिखाई जा सके।

(ब) विचारों की कंगाली, पुनरावृत्ति की अनन्तता, आत्मघाती नाटकीय आविष्करण एब्सर्ड नाटक के विध्वंसक सिद्ध हुए।

(स) अनिश्चय और संशय के प्रति नाट्यकारों का मोह भी पतन का कारण है।

(द) शरीर और प्राणों को सम्बद्ध रखने के लिए जो निश्चयात्मिका बुद्धि अनिवार्य है, उसकी सर्वथा उपेक्षा एब्सर्ड थियेटर के ह्रास का कारण बनी।

इनके अतिरिक्त अनेक ऐसे रोग-कीटाणु हैं जो एब्सर्ड थियेटर को धीरे-धीरे कृशकाय बनाते गए। अन्त में यह नाट्य-धारा क्रमशः सूखती ही जा रही है। इस पर सबसे गहरी चोट प्रो० जोसेफ चियारी ने की। प्रो० हिंचलिफ 'दी एब्सर्ड', पृ० 90 पर लिखते हैं :

"The notion of absurdity is untenable in a world where generally people believe in a religion of some kind which ascribes order and purpose to life." (The Absurd, Page 90)

अर्थात् इस जगत् का आज भी अधिकांश मानव-समाज किसी न किसी प्रकार के धर्म या कर्त्तव्यपालन में विश्वास रखता है। सभी धर्म सृष्टि-विधान और जीवन उद्देश्य को अनिवार्य मानते हैं। पर एब्सर्ड नाटक की धारणा इन सब सिद्धांतों से मेल नहीं खाती। यही कारण है कि समाज ने एब्सर्ड नाटक को न समर्थनीय माना, न रक्षणीय।

प्रो० एसलिन ने भी इसी मत का समर्थन किया। उन्होंने एब्सर्ड थियेटर की अल्पकालिक जनप्रियता का कारण उसकी आन्तरिक शक्ति नहीं स्वीकार की। वह कहते हैं।

"The fact that this approach has met with a wide response from a broadly based public is characteristic not so much of the Theatre of the Absurd as of the times." (The Theatre of the Absurd, by Esslin, Page 391)

अर्थात् एब्सर्ड थियेटर की प्रशंसा और प्रसिद्धि का कारण थियेटर की अपनी विशेषताएं नहीं थीं। समय ही ऐसा था कि लोग उस मानसिकता को अंगीकार करने लगे। (दी थियेटर ऑफ एब्सर्ड, पृ० 91)

यह नया संस्करण तैयार करते समय हिन्दी-नाट्यकृति के विभाजन और नवनाट्य-प्रवृत्ति विवेचन का प्रश्न सामने आया। विभिन्न देशों के नाट्येतिहास का अनुशीलन करने पर यह स्पष्ट हो गया कि किसी देश विशेष की कृतियों को केवल ऐतिहासिक कालक्रम से राजकीय सीमा में बांधकर परखा ही नहीं जा सकता। अब विदेशों में आधुनिक नाट्येतिहास निम्नलिखित सिद्धांतों के अनुसार तैयार हो रहे हैं :

1. किसी देश का कालविशेष का नाट्य इतिहास नाट्य-चिन्तन के अन्तर्राष्ट्रीय स्वरूप के परिप्रेक्ष में ही तैयार किया जा सकता है। प्रो० आलेग केरेन्स्की (Oleg Kerensky) ने 1977 में 'दी न्यू ब्रिटिश ड्रामा' लिखते समय फ्रेंच, जर्मनी, रूसी और अमेरिकन नाट्यकारों का अपने देश पर प्रभाव दिखाते हुए ही नव नाट्यान्दोलन का इतिहास लिखा। इस ग्रंथ की (Background to Revolution) क्रान्ति की पूर्व-पीठिका में उन्होंने टेनेसी विलियम, आर्थर मिलर, चार्ल्स मैरोविट्स और एड बेरमन (Ed Berman) ब्रेख्त और जीन लूइस वाराल्ट (Jean Louis Barrault) (जर्मन) (चेखव, स्टानिस्लावस्की (रूसी) वेकेट, आइवोनेस्को (फ्रेंच) आदि विदेशी नाट्यकारों के परिप्रेक्ष में ब्रिटिश नाट्येतिहास लिखने का कारण बताया है।

(The New British Drama, Page XVII)

उनका तात्पर्य यह है कि नई नाट्य-प्रवृत्ति विज्ञान की नई खोज के समान आविष्कारक देश तक सीमित नहीं रहती। अत: अपने देश पर उसका प्रभाव समझने के लिए आविष्कारक देश की उन परिस्थितियों को समझना आवश्यक है जिनकी प्रेरणा से नई प्रवृत्ति उस देश में उत्पन्न हुई। यदि उससे विभिन्न परिस्थिति वाले देश उसका अन्धानुकरण करेंगे तो उस भूमि पर फल-फूल न पाएगी।

2. किसी देश की विशेष नाट्य-प्रवृत्ति का इतिहास उससे सादृश्य रखने वाली विश्वव्यापिनी नाट्य-प्रवृत्ति से तुलना करते हुए लिखा जा सकता है, क्योंकि टेलिविजन के इस युग में कोई नई नाट्य-प्रवृत्ति विदेशी प्रभावों से अछूती रह नहीं सकती। इसी कारण प्रो० जे० एल० स्टेयान जब ब्रिटिश यथार्थवादी या प्रकृतिवादी नाटकों का इतिहास लिखते हैं तो जोला इब्सन (फ्रेंच) ब्रह्म (Brahm) और हाप्टमैन (Hauptmann) जर्मन, नेमिरोविच (Nemirovich)—Danchenko (डानचेन्को) चेखव (Chekhov) स्टानिस्लावस्की (Stanislavsky) रूसी, विलियम्स (Williams) और मिलर (Miller) अमरीकी यथार्थवाद का प्रभाव दिखाना अनिवार्य समझते हैं।

3. जब किसी नवनाट्य प्रकार का इतिहास लिखना होता है तो उस काल के तत्सदृश विदेशी नाट्य प्रकार से उसकी तुलना अनिवार्य हो जाती है। प्रो० डिंचलिफ जब फ्रांस के एब्सर्ड नाट्य प्रकार का इतिहास लिखते हैं तो इंग्लैंड, अमेरिका, यूरूपीय देशों में एब्सर्ड के विविध स्वरों को भी पहचानते चलते हैं। यहां तक कि जन्मजात रूसी एडामाव (Adamov) का भी प्रभाव दिखाते चलते हैं। एडामाव रूसी साम्यवाद की दुर्बलताओं का उद्धरण करते हुए कहता है—"When the material obstacles are overcome, when man will no longer be able to deceive himself as to the nature of his unhappiness, then will arise an anxiety all the more powerful, all the more fruitful, for being stripped of anything

that might have hindered its realization." (Tynan on Theatre, Page 191; Absurd, Page 80)
जब दैहिक प्रतिबन्धक दूर हो जाएंगे, अर्थात् शारीरिक आवश्यकताएं पूरी हो जाएंगी और जब मनुष्य को अपनी अतृप्ति का असली स्वरूप समझने में कोई भ्रम नहीं रह जाएगा, तब पहले से भी अधिक उत्कट एवं प्रभावी व्यग्रता उन प्रतिबन्धकों को जानने के लिए जागेगी, जो अतृप्ति के वास्तविक कारण हैं।

4. अब उन्नत देशों में नाट्येतिहास विश्व की रंगमंचीय प्रगति के परिवेश में लिखा जाने लगा है। अब नाट्यकार किसी न किसी शैली विशेष के परिवेश में कृतियां तैयार करने लगे हैं। प्रत्येक नाट्यशाला का प्रदर्शन दृष्टिकोण अपना होता है। अतः नाट्य कृतियों का विभाजन थिएटर की दृष्टि से किया जा रहा है: एब्सर्ड ड्रामा किचनसिक नाटक, निओ रियालिस्टिक (Neo Realistic) नवयथार्थवादी नाटक, (Drama of Non-communication) असंप्रेषणीय नाटक, (Comedy of Menace) संत्राससूचक कमेडी (Drama of Cruelty) क्रूरता प्रदर्शक नाटक (Dark Comedy) अन्धकारमयी कमेडी (Peoples Drama) पीपुल्स ड्रामा, एमिक ड्रामा। म्युजिक ड्रामा, डाइएलेक्टिकल ड्रामा, कावुकी ड्रामा, नोह ड्रामा। नुक्कड़ ड्रामा, जीवनी ड्रामा, (Story Drama) कहानी नाटक मोरैल्टी नाटक, क्रिश्चियन नाटक (Wellmade Drama) सुनिबन्ध नाटक, मिथ ड्रामा, प्रतीक ड्रामा, रामलीला नाटक, रासलीला नाटक, यात्रा नाटक, भवाई नाटक, यक्ष नाटक आदि।

5. हिन्दी में आधुनिक नाट्येतिहास का नया ढंग निकल रहा है जिसमें किसी विशेष नाट्य-प्रवृत्ति के आधार पर आधुनिक नाटककारों का समीक्षात्मक इतिहास लिखा जा रहा है। डॉ० इन्द्रनाथ मदान ने इसका प्रारम्भ किया। डॉ० गिरीश रस्तोगी ने उसे एक नए ढंग से विकसित किया है। वह इस प्रकार वर्गीकरण करते हैं—गत्यवरोध विध्वंसक (मोहन राकेश) भारतीय रंगतत्व अन्वेषक (लक्ष्मीनारायण लाल) सूक्ष्म सौन्दर्यबोधक (सुरेन्द्र वर्मा) समकालीन चेतना संकेतक (गिरिराज किशोर) कथाकार (भीष्म साहनी) शैली अन्वेषक (मुद्राराक्षस) विडम्बना उद्धारक (शंकर शेष) प्रयोग धर्मी, (अग्निहोत्री, रमेशबख्शी, हमीदुल्ला, बृजमोहन शाह) एब्सर्ड नाट्यकार (विपिन कुमार अग्रवाल, सत्यव्रत सिन्हा, लक्ष्मीकान्त वर्मा) लोक शैली अन्वेषक (मणि मधुकर, सर्वेश्वरदयाल सक्सेना)

(समकालीन हिन्दी-नाटककार—गिरिश रस्तोगी—1983)

आधुनिक हिन्दी-नाटक का सबसे प्रामाणिक इतिहास सर्वप्रथम आचार्य डॉ० नगेन्द्र ने नए ढंग से प्रस्तुत किया। आचार्य नंददुलारे वाजपेयी ने आधुनिक नाट्य-प्रवृत्तियों के आधार पर समीक्षात्मक इतिहास लिखा। ये दोनों कृतियां आज भी सबसे अधिक स्पष्ट और विचारोद्बोधक हैं। मैंने इस ग्रंथ में प्रवृत्तियों के इतिहास के साथ

प्रमुख नाट्यकारों की नाट्य-यात्रा का इतिहास इस उद्देश्य से सम्मिलित किया है ताकि विश्वविद्यालयी प्राध्यापकों को किसी विशेष नाट्यकार की नाट्य-प्रगति समझने में सुविधा हो।

विश्व नाट्य-चिन्तन का आधुनिक स्वरूप सत्रहवें अध्याय में संक्षिप्त रूप से दिया गया है। विश्वविद्यालयी अध्यापकों और पत्र-पत्रिका के नाट्यालोचकों को इनसे नई समीक्षा-पद्धति का संकेत मिल सकता है।

अठारहवें अध्याय में भारतीय और विदेशी रंगमंचीय धारणा का विवरण और विवेचन प्रस्तुत किया गया है। इसके द्वारा विश्व रंगमंच पर अभिनीत आधुनिक प्रमुख नाट्यकृतियों की झांकी दिखाने का प्रयास किया गया है। सात सौ वर्षों से निरन्तर अविच्छिन्न रूप से प्रवाहित हिन्दी नाट्यधारा का प्रवाह सम्पूर्ण भारत को पुष्टि और तुष्टि प्रदान करता चला आ रहा है। हम उस दिन का स्वप्न देख रहे हैं जब विश्व के ऊपर मंडराने वाले आगामी युद्ध संकट से मुक्ति का मार्ग बताने वाला नाट्य-साहित्य इस देश में निर्मित होगा जो गांधी फिल्म की तरह देश-विदेश को प्रभावित कर सकेगा। पश्चिम जर्मनी और पूर्वी जर्मनी के साहित्यकारों ने 6 सितम्बर, 1983 को यह संकल्प लिया है कि वे विध्वंसकारी शस्त्रों के निःशस्त्रीकरण के लिए प्राणपण से उद्योग करेंगे और साथ ही साथ जर्मनी को इस योग्य बनाएंगे कि कोई बाह्य शक्ति इस पर आक्रमण का साहस न कर सके। वे ऐसी नाट्यकृतियां निर्मित और प्रदर्शित करने जा रहे हैं जो जर्मन भाइयों की विश्व-शान्ति में निष्ठा दृढ़ कर सके।

कल का नाट्य-साहित्य—जिस प्रकार यूरोपीय साहित्यकार अपने ऊपर 'न्यूक्लीयर वार' की भयंकर घटा देखकर रक्षा का उपाय सोच रहे हैं, उसी प्रकार अखिल भारत भूमि के तीनों खंडों—पाकिस्तान, भारत और बंगला देश के दूरदर्शी नाट्यकार एवं रंगकर्मी एकत्र होकर अपनी कला के बल से समूचे महाद्वीप को आगन्तुक आपदा से बचाने का मार्ग जर्मनी के साहित्यकारों की तरह सोच सकेंगे। जर्मन साहित्यकारों का साहित्य सृजन का उद्देश्य साहित्यकार यूनियन के प्रेसिडेंट श्री हरमैन कांट (Mr. Harmann Kant) लिखते हैं :

1. "There is nothing as important as the preservation of the peace
2. With those nuclear missiles targets in, the Soviet Union could be attacked directly from German soil for the first time."

अर्थात् शान्ति स्थापन के साथ ही देश को विदेशी आक्रमणों का डटकर मुकाबला को तैयार करना होगा। इसके लिए घोर परिश्रम, पारस्परिक प्रेम, राष्ट्रहित चिन्तन, सचाई और ईमानदारी आवश्यक है। भरत मुनि ने नाटकों में धीर नायक की सृष्टि के लिए इन्हीं सद्गुणों को आवश्यक माना। मेरे जर्मन मित्र ने पत्र में लिखा है कि गांधी फिल्म यूरोप में नया वातावरण बना रही है। ऐसी ही भारतीय कृतियां विश्व नाट्य-साहित्य में योगदान दे सकेंगी।

—**दशरथ ओझा**

किए गत्यवरोध दूर हो ही नहीं सकता। यही कारण है कि किसी कला के तथाकथित ह्रासकाल में जो विसंगतियां या असंयम परिलक्षित होते हैं वे वास्तव में पतनोन्मुखी स्थिति के लक्षणमात्र नहीं हैं। उनका जन्म तो कला की अन्तर्निहित शक्तियों की अत्यधिक सजीवता के गर्भ से होता है।

वाल्टर वेंजामिन के इसी सिद्धान्त के अनुसार प्रो० रोनाल्ड हेमैन (Ronald Hayman) ने थिएटर, एंटी थिएटर एवं एब्सर्ड थिएटर का लेखा-जोखा सन् 1978 में तैयार किया। अतः मैंने भी विसंगत नाटकों के इतिहास में विशेष रूप से इसी को दृष्टि में रखा है।

हिन्दी के विसंगत नाट्यकारों के सामने फ्रेंच-नाट्यकारों की अनूदित कृतियां आती रहीं, दुर्भाग्य से हिन्दी-नाट्यकारों में फ्रेंच का कोई ऐसा ज्ञाता नहीं था जो उन कृतियों का सीधा अनुवाद कर पाता। परिणाम यह हुआ कि वे कृतियां अंग्रेजी के कई अप्रामाणिक अनुवादों के माध्यम से आईं। वेकेट के प्रसिद्ध नाटक 'वेटिंग फॉर दी गाडाट' के अंग्रेजी अनुवाद में उस ग्रामीण बालक का प्रसंग छोड़ दिया गया है, जो कहता है—'मैंने गॉड को ऐसे देखा है जैसे मैं आपको देख रहा हूं। रम्य प्रकृति के मध्य व्यतीत होने वाले सरल स्वाभाविक जीवन के माध्यम से आस्तिक दर्शन का दृष्टिकोण रखना चाहता है, पर हिन्दी में अंग्रेजी के द्वारा आने वाला अनुवाद इस प्रसंग के अभाव में अस्पष्ट रह जाता है। ठीक इसी प्रकार वेकेट, कामु आदि के धार्मिक प्रतीकों का रहस्य अच्छी तरह न समझने के कारण हिन्दी के प्रतीकात्मक विसंगत-नाटकों में अनेक त्रुटियां दिखाई पड़ती हैं। वेकेट ने विब्लिकल कथाओं का रहस्य विविध ईसाई महात्माओं की व्याख्या का अध्ययन करके खोला है। पर हिन्दी के मिथकीय नाटकों में राम, कृष्ण की लीलाएं, द्रोणाचार्य, शम्बूक हत्या, एक सत्य हरिश्चन्द्र, शिव-धनुष, सती पार्वती, सूर्यमुख, आठवां सर्ग आदि पौराणिक कथाओं का दार्शनिक रहस्य समझे बिना ही जो प्रयोग मिलता है, उस पर भली भांति विचार करने का समय आ गया है। इन मिथकीय विसंगत नाटकों की समीक्षा करते हुए इतनी अधिक सामग्री उपलब्ध हो गई है कि अन्तर्राष्ट्रीय परिप्रेक्ष में इन पर स्वतंत्र पुस्तक प्रकाशित करनी पड़ रही है, अतः इस इतिहास-ग्रंथ में यत्र-तत्र उन नाटकों का उल्लेख-मात्र ही किया जा रहा है। मिथकीय नाटकों का विशेष अध्ययन करने वाले छात्रों और अध्यापकों को नए ग्रंथ में यथेष्ट सामग्री मिल सकेगी।

यह तो हुई साहित्य-इतिहास की पाश्चात्य पद्धति। भारतीय इतिहासकार साहित्य का इतिहास एक और व्यापक दृष्टि से लिखना चाहता है। सबसे पहले वह उस कृति को साहित्य की परिधि से बाहर रख देता है "जो अपने वाग्जाल में फंसाकर मनुष्य को दुर्गतिहीनता, परमुखापेक्षिता से बचा नहीं सकती, जो पाठक की आत्मा को तेजोद्दीप्त बना नहीं सकती, जो उसके हृदय को परदुःख कातर और संवेदनशील कर नहीं सकती।"

('अशोक के फूल' : हजारी प्रसाद द्विवेदी)

अनुक्रम

1. भूमिका—हजारी प्रसाद द्विवेदी। 5—7

2. आभार प्रदर्शन—दशरथ ओझा। 8—9

3. प्राक्कथन—इतिहास लेखन की नई परम्परा। 10—21

पहला अध्याय

भरत नाट्य-शास्त्र में नाटक और लोक-नाटक—भरत नाट्य-शास्त्र में नाटक-कालिदास के मत से नाटक का महत्त्व—शारदातनय के मत से नाटक का महत्त्व—प्राचीनकाल में अभिनय और अभिनय-शाला—वैदिक काल और नाटक—रामायण और नाटक—महाभारत में नाटक—कौटिल्य अर्थशास्त्र और नाटक—अभिनय और समाज—उत्सव और प्रेक्षागृह—रंगभूमि—लोकनाटक—स्वांग की परम्परा—यात्रा नाटक की उत्पत्ति और विकास—उड़िया के नाटक साहित्य में सर्वप्रथम पुरानी हिन्दी का प्रयोग—असमी नाटकों में सर्वप्रथम पुरानी हिन्दी—संस्कृत नाटकों में हिन्दी—नेपाल में हिन्दी—मैथिली नाटक। (25—53)

दूसरा अध्याय

रास शैली के नाटक—पश्चिमी राजस्थान में रास नाटक की परम्परा—ब्रज भाषा में रास—कृष्ण रास और जैन रास—लीला-नाटकों का क्रमिक विकास—रास की स्थिरता क्यों—हिन्दी नाटकों में सस्कृत और रास शैली—रास शैली की विशेषताएं। (54—81)

तीसरा अध्याय

संस्कृत मिश्रित रास-शैली—वैष्णव आन्दोलन का प्रभाव—प्राचीन रंगमंच—निर्माण में धार्मिक भावना—अंकिया नाट—रामायण महानाटक—हनुमन्नाटक—विचित्र नाटक—प्रबोधचन्द्रोदय—मोहपराजय—चैतन्य चंद्रोदय—धर्म विजय—विद्या परिणय और जीवानन्द—अमृतोदय—श्रीदामचरित—विश्वातीत विलास नाटक और राधावंशीधर विलास नाटक—गोविन्द हुलास—शकुन्तला नाटक—क्षमासार नाटक—करुणाभरण—उपसंहार। (82—106)

चौथा अध्याय

सस्कृत शैली के प्रथम हिन्दी नाट्यकार—बंगाल में अंग्रेजी नाट्यशाला का निर्माण—गद्य का प्रयोग—नाटक की रचना शैली—अंक और दृश्य—रस—नाटक का उद्भव—विश्वनाथ का प्रभाव हिन्दी नाटकों पर। (107—116)

पांचवां अध्याय

भारतेन्दु हरिश्चन्द्र और उनके नाटक—नहुष—विद्यासुन्दर—पाखण्ड-विडम्बन—धनंजय-विजय—वैदिकी हिंसा हिंसा न भवति—प्रेमयोगिनी—सत्य हरिश्चन्द्र—कर्पूरमंजरी—विषस्य विषमौषधम्—चन्द्रावली—मुद्राराक्षस—दुर्लभबन्धु—भारतदुर्दशा—अंधेरी नगरी—नीलदेवी—भारतजननी। (117—154)

छठा अध्याय

भारतेन्दु युग के प्रतिनिधि नाट्यकार—प्रथम भाग (संवत् 1942-.950 वि), द्वितीय भाग (सं० 1950-1960 वि), तृतीय भाग (सं० 1960-1970 वि), चतुर्थ भाग (सं० 1970-1980 वि)—भारतेन्दु युग के अन्य नाटक—हास्यरस के नाट्यकार—इस काल की नाट्य-शैली—भारतेन्दु-युग के अनूदित नाटक—नाटकों का वर्गीकरण—स्वच्छन्दतावादी धारा में आदर्शवाद और यथार्थवाद—प्रहसन—राष्ट्रवादी विचारधारा। (155—178)

सातवां अध्याय

प्रसाद युग (स० 1966-2010 वि०) तथा व्यवसायी रंगमंच (पारसी थियेटर)—परीक्षण काल—कला संविधान—सामाजिक स्थिति—नाटकत्व का विवेचन—प्रसाद के नाटकों में कथावस्तु—वस्तु-विन्यास में भारतीय और यूरोपीय नाट्यकला—चरित्र-चित्रण—कथोपकथन—नृत्यगीत—सौन्दर्यबोध का संदेश। प्रसाद : नया नाट्य-चिन्तन—व्यवसायी रंगमंच (पारसी थियेटर)। (179—263)

आठवां अध्याय

समस्या नाटकों का उदय—समस्या नाटकों की परम्परा—समस्या नाटक—समस्या नाटक की सफलता। (264—292)

नवां अध्याय

सांस्कृतिक नाटक—अनूदित सांस्कृतिक नाटक—प्रसादयुगीन नाटकों का सांस्कृतिक अध्ययन—धार्मिक नाटकों में राष्ट्रीय चेतना—अनूदित नाटक। (293—323)

दसवां अध्याय

गीतिनाट्य—काव्य रूपक—अंग्रेजी में गीतिनाट्य—पद्यनाट्य का विषय चयन—पौराणिक काव्य रूपक में समसामयिकता—रेडियो काव्य रूपक में नए प्रयोग। (324—358)

ग्यारहवां अध्याय

नया नाटक और अस्तित्ववाद—अस्तित्ववाद का उद्भव और विकास—

स्वातंत्र्योत्तर हिन्दी-नाट्य (सृजन की रंग प्रवृत्तियां)—जननाटक और जनवादी नाट्यधारा। (359—367)

बारहवां अध्याय

एकांकी नाटक—संस्कृत साहित्य में एकांकी—प्रहसन—व्यायोग—वीथी—उपरूपकों में एकांकी—संस्कृत एकांकी और आधुनिक हिन्दी एकांकी का अन्तर—रास नाटक और आधुनिक एकांकी—एकांकी का विकास—एकांकी का आदर्श—स्वोक्ति नाटक—भारतीय परम्परा—एक पात्री नाटक—रेडियो नाटक—रंगमंच के नाटक और रेडियो नाटक—रेडियो रूपक—रेडियो फीचर—ध्वनि नाट्य—स्वोक्ति—फैण्टेसी (भाव नाट्य)—ध्वनि गीति रूपक—रिपोर्ताज—जन नाटक—व्यंग्य—आधुनिक एकांकी—उभरती नई प्रतिभाएं। (368—396)

पहला अध्याय

भरत नाट्य-शास्त्र में नाटक और लोक नाटक

भरत नाट्य-शास्त्र में नाटक

उपर्युक्त कथानक के अनुसार नाटक के निर्माण होने पर अभिनय का प्रश्न छिडा। जब इन्द्र ने ब्रह्मा से अभिनय हेतु अपनी असमर्थता प्रकट की तो भरतमुनि को कार्यभार सौंपा गया। भरतमुनि के यहां पुरुष-पात्र पर्याप्त संख्या में विद्यमान थे, किन्तु स्त्री-पात्रों का अभाव था। ब्रह्मा ने अप्सराओं की रचना करके इस अभाव की पूर्ति कर दी। पृथ्वी-तल पर प्रथम अभिनय की तैयारी पूर्ण हुई। स्वर्ग से नारदादि संगीतज्ञ इस उत्सव में सम्मिलित हुए। 'असुरपराजय' नामक नाटक रंगमंच पर खेला जाने लगा। असुरों को इसकी सूचना मिली। स्वभावतः उन्होंने नाटक-अभिनय का विरोध किया। एक उपद्रव खड़ा हो गया। रंग में भंग होते देख इन्द्र ने अपने ध्वज के नीचे अपने वर्गवालों को आमंत्रित किया। युद्ध की तैयारी होने लगी। साथ ही साथ बुद्धिमानों ने यह भी निश्चय किया कि रंगमंच के लिए एक भवन अर्थात् रंगशाला निर्माण की जाए, ताकि असुरगण सरलता से आक्रमण न कर सकें। तभी से 'खुले मैदान' को छोड़कर रंगशाला में अभिनय होने लगा। दूसरी बार 'अमृतमंथन' का खेल हुआ।

'अमृतमंथन' नाटक देखकर ब्रह्मा इतने प्रसन्न हुए कि नटों को स्वतः शिव के पास ले गए। शिव की उपस्थिति में 'त्रिपुरदाह' नामक डिम खेला गया। नटराज शिव त्रिपुरदाह नामक खेल देखकर नटों की प्रशंसा करने लगे। नटों को होनहार पाकर शिव ने उन्हें अपना नृत्य सिखाया। इस प्रकार भरतमुनि ने नाटक का अभिनय कर दिखाया। इस कथानक से हमारे उल्लिखित मत की और भी पुष्टि हो जाती है। जब भिन्न-भिन्न रुचि रखने वाले तथा विभिन्न संस्कृतियों के अनुयायी आर्य तथा अनार्य, शिष्ट तथा अशिष्ट, एक ही मैदान में, एक ही समारोह के अन्तर्गत समान रूप से सम्मिलित हुए होंगे, तो कोई न कोई विवाद अथवा आतंक पैदा हुआ होगा। जिस प्रकार वैदिक यज्ञों को विध्वंस करने के लिए असुर पहुंच जाते थे, उसी प्रकार आर्य तथा अनार्य सम्मिलन के साधन रूपी यज्ञ को विध्वंस करने के लिए देशद्रोही तथा आततायी पहुंचते रहे होंगे। नाटक के प्रेक्षण के लिए न केवल नर, प्रत्युत् नारियां तथा बच्चे भी उपस्थित रहते होंगे। उनकी रक्षा तथा कला-सौन्दर्य की अभिवृद्धि करने के लिए रंगमंच-निर्माण की

आवश्यकता प्रतीत हुई होगी। अतः स्वभावतः भरतमुनि के काल में नाटक के अभिनय के लिए रंगमंच का निर्माण हुआ।

उपर्युक्त विवेचना से यह स्पष्ट होता है कि भरतमुनि के समय में नाटक के निम्नलिखित विविध अवयव निर्धारित हो चुके थे : 1. नट, 2. नटी (स्त्री-पात्र का अभिनय स्त्री द्वारा ही किया जाता है।), 3. नृत्य-वाद्य, 4. संगीत, 5. संवाद, 6. कथावस्तु, 7. रंगमंच।

कालिदास के मत से नाटक का महत्त्व

भरतमुनि[1] के मतानुसार नाटक का जो प्रयोजन हम पूर्व वर्णन कर आए हैं, कालिदास के मत से हमें उसकी पुष्टि भी मिल जाती है।

शताब्दियों के अनुभव के पश्चात् नाट्य-शास्त्र जब कालिदास के काल में पहुंचा, तो भी इसका गुण तद्वत् बना रहा। यह कहना कदाचित् अधिक उपयुक्त होगा कि कालिदास के समय में नाट्यकला की महत्ता और अधिक बढ़ गई। नाटक केवल साधारण व्यक्तियों को ही आनन्द नहीं पहुंचाता रहा, प्रत्युत देवताओं की आंखों को प्रिय लगनेवाले एक यज्ञ का भी काम करता रहा। नाटक ही एक ऐसा उत्सव था; जिसमें भिन्न-भिन्न रुचि वाले प्रत्येक व्यक्ति को एक-सा आनन्द मिलने लगा। 'मालविकाग्निमित्र' में नाट्याचार्य गणदास के मुख से[2] इसे कालिदास ने स्पष्ट करा दिया है।

शारदातनय के मत से नाटक महत्त्व

कई शताब्दियां और व्यतीत हुईं। तेरहवीं शताब्दी के पूर्वार्द्ध में शारदातनय ने भावप्रकाश में इस सिद्धान्त का निरूपण विस्तारपूर्वक करते हुए लिखा है कि जनसमुदाय की रुचि भिन्न-भिन्न होती है, और इन्हीं भिन्न-भिन्न स्वभावों के आधार पर नाट्य की रचना की जाती है। यही कारण है कि लोग अपने-अपने शिल्प, शृंगार, व्यवसाय, कर्म

---

1. दुःखार्तानां श्रमार्तानां शोकार्तानां तपस्विनाम्।
विश्रान्तिजननं काले नाट्यमेतद् भविष्यति॥
धर्म्यं यशस्यमायुष्यं हित बुद्धिविवर्द्धनम्।
लोकोपदेशजननं नाट्यमेतद् भविष्यति॥
—नाट्यशास्त्र, अध्याय 1, 114-115

2. देवानामिदमामनन्ति मुनयः शान्तं क्रतुं चाक्षुषं
रुद्रेणेदमुमाकृतं व्यतिकरे स्वाङ्गे विभक्तं द्विधा।
त्रैगुण्योद्भवमत्र लोकचरितं नानारसं दृश्यते
नाट्यं भिन्नरुचेर्जनस्य बहुधाप्येकं समाराधनम्॥
—मालविकाग्निमित्र, प्रथम अंक

और वचन के अनुसार विरचित नाटक को प्रिय समझते हैं।[3]

भिन्न स्वभाव वाले व्यक्तियों का उल्लेख करते हुए शारदातनय लिखते हैं कि कामी, चतुर, सेठ, वैरागी, शूर, ज्ञानी, वयोवृद्ध, रस-भाव के विवेचक, बालक, मूर्ख, अबला सभी मनोनुकूल नाटक से आनन्द प्राप्त करते हैं। इसी को और स्पष्ट करने के लिए शारदातनय उसका कारण बता रहे हैं, "तरुण जन काम की बातों में, विदग्ध व्यक्ति नीति-सम्बन्धी बातों में, सेठगण धन-सम्पत्ति में, वैरागी मोक्ष की बातों में, शूरवीर जन वीभत्स, रौद्र और युद्ध की बातों में, वयोवृद्ध जन धर्माख्यानों में बुद्धिमान् लोग सभी सत्वभावों में सन्तुष्ट होते हैं। कहां तक कहें, बालक, मूर्ख तथा स्त्रियां भी हंसी की वार्ता श्रवण कर और नटों का वेश देखकर ही मनोरंजन करती हैं।"

नारद मुनि के सदृश भगवान् महावीर और बुद्ध भी नाटक देखकर प्रसन्न हुए थे। जैनियों का 'शत्रपसेणीय सुत' नामक एक धार्मिक ग्रन्थ है। इस ग्रन्थ में महावीर की कथा दी गई है। एक कथा के अनुसार भगवान् महावीर भ्रमण करते-करते आमल-कप्पा नगरी में पहुंचे और अम्बसाल वन में अशोक वृक्ष की शीतल छाया में एक शिला पर आसीन हुए। तत्काल ही सूर्याभदेव स्वर्ग से अवतीर्ण होकर सम्मुख उपस्थित हुए। भगवान् महावीर का अभिनन्दन करने के लिए अनेक प्रकार के वाद्यों और संगीत के साथ सूर्याभदेव ने अभिनयात्मक नाटक भी दिखाया। अभिनय कला में सूर्याभदेव इतने प्रवीण थे कि उन्होंने श्री महावीर को अपने अभिनय से प्रसन्न कर दिया।

प्राचीन काल में अभिनय और अभिनयशाला

वैदिक युग में नाटक

कहा जाता है कि मानव-समाज में मूलतः नाट्य-कला की उत्पत्ति उसी दिन हुई,

---

3. नानाशीलाः प्रकृतयः शीले नाट्यं प्रतिष्ठितम्।
यद्यत्स्वशिल्पं नेपथ्यं कर्म वा चेष्टितं वचः॥
तत्तन्नाट्येन साध्यं यत्स्वकर्मविषये स्थितम्।
कामुकैश्च विदग्धैश्च श्रेष्ठिभिश्च विरागिभिः॥
शूरैर्ज्ञानिवयोवृद्धैरसभावविवेचकैः।
बालमूर्खाबलाभिश्च सेव्यं यन्नाट्यमुच्यते।
तत्तदर्थेषु तेषान्तु यस्मादेतत्प्रहर्षणम्।
तुष्यन्ति तरुणाः कामे विदग्धाः समयाश्रिते॥
अर्थेष्वर्थपराश्चैव मोक्षेष्वर्थविरागिणः।
शूरा वीभत्सरौद्रेषु नियुद्धेष्वाहवेषु च॥
धर्माख्यानपुराणेषु वृद्धास्तुष्यन्ति नित्यशः।
सत्त्वभावेषु सर्वेषु बुधास्तुष्यन्ति सर्वदा॥
बाला मूर्खाः स्त्रियश्चैव हास्यनेपथ्ययोः सदा।
यस्तुष्टौ तुष्टिमायाति शोके शोकमुपैति च॥—भावप्रकाशनम्; पृष्ठ 227-228

जिस दिन किसी बालक ने खेल-खेल में अपने में किसी अन्य व्यक्ति की कल्पना की।[1] उस दिन से आज तक यह कला निरन्तर विकसित होती जा रही है। पौर्वात्य और पाश्चात्य विद्वान् इस विषय पर वर्षों से गवेषणा करते चले आ रहे हैं कि नाटक की उत्पत्ति किस देश और किस काल में सर्वप्रथम हुई। ऋग्वेद, जो संसार के प्राचीनतम ग्रन्थों में परिगणित होता है, इस समस्या पर प्रकाश डालता है। ऋग्वेदकाल में नृत्यकला का इतना प्रचार हो चुका था कि उषा का वर्णन करते हुए ऋषिगण उसकी उपमा एक नर्तकी से देते रहे। इसके अतिरिक्त नाटक के मुख्य अवयव संवाद का उल्लेख भी पुरुरवा-उर्वशी,[2] यम यमी,[3] इन्द्र-इन्द्राणी-वृषाकपि,[4] सरमा-पाणिस[5] के कथोपकथन में उपलब्ध होता है। सोमपान[6] के अवसर पर तो एक लघु अभिनय का भी प्रसंग कात्यायन श्रौतसूत्र में प्राप्त होता है।

सोमयाग नामक यज्ञ-क्रिया की योजना सोमरसिक आत्मवादी इन्द्र के अनुयायी करते थे। सोम बेचने वाले वनवासियों के साथ यजमान सोमविक्रेता और अध्वर्यु का संवाद अभिनय का सूचक प्रतीत होता है।[7]

सोमक्रयी—"सोमराजा बेचोगे ?"
"बिकेगा।"
"तो लिया जाएगा।"
"ले लो।"
"गौ की एक कला से उसे लूंगा।"
"सोमराजा इससे अधिक मूल्य के योग्य हैं।"
"गौ भी कम महिमावाली नहीं है। इसमें मट्ठा, दूध, घी सब हैं।"
"अच्छा आठवां भाग ले लो।"
"नहीं, सोमराजा अधिक मूल्यवान् हैं।"
"तो चौथाई लो।"
"नहीं, और मूल्य चाहिए।"

---

1. Drama could spring from the play of a child who imagines, for the time being, that he is someone else.—The Development of Dramatic Art, 1928, by Donald Clive Stuart, Prof. of Dramatic Art, Princeton University, page 1.
2. पुरुरवा-उर्वशी-संवाद, ऋग्वेद, 10-95
3. यम-यमी-सवाद, ऋग्वेद, 10-10
4. इन्द्र-इन्द्राणी-बृषाकपि-संवाद, ऋग्वेद, 10-86
5. सरमा-पाणिस-संवाद, ऋग्वेद, 10-108
6. कात्यायन-श्रौतसूत्र, 7-8-25
7. काव्य और कला तथा अन्य निबन्ध

"अच्छा, आधी ले लो।"

"अधिक मूल्य चाहिए।"

"अच्छा, पूरी गौ ले लो भाई !"

"सोमराजा बिक गए। परन्तु और क्या दोगे ? सोम का मूल्य समझकर और कुछ दो।"

"स्वर्ण लो, कपड़े लो, गाय के जोड़े, बछड़े वाली गौ, जो चाहो सब दिया जाएगा।"

(यह म नो मूल्य से अधिक चाहने वाले को भुलावा देने के लिए अध्वर्यु कहता है।)

परन्तु जब सोमविक्रेता अपना सोम बेचने को प्रस्तुत हो जाता, तब स्वर्ण दिखाकर उसके हृदय में तृष्णा उत्पन्न करके उसे निराश किया जाता। इस अभिनय का प्रदर्शन किंचित् काल तक चलता रहा। "सम्मत इति सोमविक्रयिणं हिरण्येनाभिकम्पयति।" "हिरण्यं दत्त्वा स्वीकुर्वतस्तं निराशं कुर्यात्।" का उद्धरण सूत्र की टीका में मिलता है। इस प्रकार सोम-क्रयकर्ता सोम-विक्रेता को छकाकर स्वर्ण यजमान को सौंप देता और सोम का मूल्य उन्हें एक बकरी दी जाती। अनुमानतः उसे स्वर्ण भी दे ही दिया जाता। तदुपरान्त विक्रेता यजमान के कपड़े पर सोम डाल देता। सोम का स्पर्श हो जाने पर यजमान जप करने लगता। ऐसा प्रतीत होता कि सोम के झगड़े से उसका कोई अभिप्राय ही न हो। सहसा परिवर्तन होता, "हिरण्यं सहसाऽऽच्छित्य पृषता वरत्रा काण्डेनाहन्ति वा।" सोम-विक्रेता से स्वर्ण छीनकर उस पर कोड़े से प्रहार किया जाता और वह भाग जाता। तत्पश्चात् सोमराजा को गाड़ी में बिठाकर उसकी परिक्रमा कराई जाती। तदुपरान्त इन्द्र का आह्वान किया जाता, जो सोमरस के रसिक, आनन्द तथा उल्लास के रूप माने जाते थे।

इन्हीं प्रमाणों के आधार पर प्रो० मैक्समूलर ने अनुमान लगाया है कि भारतीय नाट्य के आदिस्रोत वेदों में उपलब्ध कर्मकाण्ड के मन्त्र हैं। उनकी धारणा है कि यज्ञों के अवसर पर इन्द्र और मरुत् का प्रतिनिधित्व करनेवाले दो पक्ष, जो परस्पर संवाद करते थे, वही कथोपकथन भारतीय नाटक का प्रारम्भिक रूप[1] था। प्रो० सैलवेन लेवी[2] ने प्रो० मैक्समूलर के मत का अनुमोदन करते हुए कहा है कि वैदिक काल में भारत में नृत्य और संगीत कला पूर्ण रूप से उन्नत हो चुकी थी। ओल्डेनबर्ग[3] का कथन और भी महत्त्वपूर्ण है। उनका अनुमान है कि वैदिक संवाद इण्डो-यूरोपियन काल के विवरण के सूचक हैं और मूलतः ये संवाद गद्य-पद्यात्मक थे। पद्य भाग भाव-प्रदर्शन का साधन होने से सावधानी

1. Max Muller's version of the Rig Veda, Vol. 1, p. 173
2. 'Le Theatre Indian, Bibliothique de l'Ecole des-Haits Etudes. Fascicule 83, 1890, pp. 307-308.
3. H. Oldenberg in ZDMG, XXXII. p. 54 f; XXXIX. p. 52.

से विरचित और सुरक्षित रहे, किन्तु गद्यांश पद्यभागों को केवल शृंखलाबद्ध करने के हेतु प्रयुक्त होते थे, अतएव अनिश्चित और आरक्षित बने रहे, अतः संहिताकाल में विलुप्त हो गए।

उपर्युक्त प्रमाणों के आधार पर डॉ० दासगुप्त[1] का कथन है कि इसे स्वीकार करने में किसी को भी आपत्ति नहीं होनी चाहिए कि वैदिक मन्त्रों में नाटकीय तत्व[2] विद्यमान हैं और तत्कालीन धार्मिक संगीत और नृत्य के साथ नाटक का सम्बन्ध अवश्य रहा है।

वैदिककाल और नाटक का अभिनय

वैदिक काल में नाटकों के अभिनय के सम्बन्ध में विद्वानों के विविध मत पाए जाते हैं। कुछ लोगों का कहना है कि उस काल में व्यवसाय रूप से नाटक करनेवाली शैलूष जाति विद्यमान थी। शुक्लयजुर्वेद की वाजसनेयसंहिता के तीसवें अध्याय में शैलूष जाति का अस्तित्व प्राप्त होता है।

"नृत्ताय सूतं गीताय शैलूषं धर्माय सभाचरं नरिष्ठायै
भीमलं नर्माय रेभं हसाय कारिमानन्दाय स्त्रीषखं प्रमदे
कुमारीपुत्रं मेधायै रथकारं धैर्य्याय तक्षाणम् ॥"[3]

इसका अर्थ है कि नृत्त (ताल-लय के साथ नाचने) के लिए सूत को, गीत के लिए शैलूष (नट) को, धर्म-व्यवस्था के लिए सभाचतुर को, सबको विधिवत् बिठाने के लिए भीमकाय युवकों को, विनोद के लिए विनोदशीलों को, शृंगार-सम्बन्धी रचना के लिए कलाकारों को, समय बिताने के लिए कुमारपुत्र को, चातुर्यपूर्ण कार्यों के निमित्त रथकारों को और धीरजसंयुक्त कार्य के लिए बढ़ई को नियुक्त करना चाहिए।

उपर्युक्त उद्धरण से प्रतीत होता है कि यज्ञ के समय नृत्य और गीत के लिए सूत्र और शैलूष (नट) की नियुक्ति की जाती थी। नृत्य और गीत मिलकर नाटकाभिनय का पूर्वरूप निर्मित करते हैं। इससे प्रमाणित होता है कि शुक्ल यजुर्वेद के रचनाकाल में नाटकों का कोई न कोई प्रारम्भिक रूप अवश्य प्रचलित था।

किन्तु कतिपय विद्वान् इस मत से सहमत नहीं। डॉ० दासगुप्त का कहना है कि—

"अतएव ऐसा प्रतीत होता है कि यद्यपि वैदिक काल में नाटक के मौलिक तत्व विद्यमान थे, तथापि इसका कोई प्रमाण नहीं मिलता कि उस काल में लोग नाटक के प्रारम्भिक रूप से भी अनभिज्ञ थे। न तो नाटक के पात्रों का वर्णन मिलता और न ही

---

1. History of Sanskrit Literature, Volume I, 1947, by S. N. Das Gupta and S.K. De, p. 44.
2. यस्यां गायन्ति नृत्यन्ति भूम्यां मर्त्या व्यैलवाः—अथर्ववेद, 12 कां० सू० 1 मं० 41
3. यजुर्वेद संहिता, 30वां अध्याय, छठा मन्त्र

नाटक-सम्बन्धी पारिभाषिक शब्दों का कहीं उल्लेख है। सम्भव है कि नाटकीय धार्मिक उत्सवों से उस नाट्यकला का सम्बन्ध रहा हो, जो अभी गर्भस्थ-शिशु सदृश प्रकट नहीं हुई थी।"[1]

रामायण और नाटक

श्री वाल्मीकि राम के राज्याभिषेक का वर्णन करते समय लिखते हैं कि उस समय विभिन्न प्रकार के उत्सव हो रहे थे।

"नटों, नर्तकों और गाते हुए गायकों के कर्ण-सुखद वचनों को जनता सुन रही थी।"[2]

इस प्रसंग से स्पष्ट लक्षित होता है कि रामायणकाल में अयोध्या में नाटक-मंडलियां विद्यमान थीं और नाटक के अभिनय अवश्य ही होते रहे। कुश और लव ने राम को सीताव्यथा की जो कथा सुनाई, उसके सम्बन्ध में कुछ विद्वानों का यह मत है कि वास्तव में वे कुशीलव (नट) ही थे।

महाभारत में नाटक

महाभारत में दो नाटकों का स्पष्ट उल्लेख मिलता है :

1. रामायण नाटक, 2. कौबेर-रम्भाभिसार नाटक।

इन नाटकों के अभिनय का विलक्षण इतिहास है। कौबेर रम्भाभिसार में तो किस-किस व्यक्ति ने पात्र का रूप धारण किया, इसका भी विवरण मिलता है। हरिवंशपर्व[3] में प्रद्युम्न-विवाह का प्रकरण आता है। उसमें कथा है कि वज्रनाभ राक्षस ने घोर तप किया। ब्रह्मा तप से प्रसन्न होकर प्रकट हुए और उन्होंने वरदान मांगने को कहा। वज्रनाभ ने मांगा कि मुझे कोई भी देवता मार न सके और वज्रपुर नामक नगर पर मेरा ही अधिकार हो। ब्रह्मा ने 'एवमस्तु' कहकर प्रस्थान किया।

1. It seems, therefore, that even if the elements of the drama were present in the Vedic times, there is no proof that the drama, in however rudimentary form, was actually known. The actor is not mentioned nor does any dramatic terminology occur. There may have been some connection between the dramatic religious ceremonies and the drama in embryo—History of Sanskrit Literature, by Dr. S.N. Das Gupta and Dr. S.K. De, University of Calcutta, 1947, p. 46-47
2. नटनर्त्तकसंघानां गायकानां च गायताम्।
यतः कर्णसुखा वाचः शुश्राव जनता ततः ।।—वाल्मीकीय रामायण
3. महाभारत, हरिवंशपर्व, 91 से 97 अध्याय

ब्रह्मा से वरदान पाकर वज्रनाभ इन्द्र के पास गया और उसको मारने के लिए ललकारा। इन्द्र ने कृष्ण से सहायता मांगी। उस समय वसुदेव का अश्वमेध यज्ञ हो रहा था। उस यज्ञ में भद्र नामक नट ने अपने नाट्य से महर्षियों को प्रसन्न करके आकाश में चलने तथा मनोनुकूल रूप बदलने का वरदान पाया।

कई धार्तराष्ट्रों (हंसों) को वज्रनाभ के नगर में इसलिए भेजा गया कि वे वज्रनाभ की कन्या प्रभावती को प्रद्युम्न पर मोहित कराकर विवाह के लिए प्रेरित करें। शुचिमुखी नामक हंसी ने प्रभावती को प्रद्युम्न के ऊपर ऐसा मुग्ध कर दिया कि वह दर्शन के लिए व्याकुल हो उठी। हंसी ने वज्रनाभ से भद्रनट का ऐसा वर्णन किया कि वह उसको लाने के लिए व्यग्र हो उठा।

इधर श्रीकृष्ण ने भद्रनट के साथ कई यादवों को नट के रूप में वज्रनाभ की नगरी में भेज दिया। उस नटमंडली में प्रद्युम्न तो नायक बन गए, भद्र परिपार्श्वक बने और साम्ब नामक यादव विदूषक बना। कई यादव नटी बनकर साथ-साथ गए। जब नटमंडली वज्रपुर के उपनगर सुपुर में पहुंची तो उनका स्वागत किया गया और उन नटी-नटों ने रामायण का नाटक रंगमंच पर अभिनीत किया। कुशल नटों का रम्य अभिनय देखकर दानव मुग्ध हो गए।

अब क्या था। वज्रनाभ को सूचना मिली। उसने नटमंडली को अपने नगर में आमंत्रित किया। नाटक का अभिनय होने लगा। घन, सुषिर, मुरज और तंत्री के वाद्य के मध्य 'गंगावतरण' की कथा का अभिनय देव-गान्धार राग में होने लगा। तदुपरान्त कौबेर-रम्भाभिसार नाटक होने लगा। शूर ने रावण का पार्ट किया, साम्ब ने विदूषक का और मनोवती ने रम्भा का रूप धारण किया। यह अभिनय इतना सफल हुआ कि दैत्यों ने द्रव्य लुटाए और उनकी स्त्रियों ने अपने आभूषण उतार-उतारकर कुशल नटों को प्रदान कर दिए। इसी बीच वज्रनाभ का वध हुआ और प्रद्युम्न का विवाह प्रभावती के साथ कर दिया गया।

पाणिनि[1] के सूत्र में हमें दो आचार्यों के नाम भी प्राप्त हुए हैं : 1. शिलाली और 2. कृशाश्व। इन दोनों आचार्यों की कृतियां अतीत के गर्भ में अभी निहित हैं। यदि इनके ग्रन्थ उपलब्ध हों तो सम्भव था कि नाट्यशास्त्र और नाट्य-कला के सम्बन्ध में कितनी नई बातें और कितने नये विचार उपलब्ध हो जाते।

कौटिल्य का अर्थशास्त्र और नाटक

कौटिल्य का अर्थशास्त्र भी इस बात को प्रमाणित करता है कि उस समय नट, नर्तक, गायक, वादक, कथा सुनाकर जीविका कमानेवाले, कुशीलव (नृत्य के साथ गानेवाले), प्लवक (रस्सी पर खेल दिखानेवाले), सौभिक (ऐंद्रजालिक), चारण आदि

1. पाराशर्यशिलालिभ्यां भिक्षुनटसूत्रयोः ॥ पाणिनि, 4।1।110
कर्मन्दकृशाश्वादीनि। पाणिनि, 4।3।111

विद्यमान थे। इतना ही नहीं, प्रत्येक मंडली का राजकर (Intertainment Tax) भी निश्चित था। यदि नटों की कोई मंडली बाहर से खेल दिखाने के लिए आती थी तो प्रत्येक खेल का पांच पण राजा को कर के रूप में देना पड़ता था।[1]

कौटिल्यकाल में राज्य की ओर से इन नटों की शिक्षा-व्यवस्था भी की जाती थी। जितनी भी ललित कलाएं थीं, उनको राज्य की ओर से प्रोत्साहन प्राप्त था। अर्थशास्त्र बताता है कि गणिका, दासी तथा अभिनय करनेवाली नटियों को गाना-बजाना, अभिनय करना, लिखना तथा चित्रकारी, वीणा, वेणु तथा मृदंग बजाना, दूसरे की मनोवृत्ति को समझना, गन्ध-निर्माण करना, माला गूंथना, पैर आदि अंग दबाना, शरीर का शृंगार करना तथा चौंसठ कलाएँ सिखाने के लिए योग्य आचार्यों का प्रबन्ध राज्य की ओर से होना चाहिए।[2]

बौद्धकाल में नाट्यकला का प्रचार भारतव्यापी होना विनयपिटक के द्वारा प्रमाणित होता है। विनयपिटक के चुल्लबग्ग में यह कथा मिलती है कि अश्वजित् और पुनर्वसु नामक दो भिक्षु एक बार कीटागिरि की रंगशाला में अभिनय देखने गए। नाटक की समाप्ति पर वे दोनों संघाटी फैलाकर नाचनेवाली नर्तकी के साथ मधुर आलाप करते रहे। इसकी सूचना जब विहार के महास्थविर के पास पहुंची तो उन्होंने उन दोनों भिक्षुओं को विहार से निर्वासित कर दिया।[3]

पतञ्जलि के महाभाष्य में हमें दो साहित्यिक नाटकों का विवरण मिलता है। कसवध और बालिवध, दोनों धार्मिक नाटकों का उल्लेख पतञ्जलि ऋषि ने किया है। कंसवध के सम्बन्ध में कुछ विद्वानों का मत है कि कंस के साथ कृष्ण-युद्ध की घटना को नट अपनी आकृति रंगकर प्रदर्शित करते थे। डा० कीथ इससे यह परिणाम निकालते हैं कि पतञ्जलि के समय नट केवल नर्तक नहीं रह गए थे; वे संगीतज्ञ थे और संगीत तथा अभिनय द्वारा नाटक की घटनाओं को प्रदर्शित करते थे। विविध प्रमाणों के आधार पर डा० कीथ का कहना है :

"इससे यह निष्कर्ष निकला कि यदि संस्कृति नाटक ईसा-पूर्व द्वितीय शताब्दी से प्राचीन नहीं, तो उससे अधिक अर्वाचीन भी नहीं और इनकी प्रेरणा महाकाव्यों के गायन तथा कृष्ण-जीवन की उन नाटकीय घटनाओं से प्राप्त हुई, जिनमें बालक कृष्ण अपने

---

1 एतेन नटनर्त्तकगायकवादकवाग्जीवनकुशीलवप्लवसौभिकचारणानां स्त्रीव्यवहारिणां स्त्रियो गूढाजीवाश्च व्याख्याताः। तेषां तूर्यकागन्तुकं पञ्चपणं प्रेक्षावेतनं दद्यात। कौटिल्य अर्थशास्त्र, अध्यक्ष प्रचार अधिकरण, 27वां अध्याय।

2. गीतवाद्यपाठ्यवृत्तनाट्याक्षरचित्रवीणावेणुमृदङ्गपरचित्तज्ञानगन्धमाल्यसंयूहन-सम्पादन-संवाहन वैशिककलाज्ञानानि गणिका दासी रंगोपजीविनीश्च ग्राह्यता राजमण्डलादाजीवं कुर्यात्। —कौटिल्य अर्थशास्त्र 41वां अध्याय

3. काव्य और कला तथा अन्य निबन्ध, जयशंकर प्रसाद, तृतीय संस्करण, पृष्ठ-91

शत्रुओं से संघर्ष करके विजय प्राप्त करता है।"[1]

अभिनय और समाज

शुक्लयजुर्वेद, रामायण, महाभारत, बौद्ध-जैन कथाओं तथा कौटिल्य-अर्थशास्त्र से अभिनय की प्राचीनता प्रमाणित हो गई। अब देखना यह है कि नाटकों के अभिनय के प्रसंग और अवसर कब-कब आते थे। विशेष अवसरों के अतिरिक्त कुछ निश्चित पर्व भी थे, जिस समय नाटकों का अभिनय अनिवार्य रूप से हुआ करता था। कामसूत्र में वात्स्यायन ने इसका उल्लेख किया है। वे कहते हैं कि सरस्वती-भवन में पक्ष या महीने के प्रसिद्ध पर्वों के अवसर पर राजा की ओर से नियुक्त नटों का अभिनय होता था। इस उत्सव को समाज कहा जाता था।[2]

आचार्य हजारीप्रसाद द्विवेदी का मत है कि केवल सरस्वती के मन्दिर में ही ऐसे उत्सव हुआ करते होंगे, सो बात नहीं है, अन्यान्य देवताओं के मन्दिर में भी यथानियम हुआ करते थे।[3] खास-खास मन्दिरों में भी धार्मिक उत्सवों के अवसर पर नाच-गान की व्यवस्था रहा करती थी। शादी, व्याह, पुत्रजन्म या अन्य आनन्दव्यंजक अवसरों पर नागरिक रंगशाला और नाचघर बनवा लेते थे।[4]

अभिनय की लोकप्रियता का इससे बढ़कर और क्या प्रमाण होगा कि साधारण लोग भी पारिवारिक उत्सवों के समय नाटकों की व्यवस्था कर लिया करते थे।

उत्सव और प्रेक्षागृह

प्राचीन काल में रंगशालाओं के दो वर्ग थे : 1. स्थायी रंगशाला, 2. अस्थायी रंगशाला। राजभवन के भीतर तो स्थायी रंगशालाएं बनती थीं, परन्तु राजाओं की विजय-यात्राओं के पड़ावों पर अस्थायी रंगशालाएं निर्मित होती थीं। ये रंगशालाएं

---

1. Sanskrit Drama.
   "The balance of probability, therefore, is that Sanskrit dramas came into being shortly after, if not before, the middle of the second century B. C. and that is was evoked by the combination of epic recitations with the dramatic movement of the Krishna legend, in which a Young God strives against and overcomes enemies."

   —By Dr. Keith, p. 45. Oxford-at-the-Clarendon Press.
2. पक्षस्य मासस्य वा प्रख्यातेऽहनि सरस्वत्या भवने नियुक्तां नित्यं समाजः। — कामसूत्र, नागरकवृत्तप्रकरण ।।15।।
3. प्राचीन भारत का कलाविलास, पृष्ठ-87
4. प्राचीन भारत का कलाविलास, पृष्ठ-75

विस्तार की दृष्टि से तीन प्रकार की होती थीं : सबसे बड़ी रंगशाला वर्गाकार 109 हाथ लम्बी होती थी और मध्यम श्रेणी की वर्गाकार 64 हाथ लम्बी। तीसरे प्रकार की रंगशाला त्रिभुजाकार होती थी, जिसकी प्रत्येक भुजा 32 हाथ की होती थी। पं० हजारीप्रसाद लिखते हैं कि मध्यम श्रेणी की रंगशाला ही अधिक प्रचलित थी।[3]

रंगभूमि

रंगशालाओं के दो भाग होते थे। एक भाग अभिनयकर्ता नटों के लिए नियत होता था, और दूसरे में दर्शक बैठा करते थे। जहां अभिनय होता था उसे रंगभूमि या केवल रंग कहा करते थे। इस रंगभूमि के पीछे तिरस्करणी या पर्दा होता था। पर्दे के पीछे का भाग नेपथ्य कहलाता था। यहीं अभिनेता प्रसाधन करते थे। यहीं से रंगभूमि में उतरा करते थे। ऐसा प्रतीत होता है कि यह स्थान (नेपथ्य) रंगभूमि से कुछ ऊंचा होता था, क्योंकि संस्कृत नाटकों में 'रंगावतार' शब्द प्रयुक्त होता है, जिसका अर्थ है रंगभूमि में उतरना।

लोक नाटक

किसी भी देश की सामान्य जनता अपने वातावरण तथा रुचि के अनुकूल विनोद का साधन स्वभावतः निकाल ही लेती है। इन साधनों में नाटक का स्थान उसी प्रकार सर्वश्रेष्ठ माना जाता है, जिस प्रकार पठित समाज में 'काव्येषु नाटकम्' का। पठित समाज के सदृश अपठित तथा अर्द्धपठित समाज में भी प्रतिभाशाली व्यक्ति होते रहते हैं, जो अपने समुदाय के अनुरूप जनकाव्य और जननाटक का सृजन करते रहते हैं। उनकी रचना द्वारा लक्ष-लक्ष ग्रामीण जनता दृश्य तथा श्रव्य काव्य का रसास्वादन करती है। यह परम्परा अनादिकाल से चली आ रही है। उत्कृष्ट साहित्यिक नाटकों की विद्य-मानता में भी जननाटक की रचना होने का मुख्य कारण बताते हुए डा० कीथ कहते हैं "संस्कृत में जो नाटक मिलते हैं, वे जनभाषा से बहुत भिन्न थे और उस भाषा के स्वरूप को समझना जनता के लिए प्रायः असम्भव था। केवल अल्पसंख्यक शिष्टवर्ग उस भाषा के समझने में समर्थ था और उसी उच्चपदस्थ अल्पसंख्यक पठित समाज के लिए साहित्यिक नाटक लिखे जाते थे। एतदर्थ संस्कृत नाटक केवल एक वर्ग-विशेष की कलाभिरुचि और हास्य-विनोद का विषय रहा है। सामान्य जनसमुदाय से उसका कोई सम्बन्ध नहीं था।"

उपर्युक्त निष्कर्ष चाहे सर्वथा विवादरहित न हो, किन्तु इसे कोई भी अस्वीकार न करेगा कि केवल साहित्यिक नाटक जनता के दैनिक जीवन में मनोविनोद के सर्वोच्च साधन किसी युग में भी न बन पाए होंगे। अतएव सामान्यतः अपठित तथा अर्द्धपठित, जनसमुदाय में उनके जीवन के अनुरूप हास्य-विनोदमय नाटक का सृजन होता चला आया

1. प्राचीन भारत का कलाविलास, पृष्ठ 76-77

है। जैसा कि हम पूर्व ही कह आए हैं, इसकी प्रेरणा स्वभावतः जनसमुदाय में विद्यमान रहती रही है, और यह भी निश्चयपूर्वक कहा जा सकता है कि साहित्यिक और जननाटक एक-दूसरे पर प्रभाव भी डालते रहे होंगे, और इनका आदान-प्रदान निरन्तर होता रहा होगा। उदाहरण के लिए जननाटक का हंसोड़ पात्र संस्कृत नाटक में विदूषक के रूप में आ गया। इसी प्रकार रंगमंचादि साहित्यिक कलाओं का प्रवेश जननाटक में होने लगा है। अतः यह निःसन्देह रूप से मानना चाहिए कि भारतीय देशी भाषाओं के साहित्यिक नाटक-प्रणयन से पूर्व कोई न कोई नाटक-परम्परा प्रत्येक भाषा-भाषी प्रान्त में विद्यमान अवश्य रही है, जो संभवतः साहित्यिक नाटक की उत्पत्ति का मूल कारण न होते हुए भी, ज्येष्ठ भगिनी के नाते उसकी परिचर्या अवश्य करती रही होगी। जननाटक और साहित्यिक नाटक का यह परस्पर सम्बन्ध हमारे ही देश में नहीं, अन्य देशों में भी रहा है। अंग्रेजी के नाटक जब शैशव में थे तो उन पर जननाटक प्रभाव डालते रहे।[1]

हमारी देशी भाषाओं में साहित्यिक नाटक के पूर्व जननाटक शताब्दियों से अभिनीत होते आ रहे थे। बंगला में यात्रा एवं कीर्तनियां नाटक; बिहार में विदेशिया; अवधी, पूर्वी हिन्दी, ब्रज तथा खड़ी बोली में रास, नौटंकी, स्वांग, भांड; राजस्थानी में रास, झूमर, ढोलामारू; गुजराती में भवाई, महाराष्ट्री में लड़िते और तमाशा; आंध्र की भाषा तमिल में भगवतमेल आदि नाटक विद्यमान थे। जननाटक के उपर्युक्त सभी विभेदों में सामान्य रूप से संगीत की व्यापकता थी और गद्य भाग प्रायः उपेक्षित रहा। रंगमंच का कोई महत्त्व नहीं था, और वेशभूषा तथा प्रसाधन अत्यन्त गौण समझे जाते थे। संगीतमय वातावरण के निर्माण का लक्ष्य होने के कारण, उनमें नाटक के अन्य तत्व (चरित्र-चित्रण, संघर्ष, क्रिया-व्यापार आदि) अनपेक्ष माने जाते थे।

कहा जाता है कि हिन्दी के साहित्यिक नाटक पर लीला नाटक और स्वांग नाटक का प्रभाव बहुत अधिक पड़ा है। ये दोनों शैलियां साहित्यिक नाटक पर प्रभाव डालती और स्वयं प्रभावित होती चली आ रही हैं। इनका भी अब प्रचुर साहित्य उपलब्ध होता है। अतएव हिन्दी नाटक की उत्पत्ति और विकास का विवरण रास और स्वांग आदि की परम्परा के अनुसंधान के बिना अपूर्ण ही माना जाएगा।

स्वांग की परम्परा

जननाटक की प्रस्तुत शैलियों में स्वांग नाटक एक विशेष स्थान रखते हैं। स्वांग नाटक हिन्दी भाषा की उत्पत्ति के साथ-साथ ही जनता के सामने आ गए होंगे। हिन्दी साहित्य में स्वांग से प्राचीनतर नाटक का उल्लेख शायद ही मिले। सिद्ध कण्हपा विक्रम की नवीं शताब्दी में विद्यमान थे। उन्होंने डोमिनी के आह्वान-गीत में स्वांग का उल्लेख इस प्रकार किया है :

---

1. The Cambridge History of English Literature, Vol. 5, p. 23 University Press, 1910

नगर बाहिरे डोंबी तोहारि कुड़िया छइछोइ जाइ सो ब्राह्म नाड़िया ।।
आलो डोंबि ! तोए सम करिब य सांग निघिणकणह कपाली जोइ लाग ।।
एक सो पदमा चौषट्ठि पाखुड़ तेहि चढ़ि नाचअ डोंबी वापुड़ी ।।

यह उद्धरण वज्रयानियों की योगतंत्र-साधना से सम्बन्ध रखता है। इस साधना में डोमिनी आदि का अबाध सेवन एक आवश्यक अंग पाना गया है। डोमिनी के साथ स्वांग करने का आह्वान उस काल की स्वांग-शैली को प्रमाणित करता है। डोमनियों के स्वांग का प्रचार आज भी उत्तर भारत में प्रचलित है। यह डोमनियों का नाटक स्त्रियों के मध्य होता है। इस नाटक में डोमिनियां ही पुरुष-वेश में पुरुष-पात्र का अभिनय करती हैं।

एक उल्लेखनीय बात यह है कि डोम जाति का व्यवसाय ही स्वांग करना है। इसी प्रकार भांड जाति का व्यवसाय काश्मीर आदि प्रदेशों में उसी प्रकार नाटक करना है, जिस प्रकार उत्तर भारत में रूप भरना नट का व्यवसाय है। जननाटक का यह भांड ही संस्कृति में 'भाण' रूप से आता है।

जायसी ने भी स्वांग का उल्लेख किया है। अलाउद्दीन ने चित्तौड़ भेजने के लिए जोगिन का सफल स्वांग करने वाली एक वेश्या को राजमहल में आमन्त्रित किया और उसे दूती बनाकर चित्तौड़ भेजा। बादशाह-दूतीखण्ड में इसका उल्लेख इस प्रकार है[1]

पातुरि एक हुति जोगि सवाँगी। साह अखोर हुत ओहि माँगी ।।
जोगिन भेस वियोगिन कीन्हा। सींगी सबद मूल तत लीन्हा ।।
पदमिनि पहँ पठई करि जोगिनि। बेगि आनु करि विरह वियोगिनी ।।

इस उद्धरण से यह भी सिद्ध होता है कि जायसी के समय स्वांग करने वाले केवल पुरुष ही नहीं प्रत्युत स्त्रियां भी हुआ करती थीं। संभवतः वेश्याएं भी इस कला में निपुण मानी जाती थीं।

जायसी के पूर्व कबीरदास के समय में स्वांग और तमाशा का इतना अधिक प्रचार हो रहा था कि साधु-महात्माओं के आदेश अवज्ञा के कानों से सुने जाते थे। कबीर दास निद्राप्रेमी श्रोताओं को सम्बोधित करके कहते हैं :

कथा होय तहँ स्रोता सोवैं, वक्ता पूंड पचाया रे।
होय जहां कहीं स्वांग तमाशा, तनिक न नींद सताया रे ।।[2]

इन प्रमाणों से सिद्ध होता है कि स्वांग और तमाशा उस समय भी अत्यन्त आकर्षक रूप में होते थे। स्वांग जनता के मनोविनोद का प्रधान साधन बना था, तभी तो कबीर ने इसका उल्लेख किया।

---

1. जायसी ग्रन्थावली, प० रामचन्द्र शुक्ल, नागरी प्रचारिणी सभा, काशी, संवत् 2006 वि०, पृष्ठ 275, बादशाह-दूती खण्ड, दोहा 1
2. कबीर वचनावली, अयोध्यासिंह उपाध्याय, नागरी प्रचारिणी सभा, काशी, नवां संस्करण, संवत् 2003 वि०, पृष्ठ-216

सत्रहवीं शताब्दी के विरचित बरकत उल्लाह साहब के प्रेम-प्रकाश नामक ग्रन्थ में रूप भरने का प्रयोग पाया जाता है। इस सम्बन्ध में बहुरूपिया शब्द की ओर भी ध्यान जाता है। भारतीय जनवर्ग में रूप भरने की कला का प्रचार इसके द्वारा भी सिद्ध होता है।

यह स्वांग-परम्परा शताब्दियों से मौखिक चली आ रही थी। लेखबद्ध स्वांग का प्रमाण उन्नीसवीं शताब्दी के प्रारम्भ में मिलता है। पं० रामगरीब चौबे स्वांग की उत्पत्ति के सम्बन्ध में लिखते हैं कि अम्बाराम नामक एक गुजराती ब्राह्मण सहारनपुर में निवास करते थे। सर्वप्रथम आधुनिक शैली में उन्होंने स्वांग के गानों की रचना की और सन् 1819 के आसपास इनका अभिनय हुआ।[1] प्रिंसिपल मानसिंह को उड़ीसा में विरचित चौदहवीं शताब्दी का लक्ष्मीपुराण स्वांग मिला है, जिसकी कथावस्तु अत्यन्त रोचक है। परिशिष्ट में उसका एक अंश दिया जा रहा है।[2]

उपलब्ध स्वांग साहित्य हाथरस और रोहतक की दो शैलियों में लिखे जाने के कारण दो रूपों में मिलता है। देहात में यह वार्ता अति प्रचलित है कि उन्नीसवीं शताब्दी के अन्त में दीपचन्द नामी स्वांगी प्रसिद्ध व्यक्ति था। उसमें काव्य-प्रतिभा के साथ-साथ अभिनय-कला सम्बन्धी गुण भी थे। उसने अश्लील और शृंगारी स्वांगों का बहिष्कार करके वीररस पूर्ण स्वांगों की रचना की और जनता में वीरता के प्रति उत्साह पैदा किया। उनकी शिष्य-परम्परा रोहतक में अभी तक चली आ रही है।[3] उसके नाटक पौराणिक, राजनीतिक तथा सामाजिक हैं। हास्यरस का स्वाद स्थान-स्थान पर मिल जाता है।

आजकल जन-समाज में स्वांग के कई रूप प्रचलित हैं।[4] आधुनिक स्वांग व नाटकों में गद्य का प्रवेश स्पष्ट रूप से साहित्यिक नाटकों का प्रभाव है।

स्वांग के अतिरिक्त ग्रामीण जनता होली के समय भांड नामक नाटक द्वारा मनोविनोद करती है। कुछ विद्वानों का मत है कि भांड संस्कृत 'भाण' का ही रूपान्तर है। इसमें भी कभी-कभी एक ही पात्र 'किं ब्रवीषि' की तरह 'क्या कहा' कहता हुआ अभिनय करता है। इसका विषय प्रायः प्रेम होता है और हास्यरस की प्रधानता होती है, किन्तु जैसा कि पूर्व कहा जा चुका है, हमें इस मत को मानने में संकोच है 'किं ब्रवीषि' की शैली संस्कृत के और किसी नाटक में आद्योपान्त उपलब्ध नहीं होती। ऐसा प्रतीत होता है कि साहित्यिक नाटकों ने यह शैली जन-नाटकों से अपनायी है।

---

1. इंडियन एण्टिक्विटी, जनवरी, 1910
2. उड़िया नाटक, संगीत नाटक अकादमी, 1956
3. दीपचन्द का शिष्य हरदेवा, हरदेवा का शिष्य बाजे नाई, बाजे नाई का शिष्य झम्मन, झम्मन का शिष्य मांगेराम
4. स्वांग-नाटकों के निम्नलिखित भेद आजकल प्रचलित हैं : 1. नौटंकी, 2. निहाल दे, 3. हीर-रांझा 4. नवलदे

ग्रामीण स्त्रियां भी धान रोपते समय नृत्य गान-संयुक्त अभिनय करती हैं। पर्वतीय प्रान्तों में वसन्तपचमी के अवसर पर लड़कियां 'भूमैलो' नामक गीत गाती हुई अभिनय करती हैं। उनके अभिनय को देखने के लिए पर्वतीय जनता सहस्रों की संख्या में एकत्र होती हैं और मनोविनोद की इस नाट्य-शैली से रसास्वादन करती हैं।[1]

जननाटकों के सम्बन्ध में ग्रियर्सन साहब ने खोज की और उन्होंने कुमाऊं से एक पुराना व्यंग्य-नाटक (Satire) जर्नल आफ द रायल एशियाटिक सोसायटी से प्रकाशित किया। व्यंग्यनाट्य का नाम है 'कृष्ण पांडे कौ कलियुग' रचनाकाल 1815 ई० है। इस व्यंग्यनाटक से तत्कालीन मजिस्ट्रेट मि० ट्रेल इतने प्रभावित थे कि प्रायः कृष्णपांडे से इसको सुनते रहते थे।

उपर्युक्त गवेषण से यह मत सर्वथा निर्मूल सिद्ध होता है कि हिन्दी नाटक चिर-कालीन तथा मौलिक नहीं हैं, प्रत्युत संस्कृत तथा अन्य भाषाओं से अनूदित अथवा प्रभावित हैं।

हिन्दी नाटक की परम्परा का मूलस्रोत ये जननाटक ही हैं, जो स्वांग आदि नाम से अपने प्राचीन रूप में अब तक विद्यमान हैं। क्रमशः इन जननाटकों की एक शाखा ने विकसित होकर साहित्यिक रूप धारण किया। इस चिरन्तन प्रवाह में काल तथा देश के संयोग से संस्कृत आदि भाषाओं के स्रोत भी आ मिले। इस सम्मेलन से यह प्रभाव अधिकाधिक रम्य तथा गतिशील होता रहा है। निष्कर्ष यह है कि हिन्दी नाटक मौलिक हैं। अन्य भाषाओं से अपहृत नहीं।

यात्रा नाटक की उत्पत्ति और विकास

यात्रा-नाटक का अभिनय

अति प्राचीनकाल से नाटक की एक शैली यात्रा-नाटक नाम से चली आ रही है। ये यात्रा-नाटक प्रायः खुले मैदान में अभिनीत होते हैं। कहीं एक सभा-मंडप निर्मित कर कम्बल, दरी अथवा चटाई बिछा दी जाती है, जिस पर दर्शकगण बैठ जाते हैं। सभा के मध्य में एक रंगभूमि बनाकर एक ओर पर्दा लटकाकर उसके पीछे प्रसाधन के निमित्त साजगृह मान लिया जाता है। साजगृह से रंगभूमि तक आने का संकीर्ण मार्ग होता है। लकड़ी की कुर्सियों पर रेशमी या सूती वस्त्र डालकर सिंहासन बना लिया जाता है। यही सिंहासन नाटक में पात्र रूप से भाग लेने वाले राजा, महाराजा अथवा धार्मिक देवताओं का आसन होता है।

अभिनय के मध्य में आवश्यकतानुसार किसी कर्मचारी द्वारा कोई वस्तु रख दी जाती है, अथवा हटा ली जाती है। किसी पात्र का सवारी पर आना अथवा जाना पात्रों द्वारा सूचित कर दिया जाता है। अभिनय के मध्य में भी दृश्य परिवर्तन की सूचना पात्रों

1. जर्नल आफ द रायल एशियाटिक सोसाइटी, जुलाई 1901

द्वारा दी जाती है। अवांछनीय पात्र वहीं पर विद्यमान रहते हैं, किन्तु सामाजिक को यह मान लेना होता है कि वे उपस्थित नहीं हैं। एक ही व्यक्ति पुरुष और स्त्री दोनों का पाठ करता है और पुरुष-पात्र के वेश के परिवर्तन में कभी-कभी अपनी मूंछ का अंश उतार नहीं पाता, तो भी वह स्त्री-पात्र मान लिया जाता है।

संगीत का प्राधान्य

ढोल और करताल की ध्वनि नाटकारम्भ से आधा घण्टा पूर्व ही सुनाई पड़ने लगती है। फिर नाटक की भूमिका बताई जाती है। प्रधानतः नृत्य, गीति और वाद्य के द्वारा ही नाटक खेला जाता है। वार्तालाप, रोना, हंसना आदि सम्पूर्ण क्रियाकलाप गेय पदों द्वारा प्रदर्शित होता है।

यात्रा-मंडलियां यात्रा-नाटकों का अभिनय उपर्युक्त पद्धति से चिरकाल से करती चली आ रही हैं। हम जननाटकों के प्रसंग में देख आए हैं कि यही पद्धति उनके अभिनय नय की भी रही है। अतएव इन्हें भी जननाटक कहने में कोई आपत्ति नहीं। अब स्वभावतः प्रश्न यह उठता है कि इन्हें यात्रा-नाटक क्यों कहा जाता है?

यात्रा की उत्पत्ति

यात्रा का अर्थ है जुलूस (Religious Procession)। इन यात्रा-नाटकों का सम्बन्ध भी जुलूस से रहा होगा। ऐसा प्रतीत होता है कि प्रारम्भ में देवोपासकगण अपने आराध्यदेव की प्रतिमा का जुलूस निकालते समय किसी न किसी प्रकार का अभिनय करते जाते रहे होंगे और उस अभिनय-विशेष का नामकरण 'यात्रा' किया गया हो। यह स्वाभाविक ही है कि उस जुलूस में नृत्य और संगीत को स्थान दिया गया हो। इस प्रकार देवोपासना के समय जुलूस से सम्बन्ध रखने वाले नृत्य, संगीत और नाट्य सम्मिलित अभिनय की पद्धति यात्रा नाम से प्रचलित हुई।

यात्रा-नाटक के उत्पत्ति-काल के विषय में विविध मत हैं। कोई इसकी उत्पत्ति वैदिक काल में बताते हैं और कोई उसके उपरान्त। किन्तु यात्रा-नाटक की शैली को देखकर हमें यह प्रतीत होता है कि यह वैदिक काल से भी पूर्व विद्यमान रहा होगा। देव-प्रतिमा के जुलूस के साथ इसका सम्बन्ध इस बात का प्रमाण है कि यह नाटक मानव-इतिहास के उस युग में प्रचलित हुआ होगा, जब संसार की विभिन्न जातियां प्रारम्भ में अपने उपास्य देव की प्रतिमाएं जुलूस के रूप में निकालकर नृत्य और संगीत के साथ अभिनय किया करती थीं। हमें मैसोपोटामिया के प्राचीन इतिहास से यह स्पष्ट प्रतीत होता है कि ईसा से चार सहस्र वर्ष पूर्व वहां की सुमेर जाति में इसी प्रकार देव-प्रतिमा के जुलूस के साथ नाटक प्रचलित था।

अतएव इसी सिद्धान्त को मान लेने में क्या आपत्ति हो सकती है कि भारत के मूलनिवासी अपने आराध्यदेव की प्रतिमा का जुलूस निकालते समय जिस नृत्यगीत तथा नाट्य का अभिनय किया करते थे, वही कालान्तर में यात्रा नाम से पुकारा जाने लगा

होगा। हमारे इस मत की पुष्टि (Mr. E. P. Harwitz) के इस कथन से होती है :

"यहां तक कि वैदिक युग भी यात्रा से परिचित था। यात्रा आर्यों की अति प्राचीन प्रसिद्ध पैतृक सम्पत्ति है। ऋग्वेद के देवताओं की स्तुति संगीतमय जुलूस में हुआ करती थी। सामवेद के कई मन्त्र आदिम यात्रा-नृत्यों के असंस्कृत विनोद की सीमा तक पहुंच जाते हैं।"[1]

अधोलिखित उद्धरण में विचारणीय अंश है, "The rude mirth of the primitive Jatra dances" यात्रा के समय जो नृत्य हुआ करते थे, वे वैदिक काल के सुसंस्कृत आर्यों के नृत्य नहीं, प्रत्युत यहां के मूलवासियों के असंस्कृत नृत्य थे। सम्भव है कि मूलनिवासियों की यह नाट्यशैली वैदिक काल के आर्यों ने अपना ली हो और उनके गानों के स्थान पर वेदमन्त्रों के गान संयुक्त करके इसे संस्कृत नाम 'यात्रा' प्रदान कर दिया हो। किन्तु इस नामकरण का यह अर्थ समझना भ्रमपूर्ण होगा कि यात्रा-नाटक का आरम्भ वैदिक काल में हुआ।

यात्रा-नाटक का प्रभाव संस्कृत नाटकों पर

डा० कीथ के निम्नलिखित उद्धरण से भी यही प्रमाणित होता है कि वैदिककाल के यज्ञ-सम्बन्धी संवादों से भारतीय नाटक का विकास नहीं हुआ, प्रत्युत यात्रा नामक जननाटकों के प्रभाव से प्रभावित आर्य विद्वन्मडली ने संस्कृत नाटकों की एक नई शैली निकाली। इस काल में भी मौलिक जननाटक-शैली अबाध गति से अपने स्वाभाविक पथ पर चलती ही रही, जिससे आगे चलकर देशी भाषाओं के नाटक निकले।[2]

इन उद्धरणों से यात्रा की चिरप्राचीनता में किसी प्रकार सन्देह नहीं रह जाता। यात्रा-नाटक हमारे देश के आदि धार्मिक नाटक थे, जिनपर समय-समय पर अनेक देवी-देवताओं के महान् क्रियाकलाप का प्रभाव पड़ता गया। इस प्रकार देश-कालानुसार

---

1. Even the Vedic age knew Jatras; memorable heirloom of Aryan antiquity. The Gods of the Rigveda were hymned in Choral Processions. Some of the S mveda hymns reached the rude mirth of the primitive Jatra dances—The Indian Theatre. p. 178
2. The dramas of ritual, therefore, are in a sense somewhat out of the main line of development of the drama, and the popular side has survived through ages in a rough way in the Jatras, wellknown in Bengal, while the refined and sacerdotalised Vedic drama passed away without a direct descendant.

—The Sanskrit Drama by Dr. Keith, p. 16.

'शक्ति-यात्रा'[1], 'शिव-यात्रा', 'राम-यात्रा', 'कृष्ण यात्रा', आदि अनेक यात्राएं प्रसिद्धि प्राप्त करती रहीं। इन्हीं विविध यात्रा-नाटकों का प्रभाव संस्कृत तथा अन्य भाषाओं के विद्वानों पर पड़ता रहा। इन्हीं की शैली पर संस्कृत में 'गीतगोविन्द' की रचना हुई, जिसका अभिनय गीतिनाट्यों के रूप में शताब्दियों से चला आ रहा है। चैतन्य के समय यात्रा-नाटकों में कृष्ण-लीला का इतना प्रभाव बढ़ गया कि यात्रा-नाटक वर्षों तक 'कालिय-दमन-यात्रा' नाम से ही पुकारे जाते रहे। यात्रा का यह कालियदमन नाम चार सौ वर्षों तक प्रसिद्ध रहा।[2]

यात्रा-नाटक का प्रभाव देशी भाषाओं पर

जननाटक की यह विशेषता रही है कि वह अपनी मौलिकता की रक्षा करता हुआ भाषा और पद्धति में जनरुचि के अनुसार परिवर्तन करता चला आ रहा है। यही कारण है कि नाटक की यह पद्धति शताब्दियों से सफलतापूर्वक अभिनय का कार्य करती आ रही है। ये यात्रा-मंडलियां वाद्य, संगीत तथा कथावस्तु में भी समयानुसार परिवर्तन करती रही हैं। गत शताब्दी में विद्यासुन्दर-यात्रा-मंडली ने विद्यासुन्दर नामक काव्य के आधार पर विद्यासुन्दर नाटक खेलना प्रारम्भ किया। यात्रा-नाटकों में यह एक विशेष घटना थी। राधाकृष्ण के धार्मिक प्रेम के स्थान पर विद्यासुन्दर का भौतिक प्रेम यात्रा-नाटकों के लिए नितान्त नई बात थी। कहा जाता है कि भारतेन्दु विद्यासुन्दर का अभिनय देखकर इतने प्रभावित हुए थे कि उन्होंने पुरी-यात्रा से लौटकर सर्वप्रथम हिन्दी में यही नाटक विरचित किया।

जिस प्रकार यात्रा-नाटक से भारतेन्दु प्रभावित हुए, उसी प्रकार भारत के दूरस्थ देशों के यात्री इन नाटकों से अवश्य ही प्रभावित हुए होंगे। यह सिद्धान्त स्वीकार कर लेने पर यह कहना ही पड़ेगा कि जनभाषा की नाटक-सृष्टि में यात्रा-नाटकपद्धति चिरकाल से प्रभाव डालती चली आ रही है। बंगला नाटक के उत्थानकर्ता श्री गिरीशचन्द्र घोष[3] ने तो यात्रा-मण्डली की सहायता से बंगला नाटकों का सृजन और अभिनय किया।

यात्रा-नाटकों के अतिरिक्त गिरीशचन्द्र घोष के अन्य नाटकों में जो 'शण'[4] का प्रयोग हास्यरस के रूप में किया गया है, यह यात्रा-नाटकों से अपहृत है। घोष ने विविध

1. 'Shakti Yatra'—"It is said that there were Yatras before the birth of Shri Chaitanya, but those yatras were about them as concerned with Shakti. At the time there were no Krishna Yatras."
—Somaprakash by D. N. Vidya Bhushan
2. The Bangadarshan (Phalgun No. 1289)
3. The Bengali Drama (The Age of Girish Chandra Ghosh by P. Guha Thakurta Ghosh), p.100
4. Ibid. p. 137

नाटकों में नृत्य का उपयोग किया है। साधारणतः आनन्दोत्पत्ति के लिए नृत्य का प्रयोग तो संस्कृत-नाटकों में भी मिलता है किन्तु प्रह्लाद-चरित्र जैसे गम्भीर नाटक में नृत्य-प्रयोग यात्रा-शैली का सूचक है। 'आबू हुसैन'[1] और 'जना' नामक नाटक में Farcical Episode हास्य की घटना यात्रा-नाटक से ही अपहृत प्रतीत होती है। इससे प्रमाणित होता है कि अपने युग के सर्वश्रेष्ठ[2] बंगला नाट्यकार गिरीशचन्द्र घोष यात्रा-नाटकों से कितने प्रभावित थे। घोष महोदय ने रामायण के आधार पर पद्य-नाटक लिखे। इसी प्रकार 'दक्षयज्ञ', 'ध्रुवचरित्र', 'नलदमयन्ती' नामक नाटक भी आद्योपांत छंदोबद्ध हैं। 'हीरारफूल' तथा 'परसिया-प्रसून' भी गीतिनाट्य हैं। इन नाटकों की रचना से यात्रा-नाटक का प्रभाव स्पष्टतया प्रमाणित होता है, अन्यथा सम्वत् 1941-1955 वि० के मध्य पद्यबद्ध नाटक लिखने का प्रयोजन क्या था ?

उन्नीसवीं शताब्दी के यात्रा-नाटक

हम पूर्व कह आए हैं कि यात्रा-नाटक का प्रभाव कविवर जयदेव पर इतना पड़ा कि उन्होंने गीतगोविन्द की रचना ही यात्रा-नाटकों की शैली पर की। यह निश्चित प्रमाण मिल चुका है कि जयदेव पर्याप्त समय तक पुरी-मंदिर में रहते रहे। यह सर्वमान्य है कि गीतगोविन्द का प्रभाव सारे उत्तरभारत के नाटक-साहित्य पर पड़ा और गीति-नाट्य-रचना को प्रोत्साहन मिला। चैतन्य के पूर्व गीतगोविन्द का प्रचार पूर्ण रूप से हो चुका था। चैतन्य के आविर्भाव से नाट्य-साहित्य को नवीन शक्ति मिली और यात्रा-नाटकों में कृष्णलीला को प्रमुख स्थान मिला। कृष्णलीला का कथानक लेकर यात्रा-नाटक निर्मित होते रहे, तदुपरान्त विद्यासुन्दर-यात्रा, शेखर-यात्रा, पुराण-यात्रा की रचना अभिनय के लिए होती रही और यह क्रम अठारहवीं शताब्दी के अन्त तक चलता रहा।

उन्नीसवीं शताब्दी में यात्रा-नाटकों पर रगमंच के नाटकों का विशेष प्रभाव पड़ा। कई नाट्यकारों ने साहित्यिक और यात्रा दोनों प्रकार के नाटकों का निर्माण किया। रामनारायण की 'रत्नावली', कालीप्रसन्नसिंह का 'सावित्री-सत्यवान्', मधुसूदन की 'पद्मावती' का अभिनय नाटक की शैली पर गीतिनाट्य के रूप में होता रहा।[3] रत्नावली का अभिनय तो राजा बाबू[4] के निवासस्थान पर बड़ी ही सफलता के साथ

---

1. The Bengali Drama (The Age of Girish Chandra Ghosh, Art and Practice), p. 187
2. Girish Chandra Ghosh has to be recognised not merely as a name in the dramatic history of Bengal, but the presiding genius of a distinct period. Ibid, p. 141, and reference.
3. द इण्डियन स्टेज, खण्ड 2, पृष्ठ 12.
4. हिन्दी पैट्रिआट, नवम्बर 20, 1865

हुआ था।

पद्‌मावती नाटक की प्रशंसा उस समय सबसे अधिक हुई। नल-दमयन्ती की रचना बाबू कालिदास सान्याल ने यात्रा-नाटकों की शैली पर की। ये दोनों नाटक उत्तरी भारत के जननाटकों में भली भांति प्रचलित हैं। हिन्दी भाषा-भाषी जनता में भी स्वांग नाटकों के रूप में इनका अत्यधिक प्रचार है। इससे प्रमाणित होता है कि जननाटकों की धारा उत्तर भारत के सुदूर भागों तक एक ही भावना को लिए प्रवाहित होती चली आ रही है।[1]

हमारे देश के विभिन्न भागों में विविध प्रकार के लोकनाट्यों की परम्परा आज भी विद्यमान है। गुजरात का भवाई, महाराष्ट्र का लड़िते, तमाशा, पंजाब का गिद्धा, आसाम का भावना, बंगाल का पंचाली, दक्षिण के नृत्य-नाटक पुनः विकासोन्मुख बन रहे हैं। इन लोक-नाटकों के विषय में अधिक जानकारी के लिए मेरी पुस्तक 'भारत की लोकनाट्य-परम्परा' देखिए।

कहने का तात्पर्य यह है कि मुसलमानों के आक्रमण के समय भारत का नाटक-साहित्य मुख्यतः तीन भाषाओं में प्रस्तुत किया जा रहा था और प्रत्येक भाषा में एक परम्परा बन गई थी। अब विचारणीय विषय यह है कि हिन्दी के साहित्यिक नाटकों ने किस परम्परा को अपनाया और क्यों ?

विगत अर्द्ध शताब्दी में देशी भाषाओं के साहित्य की अच्छी तरह छानबीन की गई है। डा० ग्रियर्सन ने बिहार के मैथिली-साहित्य की खोज करते हुए असमी, बंगाली, उड़िया और पूर्वी हिन्दी में उपलब्ध ग्रन्थों का भी मनन किया। विद्यापति के साहित्य का उन्होंने अच्छी तरह अध्ययन किया। उन्होंने यह सिद्ध किया कि विद्यापति ही प्रथम व्यक्ति थे, जिन्होंने देशी भाषा को नाटकों में स्थान दिया। अर्थात् विद्यापति ने नाटक का संवाद-भाग तो संस्कृत ही रखा, किन्तु यत्र-तत्र देशी भाषा के गाने उसमें सम्मिलित कर दिए।

विद्यापति अपने युग के सबसे बड़े साहित्यिक थे। संस्कृत, अपभ्रंश तथा प्राकृत के अतिरिक्त देशी भाषा पर उनका प्रशंसनीय अधिकार था। उन्होंने प्रत्येक भाषा में रचना की। उस हिन्दी के प्रति उनका विशेष आकर्षण प्रतीत होता है, जिसे बंगाली, असमी और उड़िया अपनी भाषा कहकर अपनाने को लालायित हैं। वस्तुतः विद्यापति साहित्यिक अग्रदूत थे। संस्कृत, प्राकृत, अपभ्रंश और देशी भाषा के चतुष्पथ पर खड़ा होकर वह दूरदर्शी कवि भारत के साहित्यिक भविष्य को निहार रहा था। प्रत्येक पथ का अनुसरण कर उसने दूर-दूर तक का दृश्य देखा, विचार किया और अपना अनुभव प्रकट किया। उस भविष्य-द्रष्टा ने देख लिया कि संस्कृत जनसाधारण के दैनिक जीवन के काम की नहीं बन सकती, वह घर की पूजनीया वृद्धा माता के सदृश सम्मान की अधिकारिणी है। प्राकृत को कसौटी पर कसने पर परिणाम अच्छा निकलने की सम्भावना न हुई।

---

1. पद्‌पावती, नल-दमयन्ती स्वांग, दीपचन्द

नाटकों के क्षेत्र में प्राकृत को सर्वोपरि स्थान सर्वप्रथम कविवर कालिदास न दिया। 'विक्रमोर्वशीय' नाटक के चतुर्थ अंक का अधिकांश भाग प्राकृत में ही लिखा गया। कालिदास के दिखाए इस पथ पर चलने का साहस विरलों ने ही किया कई सट्टक बनकर रह गए और प्रगति रुक गई। अपभ्रंश में गम्भीर नाटक लिखने की क्षमता नहीं प्रतीत हुई, अतएव प्रहसन के अतिरिक्त और साहित्य बनाने की तत्परता उसमें भी नहीं रही।

अब रही देशी भाषा। उन्हें इसका भविष्य उज्ज्वल प्रतीत हुआ। देशी भाषा का गद्य-पद्य भाग विकसित हो रहा था, किन्तु अभी तक किसी को सूझा न था कि देशी भाषा को नाटकों में भी स्थान दिया जाए। विद्यापति ने सर्वप्रथम अपने संस्कृत नाटकों में हिंदी को स्थान दिया। प्राचीन परम्परा में परिवर्तन करने का साहस बिरलों को ही होता है। उनका यह सराहनीय साहस देखकर पूर्वी भारत में कई नाट्यकारों ने अपने-अपने प्रांतों में इस पद्धति को अपनाया।

उड़ीसा के राजा कपिलेन्द्रदेव ने संवत् 1507 के आसपास परशुराम विजय नामक एक नाटक लिखा।

उड़िया के नाटक-साहित्य में सर्वप्रथम पुरानी हिन्दी का प्रयोग

मुसलमानों के आक्रमणकाल में भी उड़ीसा बहुत दिनों तक सुरक्षित रहा। विक्रम की पन्द्रहवीं शताब्दी के अन्त में महाराज कपिलेन्द्रदेव[1] वहां के शासक थे। उनकी वीरता के सम्मुख बहमनी और विजयनगर भी नतमस्तक हुए थे। उस शूरवीर योद्धा[2] ने जगन्नाथ की रथयात्रा की दर्शनाभिलाषी जनता में वीरता-सचार तथा योद्धाओं के प्रोत्साहनार्थ 'परशुराम-विजय' नामक एक नाटक लिखा। इस नाटक का संक्षिप्त कथानक यह है कि परशुराम जब महादेव से उनका परशु लेने के लिए तपस्या कर रहे थे तो सहस्रबाहु ने उनके पिता जमदग्नि का वध कर दिया। परशुराम ने लौटने पर सहस्रबाहु को मारने का संकल्प किया। सहस्रबाहु की पत्नी चन्द्रवदना ने दुःस्वप्न देखा। वही स्वप्न कविता के रूप में वह अपने पति को खिन्नमना हो सुना रही है।

चन्द्रबदना[3]···अमररामेण मीयते
केवल मुनि कुमर परशुदक्षिणकर
वामेण सोहे धनुशर ना
कोपेण बोलइ वीरता तु से मो बधिलु तात
आज तोरे छेदिवइ माथ ना।
शुण राजन हो किए तोर राज्ये ब्रह्म बधेना ॥1॥

---

1. कपिलेन्द्र का राज्यकाल 1435 से 1466 ई० तक
2. नीलकन्दरनाथस्य महोत्सवसभासदः।
मत्काव्याभिनयेनाथ विनोदय कुशीलव ॥—परशुरामविजय नाटक
3. परशुरामविजय···गजपतिना श्रीकपिलेन्द्रदेवेन विरचितोऽयं व्यायोगः।

अर्थ--हे आर्य सुनिए। एक मुनिकुमार दाहिने हाथ में परशु और वामहस्त में धनुषबाण लेकर कुपित होकर बोल रहा है "अरे वीर, तूने मेरे पिता का वध कर दिया है, मैं तेरा मस्तक काट डालूंगा। हे राजा! सुनिए, आपके राज्य में किसने ब्रह्महत्या की है ॥1॥

उपर्युक्त उद्धरण से यह स्पष्ट झलकता है कि संस्कृत नाटकों में देशी भाषा के ज्ञान का सर्वप्रथम प्रवेश करानेवाले विद्यापति की शैली उड़ीसा में भी फैल रही थी।

असमी नाटकों में सर्वप्रथम पुरानी हिन्दी

15वीं शताब्दी के मध्य में आसाम ने एक प्रतिभाशाली कवि शंकरदेव को उत्पन्न किया। शंकरदेव ने बाल्यकाल में तत्कालीन अद्वितीय विद्वान् अध्यापक महेन्द्र कन्दलि से संस्कृत विद्या का अध्ययन किया। पिता और पत्नी की मृत्यु के उपरान्त इन्होंने अपने गुरु के साथ बारह वर्ष तक तीर्थों में भ्रमण किया। उस समय सभी तीर्थों में वैष्णव धर्म का झण्डा फहरा रहा था। मैथिल-कोकिल विद्यापति की कोमलकान्त पदावली कीर्तन के रूप में गाई जा रही थी। शंकरदेव ने जगन्नाथ, मिथिला, काशी, अयोध्या, प्रयाग, मथुरा, वृन्दावन आदि उत्तर भारत के तीर्थों के अतिरिक्त दक्षिण भारत के प्रसिद्ध तीर्थों की यात्रा की। सर्वत्र वैष्णव धर्माचार्य धर्म-प्रचार में संलग्न दिखाई पड़े।

तीर्थाटन से लौटने पर शंकरदेव ने आसाम में वैष्णव-धर्म-प्रचार के लिए विविध यत्न किए। उन्होंने कई काव्य और सात प्रसिद्ध नाटक लिखे। इन नाटकों में रासयात्रा नामक एक नाटक है, जिसपर ब्रज के रास और जगन्नाथ की यात्रा का प्रभाव अवश्यम्भावी है। इन नाटकों की नामावलि है : कालिय-दमन, रामविजय, रुक्मिणीहरण, केलि-गोपाल, पत्नीप्रसाद, पारिजातहरण, रासयात्रा।[1]

इनके नाटकों में गद्यशैली परिमार्जित प्रतीत होती है। केवल गान ही नहीं सम्पूर्ण नाटक मैथिली में है, जिसमें असमी का पुट पाया जाता है। उदाहरणार्थ कालियदमन नाटक का प्रारम्भ देखिए :

सूत्र—तदनन्तर नागवधू सबक परम सन्ताप पेखिए। श्रीकृष्णक कृपा उपजल। नागनारी सबक सम्बोधित बोलिल। आए कालिक भार्या नागिनी सब, सन्ताप छोरह। इहि बोलि डेग दिया नाभि सर्पक भणाहन्ते अन्तर हुआ रहल।[2]

पयार

जय जय जगत महेश्वर। ब्रह्माशंकर याहे किंकर ॥

---

1. असमिया साहित्य की रूपरेखा, पृष्ठ 33-36, लेखक प्रो० विरंचिकुमार बरुआ, राष्ट्रभाषा-प्रचार-समिति, गोहाटी, आसाम, 1941 वि०
2. कालियदमन नाटक, पृष्ठ 15, 16

जय भकतक भयहारी। नमो हरिचरण तोहारि ॥
तब पारे (पारेगू) अतये साधि। भजि पापी अपराधी[1]

उपर्युक्त उद्धरणों से यह सिद्ध होता है कि सोलहवीं शताब्दी में हिन्दी नाटकों की एक शाखा आसाम में फैल रही थी, वे नाटक अभिनय के योग्य होते थे और संस्कृत भाषा के प्रभाव से वे मुक्त हो गए थे।

संस्कृत नाटकों में हिन्दी

संस्कृत नाटक के उद्यान की शोभा देखकर प्राकृत ने भी एक नया उद्यान उसी ढांचे पर सजाने की चेष्टा की। अभी तक संस्कृत नाटकों में प्राकृत को निम्न स्थान प्राप्त था। कुलीन और विद्वान् पात्र संस्कृत बोलते थे, किन्तु केवल नीच पात्रों को प्राकृत बोलने की आज्ञा थी।

किन्तु प्राकृत कवियों ने सट्टक देकर एक नई पद्धति निकाली। उन्होंने प्रत्येक पात्र को प्राकृत बोलने की अनुमति दी और नाटक से संस्कृत को पूर्णतया निकाल फेंका। कहना चाहिए कि संस्कृत न समझनेवाली जनता की सुविधा के लिए जनसाधारण की रुचि का ध्यान रखकर ये सट्टक[2] लिखे गए। रम्भामंजरी नामक सट्टक के लेखक नयचन्द्र ने अपने नाटक में दो नई बातें कीं। पहली तो यह कि संस्कृत बोलने वाले पात्रों के मुख से प्राकृत की कविता कहलाई है। दूसरी बात यह कि नाटक के नायक जैनचन्दजी की प्रशंसा भाटों ने तीन भाषाओं, संस्कृत, प्राकृत और मराठी में की है। महाराष्ट्री का प्रवेश संस्कृत और प्राकृत के नाटकों में करना एक नई घटना थी। महाराष्ट्री का एक उदाहरण देना पर्याप्त होगा।

जरि पेखिला मस्तकावरी केश कलापु।
तरि परिस्खलिला मयूरांचे पिच्छ प्रतापु ॥
जरि नयन विषयु केला वेणीदंडु।
तरि साक्षाज्जाला भ्रमर श्रेणी दंडु ॥[3]

मिथिला पुरातन काल से ही संस्कृत का केन्द्र रही है। काशी और मिथिला में मुसलमानी आक्रमण के उपरान्त भी संस्कृत पठन-पाठन की प्राचीन परम्परा अक्षुण्ण बनी रही। शास्त्र के विभिन्न अंगों का वहां गम्भीर अध्ययन चलता रहा। सन् 1324 के आसपास तिरहुत के राजा हरिहरदेव को गयासुद्दीन ने पूरी तरह पराजित कर दिया।

---

1. पत्नी प्रसाद नाटक
2. अभी तक छः सट्टकों के नाम मिले हैं, वे हैं :
   (1) कर्पूरमंजरी—राजशेखर, (2) रम्भामंजरी-नयचन्द्र, (3) चन्द्रलेखा-रुद्रसेन, (4) विलासवती-मार्कण्डे, (5) शृंगारमंजरी-विश्वेश्वर, (6) आनन्दसुन्दरी घनश्याम। इन सट्टकों के सम्बन्ध में विशेष विवरण आगे दिया जाएगा।
3. रम्भामंजरी सट्टक (नयचन्द्र) संवत् 1535 के आसपास।

तदुपरान्त बंगाल के सुल्तान शमसुद्दीन उर्फ हाजी इलियास ने चम्पारन तक अपने राज्य का विस्तार किया और अपने दोनों नामों पर दो नगर हाजीपुर और शमसुद्दीनपुर (समस्तीपुर) का निर्माण कराया। इसके बाद अनेक उथल-पुथल मुसलमानी राज्य में होते रहे, किन्तु सन् 1495 के आते-आते बहलोल लोदी का प्रान्त पर पूरा अधिकार हो गया।

उथल-पुथल के इस काल में विद्यापति से पूर्व ज्योतिरीश्वर और उमापति मिश्र संस्कृत के दो प्रकाण्ड विद्वान एवं तत्कालीन जनभाषा में काव्य रचना करने वाले साहित्यकार उत्पन्न हुए। ज्योतिरीश्वर ने 'धूर्तसमागम-प्रहसन' (सन् 1324 ई०) और उमापति मिश्र ने 'पारिजातहरण' की रचना की जिनकी प्रसिद्धि आज तक है। 'धूर्तसमागम' में देशी भाषा के बारह गीत हैं।[1]

मध्यकाल में संस्कृत विद्वानों का एक वर्ग यह अनुभव करने लगा कि अपने विचारों को जनता तक पहुँचाने के लिए जनभाषा के नाटकों का महत्त्व उत्तरोत्तर बढ़ता जा रहा है, अतः उन लोगों ने संस्कृत विद्वानों के लिए तो संस्कृत नाटकों की रचना की किन्तु सामान्य जनता के लिए जनभाषा का आश्रय लिया। ज्योतिरीश्वर संस्कृत और जनभाषा दोनों के विद्वान् थे, अतः उन्होंने अपना 'धूर्तसमागम-प्रहसन' संस्कृत, प्राकृत और अपभ्रंश में पंडितों के लिए लिखा और लोकभाषा में सामान्य जनता के लिए। 'धूर्तसमागम-प्रहसन' तत्कालीन समाज में प्रचलित विसंगतियों, पाखण्डों और दुराचारों का भण्डाफोड़ बड़े नाटकीय ढंग से करता है।

कीर्तनियां शैली का सर्वप्रथम नाटक 'पारिजात-हरण' (1325 ई० के लगभग) है। उमापति मिश्र का यह नाटक संस्कृत और हिन्दी मिश्रित शैली का सर्वप्रथम प्रमाण है। इस नाटक में वार्तालाप की भाषा संस्कृत है। किन्तु समस्त गीत हिन्दी में लिखे गए हैं। इसका कथानक इस प्रकार है—

नाट्यकार संस्कृत नान्दी से पूर्व देशी भाषा के बारह चरणों में भवानी की वन्दना करता है। तदनन्तर आठ चरणों में संस्कृत भाषा में बाराह भगवान् की स्तुति करता है।

नान्दी के दूसरे श्लोक में मिथिलाधिपति की शक्ति का परिचय देते हुए यह आकांक्षा प्रकट की गई है कि वे मिथिलेश सामाजिकों की रक्षा करें। नान्दी (देशी भाषा और संस्कृत में विरचित) के उपरान्त सूत्रधार और नटी में परस्पर वार्तालाप होता है। सूत्रधार श्री हरिहर देव को यवन-वन-विनाशकारी और विष्णु का दसवां अवतार घोषित करता है और उनके आदेश के अनुसार नटी के सम्मुख 'पारिजात-हरण' नाटक के अभिनय द्वारा-भूपाल-मण्डल के वीररसोद्रेक को शान्त करने की योजना रखता है।

नटी को एक विशेष प्रकार का कलरव सुनाई पड़ता है। सूत्रधार उसे सूचित करता है

---

1. 'धूर्तसमागम-प्रहसन' और 'पारिजातहरण' की विशेष जानकारी के लिए हमारा ग्रन्थ 'प्राचीन भाषा नाटक' देखिए।

कि श्रकृष्ण रुक्मिणी के साथ रैवत वन में विद्यमान हैं। वहां चलकर उनसे मिलना चाहिए। दोनों प्रस्थान करते हैं। यहीं प्रस्तावना की इतिश्री होती है और श्रीकृष्ण के प्रवेश के पूर्व नेपथ्य में कृष्ण के यश का गान होता है। गान समाप्त होते ही श्रीकृष्ण रुक्मिणी के साथ रंगमंच पर दिखाई पड़ते हैं। रैवत वन में कृष्ण रुक्मिणी और सोलह सहस्र नायिकाओं को विश्राम करने का परामर्श देकर आकाश की ओर आश्चर्यचकित हो देखने लगते हैं। नारद के वेश और उनके आगमन की सूचना सामाजिक को मिलती है। नारद प्रथम संस्कृत श्लोक में श्रीकृष्ण का यशोगान प्रारम्भ करते हैं, तदुपरान्त देशी गीत में उनकी प्रशंसा करके हिन्दू-पति और महेश्वरी देवी का उल्लेख करते हैं। इसी समय सत्यभामा की प्रिय सखी-सुमुखी विराजमान होती है और नारद के साथ उसका विनोदमय वार्तालाप होता है। नारद को साथ लेकर सुमुखी श्रीकृष्ण के पास जाती है। नारद और श्रीकृष्ण का संवाद प्रारम्भ होता है। श्रीकृष्ण नारद से पूछते हैं कि क्या आप मेरे लिए कोई उपहार लाए हैं? ज्योंही नारद पुष्पोपहार देने लगते हैं, त्योंही सत्यभामा रंगमंच पर पहुंच जाती है, पर श्रीकृष्ण वह पुष्प रुक्मिणी को प्रदान करते हैं। सुमुखी के उत्तेजित करने पर सत्यभामा पुष्प के लिए रुष्ट होकर मान करने लगती है। अपने आभूषणों को फेंक देती है और निरन्तर अश्रुधारा बहाने लगती है। कृष्ण सत्यभामा से अनुनय-विनय करते हैं तब सत्यभामा पारिजात-वृक्ष लाने का आग्रह करती है। श्रीकृष्ण देवीगृह में नारद को बुलाते हैं और पारिजात-वृक्ष के लिए इन्द्रपुरी भेजते हैं। एक ओर नारद श्रीकृष्ण का सन्देश लेकर इन्द्र-पुरी जाते हैं दूसरी ओर कृष्ण अर्जुन को भी सूचित करते हैं कि वे इन्द्र से युद्ध करने को प्रस्तुत रहें।

नारद के द्वारा कृष्ण का सन्देश पाकर इन्द्र कहते हैं कि हे नारद, कृष्ण से जाकर कहना, 'पारिजात दल जब तक सुई की नोक से बींधा जा सकता है तब तक, हे कृष्ण, युद्ध के बिना मैं तुम्हें यह वृक्ष नहीं दूंगा।'

नारद कृष्ण को इन्द्र का सन्देश सुनाते हैं। कृष्ण अपने वाहन गरुड़ का आह्वान करते हैं और अर्जुन तथा नारद को साथ लेकर इन्द्रलोक पहुंचते हैं। इन्द्र को पराजित कर वे पारिजात वृक्ष का हरण कर लाते हैं। नारद सत्यभामा को यह शुभ सन्देश सुनाते हैं और कृष्ण-प्रदत्त पारिजात वृक्ष सत्यभामा के प्रांगण में आरोपित कर देते हैं। सत्य-भामा नारद से कुछ मांगने के लिए निवेदन करती है तो नारद उनसे श्रीकृष्ण को दान रूप में मांग लेते हैं। इसी प्रकार सुभद्रा से भी वे अर्जुन को मांग लेते हैं, और अन्त में श्रीकृष्ण को सत्यभामा के हाथों और अर्जुन को सुभद्रा के हाथों एक-एक गाय के मूल्य पर बेच देते हैं। अन्त में भरतवाक्य के रूप में यह कामना की जाती है कि पृथ्वी धनधान्य से पूर्ण हो, सभी जन सुखी हों। राजा गुणियों का आदर करें। पिशुन-जन से सज्जनों को कष्ट न मिले। कवियों की सरस्वती उक्ति-वैचित्र्य के साथ सबको आह्लादित करे।

उमापति जयदेव के समकालीन थे। उमापति ने एक स्थान पर शिलालेख में यह लिखा है कि विनयसेन ने एक वीर सरदार नान्य को पराजित किया था। यह नान्य, नान्यदेव (1098 से 1135) के अतिरिक्त और कोई नहीं हो सकता। इसी राजा

ने तिरहुत में राजपूत वंश का राज्य स्थापित किया था। इन्हीं के किसी वंशज के राजदरबार में 'पारिजात-हरण' के रचयिता उमापति विद्यमान थे।[1]

कहा जाता है कि 'पारिजात-हरण' के रचयिता उमापति का जन्म दरभंगा जिले के भौरपरगना के कोइलख नामक ग्राम में हुआ था और उन्होंने हरिहरदेव के राजदरबार का संरक्षण प्राप्त किया। हरिहरदेव की राजमहिषी महेश्वरीदेवी थीं, जिनका उल्लेख हमें 'पारिजात-हरण' नाटक में मिलता है। यह हरिहरदेव नान्यदेव की छठी पीढ़ी में विद्यमान थे। हरिहरदेव का समय 1305 से 1324 ई० तक माना जाता है। इससे सिद्ध होता है कि उमापति सन् 1324 से पूर्व अवश्य विद्यमान थे।

उमापति और विद्यापति की रचनाओं के भाव-साम्य के आधार पर भी 'पारिजात-हरण' का रचनाकाल चौदहवीं शताब्दी माना जा सकता है। विद्यापति का समय प्रायः सन् 1380 से सन् 1460 ई० तक स्वीकार किया जाता है। विद्यापति के बहुत-से पदों पर उमापति का प्रभाव स्पष्ट दृष्टिगोचर होता है। कई स्थलों पर तो दोनों कवियों की भणिताओं की शैली में इतना अधिक साम्य है कि आश्चर्यचकित हो जाना पड़ता है। उपमानों के प्रयोग का भी यही हाल है। उमापति द्वारा रचित एक पद तो करीब-करीब ज्यों का त्यों विद्यापति के नाम से मिलता है। वह पद है —

अरुन पुरुब दिसि बहलि सगरि निसि गगन मगन भेल चन्दा।
मुनि गेल कुमुदिनी तइओ तोहर धनि मूनल मुख अरविन्दा ॥22॥
कमल बदन कुवलय दुहु लोचन अधरमधुरि निरमाने।
सगर सरीर कुसुम तुअ सिरिजल किए तुअ हृदय पखाने ॥24॥
असकति कर कंकन नहि पहिरसि हृदय हार भेल भारे।
गिरिसम गरुअ मान नहिं मुंचसि अपरुप तुअ बेबहारे ॥26॥
मानिनि, अबगुन परिहरि हरखि हेरु धनि मानक अबधि बिहाने।
हिमगिरि कूमरी चरन हृदय धरि सुमति उमापति भाने ॥26॥

विद्यापति ने देशी भाषा में काव्य रचना के साथ नाटक को भी एक नया मोड़ दिया। 'गोरक्ष विजय' नाटक इसका प्रमाण है। गुरु गोरखनाथ हिन्दू-मुसलमान सबके पूज्य बन गए थे। उस काल में उनके चमत्कार की अनेक कहानियां प्रचलित थीं। इस नाटक में गुरु गोरखनाथ द्वारा अपने गुरु मत्स्येन्द्रनाथ का राजभवन की विलासिता से उनका उद्धार दिखाया गया है।

संस्कृत की शैली पर नान्दी के उपरान्त सूत्रधार और उसके आमंत्रण पर नटी का प्रवेश होता है। भैरव पूजा के अवसर के उपयुक्त विद्यापति (1380-1460 ई०) — कृत 'गोरक्षविजय' नाटक का अभिनय सामाजिक को दिखलाना निश्चित किया जाता है। शरद् ऋतु के सुहावने वातावरण में प्रसिद्ध योगी मत्स्येन्द्रनाथ को योग-भ्रष्ट रूप में राजप्रासाद के भीतर विहार करते दिखाया जाता है। अपने प्रतिद्वन्द्वी एक योगी से गुरु

1. दी जर्नल आफ दी बिहार रिसर्च सोसायटी, मार्च-जन, सन् 1957, पृ० 25

के पथभ्रष्टता का समाचार पाकर गुरु गोरखनाथ अपने गुरु मत्स्येन्द्रनाथ को सन्मार्ग पर लाने के लिए कटिबद्ध हो जाते हैं। योगबल से उस राजद्वार पर पहुंचते हैं जिसके प्रासाद में उनके गुरु सुन्दरियों के साथ केलि कर रहे हैं। यहां गीतों के द्वारा गुरु की केलि-क्रीड़ा और वैभव के उन्माद का अद्‌भुत वर्णन मिलता है। गोरखनाथ के साथ उनके शिष्य काननिपाद भी नर्तक का वेश बनाकर युक्तिपूर्वक राजमहल में प्रविष्ट हो राजा मत्स्येन्द्र-नाथ को नृत्य दिखाकर मुग्ध करते हैं। इसी समय बिन्दु नामक एक बालक सहसा अन्तिम सांस लेने लगता है। इसका अपराध योगी नर्तक पर मढ़ा जाता है किन्तु अपने को निर्दोष सिद्ध करने के लिए वे बालक को पुनर्जीवित कर देते हैं।

राजा मत्स्येन्द्रनाथ को अपनी पथ-भ्रष्टता पर पश्चाताप होता है और वे पुनः अपनी यौगिक शक्ति की उपलब्धि के लिए सन्नद्ध हो जाते हैं। रानियों के विभिन्न सांसारिक प्रलोभनों, राजसी वैभव को ठुकरा कर मत्स्येन्द्रनाथ गुरु गोरखनाथ के साथ चल पड़ते हैं। इस नाटक में संस्कृत और लोकनाट्य शैलियों के सम्मिश्रण का प्रयत्न है। संगीत और नृत्य की रमणीयता, कथोपकथन की उक्ति विदग्धता, कथा का आरोह और अवरोह, सुसम्बद्ध घटनाओं का आकस्मिक कौतूहलवर्धक मोड़ इस नाटक को आद्योपान्त आकर्षक बनाए रखता है। सामाजिक मंत्रमुग्ध होकर इसके नृत्य, गीत और नाटकीयता का रसास्वादन करता चलता है।

प्राकृत के अतिरिक्त एक और भाषा अपभ्रंश नाम से प्रचलित हो गई थी। वह यह भाषा थी, जिसमें प्राकृत शब्दों का उच्चारण बदल चुका था और जनसाधारण की भाषा अपभ्रंश बनती जा रही थी।[1] पंडित हजारीप्रसादजी के कथनानुसार 'अपभ्रंश में प्राकृत का एक खास प्रकार का स्वरवैचित्र्य प्रधान हो उठा। स्वभावतः ही उस स्वर-वैचित्र्य के पीछे अनेक स्थान की प्राकृत भाषाएं रही होंगी।'

उत्तरोत्तर विकसित होती हुई अपभ्रंश भाषा साहित्य के योग्य हो गई और उसमें विविध ग्रन्थ बनने लगे। राजशेखर (11वीं शताब्दी) के समय तक इस भाषा के कवियों को राजसभा में सम्मान मिलने लगा। काव्यमीमांसा के अनुसार पूर्वदिशा में प्राकृत के कवियों को और पश्चिम की ओर अपभ्रंश के कविगणों को स्थान दिया जाता था। अपभ्रंश-कवियों के साथ बैठने वाले चित्रकार, लेपकार, मणिकार, जौहरी, सुनार, बढ़ई, लुहार आदि[2] का उल्लेख है। इससे सिद्ध होता है कि अपभ्रंश कविता जनसाधारण अर्थात् अनपढ़ या अल्पपठितों की भाषा थी, जिसमें साहित्य बनने लगा था।

इस अपभ्रंश अर्थात् लोकभाषा में नाटक बनते थे या नहीं, इस पर बहुत दिनों तक विवाद चलता रहा। कुछ दिनों पूर्व मुनि जिनविजयजी ने 'पुरातन प्रबन्ध-संग्रह' का

---

1. चन्द्रलेखा, पृ० 31, डा० ए० एन० उपाध्याय, एम० ए० डी० लिट्, भारतीय विद्या भवन।
   (ख) हिन्दी साहित्य की भूमिका, पृष्ठ 25
2. काव्यमीमांसा

अनुवाद किया और उसमें एक ऐसी कथा का उल्लेख किया, जिससे सिद्ध होता है कि हंसी-विनोद और किसी का मज़ाक उड़ाने के लिए अपभ्रंश के ही नाटक सबसे अधिक उपयुक्त माने जाते थे। राजा भोज की कथा इसका प्रमाण है।

एक बार सिद्धरस बनाने वाले अनेक योगी भोज के दरबार में समस्त आवश्यक सामग्री प्रस्तुत होने पर भी सिद्ध रस न बना सके। तब राजा ने उनका मज़ाक उड़ाने के लिए देशभाषा के नाटक का अभिनय कराया। अभिनेताओं के कौशलपूर्ण अभिनय को देखकर सिद्ध रस बनाने वाले योगी बहुत लज्जित हुए, पर सामाजिक हंसी के मारे लोट-पोट हो गए।

नेपाल के हिन्दी-मैथिली नाटक

हिन्दी नाटक का परिवार अति विस्तृत है। अभी तक ब्रजभाषा के नाटक-साहित्य के आधार पर हिन्दी नाटक की उत्पत्ति विक्रम की सत्रहवीं शताब्दी मानी जाती थी, किन्तु जब से नेपाल में जाकर पं० हरप्रसाद शास्त्री ने कई नये नाटकों का अनुसन्धान किया है, भारतीय-भाषाओं के नाटक-इतिहास में एक उथल-पुथल मच गई है। पं० हरप्रसाद शास्त्री और डा० बागची के प्रयास से नेपाल में प्राप्त नाटकों का परिचय जब से मिला है, विद्वानों की राय बदल गई है। एक इतिहास-लेखक का कहना है कि 1600 ई० तक देशी भाषा मैथिली (हिन्दी की एक शाखा) में नाटक-कला भली प्रकार विकसित हो चुकी थी। नेपाल से प्राप्त नाटकों में 'विद्याविलाप' नामक नाटक की एक हस्तलिखित प्रति मिली है, इसमें उसी विद्यासुन्दर की कथा है, जिससे प्रभावित होकर भारतेन्दुजी ने विद्यासुन्दर[1] नामक नाटक लिखा था। यही मैथिली का सर्वप्रथम नाटक है।[2]

महाराज हरिसिंह के उत्तराधिकारी त्रिभुवनमल्ल ने स० 1629 से सं० 1642 (1572 ई० से 1585 ई०) तक राज्य किया। उनके राज्यकाल में रामचन्द्र और वीरनारायण दो प्रसिद्ध कवि और नाट्यकार हुए। उनके राज्यकाल में विरचित एक नाटक की हस्तलिखित खण्डित प्रति मिली है। इसमें एक विरह का पद बहुत ही आकर्षक है। डा० बागची ने अपनी पुस्तक में उसको इस प्रकार उद्धृत किया है :

सघन बरसिए मेहा।
सुमरि सुबन्धु महा॥
जीव छटपट सी नींद न आवए।
विरह दगध देहा॥[3]

1. भारतेन्दु ग्रन्थावली
2. We learn of the first Maithili Drama during the reign of vishva-malla (c 15433) called vidya vilap.— A His'ory of Maithili Literature, by Dr. Jayaka t. p. 262.
3. Dr. A. C. Bagchi's Book—Nepal Bhasha Natak, p. 172.

त्रिभुवनमल्ल के उत्तराधिकारी जगज्योतिर्मल्ल स्वयं अच्छे नाट्यकार थे। उन्होंने 'मुदितकुवलयस्य' नामक एक प्रसिद्ध नाटक लिखा। इसकी प्रसिद्धि का एक कारण यह है कि इसमें मल्लवंश-सम्बन्धी विवरण सुगमता से प्राप्त हो जाता है। इसके अतिरिक्त उन्होंने और दो नाटक लिखे। (1) हरगौरी विवाह, (2) कुंजबिहारी नाटक। इस कुंज-बिहारी नाटक में राधाकृष्ण और गोपियों की लीला का वर्णन है।

इसके उपरान्त जगज्ज्योतिमल्ल के पौत्र जगत् प्रकाशमल्ल अति सफल नाट्यकार हुए। उन्होंने निम्नलिखित नाटक लिखे जो नेपाल दरबार-पुस्तकालय में उपलब्ध हैं। (1) उषाहरण, (2) नलीयनाटकम् (संवत् 1670), (3) पारिजातहरण, (4) प्रभावतीहरण[1], (5) मलयगन्धिनी (1663), (6) मदनचरित।

इस शैली का एक नाटक 'हरिश्चन्द्रनृत्यम्' है, जो सत्रहवीं शताब्दी के अन्त का लिखा है। जर्मनी में (नेपाल सं० 771, फागुन सुदी 2, रामभद्र शर्मा लिखितम्) इसका प्रणयन हुआ। एक उद्धरण देखिए—

'आहे ऋषीश्वर, धन्य धन्य हमार भाग्य,
आनवरेर हमार कार्य नाहीं, तुमी महेश्वररे अवतार जानि री···॥'

प्राचीन मैथिली भाषा पूर्वी हिन्दी का एक रूप है। विद्यापति की पदावली को हमारे हिन्दी साहित्य में प्रमुख स्थान प्राप्त है। आचार्य शुक्लजी इसे हिन्दी का ही एक रूप मानते थे। प्राचीन मैथिली-नाटकों के संक्षिप्त परिचय से इतना तो स्पष्ट हो गया कि हिन्दी-नाटकों की परम्परा उससे कहीं पुरानी है, जितनी अभी तक मानी जाती थी।

---

1. प्रभावती नाटक के प्रारम्भ में नान्दी इस प्रकार है:
'प्रथमहि सुमिर जो गुरु गणेश, देय अभयबर हरथु कलेश।'
अन्त में भरत वाक्य इस प्रकार है:
'जगत्प्रकाश नृपति कर विनती,
जनम होउ तोर पदे मती।'

दूसरा अध्याय

रास शैली के नाटक

गत अध्याय में हम यह मत प्रतिपादित कर चुके हैं कि हमारे देश में संस्कृत नाटक के साथ-साथ जननाटक की परम्परा भी अक्षुण्ण रही है। नाटक की ये दो शैलियां निरन्तर अपने-अपने पथ पर चलती हुई एक-दूसरे पर प्रभाव डालती चली आ रही हैं। अपभ्रंश भाषा में रासक नाटकों का प्रचार इतना बढ़ा कि अन्य शैलियां कालान्तर में तिरोहित-सी हो गईं।[1] यह शैली पूर्णतया जननाटक की परम्परा है। यह शैली समाज की साधारण जनता की रुचि और योग्यता का ध्यान रखकर निर्मित हुई। नाटक की यह नवीन शैली रासक के नाम से प्रचलित हुई, जिसकी परम्परा के सम्बन्ध में हम विचार करेंगे।

विक्रम की बारहवीं शताब्दी में हेमचन्द्र ने अपभ्रंश नामक जनभाषा को व्याकरण के बन्धन में इस प्रकार जकड़ दिया कि यह भाषा भी साहित्यिक भाषा बन गई, परन्तु जनभाषा पूर्ववत् चलती रही। इसी अपभ्रंश शैली में, जो जनसमुदाय की भाषा थी 'रासक' नाम के नाटक का प्रथम सृजन हुआ।

विगत पच्चीस वर्षों में अपभ्रंश साहित्य के विस्तृत अध्ययन द्वारा रासक नामक नाटक पर कुछ प्रकाश पड़ा है। इस अपभ्रंश धारा में भी साहित्य प्रचुर मात्रा में विरचिर होता चला आ रहा है। अपभ्रंश-साहित्य के अप्रकाशित रहने और आदि-हिन्दी के नाटक-साहित्य की अनुपलब्धि के कारण हिन्दी नाट्य-साहित्य के इतिहास-लेखक रासक की ओर दृष्टि न दौड़ा सके और हिन्दी-नाटकों का उत्पत्ति-काल सत्रहवी शताब्दी निर्धा-

---

1. The cultured and elite of that period considered Prakrit as a language of the yesterday which was a valuable source of literary enjoyment by virtue of its literature of tenderness and beauty but only for those who could understand that language, who had studied its grammar and who were otherwise well-read, not for the averagely educated and uninitiated. Prakrit had become somewhat difficult to grasp. Consequently to cater to the contemporary literary demand, the authors had to write their works in Aapbhramsha, as also which was a literary dialect of the time accessible to common people.

—संदेश रासक, पृष्ठ 19

रित करते रहे। किन्तु पिछले पचास वर्षों में प्राचीन हस्तलिखित पुस्तकों के अनुसंधान-कर्ता विद्वानों ने इतना साहित्य उपलब्ध कर लिया है, जिससे सिद्ध होता है कि हिन्दी का नाट्य-साहित्य विक्रम की तेरहवीं शताब्दी में आरम्भ हो गया था। सत्रहवीं से उन्नीसवीं शताब्दी तक मिलनेवाला नाटक साहित्य उसी परम्परागत नाट्य-साहित्य की एक शाखा है, जो विक्रम की तेरहवीं शताब्दी से लेकर अब तक प्रवाहित होती चली जा रही है। इस अध्याय में उसी चिरकाल नाट्यधारा पर विचार करेंगे।

अपभ्रंश भाषा के प्रसिद्ध पण्डित मुनि जिनविजय दीर्घकाल तक जैन भण्डारों की हस्तलिखित पुस्तकों का अध्ययन करते रहे। उन विशाल ग्रन्थ-भंडारों में उन्हें 'सन्देश रासक' नामक ग्रन्थ उपलब्ध हुआ। यह ग्रन्थ विक्रम की तेरहवीं सदी में एक उदार मुसलमान द्वारा अपभ्रंश-मिश्रित पश्चिमी राजस्थानी में लिखा गया। इसकी भाषा और कथावस्तु के आधार पर यह प्रमाणित हुआ है कि इसका रचनाकाल शहाबुद्दीन मोहम्मद गोरी के आक्रमण का पूर्वकाल था। इसकी भाषा पृथ्वीराज रासो की मूलभाषा से बहुत कुछ साम्य रखती है। यह वह काल था जब अपभ्रंश भाषा में सामान्य जन की भाषा राजस्थानी अपना स्थान बनाती चली जा रही थी। अतएव ग्रन्थ में अपभ्रंश तथा राजस्थानी का मनोरम संगम पाया जाता है। इसके पश्चात् जितने रासक विरचित हुए उनमें अपभ्रंश का प्रभाव क्षीण से क्षीणतर और राजस्थानी का प्रबल से प्रबलतर बनता गया और अचिरादेव रास और रासो राजस्थानी में विरचित होने लगे। रास और रासो की यह परम्परा न्यूनाधिक सात सौ वर्षों से हमारे नाट्य-साहित्य को प्रभावित करती चली आ रही है। इस परम्परा पर विचार करने से पूर्व हम उन लोगों की शंका का समाधान कर देना चाहते हैं, जो इन रासों को श्रव्यकाव्य ही मानकर नाटक-साहित्य में परिगणित न करना चाहें। इस समस्या को 'सन्देश रासक' में ही नाट्यकार ने सुलझा दिया है।

रासकों की उपयोगिता बताते हुए अब्दुल रहमान लिखते हैं :

कह न ठाह पडवेइहि वेउ पयासियइ।
कहबहु-रुविणिवद्धउ रासउ भासियइ।।

इसी की टिप्पणक रूपा व्याख्या में इस प्रकार अर्थ मिलता है :

कुत्रापि चतुर्वेदिभि: वेद: प्रकाश्यते।
कुत्रापि बहुरूपिभिर्निबद्धो रासको भाष्यते।

अर्थ—कहीं पर चतुर्वेदी (चारों वेदों के श्रोत्रिय) वेदों की व्याख्या करते हैं और कहीं बहुरूपिये अर्थात् अभिनेता सुसम्बद्ध रासकों का कथोपकथन रूप में प्रदर्शन करते हैं।

नाटकत्व से परिपूर्ण यह रासक आशीर्वचन के साथ समाप्त होता था। इस व्याख्यान पर वादी यह आपत्ति उठा सकता है कि रासक को श्रव्य-काव्य क्यों न माना जाए। हमारा उत्तर यह है यह दृश्य-काव्य है, क्योंकि बहुरूपियों द्वारा इसका प्रदर्शन अथवा अभिनय किया जाता है। इस प्रकार यदि श्रव्य-काव्य का अभिनय के रूप में प्रदर्शन किया जाए तो उसे दृश्य-काव्य मानने में क्या आपत्ति हो सकती है? हमारी

सम्मति में यह रासक पूर्णतया विकसित नाटकों के प्रारंभिक काल का वह रूप है, जिसमें श्रव्य-काव्य अभिनय कला की सहायता से दृश्य-काव्य में परिणत हो रहे हैं। बहुरूपियों से प्रदर्शन होने का उल्लेख इस बात का प्रमाण है।

'रास' शब्द की व्युत्पत्ति[1]

रास के नामकरण के कारण पर विविध विद्वानों ने विविध विधियों से विचार किया है। एक मत यह है कि 'रास' शब्द रस का बहुवचन किया है। 'रसानां समूहों रासः' तथा 'रसौ वै सः' सिद्धान्त के अनुसार रस नाम ब्रह्म का है। महारास में एक ही कृष्ण अनेक कृष्ण के रूप में दिखाई देते हैं। यह शंका उठाने पर कि ब्रह्म तो एक ही है, उन विद्वानों का कहना है कि भागवत के अनुसार 'तासां मध्ये द्वयोर्द्वयोरिति' प्रत्येक दो गोपियों के मध्य एक ब्रह्म (कृष्ण) दिखाई पड़ते हैं, अतएव इस नृत्य-नाटक का नाम रास पड़ा। दूसरा मत यह है कि 'रसोत्पद्यते यस्मात् स रासः' जिससे रस उत्पन्न हो वह रास है। रास में नृत्य-संगीत के द्वारा रस की वर्षा की जाती है। अतएव इसे रास कहते हैं। तीसरा मत है कि,

स्त्रीभिश्च पुरुषैश्चैव धृतहस्तैः क्रमास्थितैः।
मण्डले क्रियते नृत्यं स रासः प्रोच्यते बुधैः ॥[2]

जिसमें स्त्रियां और पुरुष हाथ बांधकर मंडल के रूप में नृत्य करें वह रास कहलाता है। इस नृत्य में इसी प्रकार कृष्ण गोपियों के साथ मंडलाकार नर्तन करते हैं, अतएव इसे भी रास कहते हैं। चौथा मत है कि केवल नृत्य तथा गान ही पूर्ण अर्थ में रास नहीं कहला सकते। पंचम मत इन सबसे नितान्त भिन्न है। इस मत को मानने वाले रास की उत्पत्ति रस धातु से मानते हैं। वे लोग रस का अर्थ चिल्लाना बताकर इसका सम्बन्ध प्राचीन पशु-पालन नृत्य से जोड़ते हैं। प्रारम्भ में यह नृत्य के मध्य-मध्य में कभी-कभी ज़ोर से चिल्ला उठते थे।[3] इस कारण उसका नाम रास रखा गया था। कालान्तर में नृत्य तथा संगीतकला के विकसित होने पर इसमें परिवर्तन होता गया और इसका रूप कलापूर्ण बन गया।[4]

---

1. विशेष विवेचन के लिए हमारे ग्रंथ 'रास एवं रासान्वयी काव्य' को देखिए
2. रास सर्वस्व
3. आज भी ग्रामान्तरित होने वाले नृत्यों में नर्तन बीच में ही आ चिल्लाते हैं।
4. रास is thus not to be drived form रास but form रस. a root which means to cry aloud, which may refer to the very primitive form of this dance when the proportion of music and artistic movements may not have been still realistic and when it must have been practised as wild dance——Types of Sankrit Drama by Dr. Kankad Page 143.

छठा मत यह है कि रासलीला वास्तव में राशिलीला का प्रतीकात्मक रूप (Allegorical) है। इस मत के अनुवर्ती पुराणों से ही इसका प्रमाण देते हैं। एक स्थान पर शरत् पूर्णिमा के समय अन्तरिक्ष में शोभायमान नक्षत्र सहित पूर्णचन्द्र का वर्णन इस प्रकार है :

अखण्डमण्डलो व्योम्नि रराजोडुगणः शशी,
यथा यदुपतिः कृष्णो वृष्णिचक्रावृतो भुवि।
आश्लिष्य समशीतोष्णप्रसूनवनमारुतम्,
जनास्तापं जहुर्गोप्यो न कृष्णहृतचेतसः॥

तात्पर्य यह है कि जिस प्रकार यदुपति श्रीकृष्ण भगवान् गोपियों द्वारा आवृत होकर पृथ्वीतल पर शोभायमान हो रहे थे, उसी प्रकार पूर्णबिम्ब के शशि पूर्णिमा को नक्षत्रों द्वारा घिरे हुए शोभित हो रहे थे। जिस प्रकार समशीतोष्ण वनस्थ पुष्प और मन्द, सुगन्ध पवन को आस्वादन कर मनुष्य अपने-अपने तापों को विस्तृत कर देते हैं, उसी प्रकार श्रीकृष्ण द्वारा हृदय चुराए जानेवाली गोपियां उनका आलिंगन कर सब क्लेश विस्मरण कर जाती हैं :

एवं अध्याय उनतीस में रासलीला-प्रसंग में एक स्थल पर रास करते हुए कृष्ण की शोभा का वर्णन इस प्रकार मिलता है :

ताभिः[1] समेताभिरुदारचेष्टितः प्रियेक्षणोत्फुल्लमुखीभिरच्युतः।
उदारहासद्विजकुन्ददीधितिर्व्यरोचतैणाङ्क इवोडुभिर्वृतः॥

तात्पर्य यह है कि कुन्द पुष्प के सदृश दांतवाले, उदार, हास्यपूर्ण, प्रिय कृष्ण द्वारा देखी जाने के कारण प्रसन्नवदना गोपियों द्वारा घिरे वे उस प्रकार शोभायमान हो रहे थे, मानो अपनी पत्नी तारिकाओं से घिरे हुए चन्द्रमा ही हों।

राशिलीला का अनुकरण रासलीला को मानने वाले कहते हैं कि गोचरण के समय कृष्ण और गोपियों की मण्डली परिवेष्टित चन्द्र की ज्योत्स्ना पर मुग्ध होकर उनकी अनुकृति का खेल रचाया करती थीं, उसी का नाम रासलीला रखा गया।

सातवां मत रासलीला को रहस्यलीला समझता है। इस मत के अनुसार रास-लीला को रहस्यलीला नाम देकर लीला का विवेचन किया जाता है। उपर्युक्त सभी मत विचारणीय हैं एक मत यह भी है कि रास शब्द वस्तुतः संस्कृत भाषा का नहीं, देशी भाषा का है। रास नाट्य-कला जन नाट्य-कला थी। इसे ही रास के नाम से संस्कृत ग्रंथों में उद्धृत कर दिया गया है। रास के देशीय होने का अनुमान इस बात से भी होता है कि रासो तथा रासक नाम से राजधानी में इसका प्रयोग भी मिलता है और वह रास जिसका विशेष सम्बन्ध गोपियों से है, ग्वालों में प्रचलित कोई देशीय नाटक हो सकता है, जो संस्कृत नाटक से अपहृत नहीं माना जा सकता। इस प्रकार गीतिनाट्यों की धारा हिन्दी की अपनी सम्पत्ति है, जिसके लिए वह संस्कृत की ऋणी नहीं, जिसकी परम्परा

1. श्रीमद्भागवत, दशमस्कन्ध, अध्याय 29, श्लोक 43

सरस्वती की धारा के समान गुप्त अथवा प्रकट रूप में शताब्दियों से चली आ रही है। रास के तीन मुख्य तत्व हैं, काव्यत्व, नृत्य और तीसरा अभिनय। यह शैली और परम्परा संस्कृत की नाट्य शैली से कहीं साम्य रखती है और कुछ अंशों में भिन्न है।

अभी कुछ वर्ष पूर्व विक्रम संवत् 962 में विरचित एक रिपुदारण-रास प्रोफेसर दशरथ शर्मा को प्राप्त हुआ, जिससे राजस्थान में प्रचलित रास-परम्परा का रूप और भी स्पष्ट हो जाता है। यह रास श्रीमद्‌भगवत गीता के कृष्ण-रास से भिन्न है। संक्षेप में इसकी कथावस्तु इस प्रकार है :

सिद्धार्थपुर का राजा रिपुदारण बड़ा ही मिथ्याचारी और महा अभिमानी होने से प्रजा को कष्ट देता था। अभिमानवश वह सदाचरणशील प्रजाप्रिय सार्वभौम राजा तपन को अपमानित किया करता था। तपन एक तांत्रिक योगी का बड़ा भक्त था। तपन का कष्ट देखकर योगी उसे शाप देता है और एक दिन तंत्र का प्रयोग करके योगचूर्ण की एक मुट्ठी रिपुदारण के मुख पर फेंकता है। तांत्रिक के शिष्य गुरु के आदेशानुसार रिपुदारण के सिर पर पांच चोटी लगाते हैं और उसके शरीर में राख लपेट देते हैं। एक शिष्य उड़द निर्मित पिट्ठी का उसके सिर पर तिलक लगाता है। शिष्यगण रिपुदारण को चारों ओर से घेर लेते हैं और उसे ऐसा नृत्य करने को बाध्य करते हैं, जिससे सबको हंसी आए। मण्डली के मध्य में रिपुदारण नृत्य करता है और वृत्ताकार स्थित शिष्यगण ताली बजाते हैं।

अब उसे मण्डली के प्रत्येक व्यक्ति के चरणों पर गिरने को बाध्य किया जाता है। इसी समय योगीश्वर तांत्रिक रास-ताल देने वालों को एक गाना सिखाता है, जिसको गाते हुए नर्तन करने वाले रिपुदारण के चतुर्दिक ताल बजाते हुए घूमते हैं। रिपुदारण नर्तन में जहां त्रुटि करता है वहीं उसे ठोकर मारी जाती है। अन्त में वह मूर्च्छित हो जाता है। तब उसे रास-मण्डली जबर्दस्ती खींचते हुए त्रिताल देते हुए नरेन्द्र तपन के दरबार में पहुंचती है। यहां पुनः रिपुदारण विशेष रूप से पूर्वकृत 'प्रेक्षणक' राजा तपन को दिखाता है। अन्त में तांत्रिक योगीश्वर भी रास-मण्डली के मध्य स्थित होकर एक गाना गाता है कि जो अभिमानवश मातृ-पितृ देवगण को मस्तक नहीं नवाता उसे सबके चरणों में गिरने को विवश होना पड़ता है। अब रिपुदारण अपने कृत्यों पर पश्चाताप करता है और सबके चरणों पर गिर-गिर कर क्षमा मांगता है। इधर योगीश्वर के साथ सारी जनता त्रिताल का रास देते हुए गाने को दोहराती जाती है।

इससे सिद्ध होता है कि कृष्ण-रास के अतिरिक्त नृत्य, गीत और अभिनय की शैली पर उपदेशप्रद रासों का अभिनय जनता में प्रचलित था, जिसकी यह विशेषता थी कि अभिनेताओं के साथ-साथ दर्शक भी अभिनय में पार्ट करते थे। इस प्रकार रास रचना के तीन अभिप्राय थे—काव्य के रूप में पढ़कर, रास-नृत्य के रूप में नाचकर और जनसमूह में अभिनय करके दर्शकों को आनन्द, उल्लास और शिक्षा प्रदान करना। जैसे आज का नाट्यकार चाहता है कि उसकी रचना एकान्त में पढ़कर, रेडियो पर प्रसारित होकर तथा रंगमंच पर अभिनय द्वारा प्रदर्शित कर जन-समूह को आनन्द प्रदान करे,

यही उद्देश्य प्राचीन काल में रास-रचयिताओं का था।

आगामी अध्यायों में हम देखेंगे कि रासक की यह परम्परा देशी भाषा, पश्चिमी राजस्थानी में रास और रासो के रूप में चली जा रही है और विक्रम की सोलहवीं शताब्दी में इसी मुख्य धारा से रास की एक और भी परम्परा प्रकट हुई।

पश्चिमी राजस्थानी में रास-नाटक की परम्परा

हम पूर्व सिद्ध कर आए हैं कि सोलहवीं शताब्दी के अन्तिम भाग तक गुर्जर भाषा और पश्चिमी राजस्थानी एक ही भाषा थी।[1] तेरहवीं से बीसवीं शताब्दी तक विरचित हस्तलिखित रास-ग्रन्थों का विवेचन मोहनलाल दुलीचन्द देसाई ने 'जैन गुर्जर कवियों' नामक ग्रन्थ के तीन भागों में किया है। यशोविजयग्रन्थमाला, भावनगर से 'ऐतिहासिक रास संग्रह' नामक ग्रन्थ प्रकाशित हुआ है। इनके अतिरिक्त कितने ही रास ग्रन्थ अभी तक जैन जनता के अधिकार में लुप्त पड़े हैं। इस प्रकार सम्पूर्ण रासग्रन्थों की गणना करना तो दुष्कर कार्य है। हां, उपलब्ध रासग्रन्थों की संख्या न्यूनाधिक एक सहस्र तक पहुंच जाती है। हमारे नाट्य-साहित्य की इतनी बड़ी पैतृक सम्पत्ति अभी तक अछूती पड़ी है। इस पर शोध की बड़ी भारी आवश्यकता है।

अगरचन्द नाहटा ने 'गयसुकुमार रास' नामक एक रासग्रन्थ की शोध जैसलमेर में की। यह रासग्रन्थ उस काल का है जब ग्राम्य, अपभ्रंश और राजस्थानी का प्रायः सन्धिकाल था। इस रास की बड़ी विशेषता यह है कि इसमें वसुदेव की पत्नी देवकी कृष्ण के समान ही एक और पुत्र की कामना करती हैं। उनकी अभिलाषा पूर्ण होती है। वही इस रास का नायक है

इस रास का रचनाकाल संवत् 1300 विक्रमी के सन्निकट माना जाता है। इस रास में रास के सभी तत्त्व विद्यमान हैं। इसके पात्र हैं : वसुदेव, देवकी, गयसुकुमार, कंस, जरासन्ध और नेमिकुमार[2]।

इसका प्रारम्भ मंगलाचरण[3] से और अन्त आशीर्वचन[4] से होता है जो नान्दी और भरतवाक्य से मिलता-जुलता है।

राजस्थानी की यह रास-परम्परा अब तक चली जा रही है। अभी कुछ वर्ष पूर्व

---

1. डा० टेसिटोरी, कन्हड़ दे प्रबन्ध-प्राक्कथन, पृष्ठ 1
2. गयसुकुमार-रास (हस्तलिखित प्रति)
3. पणमेविणु सुभदेवी सुभरयण विभूसिय।
   पुत्थम कमल करीए कमला सणि संठिय॥
4. आशीर्वचन—एहु रास सुहडेयह जाई,
   रक्खउ सयलु संधु अंबाई।
   एहु रासु जो देसी गुणिसी,
   सो सासय सिव सुक्खइह लहिसी॥

शेखावाटी प्रान्त में इनका अभिनय प्रायः होता रहता था। लकुट रास तो अब तक प्रति-वर्ष अभिनीत होता ही है। इस प्रकार अपभ्रंश से उद्भूत रास-परम्परा ने हमारे नाट्य-साहित्य को इतना प्रभावित किया कि ब्रजभाषा में भी सोलहवीं शताब्दी में रास की नई परम्परा चल पड़ी। इस परम्परा में नन्ददास, ध्रुवदास, ब्रजवासीदास आदि महात्माओं ने उत्कृष्ट रचना की, जिनका उल्लेख ब्रज की रासधारा में किया जाएगा।

राजस्थानी के न्यूनाधिक एक सहस्र रासग्रन्थ स्वतन्त्र शोध के विषय हैं। अतएव केवल 'गयसुकुमार-रास' का उल्लेख करके हम ब्रजभाषा के रास पर आते हैं, क्योंकि इस परम्परा ने हमारे नाट्य-साहित्य पर काफी प्रभाव डाला है।

अन्त में हम इतना कहना चाहते हैं कि विक्रम की तेरहवीं शताब्दी के अन्त तक अनेक रासक अभिनीत होते रहे, जिनमें अपभ्रंश का प्रभुत्व विद्यमान था, किन्तु 'गयसु-कुमार-रस' में राजस्थानी हिन्दी का प्रभुत्व विशेष रूप से दृष्टिगोचर होता है। दूसरी विशेषता यह है कि इसमें पात्रों की संख्या रासक से अधिक है। तीसरी विशेषता यह है कि यह वसुदेव, देवकी, कृष्ण से सम्बन्ध रखता है।

यदि हमारा यह अन्वेषण मान्य हो तो हिन्दी-साहित्य नाटक का उत्पत्तिकाल सत्रहवीं शताब्दी के स्थान पर तेरहवीं शताब्दी संवत् 1289 वि० मानना होगा। एतदर्थ नाटक के इस विकसित रूप में विरचित यह 'गयसुकुमार-रास' ही हमारे अनुसन्धान के फलस्वरूप प्रथम रास नाटक सिद्ध होता है। इस प्रकार विक्रम की तेरहवीं शताब्दी से हिन्दी-नाटक के विकसित रूप की परम्परा सिद्ध हो जाती है।

ब्रजभाषा में रास

उस समय वृन्दावन के लताकुंजों में स्थित साधुओं के पर्णकुटीर साहित्य के उद्भट कृष्णभक्त आचार्यों के आवास बन रहे थे। स्वामी वल्लभाचार्य और हितहरिवंश के पर्ण-कुटीरों में भक्तों की भीड़ लग गई थी। प्रसिद्ध गवैया तानसेन के गुरु हरिदास भी वहीं आकर बस गए थे। इन आचार्यों के साथ उनका शिष्य वर्ग भी बसने को लालायित हो उठा। बंगाल से महाप्रभु ने अपने प्रसिद्ध शिष्य रूपगोस्वामी को यहां (वृन्दावन) बसाने के निमित्त भेज ही दिया था। महाप्रभु के विद्वान् शिष्य श्री गदाधर भट्ट भी वृन्दावन में बस गए। इस प्रकार आचार्यों की एक नई बस्ती बस गई, जहां प्रतिक्षण राधाकृष्ण की लीलाओं का प्रसंग चलता तथा भागवत की कथा होती और 'नारद-पंचरात्र' का पाठ आदि चलता रहता।

इन आचार्यों में एक आचार्य ऐसे थे जो राधाजी के परम उपासक थे। वे महात्मा राधिकाजी के ऐसे भक्त हुए कि उनके सम्प्रदाय का नाम ही राधावल्लभ सम्प्रदाय पड़ गया। ये थे महात्मा हितहरिवंश, जिनका जन्म संवत् 1559 विक्रमी में हुआ था और जो सांसारिक व्यवहार त्यागकर वृन्दावन के एक लताकुंज में नित्यप्रति ध्यान किया करते

थे। कहा जाता है कि इस सूक्ष्म तत्वदर्शी महात्मा को सेवाकुंज[1] में नित्य राधिकाजी के साथ कृष्ण का रासविहार दृष्टिगोचर होता था। कभी-कभी ये महात्मा महारास[2] का दर्शन किया करते थे।

एक दिन रासविहार का प्रसंग छिड़ा। भक्तों में स्वभावतः जिज्ञासा हुई कि आचार्यजी को वृन्दावन में भगवान् कृष्ण का जो रासविहार दिखाई पड़ता है, वह किस प्रकार का है। साधकों की दृष्टि से तो वह नितान्त अदृश्य रहता है। स्वामी हरिदास भी मण्डली में विद्यमान थे। आचार्य हितहरिवंश ने घमण्डीदेव[3] महात्मा को बुलाया, उनको और स्वामी हरिदास को कुछ निर्देश किया। रासलीला में दृष्टिगोचर होनेवाली राधा-कृष्ण की छवि के अनुरूप प्रसाधन हुआ। गोपियों का प्रसाधन स्वयं हितहरिवंश ने किया। इस प्रकार रास-मंडल की तैयारी हुई।[4]

स्वामी हरिदास संगीत के धुरन्धर विद्वान् थे ही। हितहरिवंश के पद 'आज बन नीको रास बनाओ' तथा 'खेलत रास दुलहिनी दूलह' को संगीत रूप में प्रस्तुत किया गया। अन्य महात्माओं ने भी सहयोग दिया। हितहरिवंश के साथ श्री वल्लभाचार्य तथा गदाधर भट्ट भी थे, ऐसा कहा जाता है। इस प्रकार सोलहवीं शताब्दी में इन आचार्य महात्माओं ने ब्रजभाषा में सर्वप्रथम कृष्णरास-मंडल रचाया, जिसमें नृत्य, संगीत और नाट्य को ही स्थान मिला।

रासलीला का दर्शन महात्मा हितहरिवंश को वर्षों की साधना के उपरान्त हुआ था। तपस्या करते-करते सहसा आचार्य को एक दिन आनन्दानुभूति हुई और मुख से निकल पड़ा :

कालिन्दीतटकुञ्जे, पुञ्जीभूतं रसामृतं किमपि।
अद्भुतकेलिनिधानं निरवधि राधाभिधानमुल्लसति[5]॥

अर्थात्—कालिन्दी तट के कुञ्ज में कोई अनिर्वचनीय पुञ्जीभूत रसामृत एवं निरवधि अद्भुत केलि-निधान श्रीराधा नामक स्वरूप उल्लसित हो रहा है। अब तो आचार्य की साधना सफल हुई। उन्होंने प्रत्यक्ष एक छटा देखी, जिसका वर्णन करते हुए मुख से निकल पड़ा :

आजु नागरी किशोर भाँवती विचित्र ज़ोर,
कहा कहों अंग-अंग परम माधुरी।

---

1. सेवाकुञ्जेति विख्यातो श्रीमद्वृन्दावनान्तरे।
राधया सह गोविन्दो यत्र क्रीडां करोति सः॥—माण्डव्य संहिता
2. महारास में कृष्ण अनेक कृष्ण के रूप में दिखाई पड़ते हैं।
3. महात्मा घमण्डीदेव उस समय नाटक-अभिनय के लिए प्रसिद्ध थे। (घमण्डीदेव के तीन नाम घमण्डदेव, घमण्डिदेव और घमण्डीदेव मिलते हैं।)
4. रासलीला के प्रथम संस्थापकों के नाम के सम्बन्ध में मतभेद है। कोई श्री वल्लभाचार्य को और कोई श्री नारायण भट्ट को संस्थापक मानता है।
5. राधा सुधानिधि, हितहरिवंश, पृष्ठ 117

करत केलि कंठमेलि बाहु दंड गंड-गंड
परस सरस रास लास मंडली जुरी ॥
स्याम सुन्दरी बिहार बाँसुरी मृदंग तार
मधुरघोष नूपुरादि किंकनी चुरी ।
देखत हरिवंश आलि निर्त्तनी सुधंग चालि
वारि फेरि देत प्रान देह सी दुरी[1] ॥

आचार्य ने उस रासलास पर मुग्ध होकर अपने शरीर से प्राण चुराया और उस छटा पर निछावर कर दिया। इस प्रकार कुछ लोगों के मतानुसार रास की उत्पत्ति धरणी पर हुई और उसी की अनुकृति आचार्य ने भक्तों को सिखाई। यह रासलीला भक्तों और साधकों को इतनी मनोमुग्धहारी प्रतीत हुई कि महात्मा घमण्डीदेव ने इसका पुनः-पुनः प्रदर्शन करने के लिए ललिता सखी के गांववाले कुछ लड़कों को इसके अभिनय के लिए पूरी शिक्षा दी। उस समय अकबरी दरबार से अवकाशप्राप्त नृत्यकला-विशारद कलाकार वल्लभ भी वृन्दावन में आ बसा। उसने पात्रों को नृत्य की शिक्षा दी। स्वामी हरिदासजी ने संगीत सिखाया। इस प्रकार रासमण्डली की ख्याति फैलने लगी और तीर्थ-यात्री रास का दर्शन करना भी धर्म का अंग समझने लगे। तब से अर्थात् विक्रम की सोलहवीं शताब्दी के अन्त से लेकर आज 21वीं शताब्दी विक्रम तक रासलीला का यह क्रम निरन्तर चलता आ रहा है। किन्तु इसका अर्थ यह नहीं है कि हितहरिवंश से पूर्व रासलीला का प्रदर्शन होता ही नहीं था।

बारहवीं शताब्दी में श्री बोपदेव-चरित श्रीमद्भागवत में कृष्णलीला[2] के रास का उल्लेख पाया जाता है। क्या बारहवीं शताब्दी से 16वीं शताब्दी तक 400 वर्ष के दीर्घकाल में कृष्णरास रचा ही नहीं गया होगा? तत्कालीन कृष्णरास का उल्लेख न मिलने से यह प्रमाणित नहीं होता कि इस काल में कृष्णरास का प्रदर्शन नहीं होता था। Argumentam Ex-Silentis अर्थात् वर्णनाभाव के तर्क का प्रमाण सर्वथा भ्रामक है। बारहवीं शताब्दी में विरचित श्रीमद्भागवत की कृष्णरासलीला के प्रमाण से तथा राजस्थानी रास की उपलब्धि से तत्कालीन कृष्णरासलीला की रास-पद्धति का अनुमान किया जा सकता है। यह पृथक गवेषणा का विषय है, जिस पर यदि कार्य किया जाए तो अवश्य सफल होगा।

गोलोक में रासलीला का दर्शन प्रत्यक्ष रूप से करने वाले कई महात्माओं के सम्बन्ध में जनश्रुतियां पाई जाती हैं। गुजरात में घर-घर यह सुना जाता है कि नरसी मेहता गोलोक में होने वाली रासलीला को जब देख रहे थे तो वह रासमंडल के मध्य में दीपक लेकर खड़े थे। वे इतने ध्यानावस्थित थे कि दीपक से हाथ जलने का भी भान उन्हें न हुआ। अन्त में कृष्ण ने स्वतः उनका हाथ जलने से बचाया। इसी प्रकार श्री वल्लभा-

---

1. राधा सुधानिधि, हितहरिवंश, पृष्ठ 49
2. श्रीमद्भागवत, दशमस्कंध, अध्याय 29-33

चार्य आदि महात्माओं का रासलीला को गोलोक में प्रत्यक्ष देखना अनुश्रुति के रूप में आज तक चला आता है। इससे एक बात तो प्रत्यक्ष हो जाती है कि रासलीला का प्रसार अल्पकाल में सारे देश में होने का श्रेय इन महात्माओं की साधना को ही है। आज भी गुजरात में गांव-गांव इस रास का प्रचार है। गुजरात के कुछ विद्वान् तो यह भी कहते हैं कि रास का सर्वप्रथम उद्भव सौराष्ट्र में ही हुआ[1]। श्री नरसिंह मेहता इसके संस्थापक थे। संस्थापन की समस्या पर आगे विवेचन किया जाएगा।

रासलीला प्रतिदिन वृन्दावन में किसी न किसी देवालय या कुञ्ज अथवा कालिन्दी पुलिन पर होती है। इसके लिए यात्रा-नाटक के सदृश पद और नाटक-सम्बन्धी अन्य आडम्बर की आवश्यकता नहीं होती। लकड़ी की कुर्सियों पर गद्दे और ऊपर स्वच्छ चादर डालकर कहीं भी रंगमंच बना दिया जाता है। जनता चतुर्दिक् बैठ जाती है। स्त्रियां एक ओर और पुरुष दूसरी ओर। राधा-कृष्ण तथा सखियों का आगमन होते ही जनता खड़ी हो जाती है। समीपवर्ती भक्तगण, अतिवृद्ध साधु-महात्मा भी चरण-स्पर्श को दौड़ पड़ते हैं। राधा-कृष्ण के आसनासीन होने पर नान्दी-पाठ प्रारम्भ होता है, जिसमें जयदेव के गीतगोविन्द और आचार्य वल्लभाचार्य, हितहरिवंश आदि के स्तोत्रों से वन्दना होती है। तदुपरान्त एक सखी कृष्ण से कहती है, "रास को समय ह्वै गयो, अब आप पधारें।" कृष्ण खड़े होकर राधिकाजी से निवेदन करते हैं :

"राधे, रूप उजागरि श्यामा करियो कृपा की कोर।" संगीतज्ञ कृष्ण के गान की वाद्य के साथ पुनरावृत्ति करते हैं। आगे कृष्ण फिर निवेदन करते हैं :

रसिकन रजधानी राधिका महारानी कृपा करि हेरो,
मग जोवत राधे तेरो···
चलौ चलें सब बन की ओर
करिए कृपा की कोर,
राधा भानुकुमारी।

राधिका कहती है : नन्दकिशोर मोहन कुञ्ज-बिहारी।

कृष्ण कहते हैं :
चलिए सघन बन की ओर श्री मम प्राणपियारी।
बोलत चातक-मोर फूली अति फुलवारी॥

राधे—मैं न चलूं बन की ओर तू नटखट गिरधारी।

[दर्शक कृष्ण भगवान् की जयजयकार करते हैं।]

कृष्ण—हा-हा ! काहे बतावत चोर, तुम चितचोर निहारी।
निरखो कृपा की कोर तुम राधा प्यारी।
ब्रजवनितन सिरमौर, तुम भोली-भाली॥

अब राधाजी उठती हैं और सखियों के साथ कृष्ण नृत्य दिखाते हैं। कभी केवल

1. टाइम्स आफ संस्कृत ड्रामा, डी. आर. मनकड, पृष्ठ 142

कृष्ण और राधा का नृत्य होता है, कभी सभी साथ मिलकर और कभी एक-एक अलग-अलग नृत्य दिखाते हैं। जिस मंडली के नृत्य और संगीत में कला होती है, उसकी प्रतिष्ठा और प्रशंसा होती है और दर्शक अच्छे अभिनेता कृष्ण तथा राधा पर द्रव्य निछावर करते हैं। नृत्य के उपरान्त कृष्ण का मधुर स्वर में यह गाना दर्शकों तथा यात्रियों को मुग्ध बना देता है। वे अपनी यात्रा सफल समझते हैं :

जो रस बरस रह्यो ब्रज मांही, याको दरसन औ' कहुं नाहीं।

अब कृष्ण अपने पूर्वावतारों से कृष्ण-अवतार की तुलना करते हैं :

इसके उपरान्त आरती की जाती है। प्रेक्षक खड़े हो जाते हैं और राधाकृष्ण की स्तुति होती है।[1]

कृष्ण रास और जैन रास

कृष्णरास और जैनरास में पहला अन्तर यह है कि कृष्णरास में राधा और कृष्ण का प्रेम प्रदर्शित किया जाता है, किन्तु जैनरास में जैनियों के उपास्य देव अथवा तीर्थंकर का चरित्र प्रदर्शित किया जाता है। दूसरा, कृष्णरास में कृष्ण के अतिरिक्त और कोई नायक नहीं हो सकता, किन्तु जैनरास में कोई जैनी साधु महात्मा, सेठ-साहूकार, धनी, मानी, दानी भी नायक हो सकता है। तीसरा, कृष्णरास के सभी नाटक एकांकी मिलते हैं और वे एकांकी इस ढंग से रचे गए हैं कि दो या दो से अधिक का भी अभिनय एक साथ किया जा सकता है, किन्तु जैनरास में एकांकी और पूर्ण नाटक दोनों उपलब्ध होते हैं।

लीला-नाटकों का क्रमिक विकास

ब्रजभाषा के प्रारम्भिक रासलीला-सम्बन्धी नाटक नन्ददासजी द्वारा विरचित हुए। नन्ददासजी की प्रतिभा सर्वतोमुखी थी। उन्होंने मधुर स्वर में गाने योग्य स्फुट गेय पद, भागवत दशमस्कन्ध के अनुवाद रूप में कथा और लीला के रूप में दृश्य-काव्य की रचना की। कारण यह था कि उसमें सूर की तरह तन्मयता, तुलसी की तरह प्रबन्ध-पटुता के साथ-साथ संवादोपयुक्त तीखी तर्क-बुद्धि और वाग्वैदग्ध्य भी था। नन्ददास की गोपियां उद्धव को अवाक्य करती हैं, आंसुओं से नहीं, वाणी से। नन्ददास में दृश्यकाव्य के अनुकूल किसी कथा के आवश्यक अंग को ग्रहण करने और अनावश्यक को पृथक् करने की क्षमता थी। एक ही कथावस्तु को संगीत, कथा और दृश्य-काव्यों के योग्य गढ़ लेने की उनमें अद्भुत शक्ति थी। उन्होंने गोवर्धनलीला स्फुट पदों में, भागवत के अनुवाद में, और अभिनयार्थ लीला के रूप में तीन बार लिखी। यदि उनको दृश्य-काव्य लिखने की प्रेरणा न हुई होती तो भागवत के अनुवाद रूप में गोवर्धनलीला की रचना वे प्रथम ही कर चुके थे, पुनः दूसरे रूप में गोवर्धनलीला को लिखने का क्या प्रयोजन था? दोनों

---

1. भक्तगण आरती के समय धन दान करते हैं। रास-मण्डली वालों की वह आय होती है। उसी के द्वारा वे अपनी मण्डली का व्यय चलाते हैं।

गोवर्धनलीलाओं की तुलना करने से यह विषय और स्पष्ट हो जाता है।

भागवत की गोवर्धनलीला के प्रारम्भ में मंगलाचरण नहीं है और होना भी नहीं चाहिए, किन्तु गोवर्धनलीला में शुद्ध नान्दी है, "'श्री गुरुचरण सरोज मनावी।" इस नान्दी में 12 वर्ण हैं जो नान्दी का लक्षण है।[1]

तदुपरान्त प्रस्तावना के रूप में सामाजिकों को बताया जाता है कि आज गिरि-गोवर्धनलीला होगी।[2] इस लीला के प्रति रुचि उत्पन्न करने के लिए इसकी विशेषता का वर्णन है। "कलिमल हरन मंगलकरनी। मनहरनी श्री शुकमुनिवरनी।" कहकर सूत्रधार अथवा व्यवस्थापक प्रेक्षकों का मन आकर्षित करता है। वह कहता है कि गोवर्धनलीला कलिमलहरण करके मंगलविधान करने वाली है, वह आज की नहीं, बड़ी पुरातन है और शुकदेव मुनि द्वारा वर्णित है। इसमें कितनी गम्भीर अभिव्यंजना है। नाटक में तीन गुण आवश्यक हैं। मनोरंजनकारी हो, निःश्रेयस् और अभ्युदय का दाता हो। इस लीला में तीनों गुण विद्यमान हैं, 'कलिमलहरनी' होने से निःश्रेयस् का दाता है, 'मंगलकरनी' से अभ्युदय प्रदानकर्ता है और 'मनहरनी' से रुचिकर है।

जिस क्रम से नन्ददासजी ने[3] 'कलिमलहरनी', 'मंगलकरनी' और 'मनहरनी' लिखा है, उससे नाटककार का नाटकोद्देश्य झलकता है। उसने निःश्रेयस् को प्रथम, अभ्यु-दय को द्वितीय और मनोरंजन को तृतीय स्थान दिया है। कृष्णलीला के प्रायः सभी नाटकों में यही उद्देश्य क्रम से मिलता है। उन्होंने नाटक का उद्देश्य केवल मनोरंजन नहीं लिया, वे लोग धर्मात्मा-महात्मा थे। भरतमुनि का आदर्श उन्हें मान्य था। भरतमुनि श्रुति-स्मृति-सम्मत कथानक के द्वारा निःश्रेयस् की, सदाचार और ज्ञान-विज्ञान द्वारा अभ्युदय की और विनोद के द्वारा मनोरंजन की सिद्धि नाटक में चाहते हैं।[4]

इस प्ररोचना के उपरान्त नाटक की मूल कथावस्तु का आरम्भ है। इस नाटक में भागवत की कथा के कई अंश ग्रहण नहीं किए गए हैं। जैसे भागवत की कथा के रूप में एक स्थान पर गोवर्धन-पूजा के लिए पकवानों का विस्तृत वर्णन मिलता है।[5] नाटक

---

1. नन्ददास ग्रन्थावली, ब्रजरत्नदास, काशी नागरी प्रचारिणी सभा, प्रथम संस्करण, पृष्ठ 190
2. गिरिगोवर्धनलीला गावौं
3. नन्ददास ग्रन्थावली, ब्रजरत्नदास, काशी नागरी प्रचारिणी सभा, पृष्ठ 190
4. श्रुतिस्मृतिसदाचारपरिशेषार्थकल्पनम्।
   विनोदजननं लोके नाट्यमेतद् भविष्यति ॥ —भरतनाट्यशास्त्र
5. रचहु विविध परकार सुव्यंजन। सुभग, सुगन्ध, स्वच्छ, मनोरंजन।
   पुवा, सुहारी, मोदक भारी। गूझर, रसमूंझा, दहि न्यारी ॥
   मिश्री मिश्रित पायस करौ। बर संजाव भाव विस्तरौ।
   मुदगादाली, घृत की व्याली। रस के कन्दर सुन्दर साली ॥
   —नन्ददास ग्रन्थावली (ब्रजरत्नदास), पृष्ठ 306

वाली गोवर्धनलीला में इन विविध व्यंजनों का वर्णन अनावश्यक था। अभिनय के समय विविध व्यंजनों से सुसज्जित थाल पर्याप्त हैं। उनके मध्य क्या रखा है, इसका विवरण देना व्यर्थ है। इसी कारण नन्ददासजी ने उन्हें अग्राह्य माना है।

भागवत की लीला के अन्त में भरतवाक्य नहीं है, और न होना ही चाहिए, किन्तु भरतमुनि के आदेशानुसार इसका होना अनिवार्य है। नंददासजी की सूक्ष्मदृष्टि से नाटक का आवश्यक अंग कैसे छूट सकता था। अन्त में वे लिखते हैं :

नवल किशोर सुन्दर गिरधारी। स्रवन नैन अमृत रूप भारी।
नन्ददास कौ उतनौ कीजै। पान गुन गावन रीति दीजै।।

हमें वृन्दावन के मन्दिरों में 'स्याम-सगाई' नामक लीला की कई हस्तलिखित प्रतियां मिलीं। उनके आधार पर नाटक का कथानक यह है :

स्याम-सगाई लीला का कथानक

वृषभानु कुमारी राधिका अन्य गोपियों के साथ नन्दजी के घर कभी-कभी आया-जाया करती हैं। यशोदाजी को राधिका इतनी प्रिय प्रतीत हुईं कि उन्होंने कृष्ण की सगाई का संदेश अपनी पुरोहितानी के द्वारा कीर्तिजी (राधा की माता) के पास भेजा। पुरोहितानीजी बरसाने से लौटकर कीर्तिजी की अस्वीकृति का समाचार सुनाते हुए कहती हैं :

रानी उत्तर दयौ, सु हौं नहिं करौं सगाई।
सूधी राधे कुंवरि, स्याम हैं अति चरवाई।।
नंदहि ढोटा लंगर महा, दधि माखन कौ चोर।
कहत सुनति लज्जा नहीं, करति और ही और।।

इतने ही में खेलते-खेलते कृष्णजी आ जाते हैं। माता यशोदा को चिन्तित देखकर कारण पूछते हैं। यशोदाजी कृष्णजी से कीर्तिजी के उलाहने की बातें बताती हैं। कृष्णजी माता यशोदा को समझाते हैं कि यदि मैं नन्द का ढोटा हूं, तो वह पांय पड़कर अपनी लड़की तुझे देगी, तू चिंता न कर।

कृष्णजी ग्वालबालों के साथ बरसाने के एक उपवन में जाते हैं। एक ऊंचे टीले पर बैठकर मधुर मुरली टेरते हैं। राधिकाजी अपनी सखियों के साथ वहां पहुंचती हैं और कृष्ण के सौन्दर्य पर मुग्ध हो जाती हैं। कृष्ण अपने साथियों के साथ गोकुल चले आते हैं, राधिकाजी श्याम-श्याम रटते-रटते मूर्च्छित हो जाती हैं। उनकी यह दशा देखकर सखियां रहस्य समझ जाती हैं और जब राधिका की मूर्च्छा निवारण होती है तो उसे समझाती हैं।

राधिकाजी को उठाकर सखियां कीर्तिजी के पास लाती हैं। माता कीर्तिजी राधिका की दशा देखकर व्याकुल होती हैं। कहती हैं कि कोई उपाय करो।

एक गोपी कहती है—कहौ तौ गोकुल जाऊँ,
मनमोहन घनश्याम, तुरत वाकौ लै आऊँ।

दूसरी सखी कहती है कि वह नन्द का ढोटा बड़ा गारुड़ी है, वह तुरत ही अच्छा कर देगा। कीर्तिजी कृष्ण को बुलाने के लिए गोपियों को भेजती हैं। गोपियां गोकुल जाकर माता यशोदा से कीर्तिजी का सन्देश सुनाती हैं :

वेगि पठै नन्दलाल कौ, जीउदान दै मोहिं,
पांय लगौं विनती करौं, जग जस 'आवै तोहिं।

ये बातें हो ही रही थीं, इतने में कृष्णजी खेलकर आ जाते हैं। यशोदाजी उन्हें बरसाने जाने को कहती हैं। कृष्णजी गोपियों से कहते हैं :

कौन वाइगी सुनैं ताहि किन मोहि बतायौ।
परपंचनि तुम ग्वालि, झूठ ही मोहिं बुलायौ।
को राजा वृषभानु हैं, कित बरसानो गाँव।
कौन तिहारी कुँवरि है, हौं जानत नहिं नाँव॥

यह सुनकर एक सखी कहती है :

सुनो नन्द के लाल, साँवरे कुँवर कन्हाई।
बरसानो वह ग्राम, जहाँ तुम मुरली बजाई।
नटवर भेष बनाइकै बैठे आसन मारि।
धुनि सुनि मोही राधिका, औ ब्रज सिगरी नारि।
मनौं टोना कर्‌यो॥

अन्त में कृष्ण एक शर्त पर चलने को तैयार होते हैं, वह शर्त यह है :

वह राजा वृषभानु, एक ही डोल गढ़ावै,
मोइ कुँवरि बैठारि, सखिन पै झोंटा द्यावै।
अरथदान इच्छा नहीं, पान पात नहिं लेंऊ,
जौ इतनी कारज करै, तौ कुंवरि भली करि देंऊ।
बात एती अहै॥

एक सखी कहती है :

जो माँगे सो लेउ, साँवरे कुँवर कन्हैया,
बिनु माँगे ही देहि तुम्हें राधा की मैया।

कृष्ण सखियों के साथ रथ पर बरसाने जाते हैं। कीर्तिजी उनका स्वागत-सत्कार करती हैं। सखियां परस्पर यह कहकर हंसती हैं :

बहु विधि वारति ए सखि, मुदित कुँवरि की माइ।
धन्य है इहि घरी॥

कृष्ण का आगमन सुनते ही राधिकाजी नेत्र खोलती हैं। सखियां पुरोहितजी को बुला लाती हैं। ब्राह्मण पुरोहित राधिका के हाथ से स्पर्श कराकर माला कृष्ण के गले में पहनाता है। ग्वालबालों और गोपियों का नृत्य और गान होता है। इस प्रकार 'स्याम-सगाई' नामक लीला समाप्त होती है।

इस लीला में नान्दी का रूप बदल दिया गया है। प्रथम पंक्ति में राधे और श्याम

का नाम देकर मानो कथा-प्रारम्भ और नान्दी दोनों का निर्वाह किया गया है। प्रथम रोला छन्द है : 'एक दिन राधे कुंवरि स्याम घर खेलनि आई'। प्रत्येक रोला के अन्त में गद्य सदृश एक लघु पंक्ति जोड़ दी गई है। रास नामक गीतिनाट्यों में कविता के साथ प्रत्येक छन्द के अन्त में गद्य-पद्यमय लघु अंश हमें जैनरास-ग्रन्थों में नन्ददास के पूर्व उपलब्ध होता है। कृष्णरास नाटकों में सर्वप्रथम इस शैली का प्रयोग नन्ददास जी ने ही किया है, जिससे यह अनुमान होता है कि नन्ददास जी कृष्ण-रास-सम्बन्धी नाटकों की रचना करते हुए जैनरास की पद्धति को अपने सम्मुख रखते रहे।

जैनरास ग्रंथों में हमें एक श्रीपालरास मिला है। यह जैन रास नाटक ब्रह्म श्री राममल ने संवत् 1630 वि० में विरचित किया। ब्रह्म श्रीराममल इसके अन्तिम भाग में इस प्रकार लिखते हैं :

भाव भेदं जाने नहिं होत, हि दीठैं श्रीपाल चरित्र,
हो सोलासे तीसो सुभ वर्ष, तिथि तेरस सित सोमिता।
हो अनुराधा नषित्र सुम सर, वरन् जोग दीसी मल।
हो भनै वार सनी सरवार।।

अर्थात् अनुराधा नक्षत्र में शुक्ला त्रयोदशी, शनिवार को श्रीपाल चरित संघ ने सम्मुख भेदभाव के बिना आंखों से देखा गया। निम्नलिखित निष्कर्ष निकलता है :

1. ब्रजभाषा में कृष्णदास की जो परम्परा चली, उस पर श्रीमद्भागवत का और अन्य जैनरासों पर प्रभाव स्पष्ट परिलक्षित होता है।
2. "भावभेद जाने नहीं, होत हि दीठैं श्रीपाल चरित्र" से यह सिद्ध होता है कि ब्रज में प्रचलित कृष्णरास-नाटकों के समकालीन जै रास-नाटक भी अभिनीत होते चले आ रहे थे। तभी तो नाट्यकार ब्रह्म श्री रायमल ने श्रीपाल-चरित्र को रास में देखने से भेदभाव के विनष्ट होने की बात कही है। तेरहवीं शताब्दी से चली आनेवाली रास नाटक की उस परम्परा में जो अब तक जैनधर्म के प्रभाव से अत्यन्त प्रभावित थी, एक विशेष परिवर्तन हुआ। सोलहवीं शताब्दी से समस्त भारत में वैष्णव धर्म का प्रचार हो रहा था। वल्लभाचार्य, हितहरिवंश, नारायण भट्ट आदि आचार्यों ने अपठित तथा अल्पपठित जनता के हृदयों में राधा-कृष्ण के प्रेम की प्रेरणा उत्पन्न करने के लिए रास की नाटक शैली का सहारा लिया। राधा-कृष्ण के प्रेम की विविध कहानियां जो श्रीमद्भागवत में वर्णित थीं, कृष्णरास नाटकों की कथावस्तु बनने लगीं। नन्ददासजी ने उन मनोहारी कथानकों को अपनी काव्यप्रतिभा के द्वारा रससिक्त कर दिया। 'स्याम-सगाई' लीला में कितना रस भरा है, यह हम पूर्व देख चुके हैं। अतः यह निःसन्देह भाव से कहा जा सकता है कि नन्ददासजी ने कृष्णरास-नाटकों का एक नया पथ निर्माण किया। उन्होंने कृष्णलीला का जो पथ बनाया उसपर अनेक महात्मा चलते रहे। लगभग संवत् 1630 से लेकर—श्री वियोगीहरिजी की छद्मयोगिनी लीला—संवत् 1978 विक्रमी तक जो नाटक निरन्तर अभि-

नीत हुए, उनकी परम्परा नन्ददासजी ने स्थापित की। रासलीला के लिए रास पंचाध्यायी और पांच प्रमुख लीलाएं लिखकर उन्होंने लीला-नाटक लिखने की प्रेरणा अन्य महात्माओं को प्रदान की।

ध्रुवदास

ध्रुवदासजी राधावल्लभी सम्प्रदाय के उन महात्माओं में से थे; जिनको राधिका के साथ-साथ सरस्वती की भी अनुकम्पा प्राप्त थी: ध्रुवदासजी की लेखनी से प्रचुर साहित्य का सृजन हुआ और वह साहित्य विद्वन्मण्डली में अति प्रशंसनीय है। ध्रुवदास जी ने 42 लीलाएं[1] लिखीं जिनमें दानलीला, मानलीला अति प्रसिद्ध हैं।

प्रथम ध्रुवदासजी की दानलीला पर विचार किया जाएगा। दानलीला के प्रसंग को लेकर अनेक महात्माओं ने रचना की है। अतएव लीला-नाटकों का क्रमिक विकास दिखाने के लिए यह लीला अधिक उपयोगी होगी।

ध्रुवदासजी ने मान-लीला पूर्ण करके दान-लीला[1] लिखी। ध्रुवदासजी की बयालीसवीं लीला बयालीस ही दोहों में समाप्त होती है। कथानक यह है कि एक दिन गोपियों के मन में राधा और कृष्ण की लीला देखने की इच्छा हुई। कृष्ण इस रहस्य को समझ गए और बंसीवट के समीप जाकर खड़े हो गए!

गोपियां श्रृंगार किए हुए उस वन की ओर आईं तो कृष्ण ने मत्तगयन्द गति से उन्हें चलते देखा। वे उनका मार्ग रोककर खड़े हो गए। उन सखियों में ललिता को पहचानकर उनके समीप पहुंचे और बोले:

दान हमारो लगत कछु कहौ प्रिय सो जाई।

ललिताजी कहती हैं:

यह वन राधा कुंवरि को, इक छत राजत राज।

कृष्ण अब भी नहीं हटते, तब ललिता फिर बोलती हैं:

उलटी कैसे होत है, छाड़हु अधिक सयान।
ठकुराइन जिनकी तहाँ तिन पै माँगत दान॥

अब कृष्ण गोपियों को रोकने का कारण स्पष्ट बता देते हैं:

अब तू बिच ह्वै धाय सखि, राख हमारो मान।

---

1. बयालीस लीला नामक एक हस्तलिखित प्रति काशी नागरी प्रचारिणी सभा में विद्यमान है। हमने उसी के आधार पर लिखा है। मुझे प्रकाशित प्रति देखने को नहीं मिली। यह प्रति वृन्दावन के श्री राधावल्लभ के मन्दिर में लाला रामकिशन के द्वारा मार्गशीर्ष, संवत् 1882 वि० में लिपिबद्ध हुई। इसकी पृष्ठ-संख्या 242 है।
2. इति श्रीमानलीला सम्पूर्ण ॥41॥ अथ दानलीला लिख्यते॥ (ध्रुवदासजी, स्वामी हित-हरिवंश के शिष्य, संवत् 1886 के लगभग विद्यमान थे।

ललिताजी बोलीं :

यह रस तो तब पाइए जो हारो निज प्रान।

कृष्णजी बोले :

चरन गहौं विनती करौं आगे दोउ कर जोरि।

बस, अब क्या था। ललिताजी ने राधिकाजी से सारी बातें कहीं। राधिकाजी श्याम की विनती को सुनकर द्रवीभूत हो गईं और राधेश्याम की युगल जोड़ी देखकर ध्रुवदासजी का रचना-काल सं० 1660 से 1700 तक[1] माना जाता है। ध्रुवदासजी के पश्चात् 'लीला-नाटकों में सबसे अधिक योग देनेवाले चाचा वृन्दावनदास जी मिलते हैं। एक संग्रह 'श्री रास छद्मविनोद'[2] नामक मिलता है। इसमें एक लीला श्री दामोदर स्वामीजी-कृत है और दूसरी श्री वंशी अलिजी-कृत है। शेष चाचा वृन्दावनदासजी की कृतियां हैं।[3]

चाचा वृन्दावनदास

चाचा वृन्दावनदासजी के विषय में प्रसिद्ध है कि उन्होंने चार लक्ष पदों की रचना की थी। इस प्रकार गणना की दृष्टि से इनका साहित्य सूर से भी अधिक है। केवल संध्या में ही नहीं, साहित्यिक गुणों में भी ये सूर से आगे नहीं तो पीछे भी नहीं रखे जा सकते। इनकी प्रथम लीला 'गौने वारी लीला' कहलाती है। इसी पर विचार करके इनकी भाषा के सौष्ठव, पद-लालित्य, कथा-प्रवाह तथा नाटकत्व का दिग्दर्शन कराया जाएगा। नाटक इस प्रकार है :

एक छद्मवेश में गोपी राधिकाकी के राजप्रासाद के निकट अकेली बैठी है। जब दो-चार गोपियां इधर-उधर आती-जाती हैं तो उन्हें वह बुलाती है और कहती है।

मेरी बात सुनो मैं नन्द ग्राम तें आई,
बसिहौं एक रात कोउ लायक मुहि राखौ विरमाई।

सखियां आपस में कुछ बातें कर रही हैं। इतने ही में ललिताजी आ जाती हैं। ललिताजी उसकी बांह पकड़कर राधिकाजी के पास ले जाती हैं।

ललिता राधिकाजी से कहती हैं :

प्यारी जू निकट रखिये याकौं यह किनहु जु रुठाई।
है भामिनी काहू बड़े भवन की दै आदर बैठाई॥

---

1. पं० रामचन्द्र शुक्ल, हिन्दी साहित्य का इतिहास (संवत् 2002), पृष्ठ 167
2. श्री रास छद्म विनोद, चाचा हितवृन्दावनदास कृत मु० व० मंगीलाल गुप्त श्री हित कृष्णरूप निकुंजानुरागिनी जी द्वारा प्रकाशित श्री हिताब्द 463, विक्रमाब्द 1992, यह लीलानाटक संवत् 1800 वि० के पूर्व विरचित है।
3. चाचा वृन्दावन 'छद्मलीला' का उल्लेख पं० रामचन्द्र शुक्लजी ने किया है। पहले केवल 24 लीलाएं मिली थीं। अब 40 लीलाएं उपलब्ध हैं।

छद्मवेशवाली गोपी घूंघट निकालकर राधाजी से बात करती है। अपना परिचय देते हुए कहती है :

छद्म गोपी :

मेरो है पीहर पूरौ मुहि तहाँ देउ पहुँचाई।
अति अनीति या गाम देखिकै पीहर चली पलाई ।।

राधिकाजी पूछती हैं :

कहि अनीति कैसी देखी तैं कौनै तेहि दुखाई।
दीखत है कुलवंती, मन की कह दे सबै सचाई।
घर छोड़े पति कैसे पावै, बड़े गोप की जाई,
जाहु-जाहु घर उलट आपने, दै मुहि भेद बताई ।।

छद्म गोपी :

हौं गौने आई अबहीं समुझौं न कछु चतुराई,
एक दिना हों पौरी ठाढ़ी देखी कुंवर कन्हाई।
वह ढोटा रिझवार रूप कौ, मों मन भरी भुराई,
भूल्यो खेल और ठौरन मो द्वारे धूम मचाई ।।
मोहि सलौनी कहै सामरी दै दै बहुत बड़ाई,
भीजों लाज कहाँ लग ढापौं यह तन सुन्दरताई।
लागे दोष लगावन मुहि सब नर नारी जु चवाई,
घर में पांव ठाहरै कैसे सासु मिली लरिहाई ।।

छद्म गोपी अपनी कहानी सुनाते हुए गद्गद होकर कहती है—हे राधिका! होली के दिन मैं किवाड़ बन्द करके बैठी थी, इतने में एक सुकुमार युवक मेरा द्वार खट-खटाते हुए बोला—तूने मेरी मुरली चुरा ली है उसे लौटा दे! युवक की रसीली वाणी से आकृष्ट होकर पास-पड़ौस की गोपियां एकत्र होकर मुझे समझाने लगीं कि अरी, कुमति! राजकुमार तेरे द्वार पर खड़ा है तूने इसकी मुरली कहीं पड़ी हुई पाई है, उसे दे दे। इतने में ही कृष्ण की होली की टोली वहां आ धमकी। किसी के हाथ में रंग की कमोरी और बहुतों के हाथ में पिचकारी थी। बीच-बिचौली करने वाली मेरी एक सखी वहां आ पहुंची, जिसके आग्रह से मैंने किवाड़ खोल दिए। कृष्ण आगे बढ़कर बोले—तूने मेरी मुरली चोली में छिपा रखी है। उन सबने रंग की कमोरी मेरे सिर पर डालकर मुझे नख-शिख तक भिगो दिया। इस पर मेरे घर वालों ने मुझे कोसना प्रारम्भ किया और उनके डर के मारे अवसर पाकर मैं आपके पास भाग आई हूं। विधाता ने मुझे जो सुन्दरता दी है वही मुझे नचा रही है, इसमें मेरा क्या दोष है।

राधिका जी स्थिति भांप गई और उसे रात्रि में अपने घर में रखने का आश्वासन देकर बोलीं—मैं प्रातःकाल तुम्हारे पति और सास-ससुर के पास सन्देश भेज देती हूं कि यह सब लीला नन्दकुमार की है, इसमें तुम्हारा कोई दोष नहीं है। वार्तालाप करते-करते अर्धरात्रि हो जाती है। छद्म गोपी कहती है—हे राजकुमारी! मैं अकेली सो नहीं

सकती। अतः आपके पास ही सोऊंगी। राधिकाजी उसकी बांह पकड़कर अपने पास सुलाती हैं तो छद्मगोपी उनके पांव दबाने लगती है। कृष्ण की लीला का वर्णन करते-करते छद्मगोपी अचेत हो जाती है। तब राधिकाजी यह कौतुक देखकर सखी ललिता को पुकारती हैं। ललिता उसे पहचान कर कहती है—हे राजकुमारी,'यह तो प्रियतम नन्द-कुमार हैं। तुम ही इन्हें सचेत कर सकती हो। राधिकाजी आदरपूर्वक छद्मगोपी को उठाती हैं और तब उसकी मूर्च्छा क्रमशः दूर हो जाती है। कृष्ण अपना छद्मवेष हटा कर पीताम्बर की कछ्वी-काछे हुए मुरली बजाने लगते हैं। इस प्रकार गौने वाली लीला समाप्त होती है।

चाचा वृन्दावनदासजी[1] का रचना-समय अठारहवीं शताब्दी विक्रमी के आस-पास होना चाहिए। ध्रुवदासजी की लीलाओं से इनकी तुलना करने पर सौ वर्ष के मध्य विरचित रासलीलाओं के विकास पर प्रकाश पड़ेगा। ध्रुवदासजी के कथानक में कोई आरोहावरोह नहीं, वह समगति से चलता जाता है। चाचा वृन्दावनदास की लीलाएं इतनी सरल गति से नहीं चलतीं। कृष्ण का विविध रूप से छद्मवेश में राधा के प्रेम का परीक्षण यह सिद्ध करता है कि इस काल में रासलीला-नाटकों में नाटकत्व आ गया था। 'गौने वारी-लीला' में कथावस्तु की शैली ऐसी है कि अन्त तक जिज्ञासा बनी रहती है—इसके बाद क्या होगा ? राधिकाजी के मुख से कृष्ण के प्रति स्वाभाविक स्नेह की उमड़ती धारा को छद्म गोपी नहीं संभाल सकी। इसके द्वारा 'प्रेम के वश में हैं भगवान्' की उक्ति चरितार्थ हो जाती है। इस लीला में क्या नहीं है। भाव कितना स्वाभाविक और प्रवाह-पूर्ण, कथावस्तु में कितना नाटकत्व और चरित्र-चित्रण का कितना कौशल झलकता है। इस लीला में रसधारा तो मानो उमड़कर बहती है।

ध्रुवदास और चाचा वृन्दावन के मध्यवर्ती काल में अनेक लीलाओं का निर्माण हुआ। इनमें एक विशेषता पाई जाती है कि कृष्ण-लीला के नाटकों की शैली पर नरसिंह[2] लीला, भगीरथ-लीला[3] तथा प्रह्लाद-लीला[4] आदि की भी रचना होने लगी। इनके अति-

1. चाचा वृन्दावनदासजी ने हितरूप चरित्रबेलि में अपने गुरु गोस्वामी श्री रूपलालजी का जन्म संवत् 1767 वि० लिखा है। इससे अनुमान होता है कि वि० 18वीं शताब्दी में उन्होंने रचना आरम्भ की होगी। इन्होंने सवाई जयसिंहजी का वर्णन किया है। इनके गुरु श्री रूपलालजी ने बाईस विलास लिखा है, जिसमें सम्भवतः 22 लीलाएं हैं। पुस्तक अभी तक मिली नहीं है।
2. नरसिंह-लीला, राजा देवीसिंह, पृष्ठ 22, छन्द 136, टीकमगढ़ के पुस्तकालय में हस्तलिखित प्रति
3. भगीरथ-लीला, तारपानि, पृष्ठ 33, छन्द 79, दतिया स्टेट लाइब्रेरी में हस्तलिखित प्रति
4. प्रहलाद-लीला, रामदास मालवावाले, पृष्ठ 54, कुल छन्द 127, स्टेट लाइब्रेरी दतिया में

रिक्त नागनौर की लीला, ग्वाल पहेली-लीला, भोर-लीला, दान-लीला, सनेह-लीला, यज्ञ-लीला, सगारथ-लीला आदि नई-नई लीलाओं की रचना होती रही। इनमें एक-एक लीला पर कई-कई महानुभावों से नये-नये ढंग से नाटक लिखने का प्रयास किया है। दान-लीला[1], सनेह-लीला[2] और मान लीला[3] पर मिलनेवाले हस्तलिखित ग्रन्थों की संख्या तो अनेक है। कदाचित् ये तीनों प्रसंग भक्तों को अत्यन्त रोचक प्रतीत होते थे। रास-लीला के सम्बन्ध में एक और नई सृष्टि इस युग में हुई। कृष्ण रासलीला करते हैं तो उनके बड़े भाई बलदेव इससे कैसे बचें! इसलिए एक भक्त ने 'बलदेव रासमाला[4]' नाम का ग्रन्थ लिखा इसमें बलदेवजी भी गोपियों के साथ रास खेलते हैं। नन्ददास की शैली पर रासपंचाध्यायी[5] लिखने की भी अनेक महानुभावों ने चेष्टाएं कीं। कई ग्रन्थों की भाषा इतनी परिमार्जित और सरस है कि आज कई रास-मण्डलियां रास और महारास

---

1. दान-लीला, की निम्नलिखित हस्तलिखित प्रतियां उपलब्ध हुई हैं:
   दान-विलास, विचित्र कवि, संतत् 1740 वि०
   दान-लीला, मानाचत्र, पृष्ठ 235, छन्द 2040, भारत-भवन पुस्तकालय, छत्तरपुर
   दान-लीला, ध्यानदास, पृष्ठ 26, छन्द 90, स्टेट लाइब्रेरी, विजावर
   दान-माधुरी, माधुरीदास, स्टेट लाइब्रेरी, विजावर
   दान-लीला, चरणदास (धार के), संवत् 1760 स्टेट लाइब्रेरी, छत्तरपुर
   दान-लीला, रामसूखे (अयोध्या), स्टेट लाइब्रेरी, दतिया
2. सनेह-लीला, स्वामी मोहनदास, पृष्ठ 28, छन्द 105 छत्तरपुर
   सनेह-लीला, जगमोहन, पृष्ठ 26, छन्द 159, टीकमगढ़ (बा० जगन्नाथप्रसाद)
   सनेह-लीला, रसिकराय, पृष्ठ 6, छन्द 151, टीकमगढ़ पुस्तकालय
3. मान-लीला, नन्दव्यास, पृष्ठ 30, छन्द 180 स्टेट लाइब्रेरी, दतिया
   मान-लीला ध्यानदास, पृष्ठ 26, छन्द 93, स्टेट लाइब्रेरी, विजावर
4. बलदेव रास-माला, कवि सिंगार, कुल पृष्ठ 68, छन्द 278 (रिसर्च रिपोर्ट)
5. श्री राधिका-महारास, श्री अलिजी, देखिए श्री रास छद्म विनोद, पृष्ठ 236
   महारास-लीला, हितदामोदर स्वामी, देखिए श्री रास छद्म विनोद, पृष्ठ 176
   रास-पंचाध्यायी, रामकृष्ण चौबे, कालिंजर किला, संवत् 1870 वि०
   रहस्य-लीला, राजा देवीसिंह
   कृष्ण-गीतावली, पंचाध्यायी, सोमनाथ मथुरा वाले, संवत् 1807 वि०
   रहस-लावनी, नवलसिंह
   रास-पद्धति, रामसखे, स्टेट लाइब्रेरी, दतिया
   रास-लीला, रहीम खानखाना
   रास-रसलता, नागरीदास (1800 वि० के आसपास)

के अभिनय के समय इनकी सहायता लेती हैं।

इस काल का यज्ञ-लीला[1] नामक एक ग्रन्थ मिला है, जिसमें मथुरा के चौबे जब यज्ञ कर रहे हैं तो उनके घरों की स्त्रियां श्रीकृष्णजी को विविध पकवान और मक्खन खिला रही हैं।

होरी लीला[2] के भी कई ग्रन्थ उपलब्ध हुए हैं। इतना ही नहीं, इस काल में श्री कृष्ण की तरह श्रीराम भी होरी खेलने लगे हैं।[3]

कुछ महात्माओं ने नन्ददासजी की 'स्याम-सगाई' पर मुग्ध होकर उनसे एक कदम आगे बढ़ने की चेष्टा में श्रीकृष्ण और राधा का ब्याह भी करा दिया है। एक ग्रन्थ व्याहलों[4] नाम का मिलता है।

आगे चलकर एक विशेषता और दिखाई देती है। रास का प्रचार इतना फैल गया था कि रोला, सोरठा, दोहा, छन्द, कवित्त आदि के अतिरिक्त कुछ मनचलों ने रेखता और लावनी में भी इसकी रचना प्रारम्भ कर दी थी। यह समय का प्रभाव था। इससे बचना कठिन भी था। उर्दू में रेखता की धूम मच रही थी। उर्दू वालों की यह नई शैली राजा देवीसिंह को इतनी प्रिय प्रतीत हुई कि उन्होंने रासलीला को रहस्यलीला[5] बनाकर रेखता में रचना कर डाली। इतना ही नहीं, आगे चलकर नवलसिंह ने वृन्दावन में रास देखकर अपने प्रिय छन्द लावनी में इसका बर्णन कर डाला। ग्रन्थ का नाम है 'रहस लावनी।[6]

नवलसिंह ने एक ओर तो रास पंचाध्यायी[7] की रचना की और दूसरी ओर लावनी छन्दों में रहस लावनी लिखी। एक से विद्वानों की संतुष्टि हुई और दूसरी से ग्रामीण जनता को रासलीला का रस मिला।

ब्रजवासीदास

चाचा वृन्दावनदास के पश्चात् सबसे अधिक लीलाओं के रचयिता श्री ब्रजवासी-दासजी हुए। इन्होंने एक ऐसे ग्रन्थ की रचना की, जिसे एक प्रबन्ध काव्य के रूप में भी

1. यज्ञ-लीला, नन्ददास (संवत् 1799 वि०)
2. होरी, रूप सखी-कृत
3. होरी-लीला, रसिक अली
4. व्याहलों, रसिक बिहारीदास
5. रहस्य-लीला, राजा देवीसिंह, लिपि देवनगरी, पृष्ठ 8, छन्द 20, संवत् 1913 वि०
6. रास का रेखता में रहस्य और लावनी में रहस बन गया
   रहस लावनी, नवलसिंह-कृत, दतिया में लाला लच्छीप्रसाद के पास हस्तलिखित प्रति
7. रास पंचाध्यायी, संवत् 1873 वि०, पं० रामचन्द्र शुक्ल, हिन्दी साहित्य का इतिहास

पढ़कर आनन्द उठाया जाए और साथ ही साथ जिसकी एक-एक लीला रासलीला के साथ अभिनय के रूप में रखी जा सके। इसी उद्देश्य को सामने रखकर उन्होंने अपने ब्रजविलास को अध्याय, काण्ड, परिच्छेद इत्यादि में न बांटकर 74 लीलाओं में बांटा है और प्रत्येक लीला का नाम दे दिया है।

ब्रजवासीदासजी कवि के साथ-साथ नाट्यकार भी थे। इन्होंने 'प्रबोध-चन्द्रोदय' का अनुवाद गद्य-पद्यमय भाषा में रचकर अपनी नाटक-रुचि का परिचय दिया है। ब्रज-विलास में श्रीकृष्णजी की 74 लीलाएं मिलती हैं।

रासधारी इनके आधार पर विविध लीलाएं करते रहते हैं। इनकी लीलाओं में विस्तार अधिक है और कथावस्तु में उत्कर्षापकर्ष बहुत ही मर्मस्पर्शी है। 'अर्थ' लगाकर नई लीला प्रारम्भ करते हैं, जैसे 'अथ दानलीला'। ध्रुवदासजी की दानलीला का वर्णन पूर्व किया जा चुका है। ब्रजवासीदासजी की दानलीला उनसे कहीं अधिक विस्तृत और मनोहारी है। कथावस्तु इस प्रकार है—कृष्णजी ग्वालबाल के साथ उस वन-मार्ग पर खेल रहे हैं, जहां से ग्वालिनें गोरस बेचने जाती हैं। उन्होंने ग्वालबालों से परामर्श किया कि इन ग्वालिनों से दान-रूप में गोरस लेकर खाना चाहिए। ऐसा प्रस्ताव कौन न मानता। योजनाएं बनीं, तदनुसार पेड़ों की ओट में सब छिप गए। ग्वालिनें सिर पर गोरस की मटकी धरे परस्पर छेड़छाड़ करती आ ही पहुंचीं। अवसर देखकर सब ग्वालबाल निकल पड़े और उन्होंने गोपियों को चारों ओर से घेर लिया। गोपियों को अत्यन्त आश्चर्य हुआ कि वन में इतने बालक सहसा कहां से आ गए। कई भयभीत हो उठीं और कई अवाक् रह गईं। ग्वालों ने उन्हें सशंक देखकर आश्वासन दिया, "इहां चोर ठग कोउ नाहीं। अभय कान्ह को राज सदा ही।" आप कृपा करके "दधि का दान लगे सौ दीजै।" कान्ह का नाम सुनकर उन्हें धैर्य होता है। कृष्ण के रूप-गुण पर मुग्ध होकर वे ग्वालों को प्रेम से दही का भोजन कराती हैं।

रास की स्थिरता क्यों?

पिछले अध्याय में हम देख आए हैं कि ब्रजभाषा में रास-परम्परा महाप्रभु वल्लभ तथा हितहरिवंश आदि महात्माओं के समय से अब तक अक्षुण्ण रूप से चली आ रही है। साहित्यिक नाटकाभिनय का कोई भी ऐसा अन्य रूप ढूंढ़ना कठिन है, जो शताब्दियों तक निरन्तर इतनी मनोज्ञता के साथ चला जा रहा हो। इस रास में कोई ऐसी विशेषता अवश्य है जो राजा-रंक, विद्वान्-मूर्ख, नास्तिक-आस्तिक, सेठ-भिखारी, महात्मा-दुरात्मा, रसिक-अरसिक, बाल-वृद्ध आदि सभी वर्गों को प्रसन्न करने की शक्ति रखती है। वह शक्ति क्या है? वह विशेषता यह है कि रामायण महाकाव्य की तरह इसमें सबको अपनी-अपनी रुचि के अनुकूल रसास्वादन कराने की सामर्थ्य है। एक अनपढ़ युवा किसान जो, गोपालन के अतिरिक्त और कुछ जानता ही नहीं, जो जंगलों में ग्वाले-ग्वालिनों के साथ रहता है, अपनी ही तरह स्वच्छन्दता से विहार करने वाले कृष्ण को देखता है तो उसे अपने जीवन की झांकी मिलती है। वह यह देखकर रीझ जाता है कि बड़े-बड़े राजा-

महाराजा भी ग्वाले कृष्ण की प्रशंसा करते और पनवन्दना का लालायित होते हैं। उसे न रास के अध्यात्म से कुछ लेना-देना है, न कृष्ण की ऐतिहासिकता और अनैतिहासिकता पर विवाद करना है। वह तो इस लीला में भाग लेने वालों का नृत्य देखकर प्रफुल्लित हो जाता है। उसे रास के साहित्य-संगीत की कला से क्या नाता। सभ्यता की प्रथम सीढ़ी पर पग रखने वाले अनपढ़, मूर्ख-गंवार को इस प्रकार रस-मग्न करने की क्षमता इस रास में है।

नितान्त अनपढ़ से ऊपर स्तरवालों को रास के मधुर संगीत की लहरी मोहित करती है। कृष्ण और राधा के कोमल कण्ठ से उद्भूत संगीत अमृत-वर्षा के द्वारा उन्हें मन्त्रमुग्ध बना देता है, उसी रास में वे विभोर हो जाते हैं। इस संगीत में क्या राग-रागिनी है, क्या कौशल है, कितनी कला है, कहां संगीत में त्रुटि आती है, इससे उन्हें कोई सरोकार नहीं। वे तो अलाप के माधुर्य पर मुग्ध रहते हैं। यह हुआ सभ्यता की दूसरी सीढ़ी पर पग रखने वाले प्रेक्षकों की मनोहारिता का प्रसंग। हां, संगीतज्ञ तो संगीत की स्वरलहरी पर नाच ही उठते हैं।

ध्वनि-छटा से भी अधिक रमणीयता चाहने वाले व्यक्ति इसमें शब्द-छटा देखकर इसकी सराहना करते हैं। जयदेव, वल्लभ, हितहरिवंश, सूरदास, नन्ददास, ध्रुवदास, नागरीदास, वृन्दावनदास, हितदामोदर, श्री हरिवंश, हरिनाथ स्वामी, श्री वल्लभ रसिक, श्री हरिदास स्वामी, चन्दसखी, श्यामा, चरणदास, श्री माधुरीजी, मीरा आदि भक्त साहित्यिकों की रस से ओतप्रोत वाणी किस सहृदय को मन्त्रमुग्ध न कर देगी। इस प्रकार सहृदय साहित्यिकों को भी रस प्रदान करने की क्षमता इस रास में है।

ऐतिहासिक विद्वान् रास के कृष्ण में सहस्रों वर्ष पूर्व जन्म लेकर वृन्दावन में विचरण करने वाले एक ऐसे बालक की कल्पना करता, है जिसने कंस जैसे अन्यायी राजा को अपने बाहुबल से पछाड़ा था, जिसमें बांसुरी की तान अलापने के साथ-साथ सुदर्शन चक्र चलाने की भी शक्ति थी, जो अगणित सुन्दरियों के मध्य में रहता हुआ भी योगि-राज कहलाता था, रास उसके बाल्यकाल की एक झांकी है, जिसमें नृत्य है, संगीत है, साहित्य है, कला है।

इन विचारों के साथ वह कृष्ण की शोभा की और शक्ति के मानसरोवर में अमृत-रस पीकर मस्त हो जाता है।

अवतार के विश्वासी ऐसे ऐतिहासिक इस कृष्ण को सर्वशक्तिसम्पन्न और अन्त-र्यामी मानकर इसी वृन्दावन में विचरण करनेवाले भगवान् की लीला देखते हुए रसमग्न हो जाते हैं। किन्तु जो अवतारवाद के विरोधी हैं और संसार को प्रकृति का खेल समझते हैं, वे इसे एक प्रतीक नाटक मानते हैं और श्रीकृष्ण को चन्द्रमा राधा को अनुराधा नक्षत्र और गोपों को आकाश के तारों का रूप समझकर अन्तरिक्ष में होनेवाली केवल बुद्धिगम्य लीला निज नेत्रों से देख-देखकर रसमग्न हो जाते हैं। इस प्रकार प्रकृति-प्रेमियों को भी

रस प्रदान करने की क्षमता रास में है।[1]

श्रद्धालु भक्तों के लिए तो राधा का सौन्दर्य और प्रेम कृष्णमिलन के लिए व्याकुल बनाता है। राधा से मिलकर उनके आराध्यदेव को आनन्द मिलता है। जिस लीला से आराध्यदेव को आनन्द मिलता है, उसको बार-बार देखने की अभिलाषा रहती। आनन्द-कन्द श्रीकृष्णचन्द्र की आनन्ददायिनी रासलीला में उन्हें रस मिलता है। इसलिए रास-लीला को नित्य देखते हुए भी वे सन्तुष्ट नहीं होते, इस रास के प्यासे बने रहते हैं।

शोध-प्रेमियों को रास, कृष्ण के रूप में उस आनन्दघन चैतन्य तत्त्व को प्रदर्शित करता है, जिसको समाज ने वैदिक साहित्य से लेकर युग-युग तक नये-नये नामों और रूपों में अनुभव किया। वैदिक काल का विष्णु गोविन्द, वासुदेव होता हुआ गोपाल कृष्ण के रूप में अवतरित हुआ। इस प्रकार रास का यह रूप अति विस्तृत परम्परा को समेटकर नर्तन, वादन और गायन करता हुआ मन को मुग्ध बनाता है। एक तत्त्वज्ञानी लीलाओं का वैज्ञानिक[2] अर्थ समझता हुआ रासनायक कृष्ण में परिपूर्ण मानव की सर्वोत्कृष्ट शक्ति का आरोप कर रस-मग्न हो जाता है।

---

1. क. विदग्ध माधव, पृष्ठ 7

   ख. वही, पृष्ठ 14

   श्री कृष्णजी चन्द्रावली से कहते हैं :

   तस्य षोडशकलस्य षोडशी वल्लभा स्फुरति या नभस्तले।
   राधया सुवदने कथं तया सङ्गतिर्भुवि ममाद्य सम्भवेत्॥

   ग. षोडशकलस्य षोडसी राधा। आकाशस्थया तया सह सङ्गतिर्भुवि स्थितस्य मम कथं संभवेदित्यादिना सैवैका मया ज्ञायतेऽन्था का वा भवतीति भावः॥ चतुर्थ अंक, पृष्ठ 96

   घ. अद्भुत विश्वलीलाना प्रतीक रूप श्रीकृष्णनी रासलीला अमोघ रसै वारंवार गातां के गोपी भावे हरि ने रमता घोलायतां पण। नरसिंह कवि नरसिंह। (गुजराती साहित्यिनी रूपलेखा, पृष्ठ 34)

2. क. दावानल—जीवन की विकराल अग्नि है, जो उस समय ब्रज में सर्वत्र व्याप रही थी, कृष्ण ने अपनी शक्ति से उसे शान्त किया।

   ख. यमलार्जुन —यमलार्जुन यक्षराज कुबेर के दो पुत्र थे, जो शाप-वश वृक्ष बने थे। वैदिक परिभाषा के अनुसार नाम-रूप दो महान् यक्ष हैं, ते (नाम-रूपे) ह महती यक्षे महति अम्बे। नाम-रूप दो बड़े यक्ष हैं जो अम्ब हैं, दिखाई पड़ने पर भी नहीं हैं। जो नाम-रूप के दो वृक्ष हमारे जीवन को रोके खड़े हैं, उन्हें उखाड़ फेंकना ही अध्यात्म का मार्ग है।

   ग. वरुण पाश — कुमार स्वामी का कहना है कि वैदिक परिभाषाओं में मृत्यु को वरुण पाश मृत्यु कहते हैं। इसपर अधिकार पाना अध्यात्मशास्त्र की आवश्यक सीढ़ी है। उनके अनुसार मुचीकन्द नाग के ऊपर बुद्धि की

एक तत्वदर्शी महात्मा इस रासलीला को अध्यात्म की दृष्टि से देखता है। उसे कृष्ण सदेह सच्चिदानन्द आनन्दघन रसरूप में दिखाई पड़ते हैं। राधा उनकी पराशक्ति हैं, गोपियां उनकी सखी-सहेली, सहचरी और दूती हैं। पराशक्ति रसघन के सौन्दर्य पर मुग्ध होकर उनसे मिलने को व्याकुल होती हैं। ये सखियां चित्तवृत्तियां हैं, जो देह-धारिणी बनी हैं। ये चित्तवृत्तियां इस परमात्मा से पराशक्ति को मिलानेवाली हैं। इन चित्तवृत्तियों (भावनाओं) को उस श्यामसुन्दर से स्वतः एकीकरण की अभिलाषा नहीं होती। ये तो आत्मा पराशक्ति को घनश्याम ब्रह्मशक्ति से जोड़ने में उससे अधिक आनन्द पाती हैं, जितना स्वतः पराशक्ति को आनन्दघन के साथ एकाकार होने के समय होता है। ये पवित्र भावनाएं जीवात्मा का साथ तभी कर पाती हैं, जब उनमें नितान्त निर्मलता आ जाती है। यद्यपि राधिका नित्य हैं, गोपियां नित्य हैं, किन्तु वासना के निवारण होने पर दृष्टिगोचर होती हैं।[1]

ज्ञानी ऊधो पारकीया-भाव से[2] प्रेम करनेवाली राधा की प्रशंसा में कहते हैं कि यह राधा लक्ष्मी से भी अधिक भाग्यशालिनी है। इसने गोविन्द को जिस रूप में पाया है, वह तो किसी को भी उपलब्ध नहीं होता। रासोत्सव में कृष्ण की भुजा इनके कण्ठ में

विजय और मुचुकुन्द के ऊपर कृष्ण की विजय एक ही बात है। आवरणात्मक पाश डालनेवाली शक्ति है अहिवृत। समुद्रवासी जरठ बुड्ढा जब पीठ पर सवार हो जाता है तो कठिनाई से छुटकारा मिलता है। वरुण ही समुद्रवासी बुड्ढे हैं। वे नन्द को पकड़ते हैं और कृष्ण उनसे नन्द का उद्धार करते हैं।

घ. कालियनाग—वैदिक परिभाषाओं में भूतल पर रेंगनेवाली अन्धकार-प्रधान वृत्ति की संज्ञा सर्प है। जीवन-जल के सब स्रोतों पर नागों का अधिकार है। जीवन के जितने जलकमल या शील चक्र हैं, सब कालियनाग के अधिकार में हैं। शक्ति पर बलात् अधिकार रखने वाला कालियनाग सबके भीतर बैठकर जीवनी शक्ति को अपने ही वश में रखना चाहता है। नागनथैया कृष्ण उन कमलों का उद्धार करते हैं, जो जीवन के रूप हैं।

1. इमां तु मत्प्रियां विद्धि राधिकां परदेवताम्।
अस्याश्च परितः पश्चात् सख्यः शतसहस्रशः॥
नित्याः सर्वा इमा रुद्र यथाहं नित्यविग्रहः।
सखायः पितरो गोपा गावो वृन्दावनं मम॥
सर्वमेतन्नित्यमेव, चिदानन्दं रसात्मकम्।
इरमानन्दकन्दाख्यं विद्धि वृन्दावनं मम॥

—पद्मपुराण, पाताल खण्ड-73-75

2. श्रीमद्भागवत, दशमस्कंध, अध्याय 33, श्लोक 31, 36, 37

पड़ी है और यह भगवान् के साथ रास-विहार कर रही हैं ।[1] इस प्रकार ज्ञानी महात्मा उद्धव भी रसमग्न हो जाते हैं ।

भक्तगण गोपियों में अध्यात्म प्रेम के ग्यारह तत्व पाते हैं, इसलिए उनकी प्रशंसा करते हैं ।[2]

इससे यह निष्कर्ष निकला कि मानव-सभ्यता के प्रथम चरण से लेकर मानवता को देवत्व की ओर ले जाने वाली सर्वोच्च अध्यात्म प्रेरणा का दर्शन इस रासलीला में हो जाता है । यही कारण है इसकी महत्ता का, और यही कारण है इसकी सर्वप्रियता का । इसी के बल पर यह रास पूर्व रूप में आज तक निरन्तर चला आ रहा है, फिर भी उसका आकर्षण कम नहीं होता ।

यद्यपि रासलीला की रोचकता के अनेक कारण गिनाए जा सकते हैं, किन्तु रास-लीला को लोकप्रिय बनाने का मुख्य कारण है मनुष्य का स्वभावतः श्रृंगार रस का प्रेमी होना और प्रेम भी यदि स्वच्छन्द रीति का हो तो उसकी रुचि के अधिक अनुकूल पड़ता है । श्रृंगार का विप्रलम्भ रूप अधिक मनोनीत है । मनुष्य की इस मनोवृत्ति की अभिव्यक्ति कृष्णलीला नाटकों में सुचारु रूप से पाई जाती है । रसराज के संयोग और विप्रलम्भ दोनों ही रूप राधा और कृष्ण के मिलन तथा वियोग में अभिव्यक्त होते हैं । किन्तु एतावन्मात्र लक्षण ही कृष्ण-लीलाओं के लोकप्रिय होने का कारण नहीं बन सकता । लौकिक प्रेम की तृप्ति उस प्रेम की ज्वाला को शीतल करने में सशक्त है । अतः कृष्ण-लीलाओं में किसी और तत्व का समावेश होना चाहिए, जिससे संयुक्त होने से स्वच्छन्द प्रेम की निरन्तर तृप्ति होने पर भी अतृप्ति को परम वेगवती बनाती रहे । यह तभी सम्भव है, जब लौकिक प्रेम पारमार्थिक प्रेम का रूप धारण कर ले । प्रेम की उच्छृङ्खलता लौकिक रूप का परित्यागकर आध्यात्मिक रूप में परिवर्तित हो जाए । इस आदर्श प्रेम की प्यास बुझने वाली नहीं । यही कारण है कि कृष्णलीला के नाटकों को युग-युगान्तर से देखने की प्रवृत्ति घटने के स्थान पर बढ़ती ही जा रही है । नाटक का यही एक ऐसा उत्कृष्ट स्वरूप है, जिसमें लौकिक प्रेम का आध्यात्मिक प्रेम में उन्नयन हो जाता है । श्रृंगारिक शब्दावली, वेशभूषा, प्रसाधन आदि रसोत्पादन के संकेत-मात्र रह जाते हैं । और जिस रस का परिपाक होता है वह लौकिक भोगविलास का पर्यायवाची नहीं, प्रत्युत वह अध्यात्म-रस है, जिसकी प्यास कभी बुझानेवाली नहीं है । रासलीला की यही विशेषता है कि यह सांसारिक भोगवासना को ईश्वरीय आनन्द के रस में परिणत कर देता है । दर्शक के लिए राधिका जीवात्मा का प्रतीक और कृष्ण परमात्मा का प्रतीक बन

1. श्रीमद्भागवत, दशमस्कंध, अध्याय 31, श्लोक 5, 6, 13
2. गुणमाहात्म्यासक्तिरूपासक्तिपूजासक्तिस्मरणासक्तिदास्यासक्तिसख्यासक्तिकान्ता-सक्ति-वात्सल्यासक्तिआत्मनिवेदनासक्तितन्मयतासक्तिपरमविरहासक्तिरूपा एकधाप्येकादशधा भवति ।—नारदभक्ति सूत्र, 23

जाता है। दोनों की परस्पर प्रेमलीला से चित्त कभी ऊब नहीं सकता। इसमें समाधिस्थ योगी की तरह परमानन्द की प्रतीति होती है।

हिन्दी नाटकों में संस्कृत और रास-शैली

हम पिछले अध्याय में लिख आए हैं कि विक्रम की चौदहवीं शताब्दी में संस्कृत नाटकों में सर्वप्रथम मैथिली गीतों ने प्रवेश पाया और वे गीत इतने आकर्षक प्रतीत हुए कि संस्कृत नाटकों में मैथिली भाषा को उत्तरोत्तर अधिक स्थान प्राप्त होने लगा। परिणाम यह हुआ कि कालान्तर में मैथिली सम्पूर्ण नाटक में व्याप्त हो गई, संस्कृत का कार्य नाटक का केवल ढांचा प्रस्तुत करना रह गया। पन्द्रहवीं शताब्दी का अन्त होते-होते संस्कृत शैली पर सम्पूर्ण मैथिली नाटक विरचित होने लगे। ये मैथिली नाटक राज-सभा का आश्रय पाकर नेपाल में विकसित होने लगे। यह है पूर्वी भारत में नाटकों का विकास-क्रम। भारत के पश्चिमी भाग राजस्थान में नाटक की उत्पत्ति दूसरे ढंग से हो रही थी। तेरहवीं शताब्दी में अपभ्रंश के जो रासक ग्रन्थ विरचित हो रहे थे, उनमें जनभाषा राजस्थानी प्रयुक्त होने लगी थी। अल्पकाल में ही राजस्थानी में समग्र रास-नाटक विरचित होने लगे। अपभ्रंश नाटकों में स्थान पाने से इन रासनाटकों का ढांचा संस्कृत के रूप में न होकर अपभ्रंश की ही शैली पर हो गया। इस प्रकार हिन्दी के प्रारम्भिक नाटक दो शैलियों में विरचित होते रहे।

संस्कृत शैली में विरचित मैथिली नाटक नेपाल राज्य में विकसित होते रहे। भारतीय जनता से सम्पर्क न रहने के कारण उन नाटकों का प्रभाव हमारे देश के जन-नाटकों पर न पड़ सका, अतएव हमारा नाट्य-साहित्य उनसे पृथक् ही रह गया। हां, राजस्थानी की रास-शैली ने हिन्दी के प्रथम उत्थान के नाटकों को अवश्य प्रभावित किया।

नाटकों पर रास का प्रभाव दिखाने के पूर्व रास-शैली की विशेषताएं समझ लेनी आवश्यक हैं।

रास-शैली की विशेषताएं

1. रास नाटकों की सबसे बड़ी विशेषता यह है कि सम्पूर्ण नाटक छन्दोबद्ध एवं गेय होता है।
2. रास नाटकों में गद्य भाग सर्वथा उपेक्षित रहता है। कारण यह है कि गद्यांश को संगीतबद्ध नहीं किया जा सकता।
3 नाटक के सभी पात्र अथ से इति तक रंगमंच पर ही विद्यमान रहते हैं। पत्रों के प्रवेश और निष्क्रमण का संकेत नहीं मिलता।
4. सम्पूर्ण नाटक नृत्य और गीत पर अवलम्बित होता है।
5. इन रास नाटकों का मंगलाचरण तथा प्रशस्ति-पाठ स्वांग-नाटकों के सदृश है। प्रमाण यह है कि रास और स्वांग दोनों में नाटयकार अपनी गुरु-परम्परा का

उल्लेख करते हुए उनको श्रद्धांजलि अर्पण करता है। प्रमाण के लिए 'नेमीश्वर रास' का उद्धरण देखिए :

अहो मूल संग मुनि सरस्वति
गच्छू छोड़ि हो चार कषायनि निभछि।
अनन्त कीर्ति गुरु वन्दिते अहो
ताष तणौ सुखी कीयो वरवाण।
राइमल ब्रह्म सो जाणिज्यो,
स्वामी हो पारसनाथ के थानि ॥1॥[1]

6. रास के अन्त में नाट्यकार नाटक लिखने का प्रयोजन बताते हैं और उसके पढ़ने, सुनने, गाने और अभिनय से पुण्यफल की प्राप्ति का उल्लेख करते हैं। किन्तु संस्कृत नाटकों में प्रस्तावना के साथ ही नाटकाभिनय का प्रयोजन और उद्देश्य प्रकट कर दिया जाता है। प्रमाण के लिए धनपाल रास के उद्धरण देखिए :

श्री सकल कीरति गुरु प्रणमीनें, श्री भवन कीरति भवतार।
दानतणा फल वरणव्या, ब्रह्म जिणदास कहें सार ॥1॥
पढ़े गुणें जो सांभले, मनधरी निरमल भाऊ।
मन वंछित फलरु बढ़ा, लाभें शिवपुर ठाऊ ॥2॥[2]

7. रासनाटक में स्वांग के सदृश आद्योपन्त सभी दृश्य पट-परिवर्तनरहित होते हैं। उनमें संस्कृत नाटकों के समाज अंक, प्रवेशक, विष्कम्भक तथा अंकावतार आदि नहीं होते। नाटक मध्य में घटनास्थल परिवर्तित हो जाता है, तो उसकी सूचना कवि किसी पात्र-विशेष के द्वारा दिला देता है। अंक नहीं बदला जाता।
8. रास की भाषा में तत्सम शब्दों का प्रायः नितान्त अभाव तथा उद्भव और देशज शब्दों का बाहुल्य है।

रास एवं रासान्वयी अभिनेय काव्यों के सम्बन्ध में विगत वर्षों में कई ग्रन्थ विरचित हुए हैं। हिन्दी साहित्य द्वितीय खण्ड में डा० माताप्रसाद गुप्त ने रास की विभिन्न धाराओं पर विधिवत् विचार किया है। इस विषय पर हिन्दी में विरचित एक नया ग्रन्थ 'रास एवं रासान्वयी काव्य' नागरी प्रचारिणी सभा से सन् 1959-1960 में प्रकाशित हुआ है। शोध के विद्यार्थियों के लिए ये ग्रन्थ उपयोगी सिद्ध होंगे। उपर्युक्त दोनों ग्रन्थों में रास साहित्य का सम्यक् विवेचन उपलब्ध हो सकता है।

---

1. नाट्यकार ब्रह्मरायमल, संवत् 1615 वि०
2. नाट्यकार ब्रह्मजिनदास

तीसरा अध्याय

संस्कृत मिश्रित रास-शैली

वैष्णव आन्दोलन का प्रभाव : हम पूर्व यह सिद्ध कर आए हैं कि हिन्दी के प्रारंभिक नाटक (रास-नाटक) संस्कृत के प्रभाव से सर्वथा मुक्त रहे। इसका मुख्य कारण यह था कि रास-नाटकों का उद्भव ही अपभ्रंश रास-नाटकों से हुआ था। दूसरा कारण यह था कि रास-नाटकों के रचयिता जैनाचार्य तथा धर्म-प्रचारक कविगण अपभ्रंश-साहित्य से अधिक परिचित और प्रभावित होते थे, अतएव संस्कृत का उन पर प्रभाव नहीं पड़ता था। इन कारणों के अतिरिक्त देश की तत्कालीन राजनीतिक अवस्था भी संस्कृत-प्रचार के अनुकूल न थी। इस प्रकार रास-नाटकों का यह क्रम न्यूनाधिक तीन शताब्दियों तक अपभ्रंश साहित्य के साथ-साथ चलता रहा, किन्तु पन्द्रहवीं शताब्दी में एक नया धार्मिक आन्दोलन खड़ा हो गया, जिसका प्रभाव पड़ना अवश्यम्भावी था। विक्रम की सोलहवीं शताब्दी तक सम्पूर्ण देश वैष्णव धर्म के नूतन आन्दोलन से आलोड़ित हो उठा था। वैष्णव-मन्दिरों का निर्माण और मूर्ति-पूजा के विविध उपचार होने लगे। श्रीमद्-भागवत और रामायण का पठन-पाठन सर्वत्र होने लगा था। वैष्णव-धर्म के प्रचार के लिए साधु-महात्मा गांव-गांव भ्रमण करने लगे। कथा-कीर्तन का प्रचार होने लगा। इस कारण संस्कृत के अध्ययनाध्यापन के साधन संकलित होने लगे। जनता भी भजन-पूजन के लिए उत्सुक हो उठी। स्थान-स्थान पर कीर्तन होने लगे। वैष्णव-भक्त संस्कृत-पदावली संयुक्त गेय पदों की रचना करने लगे। देशी भाषा की रचना में अपभ्रंश के स्थान पर संस्कृत के तत्सम, अर्द्धतत्सम शब्दों का प्रयोग चल पड़ा। हिन्दी में महाकाव्यों की रचना होने लगी।

इस नवजागरणकाल में वैष्णव-मन्दिरों में कृष्ण-रास (एकांकी नाटक) का प्रदर्शन होने लगा था। इसके पूर्व तेरहवीं शताब्दी से जैनाचार्य अपने धर्म-प्रचार के लिए जैन-रास की रचना करते आ रहे थे। वैष्णव महात्मा भी भक्तों के लिए कृष्ण-रास की रचना कर रहे थे। जैन-रास में नृत्य का अभाव हो चला था, और अभिनय के योग्य रास के स्थान पर अपभ्रंश 'चरिऊ' की शैली पर बृहत् रास केवल पठन और श्रवण के लिए विरचित होने लगे थे। ऐसे समय में कतिपय विद्वानों को देश-काल और जनरुचि के अनुकूल कथावस्तु, भाषा तथा शैली का ध्यान रखकर पूर्ण नाटक-रचना की प्रेरणा हुई। हम पूर्व कह आए हैं कि जनता वैष्णव-धर्म की ओर आकर्षित हो रही थी, अतएव-कथावस्तु के लिए रामायण और भागवत से सामग्री लेना उचित प्रतीत हुआ। वैष्णव-धर्म के प्रचार से संस्कृत शब्दों का व्यवहार होने लगा था, अतएव जनभाषा तत्सम और

अर्द्धतत्सम शब्दों के सम्मिलन से निखरने लगी। उपर्युक्त दोनों समस्याओं को सुलझा लेने पर शैली का प्रश्न सम्मुख आया। शताब्दियों से नाटक की रास-शैली से परिचित जनता सहसा संस्कृत-शैली अपनाने को सन्नद्ध कैसे होती ! रास के गेय पदों में संगीत और नृत्य का जो आकर्षण जनता को मिलता था, वह शुष्क गद्य में कहां उपलब्ध होता। उस काल के दूरदर्शी विद्वान् नाट्यकारों ने इस रहस्य को समझ लिया था। अतएव संस्कृत-नाटकों से प्रभावित होने पर भी उन नाट्यकारों ने रास-शैली पर छन्दोबद्ध नाटकों की ही रचना की।

इस मत को प्रमाणित करने के लिए आलोच्यकाल के नाटकों का संक्षिप्त विवरण देना आवश्यक है। हिन्दी के पूर्ण नाटक हमें विक्रम की सोलहवीं शताब्दी के उपरान्त प्राप्त होते हैं। प्रकाशित तथा अप्रकाशित नाटकों का संक्षिप्त परिचय इस प्रकार दिया जा सकता है।

प्राचीन रंगमंच निर्माण में धार्मिक भावना

असम के संत नाट्यकारों ने रंगमंच को एक विशिष्ट दृष्टि से निर्मित किया था। उन्होंने नाटक को ईश्वरीय भावना से उत्पन्न माना था। अत: उसके अभिनय में भी दैवी शक्ति की प्रेरणा की प्रधानता थी। रंगमंच का निर्माण जिन बल्लियों से होता था उन्हें किसी-न-किसी को गिरने से सुरक्षित रखती थी और मध्य में लगाई जाती थी, उसे मारलि कहते थे, जिसमें विष्णु का निवास माना जाता था। पूर्व की बल्ली में शंकर का निवास और पश्चिम भाग की बल्ली में भास्कर (सूर्य) का स्थान माना जाता था। शेष बल्लियां श्रीमद्भागवत के अध्यायों की सूचक थीं। इन्द्र रक्षक के रूप में और चन्द्र प्रकाश के रूप में रंगमंच के चतुर्दिक समझे जाते थे। रंगमंच के मंडप का नाम रंभा था, जिसके अन्दर जूता पहनकर जाना वर्जित था और जिसमें धूम्रपान और मदिरा पान निषिद्ध था।

संगीत के वाद्य-यन्त्रों का भी धार्मिक तात्पर्य था। ताल नामक वाद्ययंत्र में शकर मानो स्वयं पृथ्वी-लोक पर अवतरित हुए थे। ढोल, मृदंग और खोल भी दैवी शक्ति के प्रतीक माने जाते थे और इनका प्रयोग केवल शुद्ध आचरण वाले व्यक्ति ही कर सकते थे, यदि अनधिकारी इनके प्रयोग की धृष्टता करते तो उन्हें नरकगामी समझा जाता था।

अभिनेताओं को धन से नहीं मान से प्रसन्न किया जाता था। सूत्रधार, गायक, वादक तथा अन्य अभिनेताओं को सत्र का अधिकारी दर्शकों के सम्मुख माल्यार्पण करता, जिसे समाज में सबसे बड़ा सम्मान समझा जाता था। इन मालाओं को बड़ी श्रद्धा के साथ धर्म-प्रेमी व्यक्ति गूंथते थे। तदुपरांत प्रत्येक अभिनेता के मस्तक पर चन्दन का तिलक किया जाता था। इन सब प्रक्रियाओं का उद्देश्य रंगशाला को एक पुण्य-स्थल के रूप में प्रदर्शित करना था।

अंकिया नाट

इसकी हम पूर्व चर्चा कर आए हैं। इस परम्परा के शताधिक नाटक अब उपलब्ध हो गए हैं। जिनके प्रमुख रचयिता हैं—शंकरदेव, माधवदेव, गोपाल अत्ता। रामचरन ठाकुर (1507-77), गोपालअत्ता (1533 से 1608), माधवदेव, (1489-1596) शंकरदेव (1449 से 1568 तक), रामचरण ठाकुर (1521-1600), दैत्यारि ठाकुर (1564-1620 तक) और द्विजभूषण (1507-77 तक)। इन साधु नाट्यकारों ने अंकिया नाट, रासझूमरा, कोटरा, खेला झूमरा और जन्म-वाचा तथा गोपी-ऊधव संवाद, अजामिल उपाख्यान नाम से अनेक रचनाएं कीं। ये लोग संन्यासी थे, किन्तु नाटक में स्वयं पात्र बना करते थे। इन्हीं लोगों के प्रभाव से पन्द्रहवीं शताब्दी तक ब्रजभाषा देश की सांस्कृतिक भाषा बनी रही।

आज भी आसाम के सत्रों में बार-बार इन नाटकों का अभिनय होता है और सत्र के अधिकारी अनिवार्य रूप से इस शैली के नाटक विरचित करते पाए जाते हैं। इस कारण से यह परम्परा अविच्छिन्न रूप से चलती जा रही है। यहां पर अंकिया नाट के प्रवर्तक शंकरदेव का संक्षिप्त परिचय देना चाहते हैं। इस महापुरुष ने संस्कृत और लोकनाट्य शैली के सम्मेलन से एक ऐसी नाट्यधारा का प्रवर्तन किया जिसके प्रदर्शन से आज भी लक्ष-लक्ष ग्रामीण जनता आनन्द-विभोर हो उठती है।

शंकरदेव ने श्रव्य और दृश्य दोनों प्रकार के काव्यों द्वारा अपने नवीन जीवन-दर्शन का प्रचार किया। उन्होंने श्रव्य काव्य रूप में 'हरिश्चन्द्र उपाख्यान', 'भक्ति प्रदीप' 'कीर्तन घोषा', 'वरगीत', 'रुक्मिणी हरण', 12 स्कन्धों में 'महाभागवत', 'गुनमाला', 'रामायण', 'भक्ति रत्नाकर' आदि ग्रन्थों की रचना की। इनके अतिरिक्त उन्होंने 'पत्नी प्रसाद', 'रुक्मिणी हरण', 'कालिदमन', 'केलिगोपाल', 'पारिजात हरण' एवं 'राम-विजयनाट' नामक अंकिया नाट भी विरचित किए। हम इस स्थान पर उनके अंकिया नाट का ही विवेचन करेंगे।

दर्शन, व्याकरण एवं संस्कृत साहित्य के पाण्डित्य एवं तत्कालीन जन-रुचि ने इन्हें हिन्दी नाटकों में भी संस्कृत नाट्यशैली एवं संस्कृत श्लोकों को यत्र-तत्र स्थान देने को बाध्य किया। यद्यपि इन्होंने नान्दी, प्रस्ताव एवं भरत वाक्य आदि पारिभाषिक पदावली का प्रयोग नहीं किया है तथापि उसके नियमों के परिपालन का प्रयास पूर्ण रीति से पाया जाता है। नान्दी में आठ या बारह चरण होते हैं और किसी देवता की आराधना की जाती है। शंकरदेव के प्रायः सभी नाटकों में यह पद्धति अपनाई गई है। प्रत्येक नाटक के नान्दी में तदनुकूल देववन्दना की गई है। 'पत्नीप्रसाद', 'रुक्मिणी-हरण', 'पारिजात-हरण' 'केलिगोपाल' में श्रीकृष्ण की वन्दना आठ चरणों में की गई है, किन्तु रामविजय नाट में भगवान् श्रीरामचन्द्रजी की आराधना आठ पदों में सम्पन्न होती है।

शंकरदेव मूलतः कृष्ण-भक्त थे, जैसा उनके काव्यों से प्रतीत होता है। उनका मन कृष्ण-लीलाओं के गुणगान में प्रधान रूप से रमता था, किन्तु रामविजय नाट में

उन्होंने राम का स्मरण अत्यन्त भक्ति-भाव के साथ किया है। जैसा निम्नलिखित उद्धरणों से प्रतीत होता है—

यन्नामाखिललोकशोकशमनं यन्नाम प्रेमास्पदं
पापापारपयोधितारणविधौ यन्नाम पीनः प्लवः।
यन्नामश्रवणात् पुनाति श्वपचः प्राप्नोति मोक्षं क्षितौ
तं श्रीरामयशं महेशवरदं वन्दे सदा सादरम्॥

इसी प्रकार राम की लीलाओं का वर्णन करते हुए वे आगे कहते हैं—

वैदेह्याः विधिवद्विवाहमकरोत् निर्जित्य यः पार्थिवान्
युष्माकं नितनोतु शं स भगवान् श्रीरामचन्द्रश्चिरम्॥

हम पूर्व कह आए हैं कि शंकरदेव ने संस्कृत और तत्कालीन दोनों पद्धतियों का सामंजस्य करने का प्रयास किया है। जहां उन्होंने नान्दी में आठ अथवा बारह पदों में संस्कृत श्लोकों की रचना है, वहीं विभिन्न रागों में गाने योग्य हिन्दी गीतों की भी रचना नान्दी-रूप में की है।

'रुक्मिणी-हरण', 'पारिजात-हरण', 'पत्नीप्रसाद', 'रामविजय' आदि सभी नाटकों में आठ संस्कृत पदों के उपरान्त हिन्दी गीतों के माध्यम से उन्हीं देवताओं की आराधना इस प्रकार की गई है :

जय जग जीवन मुरार
पावे परनाम हमार (ध्रुव)
पंचमुहे याहे तुति वुलि
शिरै हर धर पद धूलि
नृपसव छेदल वाणे।
कृष्ण किंकर एहु भाणे॥

शंकरदेव ने नान्दी के उपरान्त सूत्रधार का प्रवेश कराया है। भार की 'नान्द्यन्ते सूत्रधारः' नामक पद्धति को हम उनके अधिकांश नाटकों में पाते हैं। 'रुक्मिणी-हरण' में हिन्दी गीत के उपरान्त शंकरदेव लिखते हैं "नान्द्यन्ते सूत्रधारः अलमिति विस्तरेण। प्रथम माधवो माधवेत्युच्चार्य नत्वा नारायणं सभासदान् सम्बोध्याह—

भो भोः सभासदाः साधु शृंणुध्वं श्रद्धयाधुना।
रुक्मिणीहरणं नाम नाटकं मुक्तिसाधकम्॥

पट-परिवर्तन

अंकिया नाट में दृश्य-परिवर्तन की पद्धति नहीं। नाटक जिस दृश्य से प्रारम्भ होता है, उसी से उसका पर्यवसान भी होता है। पट-परिवर्तन की आवश्यकता नहीं।

सूत्रधार रंगमंच पर बैठकर आवश्यकतानुसार पात्रों को दूर देश भेजता है और उन्हें स्वेच्छा से बुला भी लेता है। जब कोई पात्र दूर देश की यात्रा करता है तो सूत्रधार उसकी अनुपस्थिति में उसका विवरण देता चलता है। 'रुक्मिणी हरण नाट' में रुक्म

राजा की राजधानी में नाटक प्रारम्भ होता है। जिस समय रुक्मिणी अपनी सखियों से वार्तालाप करती है, उसी समय द्वारका देश से वेदनिधि नामक भिक्षुक आता है, और कृष्ण के रूप का वर्णन करता है। रुक्मिणी कृष्ण के गुण-श्रवण से मुग्ध होकर एक पत्र ब्राह्मण के द्वारा भेजती है। ब्राह्मण रुक्मिणी को आश्वासन देकर कृष्ण के पास जाता है।

सूत्रधार रुक्म की उसी राजधानी को द्वारका नगरी में परिवर्तित कर देता है। सामाजिक को अपने काव्य-चातुर्य से यह प्रतीत करा देता है कि द्वारका नगरी उनके सामने विद्यमान है। द्वारपाल और कृष्ण वहीं उपस्थित हो जाते हैं। द्वारपाल द्वारा सूचना पाकर कृष्ण कुण्डन ब्राह्मण का पाद-प्रक्षालन करते हैं और उससे कुशल-समाचार पूछते हैं :

इस प्रकार दोनों का वार्तालाप राजा भीष्मक की नगरी वाले दृश्य में ही चलता रहता है। नाट्यकार का कौशल है कि रुक्मिणी के पत्र को कृष्ण स्वत: नहीं पढ़ते। वे ब्राह्मण वेदनिधि से पढ़ाकर पत्र सुनते हैं। इस प्रकार सामाजिक को पत्र का रहस्य ज्ञात हो जाता है। कृष्ण की दशा का वर्णन सूत्रधार अपने ही शब्दों में करता चलता है। यही नाट्यकार की पद्धति है। वह सामाजिक को पात्रों की मनोदशा से अवगत कराता चलता है। आज का नाट्यकार रंगमंच-निर्देश को कोष्ठबद्ध कराता है, किन्तु शंकरदेव उसको सूत्रधार के मुख से सामाजिक को बताते चलते हैं।

यद्यपि शंकरदेव ने इन नाटकों के अभिनय के लिए नामघर (नाट्यशाला) की स्थापना की थी तथापि पट-परिवर्तन को आवश्यक समझ, कृष्ण और राम की अनेक लीलाओं को एक ही दृश्य में दिखाने का प्रयास किया है। शंकरदेव जैसा धुरन्धर विद्वान् संस्कृत की नाट्यशैली की सीमा का उल्लंघन कर जन-नाट्य शैली को किसी न किसी कारणवश व्यवहार्य बना रहा था। वह कारण क्या रहा होगा। ऐसा प्रतीत होता है कि 'ओझापाली' नामक जनप्रिय नाट्य शैली को सशक्त बनाने के लिए उन्होंने संस्कृत की रूढ़ियों का परित्याग किया होगा। दूसरा कारण यह भी हो सकता है कि सहस्र-सहस्र जनता को एकत्र देख उन्होंने नाट्यगृहों के अतिरिक्त खुले विस्तृत मैदानों में नाटकों का अभिनय प्रदर्शित करने के लिए ये नाटक विरचित किए होंगे। इसी जन-नाट्य की शैली पर पट-परिवर्तन के बिना भी उन्होंने नाट्यगृहों में इन नाटकों का अभिनय विशेष अवसरों पर दिखाया होगा।

उनके किसी भी नाटक में पट-परिवर्तन का विधान नहीं। एक घटना हो अथवा अनेक, सबके लिए एक ही पद्धति है। किसी पात्र का निष्क्रमण नहीं दिखाया जाता, सम्भवत: पात्रों की इच्छा पर छोड़ दिया जाता है। यदि वे रंगमंच पर उपस्थित रहना चाहते हों तो उन्हें निष्क्रमण के लिए कोई बाध्य नहीं करता। पात्रों को पूर्ण स्वतन्त्रता रही होगी कि कार्य-समाप्ति पर वे स्वेच्छापूर्वक बाहर जा सकते हैं। जन-नाट्य शैली की यह एक बड़ी विशेषता है।

गद्य-प्रयोग

शंकरदेव के सभी नाटकों में गद्य का प्रयोग मिलता है। प्रारम्भिक नाटकों में पद्य का बाहुल्य है और गद्य का प्रयोग प्रायः सूत्रधार ही कथा-प्रसंगों को संयुक्त करने के उद्देश्य से करता चलता है। अन्य पात्र प्रायः कविता में कथोपकथन करते दिखाई पड़ते हैं। उनके सभी नाटकों का तुलनात्मक अध्ययन करने से यह निष्कर्ष निकाला जा सकता है कि उन्होंने अपने अन्तिम नाटकों में कथोपकथन के लिए गद्य को प्रमुख स्थान दिया है। पद्य का प्रयोग केवल गीतों के रूप में यत्र-तत्र दिखाई पड़ता है। प्रमाण के लिए 'पारिजात-हरण नाटक' में सत्यभामा और श्री कृष्ण का संवाद देखिए :

सत्यभामा—हे स्वामी हामाक पारिजात तरु तुहु दिते सत्य कय बोल।

श्रीकृष्ण—हे प्रिये, पापी नरकासुर देवता सबक जितिये सर्वस्व आनल। आगु ताकेक मारि देवकार्य साध। पाछु पारिजात आनो।

सत्यभामा—आ स्वामी। उचित कहल। आगु देवकार्य साधि सेहि यात्राये पारिजात आनह। हामु तोहारि संगे चलवो।

इस उद्धरण से यह स्पष्ट होता है कि गद्य का प्रयोग प्रायः कथा की गति को आगे बढ़ाने के उद्देश्य से किया जाता है। भावों आर भावनाओं को जागरित करने के लिए पद्य एवं गीतों का प्रयोग होता है; किन्तु घटनाओं और क्रियाकलाप का ज्ञान गद्य द्वारा कराया जाता है। यद्यपि इस गद्य में वह तीव्रता एवं प्रवाह नहीं है जो उच्चकोटि के नाटकों में अपेक्षित है तथापि पन्द्रहवीं शताब्दी के हिन्दी गद्य में विचार-प्रदर्शन की इतनी क्षमता थी यही क्या सन्तोषप्रद नहीं है ?

गद्य का अपेक्षाकृत निखरा रूप शंकरदेव के अन्तिम नाटक 'रामविजय' में दिखाई पड़ता है। इस नाटक में पद्य-भाग की अपेक्षा गद्य-भाग कहीं अधिक मात्रा में दिखाई पड़ता है। कहीं-कहीं तो सम्पूर्ण वार्तालाप गद्य के माध्यम से ही दिखाई पड़ता है। उदाहरण के लिए जनक और विश्वामित्र का वार्तालाप देखिए—

विश्वामित्र—हे महाराज जनक, पुत्र-पौत्र सहित तो हो चिरकाल सुखी होब्र ! तोहार सत्कारे परम सन्तोष भेलो।

सूत्र—जनक राजा राम-लक्ष्मण रूप निरखि परम आश्चर्य हुआ मुनिते पूछत।

जनक—हे ऋषिराज ! उहि बालक दुयो अद्‌भुत मूरति देखि परम आनन्द भेलो। काहेर कुमार, कि देव, किंवा मानुष, हामु बुझये नाहि पारि। उहि सुकुमार दुहोक देखि हृदय सन्तोष भेलो।

हम कह चुके हैं कि इस उत्थान-काल की प्रमुख विशेषता यह है कि धार्मिक प्रवृत्ति ने जैन-रास और वैष्णव-रास का रूप साथ-साथ धारण किया, और कृष्णचरित को लेकर रास में नाना प्रकार के लीला-नाटकों की रचना होने लगी। हम यहां इतना और भी स्पष्ट कर देना उचित समझते हैं कि साधु-महात्माओं के अतिरिक्त साहित्यिक नाट्यकारों ने भी नाटकों में रास की वही पद्यबद्ध शैली अपनाई, जो अपभ्रंश काल से

चली आ रही थी और सर्वत्र मान्य समझी जाती थी।

रामायण महानाटक—(नाट्यकार—प्राणचन्द चौहान) :

रामायण महानाटक की रचना सम्वत् 1667 वि० में हुई। इस नाटक में भगवान् राम का सम्पूर्ण चरित दोहा चौपाइयों में विरचित है। रामकथा संवाद द्वारा वर्णित है। नाटक रचना का उद्देश्य कवि अन्त में इस प्रकार लिखा है :

रामचरित जो कहै बखाना। बाढ़ै धर्म पाप होए हाना॥
अरु जो सुनै श्रवन चित लाई। सो जमपुर के निकट न जाई॥

— — — —

नारद बालमीक दुर्वासा। तिनहूं राम नाम की आसा॥

हनुमन्नाटक

दूसरा नाटक कवि हृदयराम कृत हनुमन्नाटक है। इसका रचनाकाल सम्वत् 1680 वि० है। कुछ लोगों का अनुमान है कि यह संस्कृत के हनुमन्नाटक का अनुवाद है, किन्तु हम इस मत से सहमत नहीं हैं। कारण यह है :

1. संस्कृत के हनुमन्नाटक से केवल 38 छन्दों में भाव-साम्य मिलता है। हिन्दी हनुमन्नाटक में कुल 1183 छन्द हैं।[1] 1183 छन्दों में केवल 38 छन्दों का भाव-साम्य नगण्य ही है।
2. संस्कृत हनुमन्नाटक में नान्दी-सूत्रधार मिलते हैं, किन्तु हिन्दी हनुमन्नाटक में इनका कहीं पता नहीं।
3. वस्तु-संविधान में दोनों नाटकों में अन्तर है। सस्कृत-नाटक में परशुराम के शांत होने पर रामविवाह सम्पादित होता है, किन्तु हृदयरामजी ने विवाह के उपरान्त अयोध्या के मार्ग में परशुराम के साथ लक्ष्मण का वाद-विवाद दिखाया है। इसी प्रकार मूल के छठे अंक में हनुमान् का लंका-दाह अत्यन्त संक्षेप में मिलता है, किन्तु हिन्दी में उसका वर्णन आठ छन्दों में विस्तार के साथ किया गया है। एक ही छन्द में प्रश्नोत्तर दिखाकर हृदयराम ने अपनी सम्वाद-योजना का परिचय दिया है। उदाहरण के लिए देखिए :

    कौन है रे ! कपि हौं रे, कौन कपि ? हनुमान,
    काको सुत ? बूझ नीके अंजनी को पूत हौं।
    कौन काज बाग तोर दार्‌यो सुत मार्‌यो मेरो ?
    भूख लागी तोर्‌यो अरि मारवे को भूत हौं।[2]

---

1. हनुमन्नाटक के चौदह अंकों में छन्द-संख्या क्रमशः इस प्रकार है :
   15, 88, 109, 16, 94, 116, 34, 119, 129, 92, 69, 58, 111, 133। कुल संख्या 1183।
2. हनुमन्नाटक, भारत जीवन प्रेस, काशी, पृष्ठ 171-72

4. इसी प्रकार मूल संस्कृत में सागर और राम का वार्तालाप बाल-चापल्य-सा प्रतीत होता है, किन्तु हिन्दी में वही संवाद गम्भीर और सजीव है।
5. मूल के दसवें अंक में रावण और सीता का संवाद मिलता है, किन्तु हिन्दी में उसका कहीं लेशमात्र संकेत भी नहीं।

इस प्रकार वस्तु-संविधान, संवाद-योजना आदि कई बातों में इतना अन्तर है कि हिन्दी नाटक को न तो संस्कृत का अनुवाद कह सकते हैं न रूपान्तर। हृदयरामजी ने अंकों का संविधान अवश्य संस्कृत-नाटक के अनुसार किया है। इस कारण इसका भी नाम हनुमन्नाटक रख दिया है।

समयसार नाटक

तीसरा नाटक बनारसीदासकृत समयसार है, जिसकी रचना संवत् 1693 विक्रमी में आगरा में हुई है। नाट्यकार इसकी कथा के स्रोत के सम्बन्ध में स्वयं लिखता है :

अब यह बात कहूँ है जैसे, नाटक भाषा भयौ सु ऐसे।
कुन्द-कुन्द मुनि मूल उधरता, अमृतचन्द टीका के करता ॥21॥
समयसार नाटक सुख दानी, टीका सहित संस्कृत बानी।
पंडित पढ़ें सुदिढ़ मति बूझै, अलपमती कौ अरथ न सूझै ॥22॥
सोरह सौ तिरानवा बीतैं, आसो मास सित पच्छ विनीते।
तिथि तेरस रविवार प्रवीना, ता दिन ग्रन्थ समापत कीना ॥37॥[1]

यद्यपि अमृतचन्द के 'कलश' के आधार पर इस नाटक की रचना हुई है, किन्तु कलश और इस नाटक की तुलना करने से दोनों में स्पष्ट अन्तर दृष्टिगोचर होता है। नाट्यकार ने अपने दृष्टिकोण के अनुसार मूल भाग में परिवर्तन और परिवर्द्धन कर दिया है। उदाहरण के लिए 'कर्ता, कर्म, क्रिया द्वारा प्रसंग को लीजिए। मूल के 54 श्लोकों का अनुवाद 36 छन्दों में किया गया है किन्तु 'बन्ध प्रसंग' के 17 श्लोकों को विस्तृत करके 58 छन्दों में लिखा गया है। श्री कुन्द कुन्दाचार्य ने प्राकृत ग्रन्थ का नाम केवल 'समयसार' अथवा 'समयपाहुड़' दिया है, किन्तु अमृतचन्द्राचार्य ने अपनी संस्कृत-टीका में "इति ह पूर्वरङ्गः समाप्तः।" "इति समयसारव्याख्यायामात्मख्यातौ प्रथमोऽङ्कः।" आदि संकेतों के द्वारा इसको नाटक उपाधि प्रदान की। उसीके आधार पर बनारसी दासजी ने इसे नाटक माना। अन्यथा इसमें कहीं भी संवाद-योजना नहीं मिलती।

विचित्र नाटक

विचित्र नाटक एक अंश है विचित्र नाटक ग्रन्थ का। विचित्र नाटक ग्रंथ में

---

1. समयसार नाटक, प्रकाशक ब्रह्मचारी नन्दलाल, दिगम्बर जैन ग्रन्थमाला मिराड, ग्वालियर, वि० संवत् 2007, पृ० 608. 614।

विचित्र नाटक, चंडी चरित्र, चौबीस अवतार संगृहीत हैं। विचित्र नाटक में गुरु गोविन्दसिंह ने आत्मकथा प्रस्तुत की है। ऐसा प्रतीत होता है कि इस संकलन में प्रथम ग्रन्थ एवं प्रमुख रचना 'विचित्र नाटक' होने से पूरे ग्रंथ का नामकरण विचित्र नाटक ग्रन्थ के रूप में किया गया। गुरु गोविन्दसिंह के मन में बीज रूप से उपर्युक्त ग्रन्थों की रचना विद्यमान थी। इसीलिए केवल विचित्र नाटक की रचना-सफलता के लिए नहीं अपितु पूरे संकलन के लिए श्री खड्ग की स्तुति करते हुए वे लिखते हैं—

'नमसकार स्त्री खड़ग को करौ सु हितु चितु लाइ ॥
पूरन करौ गिरंथ इह तुम मुहि करहु सहाय ॥

विचित्र नाटक 14 अध्यायों में विभक्त है। प्रथम से पंचम अध्याय तक गुरु जी ने अपने पूर्वजों का परिचय दिया है। छठे अध्याय में गुरु जी सुधार और मुक्ति सम्बन्धी अपने उद्देश्यों का वर्णन करते हैं। सातवें से तेरहवें अध्याय तक पर्वतीय राजा और मुगलों के साथ अपने युद्ध का इतिहास बताते हैं।

दूसरे से चौथे अध्यायों में क्षत्रियों की सोधी और वेदी शाखा को लवकुश की वंश परम्परा में सिद्ध किया गया है। पांचवें अध्याय में गुरु की उक्ति है कि कालान्तर में ब्राह्मण शूद्रवत् व्यवहार करने लगे और क्षत्रियों ने वैश्यों और शूद्रों के समान आचरण प्रारम्भ कर दिया।

गुरु गोविन्दसिंह का मत है कि गुरु नानक ही अंगद, अमरदास और रामदास के रूप में अवतरित हुए। जिस प्रकार एक दीपक दूसरे दीपक को प्रज्वलित करता है उसी प्रकार एक गुरु ने दूसरे गुरु को प्रकाशमान बनाया। यद्यपि गुरुओं के शरीर पृथक्-पृथक् थे किन्तु सबके शरीर में एक ही ज्योति जगमगा रही थी।

छठे सर्ग में गुरु गोविन्दसिंह सप्त श्रृंग हेमकुण्ड पर पहुंचते हैं, जहां पाण्डवों ने निवास किया था। यहीं गुरु गोविन्दसिंह की आत्मा समाधि के द्वारा परमात्मा में विलीन हो गई। तपस्या के उपरान्त गुरु गोविन्दसिंह को मानव जाति के कल्याण के लिए पुनः पृथ्वी पर भेजा गया। गुरुजी लिखते हैं :

चित न भयो हमरो आवन कह। चुभी रही सुत प्रभू चरनन महि ॥
जिउ तिउ प्रभु हमको समझायो। इम कहि के इह लोक पठायो ॥[1]

गुरु जी कहते हैं कि मेरे से पूर्व महापुरुषों ने अपने नाम का जाप कराया। सतनाम में किसी ने मानव की निष्ठा नहीं बढ़ाई। वे लिखते हैं :

सभ ते अपना नामु जपायो। सति नामु काहू न द्रिड़ायो।
सभ अपनी-अपनी उरझाना। पार ब्रह्म काहु न पछाना ॥[2]

इस नाटक में युद्ध का ही अधिकांश वर्णन मिलता है। 14 अध्यायों के इस नाटक में आठ अध्यायों में केवल युद्ध का वर्णन है। इस नाटक में वीर रस के सहायक अद्भुत

1. 'विचित्र नाटक' छठा अध्याय, 5
2. „ „ „ 27, 28

और रौद्र रस मिलते हैं। वीर रस का एक वर्णन देखिए—

क्रिपाल कोपीयं कुतको संभारी। हठी खान हयात के सीस भारी।
उठी छिच्छि इच्छं कढा मेज जोरं। मनो माखनं भट्टकी कान्ह फोरं।।
तहा नन्दचन्द कीयो कोपु भारो। लगाई बरच्छी क्रिपांणं संभारो।।
तुटी तेग त्रिक्खी कढे जम्मदढ्ढं। हठी राखीयं लज्ज वंसं सनढ्ढं।।[1]

इस नाटक में सवैया, तोटक, त्रिभंगी, भुजंगप्रयात, दोहरा, नराच, चौपाई, छप्पय, अरिल्ल, पद्धरी आदि छन्दों का प्रयोग हुआ है। सबसे अधिक संख्या दोहरा, भुजंगप्रयात और चौपाई की है।

नाटक के रूप में आत्मकथा लिखने की यह शैली निराली है। यह नाटक रस, विचार, काव्यत्व की दृष्टि से बड़ा ही आकर्षक है। गुरु गोविन्दसिंह का नाटक के क्षेत्र में इस प्रकार का योगदान सराहनीय है।

प्रबोध चन्द्रोदय नाटक

इस संस्कृत-नाटक के अनेक अनुवाद हिन्दी में उपलब्ध होते हैं। इसका प्रथम अनुवाद महाराज यशवन्तसिंह ने संवत् 1700 वि० के आस-पास किया। इस अनुवाद में मूल श्लोक का अनुवाद पद्य में और गद्य का अनुवाद गद्य में किया गया। इस अनुवाद के 26 वर्ष बाद ही अनाथदासजी ने इसका समस्त अनुवाद छन्दोबद्ध रूप में किया। यहां तक कि रंगमंच के संकेत भी कविताबद्ध बन गए। महाराज यशवन्तसिंह के उपरान्त आलोच्यकाल में जितने भी अनुवाद[2] हुए, वे सभी छन्दोबद्ध रूप में मिलते हैं।

निर्माण-काल

संस्कृत प्रबोध चन्द्रोदय नाटक के रचयिता श्रीकृष्ण मिश्र चन्देल राजा कृष्णवर्मा के समकालीन थे। कृष्णवर्मा का राजत्वकाल शिलालेखों के आधार पर सं० 1107 से प्रारम्भ माना जाता है। यह नाटक महाराज कृष्णवर्मा के दरबार में अभिनीत हुआ था। जनश्रुति है कि कृष्णवर्मा एक बार चेदिराज कर्ण से पराजित होकर अत्यन्त खिन्न हो रहे थे, उस समय उनके योग्य सेनापति गोपाल ने दूसरे घोर युद्ध में चेदिराज को पूर्ण रीति से विजित किया, किन्तु संग्राम में अनेक प्राणियों का वध देखकर उन्हें बड़ी ग्लानि हुई और उन्होंने अपने गुरुवर श्रीकृष्ण मिश्र से अपने हृद्गत भावों को प्रकट किया। इसी

---

1. विचित्र नाटक, आठवां अध्याय, 7-8
2. प्रबोधचन्द्रोदय के अनुवाद :
   (क) जन अनन्य-कृत, रचनाकाल अज्ञात
   (ख) सुरति मिश्र-कृत, रचनाकाल, संवत् 1800 वि०
   (ग) व्रजवासीदास-कृत, रचनाकाल, 1816 वि०
   (घ) आनन्द-कृत 'नाटकानन्द', रचनाकाल संवत् 1840 वि०

कारण सेनापति को वास्तविक ज्ञान कराने के लिए गुरु ने इस प्रतीक-नाटक की रचना की।

कथावस्तु

साक्षात् आनन्द की मूर्ति, तेज:पुञ्ज, ज्ञानस्वरूप, विषय से सर्वथा पराङ्मुख, सौम्य स्वभाववाले एक पुराण-पुरुष हैं। उनकी माया नामक एक स्त्री है। उसकी विलक्षणता यह है कि वह अघटित घटना पटीयसी है। उस मायाविनी के पुत्र का नाम मन है, पति को वृद्ध समझ वह अपने पुत्र को सिंहासनासीन करना चाहती है। बेटा मन भी मां की योजना में सम्मिलित होकर पिता को खण्ड-खण्ड करके एक ओर फेंक देता है।

मन की दो स्त्रियां—प्रवृत्ति और निवृत्ति—हैं। प्रवृत्ति से महामोह के कुल की और निवृत्ति से विवेक-प्रधान कुल की उत्पत्ति होती है। दोनों कुलों में घोर संघर्ष की तैयारी होती है। महामोह के सहायक हैं—काम, क्रोध, लोभ, दम्भ, अहंकार, मिथ्या-दृष्टि, रति, हिंसा, तृष्णा इत्यादि; और विवेक के सहायक हैं—मति, वस्तु-विचार, सन्तोष, श्रद्धा, शान्ति, करुणा, विष्णुभक्ति, उपनिषद्देवी, क्षमा इत्यादि।

प्रथम अंक में विवेक और उसकी पत्नी मति का वार्तालाप होता है। मति को शंका उत्पन्न होती है कि पापिन माया पुराण-पुरुष को किस प्रकार प्रताड़ित करती है। विवेक मति को समझाता है कि माया में सदाचरण नहीं है। वह षड्यन्त्रकारिणी है उसे अपने पतिदेव के दु:ख का लेशमात्र कष्ट नहीं है। वह अपने परामर्शदाताओं के बहकावे में आ गई है।

दूसरे अंक में महामोह के आदेश से दम्भ, पाखण्ड, काम, क्रोध, लोभ, मद, मात्सर्यादि योगिनियां विष्णुभक्ति के विनाश में प्रयत्नशील हैं। अहंकार आस्तिक दर्शनों का परिहास करते हुए बौद्धदर्शन, वेदान्त, शैव-पाशुपत को निन्द्य बताता है और महामोह चार्वाक को आस्तिक दर्शनों के उन्मूलन की आज्ञा देता है। महामोह अपने सैनिकों को कुल-विद्वेषिणी शान्ति को दण्ड देने का आदेश देता है। वह सैनिकों को समझाते हुए कहता है कि शान्ति की माता श्रद्धा है। वह उपनिषदों के समीप निवास करती है। यदि विलासिनी मिथ्यादृष्टि उसे पकड़ लाए तो उसकी पुत्री शान्ति वियोगजनित दु:ख के कारण हताश हो जाएगी। महामोह मिथ्यादृष्टि को अपनी योजना समझाते हुए कहता है कि विवेक और उपनिषद् के संगम से यदि प्रबोध उत्पन्न हो गया तो हमारे कुल का विनाश अवश्यम्भावी है। श्रद्धा ही विवेक और उपनिषद् का मिलन कराने में कुट्टिनी का कार्य करती है। मिथ्यादृष्टि महामोह को विश्वास दिलाती हुई अपनी योजना समझाती है कि मैं श्रद्धा को वेदमार्ग के दूषण, स्वर्गफल के मिथ्यात्व एवं मोक्ष की हेयता दिखाकर उपनिषद् से दूर खींच लाऊंगी।

तीसरे अंक में मातृविहीना, दु:खकातरा शान्ति अपनी सखी करुणा से चिता प्रज्वलित करने का आग्रह करती है। करुणा उसे आश्वस्त करती हुई श्रद्धा के अन्वेषण में

चल पड़ती है। विष्णु के पार्श्व में उसे पाकर वह उल्लसित होती हुई शान्ति के समीप आती है। इस अंक में विवेक काम को पराजित करने के लिए वस्तु-विचार को, क्रोध को जीतने के लिए क्षमा को, लोभ को मारने के लिए सन्तोष को आदेश देता है और स्वतः चिदानन्द सन्दोह से प्रार्थना करता है कि हे देव ! भक्तों के हृदय से सम्मोह को नष्ट करने के लिए बोधोदय प्रदान कीजिए।

पांचवें अंक में श्रद्धा और शान्ति का मिलन होता है। प्रतिद्वन्द्वी आगमों और तर्कों में सन्धि हो जाती है। श्रद्धा विष्णुभक्ति से विवेकराज की सैन्य-सफलता का वर्णन करते हुए कहती है कि वस्तु-विचार द्वारा काम; क्षमा द्वारा क्रोध, हिंसा आदि; सन्तोष द्वारा लोभ, तृष्णा, दैन्यादि; अनसूया द्वारा मात्सर्य; परोत्कर्ष-भावना द्वारा मद और परगुणाधिक्य द्वारा मान का मूलोच्छेद हो गया। मन अपनी आशा, तृष्णा, अहिंसा आदि पुत्र-वधुओं की मृत्यु देखकर अत्यन्त खिन्न हो उठा। वह अपनी प्रिया प्रवृत्ति को पुकारने लगता है। किन्तु संकल्प से यह सूचना पाकर कि वह तो कुटुम्ब-वियोगजन्य शोकाग्नि से संदग्ध-हृदय हो आत्मघात कर बैठी, वह मूर्च्छित हो जाता है। चैतन्य होने पर वह अपने सम्मुख सरस्वती को पाता है।

इस समय विष्णुभक्ति ने मन को समझाने के लिए सरस्वती को भेजा था। सरस्वती के सत् परामर्श से मन प्रभावित होता है और अपनी परित्यक्ता भार्या निवृत्ति को अंगीकार करता है। इस शुभ अवसर पर मन का पुत्र विराग और यम, नियम आदि आठों अमात्य भी उपस्थित होते हैं। मैत्री आदि चारों बहिनें तथा विष्णुभक्ति का भी उसी समय आगमन होता है। मन अब पूर्ण स्वस्थ बनता है। पुरुष और विवेक का मिलन होते ही उपनिषद्देवी को साथ लेकर शान्ति रंगमंच पर पहुंचती है। उपनिषद् के उपदेश से पुरुष विचार में लीन हो जाता है। विष्णुभक्ति के आदेश से पुरुष को निदिध्यासन की प्राप्ति होती है और उपनिषद् के गर्भ से विद्या और प्रबोधोदय का आविर्भाव होता है। उपनिषद्देवी ने मन को तो विद्या प्रदान की और पुरुष को प्रबोधोदय। देवी स्वयं विवेक के साथ विष्णुभक्ति के पास जाती है। विद्या मन का संहार करती है और महामोह को निगीर्ण करती हुई अन्तर्धान हो जाती है। पुरातन पुरुष प्रबोधोदय की प्राप्ति से कृतकृत्य हो जाता है। विष्णुभक्ति पुरुष की साधना से सन्तुष्ट होकर उसे वरदान देना चाहती है। पुरुष पूर्णतः निष्काम बन गया है, अतः जगत् के कल्याण की कामना से संसारी व्यक्तियों के लिए श्रेय और प्रेम का वरदान मांगता है।

मोह-पराजय

प्रतीक नाटकों में प्रबोध चन्द्रोदय के उपरान्त प्राचीनता की दृष्टि से (नाट्य-गुणों की दृष्टि से नहीं) 'मोह-पराजय' की गणना की जाती है। इस नाटक के रचयिता कवि यशपाल चालुक्यराज कुमारपाल के उत्तराधिकारी अजयपाल के मन्त्री थे। अजयपाल का राजत्वकाल 1229 ई० से 1232 ई० तक माना जाता है। अतः इस नाटक की रचना उक्त समय के आसपास हुई होगी।

इस नाटक में कतिपय पात्र ऐतिहासिक व्यक्ति हैं और कतिपय कल्पित। आचार्य हेमचन्द्र की कृपा से राजा कुमारपाल का जैनधर्म में दीक्षित होगा इसकी प्रमुख घटना है। इसके प्रारम्भ में कुमारपाल का विवाह कृपासुन्दरी के साथ दिखाया गया है। कृपा-सुन्दरी वास्तविक नाम है, किन्तु इसको नाट्यकार ने मूर्तिमती करुणा के रूप में प्रदर्शित किया है। इस विवाह में निमित्त मन्त्री पुण्यकेतु रहा है और आचार्य हेमचन्द्र पुरोहित का कार्य करते हैं।

कुमारपाल द्यूत-क्रीड़ा, मांसभक्षण, मद्यपान, जीवहिंसा, चौर्यकर्म, व्यभिचार आदि सप्त दोषों के परित्याग की प्रतिज्ञा लेते हैं। मुनि हेमचन्द्र की सहायता, योगशास्त्र के कवच एवं वीतराग स्तुति के बल से राजा कुमारपाल मोह का व्यूह तोड़ डालते हैं।

कला की दृष्टि से यह नाटक प्रबोध चन्द्रोदय की तुलना में कहीं नहीं ठहरता। श्रृंगार की घटनाएं भी सर्वथा प्रभावरहित एवं अग्राह्य हैं। सिद्धान्त-प्रतिपादन के लिए बड़े ही लचर तर्कों का प्रयोग पाया जाता है।

चैतन्य-चन्द्रोदय

उड़ीसा-महाराज गजपति प्रतापरुद्र के आदेश से सन् 1572 ई० में इस नाटक की रचना कवि कर्णपूर ने की। वास्तव में यह नाटक नाटकीय शैली में चैतन्यदेव की नवद्वीप और पुरी की लीलाओं का वर्णन करता है। यद्यपि इसके पात्रों के नामकरण में हम प्रतीक-नाटकों की शैली पाते हैं, तथापि इसका मूल लक्ष्य चैतन्य के दार्शनिक सिद्धान्तों की स्थापना के साथ-साथ महाप्रभु की लीलाओं का भी दिग्दर्शन कराना प्रतीत होता है। एक ओर अद्वैत, मैत्री, भक्ति, अधर्म, विराग आदि मनोभाव पात्र हैं तो दूसरी ओर नारद, राधा, कृष्ण आदि पौराणिक व्यक्ति भी पात्र बनाए गए हैं। इसके अतिरिक्त पात्रों की एक और पंक्ति है। उनके नाम हैं—राजा, भट्टाचार्य, गोपीनाथाचार्य, दामोदर, जगदानन्द, मुकुन्द, चन्दनेश्वर, गंगा, रत्नाकर, नित्यानन्द। इससे प्रमाणित होता है कि इस नाटक को न तो शुद्ध प्रतीक-नाटक कह सकते हैं, न पौराणिक नाटक और न चरित्र-प्रधान नाटक। यह वास्तव में तीनों पद्धतियों का सम्मिलित रूप है।

धर्म-विजय

संस्कृत में चैतन्य-चन्द्रोदय के उपरान्त भूदेव शुक्ल का 'धर्म-विजय'[1] नामक प्रतीक-नाटक संवत् 1625 वि० के आसपास विरचित हुआ। पांच अंकों में यह नाटक समाप्त होता है। इसमें पापात्मक एवं पुण्यात्मक प्रवृत्तियों को तो पात्र बनाया ही गया है, कविता और अलंकार भी इसमें पात्र होकर आते हैं। पुस्तक के नाम से ही स्पष्ट हो जाता है कि अधर्म के ऊपर धर्म की विजय दिखाना ही नाटक का उद्देश्य है।

---

1. नारायण खिस्ते ने सन् 1930 ई० में सरस्वती भवन पुस्तकमाला के अन्तर्गत इसका सम्पादन किया।

विद्या-परिणय और जीवानन्द

वेद कवि ने विद्या-परिणय नामक प्रतीक-नाटक तंजौरराज के अमात्य आनन्द-राय के संरक्षण में 18वीं शताब्दी में निर्मित किया। सात अंकों के इस नाटक में जीव और विद्या का परिणय दिखाया गया है। धर्मशास्त्र के विधि-विधानों के आधार पर शृंगार-भावनाओं का कल्पना के बल पर पुट देकर इस नाटक की कथावस्तु प्रस्तुत की गई है। वेद कवि का ही दूसरा प्रतीक-नाटक जीवानन्द सात अंकों में समाप्त मिलता है। इस नाटक में 'विद्या-परिणय' की अपेक्षा नाटकीयता कम है।

अमृतोदय

मैथिल गोकुलनाथ-विरचित यह प्रतीक नाटक पांच अंकों में समाप्त होता है। गोकुलनाथजी का श्रीनगर में राजकवि होना (विक्रम संवत् 1672 के आसपास) प्रमाणित हो चुका है। अतएव यह रचना भी लगभग उसी समय की मानी जा सकती है। इसमें सृष्टि से संहार तक जीव की आध्यात्मिक उन्नति का क्रम दिखाया गया है।

श्रीदामाचरित

कवि सामराज दीक्षित का यह प्रतीक नाटक संवत् 1738 वि० में विरचित हुआ। इस नाटक में चैतन्य-चन्द्रोदय के समान कृष्ण-सखा श्रीदामा के चरित और आध्यात्मिक चिन्तन दोनों का सम्मिलन पाया जाता है। इसका नायक सरस्वती का उपासक और लक्ष्मी का कोपभाजन व्यक्ति है। अन्त में श्रीकृष्ण की कृपा से लक्ष्मी का कोप दूर होता है और नायक सुखी दिखाई पड़ता है।

इनके अतिरिक्त दक्षिण में 'संकल्प सर्वोदय,'[1] 'यतिराज विजय'[2] (वेदान्त-विलास) नामक दो और प्रतीक नाटक प्रसिद्ध हैं। इनमें रूपकात्मक शैली में रामानुज स्वामी की विजय दिखाई गई है।

इन नाटकों में साम्प्रदायिक सिद्धान्तों के प्रचार के लिए रूपकात्मकता का सहारा लिया गया है। इसी कारण इनका विषय नीरस और असंगत बन गया है।

विश्वातीत विलास और राधावंशीधर विलास नाटक

आन्ध्र-विरचित मध्ययुगीन नाटक

श्रीशाहजी महाराज राज्यकाल (1684-1711) मध्यकाल के दूरदर्शी साहित्यकारों ने अपनी मातृभाषा के अतिरिक्त हिन्दी में भी नाट्य रचनाएं की जिनका अभिनय उन जनपदों कीं विशेष अभिनय शैली में सामाजिकों के सम्मुख सदियों

---

1. संकल्प सर्वोदय (दस अंकों का नाटक) वेंकटनाथ वेदान्तदेशिक कवि तार्किकसिंह
2. यतिराज-विजय, बरदाचार्य

तक होता रहा। तंजौर के नायक राजाओं में प्रसिद्ध साहित्यकार महाराज विजयराघव नायक ने यज्ञगानों की स्वतः रचना की और उनका अभिनय कराया। मराठा राजाओं ने भी इस नाट्य परम्परा को प्रोत्साहित करने के लिए स्वयं यक्षगानों का सर्जन किया। श्रीशाहजी महाराज की कतिपय नाट्य कृतियां, जिनकी रचना सन्1684 से 1711 ई० के मध्य हुई, आज भी मद्रास प्रान्त के प्राचीन विद्यापीठ तंजौर के सरस्वती महल में सुरक्षित हैं। महाराज शाहजी तमिल, तेलगू और संस्कृत के अतिरिक्त हिन्दी में भी नाट्य-रचना करते रहे। श्री गणपति रखने 'विश्वातीत विलास नाटक' और 'राधावंशीधर विलास नाटक' को विस्तृत भूमिका के साथ सन् 1961 में प्रकाशित कराया। इन कृतियों से तत्कालीन नाटक और रंगमंच की प्रवृत्तियों और शैलियों का परिचय मिलता है।

विश्वातीत विलास नाटक

इस पौराणिक नाटक में आदिदेव महादेव की विश्वातीत महिमा दिखाई गई है। नारदजी का परामर्श मानकर ब्रह्मा और विष्णु अपनी महिमा की गरिमा का विवाद मिटाने को पार्वती के पास पहुंचते हैं। पार्वती ने सुझाव रखा कि जो शिवजी के चरण और शिर का पता लगा लेगा वही श्रेष्ठतर माना जाएगा। तदनुसार विष्णु देवता शिव-चरण और ब्रह्मा मस्तक के अनुसन्धान में वर्षों भटकते फिरते हैं पर पता नहीं लगा पाते। इधर सरस्वती और लक्ष्मी पति-वियोग से व्याकुल होकर पार्वती के सामने विलाप करती हैं। अन्त में ब्रह्मा और विष्णु लज्जित भाव से पार्वती के सम्मुख आकर शिवजी को सबसे बड़ा देवता स्वीकार करते हैं और अपनी-अपनी अर्द्धांगिनियों से मिलकर प्रसन्न होते हैं।

नाटक के कथासूत्रों को सूत्रधार आदि से अन्त तक पिरोता चलता है। यह भारत की प्राचीन शैली है। पश्चिम में अब इसका प्रचलन होने लगा है।

राधावनसी विलास नाटक

यक्षगान में नान्दी गान उसी देवता की स्तुति रूप में होता है, जिसकी लीला का अभिनय उस समय अभीष्ट है। यदि विश्वातीत विलास में शिवस्तुति संस्कृत श्लोक और हिन्दी गीत में है तो इस नाटक में कृष्ण स्तुति इस प्रकार है—

देवकीगर्भसम्भूतं मुनिचित्ताब्जषट् पदम्।
राधिका प्राणदयितं नौऽमि ब्रह्म सनातनम्॥

तदुपरान्त गजमुख विघ्नेश्वर गणेश नर्तन करते आते और विघ्ननिवारण कर चले जाते हैं। अब विविध रागों और तालों के साथ राधा के रूठकर जाने, और ऊधव के समझाने पर भी न मानने एवं कृष्ण के मुरली वाद्य से आकृष्ट हो पुनः लौटने की कथा गाई जाती है। बीच-बीच में सूत्रधार गद्यांशों के द्वारा कथासूत्र जोड़ता जाता है। अंकिया नाट की शैली पर एक ही बात को गद्य में कहकर उसी की व्याख्या गीत में की

जाती है।

भाषा-शैली—भाषा में विविध जनपदों का हिन्दी प्रयोग पाया जाता है। मालवी, भोजपुरी, अवधी, ब्रज, राजस्थानी आदि के मिश्रण से हिन्दी ही नाटकों में प्रयुक्त होती रही।

प्रदर्शन-पद्धति—'यक्षगानों' में व्याख्यारूपी या परिचयात्मक भाग, जिसे सूत्रधार का पात्र करता, वह गद्यात्मक और नट-नटी के सब व्यवहार गीतयुक्त अभिनय से होता। यक्षगानों में अधिकतर दरु, चूर्णिका, कैवार आदि छन्दों में गीत जातियों के साथ गाए जाते हैं। कृति, कर्ता और कथा के संक्षिप्त बयान सूत्रधार के द्वारा सूचित हो जाने के बाद नाटक मंगलगीत से पूर्ति पाता है।" (भूमिका पृ० ii)

गोविन्द हुलास

मध्यकाल में महाकवि एवं विष्णुभक्त जयदेव के 'गीत गोविन्द' का प्रभाव सम्पूर्ण भारतीय साहित्य पर पड़ा। साहित्य की सभी विधाएं उनसे प्रभावित हुईं। गीतिकाव्य और नाटक तो विशेष रूप से कृष्ण और गोपियों की लीला में साहित्यिक रस और अध्यात्म रस का अद्‌भुत संगम हुआ। संस्कृत साहित्य में जिस माधुर्य भाव उपासना को 'गोपनीयम् गोपनीयम् गोपनीयम् च सर्वदा' माना गया था, वह जनसामान्य के सामने नाटक के रूप में खोलकर रख दी गई। प्रोफेसर कुंवर चन्द्रप्रकाश के प्रयास से ऐसी उपासना से परिपूर्ण एक नया नाटक 'गोविन्द हुलास' नाम का प्राप्त हुआ है, जिसकी पांडुलिपि संवत् 1700 से 1770 के मध्य निर्मित हुई होगी।

यह नाटक रूपगोस्वामी कृत संस्कृत 'विदग्ध माधव' का रूपान्तर-सा प्रतीत होता है। इसमें 7 अंक हैं। जिनके नाम हैं—वेणुनाद विलास, कामलेशा, राधा संगम, वेणुहरण, राधा प्रसादन, शरद विहार, गौरीतीर्थ विहार। नाटक नान्दी प्ररोचना से प्रारम्भ होता है। राधा का हृदय वन प्रदेश में गुंजरित कृष्ण की मुरली ध्वनि से विरह-वेदना का अनुभव करता है जो विशाखा के हाथ में स्थित कृष्ण का चित्रपट देखकर असह्य-सा हो जाता है। विरह और मिलन की विभिन्न स्थितियों को उत्पन्न करने वाली सुसम्बद्ध घटनाओं को दिखाते हुए नाट्यकार श्रीराधा को गौरीतीर्थ पहुंचा देता है। इधर श्रीकृष्ण भी वृन्दा से अनुरोध करते हैं कि वे श्रीराधा को गौरीतीर्थ लेकर आवें। राधा के पहुंचने से पूर्व ही कृष्ण प्रेमिका चन्द्रावली अपनी सखी पद्मा और शैब्या के साथ गौरीतीर्थ पहुंच जाती है किन्तु चन्द्रावली के साथ कृष्ण को देखकर कराला उन्हें कटुवचन कहने लगती है। अन्त में गौरी और वृन्दा के नैपुण्य से गौरी पूजन के निमित्त राधा-माधव का मिलन होता है। नाटक का उद्देश्य है कृष्ण में प्रेमभाव उत्पन्न करना—

'उलास गोविंद यह नाटक नाउ,
कहत सुनत उपजे हरि भाऊ।

शकुन्तला नाटक

कविवर नेवाज ने कालिदास के शकुन्तला नाटक का अनुवाद सवत् 1727

विक्रमी में किया। समस्त अनुवाद दोहा, चौपाई में मिलता है। रंगमंच के संकेत भी पद्य में ही मिलते हैं। उदाहरण के लिए दुष्यन्त के दर्शन से शकुन्तला और सखियों की दशा का वर्णन देखिए :

निरखि नृपहि बिन मोल बिकानी। तीनों छकीं डरीं अकुलानी ॥
ठाढ़ी रहि न सकीं नहिं डोलें। जकि सों रहीं कछू नहीं बोलें ॥
अनुसूया तब मन दृढ़ कीन्हों। महाराज को उत्तर दीन्हों ॥

मूल और अनुवाद में कथानक के अतिरिक्त बृहद् अन्तर है। मूल में सात अंक हैं, किन्तु अनुवाद में केवल चार। मूल के विष्कम्भक और प्रवेशक का अनुवाद में चिह्न भी नहीं। एक ही अंक में भिन्न-भिन्न स्थानों पर घटित होने वाली घटनाएं पट-परिवर्तन के बिना हो दिखाई गई हैं। उदाहरण के लिए तीसरा अंक देखिए। इस अंक का प्रारम्भ दुष्यन्त के प्रस्थान के कारण शकुन्तला के विरह-वर्णन से होता है। तदुपरान्त दुर्वासा का शाप, कण्व का आशीर्वाद, शकुन्तला की विदा का वर्णन मिलता है। इसके पश्चात् दुष्यन्त के पास जाने का वर्णन इस अंक में इस प्रकार दिखाया गया है, "चलत-चलत पतिपुर नगिचायो"।[1] शकुन्तला शिष्यों के सहित दुष्यन्त की राजसभा में पहुंच जाती है। शकुन्तला और राजा का प्रश्नोत्तर कथा[2] के रूप में वर्णित है। तदुपरान्त शकुन्तला को मेनका का पृथ्वीलोक से ले जाना, पुरोहित का राजा को सूचना देना, राजा का अज्ञात कारण से खिन्न रहना कथा-रूप में मिलता है। शकुन्तला नाटक की शेष सम्पूर्ण घटनाएं चौथे अंक में दिखा दी गई हैं और नाटक का अन्त इन शब्दों के साथ किया गया है :

"इति श्री शकुन्तला नाटक कथा चतुर्थांक सम्पूर्णम्।"

सभासार नाटक

सभासार नाटक के रचयिता अहमदाबाद-निवासी श्री रघुराम नागर हैं। उदयपुर राज्य के 'सरस्वती भण्डार' में उपलब्ध प्रतिलिपि पर रचनाकाल संवत् 1819 वि० मिलता है, किन्तु नाटक का रचनाकाल संवत् 1757 विक्रमी है। लेखक ने इस नाटक की रचना का उद्देश्य इस प्रकार बताया है :

ज्यों सब संगति जानिए, प्रभु सों कहो पुकार।
सकल सभा वर्णन कहूँ, नृपति आदि निरधार ॥6॥

---

1. कवि नेवाज-कृत शकुन्तला उपाख्यान, अंक तीसरा
2. विदा होत तुम दई अंगूठी। यातैं हौं हुइहौं नहिं झूठी।
और भेद अब कहा बतावौं। वहै अँगूठी कहो दिखावौं।
... ...
जो मैं लखन अँगूठी पाऊँ। तो मैं तुमहि साँच ठहराऊँ।
कर में तब न अँगूठी पाई। हाय हाय तिहि ठौर मचाई।
—नेवाज-कृत शकुन्तला, तीसरा अंक

सब लच्छिन पहले सुनो, पुन्य सुसंगति पाइ।
मन चंचलता जानि जग, नीच संग न सुहाइ ॥7॥

तदुपरान्त भले-बुरे की पहचान के लक्षण बताए गए हैं। इस नाटक में विविध व्यक्तियों के धर्म-कर्म का वर्णन मिलता है। व्यक्तियों की विस्तृत नामावली में राजा, कपटी, बेवकूफ, गाफिल, चोर, सभाचतुर, सभा-बिगार, मुनीस, उग्र दाता, विवेकी दाता, लबार दाता, कलि के दाता, खवीस दाता, सूम, लालची, कुकवि, सूर, कवि, कायर, मदरी मीत, अधीर, लड़ाका, मसखरा, चुगल, ठग, नारी, परोपकारी, दुष्ट, महादुष्ट, दगाबाज़, सत्यवादी, खुशामदी, मूरख, पोस्ती, उद्धत, विरही, गुण्डा. नास्तिक, आस्तिक, मसखरा आदि विविध प्रकार के मनुष्यों का वर्णन मिलता है।

करुणाभरण

इस नाटक के रचयिता कृष्णजीवन लच्छीराम हैं। इसका रचनाकाल, उदयपुर के सरस्वती भण्डार में सुरक्षित हस्तलिखित प्रति पर इस प्रकार अंकित है, "महाराजाधिराज महाराणा श्री संग्रामसिंहजी लिखाविता। भट्ट कृष्णदासेन लिखित संवत् 1772 वर्ष कार्तिक बदि कृष्ण 5 गुरुवारे। शिवमस्तु सर्व जगत्।" सम्पूर्ण नाटक सात अंकों में समाप्त होता है। अंकों के नाम इस प्रकार दिए गए हैं: राधा-अवस्था, ब्रजवासी-अवस्था, सत्यभामा-अवस्था, राधा-मिलन, नित्यविहार तथा अद्वैत अंक। कथानक का आधार है कुरुक्षेत्र में श्रीकृष्ण और गोप-गोपियों का पुर्नमिलन। सूर्य-ग्रहण के अवसर पर श्रीकृष्णजी द्वारिका से और गोपी-गोप ब्रज से कुरुक्षेत्र पधारे हैं। वहीं सबका मिलन होता है। नाट्यकार ने नाटक का उद्देश्य प्रारम्भ में इस प्रकार बताया है :

प्रेम बढ़े मन निपट ही, अरु आवे अति रोइ।
करुना अरु सिंगार रस, जहां बहुत करि होइ॥
लछीराम नाटक कर्‌यो, दीनी गुननि पठाइ।
भेष रेष निर्तन निपुन, वाए नरनि सधाइ॥
सुरद मंडली जोर तहाँ, कीनो बड़ो समाजु।
जो उनि नाच्यो सो कह्यो, कविता में सुख साजु॥[1]

इस नाटक में भी संवाद तथा घटनाएं प्रबन्धकाव्य की शैली में दिखाई गई हैं। उदाहरण के लिए देखिए :

तब राधा ऐसी कही, तो वृन्दवान जाऊँ।
के नित सँग विहरूँ तहाँ, के ह्याँ सरहि सुसाउँ॥54॥
एवमस्तु हरि जू कह्यो, तब आई सर तीर।
श्री रुकमनि सुख पाइ के, पहराए नव चीर॥55॥[2]

---

1. करुणाभरण नाटक, कृष्णजीवन लच्छीराम (पहला अंक) राधा-अवस्था अंक
2. करुणाभरण नाटक, कृष्णजीवन लच्छीराम (छठा अंक) छन्द 54-55

विवेचन

उपर्युक्त नाटकों की रचना विक्रम की अठारहवीं शताब्दी में हुई थी। उन्नीसवीं शताब्दी में माधव-विनोद नाटक, जानकी-रामचरित नाटक, रामलीला-विहार नाटक, रामायण नाटक, प्रद्युम्न-विजय नाटक, नहुष नाटक तथा आनन्द-रघुनन्दन नाटक की रचना हुई। इन नाटकों में केवल 'माधव-विनोद' ऐसा है जो संस्कृत 'मालतीमाधव' का पद्यबद्ध अनुवाद है। शेष सभी नाटक मौलिक हैं और रामचरित तथा कृष्णचरित के आधार पर विरचित हैं।

17 वीं से 19 वीं शताब्दी तक विरचित उपर्युक्त पन्द्रह नाटकों में छः नाटक रामचरित सम्बन्धी, तीन नाटक कृष्णचरित-सम्बन्धी, एक दुर्गा-सम्बन्धी, तीन नाटक प्रतीकात्मक हैं, एक नीति-सम्बन्धी है। केवल शकुन्तला और माधव-विनोद ऐसे नाटक हैं, जो धार्मिक नहीं।

इन दोनों नाटकों की रचना में नाट्यकार को ग्र न्थ-निर्माण की प्रेरणा अपने अन्तःकरण से नहीं हुई है, प्रत्युत आश्रयदाताओं की रुचि का इसमें प्राधान्य है। नेवाज ने शकुन्तला नाटक अपने आश्रयदाता आजमशाह के प्रोत्साहन से लिखा और सोमनाथ ने भरतपुर के राजकुमार प्रतापसिंह की प्रेरणा से 'मालती माधव' का अनुवाद किया।

इस प्रकार यदि शकुन्तला और माधव-विनोद को पृथक् कर दिया जाए तो शेष समस्त नाटक वैष्णव धर्म के प्रभाव से प्रभावित भक्त नाट्यकारों की अन्तःप्रेरणा से विरचित प्रतीत होते हैं। इन नाटकों की रचना का उद्देश्य नाट्यकारों ने भगवान् की भक्ति ही माना है। उदाहरण के लिए हनुमन्नाटक को देखिए :

> शुभ लच्छन दच्छन सुदेश कविराम विचच्छन।
> कृष्णदासतनु कुल प्रकास जस दीपक रच्छन।
> रघुपति चरित्र तिन यथामति प्रगट करे शुभलगन गणि।
> दे भक्तिदान निर्भय करहु जय रघुपति रघुवंश मणि ।।[1]

हम पूर्व कह आए हैं कि वैष्णव धर्म के नवजागरण का प्रभाव हिन्दी नाट्यकारों पर इतना पड़ा कि वे रामकृष्ण के चरित से कथा-वस्तु का संविधान करने लगे। यद्यपि रास की शैली पर सम्पूर्ण नाटक छन्दोबद्ध होते रहे, किन्तु वस्तु-संविधान संस्कृत-पद्धति के अनुसार अंकों में विभाजित होने लगा। अंक शब्द के अतिरिक्त संस्कृत नाट्यशास्त्र का अन्य कोई बन्धन एक के अतिरिक्त किसी नाट्यकार को मान्य न हुआ। इस आलोच्य-काल में एक ही नाट्यकार ऐसा है, जिसने संस्कृत-नाट्यशास्त्र के समग्र नियमों का पालन अनूदित नाटक 'प्रबोधचन्द्रोदय' में करना चाहा है। कृष्ण मिश्र के प्रबोधचन्द्रोदय का अनुवाद महाराज यशवन्तसिंह ने मूल के अनुसार ही किया है। इस कारण श्लोक का अनुवाद पद्य में और गद्य का अनुवाद गद्य में मिलता है। ऐसा प्रतीत होता है कि

1 हनुमन्नाटक, कविराम, प्रकाशक भारत जीवन, काशी, पृष्ठ 427

महाराज यशवन्तसिंह संस्कृत-शैली पर हिन्दी नाटकों का निर्माण देखना चाहते थे। उन्हें रास-शैली पर किसी नाटक ग्रन्थ को आद्योपान्त छन्दोबद्ध रूप में विरचित करना रुचिकर नहीं प्रतीत होता था। किन्तु उनकी यह नवीन शैली उन्हीं तक सीमित रही। तीन सौ वर्षों में किसी अन्य नाट्यकार ने उस शैली पर नाट्य-रचना नहीं की। इससे यही प्रमाणित होता है कि रास-शैली जनता में इतनी प्रिय बन चुकी थी कि संस्कृत-शैली पर विरचित नाटकों का कोई मूल्य ही नहीं था। यही कारण है कि हिन्दी नाटकों में संस्कृत-शैली का पूर्ण प्रभाव इस काल के उपरान्त ही मिलता है।

संस्कृत-शैली पर विरचित बीसवीं शताब्दी के नाटकों का विवेचन करने से पूर्व उन समालोचकों का शंका-समाधान करना आवश्यक है, जो उपर्युक्त छन्दोबद्ध नाटकों को नाटक न मानकर प्रबन्धकाव्य की कोटि में परिगणित करते हैं।

ब्रजभाषा के द्वितीय उत्थान के इन नाटकों को कुछ समालोचक नाटक कहना भी उचित नहीं समझते, इन्हें प्रबन्धकाव्य की कोटि में रखते हैं।[1] यह विषय अति विवादास्पद बन गया है कि हनुमन्नाटक आदि हिन्दी के नाटक काव्य की कोटि में आते हैं अथवा नाटक की श्रेणी में।

सर्वप्रथम विचारणीय बात यह है कि क्या आज से तीन शताब्दी पूर्व नाटक का वही तात्पर्य समझा जाता था, जो आज ड्रामा से माना जा रहा है? आज ड्रामा का क्या अर्थ है? आज ड्रामा कहते ही हमारे नेत्रों के सम्मुख आधुनिक प्रणाली से सुसज्जित रंगमंच पर अभिनेय वह खेल आता है, जिसके कथानक में मानस-धनुष की भावना-प्रत्यंचा को इतना तनाव देने की शक्ति होती है कि कुतूहल का बाण सनसनाता हुआ हृदय को चीरकर निकल जाता है। अर्थात् कौतूहल, विस्मय और सनसनी पहुंचानेवाले कथानकों से पूर्ण मनोहारी अभिनय दिखाने वाले खेल ड्रामा कहलाते हैं।

सम्भव है, ड्रामा का यह अर्थ अद्यतन न रह गया हो। ड्रामा का रूप जनता की रुचि के साथ-साथ बदलता रहता है और जनरुचि काल के चक्र के साथ चलती है; वह स्थायी नहीं रहती। यदि जनरुचि स्थायी नहीं तो नाटक के स्वरूप भी स्थायी कैसे हो सकते हैं?

यह स्थिति केवल हमारे ही देश में नहीं, संसार के अन्य देशों में भी पाई जाती है। गत शताब्दी के मध्य तक शेक्सपियर के नाटक आदर्श माने जा रहे थे, किन्तु अब उनका वह महत्त्व संशयात्मक बन गया है। बर्नार्ड शॉ ने लिखा है :

"शेक्सपियर की गहराई की अब चर्चा करना निरर्थक है। उसमें संगीत के अतिरिक्त अब कुछ नहीं रह गया है। 'पियरजिट' के सामने 'हैमलेट' बेरीढ़ की मूर्ति है, 'नौरा हेल्मर' के सामने 'हमोजेन' खिलौना-मात्र और 'जूपिलन' के सामने 'ओथेलो' इटालियन ऑपेरा की परम्परा-मात्र है।"[2]

---

1. हिन्दी नाटक-साहित्य का इतिहास, डॉ० सोमनाथ गुप्त, हिन्दी भवन, प्रयाग, पृष्ठ 7
2. नई धारा, 'बर्नार्ड शॉ-अंक,' पृष्ठ 25

उपर्युक्त उद्धरण यह प्रमाणित करता है कि अंग्रेजी नाटकों का रूप तीन सौ वर्ष में इतना बदल गया है कि वे प्रसिद्ध नाटक, जिनको शेक्सपियर की अमर कृति माना जाता था, आधुनिक युग में 'संगीत-मात्र' कहे जाने लगे हैं। इसी प्रकार यदि हिन्दी के प्राचीन नाटकों को आज केवल नाटकीय काव्य (ड्रामेटिक पोइटरी)[1] कहा जाए तो कोई आश्चर्य की बात नहीं। आधुनिक नाट्यकला की कसौटी पर प्राचीन नाट्यकारों की कृतियों को कसना उन्हें न्याय से वंचित रखना है। किसी भी कलाकार को आज की सपृद्ध कला के दृष्टिकोण से देखने से उसका समुचित मूल्यांकन न हो सकेगा। काल, स्थान और परिस्थिति को सम्मुख रखकर किसी कलाकार की कला का मूल्यांकन करना ही उचित है। एतदर्थ उन नाटकों के देश, काल और परिस्थिति को सामने रखकर उनके नाटकत्व की परख करनी चाहिए।

हिन्दी के प्रथम उत्थान के नाटकों को नाटक न माननेवाले विद्वानों की प्रथम युक्ति यह है कि ये नाटक पद्यबद्ध हैं, और पात्रों का वार्तालाप पद्य में होता है, जो अस्वाभाविक है। हमारा मत यह है कि पद्यबद्ध संवाद को इसी कारण तो हेय और अनुपयोगी समझा जाता है कि इससे नाटक में अस्वाभाविकता आ जाती है। किन्तु पद्य के कारण न तो नाटक में अस्वाभाविकता आती है और न अस्वाभाविकता के कारण नाटक नाटक नहीं रह जाता। सत्य तो यह है कि नट की क्रिया का नाम नाटक है। इसलिए नाटक का मुख्य लक्षण है क्रियाशीलता, जिसकी अभिव्यक्ति का साधन अभिनय है। अतः अभिनय नाटक का प्राण है। अब रही भाव व्यक्त करने की बात। कोई कवि पद्य-शैली में अपने आशय को भली प्रकार प्रकट कर सकता है और कोई गद्य द्वारा। जैसे बाणभट्ट का अधिकार गद्य पर अधिक था, जिसने गद्यमय काव्य लिखे। इस प्रकार यूनानी नाटककारों तथा शेक्सपियर ने ब्लैंक वर्स में रचना की, किन्तु पद्यबद्ध होने से उनका नाटकत्व तो नहीं नष्ट हो जाता।

एक बात को विस्मृत नहीं करना चाहिए कि 300 वर्षों में—सत्रहवीं शताब्दी से लेकर उन्नीसवीं शताब्दी तक—अंग्रेज़ी में जितने नाटक लिखे गए, वे प्रायः पद्यबद्ध थे। फिर हिन्दी ही के नाटकों पर क्यों आपत्ति उठाई जाती है ?

शकुंतला नाटक का अनुवाद भी जब नेवाज कवि करने लगे तो उन्होंने गद्य को भी पद्य में परिणत कर दिया। यहां तक कि रंगमंच के संकेत भी पद्यबद्ध होने लगे। उनका शकुन्तला नाटक पद्यमय है, गद्य का उसमें नाम तक नहीं।

विचारणीय विषय यह है कि अनूदित नाटकों में भी पद्य-पद्धति का कारण क्या था ? इस परिवर्तन का कारण ढूंढ़ने के लिए तत्कालीन जन-नाटकों, रास और स्वांग की प्रवृत्तियां समझ लेनी चाहिएं। उस युग में लिखे जानेवाले नाटकों में गद्य-भाग और संवाद-चमत्कार घटते-घटते न्यूनतम एतदर्थ उपेक्षणीय बन गए थे। पांच-छः शताब्दियों तक जन-नाटक केवल संगीतमय होते रहे।

---

1. हिन्दी-नाटक-साहित्य का इतिहास, डा० सोमनाथ गुप्त, हिन्दी भवन, प्रयाग, पृष्ठ 7

"The prose and the dialogue are thereby reduced to a minimum and the little that remains of them loses all dramatic quality for the simple reason that everything of importance is expressed in verse."[1]

उपर्युक्त उद्धरण से दो निष्कर्ष निकलते हैं। एक तो तत्कालीन मनोवृत्ति पद्य की ओर झुकी हुई थी, दूसरा निष्कर्ष यह निकला कि जो प्रणाली एक काल में अस्वाभाविक मानी जाती है, वही दूसरे काल में स्वाभाविक समझी जा सकती है। फिर स्वाभाविकता का नित्यरूप क्या हुआ ? जो कुछ एक व्यक्ति के लिए स्वाभाविक है वही दूसरे के लिए अस्वाभाविक, कृत्रिम। इतना ही नहीं, जो कुछ एक व्यक्ति के लिए एक समय स्वाभाविक है वही उसी व्यक्ति के लिए दूसरे अवसर पर अस्वाभाविक हो सकता है। नाटककार विभिन्न पात्रों की रुचि का ध्यान रखकर उसके अनुकूल संवाद की योजना करता है। इसका मनोवैज्ञानिक विश्लेषण करने पर टी० एस० इलियट ने एक पात्र के मुख से यह सिद्धान्त प्रमाणित किया है कि :

"The human soul, in intense emotion, strives to express itself in verse."

अर्थात्—मानव भावातिरेक में अपने विचारों की अभिव्यक्ति छन्द में करता है।

दूसरा पात्र कहता है :

"All poetry tends towards drama, and all drama towards poetry."[2]

अर्थात्—सभी काव्यों में नाटकीयता और नाटकों में काव्यात्मकता पाई जाती है।

इसलिए किसी नाटक को छन्द-बाहुल्य के कारण नाटक न कहना समुचित नहीं प्रतीत होता।

दूसरा आक्षेप यह है कि हिन्दी के प्राचीन नाटकों में क्रियाशीलता नहीं है। यह आक्षेप नितान्त निर्मूल है। व्याख्यान दो प्रकार का हो सकता है, साभिनय और अभिनयशून्य। साभिनय व्याख्यान ही नाटक है। क्या अभिनय को ग्रन्थों में दिखाया जा सकता है ? भवभूति के उत्तररामचरित में क्रियाशीलता की मात्रा अत्यल्प है तो क्या वह नाटक नहीं है ? उसपर इतना ही दोष लगाया जा सकता है कि क्रियाशीलता की कमी है, किन्तु उसे नाटक ही न मानना क्या उचित है ?

तीसरा लांछन है कि संस्कृत से अनूदित होने पर भी ये नाटक नान्दी, प्रस्तावना तथा भरत वाक्य आदि नाटकीय नियमों का परिपालन नहीं करते। इसका उत्तर तो स्पष्ट है। यह तो हिन्दी की मौलिकता है कि उसने प्राचीन सभी बन्धनों से अपने को मुक्त रखा है। ये नाटक संस्कृत की शैली का अनुसरण करते ही कब हैं ? ये नाटक संस्कृत के नियमों की दासता मानते ही नहीं, यही स्वतन्त्रता तो हिन्दी नाटकों का

1. हिस्ट्री ऑफ संस्कृत लिटरेचर, डा० दासगुप्ता, पृष्ठ 445
2. Problems of the Drama, p. 29

अलंकार रही है। यह नाटक-साहित्य उस अन्तर्वर्तिनी जनधारा से निकला है, जो आदिकाल से स्वतन्त्र और अबाध गति से बहती चली आ रही है।

चौथा आरोप है कि ये नाटक जनता से इतने दूर रहते हैं कि उनमें जनजीवन के रोग की ओर संकेत और उनके निदान तथा उपचार का कहीं पता ही नहीं अर्थात् ये नाटक अपने उद्देश्य से दूर, जलती हुई विश्व-ज्वाला की शान्ति का प्रयास न करके, वास्तविक उद्देश्य से दूर रहकर जगती से उदासीन संन्यासी के समान देवस्तोत्र करते हुए प्रतीत होते हैं। उन्हें न मानवता की सुधि है न सांसारिकता की परख। वे तो देवता अथवा अतिमानव के गुणगान में मग्न हैं। अतएव इन नाटकों को देवस्तोत्र क्यों न कहा जाए ?

इसका उत्तर यह है कि यदि देवता-सम्बन्धी नाटकों को देवस्तोत्र कहा जाता है तो मनुष्य-सम्बन्धी नाटकों को मनुष्यस्तोत्र क्यों न कहा जाए ? यदि मनुष्यस्तोत्र नाटक कहे जा सकते हैं तो वे देवस्तोत्र नाटक क्यों न कहे जाएं ? मनुष्यस्तोत्रों को नाटक इसीलिए तो कहते हैं क्योंकि वे अभिनयशील हैं। इसी प्रकार देवस्तोत्र में अभिनय विद्यमान होने से वह भी नाटक नहीं तो और क्या है ? देवस्तुति और मानव-स्तुति जनता की रुचि के अधीन होती है। उस युग में जनरुचि देवस्तुति की ओर थी, किन्तु आज की जनरुचि मानव-प्रशंसा की ओर है।

इसलिए हमारा यह मत है कि हिन्दी के प्रथम उत्थान की कृतियां, जिनका उल्लेख किया गया है, हिन्दी के मौलिक नाटक हैं। ऐसी कोई युक्ति नहीं प्रतीत होती, जिससे इनको नाटक न माना जाए।

उपसंहार

हम सिद्ध कर आए हैं कि रामायण महानाटक से प्रद्युम्नविजय तक विरचित नाटकों में केवल महाराज यशवन्तसिंह-कृत 'प्रबोध चन्द्रोदय' संस्कृत नाटक का अनुवाद है, शेष नाटक न तो संस्कृत के अनुवाद हैं, न उनकी शैली पर लिखे गए हैं। संस्कृत नाटकों का नाम-साम्य और यत्र-तत्र भाव-साम्य इसमें अवश्य पाया जाता है, किन्तु इनके अतिरिक्त संस्कृत नाटकों से इनमें इतना अधिक वैषम्य उपलब्ध है कि इनकी सृष्टि संस्कृत नाटक की परम्परागत शैली के आधार पर मानी नहीं जा सकती। संस्कृत नाटकों की तरह नाम और कथावस्तु का कारण भी रहा होगा संस्कृत-परम्परा में परिपालित विद्वानों को जन-नाटक शैली के नाट्य-साहित्य का रसास्वादन कराने के उद्देश्य से संस्कृत नाटकों का नाम तथा कथावस्तु रखना कदाचित् अधिक उपयोगी समझा गया होगा। जिस प्रकार तुलसी ने संस्कृत के विविध ग्रन्थों के सारभूत काव्य 'रामचरितमानस' द्वारा हिन्दी-जगत् को ऐसा ग्रन्थ दिया जो संस्कृतविद् तथा साधारण जनता दोनों में प्रचलित हुआ, उसी प्रकार 'हनुमन्नाटक', 'समयसार', 'प्रबोध-चन्द्रोदय' आदि नाटक दोनों वर्गों को मान्य और कल्याणकारी सिद्ध हुए। संस्कृत के विद्वानों को हिन्दी-नाटकों में संस्कृत नाटकों का कथानक देकर आकर्षित करना सहज था और रास-शैली द्वारा जन-साधारण को इनका

अभिनय दिखाना सम्भव था। इन नाटकों के द्वारा संस्कृत और भाषाविद् जनता को समीप लाना भी सम्भव था। बनारसीदासजी ने अमृतचन्द्राचार्य-कृत समयपाहुड़ के गूढ़ कलश को समझनेवाले संस्कृत विद्वानों तथा समयसार पढ़ने वाले हिन्दी भाषा-भाषियों को सुलभ रीति से नाटक का रसास्वादन कराया। समस्त जनता को विविध संस्कृत नाटकों का सार जन-नाटक-शैली के पात्र में रखकर रसास्वादन कराने का पुनीत प्रयास नाट्यकारों की मौलिकता का परिचायक है। इसका प्रमाण आलोच्य नाटक से उद्धृत किया जा सकता है। 'प्रबोध चन्द्रोदय' के प्रारम्भ में नाट्यकार लिखते हैं :

बोधचन्द्र के उदय को, नाटक सरस सुग्रन्थ।
तेहि छाया भाषा करी, प्रकट मुक्ति को पन्थ ।।
कछुक रीति वाशिष्ठ की, कछु गीता की उक्ति।
कछु कछु अष्टावक्र पुनि, कहीं वेद की उक्ति ।।
कहूँ भागवत को मतो, कहूँ सन्त अनुमान।
सुलभ किए सब जगत् को, जानो सन्त सुजान ।।
कहुँ भारत कहुँ सांख्य मत, कहुँ अपनो अनुमान।
सुलभ किए सब नरन को, जानो जान अजान ।।[1]

उपर्युक्त उद्धरण से दो बातें परिलक्षित होती हैं। एक तो यह है कि नाटक-रचना में न केवल संस्कृत ग्रन्थों का आधार है प्रत्युत 'कहुं अपनो अनुमान' भी है। दूसरी बात यह है कि 'जान और अजान', ज्ञानी तथा अज्ञानी, संस्कृत तथा अपढ़ सभी के लिए नाटक का मूल उद्देश्य बोधगम्य रूप में रखा गया।

अतएव हमारा यह मत प्रतिपादित हो गया कि हिन्दी के प्रारम्भिक साहित्यिक नाटक मौलिक हैं और नाटक की कोटि में आते हैं, ये काव्य अथवा ड्रामैटिक पोएट्री 'नाट्य काव्य' नहीं हैं। डॉ० सोमनाथ यह आपत्ति उठाते हैं कि "सब रचनाएं कविता में हैं। इनमें पात्रों के प्रवेश, प्रस्थान का कोई संकेत नहीं, अंक-विभाजन और दृश्य-परिवर्तन का कोई चिह्न नहीं, गति-निर्देश के लिए छन्दों का सहारा लिया गया है, लेखक स्वयं अनेक स्थानों पर एक पात्र बन गया है।"[2] उनकी यह आपत्ति निराधार है। रास-शैली की परम्परा पर ध्यान न जाने के कारण उनको यह शंका उत्पन्न हुई है। हिन्दी के प्रथम उत्थान के नाट्यकारों ने जन-नाटकों की शैली अपनाई है, जिसमें कविता दोष नहीं, गुण मानी जाती है और अन्य बातें हेय समझी जाती हैं। नाटकों की कथावस्तु संस्कृत के नाटकों, धर्मग्रन्थों तथा काव्यों को लेकर जनता की रुचि को परिमार्जित किया गया है और संस्कृतज्ञ विद्वानों का ध्यान हिन्दी नाटक शैली की विशेषता की ओर आकर्षित किया गया है। एतदर्थ हिन्दी के उत्थान के नाट्यकारों ने देश-काल का ध्यान रखकर नाटकों द्वारा जन-रंजन तथा उन्नयन का जो स्तुत्य कार्य

1. प्रबोधचन्द्रोदय, महात्मा अनाथदास, नवलकिशोर प्रेस, लखनऊ, अक्टूबर, 1883 ई०
2. हिन्दी नाटक साहित्य का इतिहास, पृष्ठ 7

किया है वह विद्वत-समाज और जन-समाज दोनों के लिए कल्याणकारी था। हमारे देश में काव्यकार और नाट्यकार दोनों ही कवि हैं, कविता का प्रयोग दोनों करते हैं, अतएव छन्दोबद्ध होने के कारण नाटक श्रव्यकाव्य नहीं बन जाता। हां, काव्य और नाटक में एक अन्तर अवश्य है।

"The drama stands away from pure poetry in that it is primarily an art-form that makes its appeal to a precise and often limited body of spectators. A poet may in seclusion produce his prophetic rhapsodies independently of his public; he may write more for the readers yet unborn than for the readers of his time but dramatist must always bear in mind the audience before whom he is to present his work."[1]

जिस प्रकार कवि को वर्तमान समाज की उतनी चिन्ता नहीं रहती जितनी भविष्य की, उसी प्रकार नाटयकार को वर्तमान समाज की जितनी चिन्ता रहती है उतनी भविष्य की नहीं।

आलोच्यकाल के नाट्यकारों ने समाज की स्थिति को समझा। उन्होंने अनुभव किया कि पण्डित-समाज जननाट्य की शैली की रमणीयता से परङ्मुख हो रहा है और साधारण जनता संस्कृत नाटकों के भाव-गम्भीर्य से वंचित रह जाती है। अतएव ऐसे नाटकों की आवश्यकता थी जो दोनों वर्गों को रमणीय और उन्नायक सिद्ध हों।

श्री बनारसीदास, हृदयराम तथा गुरु गोविन्दसिंह प्रभृति नाट्यकारों ने युग की इस मनोवृत्ति को समझा और तदनुकूल नाटक-साहित्य का सृजन किया। यही कारण है कि आलोच्य नाटकों में भावधारा तो संस्कृत-ग्रन्थों के आधार पर चलती रही किन्तु शैली जननाटक की ही अपनाई गई।

---

1. Introduction to Dramatic Theory Allar Byce Nicoll M.A., p. 20

चौथा अध्याय

संस्कृत शैली के प्रथम हिन्दी नाट्यकार

भारतेन्दुजी[1] ने अपने नाटक नामक ग्रन्थ में देवमाया प्रपंच, प्रभावती तथा आनन्द-रघुनन्दन को सर्वप्रथम नाटक-रीति पर विरचित नाटक माना है। बाबू गुलाबराय[2] तथा बाबू ब्रजरत्नदास[3] का मत है कि आनन्द-रघुनन्दन ही हिन्दी का सर्वप्रथम नाटक है। यह धारणा संस्कृत की नाट्यशैली पर नान्दी, सूत्रधार तथा विष्कम्भक आदि के कारण बनी है, अन्यथा हिन्दी का प्रथम नाटक तो रास के रूप में गीतिनाट्य है, जो विक्रम की तेरहवीं शताब्दी में लिखा गया था, जिसके विषय में गत अध्याय में प्रकाश डाला जा चुका है।

आनन्द-रघुनन्दन के रचयिता रीवां के महाराज विश्वनाथसिंह हैं। इनके पिता महाराज जयसिंह साहित्य-प्रेमी और साहित्य-निर्माता थे। इन्होंने प्रायः बीस पुस्तकों की रचना स्वतः की थी। ऐसे साहित्यिक राजपरिवार में विश्वनाथसिंह का जन्म संवत् 1846 में हुआ। इन्हें बाल्यकाल से ही अध्ययन की लगन लग गई थी। विद्वानों का सत्संग मिला और देश-देशान्तर में भ्रमण का अवसर भी प्राप्त हुआ। संवत् 1870 विक्रमी में इनकी योग्यता पर रीझकर महाराज जयसिंहजी ने अपने जीवन-काल में ही इन्हें राजगद्दी सौंप दी। इनके दरबार में विद्वानों का स्वागत-सत्कार और भी अधिक उत्साह से होने लगा। कविता और कवियों को आश्रय मिला। दोनों को पल्लवित होने का अवसर प्राप्त हुआ। देश के विभिन्न भागों से विद्वान आने लगे। विभिन्न प्रान्तों में विरचित साहित्य की समालोचना चलने लगी। इस काल में बंगाल अंग्रेजी साहित्य से प्रभावित हो चुका था और वहां हिन्दी भी पहुंच चुकी थी। संवत् 1900 वि० में फोर्ट विलियम कालेज की स्थापना हुई, जहां संस्कृत तथा अंग्रेज़ी के साथ-साथ हिन्दी का पठन-पाठन भी प्रारम्भ हो गया। सिरीरामपुर मिशन निर्मित हो चुका था, जहां मुद्रण-यन्त्र के साधन से पुस्तकें प्रकाशित होने लगीं और उनका प्रचार होने लगा।

संस्कृत और अंग्रेज़ी शिक्षा-प्रचार द्वारा भारतीय और यूरोपीय दो विचार-धाराएं परस्पर टकराने लगीं। इस संघर्ष से देश में नवजागरणकाल आया। बंगाल में मिशनरी कार्यकर्ताओं और पण्डितों के प्रयास से संस्कृत का पठन-पाठन उत्साह के साथ चल पड़ा। प्रसिद्ध इतिहासवेत्ता रमेशचन्द्र दत्त ने लिखा है :

---

1. भारतेन्दु-नाटकावली, श्यामसुन्दरदास, पृष्ठ 836-37
2. हिन्दी नाट्य-विमर्श, बाबू गुलाबराय, पृष्ठ 76
3. हिन्दी नाट्य-साहित्य, बाबू ब्रजरत्नदास, पृष्ठ 58

'The conquest of Bengal by the English was not only a political revolution but involved a greater revolution in thought and ideas, in religion and society.'

बंगाल में अंग्रेज़ी नाट्यशाला का निर्माण

बंगाल के नाटक-क्षेत्र में नई उर्वरा शक्ति क्रमशः आ रही थी। कारण यह था कि कलकत्ता नगर में बसनेवाली विनोदप्रिय जनता ने संवत् 1813 विक्रमी में सर्वप्रथम एक नाट्यग्रह निर्माण कराया। तदुपरान्त संवत् 1832 वि० में कलकत्ता थियेटर का निर्माण हुआ। उस समय वारेन हेस्टिंग्ज़ और सर इ० इम्पे आदि ने एक लाख रुपये के चन्दे से उक्त रंगशाला को निर्मित कराया था। संवत् 1837 वि० आते-आते अंग्रेज़ी नाटकों के अभिनय का तांता लग गया। अंग्रेज़ी में नाटकों का बाहुल्य देखकर देश-भाषा-प्रेमी, विद्वानों की आंखें खुलीं। भारतीय भाषा में नाटक-रचना की ओर प्रतिभाशाली लेखकों का ध्यान गया। हम पूर्व कह आए हैं कि संस्कृत का अध्ययन पुनः होने लगा था। अतः यह स्वाभाविक था कि नाट्यकार अपनी प्रचुर पितृ-नाट्य-सम्पत्ति को विस्मृति के गर्त से खोदकर निकालते।

इसी समय देशी भाषाओं का महत्त्व क्रमशः बढ़ने लगा था। फोर्ट विलियम कालेज में लल्लूलालजी, मुन्शी सदासुखलाल आदि हिन्दी ग्रन्थ-प्रणयन के कार्य में संलग्न थे। स्वभावतः विद्याप्रेमी कुंवर विश्वनाथसिंह उस साहित्य की ओर दृष्टि रखने लगे। विश्वनाथसिंहजी ने कई काव्यों की रचना की। वे स्वयं कवि थे और उनके यहां कवियों का नित्य समागम रहता था। कविता में मजी लेखनी को नाटक लिखने की प्रेरणा अन्तःकरण से मिली। राजा का परिवार रामोपासक था। वे आनन्द-रामायण काव्य की रचना कर चुके थे। रघुनन्दन की कथा से बढ़कर आनन्ददायिनी और कौन कथा होती। अतः उनके मानस-पटल पर जिस आनन्ददायी रघुनन्दन का चित्र खिंच गया था, उसी को नाटक के रूप में उन्होंने जनता के सामने रखा। आनन्द-रघुनन्दन से पूर्व 19वीं शताब्दी तक राम-सम्बन्धी नाटकों का प्रणयन होता रहा। किन्तु इन सभी नाटकों में संस्कृत-शैली का पूर्ण रीति से अनुसरण न किया गया था। राम की प्राचीन-शैली (Technique) ही प्रधान रूप से चल रही थी। यूरोप में संस्कृत नाटकों की प्रशंसा देखकर भारतीय विद्वानों का ध्यान पुनः उनकी ओर आकर्षित हुआ। शकुन्तला नाटक के अंग्रेज़ी अनुवाद का सफल अभिनय रंगमंच पर होने और उसकी सर्वत्र चर्चा फैलने से संस्कृत नाटकों के प्रति श्रद्धा बढ़ी। बंगाल में रामनारायण तर्करत्न ने संस्कृत-शैली पर बंगला में नाटक की रचना प्रारम्भ कर दी थी। ऐसे पुनरुत्थान के युग में नाट्यशास्त्र के नियमों के आधार पर नाटक लिखना श्रेयस्कर समझा गया। परिणाम यह हुआ कि विश्वनाथजी ने अपना नाटक नये दृष्टिकोण से लिखना प्रारम्भ किया। उनका हृदय विशाल था, उनकी बुद्धि विकसित थी, रुचि संस्कृत थी, ज्ञान विस्तृत था और अनुभव अपार था। इन सब शक्तियों ने मिलकर हिन्दी नाटकों में ऐसी क्रांति पैदा कर दी, जिसकी अत्यन्त आवश्यकता थी। प्रथम उत्थान

नाट्यकारों ने संस्कृत-शैली पर वस्तु-संविधान में केवल 'अंक' का प्रयोग किया था। विश्वनाथजी ने नाट्यशास्त्र के अन्य नियमों को भी अपनाया।

गद्य का प्रयोग

संवत् 1900 तक लिखे जानेवाले नाटकों में प्राय: गद्य-शैली अलक्ष्य है और यदि कहीं प्राप्त हो भी जाती है तो उसका रूप नितान्त उपेक्षणीय है। विश्वनाथजी ने सर्व-प्रथम मौलिक नाटकों में ब्रजभाषा की गद्य-शैली का प्रयोग मुख्य पात्रों से कराया। उन्हें भरतमुनि का भाषा-सम्बन्धी नियम सदैव स्मरण रहता था कि पात्रों की भाषा में स्वाभाविकता होनी चाहिए। पात्र जिस प्रकार के हों वहां की भाषा का प्रयोग ही भरतमुनि[1] को ग्राह्य था। नाट्यकार ने इस नियम का पूर्ण पालन किया है। यही कारण है कि इस नाटक में एक-दो नहीं, प्रत्युत भारत की कई प्रमुख भाषाओं का दर्शन होता है। नागकन्या नाग भाषा का प्रयोग करती है तो मिथिला के गायक स्वयंवर-काल में मैथिली के गान सुनाते हैं। राम जब वनगमन के समय ग्रामों के समीप जाते हैं, तो ग्रामीण स्त्रियों की भाषा अपभ्रंश[2] हो जाती है। राम जब किष्किन्धा में पहुंच जाते हैं, तो महाराष्ट्र प्रदेश में मराठी भाषा का प्रयोग मिलता है। राम और आगे जाते हैं और कर्नाटक प्रान्त में पहुंचते हैं तो कर्नाटकी[3] भाषा का दर्शन होता है। इसी प्रकार द्रविड़[4] और पैशाची[5] का प्रयोग भी होता है।

समन्वय साधना

क्या भाषा, क्या आख्यान, क्या गद्य, क्या पद्य, क्या अंक, क्या दृश्य, क्या प्रकृति-वर्णन, क्या चरित्र-चित्रण, क्या विचार-दर्शन, क्या सन्देश, सभी ज्ञातव्य विषयों में विश्वनाथजी समन्वयवादी प्रतीत होते हैं। ऐसा ज्ञात होता है, कि रामकथा-सम्बन्धी प्राय: सभी काव्यों और नाटकों का अध्ययन करके उन्होंने यह नाटक लिखा था। नाट्य-शास्त्र को आलोड़ित करके नाटक की विभिन्न परम्पराओं को आत्मसात् कर लिया था, नागरिक और ग्रामीण, सुपठित और अल्पपठित सभी की रुचियों को उन्होंने पहचान लिया था। संस्कृत को समादृत करने के विचार से सर्वत्र रंगमंच के संकेत संस्कृत में ही मिलते हैं। इस प्रकार देशी भाषा में विरचित रामचरित-रूपी मणि-माणिक्य को अथ से इति तक संस्कृत-संकेतों में गूंथकर एक नवल हार का उपहार विश्वनाथजी ने देश को दिया है। इसमें विद्यापति, तुलसी और केशव की काव्यछटा, आदिकवि वाल्मीकि का

---

1. नाट्यशास्त्र (भरतमुनि), अध्याय सत्रह, पृष्ठ 372 से 378 तक
   Gaikwad's Oriental Series, Vol. II, Oriental Institute, Baroda
2. अपभ्रंश का प्रयोग, पृष्ठ 50
3. कर्नाटकी, पृष्ठ 76
4. द्रविड़ भाषा का प्रयोग, पृष्ठ 78
5. पैशाची, पृष्ठ 85

दर्शन, भवभूति का प्रकृति वर्णन,[1] कालिदास का नाटकत्व, सूर का वाग्वैदग्ध्य स्थान-स्थान पर झलकता है। बाण तथा सुबन्धु की अलंकारमय गद्य-शैली तथा लल्लूलालजी जैसा अनुप्रास-प्रयोग भी विद्यमान है।

विश्वनाथजी ने वेदकाल की यज्ञक्रिया से प्रारम्भ करके सूर-तुलसी की भक्ति-व्यवस्था तक के धार्मिक विचारों को अपनी नाट्यशाला के आवरण में इस प्रकार सजाकर रखा है कि पाठक का चित्त कलाचातुर्य पर विमुग्ध हो जाता है। विश्वामित्र की वैज्ञक्रिया का दर्शन और स्थान-स्थान पर वेद-पाठ की मधुर ध्वनि दर्शक तथा पाठक के सामने वैदिककालीन भारत का दृश्य उपस्थित करती है। विश्वामित्र यज्ञ की रक्षार्थ ही दिक्जान राजा दशरथ के पास लोकहितकारी को मांगने आते हैं। दिक्शिर रावण अपने महान् बल तथा अपनी राज्यशक्ति से उन्मत्त होकर वैदिक क्रिया तथा वैदिक धर्म को नष्ट करने का प्रयास कर रहा है। वेद का चिन्तन, वैदिक क्रियाओं का अनुसरण और याग-यज्ञों का संवर्धन करनेवाले ऋषियों का कार्यावरोधन हो रहा था। ऐसी संकटापन्न स्थिति में नाटक का बीजारोपण होता है, किन्तु जगहितकारी विविध विपदाओं का सामना करने के उपरान्त भारत देश में ऐसी व्यवस्था बना देते हैं कि सर्वत्र आनन्द-मंगल की ध्वनि सुनाई पड़ती है। युद्ध की अस्त्र-झंकार के पश्चात् नूपुर[2] की ध्वनि कानों को आकर्षित करती है। सर्वत्र सुख-शान्ति फैल रही है। इस प्रकार देश संकट की स्थिति से निकलकर आनन्द की स्थिति में पहुंच जाता है।

तात्पर्य यह है कि संस्कृत-शैली के हिन्दी के प्रथम नाटककार विश्वनाथजी ने वैदिक काल से चली आती हुई धार्मिक परम्परा को रामभक्ति-धारा में जोड़कर दीर्घकालीन इतिहास का दिग्दर्शन करा दिया है।

नाटक की रचना-शैली

सात अंकों में नाटक समाप्त किया गया है। कथा का क्रम प्रायः वही है जो तुलसी ने रखा है।

अंक और दृश्य

इस नाटक में सात अंक हैं और प्रत्येक अंक में अनेक दृश्य हैं। दृश्य-परिवर्तन की पद्धति विश्वनाथ ने यह बनाई है कि जहां 'सर्वे निष्क्रान्ताः' आ जाए, वहीं दृश्य-परिवर्तन समझ लेना चाहिए। इस प्रकार जहां एक कथांश समाप्त होता है, वहीं दृश्य-

---

1. सूरदास, विरह-वर्णन, गोपियों जैसा
   भवभूति, गोदावरी-वर्णन, कलिन्दजा जैसा
2. ततः प्रविशन्त्यप्सरसो गन्धर्वाश्च। सर्वे महिजाहितकारिणौ प्रणम्य नृत्यमारम्भन्ते।
   —न० पै० आनन्दरघुनन्दननाम नाटकम्, लाइट यन्त्रालय, संवत् 1928 वि०, पृष्ठ 136

परिवर्तन इस रूप में हो जाता है कि पाठक को पढ़ते समय कथा की शृंखला टूटती हुई नहीं प्रतीत होती।

रस

हमारे शास्त्रों में काव्य का उद्देश्य है सामाजिक के हृदय को रस-निमग्न करना और रस की निष्पत्ति का सर्वोत्कृष्ट माध्यम नाटक माना जाता है। इसलिए अभिनव गुप्त ने 'नाट्यमेव रसः, रससमुदायो हि नाट्यम्' माना है। देखना यह है कि इस नाटक आनन्द-रघुनन्दन में प्रधान रस क्या है ? साधारणतः धार्मिक ग्रन्थों में शान्त-रस प्रधान होता है। शान्तरस का स्थायीभाव निर्वेद है, किन्तु उसकी इसमें कहीं झलक भी नहीं- फिर इसमें प्रधान रस क्या है ? वास्तव में यह नाटक वीरता से प्रारम्भ होता है। प्रथम अंक में जनहितकारी और डील धराधर धनुषबाण से सुसज्जित होकर मख-रक्षा को जाते हैं, मानो वीररस साकार जा रहा हो।

धनुषयज्ञ में भी लक्ष्मण की वीरता-भरी बात सुनाई पड़ती हैं। वीररस का स्थायीभाव उत्साह है। इस नाटक में आद्योपान्त उत्साह दृष्टिगोचर हो रहा है। वह उत्साह जगहितकारी और दिक्शिर[1] दोनों पक्ष के हैं। हनुमान्,[2] अंगद और लक्ष्मण वीररस के प्रतीक जान पड़ते हैं।

वीररस के सहायक करुण और भयानक दोनों रस अंगीभूत होकर आते गए हैं। महिजा (सीता) के अपहरण के बाद हम राम को विलाप करते हुए पाते हैं, किन्तु ये अश्रु कण उत्साह की अग्नि को धधकानेवाले सिद्ध हुए, उसे निर्दग्ध करने वाले नहीं; वही महिजाहरण युद्ध का कारण हुआ। इस प्रकार महिजाहरण से पुनः प्राप्ति तक जगहित- कारी तथा उनके सहायक वर्ग का जीवन अत्यन्त उत्साहपूर्ण रहा है।

अब विचारणीय विषय यह है कि आनन्द-रघुनन्दन को नाटक की किस कोटि में परिगणित किया जाए। बाल-रामायण को शारदातनय ने नाटक की 'भास्वर'[3] कोटि में परिगणित किया है। यह नाटक भी उसी शैली पर लिखा गया है। इसलिए इसे भी नाटक की 'भास्वर' कोटि में ही रखना चाहिए।

भास्वर नाटकों में वृत्ति भारती होती है और रस, वीर तथा अद्भुत। सन्धियां होती हैं—माला, नायक, सिद्धांग, ग्लानि, परिक्षय और मात्रावशिष्ट-संहार।

माला में पक्षी और विपक्षी स्पष्ट हो जाते हैं। आनन्द-रघुनन्दन के प्रथम अंक में ही यज्ञ के रक्षक लोकहितकारी और उसके विध्वंसक राक्षक अप्रत्यक्ष रूप से भासमान होने लगते हैं। धनुष-यज्ञ में यह बात कुछ-कुछ झलकने-सी लगती है कि दिक्शिर का सामना होगा, किन्तु परशुराम एक नया काण्ड अलग खड़ा कर देते हैं। इसलिए दोनों का साम्मुख्य कुछ काल के लिए स्थगित हो जाता है। दूसरी सन्धि नायक-सिद्धांग नाम की

1. प्रथम अंक, पृष्ठ 20
2. चतुर्थांक, पृष्ठ 79
3. गंगानाथ, कमेमोरेशन वाल्यूम

होती है, जिसमें नायक को धोखा दिया जाता है। इस नाटक में मारीच के छलमय व्यवहार के द्वारा राम को प्रताड़ित किया जाता है। तीसरी सन्धि है ग्लानि, इसमें आंशिक सफलता के दर्शन होते हैं। लंका को घेर लेने तक की स्थिति इसी के अन्तर्गत है। प्रमाण यह है कि दिक्शिर की विशाल सेना को जगहितकारी के सैनिक किस प्रकार पराजित कर सकेंगे इस विषय में विभीषण भी चिन्तित है। चौथी सन्धि है परिक्षय। युद्ध में आंशिक सफलता मिलती है, किन्तु युद्ध के पीछे राम-लक्ष्मण को नागफांस लगा दिया जाता है। यहां तक परिक्षय सन्धि है। पांचवीं सन्धि है मात्रावशिष्ट-संहार। यह सन्धि नाटक के अन्त में अग्नि-परीक्षा के समय तक रहती है।

इस कोटि के नाटकों में नाट्यकार को हास्यरस के उपक्रम में कठिनाई होती है। श्रृंगाररस के नाटकों में हास्यरस के लिए पर्याप्त सामग्री मिल जाती है. किन्तु हास्य वीररस का बाधक हो जाता है। तथ्य तो यह है कि जहां जीवन और मरण का प्रश्न खड़ा हो, देश-निर्वासन के उपरान्त पत्नीहरण और विभिन्न संकट उपस्थित हों, वहां हास्यरस को स्थान कहां। विश्वनाथजी ने इस तथ्य को समझ लिया था, किन्तु हास्यरस का नितान्त अभाव भी उन्हें खटकता रहा। एतदर्थ प्रारम्भ में ही हास्य की एक छटा उन्होंने दिखाई है।

नृत्य से नाटक प्रारम्भ होता है। रामजन्म की बधाई में नाच-गाना तथा उत्सव हो रहा है। यहीं नट अपनी नटी को ढूंढ़ रहा है, तो सभासद् कह रहा है, "अपनी दूसरी नटी से पूछ ले पहली कहां गई।" नट जाकर कहता है कि मेरी नटी तो महाराज के भौन में है, हुकुम हो तो टेर लेऊं।

सभासद् —अरे नट, यह तो बड़ा आश्चर्य है। महाराज का हुकुम है टेर ले।

नट— ये नटी, ये नटी, आवे-आवे।

(नेपथ्य में हां जी, हां जी, पहुंची-पहुंची)

द्वितीय नटी—साहु-साहु अदि अपुव्वं आदुअं कअं।[1]

[इतने में विदूषक आता है]

विदूषक—अरे नट, ऐसे मुंह मटकाय नैननि नचाय झूलनी झमकाय सबके उर आनन्द झरलाय हों न समझ्यो तेरी दूजी नटी प्रथम कौन बोली बोली ?

नट —यह नागकन्या है, नागभाषा भने है।

विदूषक—अरे नट, तैं नर यह नागिन कैसे संग भयो ?

नट – अरे विदूषक, तैं नहीं जाने है कि नारी गंगा है।

(प्रहस्य सभासदः) अरे विदूषक, तौ दौरि याहि गहि हरगंगा हरगंगा कहन लग्यौ।

नट— अरे या कहा करे है।

विदूषक—अरे बावरे हौ हूं अस्नान करौं हौं।[2]

---

1. अर्थ—शाबास, शाबास, तुमने अति अपूर्व कौतुक किया।

2. आनन्द-रघुनन्दननाटकम्, पृष्ठ 6

तदुपरान्त नृत्य और संगीत प्रारम्भ होता है किन्तु क्षणिक सुख के पश्चात् ही विश्वामित्र आते हैं और राम को देशहित में संलग्न होना पड़ता है। इस कर्मपरायण वीर को राज्यारोहण तक चौदह वर्ष भूमि पर शयन मिला। कन्द, फल, मूल का अशन मिला और युद्ध की लगन में जीवन बिताना पड़ा। लंका से अयोध्या आने पर पुन: नृत्य, संगीत की ध्वनि सुनाई पड़ती है। फिर तो रास-लीला की प्रत्यक्ष छटा, नायिका-भेद के समस्त साहित्यिक उदाहरण नर्तकियों[1] के रूप में सामने आते हैं। सच बात तो यह है कि विश्वनाथसिंह जैसे कुशल कवि हैं, वैसे ही प्रवीण नाट्यकार। इस नाटक में जितना रस काव्यमय भाषा के कारण मिलता है, उतना ही नाटकीय संवादों के। अंगद-रावण का संवाद कितना मनोहारी है। कदाचित् सबसे अधिक स्थान कवि ने इसी संवाद को दिया है। कारण यह है कि यहां नाट्यकार को नाट्यकला का परिचय देने का अवसर मिल गया है।[2]

इस प्रकार विश्वनाथजी ने सर्वप्रथम नाटकों में गद्य का शास्त्रीय रीति से प्रयोग किया। नान्दी, सूत्रधार, विष्कम्भक, भरतवाक्य को हिन्दी नाटक में स्थान मिला। उन्होंने चरित्र-चित्रण और संवाद-योजना में पूर्ण सफलता पाई और भविष्य के नाटककारों को एक नया पथ दिखाया।

यदि इतनी ही विशेषता इस नाटक में होती तो भी हिन्दी नाट्यकारों का पथ-प्रदर्शन करने को यह पर्याप्त था, किन्तु इसमें और भी विशेषताएं हैं। आज के कतिपय समालोचक[3] इसको पात्रों के बाहुल्य तथा नाम-वैचित्र्य के कारण उपहासास्पद बता रहे हैं। अब इस विषय पर भी विचार कर लेना चाहिए।

नाटक का गुप्तभाव

इस नाटक में पात्रों की बहुलता पर कई आलोचकों को आपत्ति होती है, किन्तु अल्पसंख्यक पात्रों से इतना विशाल कार्य संभव भी न था। भारत देश को उस वेद-विरोधी शक्ति से, जिसको दशों दिशाएं मुकुट पहना रही थीं, बचाना कोई हंसी-खेल नहीं था। उस समय दो विचारधाराएं बह रही थीं—एक में जगहित की कामना थी, दूसरी संहार के लिए दशों दिशाओं में सिर उठा रही थी। एक के प्रतीक थे जगहितकारी (राम), दूसरी के दिक्शिर (रावण)।

इन दोनों पक्षों का संघर्ष शीलकेतु की पुत्री महिजा के स्वयंवर में होते-होते बच गया। शील और मही (धैर्य) से उत्पन्न बालिका जो संसार की सर्वश्रेष्ठ सुन्दरी थी, क्योंकि लोकहितकारी को स्वभावत: वरण करना चाहती थी। वही योग्य भी थे क्योंकि उनमें सभी गुण विद्यमान थे और उन्होंने धनुष तोड़ने (प्रतिज्ञा-पालन) में सफलता पाई थी, एवं अपने सौजन्य से शीलकेतु की नगरी को विमुग्ध कर लिया था।

---

1. नर्तकियों के नाम—कलकंठी, आनन्दलतिका, मदनमंजरी, अनंगसुन्दरी आदि
2. पृष्ठ 94 से 96 तक
3. हिन्दी नाट्य-साहित्य, ब्रजरत्नदास, पृष्ठ 59

इसके विपरीत दिक्शिर (रावण) ने अपने संयमरहित व्यवहार से नियम-भंग के द्वारा उस पृथ्वी की लक्ष्मी को पाने का प्रयास किया। यहां लोकहितकारी की प्रथम विजय हुई।

जगहितकारी के तीन भाई जगडहडहकारी, डील-धराधर और डिम्भीदर (दंभहर) हैं, अर्थात् संसार के कल्याणकारी के तीन सहायक हैं, जग को आनन्दित करनेवाले भरत, शेषनाग के अवतार लक्ष्मण और पाखण्ड के विनाशकारी शत्रुघ्न। इनके पिता (जगजान) संसार का ज्ञान रखनेवाले हैं। उनसे उत्पन्न इन चारों भाइयों में जगडहडहकारी और डिम्भीदर अपराजित नगरी में जगहितकारी की आज्ञा से रह जाते हैं, किन्तु दण्ड की शक्ति रखनेवाले डील-धराधर (लक्ष्मण) जगहितकारी के साथ चल रहे हैं।

सुवर्णमृग के छद्म से जगहितकारी प्रताड़ित किए जाते हैं, और पृथ्वी की लक्ष्मी पर जगध्वंसकारी दिक्शिर अन्याय और अत्याचार द्वारा अधिकार करना चाहता है। उस असहायावस्था में त्रेतामल्ल, भुजभूषण और सुगल प्राप्त होते हैं। जगहितकारी को शक्ति, शोभा और मधुर कण्ठ की सहायता मिलती है। विपत्ति का सागर जगहितकारी की शक्ति से विकम्पित हो जाता है और मार्ग दे देता है। जगहितकारी के गुणों से रीझकर विभीषण (भयानक) भी भक्त बन जाता है, विभीषिका भक्त बन जाती है। दिक्शिर के भाई-बन्धु सभी पराजित होते हैं, किन्तु वह तब भी महिजा अर्थात् पृथ्वी की पुत्री लक्ष्मी को प्राप्त करना चाहता है। उसके शक्तिप्रयोग से त्रेतामल्ल और डील-धराधर मूछित हो जाते हैं अर्थात् बल और दण्डशक्ति कुछ काल के लिए कुण्ठित बन जाती हैं, किन्तु हिमालय की जड़ी अर्थात् प्रकृति की कृपा से जगहितकारी की पराजय विजय में परिवर्तित होने लगती है। दण्डशक्ति पुनः जीवित हो उठती है। जगहितकारी और दिक्शिर में घोर युद्ध होता है, जिसमें जगहितकारी की विजय होती है। इस प्रकार प्रेक्षकों को सद्नीति तथा लोकहित-चिन्तन की ओर यह नाटक संकेत करता है।

जिन नामों पर आज के समालोचकों को हंसी आती है, वे नैतिकता की ओर संकेत करते हैं। यह एक उत्कृष्ट नीति-प्रधान नाटक (प्ले ऑफ मोरेलिटी) रचा गया है। भारतेन्दुजी ने इसके रहस्य को समझा था। अतः उन्होंने हिन्दी के प्रथम सफल नाटक की उपाधि से इसे विभूषित किया था।

इस नाटक में रसिकों को राम की रसमय चर्चा से मुग्ध और विरक्तों को नैतिकता के संकेत से आह्लादित करने की शक्ति संकलित कर दी है। इसमें जीवनदर्शन और आनन्ददायी रस दोनों साथ-साथ—आदि से अन्त तक—चलते हैं। उन दोनों में ऐसी मैत्री है कि कभी एक-दूसरे का विरोध नहीं करते, प्रत्युत सहायक बनते रहते हैं।

प्रबोध चन्द्रोदय, मोहराज-पराजय, समयसार आदि नाटकों में अध्यात्मनिरूपण की प्रक्रिया इतनी स्पष्ट झलकती है कि उसमें जीवन-दर्शन अध्यात्मशास्त्र का रूप धारण कर लेता है, किन्तु इस नाटक में उस ओर केवल संकेत-मात्र है और केवल नाम साम्य द्वारा उसकी ध्वनि अर्थात् झंकार मात्र सुनाई पड़ती है। इसकी ओर यदि विद्वान् समालोचकों का ध्यान जाए तो कितने ही विचार-रत्न निकाले जा सकते हैं।

विश्वनाथजी की काव्यकला कहीं नाट्यकला से आगे बढ़ जाती है, कहीं नाट्य-कला और काव्यकला साथ-साथ दौड़ती हैं, तो कहीं नाट्यकला काव्यकला से बाजी ले जाती है। किन्तु सम्पूर्ण नाटक मिलाकर देखने से यह कहना पड़ेगा कि विश्वनाथजी का नाटकत्व काव्यत्व से बाज़ी ले गया है। निस्सन्देह विश्वनाथसिंह ऐसे सफल नाट्य-कार हैं कि वे अपने व्यक्तित्व को पात्रों के चरित्र चित्रण में सन्निविष्ट कर देते हैं। वे नाटकीय परिस्थितियों के सच्चे पारखी हैं। प्रकृति की लीलाओं को पात्रों की लीलाओं के साथ ऐसी कला के द्वारा समन्वित कर देते हैं कि चकोर भी राम के साथ रोदन करता है, सुपर्ण गृह भी उनके लिए युद्ध करता है, सागर भी मार्ग दे देता है। आख्यान परिवर्तन में कुशलता दिखाने का अधिक अवसर न पाकर चिरविश्रुत कथानक के अनुसार ही करुणा और हास्य, वीर और भयानक, अद्भुत और रौद्र रसों का परिपाक ऐसी कुशलता के साथ किया है कि उसी चिरपरिचित आख्यान में पग-पग पर आनन्दानुभूति होने लगती है। जहां-जहां वह क्रियाशीलता और वर्णन का पथ छोड़कर व्यंजना शक्ति का आश्रय लेते हैं, वहां नाटक अधिक आकर्षक बन गया है।

पहले कहा जा चुका है विश्वनाथजी को सरस्वती और लक्ष्मी दोनों की कृपा से सब प्रकार की सुविधाएं थीं। विद्वत्ता और अनुभूति में उनमें कौन अधिक थी, यह भी कहना कठिन है। कहीं-कहीं अनुभूति से पुस्तक-ज्ञान बढ़ा हुआ मालूम पड़ता है। भरत-वाक्य के पूर्व 35 प्रकार की नायिकाओं का नृत्य-संगीत नाटक की दृष्टि से कुछ अनावश्यक प्रतीत होता है। यद्यपि काव्यरस से प्रवाह में यह त्रुटि अदृश्य-सी होती जाती है, किन्तु सर्वथा लुप्त नहीं हो जाती। ऐसा प्रतीत होता है कि विश्वनाथसिंह के विचारानुसार जगहितकारी व्यक्ति जब आसुरी शक्तियों का दमन कर लेता है तो वह ऐसी स्थिति में पहुंच जाता है, जहां मानसिक वृत्तियां नर्तकी के समान नृत्य करती हुई दिखलाई पड़ती हैं, किन्तु उसके अन्तस्तल पर कोई विकारमय प्रभाव नहीं डाल सकतीं। जीवन्मुक्त पर नर्तकियों का क्या कुप्रभाव पड़ सकता है।

विश्वनाथजी अपने राम को जगहितकारी दिखाकर देशवासियों के सामने जग-सेवा का आदर्श उपस्थित करना चाहते हैं। जगहितकारी दीनों के हितकारी हैं। जगहित के लिए वे राजपाट, धन, स्त्री आदि सर्वस्व अर्पण करते हैं। असंस्कृत भालू-बन्दरों के समुदाय को संस्कृत और सुखी बनाते हैं। शत्रु पर भी कल्याण की भावना रखते हैं।

इन गुणों के साथ-साथ इस नाटक में कई दोष भी हैं। भाषाओं का प्रयोग कहीं-कहीं अस्वाभाविक प्रतीत होता है। इतनी विविध भाषाओं के प्रयोग के कारण पाठक और दर्शक में अरुचि-सी उत्पन्न होने लगती है। दूसरा यह दोष है कि इसका कलेवर नाटक के अनुपयुक्त बन गया है, संवाद बहुत ही लम्बे-लम्बे हैं। अतः संवाद-योजना में नाटकत्व कम निखर पाया है।

विश्वनाथ का प्रभाव हिन्दी नाटकों पर

प्रायः 250 वर्षों तक चली आनेवाली नाट्य-शैली को विश्वनाथ जी ने एक नये

मार्ग पर मोड़ दिया। नाट्यशास्त्र के नियन्त्रण को नाट्यकारों ने पूर्णतया स्वीकार किया। यह स्वाभाविक भी था। हिन्दी नाट्यकारों ने 13वीं शताब्दी से 19वीं शताब्दी तक संस्कृत-नाट्यशास्त्र की उपेक्षा की थी। सत्रहवीं शताब्दी में महाराज जसवन्तसिंह ने संस्कृत-नाट्यशास्त्र के नियमों का उपयोग कराना चाहा, किन्तु वे सफल न हो सके। छः सौ वर्षों के बाद देश में ऐसा वातावरण उत्पन्न हो गया कि नाट्यकार विश्वनाथसिंह ने पूर्णतया संस्कृत की नाट्यशैली को अपनाया और इस कार्य में वे सफल हुए। विश्वनाथ द्वारा प्रचारित नान्दी, सूत्रधार और प्रस्तावना के विधि-विधान सबको मान्य हुए। भारतेन्दुकालीन नाट्यकारों के नाटकों से होती हुई यह परम्परा 'प्रसाद' के प्रारम्भिक नाटक 'सज्जन' तक चलती रही। यद्यपि यत्र-तत्र आज भी उसके दर्शन हो जाते हैं, किन्तु अब उसकी झांकी ही रह गई है।

गद्य का प्रयोग

विश्वनाथसिंह ने गद्य और पद्य दोनों में ब्रजभाषा का उपयोग किया। गद्य में भारत की कई देशी भाषाओं का प्रयोग इस नाटक में मिलता है। मैथिली, गुजराती, मराठी आदि कई भाषाएं इसमें उपलब्ध हैं। आगे चलकर हिन्दी नाटकों में इसी प्रकार प्रान्तीय भाषाओं का समावेश पात्रों के अनुसार होने लगा।

छन्द-रचना

भाषा के अतिरिक्त अन्य नियमों में भी इसने नेतृत्व किया। समयसार, हनुमन्नाटक आदि में सवैया, कवित्त, दोहा इत्यादि सस्वर पढ़े जाने वाले छन्दों का बाहुल्य रहता रहा, किन्तु विश्वनाथजी संगीत प्रेमी थे, अतएव उन्होंने स्थान-स्थान पर गेय पदों का भी निर्माण किया। भजन, पद, विरहा आदि नये-नये गेय पदों की रचना करके नाटक में संगीत को प्रमुख स्थान देने की जो शैली विश्वनाथजी ने सर्वप्रथम निकाली, उसका प्रचलन भारतेन्दु के समय में मान्य हुआ और प्रसादजी ने अपने गीतों में उस शैली को अपनाया। लाला श्रीनिवासदास, पं० बालकृष्ण भट्ट आदि सभी श्रेष्ठ नाट्यकारों ने इस पद्धति को स्वीकार किया।

दृश्य-परिवर्तन

दृश्य-परिवर्तन की नवीन पद्धति का प्रभाव भविष्य में इतना अधिक पड़ता गया कि प्रसाद-काल तक उन्हीं का पालन होता रहा। विष्कम्भक, आकाशभाषित आदि का प्रयोग भारतेन्दु (काल) तथा उसके पश्चात् प्रसाद के पूर्व तक चलता रहा। इस प्रकार विश्वनाथजी का प्रभाव नाटक के क्षेत्र में लगभग एक शताब्दी तक बना रहा।

पांचवां अध्याय

भारतेन्दु हरिश्चन्द्र और उनके नाटक

भारतेन्दुजी इतिहास प्रसिद्ध सेठ अमीचन्द के वंशज थे। इनके पूर्वजों पर सरस्वती और लक्ष्मी दोनों की कृपा शताब्दियों से चली आ रही थी। भारतेन्दुजी का जन्म इसी सुसंस्कृत परिवार में संवत् 1907 विक्रमी में काशी में हुआ। इनके पिता गोपालचन्द्रजी प्रसिद्ध कवि थे। उन्होंने 'नहुष' नामक एक नाटक भी लिखा था। यह नाटक भारतेन्दुजी के बाल्यकाल में सं० 1914 वि० में लिखा गया। भारतेन्दुजी को इसकी रचना की कुछ-कुछ स्मृति थी।

भारतेन्दुजी की प्रारम्भिक रचनाएं रीतिकालीन कविता की शैली पर शृंगार प्रधान थीं, क्योंकि कविता के क्षेत्र में नये युग का प्रभाव अभी नहीं पड़ा था। भारतेन्दुजी के बाल्यकाल में नाटक की प्रधानतः पांच शैलियां प्रचलित थीं। एक शैली ब्रज में रास-लीला की, दूसरी उत्तरभारत में रामलीला की और तीसरी यात्रानाटक की, चौथी स्वांग आदि जननाटकों की थी। इनके अतिरिक्त पांचवीं नवीन शैली महाराज विश्वनाथ ने आनन्द-रघुनन्दन में स्थापित की थी, जिस पर संस्कृत नाटकों का पूर्ण प्रभाव था। इनके बाल्यकाल में भारतेन्दुजी के पिता ने जो नहुष नाटक लिखा था, वह प्रायः विश्वनाथजी की शैली पर विरचित था। नहुष नाटक में पद्य-भाग ब्रजभाषा में है, जो सम्पूर्ण नाटक का प्रायः तीन-चौथाई है। गद्य का भाग खड़ी बोली-मिश्रित ब्रजभाषा में है।

नहुष नाटक

यह नाटक लुप्तप्राय हो गया था, किन्तु सौभाग्य से कांकरौली में इसकी एक हस्तलिखित प्रति मिल गई है। इस प्रति में नाटक में प्रस्तावना तथा छः अंक हैं। इसकी कथावस्तु महाभारत के उद्योग तथा अनुशासन पर्वों के आधार पर निर्मित है।

इसमें प्रासंगिक कथा को स्थान नहीं दिया गया है। नाटक में आरम्भ इन्द्र तथा वृत्रासुर के युद्ध-वर्णन से होता है। वृत्रासुर की मृत्यु के उपरान्त इन्द्र को ब्रह्महत्या लगती है और वह भाग खड़ा होता है। इन्द्र के रिक्त राजसिंहासन पर नहुष को बिठाने का प्रयत्न है। उस राजसिंहासन से नहुष को हटाकर इन्द्र को पुनः सिंहासनासीन करने का षड्यन्त्र प्राप्त्याशा है। नहुष का शापभ्रष्ट होकर इन्द्रासन रिक्त करना नियताप्ति है। और इन्द्र का पुनः इन्द्रासन पाना फलागम है।

प्रथम अंक में जयन्त तथा कार्तिकेय के वार्तालाप से ज्ञात होता है कि इन्द्र को वृत्रासुर के वध से ब्रह्महत्या लगी और वह भाग गया। यही समाचार बीज है। बृहस्पति

द्वारा नहुष का इन्द्रपद पाना बिन्दु है। इन्द्राणी पर मुग्ध होकर उसे प्राप्त करने का नहुष का प्रयत्न पताका है और उसका शापभ्रष्ट होना प्रकरी है। इन्द्र का पुनः इन्द्रपद पाना कार्य है।

इस नाटक में यह विलक्षण पद्धति पाई जाती है कि पात्र के प्रवेश के साथ उसके परिचय के रूप में एक कविता दे दी गई है। जैसे 'हत्या' के प्रवेश की सूचना के साथ उसका परिचय इस प्रकार दिया गया है :

छप्पय

गलित गात सब पलित चर्म पद खलित धरत महि।
पीरे केस शुभेस लेत स्वाँसहि जिमि बर अहि।।
जरा ग्रसित अति छीन छई तन छई दुखदपन।
नैन लाल बिकराल बदन कारो भय दरसन।।
दुर्गंधभरी मछरी सरिस, भरी धूर सौं कठिन चित।
मुख कटुक बोल घरुघरु कहति, बनी ब्रह्महत्या रुसित।।

इस नाटक के निम्नलिखित उद्धरण से भारतेन्दुजी के पिता की नाट्यशैली का कुछ अनुमान लगाया जा सकता है।

कार्तिकेय—जब वृत्रासुर के भय सों सुर सब भागे तब छीरनिधि के निकट जाय कै यह कहन लागे :

छप्पय

जै रमेस परमेस सेससाई सुरेस हरि।
जै अनंत भगवंत संत-बंदित दानव अरि।
जै दयाल गोपाल प्रनत प्रतिपाल गुनाकर।
जै अनन्य गति धन्य धरमधुर पंचजन्यधर।
वृन्दारक-वृन्द-अनंदकर कृपाकंद भवफंद हर।
हर वंद्य मनोहर रूप नर जै मुकंद दुखदुंद दर।।[1]

इस नहुष नाटक में नान्दी, सूत्रधार, प्रस्तावना का समावेश आनन्द-रघुनन्दन के सदृश मिलता है।

तात्पर्य यह है कि भारतेन्दु को बाल्यकाल में नाटक-शैली के रूप में जो पैतृक सम्पत्ति मिली वह ब्रजभाषा में पद्य-प्रधान थी। कथानक धार्मिक थे। इसी काल में उन्हीं की नगरी में एक विशेष घटना और घटी। क्वीन्स कालेज में अंग्रेजी नाटकों का पठन-पाठन चल पड़ा था। पिन्काट साहब की प्रेरणा से राजा लक्ष्मणसिंह ने शकुन्तला नाटक का पहला अनुवाद संवत् 1920 वि० में शुद्ध खड़ी बोली में किया। उस समय

---

1. नहुष नाटक, पृ० 27

भारतेन्दुजी उसी कालेज में पढ़ते थे और उनकी अवस्था 13-14 वर्ष की थी। इस काल में गद्य में अनूदित शकुन्तला नाटक की धूम थी।[1]

भारतेन्दुजी के बाल्यकाल में ही उनकी काव्य-प्रतिभा चमक उठी थी। इसके अतिरिक्त प्रारम्भ से ही राजा शिवप्रसाद सितारेहिन्द और राजा लक्ष्मणसिंह जैसे साहित्यिकों के सम्पर्क में आने से उनमें काव्य-रचना की शक्ति और भी बलवती हो उठी। उस समय देश में नवजागरण का सूत्रपात्र हो गया था। धार्मिक विचारों पर स्वामी दयानन्द और राजा राममोहनराय का प्रभाव पड़ रहा था और राजनीतिक उथल-पुथल सन् 1857 की क्रान्ति के कारण हो ही चुकी थी। अंग्रेज़ी साहित्य के पठन-पाठन से देश-प्रेम, जाति-प्रेम, भाषा-प्रेम की भावना उमड़ती जा रही थी। प्राचीन और नवीन विचारधाराओं के ऐसे संघर्षकाल में भारतेन्दुजी ने साहित्यिक कार्य आरम्भ किया।

अंग्रेज़ी नाटकों को पढ़नेवाले भारतीय, संस्कृत एवं देशी भाषाओं के नाट्य-साहित्य का उपहास कर रहे थे। भारतेन्दु जैसे स्वाभिमानी व्यक्ति को यह उपहास मार्मिक आघात पहुंचाता था। अतएव उन्होंने मातृभाषा की सेवा में अपना सर्वस्व निछावर करने का संकल्प कर लिया और इसी कार्य पर आरूढ़ हो गए।

देश की दशा के ज्ञानार्जन एवं अनुभव-वृद्धि के लिए उन्होंने दूर-दूर स्थानों का भ्रमण किया। इससे उन्हें देश कालानुकूल साहित्य-रचना की विशेष प्रेरणा मिली। उन्हें यह स्पष्ट दिखाई देने लगा कि अपने भावों और विचारों को जनता तक पहुंचाने का सर्वोत्तम साधन नाटक है। अतएव नाटक-रचना की ओर उनका ध्यान आकर्षित हुआ।

भारतेन्दुजी के सम्मुख यह समस्या उठी कि सर्वप्रथम कौन नाटक लिखा जाय। वे लिखते हैं, "मुझे शकुन्तला और रत्नावली दो संस्कृत नाटक सबसे अच्छे प्रतीत हुए।" शकुन्तला का अनुवाद राजा लक्ष्मणसिंह कर चुके थे, अतएव स्वभावतः उनका ध्यान 'रत्नावली' की ओर गया, और उन्होंने 'रत्नावली' का अनुवाद हिन्दी में आरम्भ किया। परन्तु यह विषय संदिग्ध है कि जो 'रत्नावली' की प्रति इस समय उपलब्ध है और उनकी कृति बतलाई जाती है, वह वास्तव में उन्हीं की रचना है। क्या यह सम्भव नहीं कि उनकी वास्तविक रचना इस समय अप्राप्त हो और उपलब्ध रचना किसी अन्य की कृति हो? यह विषय अभी अत्यन्त विवादास्पद है। अतः इस विषय में पड़ना हम उचित नहीं समझते।

विद्यासुन्दर

रत्नावली के उपरान्त भारतेन्दु ने बंगप्रदेश में प्रचलित विद्यासुन्दर के कथानक को लेकर एक नाटक की रचना की। इस विद्यासुन्दर नाटक में नान्दी-सूत्रधार को स्थान नहीं मिला। यह नाटक बंगला के 'विद्यासुन्दर' का छायानुवाद है। अतएव उसी बंगला शैली का पूरा-पूरा निर्वाह किया गया है। इस नाटक के सभी पात्र बंगला नाटक से लिए

1. शकुन्तला नाटक (प्रथम संस्करण), राजा लक्ष्मणसिंह, सन् 1863 ई०

गए हैं। केवल प्रहरी को चौकीदार बना दिया गया। बंगला विद्यासुन्दर के पात्र हैं—राजा वीरसिंह, मंत्री, गंगाभाट, सुन्दर, धूमकेतु कोतवाल, विद्या, हीरा मालिनी, सुलोचना चपला, विमला, प्रतिहारी और प्रहरी। भारतेन्दुजी के नाटक में भी पात्रों के नाम अक्षरशः ये ही हैं। यहां तक कि राजकुमारी की सखियों के नाम में भी परिवर्तन नहीं मिलता।

हिन्दी में विवाह-सम्बन्धी सामाजिक प्रश्न को कथानक बनाकर इतने सुसंगठित रूप से लिखा हुआ यह प्रथम नाटक है। स्वेच्छा-विवाह और नियोजित विवाह के गुणदोष कितने स्वाभाविक रूप में दिखाए गए हैं। राजा विद्या के विवाह के सम्बन्ध में कहता है "विद्यावती के संग जो इसका गान्धर्व-विवाह हुआ वह अच्छा ही हुआ।···मैं अपने हाथ से कन्या को जन्म-भर का दुःख दे चुका था, अहा, भगवान् ने बहुत बचाया।" आगे चलकर राजा सुन्दर से कहता है :

राजा—तूने विद्यावती से जो गान्धर्व-विवाह किया है, उसमें मैं प्रसन्नतापूर्वक सम्मति प्रगट करता हूं, जिससे अवश्य तुझको बड़ा सन्तोष होगा।

राजा प्रसन्न होकर अपनी सम्पत्ति भी समर्पण कर देता है। यद्यपि सुन्दर और विद्या ने अभिभावकों को अज्ञान में रखकर स्वेच्छा से गान्धर्व-विवाह कर तो लिया, किन्तु विवाहोपरान्त उनकी आत्मा अन्तर्वेदना को प्रगट कर देती है।

राजा ने जब सुन्दर से पूछा कि पकड़े जाने के समय तुमने अपना नाम क्यों नहीं बताया, तो सुन्दर आत्मग्लानिपूर्ण उत्तर देता है :

सुन्दर[1]—महाराज, क्षत्री के निष्कलंक कुल में उत्पन्न होकर ऐसे बुरे कर्म में अपना नाम प्रगट करने से प्राण-त्याग करना उत्तम है।

विद्या भी अपने किए पर कभी-कभी पश्चाताप करने लगती है। भगवान् से क्षमा मांग रही है, "हे भगवान्, मेरे अपराधों को क्षमा करना।"[2] किन्तु उसे एक विश्वास है कि मैंने एक पुरुष से ही प्रेम किया; मैं पतिव्रता हूं। वह कहती है, "और जो मैं पतिव्रता हूं—तो मुझे दुःख से पार करो।"

इस प्रकार नाट्यकार ने इस गान्धर्व-विवाह में राजा की उदात्त भावना से इस नाटक को दुःखान्त होने से बचा लिया है। यह समस्या प्रधान नाटक है। समस्या यह है कि विवाह केवल अभिभावकों की इच्छानुसार ही हो अथवा वर-वधू को भी विवाह में निर्वाचन का कोई अधिकार है? इस नाटक में नवीन विचार के अनुसार विद्या और सुन्दर विवाह तो कर लेते हैं, किन्तु चिरकाल-प्रचलित परम्परा की उपेक्षा के कारण उनमें अन्तर्द्वन्द्व भी उत्पन्न हो जाता है। नाट्यकार ने इस संघर्ष को कलापूर्ण शैली में दिखाया है। राजा की उदात्त भावना के कारण यह नाटक शोकान्त होने से बच गया है। इस नाटक में नूतन और पुरातन विवाह-पद्धतियों का संघर्ष समयानुकूल है और भारतेन्दुजी

---

1. भारतेन्दु नाटकावली, पृ 51
2. भारतेन्दु नाटकावली, पृ० 52

की सुधारक प्रवृत्ति के अनुसार है। इसीलिए यह नाटक उन्हें रुचिकर प्रतीत हुआ होगा। भारतेन्दुजी की प्रतिभा ने वैवाहिक रूढ़ि तथा अभिनव क्रान्ति के द्वन्द्व का समाधान उसी प्रकार करा दिया, जिस प्रकार कालिदास ने अपने शकुन्तला नाटक में शकुन्तला और दुष्यन्त के विवाह को कण्व ऋषि की अनुमति दिलाकर समाजिक समस्या को हल किया। इसमें विद्या और सुन्दर समाज के उस वर्ग का प्रतिनिधित्व कर रहे हैं, जो गान्धर्व-विवाह का समर्थक है। इस नाटक में विवाह की समस्या को सुलझाने की दो विधियां बताई गईं। प्रथम तो यह कि गान्धर्व-विवाह में तरुण-तरुणी को विवाह के पश्चात पश्चाताप करना पड़ता है, अतएव उन्हें दूरदर्शिता से काम लेकर इस पद्धति का अनुसरण करना चाहिए। दूसरी विधि यह है कि अभिभावकों को भी इतना उदार होना चाहिए कि यदि उनकी सन्तान गान्धर्व-विवाह कर ही डाले तो उसका समर्थन करें।

उपर्युक्त अर्थ के अतिरिक्त इस नाटक से यह और अर्थ भासमान हो रहा है। यह सम्पूर्ण नाटक प्रतीकात्मक प्रतीत होता है। विद्या (wisdom) उन राजपुत्रों को प्राप्त कैसे हो सकती है, जिन्हें अपने राजवैभव का बल है और उसी बल पर विद्या (wisdom) को प्राप्त करना चाहते हैं। विद्या की प्राप्ति के लिए गुणसिन्धु-प्रसूत सुन्दर के सदृश राजवैभव त्यागकर प्रवासी बनना पड़ता है। विद्या के प्रहरी का प्रहार सहना पड़ता है। प्रकृति-प्रांगण की पुजारिन मालिकेन का आश्रय ग्रहण करना पड़ता है। नाना शास्त्रों की कलापूर्ण माला प्रस्तुत करनी पड़ती है। विद्या (आत्मविद्या) के अभेद्य स्थलों को बेधकर अनाश्रित एकाकी बन उसका साक्षात्कार करने के लिए समस्त बाधाओं को सहने की शक्ति संचित करनी होती है, तब कहीं उसका साक्षात्कार हो सकता है, जैसा सुन्दर ने किया था। साक्षात्कार होने पर भी विद्या (आत्मविद्या) साधक की परीक्षा लेने के लिए मुख को आवरण से आच्छादित कर लेती है। ऐसी स्थिति में उसकी सखियां विमला[1] (निर्मल बुद्धि) और सुलोचना[2] (पर्यवेक्षण-शक्ति) सहायक बनती हैं। इतने पर भी विद्या (आत्मविद्या) की प्राप्ति सम्भव नहीं। सुन्दर के सदृश कारागार के एकान्त स्थल में बैठकर तप भी अपेक्षित है।

नाटक के पात्रों के नाम और घटनाओं के द्वारा उपर्युक्त अर्थ परिलक्षित हो उठता है। इस प्रकार यह नाटक सामाजिक कोटि से ऊंचा उठकर प्रतीकात्मक बन जाता है और चिरसत्य का दिग्दर्शन कराता है। भारतेन्दुजी का ध्यान इस अर्थ की ओर अवश्य था तभी तो प्रारम्भ ही में वे कहते हैं: "इतने राजपुत्र आए पर उनमें मनुष्य एक भी नहीं आया। इन सबों का केवल राजवंश में जन्म तो है, पर वास्तव में ये पशु हैं।"

भारतेन्दु ने तत्कालीन मूर्ख राजाओं की कैसी मीठी चुटकी ली है! भारतेन्दुजी ने बंगला के इस नाटक को इसलिए अनुवादार्थ चुना कि इसमें नाट्यकला के गुणों के अतिरिक्त सामाजिक परिस्थिति पर प्रकाश पड़ता है और एक चिरसत्य का सन्देश जनता

1. विमला विद्या की सखी है।
2. सुलोचना विद्या की सखी है।

तक पहुंचाया जा सकता है। तथ्य तो यह है कि इस नाटक में क्या नहीं है। वस्तु-संविधान की स्वाभाविकता[1] और प्राचीन चरित्र-चित्रण, भावनाविलास, काव्यत्व, रचना-कौशल, अद्भुत रम्यता, क्रियाशीलता आदि समस्त गुणों का समुचित समावेश देखकर ही यह नाटक चिरजीवी बना है। भारतेन्दुजी प्रारम्भ से अन्त तक स्थान स्थान पर विनोद का झीना-झीना फुहारा छोड़ते जाते हैं। हीरा मालिन की विनोदशीलता इसे अत्यन्त रोचक बनाती चलती है। विनोदप्रियता के कारण ही अधेड़ावस्था में वह बारह वर्ष की बालिका के समान प्रतीत होती है। उसे विपत्ति में भी हास्य सूझता है। जब चौकीदार उसे पकड़ कर ले जाते हैं, उस समय उनका वार्तालाप[2] सुनने योग्य होता है।

विद्या—तेरा शरीर बूढ़ा हो गया पर चित्त अभी बारही बरस का है।

चौकीदार—अरे यह छिनाल बड़ी छतीसी है···। ऐसा मन होता है कि इस रांड की जीभ पकड़कर खींच लें।

हीरा मालिन—दोहाई महाराज की, दोहाई महाराज की ! हे धर्म-देवता, तुम साक्षी रहना, देखो यह सब मुझे अकेली पाकर मेरा धर्म लिया चाहते हैं, दोहाई राजा की।

पहला चौकीदार—(कोतवाल से) महाराज, यही रांड सब कुमर्म की जड़ है और तिसपर ऐसी-ऐसी बातें बनाती है।

हीरा मालिन— एक मैं ही दुष्कर्म करती हूं और तुम सब साधु हो। देखो कोतवाल, हम तो कुछ नहीं करतीं और तुम सब हमारी प्रतिष्ठा बिगाड़ते हो।

सबसे बड़ा गुण इस नाटक में यह है कि असम्भावित घटना, अतिमानवीय शक्ति तथा अविश्वसनीय वार्ता की इसमें कहीं गन्ध भी नहीं आने पाई है।

अभिनय की दृष्टि से भी इस नाटक के कई स्थल बड़े ही मर्मस्पर्शी[3] हैं। इसी कारण कलकत्ता में रीवां-महराज इसका अभिनय देखकर मुग्ध हो गए थे।[4]

पाखण्ड-विडम्बन (सं० 1929 वि०)

भारतेन्दुजी ने हिन्दी-नाट्यकारों का ध्यान 'रत्नावली' के द्वारा संस्कृत नाटकों की ओर और विद्यासुन्दर के द्वारा आधुनिक नाटकों की ओर आकर्षित किया। ये दोनों

1. विद्यासुन्दर यात्रा का प्रचलन शताब्दियों पूर्व हो चुका था।
2. भारतेन्दु नाटकावली, विद्यासुन्दर, पृ० 40-48।
3. सुन्दर का सुरंग में से सहसा प्रकट होना और विद्या की सखियों के साथ हास्यविनोद, सुन्दर और हीरा का बन्दीरूप में राज दरबार के पथ पर चलना, गंगाभाट के परिचय से मुक्त होना आदि घटनाएं।
4. It is said that the Raja was so highly pleased with the play that when it was over, he caused two packages of Kashmere shawls and a bag of money to be brought and offered for distribution to the actors. —The Indian Stage, Vol.II.

नाटक सामाजिक रूपकों में अपना विशिष्ट स्थान रखते हैं। दोनों के पीछे दीर्घकालीन परम्परा अन्तर्निहित है। रत्नावली और विद्यासुन्दर की रचना के उपरान्त भारतेन्दुजी ने प्रबोध चन्द्रोदय के तृतीय अंक का हिन्दी अनुवाद किया, जिसका नाम पाखण्ड-विडम्बन रखा। मानसिक वृत्तियों को पात्र मानकर कृष्ण मिश्र द्वारा लिखा प्रबोध चन्द्रोदय नाटक अपनी कोटि में सर्वश्रेष्ठ परिगणित होता है। उसी नाटक के केवल तीसरे अंक का अनुवाद भारतेन्दुजी ने किया। इसका अनुवाद गद्य और पद्य में मूल के आधार पर ही हुआ है।

प्रश्न उठता है कि भारतेन्दुजी ने केवल एक अंक का अनुवाद क्यों किया ? उसमें भी पुस्तक के मध्य में से तीसरा अंक क्यों चुना ?

तीसरे अंक में तामसी श्रद्धा का विविध विनोद कपालिनी के रूप में दिखाया गया है। वह काल्पनिक भिक्षु-दिगम्बर का आलिंगन करता है और उसे दूषित करता है। इसके पश्चात् मदिरा का दौर चलता है और सब इस मद में झूमकर मदिरा की प्रशंसा[1] करते हैं।

मदोन्मत्त कापालिक जगत् को ठगने के लिए कहता है —

"जाहि विलोकौं बनै सोई सिद्ध,
धरूं निज चित्त जो सोई करौं।
... ...
पुनि मोहन मारन कर्षन थंमन,
आदि अनेकन सिद्धि भरौं।"

ये सभी दुराचारी साधु केवल एक प्रयत्न में तल्लीन हैं कि किसी प्रकार "धर्म री बेटी श्रद्धा कूं पकड़ कै म्हाराज के पास ले चलें"; किन्तु ये पाखंडी यह सुनकर हताश होते हैं कि श्रद्धा तो श्रीकृष्ण-भक्तिनि महारानी के संग में है। यह समाचार पाकर शान्ति और करुणा प्रसन्न होती है।[2]

इस एक ही अंक में पाखण्डियों का बाह्याडम्बर और उनके द्वारा दुराचार का परिहार भी झलकता है। इसी कारण भारतेन्दुजी ने यह अंक अनुवाद के लिए चुना होगा। केवल श्रीकृष्ण की श्रद्धा-भक्ति से ही जनता का कल्याण और दुरात्माओं का दमन हो सकता है, यही प्रदर्शित करने के लिए भारतेन्दुजी ने इसका अनुवाद किया।

एक विलक्षणता अनुवाद में यह है कि शुद्ध संस्कृत-पद्यों का अनुवाद उन्होंने कई स्थलों पर ऐसे शब्दों में किया है जो विलक्षण-से प्रतीत होते हैं। जैसे—

---

1. पाखण्ड विडम्बन, पृ० 74
अहा हा ! वाह रे या मदिरा की मिठास, वाह रे स्वाद, वाह रे सुगन्ध, वाह रे मादकता, अरे मैं तो अर्हत के मत में रह्यौ सो ऐसी मदिरा बिना बहुत ही ठग्यो गयो रे, अरे भिक्षक मेरो तो माथो घूमै छै, तासो हूं तो सोऊंगी।
2. पाखण्ड-विडम्बन, पृ० 75 (भारतेन्दु नाटकावली)

लहने को मिला घल छुन्दलछा,
अलु भोगन को मिली छुन्दल नाली।
लड्डू अनेकन भोजन कों मिले,
छँन के हैत ऐ छेज छुखाली॥
कै छलधा जुअती छब अंगन,
लाओत तेलफुऐछो छुवाली।
दै गल में बइयां छूख छो इमि,
बीतत है नित लात उजाली॥[1]

कदाचित् दूर देश का निवासी भिक्षु अपने विलक्षण उच्चारण से ऐसी भाषा का प्रयोग करता है। दूसरा उद्देश्य सम्भव है यह हो कि ऐसी भाषा से दर्शकों को हंसी भी आएगी, एतदर्थ दोनों प्रयोजन सिद्ध हो जाएंगे।

इस नाटक का उद्देश्य जनता को शुद्ध कृष्ण-भक्ति द्वारा दुराचारी कापालिक, भिक्षु और दिगम्बरों से बचने की विधि बताना है। भारतेन्दुजी स्वयं वैष्णव थे, अतएव वैष्णव सम्प्रदाय को कल्याणकारी बताते हैं। भारतेन्दुजी के प्रदर्शित इस पथ पर आगे चलकर कई नाट्यकारों ने नाटक लिखे, जिनमें प्रसादजी का कामना नाटक और सुमित्रानन्दन पन्त का ज्योत्स्ना नाटक अधिक प्रसिद्ध हैं।

धनञ्जय-विजय (सं० 1930 वि०)

कदाचित् रौद्ररस-प्रधान नाटक की छटा दिखाने के उद्देश्य से भारतेन्दुजी ने धनञ्जय-विजय का अनुवाद किया हो। इस अनुवाद से दो कार्य सिद्ध हुए। एक तो रौद्र-रस के आस्वादन की सुविधा, दूसरे व्यायोग एकांकी नाटक का रूप-ज्ञान। व्यायोग नाटक की सबसे बड़ी विशेषता यह है कि सम्पूर्ण कथानक एक ही दिन में घटित हो जाता है और वह अति प्रसिद्ध हुआ करता है। नायक भी विख्यात राजा[2] अथवा देवता होना चाहिए। विविध विधि के युद्ध इस नाटक में अनिवार्य हैं। अतएव नायक का धीरोद्धत्त होना आवश्यक है। इसमें विष्कम्भक और भारती, आरभटी वृत्तियां होनी चाहिए। सन्धियों में गर्भ और विमर्श के लिए स्थान नहीं।[3]

---

1. मूल संस्कृत है :

आवासो लयनं मनोहरमभिप्रायानुरूपा वणिङ्—
नार्यो वांछितकालमिष्टमशनं शय्या मृदुप्रस्तराः।
श्रद्धापूर्वमुपासिता युवतिभिः क्लृप्ताङ्गदानोत्सव—
क्रीडानन्दभरैर्व्रजन्ति विलसज्ज्योत्स्नोज्ज्वला रात्रयः॥

—प्रबोध चन्द्रोदयम्, पृ० 105, अंक 3, श्लोक 9

2. नाट्यशास्त्र, एन० एस० अ० 18, श्लोक 135 से 137 तक
3. दशरूपक, तीसरा अध्याय, श्लोक 60

मूल संस्कृत-नाट्क के रचयिता हैं कांचन कवि । इसका कथानक महाभारत से लिया गया है । दुर्योधन राजा विराट् की गायों को अपहृत करके जाने लगा तो अर्जुन ने अपने साथ उत्तर को लेकर कौरवों से गाएं छीन लीं । इसी से प्रसन्न होकर राजा विराट् ने अपनी कन्या का विवाह अभिमन्यु के साथ कर दिया ।

इस नाटक का अनुवाद करने में स्वभावतः नान्दी, प्रस्तावना, सूत्रधार, भरत-वाक्य भी अनूदित हो गए हैं । विद्यासुन्दर, पाखण्ड-विडम्बन इनका अभाव था ।

इस नाटक का 'भरतवाक्य' मूल से कुछ परिवर्तित है । राजवर्ग[1] का मद त्याग-कर विद्या में निपुण होना और राजकर का छूटना, ये दो बातें मूल से बढ़ा दी गई हैं । इनसे सामयिकता का ज्ञान होता है कि उस समय शासकवर्ग मदमत्त होकर नित नये कर की वृद्धि कर रहा था । इसका विरोध नाटक के द्वारा ही किया जा सकता था । भारतेन्दुजी में यह विलक्षणता थी कि विपक्षी के दोषों का निर्देश अपनी नाटकीय कला में संवारकर इस ढंग से करते, जो हृदय पर चोट करके भी पीड़ा न पहुंचाए ।

वैदिकी हिंसा हिंसा न भवति (सं० 1930 वि०)

भारतेन्दुजी ने पाखण्ड-विडम्बन में अवैदिकों का भण्डाफोड़ किया था, अतएव यह आवश्यक था कि पाखण्डी वैदिक धर्मानुयायियों की भी खबर ली जाए और जनता को उनसे सावधान किया जाए। प्रहसन के रूप में मांसाहारी पुरोहित का उत्साह से यज्ञ करना, एवं शैव-वैष्णवों का मांस खाने को लालायित रहना दिखाकर पाखण्डियों की खिल्ली उड़ाई गई है : हिंसामय यज्ञ करने वाला राजा जब यमराज के सम्मुख उपस्थित होता है तो चित्रगुप्त उसका लेखा उपस्थित करता है । वह स्थल[2] अत्यन्त आकर्षक है ।

---

1. राजवर्ग मद छोड़ि निपुण विद्या में होई ।
छुटे राज कर, मेघ समे पर जल बरसावें ।
मूल संस्कृत : सारस्वतं स्फुरतु चेतसि सत्कवीनाम् ।
चक्षर्भवन्तु कृतिनो गतमत्सराश्च ।।
भूयश्च सन्तु कवि-सूक्तिषु सानुरागाः ।
सन्त्यज्य मण्डलकविप्रणयानुरागम् ।।90।। —धनञ्जय विजय

2. महाराज, सुनिए, यह राजा जन्म से पाप में रत रहा, इसने धर्म को अधर्म माना और अधर्म को धर्म माना, जो जी चाहा किया और उसकी व्यवस्था पण्डितों से ले ली, लाखों जीवों का इसने नाश किया और हज़ारों घड़े मदिरा के पी गया, पर आड़ सदा धर्म की रखी । अहिंसा, सत्य, शौच, दया, शान्ति और तप आदि सच्चे धर्म इसने एक न किए, जो कुछ किया वह केवल त्रितण्डा-कर्मजाल किया, जिसमें मांस-भक्षण और मदिरा पीने को मिले, और परमेश्वर-प्रीत्यर्थ इसने एक कौड़ी भी नहीं व्यय की । जो कुछ व्यय किया सब नाम और प्रतिष्ठा पाने के हेतु ।

यह स्थल सर्वसाधारण के लिए कितने महत्त्व का है। इसके आगे एक संकेत है जो केवल राजा शिवप्रसादजी की ओर ही हो सकता है।[1]

इस प्रहसन नाटक के द्वारा समाज को दूषित करनेवाले पाखण्डियों की खूब खबर ली गई है। ऐसा सहेतुक प्रहसन लिखना भारतेन्दुजी की विलक्षणता थी।

प्रेमयोगिनी (सं० 1932)

'वैदिकी हिंसा हिंसा न भवति' नामक प्रहसन के उपरान्त भारतेन्दुजी ने दो वर्ष तक कोई नाटक नहीं लिखा। सम्भवतः काशी में होनेवाले पाखण्डों, वाह्याडम्बरों तथा अनर्थों का निरीक्षण करते रहे और अपने ही नगरवालों का भण्डाफोड़ करना था, अतएव संयत भाषा और अति संयत शैली में दिग्दर्शन कराना था। काशीवासी के नाते प्रच्छन्न रूप से 'आपबीती' भी बतानी थी। यह कार्य सरल न था। इसके लिए उत्कृष्ट कला अपेक्षित थी। नाटक सम्पूर्ण न हो सका, अतएव कला की दृष्टि से क्या कहा जाए। यह नाटक समाज की यथार्थ दशा का चित्रण बड़ी ही सफाई से कर गया है। प्रारम्भ में यात्रियों को दर्शन करानेवाले गुसांइयों का कदाचार जिस रूप में दिखाया गया है, वह आज भी देखा जा सकता है। गैवी पर जुटे हुए गुण्डों, भड़ेरियों, गंगापुत्रों और दलालों का वार्तालाप देश की पतनोन्मुख स्थिति का सूचक है।

मुगलसराय स्टेशन पर पण्डों की लीला आज भी तद्वत बनी है। यहां पर सुधाकर नामक एक विदेशी पण्डित काशी का माहात्म्य न्यूनाधिक आठ पृष्ठों में वर्णन करता है। अभिनय की दृष्टि से यह वर्णन अत्यन्त दोषपूर्ण और शुष्क है। आश्चर्य है कि भारतेन्दुजी ने इसे और किसी रोचक ढंग से क्यों न उपस्थित किया।

विविध बोलियों और संकेतमयी भाषा की छटा काशी की स्थानीय विनोद-शैली के साथ, जैसी इस नाटक में मिलती है वैसी भारतेन्दुजी के अन्य किसी नाटक में नहीं।

इस अपूर्ण नाटक की भाषा इतनी स्थानीय बन गई है कि काशी की बोली से अपरिचित व्यक्ति इसमें उस प्रकार रम नहीं सकता, जिस प्रकार काशीवासी मग्न हो जाता है।

बाबू ब्रजरत्नदासजी का कथन है कि भारतेन्दुजी ने इस नाटक में अपने को भी एक पात्र बना डाला है। हम समझते हैं कि यह भी इस नाटक के अपूर्ण रहने का एक कारण हो सकता है। नाट्यकार तभी सफल होता है जब वह नाटक की घटनाओं को निर्लिप्त होकर दर्शक-रूप में देखता है। जब नाट्यकार किसी एक पात्र की ओर विशेष रुचि रखकर नाटक की रचना करने लगता है तभी नाटक का सन्तुलन विनष्ट हो जाता

1. चित्रगुप्त—महाराज, सरकार अंग्रेज़ के राज्य में जो उन लोगों के चित्तानुसार करता है, उसको स्टार आफ इण्डिया की पदवी मिलती है।

है, फिर नाटककार सफल नहीं हो सकता। सम्भव है कि निजी चरित्र का चित्रण करने की धुन के कारण ही भारतेन्दुजी यह नाटक आजीवन पूर्ण न कर पाए हों।

सत्यहरिश्चन्द्र (सं० 1932 वि०)

भारतेन्दुजी के नाटकों में 'सत्यहरिश्चन्द्र' ने सबसे अधिक ख्याति पाई। उस युग में इसका अभिनय नगरों में तो होता ही था, ग्राम्यजीवन भी इसके अभिनय द्वारा मुखरित हो उठा था। सबसे अधिक प्रेक्षक भी कदाचित् इसी नाटक ने देखे होंगे। इस नाटक ने मानव-हृदय की करुण रागिनी को तड़पाने में सबसे अधिक सफलता पाई। कुछ विद्वानों का मत है कि भारतेन्दुजी की यह सबसे प्रौढ़ और उत्तम कृति है। जितनी ही इसकी ख्याति फैली है, उतनी ही इसकी मौलिकता के प्रति आशंकाएं भी उठी हैं। डा० सोमनाथ गुप्त ने चण्डकौशिक और हरिश्चन्द्र नाटकों की विस्तृत तुलना करते हुए यह परिणाम निकाला है कि "अपनी सम्पूर्ण स्थिति में सत्यहरिश्चन्द्र न तो एकदम मौलिक ही है और न बिल्कुल अनुवाद ही। यदि हम उसे रूपान्तरित मान लें तो किसी प्रकार के विवाद के लिए स्थान नहीं रह जाता। इसमें लेखक की मौलिकता अधिक है और अनुवाद की मात्रा कम।"[1]

डाक्टर सोमनाथ ने उपर्युक्त मत के समर्थन में जिन स्थलों का उद्धरण 'चण्ड-कौशिक' और 'सत्यहरिश्चन्द्र' से देकर सत्यहरिश्चन्द्र को चण्डकौशिक का उस सीमा तक अनुवाद माना है, वे ही स्थल भारतेन्दु की मौलिकता के प्रमाण कहे जा सकते हैं। सत्य-पालन के लिए राजा हरिश्चन्द्र का बिक जाना आर्य क्षेमेश्वर की कल्पना नहीं, यह तो पुराण-प्रसिद्ध वार्ता है। किन्तु उस वार्ता को दोनों नाट्यकार जिस ढंग से उपस्थित करते हैं, उसमें मौलिकता की परख होती है। उद्धरणों की तुलना कीजिए —

चण्डकौशिक—आत्मानमेव विक्रीय सत्यं रक्षामि शाश्वतम्।
यस्मिन्नरक्षिते नूनं लोकद्वयमरक्षितम्॥

सत्यहरिश्चन्द्र—बेचि देह सारा सुअन, होइ दास हू मंद।
रखिहै निज वच सत्य करि, अभिमानी हरिचंद॥

दोनों की तुलना कीजिए, किसमें विदग्धता तथा मार्मिकता अधिक है? इन दोनों में आकाश-पाताल का अन्तर है। कैसे एक को दूसरे का अनुवाद कहा जाए?

मौलिकता का प्रश्न चण्डकौशिक के कारण उतना नहीं उठता, जितना बंगला नाटक की प्राचीन प्रति की उपलब्धि से खड़ा होता है। पं० रामचन्द्र शुक्ल कहते हैं, "सत्यहरिश्चन्द्र मौलिक समझा जाता है, पर हमने एक पुराना बंगला नाटक देखा है, जिसका वह अनुवाद कहा जा सकता है।"[2]

---

1. हिन्दी नाटक साहित्य का विकास : डा० सोमनाथ गुप्त, हिन्दी भवन, लाहौर-जालन्धर, प्रथम संस्करण 1950 ई०, पृ० 48, 49
2. हिन्दी साहित्य का इतिहास, पं० रामचन्द्र शुक्ल, काशी ना० प्र० सभा, 2002 वि० पृ० 400

शुक्लजी ने न तो नाट्यकार का नाम दिया है और न नाटक का रचनाकाल। शोध करने से ज्ञात हुआ है कि भारतेन्दु के समकालीन मनमोहन बोस ने हरिश्चन्द्र नामक एक नाटक लिखा। इसका रचनाकाल दिसम्बर 1874 ई० है। भारतेन्दुजी का नाटक इससे पूर्व प्रकाशित हो चुका था और स्थान-स्थान पर उसका अभिनय हो रहा था। मनमोहन बोस ने बंगला संवत् मध्यस्थ, माघ 1281 में यह नाटक 'बऊ बाजार थियेटर' के लिए लिखा।[1] इसी नाटक का द्वितीय संस्करण सन् 1880 ई० में प्रकाशित हुआ।[2] उक्त नाटक वास्तव में भारतेन्दुजी के हरिश्चन्द्र नाटक से बहुत कुछ साम्य रखता है। उसकी समालोचना करते हुए डा० पी० गुहा ठाकुरता इसे मनमोहन की सर्वश्रेष्ठ कृति मानते हैं।[3]

केवल बंगला में ही नहीं प्रत्युत ठीक इसी प्रकार का हरिश्चन्द्र नाटक मराठी में भी उसी युग में लिखा गया। भारतेन्दुजी के समकालीन प्रसिद्ध मराठी नाट्यकार अन्ना साहब किर्लोस्कर[4] ने भी सन् 1880 ई० में हरिश्चन्द्र नाटक लिखा। उनके नाटक में संगीत को प्रधान स्थान दिया गया।

प्रश्न यह उठता है कि हिन्दी, बंगला, मराठी, गुजराती[5] में हरिश्चन्द्र एक समय में लिखने का कारण क्या था ? दो ही बातें सम्भव हैं ? एक तो यह कि भारतेन्दुजी के

---

1. The party next staged Manmohan's Harishchandra written in December, 1874.

—Indian Stage, Vol. II, p. 132-133

2. Bengali Drama by P. Guha Thakurta, p. 241
3. "Harishchandra m y be regarded as Manmohan's best work, in it he created powerfully true dramatic character of Vishwamitra, the famous Ksatriya hero of Hindu legend. He made him a typical representative of the ancient Ksatriya culture, noble, aggressive and great. He also revealed in Harishchandra the noblest ideals of a Hindu king who strove to gain spiritual power through sacrifice and renunciation. The character of the much suffering queen Saibya is drawn with consummate skill. She is utterly tragic in her tenderness, and yet so austerely heroic in the endurance of the sufferings that came upon her and her husband Harishchandra, who lost his kingdom and all rather than break his pligheid word to Viswamitra....." Ibid, p. 93
4. मराठी नाट्य संसार, लेखक पी. स. खाण्डेलकर, पौराणिक काल
5. रणछोड़ भाई कृत हरिश्चन्द्र नाटक—Further Milestones, page 89

'हरिश्चन्द्र' की ख्याति इतने वेग से बढ़ी कि प्रान्तीय सीमाएं छिन्न-भिन्न होकर इसमें विलीन हो गई और वह अन्तःप्रान्तीय बन गया। इस कारण अन्य भाषा के नाट्यकारों ने इसकी अभिनेयता पर रीझकर अपनी-अपनी भाषा में इसका रूपान्तर कर डाला। अथवा अंग्रेजी राज्य में न्यायालय स्थान-स्थान पर खुल गए। उन न्यायालयों में असत्य की पूजा और सत्य की हत्या देखकर इन नाट्यकारों के हृदय में एक वेदना उत्पन्न हुई। उसके कारण जनता में फैलते हुए असत्य का वेग रोकने के लिए उन्हें एकसाथ ही सत्यहरिश्चन्द्र नाटक लिखने की प्रेरणा मिली। स्वयं भारतेन्दु बाबू को भी न्यायालय का अनुभव था।[1] इसी प्रकार अन्य प्रान्तों में भी न्यायालयों में दिन-दहाड़े असत्य की शिक्षा न्याय के नाम पर दी जा रही थी। निश्चय ही इन नाटकों के अभिनय ने सहस्र-सहस्र प्राणियों के हृदयों में सत्य के प्रति अनुराग एकसाथ ही उत्पन्न किया। उनका जीवन-स्तर ऊंचा उठा और समाज में सदाचार के लिए बल मिला। इस नाटक में चार अंक हैं और प्राचीन नाटकों की तरह अंक दृश्यों में विभाजित नहीं। आधुनिककाल के रंगमंचों पर ऐसे नाटकों का अभिनय कठिनता से होता है। तीसरे अंक में काशी की गलियों में हरिश्चन्द्र अपने-आपको बेचते दिखाई पड़ते हैं और उसी अंक में उन्हें श्मशान-भूमि पर कम्बल ओढ़े, लाठी लिए दिखाना पड़ता है। प्रयोग की दृष्टि से यह दोष होने पर भी इस नाटक में कुछ ऐसा आकर्षण है कि आज भी हरिश्चन्द्र नाटक देखने के लिए जनता टूट पड़ती है। सम्भवतः इसके मूल में वे शाश्वत तत्त्व निहित हैं, जो चिर सत्य हैं, चिरप्रतिष्ठित हैं। यद्यपि समाज की गति इतनी द्रुत है कि बीस-पच्चीस वर्ष पूर्व लिखित नाटक आज प्राचीन और धमिल पड़ गए हैं, किन्तु 75 वर्ष से अधिक हो गए, इसकी ज्योति पूर्ववत् जगमगा रही है।

यदि इस नाटक में दो-एक दोष न होते तो इसकी ज्योति और भी उज्ज्वलतर हो जाती। काल-दोष तो इसमें मानना ही पड़ेगा। महाराज हरिश्चन्द्र गंगावतरण कराने वाले भगीरथ के पूर्वज हैं, अतः हरिश्चन्द्र-काल में गंगा-वर्णन शोभा नहीं देता।

प्रायः नाटकों में अन्तिम अंक पूर्व अंकों से लघुकाय रखा जाता है, किन्तु भारतेन्दुजी ने अन्तिम अंक को सबसे बड़ा और विस्तृत भाषणपूर्ण बना दिया है। किन्तु ये दोष हरिश्चन्द्र नाटक के गुण-सागर में नगण्य-से हैं।

---

1. भारतेन्दुजी पर एक महाजन ने दावा किया। सर सैयद अहमदखां उस समय सदरआला थे। कदाचित् उनके संकेत या परीक्षा की दृष्टि से भारतेन्दुजी से मुकर जाने के लिए कहा गया। भारतेन्दुजी ने उत्तर दिया : "मैं अपने धर्म और सत्य को साधारण धन के लिए नहीं बिगाड़ने का। मुझसे इस महाजन ने जबरदस्ती हुण्डी नहीं लिखवाई और न मैं बच्चा ही था कि समझता न था। जब कि मैंने अपनी गरज से समझ बूझकर उसका मूल्य तथा नज़राना आदि स्वीकार कर लिया तो क्या अब देने के भय से मैं उस सत्य को भंग कर दूं।"

कर्पूरमंजरी (संवत् 1932 वि०)

कर्पूरमंजरी राजशेखर-रचित एक सट्टक है। संस्कृत में सात[1] सट्टक प्रसिद्ध हैं। उनमें शैली की दृष्टि से सबसे विख्यात 'कर्पूरमंजरी' है। कदाचित् सट्टक का एक नमूना हिन्दी-भाषी जनता के सामने रखने ही के लिए भारतेन्दुजी ने इसका अनुवाद किया। अन्यथा एक योगी की शक्ति द्वारा प्राप्त सुन्दरी कन्या से एक लम्पट राजा का विवाह करना भारतेन्दु-युग के लिए क्या महत्त्व की बात थी? उन्होंने इतना श्रम इस अनुवाद में क्यों किया? ऐसा प्रतीत होता है कि प्राकृत भाषा में नाटकों का क्या रूप होता था, उसकी भी एक झांकी हिन्दी-भाषी जनता को दिखाना उन्होंने आवश्यक समझा।

सट्टक वास्तव में एक प्रकार की नाटिका है। यह आद्योपान्त प्राकृत भाषा में लिखी जाती है। राजा, मन्त्री, विदूषक, स्त्रियां, सेवक आदि सभी प्राकृत भाषा में वार्तालाप करते हैं। इसमें अद्‌भुत रस होता है और अंक के स्थान पर जवनिका[2] होती है।

सट्टक की वृत्ति कैशिकी और भारती होती है, इसमें कोई सन्धि नहीं होती।[3] भावप्रकाश का तो कहना है कि राजा को संस्कृत में ही बोलना चाहिए, अन्य पात्र प्राकृत में बोलें। किन्तु इस मत से अन्य नाट्यशास्त्र सहमत नहीं हैं। इसमें विष्कम्भक और प्रवेशक भी वर्जित हैं।[4]

कर्पूरमंजरी में ये सभी गुण विद्यमान हैं और नृत्य प्रधान है। अतएव भारतेन्दुजी ने अन्य सट्टकों को छोड़कर इसी का अनुवाद किया। अनुवाद में नाटकीय वातावरण अनुकूल बनाने के निमित्त मूल में परिवर्तन और परिवर्द्धन भी कर दिया है। एक विलक्षणता इस अनुवाद में और है। पद्य-भाग का अनुवाद सर्वत्र पद्य में नहीं किया गया है। कहीं पद्य-भाग पद्य में अनूदित है तो कहीं गद्य में। उदाहरणार्थ भैरवानन्द कहता है—

मंतो ण तंतो ण अ किंपी जाणे,
झाणं च णो किं पि गुउप्पसादा।
मज्जं पिवामो महिलं रमामो,
मोक्खं च जामो कुलमग्गलग्गा।[5]

---

1. बाबू ब्रजरत्नदास अपने ग्रन्थ, हिन्दी नाट्यसाहित्य, पृ० 75 पर न जाने कैसे प्राचीन सट्टकों की संख्या एक निर्धारित करते हैं। सात सट्टक तो आज उपलब्ध हैं, जिनका उल्लेख हम पूर्व कर आए हैं।
2. साहित्यदर्पण, अध्याय 6, पृष्ठ 276
3. भावप्रकाश, पृष्ठ 269
4. कर्पूरमंजरी, निर्णयसागरमुद्रणालयम् मुम्बई, चतुर्थसंस्करणम्, 1949, प्रथम जवनिका पृष्ठ 29, 30
5. नाट्यदर्पण, पृष्ठ 213

अवि अ,

रंडं चंडा दिक्खिदा धम्मदारा,
मज्जं मंसं पिज्जए खज्जए अ।
भिक्खा भोज्जं चम्मखण्डं च सेज्जा,
कोलो धम्मो कस्सणोभादि रम्मो ।।

किं च,

मुत्ति मणंति हरिवम्ह मुहा वि देवा
झाणेण वेअपठणेण कदुविक आहिं।
एक्केण केवलमुमादइदेणदिट्ठो,
मोक्खो समं सुरअ केलि सुरार से हि ।।

इसका अनुवाद भारतेन्दु ने ऐसी लच्छेदार भाषा में किया है कि मूल से भी अधिक रस मिलता है। 'अवि अ', 'किं च' इत्यादि को छोड़ दिया है। तात्पर्य यह है कि अनुवाद में जहां जैसी आवश्यकता सूझ पड़ी है, वैसा ही हेर-फेर कर दिया गया है।

इस अनुवाद से कदाचित् भारतेन्दुजी यह दिखाना चाहते हैं कि सिद्धों का प्रभाव राजपरिवार के ऊपर राजशेखर-काल[1] में कितना विषैला पड़ रहा था। रानी का तान्त्रिक गुरु भैरवानन्द कुन्तल देश की सुन्दरी राजकन्या कर्पूरमंजरी को लाता है और राजा चन्द्रपाल को उसकी ओर आकर्षित करके गृह-कलह उत्पन्न करा देता है। अन्त में षड्यंत्रों से विवश होकर रानी उस राजकन्या से विवाह कराने की अनुमति दे देती है।

इसके दो परिणाम निकलते हैं। एक तो यह कि तान्त्रिक सिद्ध ने अपने दुराचरण और चमत्कृतपूर्ण व्यवहारों से राजकुल तथा जनसाधारण का सदाचारमय जीवन संकट में डाल दिया था, जो भारत के अधःपतन का कारण बना। दूसरा निष्कर्ष यह निकला कि उस समय शुद्ध साधनामय आध्यात्मिक चिन्तन का स्थान वे रहस्यवादी सिद्ध तान्त्रिक अपहरण कर रहे थे, जिनमें "आत्मकल्याण और लोककल्याण-विधायक सच्चे कर्मों की ओर" ले जाने की क्षसता ही न थी। इसका दुष्परिणाम भारत को शताब्दियों तक भोगना पड़ा। कदाचित् ऐसे पाखंडी साधुओं से सावधान करने के उद्देश्य से ही भारतेन्दुजी ने इसका अनुवाद किया हो, अन्यथा किसी भी दृष्टि से इस नाटक की कोई उपादेयता नहीं। राजशेखर उस युग का नाट्यकार है, जब संस्कृत और प्राकृत नाटकों का अधःपतन सीमा को पहुंच गया था। राजशेखर में न चरित्र की कला है न रंगमंच का अनुभव। न तो विदूषक में हृदय को गुदगुदानेवाला हास्य है, न गुरुजन में लोक-कल्याणकारी भावना।

---

1. From his explicit refrences to Mahendrapala, Mahipala and Yuvaraja, his date has been fixed with some certainty at the last quarter of the 9th and the first quarter of the 10th century.
—History of Sanskrit Literature, by S. N. Das Gupta, University of Calcutta, 1947, p. 455

डा० कीथ[1] का कहना है कि पात्रों का प्रवेश और निष्क्रमण इतना अनियमित और अव्यवस्थित है कि इस नाटक का अभिनय करना दुस्साध्य बन जाता है।

भारतेन्दुजी ने इस नाटक के अनुवाद का उद्देश्य भरतवाक्य[2] में स्पष्ट कर दिया है। उनका आशय है कि इस नाटक को पढ़कर और खेलकर जनता शिक्षा ले, जिससे आर्यों का चित्त उन्नत बने, कपट-व्यवहार छोड़कर जनता सत्य-पालक बने। भारतेन्दु बाबू की आकांक्षा है कि आर्यों में यवनों के संसर्ग से जो दोष आ गए हैं, वे मिट जाएं और सभी आर्य भाई भक्ति-पथ का अनुसरण करें। उनका भक्त वैष्णव हृदय यवन-संसर्ग के कारण आर्यों का दुराचारमय जीवन देखकर विदीर्ण हो जाता है अतएव वे बार-बार पाखंडियों के कलुषित जीवन और दुराचारी धर्माचार्यों के अपावन कृत्यों की ओर संकेत करते चलते हैं।

विषस्य विषमौषधम् (स० 1933)

यह प्रसिद्ध है कि संवत् 1932 में जब महाराज गायकवाड़ अपने कुप्रबन्ध के कारण राजच्युत कर दिए गए तो भारतेन्दुजी ने प्रसन्नता प्रकट करने के लिए यह भाण लिखा। इससे एक उद्देश्य तो यह स्पष्ट प्रतीत होता है कि हिन्दी में भाण का उदाहरण आ जाए।

भावप्रकाश[3] के अनुसार भाण के नौ भेद होते हैं। उन भेदों में से भारतेन्दुजी-रचित भाण 'चित्र' जाति का है। इसमें नाना भाषाओं का संयोग होता है। इस भाण में हिन्दी-संस्कृत प्रधान रूप से प्रयुक्त हुई हैं, इनके अतिरिक्त विभिन्न भाषाओं के मुहावरों का प्रयोग हुआ है। भारतेन्दु बाबू नें इस नाटक में मुहावरों की झड़ी लगा दी है। कदाचित् वे बताना चाहते थे कि नाटकों में 'भाण' उस जाति का है, जिसमें बोलचाल की मुहावरेदार भाषा का प्रयोग नाटक को रोचक बना देता है। इसमें हिन्दी, संस्कृत, गुजराती आदि भाषाओं के मुहावरों की छटा विद्यमान है। एक-एक पृष्ठ पर कई-कई मुहावरे हैं। जैसे अपनी नाक ठहरी जिधर फेर दिया, उनकी बकरी जिस घाट पानी पिलाएं, बिजली को घन का पच्चड़, पचड़ा गाना, परचल गोह करोंदा खाय, जान

1. There can be no doubt of the demerits of Rajasekhara's works; he is devoid of the power to create a character...the confusion of exits and entrances in the Karpuramanjari is difficult to follow and probably more difficult to act. – Sanskrit Drama : Dr. Keith (Oxford-at-the-Clarendon Press. 1924), p. 235
2. कर्पूरमंजरी : भारतेन्दु नाटकावली, पृष्ठ 163
उन्नत चित्त ह्वै आर्य परस्पर प्रीति बढ़ावैं।
कपट नेह तजि सहज सत्य व्यवहार चलावैं॥
3. भावप्रकाश, पृ० 268

निछावर करना, यस्यास्ति भाग्यं स नरः कुलीनः, हसब ठठाइ फुलाउब गालू, पासा पड़े सो दाव, राजा करे सो न्याव···इत्यादि।

इन कहावतों को विस्तार से देने का यह प्रयोजन है कि हिन्दुस्तानी के उन भक्तों को उत्तर मिल जाए जो मुहावरेदार भाषा के पक्ष में हैं और भारतेन्दुजी की भाषा पर आक्षेप लगाते हैं। कदाचित् अपने गुरु राजा शिवप्रसादजी की प्रिय भाषा में यह भाण लिखने का प्रयास भारतेन्दुजी ने किया। इससे उनका यह उद्देश्य प्रकट होता है कि जहां विषय गम्भीर न हो वहां यह हलकी-फुलकी भाषा काम दे सकती है, अन्यत्र नहीं।

इस नाटक के कारण भारतेन्दुजी की राष्ट्रीय भावना पर दोषारोपण किया जाता है। कुछ समालोचकों का आक्षेप है कि विदेशी सरकार द्वारा एक देशी राजा के राजच्युत होने पर हर्ष मनाना कहां की राष्ट्रीयता है।[1] इसका उत्तर तो भारतेन्दुजी ने स्वतः नाटक के नामकरण में ही दे दिया है। वे तो कहते हैं कि "विष की औषध विष है।" अर्थात् देशी राजाओं के अत्याचार को मिटाने का जो उपचार है, वह भी तो विष ही है। उसे भारतेन्दुजी अमृत कब मानते हैं? किन्तु वे ऐसे दुराग्रही नहीं, जो स्वदेशाभिमान के जोश में अपनी दुर्बलताओं पर भी आवरण डाल दें। हां, अपने देश की साधारण दुर्बलताओं को छिपाना अनुचित तो नहीं है, किन्तु जहां वे हद से बढ़ जाएं, वहां उनका उद्घाटन होना श्रेयस्कर ही होता है।[3]

भरतकाव्य में भारतेन्दुजी की चेतावनी न केवल प्रजा, प्रत्युत राजन्यवर्ग के लिए भी है।[3]

'परतिय परधन देखि, न नृपगन चित्त चलावें।'

चन्द्रावली (सं० 1933 वि०)

प्रायः सभी समालोचक इस बात में सहमत हैं कि 'चन्द्रावली' भारतेन्दुजी के मौलिक नाटकों में सर्वश्रेष्ठ है। इस नाटिका में वैष्णव भक्त भारतेन्दु का कृष्ण-प्रेम निहित है। सम्पूर्ण लौकिक सीमाओं के बंधन को उत्तीर्ण करता हुआ चन्द्रावली के समान उनका हृदय कृष्णचन्द्र तक पहुंचने के लिए उमड़ता दिखाई पड़ता है। •

'चन्द्रावली' को एक पात्र मानकर नाटक की रचना का सर्वप्रथम प्रयास रूप-गोस्वामीजी ने अपने 'विदग्धमाधव' नाटक में किया है। संभव है उसी चन्द्रावली की धारणा भारतेन्दु की अवचेतना में बैठी इस नाटक-रचना की प्रेरणा करती रही हो।

इस नाटक में चार अंक तथा एक विष्कम्भक है। प्रथम तीन अंकों में चन्द्रावली अपनी सखियों तथा वनदेवी, वर्षा, सन्ध्या के सामने अपने अन्तःकरण की व्यथा एवं कृष्ण-मिलन की तीव्र उत्कण्ठा मानो हृदय खोलकर रख देती है। तीसरे अंक में चन्द्रावली

---

1. भारतेन्दु नाटकावली, प्रस्तावना, बाबू श्यामसुन्दरदास
2. बाबू गुलाबराय, साहित्य-सन्देश, पृ० 219, भारतेन्दु अंक, अक्तूबर-नवम्बर 1950
3. भारतेन्दु नाटकावली, विषस्य विषमौषधम्, पृ० 592-93

अपनी सखियों—मामिनी, माधवी, माधुरी, विलासिनी—के साथ एक सरोवर के समीप उद्यान में बातें करती हुई दिखाई पड़ती है। चन्द्रावली की प्राणान्तक परिस्थिति देखकर सखियां कृष्ण-मिलन की योजना बनाती हैं। यहां तक इस नाटिका की रचना 'विदग्ध-माधव' की शैली पर हुई है। किन्तु चौथा अंक विगत अंकों से भिन्न लीला-नाटकों की शैली पर विरचित प्रतीत होता है। यदि इसे चाचा वृन्दावनदास की 'योगिनी छद्मलीला' का तद्वत रूप कहा जाए तो कोई त्रुटि नहीं। जिस प्रकार चाचा वृन्दावनदासजी छद्म-लीला में कृष्ण छद्मयोगिनी का रूप धारण कर राधिका के प्रेम की परीक्षा लेते हैं, ठीक उसी प्रकार चौथे अंक में कृष्णजी गुरुआ साड़ी पहनकर हाथ में सारंगी लिए हुए चन्द्रावली के सिंहद्वार से राजप्रासाद में पहुंचकर उसके प्रेम की परीक्षा लेते हैं। परीक्षा में चन्द्रावली को दृढ़ और सत्यव्रती पाकर जब उसके मुंह से यह सुनते हैं :

रोम-रोम प्रति नैन श्रवन मन, केहि धुनि रूप लखाऊँ।
बिना सुजान-शिरोमनि री केहि, हियरो काढ़ि दिखाऊँ ।।

और चन्द्रावली को विरह की अग्नि में संतप्त मूर्छावस्था में पाते हैं तो उसे कंठ से लगा लेते हैं। फिर तो सखियां आनन्दमंगल मनाने लगती हैं। कृष्णजी की आंखों में प्रेमाश्रु झलकने लगते हैं और वे परीक्षा की बात स्पष्ट करके कहते हैं[1] परन्तु "मोहि निहचय है कै हमारे प्रेमिन को हम सो हूं हमारो विरह प्यारो है। ताही सों मैं हूं बचाय जाऊं हूं। या निठुरता में जै प्रेमी हैं विनको तो प्रेम और बढ़े और जै बच्चे हैं विनकी बात खुल जाय।"[2] ठीक इसी प्रकार का वर्णन हमें चाचा वृन्दावनदास जी की 'प्रेम-योगिनी'[3] लीला में मिलता है। 'विदग्धमाधव' में चन्द्रावली और कृष्ण के मिलन का और ही रूप है। वहां कृष्ण को छद्मयोगिनी का रूप नहीं धारण करना पड़ता, प्रत्युत अपनी काव्य-कुशलता से वे ऐसे श्लोकों की रचना करते हैं, जिसका अर्थ चन्द्रावली और राधिका दोनों की प्रशंसा में ठीक-ठीक घट जाता है। 'विदग्धमाधव'[4] में चन्द्रावली कृष्ण के प्रेम की परीक्षा करती है न कि कृष्ण चन्द्रावली के। एक बार कृष्ण के मुख से जब धारा के स्थान पर राधा[5] निकलता है तो चन्द्रावली रुष्ट हो जाती है। रूपगोस्वामी इसका उल्लेख इस प्रकार करते हैं :

कृष्ण—विपिनान्तरे मिलन्ती मधुररसा शीतलस्पर्धा।
अमृतमयी त्वद्विरहे समजनि मम तापनुत्तये राधा ।।
(इति ससम्भ्रमम्) धारा धारा—

... ...

1. भारतेन्दु नाटकावली, पृ० 569, इंडियन प्रेस, बा० श्यामसुन्दरदास
2. भारतेन्दु नाटकावली, पृ० 571
3. बयालीस छद्मलीला : चाचा वृन्दावनदास
4. विदग्धमाधव : श्री रूप गोस्वामी, निर्णयसागर प्रेस बम्बई, 1903 ई० पृ० पृ० 94-95
5. विदग्धमाधव, पृ० 95

कृष्ण—प्रिये, द्वयोर्वर्णयोः कर्णयोर्वा विपरीतत्वमित्यस्मिन्नास्ति विचारः।

चन्द्रावली—अइ दानसौंड अलं एदाए अवहित्थाए। अज्ज अप्पणो मणहारिणो सुवण्णजुअलस्स विण्णासादो साहु माहुरीपूरिद्कणणम्हिकिदा।"[1]

तदुपरान्त कृष्ण को लताकुञ्ज के भीतर से एकान्त में अपनी प्रशंसा करते हुए सुनकर अपनी सखी पद्मा और कृष्ण-मित्र मधुमंगल के समझाने से चन्द्रावली पुनः कृष्ण के पास आती हैं और वैजयन्ती की माला कृष्ण-कण्ठ में डाल देती है। इस प्रकार दोनों का आनन्दपूर्वक सम्मिलन होता है।

उपर्युक्त उद्धरणों से यह निष्कर्ष निकलता है कि भारतेन्दुजी ने विदग्धमाधव[2] की चन्द्रावली और वृन्दावनदास की छद्मयोगिनी का समन्वय इस ढंग से किया है कि एक-दूसरे की त्रुटि के पूरक बन जाएं। विदग्धमाधव में नाट्यशास्त्र का पूर्णतया परिपालन हुआ है, किन्तु लीला-नाटकों के सदृश आकर्षण का अभाव भी उसमें खटकता है। इसी प्रकार लीला-नाटकों में सभी आकर्षक गुण हैं पर शास्त्रीय पद्धति का अभाव उनमें अवश्य है। भारतेन्दुजी ने इन दोनों का सम्मिश्रण ऐसी समन्वयात्मक शैली से किया है कि दोनों का वैशिष्ट्य एक-दूसरे का पूरक होकर नाटक के चमत्कार में वृद्धि कर दे।

भारतेन्दुजी ने यह नाटिका रासलीला की शैली को लक्ष्य करके लिखी है। यह पूर्व कहा जा चुका है कि भारतेन्दुजी किसी नाटक-परम्परा का बहिष्कार एवं संहार नहीं चाहते थे, वरन् उसके परिष्कार और उद्धार के लिए प्रयत्नशील थे। चन्द्रावली के द्वारा रासलीला-नाटकों में एक नवीन विधान का संयोग कराना चाहते थे। यद्यपि चन्द्रावली की छन्द-योजना प्रायः चाचा वृन्दावनदास की 'छद्मलीला'[3] की शैली पर हुई, किन्तु छद्मलीला से इसमें एक विशेषता है। इसके वार्तालाप में गद्य का प्रयोग मिलता है। इस प्रकार लीला-नाटकों में गद्य का प्रवेश और शास्त्रीय पद्धति का समावेश करके भारतेन्दुजी ने अभिनय शैली के द्वारा लीला-नाटकों को नये पथ से संयुक्त कर दिया। भारतेन्दुजी के पश्चात् लीला-नाटकों में गद्य का प्रयोग स्थान-स्थान पर होने लगा। इस प्रकार सोलहवीं शताब्दी से निरन्तर अभिनीत होनेवाले लीला-नाटकों को विकसित करने का श्रेय भी भारतेन्दु बाबू को ही देना चाहिए। इसका प्रमाण यह है कि न केवल अभिनय में ही प्रत्युत लीला-सम्बन्धी कृष्ण के साहित्यिक नाटकों में भी भारतेन्दुजी की शैली मान्य बन गई। श्री वियोगी हरिजी का छद्मयोगिनी नाटक इसका प्रमाण है।

रूपगोस्वामी के समान भारतेन्दुजी ने राधा और चन्द्रावली की सखियों में विभेद नहीं माना है। रूपगोस्वामी ने ललिता को राधिका की और पद्मा को चन्द्रावली की

---

1. संस्कृत रूपान्तर :।
आर्य दानशौण्ड, अलमेतयावहित्थया। अद्यात्मनो मनोहारिणः सुवर्णयुगलस्य विन्यासात्साधु माधुरीपूरितकर्णास्मि कृता।
2. विदग्धमाधव, श्री रूपगोस्वामी, निर्णयसागर प्रेस बम्बई, सन् 1903 ई०, पृ० 35
3. बयालीस छद्मलीला, चाचा वृन्दावनदास।

अंतरंग सखी माना है। भारतेन्दुजी ने यह भेद-भाव नहीं रखा है। विदग्धमाधव में चन्द्रावली और राधिका का सापत्न्यभाव दिखाया गया है और वह सापत्न्यभाव इतना तीखा है कि कृष्ण के मुख से राधा का नाम सुनते ही चन्द्रावली रुष्ट हो जाती है। किन्तु भारतेन्दुजी ने ऐसी परिस्थिति कहीं न आने दी है। केवल एक स्थान पर इतना संकेत अवश्य कर दिया है कि राधिकाजी को प्रसन्न करने के निमित्त चन्द्रावली की एक सखी राधिका के पास जाते हुए दिखाई पड़ती है।

सम्पूर्ण नाटक में आद्योपान्त जिस प्रेम-तत्व का निरूपण किया गया है, उसके द्वारा भारतेन्दुजी ने आदर्श कृष्ण-प्रेम की स्थापना की है। वास्तव में एकनिष्ठ-प्रेम और निष्काम रति की जो विवृति चन्द्रावली में दिखाई गई है, यह परमतत्व और परमात्म-प्रेम की ओर संकेत करती है। चन्द्रावली में कृष्ण के प्रति सच्ची तन्मयता और सम्पूर्ण आत्म-समर्पण दिखाकर भारतेन्दु बाबू ने आध्यात्मिक प्रेमपूर्णता की ओर मानव हृदय को ले जाने की चेष्टा की है। ऐसा प्रतीत होता है कि इस नाटिका में जिस प्रेम का चित्र अंकित किया गया है वह उनके भक्तिभाव का प्रतिबिम्ब है।[1] इस प्रेमतत्व के सम्बन्ध में स्वयं भारतेन्दु बाबू ने स्पष्ट कह दिया है, "इसमें तुम्हारे उस प्रेम का वर्णन है, इस प्रेम का नहीं।"[2]

चन्द्रावली की कल्पना साहित्य में इस निमित्त से की गई प्रतीत होती है कि श्रृंगार की पुष्टि के लिए सापत्न्यभाव के दर्शाने का अवकाश प्राप्त हो। जिस प्रकार साहित्य में राधा की कल्पना की सृष्टि इस निमित्त से प्रतीत होती है कि अनेक गोपियों का निर्मर्यादित प्रेम एक गोपी में केन्द्रीभूत होकर विलक्षण प्रेम को प्राप्त हो। भागवत में राधा की कल्पना का सर्वथा अभाव है। उसके स्थान पर अनेक गोपियों के रसमय विहार का वर्णन प्राप्त है। यह साहित्यिक विकास का एक प्रकार है।

मुद्राराक्षस (सं० 1935)

यह नाटक संस्कृत के अति प्रसिद्ध नाटककार विशाखदत्त के मुद्राराक्षस का अनुवाद है। नीतिज्ञ राजनीतिक चाल की चोटें किस प्रकार लगाते और रोकते हैं, इसे देखने के लिए मुद्राराक्षस से बढ़कर और कौन नाटक हो सकता था? भारतेन्दुजी इसके पूर्व कई नाटकों का अनुवाद कर चुके थे। वे अब सिद्धहस्त हो गए थे, तभी इतने गूढ़ नाटक का अनुवाद इतनी सफाई से कर पाए। इसमें अन्य अनुवादों से एक विशेषता है। इस नाटक में भारतेन्दुजी ने विस्तृत भूमिका में पूर्वकथा और उपसंहार में इतिहास-सम्बन्धी शोध के विवरण दिए हैं। इस नवीनता ने ऐतिहासिक नाट्यकारों को नई दिशा की ओर संकेत किया। प्रसादजी ने इस संकेत को पहचाना और अपने कई ऐतिहासिक नाटकों में इस संकेत से सहायता ली। इस प्रकार हिन्दी नाटक के इतिहास में एक नवीन पद्धति चल पड़ी। नाटक-प्रेमियों को नाटक पढ़ने में तो रस मिलता ही है, इतिहास के शोध और

---

1. डा० श्यामसुन्दरदास, भारतेन्दु नाटकावली, पृ० 61-62
2. भारतेन्दु नाटकावली, पृ० 494

नाटक में उसके प्रयोग से आनन्द द्विगुणित हो जाता है। यह भारतेन्दुजी की विलक्षण सूझ थी।

भारतेन्दुजी ने यह नाटक क्यों समयोपयोगी समझा और राजा शिवप्रसादजी को क्यों समर्पण[1] किया है ? यह एक विचारणीय विषय है कि भारतेन्दु जैसा वैष्णव भक्त, जो जीवन के प्रत्येक अंग में प्रेम की गूढ़ातिगूढ़ व्यंजना का उपासक हो, इस हिंसा-प्रतारण और कुचक्र-समन्वित नाटक में क्यों व्यस्त हो गया। उस समय देश को विदेशी शासन से मुक्त करना था। इस नाटक की, जिसमें दो भारतीय महानुभाव परस्पर पर एक-दूसरे पर प्रहार कर रहे हों, क्या उपयोगिता थी ? भारतेन्दु ने इतना श्रम इस नाटक के अनुवाद में क्यों उठाया ? और फिर उसे लिखकर राजा शिवप्रसाद सितारेहिन्द को क्यों समर्पित किया ? यह तो सर्वविदित है कि राजा शिवप्रसाद और भारतेन्दुजी के राजनीतिक तथा भाषा-सम्बन्धी विचारों में मतैक्य नहीं था। एक तो सरकार के न्याय तथा अन्यायमय सभी विचारों का समर्थक था, दूसरा प्रजा-हितचिन्तक में संलग्न रहकर सरकार के उत्तम गुणों का प्रशंसक होते हुए भी दुर्गुणों का निर्देशक था। गुरु-शिष्य का मतभेद क्रमशः इतना बढ़ गया कि परस्पर मनोमालिन्य की स्थिति उत्पन्न हो गई। मनोमालिन्य ने खुले विरोध का द्वार खोल दिया और दोनों एक-दूसरे की कटु समालोचना पर उतारू हो गए। भाषा और राजनीति के क्षेत्रों में इस कटुता ने शत्रुता का रूप धारण कर लिया। भारतेन्दु के परम प्रयास से सरकार ने हिन्दी के उत्तम ग्रन्थों पर पुरस्कार-प्रदान का वचन दिया तो राजा साहब ने अपने किसी चाटुकार अनुवादक को अरबी-फारसी की शब्दावली में विरचित 'उत्तररामचरित' के अनुवाद पर पुरस्कार दिलाकर निज शैली का प्रचार करना चाहा। भारतेन्दुजी ने इसके विरुद्ध लेख लिखना प्रारम्भ किया, जिसमें तत्कालीन लाट सर विलियम म्योर[2] और लेवी[3] की नीति का खुल्लमखुल्ला खण्डन किया। सरकार ने भारतेन्दुजी की उन पत्रिकाओं को, जिनकी प्रशंसा यूरोप से गासी दी तासी[4] ने भी की थी, निन्द्य घोषित किया और उनको लेना बन्द कर दिया।

भारतेन्दुजी को आनरेरी मजिस्ट्रेट के पद से भी हटना पड़ा। इन सबके मूल में राजा शिवप्रसाद की वैरभावना बैठी प्रेरणा दे रही थी। यह रहस्य अब गुप्त नहीं रह गया था। तात्पर्य यह है कि ये दोनों व्यक्ति उस समय एक-दूसरे के विरोध में प्राणपण से संलग्न हो गए थे। जिस समय मुद्राराक्षस का अनुवाद हो रहा था, यह वैमनस्य भाव चरम सीमा पर पहुंचा हुआ था।

---

1. परम श्रद्धास्पद श्रीयुत राजा शिवप्रसाद बहादुर सी० एस० आई० के चरणकमलों में, केवल उन्हीं के उत्साहदान से, उनके वात्सल्य-भाजन छात्र द्वारा बना हुआ यह ग्रन्थ सादर समर्पित हुआ।
2, मर्सिया (सर विलियम म्योर पर कटाक्ष)
3. लेवी प्राण लेवी (लेवी दरबार में हिन्दुस्तानी रईसों की दुर्दशा)
4. ली लेंगुआडेस हिन्दुस्तानिस (सन् 1870 ई०), गासी दी तासी

भारतेन्दुजी सहृदय साहित्यिक थे। राजनीति की झंझा में भी उनमें कृतज्ञता, उदारता आदि सद्गुण अचल बने रहे। यह नाटक अपने गुरुदेव को समर्पण करके उन्होंने अपनी कृतज्ञता और उदारता का परिचय दिया। साथ ही 'भरतवाक्य' के द्वारा जन-समाज को यह सिखलाया कि राजनीति में दो विरोधी मतावलम्बी होना अहितकर नहीं, अपने सिद्धान्त की सिद्धि के लिए विवध प्रयत्न करना भी अनिष्टकर नहीं, विनाशकर है वह धारणा, जो केवल निजोन्नति के लिए स्वार्थ से प्रेरित बुद्धि के द्वारा देश का अमंगल कराती है।

चाणक्य और राक्षस दो विरोधी सिद्धान्तों के प्रवर्तक हैं। दोनों राजनीति में धर्माधर्म का विचार त्यागकर अभीष्ट-सिद्धि की साधना में संलग्न हैं। दोनों के साधनों का मूल्यांकन सिद्धि करती है, धर्म और न्याय नहीं। विषकन्या का प्रयोग भी विहित है, वचनभंग, प्रतारणा, हिंसा आदि सभी दुर्गुण क्षम्य हैं। दोनों साधन की नैतिकता नहीं देखते, सिद्धि की प्रगति देखते हैं।

उपर्युक्त दुर्गुणों के दास होते हुए भी दोनों महान् माने जाते हैं। क्यों? दोनों का स्वभाव भिन्न, दोनों की शक्ति भिन्न, दोनों का उद्देश्य भिन्न, दोनों का मन्तव्य, भिन्न। कहां राक्षस सूक्ष्मदर्शी, कोमल, भावुक और भूल पर भूल करने वाला, कहां चाणक्य रहस्यमय, अविश्वासी और अनुदार। कहां राक्षस स्पष्ट, मिलनसार और उदार। एक से उसके घनिष्ठ मित्र भी भयभीत और दूसरे पर उसके साथी प्राणोत्सर्ग को प्रस्तुत। तथ्य तो यह है कि चाणक्य की कठोरता का प्रकाश राक्षस की कोमल भावुकता को और भी जाज्वल्यमान बना देता है। चाणक्य राक्षस की इन कोमल वृत्तियों की प्रशंसा करता है और उनसे लाभ उठाकर अपने उद्देश्य की सिद्धि भी करता है। चाणक्य की सिद्धि होती है, राक्षस पराजित होता है, किन्तु पराजित होने पर भी वह चाणक्य[1] के सदृश ही महान् है।

अब प्रश्न है कि दोनों महान् क्यों? भारतेन्दुजी ने इसे स्पष्ट कर दिया है। महत्ता का लक्षण है निःस्वार्थ कार्यनिष्ठा। राजनीति में महान् वह, जो व्यक्तिगत उन्नति को देशोन्नति में विलीन कर दे। चाणक्य और राक्षस दोनों कुशल राजनीतिज्ञ, साधन-सम्पन्न, राजोन्नति के लिए एकनिष्ठ होकर भी पद-तृष्णा को ठुकरा देते हैं, दोनों राजपद से निर्लिप्त हैं, स्वार्थ-भावना से बहुत ऊपर हैं। इसी कारण दोनों महान् हैं। इस तथ्य को समझाने की आवश्यकता जितनी विशाखदत्त के समय में थी, उतनी ही भारतेन्दु-युग में थी और उतनी ही आज भी है। इसी कारण भारतेन्दुजी ने इस नाटक का अनुवाद किया। राजनीति में सदा प्रत्येक देश में दो मत होते ही हैं। कभी सारी जनता एकमतावलम्बी होती ही नहीं। देशहित की समस्या मतभेद के कारण उतनी

---

1. भारतेन्दु नाटकावली, पृ० 328

   चाणक्य—भला अमात्य, आपने यह कहाँ से निकाला कि हम योग्य हैं और आप अयोग्य।

जटिल नहीं होती, जितनी स्वार्थ-सिद्धि के लिए दासवृत्तिवालों के कारण होती है। भारतेन्दुजी राजा साहब की विद्वत्ता, बुद्धिमत्ता आदि के प्रशंसक थे, पर उन्हें वेदना इस कारण पहुंचती थी कि राजा साहब केवल स्वयं उच्चपद पाने के प्रलोभन में फंसकर देश-हित को भूल जाते थे।[1] इसी कारण अन्त में वे राजा साहब से अनुरोध करते हैं :

'अपनो देस धरम कुल समुझहु वृत्ति निज दासी।'[2]

दुर्लभ बन्धु (सं० 1937)

अब तक संस्कृत के कई नाटकों का अनुवाद हिन्दी-भाषी जनता के सम्मुख आ चुका था। इस काल में अंग्रेजी नाटकों का पठन-पाठन नगर-नगर में हो रहा था। शेक्स-पियर के नाटकों की चर्चा स्थान-स्थान पर चल पड़ी थी। भारतेन्दुजी ने उसी शेक्स-पियर के एक नाटक 'मर्चेण्ट आफ वेनिस' का अनुवाद 'दुर्लभ बन्धु' नाम से किया : भारतेन्दुजी के नामकरण की अपनी प्रणाली थी। उन्होंने वेनिस का व्यापारी न कहकर नितान्त भारतीयकरण करने का प्रयास किया है। एण्टोनिया का अनन्त, बसेनिग्गे का बसंत, पोर्शिया का पुरश्री कितना स्वाभाविक प्रतीक होता है। विदेशी नाटकों के अनुवा.. की जो यह पद्धति भारतेन्दुजी ने चलाई, उसकी आशातीत प्रगति हुई। अनेक नाटक इस पद्धति पर अनूदित होकर भारतीय बन गए।

अनुवाद की दृष्टि से यह नाटक बहुत सफल और सरल होते हुए भी कई स्थलों पर खटकता है। विवाह की भारतीय पद्धति से यूरोपीय पद्धति नितान्त भिन्न है कास-केट का दृश्य इटली के लिए जितना ही उपयुक्त है, उतना ही भारतीय वातावरण के अनुपयुक्त। स्वयंवर हमारे देश में वीरता की परीक्षा का सूचक होता था, किन्तु इस प्रकार का विवाह कभी प्रचलित था ही नहीं। यह विवाह तो सम्बन्ध-स्थापना नहीं, प्रत्युत नियति से जुआ खेलना है।

दूसरा स्थल है शैलाक्ष के कार्पण्य का शैलाक्ष यहूदी नाम शाइलाक का भार-तीयकरण है। नाम की संगति तो अनुवाद में ठीक बैठ जाती है, किन्तु गुण और नाम का परस्पर मेल नहीं हो पाता। यूरोप में धनी यहूदी अर्थ-पिशाच नाम से प्रसिद्ध हैं, किन्तु भारत में उस भावना का निर्देशक कोई समुदाय- विशेष नहीं है। अतएव शैलाक्ष को जैन बनाने से वह अभिव्यंजना नहीं होती जो यूरोप में यहूदी जाति से होती है। भारतेन्दुजी ऐसी त्रुटि कर न ीं सकते। सम्भव है कि अपूर्ण नाटक को समाप्त करनेवाले विद्वानों ने ऐसी कल्पना कर ली हो।

---

1. 'वैदिकी हिंसा हिंसा न भवति' में इसकी ओर संकेत हो चुका है।
2. लहौ सुख सब विधि भारतवासी

   ... ...

   अपनो देश धरमकुल समुझहु छोड़ि वृत्ति निज दासी।

   —भारतेन्दु नाटकावली, मुद्राराक्षस नाटक, पृ० 335-336

भारत-दुर्दशा (सं० 1937)

'भारत-दुर्दशा' और 'अंधेर नगरी' इन दोनों नाटकों में देश की दयनीय दशा का उद्घाटन करके जन-जागरण का उद्देश्य झलकता है। इन दोनों में भारतेन्दु जी पुञ्जी-भूत अन्तर्वेदना मानो अगणित रूपों में रोदन करने का अवसर पा जाती है। सच तो यह है कि इन अश्रुरेखाओं की भाषा में भारतेन्दुजी की क्रान्तिकारी आत्मा घोर परिवर्तन सन्देश सुनाती दिखाई पड़ती है। विलक्षणता तो यह है कि यद्यपि दोनों में छः अंक हैं तथापि एक ही संदेश उपयुक्त दोनों नाटकों में दो विभिन्न शैलियों से जनता के सामने रखा गया है। 'भारत-दुर्दशा' में मध्यवर्ग, कलाविद् तथा पण्डित प्रेक्षकों के अनुकूल विचार शैली का उपयोग किया गया है, और अंधेरनगरी में ग्रामीण नर-नारियों के योग्य सरल ढंग से किसी बात को समझाने के लिए सुगम शैली प्रयुक्त की गई है। एक शैली भावात्मक है, दूसरी प्रभावात्मक। एक में डिसलायल्टी, आशा, निर्लज्जता, सत्यानाश, भारत-भाग्य आदि मानव-रूप में आते हैं, दूसरे में चनेवाला और चूरनवाला चना-चूरन लेकर आते हैं।

उदाहरण के लिए देखिए 'भारत दुर्दशा' में भारत-भाग्य को। वह खिन्नमना होकर चेतावनी दे रहा है :

सोई वंश रुधिर वही, सोई मन विश्वास।
वही वासना चित वही, आसय वही विलास॥
कोटि-कोटि ऋषि पुन्य तन कोटि-कोटि अति सूर।
कोटि-कोटि बुध मधुर कवि मिले यहां की धूर॥
सोई भारत की आज यह भई दुर्दशा हाय॥[1]

इसकी शब्दावली और इसके विचार पठित-समाज के लिए भावात्मक दिखाए गए हैं। किन्तु दूसरे नाटक अंधेरनगरी में गोवर्धनदास गाता है :

साँच कहैं तो पनहीं खावें, झूठे बहु विधि पदवी पावें।
अंधाधुंध मच्यौ सब देसा, मानहु राजा रहत विदेसा॥[2]

अंधेर नगरी के विषय में विस्तृत विवेचना अलग की जाएगी। यहां भारत-दुर्दशा के सम्बन्ध में विचार कर लेना चाहिए।

भारत-दुर्दशा एक प्रतीकात्मक नाटक (Allegorical Play) है प्रतीकात्मक का भावात्मक नाटक की कई श्रेणियां होती हैं। उनमें तीन श्रेणियां मुख्य हैं। प्रथम श्रेणी में नाटक की स्वाभाविक या प्रस्तुत कथा तो रसात्मक होती ही है, उस कथा से नाम, रूप तथा गुण-साम्य के द्वारा जो रहस्यमय अर्थ आद्योपान्त परिलक्षित होता है, वह भी चमत्कारपूर्ण होने से विज्ञजनों का आनन्द-विधायक होता है। ऐसे नाटकों में स्थल-स्थल पर दूसरे रहस्यमय अर्थ की ओर संकेत-मात्र होता है, पंक्ति-पंक्ति

1. भारतेन्दु ग्रन्थावली, प्रथम भाग, पृ० 495
2. भारतेन्दु ग्रन्थावली, पृ० 670

में उस अर्थ की ओर सगति खोजना ठीक नहीं। इस प्रकार का नाटक विद्यासुन्दर है, जिसमें हम दूसरे अर्थ की ध्वनि पाते हैं।

दूसरी कोटि में वे नाटक हैं, जिनके प्रस्तुत और स्वाभाविक अर्थ में इतना चमत्कार नहीं होता, जितना प्रतीक का अर्थ समझ लेने पर अप्रस्तुत अर्थ में प्रतीत होता है। 'प्रबोधचन्द्रोदय' ऐसा नाटक है। तीसरी श्रेणी मिश्र प्रतीकात्मक नाटकों की है। इसमें कतिपय पात्र मानवी होते हैं, कतिपय मानवीकरण के रूप में दृष्टिगत होते हैं। इस श्रेणी में कभी अधिक सख्या मानवी पात्रों की होती है और कभी मानवीकरण द्वारा प्रदर्शित पात्रों की। 'चैतन्य-चन्द्रोदय' इसी कोटि का है।

भारतेन्दुजी का 'भारत-दुर्दशा' नाटक इस तीसरी[1] श्रेणी में रखने योग्य है। इसके आधे से कम पात्र वर्ग या समुदाय के प्रतिनिधि हैं और अधिक पात्र मानवीकरण द्वारा प्रकट किए गए हैं। फटे वस्त्र लपेटे हुए भारत, खुले अंगवाली निर्लज्जता, लड़की के वेश में आशा, आधा क्रिस्तानी आधा मुसलमानी वेशधारी भारत दुर्दैव, सत्यानाश फौजदार, रोग, आलस्य, मदिरा, अंधकार, डिसलायल्टी तथा भारत-भाग्य का मानवीकरण किया गया है किन्तु सभापति, बंगाली, दो देशी कवि, एडिटर, महाराष्ट्री अपने अपने वर्ग के प्रतिनिधि के रूप में आऐ हैं।

इस नाटक में भारत-भाग्य केवल छठे अंक में दिखाई पड़ता है। भारत की दीन दशा देखकर वह मानो परिहास कर रहा है। अन्त में भारत के जीवन की कोई आशा न देखकर भारत-भाग्या अपनी छाती में कटार भोंक लेता है और अन्तिम पटाक्षेप हो जाता है।

कुछ समालोचकों ने भारतेन्दुजी का सबसे बड़ा दोष इस दुःखान्त नाटक की समालोचना में यह दिखाया है कि उन्होंने आशा की कहीं झलक नहीं दिखाई और भारतीयों को कोई रक्षा का पथ नहीं बताया और भारत-भाग्य का अन्त करके सदा के लिए भारत का उन्नति-पथ बंद कर दिया। एक प्रसिद्ध समालोचक का तो कहना है कि "भारत-दुर्दशा में भारतवर्ष की वर्तमान अवस्था का अच्छा चित्र अंकित किया गया है, पर यह दुःखान्त कर दिया गया है। इससे अन्त में नैराश्य का भाव उत्पन्न होता है, पर होना चाहिए भारतोदय करने की दृढ़ता का भाव।"[2]

हमारा कहना यह है कि इस नाटक का सम्यक् विवेचन करने पर उपयुक्त समालोचनाएं तर्कसंगत नहीं प्रतीत होतीं।

बाबू ब्रजरत्नदासजी[3] ने भारत-भाग्य तथा भारत-दुर्दैव को नायक-प्रतिनायक

---

1. डा० सोमनाथ गुप्त इसे प्रबोध चन्द्रोदय की कोटि में रखते हैं, किन्तु यह चैतन्य-चन्द्रोदय की शैली से अधिक मिलता है न कि प्रबोधचन्द्रोदय की।
—हिन्दी नाटक साहित्य का इतिहास, डा० सोमनाथ गुप्त, पृ० 51
2. भारतेन्दु नाटकावली, बाबू श्यामसुन्दरदास, इंडियन प्रेस, 1927 ई०, पृ० 66
3. हिन्दी नाट्य साहित्य, बाबू ब्रजरत्नदास, हिन्दी साहित्य कुटीर, काशी, 2004 वि०, पृ० 84

मानकर इस नाटक को दुःखान्त माना है, क्योंकि अन्त में भारत-भाग्य दुःखी होकर आत्महत्या कर लेता है और भारत-दुर्दैव विजयी होता है। यही कदाचित् भ्रम का कारण है। विचारणीय बात यह है कि यदि इस नाटक का नायक भारत-भाग्य होता तो भारत-दुर्दैव अपनी सेना — रोग, आलस्य, मदिरा, अंधकार और सत्यानाश फौजदार को भारत को घेरने के लिए क्यों भेजता। वह तो बार-बार यही कहता है :

"कहां गया भारत मूर्ख···देखो तो अभी इसकी क्या दुर्दशा होती है।"[1]

"सब लोग मिलकर चारों ओर से हिन्दुस्तान को घेर लें।"[2]

रोग से —

"आज्ञा क्या है, भारत को चारों ओर से घेर लो।"

आलस्य से—

"तुम्हारे और साथी सब हिन्दुस्तान की ओर भेजे गए हैं, तुम भी वहीं जाओ।"[3]

मदिरा से—

"···तुम भी हिन्दुस्तान की तरफ जाओ और हिन्दुओं से समझो तो।"[4]

उपर्युक्त उद्धारणों से यह तो प्रमाणित हो गया कि भारत-भाग्य नायक नहीं है। इसका नायक वास्तव में भारत है और प्रतिनायक है भारत-दुर्दैव। भारत के सहायक हैं — निर्लज्जता और आशा। भाग्य तो उस समय भारत के पास आता है जब वह मूर्छित पड़ा होता है। इसके पूर्व उसका कहीं दर्शन नहीं होता। वह तो भारत का प्रच्छन्न शत्रु है, मित्र रूप में अपने को प्रकट करता है। वह प्रच्छन शत्रु भारत को विनाश-पथ पर चलाता रहा। इसी की मैत्री के कारण भारत ने आलस्य, कलह, कुमति और अज्ञान का साथ किया। जब तक भारत के पास वैभव था, वह प्रच्छन्न शत्रु इसे धोखा देकर अपना उल्लू सीधा करता रहा और भारत को निर्धन, रोगी, आलसी, कलहप्रिय, अशक्त, आज्ञनी बनता रहा।

प्रथम अंक में ही इसकी ओर संकेत कर दिया गया है। योगी गाना गाता हुआ आता है और भारत के वर्तमान की तुलना उसके अतीत के साथ करता हुआ गाता चला जाता है। उसी गान में है :

"दिन-दिन दूने दुःख 'ईश देत हा हा री।"[5]

भाग्य के भरोसे बैठ आलसी भारत दूसरे अंक में रोता है :

"अरे दैव ने सब कुछ मेरा नाश कर दिया, पर अभी संतुष्ट नहीं हुआ।"

कदाचित् कुछ लोगों ने इसी 'दैव' को ईश्वर समझ लिया है। इसी कारण भ्रम उठा है, परन्तु भारतेन्दुजी ने इन दोनों, दैव और ईश्वर का अन्तर स्पष्ट कर दिया है।

---

1. भारतेन्दु ग्रंथावली, नागरी प्रचारिणी सभा, काशी, 2007 विक्रमी, पृष्ठ 474
2. वही, पृष्ठ 488
3. वही, पृष्ठ 481
4. भारतेन्दु ग्रन्थावली, नगारी प्रचारिणी सभा, काशी, सं॰ 2007, पृष्ठ 483
5. भारतेन्दु ग्रन्थावली, नागरी प्रचारिणी सभा, काशी, सं॰ 2007, पृष्ठ 470

भारत प्रच्छन मित्र 'दैव' को तो दोष देता है, किन्तु ईश्वर से रक्षा के लिए प्रार्थना करता है। वह कहता है :

"सब विधि दुःख सागर में डूबत धाइ उबारो नाथ।"

उर्युपक्त उद्धरणों से यह प्रमाणित हो गया कि भारत ने अब अपने प्रच्छन्न शत्रु को पहचान लिया, किन्तु पहचाना उस समय जब उसकी समस्त शक्ति विनष्ट हो चुकी थी। उसके सारे सहायकों—धन, बल, विद्या, बुद्धि, ज्ञान-विज्ञान आदि का संहार हो चुका था। भाग्यवादिता के कारण इसे सन्तोष, खुशामद, कायरता, मरी आदि प्राप्त हो चुके थे।

प्रच्छन शत्रु भाग्य का परम मित्र है सन्तोष। उसने भारत के प्रतिनायक भारत-दुर्दैव की बड़ी सहायता की। वह (भाग्य) भारत का मित्र बनकर आया। उसने राजा प्रजा सबको अपना चेला बना लिया। इसका परिणाम क्या हुआ ? "अब हिन्दुओं को खाने-मात्र से काम, देश से कुछ काम नहीं। राज न रहा, फैशन ही सही। रोजगार न रहा, सूद ही सही।···रोटी ही को सराह-सराह के खाते हैं। उद्यम की ओर देखते ही नहीं। निरुद्यमता ने भी संतोष को बड़ी सहायता दी।···व्यापार को इन्हींने मार भगाया।" भाग्य ने भारत को अज्ञान में डाल में दिया। विस्फोटक हैजा आदि बीमारियां हों तो भाग्य के भरोसे बैठे-बैठे भारतवासी प्राण गंवा देंगे। और यदि रोग के शत्रु डाक्टर और विद्वान् इसी विस्फोटक के नाश का उपाय टीका लगाना इत्यादि करेंगे तो भी शीतला के डर से न मानेंगे।[1]

भारत का प्रच्छन्न शत्रु जब भारत का सर्वस्व हरण करके उसको दुर्दैव से पराजित करा चुका और भारत अचेतनावस्था में पड़ा रह गया, तब फिर 'भाग्य' आता है और उसको अचेतनावस्था में देखकर गाता है। अब भारत का पूर्व इतिहास वर्णन करता है और मृत भारत को शव समझकर उसे सरयू, यमुना, गंगा आदि के प्रवाह में विसर्जित कर सदा के लिए मिटा देना चाहता है।

वह नदियों से कहता है :

"बीरहु भारत भूमि सवेरे। मिटे करक जिय की तब मेरे।"[2]

जब भाग्य ने देख लिया कि अब भारत उठ नहीं सकता तो वह अपने यथार्थ रूप को प्रकट करके कहता है :

"मुझसे वीरों का कर्म नहीं हो सकता।"[3]

वह जानता है कि भारत के अतिरिक्त इसे प्रश्रय देनेवाला संसार में अन्य कोई देश नहीं, अतएव आत्मघात कर लेता है।

इस विस्तृत विवेचन का प्रयोजन यह था कि 'भाग्य का स्थान-नाटक में निर्धारित

---

1. भारतेन्दु ग्रन्थावली, बाबू ब्रजरत्नदास, ना० प्र० सभा, भाग प्रथम, पृ० 471
2. वही, भाग पृ० 478 से 79 तक
3. वही, पृ 496

हो जाए। भाग्य (fate) के भरोसे बैठने से भारत का सर्वनाश हुआ। भाग्य का संहार ही भारतोदय का श्रीगणेश करता है। भारत अभी अचेतनावस्था में पड़ा था, मृतक नहीं बना था। अतएव यह नाटक दुःखान्त है ही नहीं। इससे यह ध्वनि निकलती है कि भारतेन्दुजी ने भारत को दो रूपों में प्रदर्शित किया। एक पराधीन भारत जो भाग्याधीन है, दूसरा स्वाधीन भारत है, जो उनका आदर्श भारत है। स्पष्ट ही है कि भाग्याधीन भारत के उभरत हुए बिना भारत का उदय हो ही नहीं सकता। अतएव भाग्याधीन भारत का निधन इस कथावस्तु का अवश्यम्भावी परिणाम है। इसी कारण भाग्याधीन भारत के निधन से स्वाधीन भारत का उदय दिखाया गया है। इसका परिणाम यह है कि इसका सन्देश नकारात्मक नहीं है। वह तो उस सुख का सन्देशवाहक है, जिसका स्वरूप क्रान्ति है, जो स्वाधीन भारत-सूर्य का अरुणोदय है।

इसी अर्थ का सन्देश हमें पंचम अंक में प्राप्त होता है। अब बचा दूसरा आक्षेप। दूसरा आक्षेप यह है कि भारतेन्दुजी ने कोई आशा का सन्देश नहीं दिया। तथ्य तो यह है कि इस सन्देश के निमित्त ही उन्होंने पांचवां अंक रखा है। इस अंक में तत्कालीन देश-हितैषियों की सभा होती है। चक्करदार टोपी, चश्मा, छड़ीवाले कदाचित् कांग्रेस के संस्थापक पारसी सर फिरोजशाह मेहता, बंगाली सर सुरेन्द्रनाथ बैनर्जी, महाराष्ट्री जस्टिस रानडे, देशी भाई राजा शिवप्रसाद सितारेहिन्द प्रतीत होते हैं। कवि[1] महोदय उस समय के कवियों के प्रतिनिधि हैं जो भारत-दुर्दैव से रक्षा का हास्यास्पद मार्ग बताते हैं।

दूसरे देशी भाई राजा साहब हैं जो कि डरते हैं "हाकिम लोग नाराज हो जायें, और कल ही झाड़बाजी होय।"[2] केवल महाराष्ट्री और बंगाली सभासद् सभापति के के साथ निर्भय रूप से काम करने को प्रस्तुत हैं और डिसलायल्टी के पकड़ने पर विपत्तियों का सामना करने को प्रस्तुत हैं; बंदीगृह का दुःख सहने के लिए सन्नद्ध हैं। क्या यह आशा का चिह्न नहीं है? क्या संवत् 1933 वि० का लिखा नाटक संवत् 1977 वि० में होनेवाले असहयोग आन्दोलन की भूमिका नहीं है? यह एकनिष्ठ देश-हितचिंतक जिस उपाय की ओर संकेत कर गया, क्या वही 45 वर्ष बाद उपयोग में नहीं लाया गया? इससे बढ़कर सन्देश कोई कवि या नाटककार क्या दे सकता था? उस सत्याग्रही ने सत्य पथ को नहीं त्यागा। उसकी पत्रिकाएं बन्द कर दी गईं। उसने ऑनरेरी मजिस्ट्रेटी त्याग दी, सरकार का सदा कोप-भाजन बना रहा, किन्तु निर्भय होकर देशवासियों को राष्ट्रीयता का सन्देश सुनाता गया। उसने एक सदस्य के मुख से कहलाया: "सब लोग मिलकर एकचित्त हो विद्या की उन्नति करो, कला सीखो।" "सार्वजनिक सभा की

1. कवि—जब फौज इस पार उतरने लगे, कनात के बाहर हाथ निकालकर उंगली चमकाकर कहे:

'मुए इधर न आइयो, इधर जनाने हैं।' बस, बस दुश्मन हट जाएंगे।

—भारतेन्दु ग्रन्थावली, पृ० 486

2. वही, पृ० 488

स्थापना करो, कपड़ा बीनने की कल मंगाओ, हिन्दुस्तानी कपड़ा पहनो।" इससे अधिक और क्या चाहिए।

इस विषय में बाबू गुलाबरायजी का मत है कि "भारत-दुर्दशा नाटक के सम्बन्ध में यह आपत्ति उठाई गई है कि वह दुःखान्त है, और उसमें आशा का सन्देश नहीं है। यह ठीक है, किन्तु कहीं-कहीं करुणा का आधिक्य लोगों को उद्योगशील बना देता है। करुणा में प्रायः वीर रस की 'आवृत्ति' हो जाती है, 'आइ गयहु हनुमान जिमि करुणा मंह वीररस'। कवि का लक्ष्य जागृति उत्पन्न करना था, वह चाहे आशा और उत्साह द्वारा हो और चाहे करुणा के द्वारा।"[1]

हम समझते हैं कि बाबू गुलाबरायजी ने "करुणा में वीररस के समान हनुमान्" उस वार्तालाप की ओर संकेत करके कहा है जो डिसलायल्टी और सभा के वीर सदस्यों के मध्य हुआ। बाबूजी ने तथ्य को पकड़कर ही उसकी ओर संकेत किया है और आशा का सन्देह वाहक हनुमान् के समान उसी दृढ़ता को बताया है जो बंगाली, महाराष्ट्री तथा सभापति के संवादों में टपकती है। किन्तु उनका यह कहना है कि यह नाटक दुःखान्त है, बिना किसी प्रमाण के आधार पर कैसे मान लिया जाए ?

अंधेरनगरी (सं० 1938 वि०)

पूर्वलिखित नाटकों में भारतेन्दुजी ने अपनी दृष्टि के सम्मुख उन शिक्षित, अर्ध-शिक्षित, आभिजात्य तथा मध्यम वर्ग के प्रेक्षकों को रखा था, जिनमें कला-प्रेम के साथ-साथ परख की भी कुछ सामर्थ्य होती है; किन्तु जनता का प्रतिनिधि (भारतेन्दु) लक्ष-लक्ष उन अशिक्षित ग्रामीणों को कैसे विस्मृत कर सकता है, जो शताब्दियों से पठन-पाठन की सुविधा, कलामय वातावरण तथा विनोद के उत्तम साधनों से वंचित है।

भारतेन्दुजी ने ग्राम्यजीवन की त्रुटियों को भी समझा था। उन्होंने देखा था कि विवाह आदि उत्सवों के अवसरों पर भांड़ और स्वांग-मंडलियां किन अवांछनीय अश्लील खेलों से ग्रामीणों को हंसाकर रुपया ऐंठती हैं। इन मंडलियों में इसी बात की होड़ लगती है कि किस मण्डली का घोड़ा अश्लीलता में सबसे आगे छूटता है।[2] जो मण्डली जितना अधिक अश्लील, भोंडा, भद्दा, वासनोत्तेजक खेल दिखाती है, वह अपने को उतनी ही प्रसिद्ध मानती है। उन मण्डलियों का एक ही लक्ष्य होता है, किसी प्रकार निम्नतम स्तर के लोगों को रुचिकर प्रतीत होनेवाला आख्यान अश्लीलतम शब्दों से अधिक भोंडे और भद्दे रूप में प्रदर्शित करना।

जैसा पूर्व कहा जा चुका है कि भारतेन्दुजी किसी भी विनोद-परम्परा का बहिष्कार तथा संहार नहीं चाहते थे, प्रत्युत उसके परिष्कार तथा सुधार के अभिलाषी थे। यह नाटक कदाचित उन्हीं अनपढ़ लोगों को दृष्टि में रख कर लिखा गया है, जिनकी

---

1. साहित्य-संदेश (भारतेन्दु अंक), वर्ष 12, अंक 4-5, पृ० 319-20
2. भांड़-मंडलियाँ प्रायः खेल प्रारम्भ होने के पूर्व घोड़ा छोड़ने का अभिनय करती हैं। पूर्व प्रदेश में इसकी विशेष प्रथा है।

शब्दावली अति परिमित होती है, और जिन्हें सीधे-सादे आख्यान के द्वारा प्रहसन देखने का अभ्यास है। भारतेन्दुजी जनता की नाड़ी पहचानते थे। उन्होंने प्रहसन का ऐसा आख्यान निकाला जो ग्रामीण जनता को रुचिकर भी हो और लोगों की रुचि को परिमार्जित भी कर सके। शब्दावली उन्हीं के घर की हो, पर सुरुचिपूर्ण हो। घटनाएं उन्हीं के मध्य घटित होने वाली हों, पर कला से वंचित न हों। वही चूरनवाला चूरन बेचता है और चनेवाला चने। उन्हीं के घरों में प्रचलित शब्दावली, उन्हीं की शैली, किन्तु एक विज्ञ कलाकार उन सभी अवयवों का समीकरण जिस कौशल से करता है, वह नाटक में प्राण-प्रतिष्ठा कर देता है। उन्होंने गानों में से गाली-गलौच के अश्लील शब्दों को हटाकर उन्हीं के घरों में बोले जाने वाले कृष्णमुरारी, श्यामसलोना को रख दिया है।

चूरन अमल वेद का भारी। जिसको खाते कृष्णमुरारी।
मेरा पाचक है पचलोना। जिसको खाता श्याम-सलोना।।[1]

चूरनवाला चूरन के बहाने ऐसी अनूठी बातें सीधे-सादे शब्दों में कह जाता है कि सरकार की काली करतूतों का खुल्लमखुल्ला भण्डाफोड़ हो जाता है और कानून की पकड़ में भी नहीं आता। देखिए :

चूरन साहेब लोग जो खाता। सारा हिंद हज़म कर जाता।
चूरन पुलिसवाले खाते। सब कानून हज़म कर जाते।
चूरन हाकिम सब जो खाते। सब पर दूना टिकस लगाते।।[2]

हज़म कर जाने में कितनी अभिव्यंजना है ऐसे स्थलों पर भी भारतेन्दु बाबू की विलक्षण प्रतिभा का परिचय पाकर विस्मय होता है। पराधीनता की वेदना प्रकट करने का जहां भी अवसर मिला, वे चूके नहीं। ग्रामीण जनता के मध्य इन छोटे-छोटे शब्दों और पदों में हास्य का पुट देकर राष्ट्रीयता की भावना को उत्पन्न करना उन्हीं का काम था। आज भी गांवों में चना और चूरन इन्हीं गानों के साथ बेचे जाते हैं। सैकड़ों मनुष्य उनके चतुर्दिक खड़े होकर इन गानों को सुनते और आनन्द उठाते हैं।

प्राय: प्रत्येक जाति के प्रत्येक वर्ग के दोषों को इस प्रहसन में दिखाया गया है। उदाहरण के लिए देखिए :

"ब्राह्मण—टके के वास्ते ब्राह्मण से धोबी हो जाए और धोबी को ब्रह्मण कर दें, टके के वास्ते जैसी कहो वैसी व्यवस्था दें। टके के वास्ते ब्राह्मण से मुसलमान, टके के वास्ते हिन्दू से क्रिस्तान।"[3]

इस नाटक में ग्रामीण जनता ने आद्योपान्त जितना हास्य-विनोद पाया, उतना ही राष्ट्रीयता का पाठ भी अनजाने सीख लिया। अन्यायी राजा को अन्त में टिकटी पर चढ़ाकर भारतेन्दुजी भविष्य से भारतोद्धार की ओर संकेत भी करते हैं। अकेले इस

1. भारतेन्दु नाटकावली, पृ 690
2. वही, पृ॰ 661
3. भारतेन्दु नाटकावली, पृ॰ 689

नाटक ने जितना उपकार ग्रामीण जनता का किया उतना कदाचित् ही अद्यावधि किसी अन्य नाटक ने किया हों। ग्रामीण शब्दों की छटा देखिए टिकस, बोदा, चौपट्ट, नैनुवा, गैया, लकलक, बुम्बक-बुम्बक, भिच्छा।

भारतेन्दुजी ने स्वांग-मंडलियों और भाड़ों को जो मार्ग दिखाया, उस पर चलने से ग्रामीण अनपढ़ जनता की रुचि का परिष्कार भी होता और उनको हास्य-विनोद में भी और अधिक रस मिलता। कुछ काल तक भारतेन्दु के पथ का अनुसरण हुआ। किन्तु आगे चलकर पठित-समाज में कोई ऐसा प्रतिभाशाली नाट्यकार न हुआ जो इस प्रकार के अन्य नाटकों द्वारा प्रहसन में विविध विषयों का समावेश करके जनता का मंगल करता। आज के नाट्यकार यदि इस ओर ध्यान दें तो हिन्दी-साहित्य के एक और अंग की श्री-वृद्धि हो।

नीलदेवी (गीति रूपक) (सं० 1938 वि०)

भारतेन्दु जी ने अभी तक मुस्लिम राज्यकाल की कोई ऐतिहासिक घटना लेकर नाटक की रचना नहीं की थी, और न स्त्रियों के वीरत्व का उल्लेख किया था। कदाचित् इन दोनों अभावों ने इस नाटक-सृजन की प्रेरणा दी हो। इस नाटक के प्रारम्भ में दुर्गापाठ[1] के मन्त्र हैं। तदुपरान्त समर्पण इस प्रकार है :

"मातृ-भगिनी-सखी-तुल्या आर्य ललनागण को।"

ग्रन्थ समर्पण करते समय वे अपना उद्देश्य इस प्रकार प्रकट कर देते हैं, "जिस भांति अंग्रेज स्त्रियां सावधान होती हैं, पढ़ी-लिखी होती हैं, घर का काम-काज संभालती हैं, अपने सन्तानगण को शिक्षा देती हैं, अपना स्वत्व पहचानती हैं, अपनी जाति और अपने देश की सम्पत्ति-विपत्ति को समझती हैं, उसमें सहायता देती हैं, उसी भांति हमारी गृह-देवियां भी वर्तमान हीनावस्था का उल्लंघन करके कुछ उन्नति प्राप्त करें, यही लालसा है। इस उन्नति-पथ का अवरोध हम लोगों की वर्तमान कुल-परम्परा-मात्र है और कुछ नहीं है।"[2]

इन उद्धरणों से भारतेन्दु बाबू का उद्देश्य स्पष्ट हो जाता है। नारी जाति को उद्बुद्ध कर जाति और देश की विपत्ति निवारण करने के लिए उन्हें कुछ करने की प्रेरणा देना उनका ध्येय जान पड़ता है। किन्तु इस नाटक पर यह आपत्ति उठाई जाती है कि "जिस आदर्श को सामने रखकर भारतेन्दु जी ने इसकी रचना की है—उसकी सिद्धि इससे नहीं होती। इससे तो केवल प्रतिहिंसा के भाव को उत्तेजना मिलती है।"[3]

---

1. भारतेन्दु ग्रन्थावली, पहला भाग, नागरी प्रचारिणी सभा, काशी, सं० 2007. पृ० 517
2. भारतेन्दु ग्रन्थावली, भाग पहला, ना० प्र० स० काशी, सं 2007, पृ० 519
3. भारतेन्दु नाटकावली, इंडियन प्रेस प्रयाग, सन् 1927 ई०, बा० श्यामसुन्दरदास, पृष्ठ 68

देखना यह है कि बाबू श्यामसुन्दरदासजी का आक्षेप कहां तक उचित है। भारतेन्दुजी ने निज उद्देश्य पूर्ति के लिए उन राजपूत नारियों को पात्र नहीं बनाया है जो पुरुषों के पराजित होने पर हंसते हंसते जौहर-ज्वाला में भस्म हो जाती थीं और विजेता यवन सुखपूर्वक उनके दुर्गों पर अधिकार कर लेते थे। भारतेन्दु ने अपने युग में इस प्रकार के नारी-वीरत्व को उपयोगी न समझकर एक नया पथ ढूंढ़ा। उन्होंने पंजाब के राजा सूर्यदेव और अमीर अब्दुश्शरीफखां सूर के युद्ध को कथावस्तु के रूप में ग्रहण किया। इस नाटक में रात्रि के समय अचानक धावा बोलकर अमीर के सैनिक राजा सूर्यदेव को बन्दी बना लेते हैं। पिंजड़े में बन्द राजा धर्म-परिवर्तन के लिए आग्रह करनेवाले मुसलमानों पर थूक देता है और कहता है, "तुझ पर थू और तेरे मत पर थू।"[1] जब उसे मारने के लिए सैनिक अस्त्र लेकर दौड़ते हैं तो वह पिंजड़े के छड़ तोड़कर बाहर निकलता है और कई यवनों का संहार कर वीरगति पाता है।

राजा की मृत्यु के कारण राजपूतों की अधिक संख्या निराश हो युद्धक्षेत्र छोड़कर चली जाती है। ऐसी अवस्था में रानी विजय की कोई युक्ति न देख छद्मवेश में नर्तकी बनती है और अमीर से प्रतिशोध लेकर पति के साथ चिता पर भस्म होने में उल्लास से भर जाती है। राजपूतों की विजय और अमीर की पराजय होती है।

भारतेन्दुजी का यह मौलिक नाटक है। इसमें उनका हृदय देश की दीन दशा पर आठ-आठ आंसू रोता है और वे अपनी इस व्यथा को वसन्त और पण्डितजी नामक दो पात्रों के द्वारा प्रकट करते हैं।

वसन्त[2] और पण्डितजी के संवाद द्वारा भारतेन्दुजी ने यह बतलाना चाहा है कि राजा धर्मात्मा था और अधर्म-युद्ध में मारा गया। अब देश-रक्षा का कोई उपाय नहीं था। प्रजा भगवान्-नामोच्चारण के अतिरिक्त और कोई पथ नहीं पा रही थी। ऐसी दशा में क्या करना चाहिए।

---

1. भारतेन्दु ग्रन्थावली, भाग प्रथम, नागरी प्रचारिणी सभा, काशी, सं० 2007 वि०, पृ० 535
2. भारतेन्दु ग्रन्थावली, पृ० 536।
मियां (पण्डितजी)—हाय! अब भारतवर्ष की कौन गति होगी? अब त्रैलोक्य-ललाम सुता भारत कमलिनी को यह दुष्ट यवन यथासुख दलन करेंगे। अब स्वाधीनता का सूर्य हम लोगों में फिर न प्रकाश करेगा। हाय! परमेश्वर तू कहां सो रहा है। हाय! धार्मिक वीर तुरुष की यह गति।
कहां करुणानिधि केशव सोए।
जागत नेक न जदपि बहुत विधि भारतवासी रोए।
... ...
सब विधि बूड़त लखि निज देसहि लेहु न अबहुं बचाई।

नाटक के प्रारम्भ में यह दिखाया गया है कि रानी[1] ने राजा सूर्यदेव से अधर्म-युद्ध में तत्पर मुसलमानों के प्रति सावधान रहने को कहा। राजा को यह विश्वास था कि मुसलमानों को युद्ध में हम अवश्य जीत लेंगे, किन्तु उन्होंने रानी की आशंका पर ध्यान न देकर दूरदर्शिता से काम नहीं लिया। राजा की धारणा थी कि यवन रात्रि के समय सुप्तावस्था में आक्रमण नहीं करेंगे। ऐसा अधर्म-युद्ध असम्भव समझकर वह निश्शंक शयन कर रहा था। ऐसी अवस्था में आक्रमणकारी यवनों ने राजा को बन्दी बना लिया और उनका वध कर डाला। अब स्थिति विकराल बन गई। अब रानी क्या करे? उसके सम्मुख तीन मार्ग थे, जिनका अनुसरण वह कर सकती थी। एक मार्ग यह था कि प्रजा की सहस्रों अनाथ अबलाओं को विजेताओं की नृशंसता और स्वेच्छाचारिता का शिकार बनने के लिए छोड़कर स्वतः जौहर की ज्वाला में जल जाती, अथवा अस्त्र-शस्त्र लेकर अल्पसंख्यक राजपूतों के साथ युद्धक्षेत्र में मर मिटती। उस अवस्था में भी प्रजा असहाय अवस्था में ही छूट जाती, अथवा उस कला के द्वारा, जिसमें वह अत्यन्त प्रवीण थी, अन्यायी शत्रुओं को मुग्ध बनाकर अधर्म-युद्ध का बदला उसी प्रकार लेती, जिस प्रकार छद्मघटा-निवारण होने पर अर्जुन ने कौरवों से अधर्म-युद्ध में आहत अपने पुत्र के वध का बदला लिया था।

बाबू श्याम सुन्दरदास जी कदाचित् एक 'आर्य ललना' का मुसलमानी दरबार में नर्तकी के वेश में जाना भारतीय मर्यादा के विरुद्ध समझकर यह आपत्ति उठाते हैं कि भारतेन्दुजी अपने उद्देश्य में सफल नहीं हुए।

सोचने की बात है कि भारतेन्दुजी का उद्देश्य है क्या? वे चाहते हैं कि भारतीय ललनाएं भी विविध कलाओं के द्वारा आत्मरक्षा तथा देश-कल्याण में सहयोग दें। हाथ पर हाथ धरकर अकर्मण्य न बनी रहें। परम्परा के मिथ्या बन्धन में अपने को न बांधें। नीलदेवी यदि प्रथम दो मार्गों में से किसी एक का अनुसरण करती तो किस प्रकार देश-हित, जाति-रक्षा, आत्मरक्षा में सहायक होती। तीसरे पथ के अनुसरण से उसने जाति की स्वतन्त्रता बचाई, अबलाओं का धर्म बचाया और अन्याय युद्धकर्ताओं को अधर्म का मज़ा चखाया। प्रजा को सुखी देखते हुए पति के साथ हंसते-हंसते अन्त में चिता पर जलकर भस्म हो गई।

एक विचारणीय बात यह है कि भारतेन्दु इस नाटक में केवल धर्मनीति ही नहीं बताना चाहते, प्रत्युत धर्मनीति और राजनीति का समन्वय करना चाहते हैं। 'शठं प्रति शाठ्यं कुर्यात्' वाली नीति यदि राजनीति में सहायक हो सकती हो तो उस परिस्थिति में साधुता के द्वारा देश और जाति का संहार भारतेन्दुजी को उचित नहीं प्रतीत होता। राजा सूर्यदेव अधर्म-युद्ध करनेवालों से धर्म-युद्ध की अपेक्षा करता था, उसका फल कितना विषैला हुआ। अधर्मी के साथ कौशल द्वारा युद्ध ही कल्याणकर हो सकता है। भारतेन्दु बाबू यही सिद्धान्त एक पात्र के मुख से कहलाते हैं :

1. रानी—सुना है कि ये दुष्ट अधर्म से बहुत लड़ते हैं।

—भारतेन्दु ग्रंथावली, भाग प्रथम, पृ० 523

"आर्य वंश को बधन पुन्य जो अधर्म धर्म में।
गोभक्षन द्विज श्रुति हिंसन नित जासु कर्म में ।।
तिनको तुरतहिं हतौ मिले रन कै घर माहीं।
इन दुष्टन सों पाप किये हूँ पुन्य सदा ही ।।"[1]

एक बात को विस्मरण करने से भारतेन्दुजी के साथ हम अन्याय करेंगे। भारतेन्दुजी ने यह आपद्धर्म बताया है। शान्तिकाल में इस नीति का उपयोग अवश्य ही वर्जनीय है। शान्तिकाल में भारतेन्दु बाबू आर्य ललनाओं का लज्जा को तिलांजलि देकर अपने पति के साथ गौरांगी युवती के समान घूमना भी निन्द्य समझते हैं। नर्तकी बनकर मुसलमान दरबार में एक आर्य ललना का जाना वे कैसे सहन कर सकते हैं। दूसरी बात यह है कि किसी दरबार में नृत्य और संगीतकला का प्रदर्शन कब वर्जित है? वर्जित नृत्य-कला-प्रदर्शन नहीं प्रत्युत वह स्वार्थमय निन्द्य उद्देश्य है, जिसकी प्रेरणा से नर्तकियां राजा-नवाबों के विलास और उपभोग की सामग्री बनती हैं। इस नाटक में रानी नीलदेवी का उद्देश्य है अपनी जाति के स्वातन्त्र्य की रक्षा और पतिवध का प्रतिशोध। इसमें अपवित्रता की गंध कहां। ज्यों ही अमीर अब्दुल शरीफ 'जान साहब' सम्बोधित कर मद्यपान देने के लिए निकट पहुंचता है, रानी चंडी के समान उसका रक्त पी लेती है। उसके शब्दों में कितना बल है![2] धन्य है रानी के साहस को। दानव रूप शत्रुओं के मध्य में चण्डी के सदृश निर्भय जाकर प्रलयनृत्य करनेवाली रानी का साहस जौहर में जलनेवाली क्षत्राणियों तथा युद्धक्षेत्र में लड़नेवाली लक्ष्मीबाई से किस प्रकार कम है!

उपर्युक्त तर्कों को यदि छोड़ दिया जाए और नीलदेवी को रानी न मानकर एक कलाविद् नर्तकी ही समझ लिया जाए तो भी क्या नीलदेवी का शौर्यमय कृत्य निन्द्य है? एक नर्तकी अपना अभिनय दिखाने के लिए किसी शाही दरबार में जाती है तो क्या शासक का यही कर्तव्य है कि उसके सतीत्व को भंग करने की चेष्टा करे? प्रत्येक नर्तकी वेश्या नहीं। गायिका नीलदेवी ने दरबार में जिस शर्त पर गाना प्रारम्भ किया था, उसे भी ध्यान से सुन लेना चाहिए।

"अमीर—तुम्हारा क्या नाम है?

गायिका—मेरा नाम चण्डिका है। बड़ी दूर से आपका नाम सुनकर आयी हूं।

अमीर—बहुत अच्छी बात है। जल्द गाना शुरू करो। तुम्हारा गाना सुनने को मेरा एश्तियाक हर लहजे बढ़ता जाता है। जैसी तुम खूबसूरत हो वैसा ही तुम्हारा गाना भी खूबसूरत होगा।

1. भारतेन्दु ग्रंथावली, प्रथम भाग, पृ० 540
2. भारतेन्दु ग्रन्थावली, पृ० 545
"नीलदेवी—ले चंडाल पापी! मुझको जान साहब कहने का फल ले, महाराज के वध का बदला ले। मेरी यही इच्छा थी कि मैं इस चांडाल का अपने हाथ से वध करूं · अब मैं सुखपूर्वक सती हूंगी।"

गायिका—जो हुक्म ।"[1]

गायिका गाती है, दरबारी प्रसन्न होते हैं। अमीर गायिका को मद्यपान के लिए बार-बार विवश करता है, किन्तु वह अस्वीकार करती जाती है। वह तब तक प्रार्थना करती है जब तक अमीर मर्यादा का उल्लंघन नहीं करता। जब अमीर शराब का प्याला स्वयं उठाकर पीने को बाध्य करता हुआ उसका शरीर स्पर्श करना चाहता है और 'लो जान' कहता है, तभी गायिका प्रहार करने को विवश होती है। भारतेन्दुजी ने कितनी सूक्ष्मदर्शिता से काम लिया है। कोई स्वाभिमानिनी कलाविद् नर्तकी इस हत्या के लिए क्षम्य मानी जाती, रानी का तो प्रश्न ही क्या। इसका यह भी उद्देश्य झलकता है कि भारतीय नारी अबला ही नहीं, प्रत्युत चण्डी भी है। आपत्तिकाल में वह चण्डी बनकर आत्मरक्षा कर सकती है। इस सम्बन्ध में बाबू गुलाबरायजी का तर्क भी हमारे मत की पुष्टि करता है। बाबूजी कहते हैं, "साध्य के उत्तम होने से साधनों की नीचता क्षम्य हो जाती है। पद्मावती ने भी ऐसा ही किया था। उसने अलाउद्दीन के पास विवाह की स्वीकृति भेज दी थी।"

बाबू श्यामसुन्दरदासजी का निजी मत भी इस नाटक के सम्बन्ध में दो स्थानों पर भिन्न-भिन्न है। दोनों में किसी प्रकार संगति नहीं बैठती। इस नाटक की असफलता का मत पहले उद्धृत किया जा चुका है। दूसरा मत प्रशंसासूचक यह है—"भारत-दुर्दशा और नीलदेवी में भारतेन्दुजी को अधिक सफलता प्राप्त हुई है और इनके द्वारा वे पढ़ने-वालों अथवा अभिनय देखनेवालों के सामने देश का एक सजीव, आदर्शपूर्ण तथा अनु-करणीय चित्र उपस्थित करने में समर्थ हुए हैं। ये दोनों रचनाएं देशहितैषिता के भावों से कूट-कूटकर भरी हुई हैं।"[2]

उपर्युक्त दोनों मतों में किसे ठीक माना जाए? एक श्वास में तो बाबूजी इसे 'अनुकरणीय' कहते हैं और दूसरे ही क्षण निज मत का खंडन करते हुए कहते हैं, "जिस आदर्श को सामने रखकर भारतेन्दुजी ने इसकी रचना की है, उसकी सिद्धि इससे नहीं होती। इससे तो केवल प्रतिहिंसा के भाव को उत्तेजना मिलती है।"[3]

इन्हीं मौलिक नाटकों की समालोचना के आधार पर बाबूजी यह निष्कर्ष निकालते हैं कि "जो कुछ आक्षेप या दुःख की बात है, वह यह है कि संस्कृत के कई नाटकों के अनुवादक होने पर भी भारतेन्दुजी ने अपने परम उन्नत नाट्यशास्त्र के ज्ञान का कोई उपभोग नहीं किया।[4]

नीलदेवी की समालोचना में भारतेन्दुजी की जो कल्पना 'प्रतिहिंसा के भाव को

---

1. भारतेन्दु ग्रन्थावली, पृ० 543
2. भारतेन्दु नाटकावली, बाबू श्यामसुन्दरदास, इण्डियन प्रेस प्रयाग, सन् 1927 ई०, पृ० 66
3. वही, पृ० 68
4. वही, पृ० 71

उत्तेजना' देनेवाली कहकर लेखक के नाट्यशास्त्र के अज्ञान का प्रमाण मानी गई है, वास्तव में कला की दृष्टि से वही इस नाटक की प्राणविधायिनी है। ऐसा प्रतीत होता है कि बाबू श्यामसुन्दरदासजी ने केवल कथानक की रूपरेखा के आधार पर अपना मत दिया है, क्योंकि नाटक की संक्षिप्त कथावस्तु का उल्लेख करके अन्त में उन्होंने यह निष्कर्ष निकाला है। इसके अन्य अवयवों का उल्लेख तक नहीं किया है।

विचारने की बात है कि क्या कथावस्तु ही नाटक में सबसे प्रधान है[1] या उसके और भी अवयव महत्ता रखते हैं। नाटकों को सफल बनाने में 'पताकास्थानक' विशेष बल प्रदान करता है। नीलदेवी का नर्तकी बनकर दरबार में जाना वास्तव में कला की दृष्टि से विशेष प्रभाव रखता है। यही पताकास्थानक है, जिससे नाटक में चमत्कार बढ़ गया है। इससे रानी के चरित्र का विकास और नाट्यकार की कला का प्रस्फुटन होता है। पताकास्थानक[2] का विशेष महत्त्व वर्णन किया गया है। शकुन्तला, वेणीसंहार, रत्नावली में इसके कारण चमत्कार आ गया है। आज के समालोचक भी पताकास्थानक के महत्त्व को स्वीकार करते हैं। नीलदेवी के दशम दृश्य में उसी की उत्कृष्ट झांकी भारतेन्दुजी ने प्रेक्षकों को दिखाई है।

पताकास्थानक में सहसा स्थिति-विपर्यय से अर्थ-सिद्धि द्वारा कथावस्तु की धारा-दिशा मोड़ दी जाती है। 'अमीर' दरबारियों के साथ सौन्दर्यमयी नर्तकी के मधुर संगीत से मुग्ध होकर शृंगाररस की अनुभूति कर रहा था। अचानक घटना-प्रवाह परिवर्तित होता है और खड्गधारिणी दुर्गा के सदृश नीलदेवी का रौद्ररूप देखकर विस्मित प्रेक्षकों को अद्भुतरस का आस्वादन होने लगता है। प्रेक्षक दुरात्मा अमीर को आहत देखकर धर्म की विजय और अधर्म की पराजय पर प्रसन्न होते हैं। इतने ही में और भी विस्मयकारी घटना घटती है। राजकुमार सोमदेव अपने सैनिकों के साथ अमीर का शिविर छिन्न-भिन्न करते हुए शत्रुओं का संहार करने लगते हैं। 'भारतवर्ष की जय'[3], 'आर्यकुल की

---

1. "At the same time, it can never be admitted that the plot is of chief importance in a Drama, or that it is the plot that gives to a great tragedy or to a great comedy in outstanding position. That outstanding position must come from presentation of character, from the ideas and the atmosphere and the style of the Drama, for all of which the plot but forms the setting."

—An Introduction to Dramatic Theory by Allardycl Nicoll. page 33.

2. पताकास्थानक—सहसैवार्थसम्पत्तिर्गुणवत्युपचारतः।
पताकास्थानकामिदं प्रथमं परिकीर्तितम्॥

—साहित्यदर्पण, षष्ठः परिच्छेदः ॥303॥

3. भारतेन्दु ग्रन्थावली, नागरीप्रचारिणी सभा, काशी, संवत् 2007 वि०, पृष्ठ 546

जय', 'महारानी नीलदेवी की जय' आदि जयकारों से वायुमंडल गूंज जाता है। प्रेक्षकों में स्वभावतः हर्ष का संचार होता है। रानी के सिद्धान्तों की विजय और देश के स्वातन्त्र्य की रक्षा होती है। इस प्रकार सुखान्त नाटक समाप्त होता है।

कुछ समालोचक[1] इसे नितान्त दुःखान्त नाटक मानते हैं। दुःखान्त तो तब होता जब धर्म के ऊपर अधर्म की विजय होती, या रानी नीलदेवी को पराजय प्राप्त हो जाती। रानी नीलदेवी का ध्येय पूरा होता है। देश स्वतन्त्र रह जाता है, पति का हत्याकारी परलोकगामी बनता है और रानी का पुत्र सिंहासनासीन होता है। एक आर्य ललना को और क्या चाहिए ? पति युद्धभूमि में अधर्मियों का संहार करते हुए वीरगति पाता है और पुत्र उसके राज्य को संभाल लेता है। रानी स्वर्ग से पति का पुनरागमन कराने में असमर्थ थी अतएव उनसे मिलने को प्रस्थान करती है। इसमें दुःख किसको और क्यों हो ? प्रेक्षक रानी को चित्तारूढ़ नहीं देखते। हां, रानी अन्त में यह कहती हुई अवश्य सुनी जाती है, "मेरी यही इच्छा थी कि मैं इस चांडाल का अपने हाथ से वध करूं ·····सो इच्छा पूर्ण हुई। अब मैं सुखपूर्वक सती हूंगी।"

भारतेन्दुजी ने अन्तिम वाक्य कहलाकर नीलदेवी के मानव-चरित्र को देवत्व से सुरभित कर दिया। अन्यथा उसके ऊपर प्राणभीरु होने का आक्षेप लग सकता था। उसने प्राणों के मोह से छद्मवेश नहीं बनाया था, उसने राज्य-प्रलोभन के कारण यह दुस्साहस नहीं किया, उसने छद्म दुर्गा का रूप केवल जाति, देश धर्म की रक्षा की भावना से प्रेरित होकर धारण किया। चरित्र का मूल्यांकन भावना से होता है न कि वेश में।

भारतेन्दु द्वारा संशोधित 'भारतजननी' (संवत् 1934)

यह नाटक बंगला का अनुवाद है। 15 फरवरी, 1873 ई० को नेशनल थियेटर कलकत्ता में 'भारतमाता' नामक नाटक 'अमृत बाज़ार पत्रिका' के सम्पादक बाबू शिशिरकुमार घोष की प्रेरणा से खेला गया था। बाबू ब्रजरत्नदास[2] का कहना है कि भारतेन्दुजी ने स्वतः बंगला से अदुवाद नहीं किया, प्रत्युत उनके एक मित्र ने अपने अनूदित नाटक का इनसे संशोधन कराया। संशोधन में नाटक का सम्पूर्ण रूप ही बदल गया, अतएव उन्होंने अपना नाम मुखपृष्ठ पर देना उचित नहीं समझा। अतः इस नाटक में कितना अंश भारतेन्दुजी का रचित है और कितना अनुवादक का है, यह कैसे निर्णय किया जाए।

डा० सोमनाथ[3] इस नाटक को भारतेन्दुजी की मौलिक रचना मानते हैं और साथ ही साथ यह भी कह जाते हैं कि "इसे नाटक कहना व्यर्थ है।" नाटक न कहने का कारण बताते हैं कि "इनमें एक ही दृश्य है और सारा कार्य-व्यापार उसी में आरम्भ होकर समाप्त हो जाता है।" डा० सोमनाथ जिस कारण से नाटक नाम देने का विरोध करते

1. डा० सोमनाथ, हिन्दी नाटक साहित्य का इतिहास, पृष्ठ 52
2. हिन्दी नाट्य साहित्य, बाबू ब्रजरत्नदास, हिन्दी साहित्य कुटीर, बनारस, पृष्ठ 76
3. हिन्दी नाटक साहित्य का इतिहास, पृ० 51

हैं, वह तो उत्तम एकांकी नाटक का लक्षण है। एक ही दृश्य में आद्योपान्त कथावस्तु दिखाई जा सके तो अभिनय में पट-परिवर्तन का झगड़ा ही बच जाए और प्रेक्षकों को सफलता से रसानुभूति कराई जा सके।

इस नाटक को स्वयं भारतेन्दुजी ने मौलिक नाटक नहीं बताया है। आश्चर्य है कि डा० सोमनाथ किस आधार पर इसे मौलिक मानते हैं। भारतेन्दुजी लिखते हैं. "भारत जननी-रूपक जो गत नवम्बर सन् 1878 ई० से छपता है, उसके ऊपर मेरा नाम लिखा है। वह रूपक मेरा बनाया नहीं है। बंगभाषा में 'भारतमाता' नामक जो रूपक है वह उसी का अनुवाद है, जो मेरे एक मित्र का किया है, जिन्होंने अपना नाम प्रकाश करने को मना किया है। मैंने उसको शोधा और जो अंश अयोग्य था उसको बदल दिया। कवि की कीर्ति का लोभ न करना। अतएव प्रकाश करना मुझ पर आवश्यक हुआ।"[1]

हमारे मत में तो एक दृश्य में समाप्त होनेवाला यह नाटक आधुनिक युग का उत्तम एकांकी है।

---

1. भारतेन्दु नटकावली, संपादक श्यामसुन्दर दास बी० ए० (भूमिका पृ० 2), प्रकाशक इडियन प्रेस प्रयाग, सन 1927 ई०, प्रथम संस्करण

छठा अध्याय

भारतेन्दु युग के प्रतिनिधि नाट्यकार

भारतेन्दु जी ने स्वयं तो नाट्य रचना की ही, अपने मित्रों को भी नाट्य-निर्माण और नाट्याभिनय के लिए प्रेरणा दी। उनके व्यक्तित्व और प्रोत्साहन से आकर्षित होकर तत्कालीन सभी प्रसिद्ध लेखक उनके सम्पर्क में आए। जो भी एक बार सम्पर्क में आ गया, वह उनके प्रेमपाश में ऐसा आबद्ध हुआ कि आजीवन उनका मित्र बना रहा। जिसमें उन्होंने साहित्य-सृजन की अल्प क्षमता भी पाई, उस पर अपना सर्वस्व निछावर कर दिया। फलतः एक बृहद् साहित्यिक मण्डल निर्मित हो गया, जिसके केन्द्र-रूप भारतेन्दुजी विराजमान थे।

इस साहित्यिक मण्डल का एक उज्ज्वल नक्षत्र भारतेन्दुजी की मृत्यु के दो वर्ष बाद ही अस्त हो गया। मेरा तात्पर्य लाला श्रीनिवासदासजी से है। लालाजी को भारतेन्दुजी अपना मित्र कहा करते थे। लालाजी ने प्रह्लाद-चरित, तप्तासंवरण (संवत् 1931 वि०), रणधीर-प्रेममोहिनी (संवत् 1934 वि०) और संयोगिता-स्वयंवर (1942 वि०) नामक चार नाटक लिखे। इनमें, तप्तासंवरण और रणधीर-प्रेममोहिनी के कथानक काल्पनिक हैं। तप्तासंवरण में शकुन्तला नाटक की शैली पर पत्र-लेखन[1] ऋषिशाप[2] और शाप-निवारण[3] विधि आदि बातें पाई जाती हैं। यह नाटक सुखान्त बना दिया गया है। इनके दूसरे नाटक रणधीर-प्रेममोहिनी में कथानक का सृजन और चरित्र-चित्रण प्रायः पश्चिमी शैली पर मिलता है। इसमें प्रस्तावना का भी अभाव है। स्वयंवर की रचना भारतीय पद्धति पर की गई है, किन्तु अन्त में पश्चिमीय शैली की गंध आती है। प्रेमी नायक रणधीर सब शत्रुओं का संहार कर आहत हो जाता है और अपनी प्रेयसी प्रेममोहिनी की गोद में प्राण-विसर्जन कर देता है और दोनों एक चिता पर जलाए जाते हैं। इस प्रकार रणधीर और प्रेममोहिनी अपने प्रेम-प्रण का पालन करते हैं; रिपुदमनसिंह और रणधीरसिंह मैत्री का निर्वाह करते हैं। रिपुदमनसिंह की सामान्य त्रुटि ने दो परिवारों का सर्वनाश कर दिया। इस प्रकार यह हिन्दी का सर्वप्रथम दुःखान्त नाटक माना जाता है। एक विद्वान् का कहना है कि रणधीर और प्रेम-

---

1. पत्र-लेखन : शकुन्तला के सदृश तप्ता भी विरह के कारण पत्र लिखती है।
2. ऋषिशाप : दुर्वासा के सदृश गौतम भी संवरण को श्राप दे देते हैं।
3- शाप-निवारण : मुद्रिका-दर्शन के समान शापनिवारणविधि अंगस्पर्श बताई गई है।

मोहिनी' नाम ही 'रोमियो एंड जूलियट' की ओर ध्यान ले जाता है। कथावस्तु भी इसकी प्रचलित प्रथानुसार पौराणिक या ऐतिहासिक न होकर कल्पित है।[1]

किन्तु इस नाटक में हमें तीन युगों की सामाजिक स्थिति का चित्र मिलता है। सूरत के महाराज द्वारा अपनी पुत्री की स्वयंवर-योजना प्राचीन युग का दृश्य उपस्थित करती है। सखी मालती के इस कथन से कि "प्रेममोहिनी के स्वयंवर में शस्त्रविद्या की परीक्षा के बीच जो वीर रणधीर ठहरेगा, उसको उसी समय यह प्रतिमा दी जाएगी"[2] यह मत और भी स्पष्ट हो जाता है।

मध्यकाल की प्रथा का सूचक यह पद है—

"देख्यो प्रेम को पंथ जुदी हो।
जाने प्रीति रीति रस चाख्यो, ताहि न भावत कोई,
दीपक की छवि लख पतंग ने, पंख आपनी खोई।
बेधत मधुप काठ पर हितबस, कमल न छेदत सोई।
जाकी प्रीति लगी काहू सों, याको जानत वोई।"[3]

तत्कालीन स्थिति इस प्रकार मिलती है—

"हे भारत-भूमि! तू अपनी संतान का ये हाल देखकर क्यों नहीं फटती। हां! किसी नदी या समुद्र में भी इतना जल नहीं आता जो हम लोग उसमें डूब जाएं।[4]

लालाजी का तीसरा नाटक 'प्रह्लाद-चरित' है। इस नाटक का प्रारम्भ बैकुंठ के दृश्य से होता है। द्वारपाल जय-विजय एवं सनकादि ऋषियों को रोकने के कारण शापग्रस्त बनते हैं। यहाँ से कथा प्रारम्भ होती है, और प्रह्लाद का पूरा चरित दिखाकर नृसिंह-अवतार होने के उपरान्त समाप्त होती है।

हम पूर्व लिख आए हैं कि रास-नाटकों में भी प्रह्लाद-लीला, और नृसिंह-लीला का प्रचार था। प्रह्लाद का सम्पूर्ण चरित गीतिनाट्य द्वारा प्रदर्शित किया जाता था। इस प्रकार प्रह्लाद-चरित नाटक रस-नाटकों की परम्परा में आता है और 'रणधीर-प्रेममोहिनी' नवीन शैली का अनुसरण करता है। इससे सिद्ध होता है कि लालाजी रास से लेकर अंग्रेजी शैली तक की विशेषताओं को समेटे चलते हैं।

भारतेन्दु और लाला श्रीनिवासदासजी की मृत्यु के उपरान्त भारतेन्दु-मण्डल न्यूनाधिक चालीस वर्षों तक अपने नेता के पथ पर चलता हुआ नाट्य-सहित्य को विकसित बनाता रहा। इस प्रकार भारतेन्दु-प्रदर्शित नवीन मार्ग नाट्य-साहित्य की उत्तरोत्तर अभिवृद्धि करता रहा। इस पथ के पथिक थे – पं० प्रतापनारायण मिश्र (1913 से 1951 वि० तक), राधाकृष्णदास (1922 से 1964 वि० तक), बालकृष्ण भट्ट

1. हिन्दी साहित्य का इतिहास, पं० रामचन्द्र शुक्ल, पृ० 410
2. रणधीर और प्रेममोहिनी, प्रथम अंक, पृ० 2
3. रणधीर और प्रेममोहिनी, प्रथम अंक, पृ० 22
4, वही, पृ० 83

(1901 से 1971 वि० तक), पं० बद्रीनारायण चौधरी (1912 से 1979 वि० तक), राधाचरण गोस्वामी (1915 से 1982 वि० तक), अम्बिकादत्त व्यास (1915 से 1957 वि० तक), तोताराम (1904 से 1959 वि० तक)। इनके अतिरिक्त कार्तिकप्रसाद, काशीनाथ खत्री, शालिग्राम, अमानसिंह गोटिया, पं० मोहनलाल विष्णुलाल पण्ड्या, दामोदर शास्त्री, कृष्णदेवशरणसिंह 'गोप' आदि भी कुछ न कुछ नाट्य-साहित्य की वृद्धि कर गए हैं।

यदि भारतेन्दु-युग को चार भागों में विभाजित कर दिया जाए तो एक-एक भाग का प्रतिनिधि नाट्यकार निर्णय किया जा सकता है।

प्रथम भाग (**सं० 1942 से 1950 वि० तक**)

पं० प्रतापनारायण मिश्र (सं० 1913 से 1951 वि० तक)—मिश्रजी भारतेन्दु-युग के प्रथम भाग के प्रतिनिधि हैं। उन्होंने भी भारतेन्दुजी के 'भारत-दुर्दशा' नाटक की शैली पर 'भारत-दुर्दशा' रूपक लिखा। इन्होंने 'अभिज्ञान शाकुन्तल' का स्वतंत्र अनुवाद 'संगीत-शाकुन्तल' नाम से किया। यह 'संगीत-शाकुन्तल' गीतिनाट्य कदाचित् स्वांगवालों को लक्ष्य करके लिखा गया। कलियुग के दुर्व्यवहारों को प्रकट करने के लिए 'कलिकौतुक' नामक नाटक इन्होंने लिखा। यह नाटक भारत की सामाजिक परिस्थिति का यथार्थ चित्रण करता है। इसमें कपटी साधुओं का वितण्डावाद, दुराचारियों का दुर्व्यवहार, मांस-भक्षियों तथा मदिरासेवियों का अनाचार दिखाया गया है। 'गोसंकट नाटक' में गौओं की दुर्दशा दिखाई गई है। 'कलिप्रभाव' में कलियुग का प्रभुत्व और 'जुआरी-खुआरी' में द्युतक्रीड़ा के अनर्थों का वर्णन मिलता है। 'जुआरी-खुआरी' एक प्रहसन है। 'हठी हमीर' में अलाउद्दीन खिलजी के आक्रमण का वर्णन है और हम्मीरसिंह की वीरतापूर्ण लड़ाई दिखाई गई है।

मिश्रजी भारतेन्दु-मण्डल में विनोद की मीठी गुदगुदी उत्पन्न करने के लिए प्रसिद्ध थे। इनकी भाषा में कहीं शुद्ध संस्कृत-पदावली का आनन्द मिलता है तो कहीं सलीस उर्दू की जिन्दादिली। कई भाषाओं पर अधिकार होने के कारण इनके नाटकों में विभिन्न पात्रों की भाषाएं नाटक को रोचक बना देती हैं। मुहावरों का जितना अच्छा प्रयोग मिश्रजी के नाटकों में मिलता है, उतना कदाचित् ही अन्यत्र मिले।

हिन्दी में उस काल तक नारी-समस्या के आधार पर कथावस्तु प्रस्तुत करनेवाले नाट्यकारों की संख्या अत्यल्प थी। मिश्रजी इस त्रुटि को समझते थे। अतएव हिन्दी साहित्य को सब प्रकार से पूर्ण करने के अभिलाषी उस कवि ने नाटक लिखने का भी संकल्प किया और 'कलिकौतुक रूपक' में उस पतिव्रता हिन्दू नारी की दुःखद दशा प्रदर्शित की जो अपने वेश्यागामी पति के हाथों नाना प्रकार की विपत्ति सहते हुए भी उसके मंगल की कामना करती है। ऐसी ही कथावस्तु के आधार पर भारतेन्दु युग में अनेक नाटक लिखे गए। अतः मिश्रजी को हम भारतेन्दु-युग का प्रतिनिधि नाट्यकार मानते हैं।

द्वितीय भाग (सं० 1950 से 1960 तक)

राधाकृष्णदास (सं० 1922 से 1964 वि० तक)—राधाकृष्णदासजी भारतेन्दुजी के फुफेरे भाई थे और प्रायः उन्हीं के साथ-साथ रहा करते थे। ये भारतेन्दु-युग के द्वितीय भाग के प्रतिनिधि हैं। 'दु:खिनी बाला' नामक एकांकी नाटक लिखा। इनके 'महारानी पद्मावती' और 'महाराणा प्रतापसिंह' दो ऐतिहासिक नाटक अपने युग के अति प्रसिद्ध नाटक माने जाते हैं। 'धर्मालाप' में केवल संवाद-चमत्कार है। वार्तालाप द्वारा सनातनी, वेदान्ती, वैरागी, शैव, शाक्त, कौल, वैष्णव, आर्यसमाजी, ब्रह्मसमाजी और थियासोफिस्टों के गुण-दोष दिखाए गए हैं।

राधाकृष्णदास ने 'दु:खिनी बाला' में एक हिन्दू विधवा की दु:ख-भरी कहानी नाटक रूप में दिखाई है। यह नाटक भारतेन्दुजी के जीवनकाल में ही लिखा गया था। इसका प्रथम संस्करण सं० 1937 वि० में प्रकाशित हुआ, जिसमें नायिका श्यामा पति की मृत्यु के उपरान्त संयममय जीवन की उपेक्षा करके स्वेच्छाचारिणी बन जाती है और निन्दामय जीवन व्यतीत करती है। दो ही वर्ष बाद दूसरी आवृत्ति प्रकाशित हुई, जिसमें सामाजिक निन्दा के भय से विषपान द्वारा विधवा श्यामा प्राण-विसर्जन कर देती है।

कथावस्तु में परिवर्तन यह संकेत कर रहा है कि सामाजिक कुरीतियों का दुष्परिणाम दु:खान्त नाटकों में प्रदर्शित करने की रुचि नाट्यकारों में पनप रही थी।

राधाकृष्णदास की प्रसिद्धि 'महारानी पद्मावती' और 'महाराणा प्रताप' दो नाटकों के द्वारा फैली। ये दो ऐतिहासिक नाटक राष्ट्रीयता से ओतप्रोत हैं और देश पर बलिदान होने को अह्वान करते हैं। 'महारानी पद्मावती' की रचना भारतेन्दुजी के जीवनकाल में हुई थी।

किन्तु 'महाराणा प्रताप' सं० 1954 में लिखा गया। इस नाटक में दो कथानक साथ-साथ चलते दिखाई पड़ते हैं। यह सहवर्तिनी काल्पनिक घटना ऐतिहासिक वृत्त को अधिक आकर्षक, रोचक और चरित्र-विधायक बनाती चलती है। एक ओर तो महाराणा प्रताप और अकबर की दृढ़ता, मानसिंह, सलीम और मुहब्बतखां के आक्रमण की विभीषिका और युद्ध का कोलाहल सुनाई पड़ता है, तो दूसरी ओर गुलाब और मालती का मधुर प्रेमालाप, ब्रजवासियों के गीत चित्त को आकर्षित करते हैं। राजनीतिक चालों में अकबर की कूटनीति, मानसिंह का महाराणा के प्रति द्वेष, खानखाना द्वारा महाराणा की प्रशंसा पृथ्वीराज का महाराणा को स्वातन्त्र्य-रक्षा के लिए प्रोत्साहन ऐसे प्रसंग हैं, जो दर्शकों के हृदय-पटल पर नाना भावों को सजीव खड़ा कर देते हैं।

प्रेमालाप करनेवाले गुलाब और मालती को भी नाट्यकार ने अन्त में वीर नर-नारी के रूप में दिखाया है। युद्ध में आहत गुलाबसिंह का शव ढूंढ़नेवाली मालती को संन्यासिनी के वेश में देखते ही श्रृंगाररस करुणा-सागर में विलीन हो जाता है। यह वीररस-प्रधान नाटक श्रृंगार और करुणा के सम्मिलन से मनोरम बन जाता है।

भारतेन्दुजी-विरचित अपूर्ण 'सती प्रताप' नाटक को बाबू राधाकृष्णदासजी ने इस योग्यता से सम्पूर्ण किया है कि पाठकों को दोनों की रचना में भेद प्रतीत होता ही नहीं।

चरित्र-चित्रण

पात्रों के चरित्र-चित्रण में बाबू राधाकृष्णदासजी को अपूर्व सफलता मिली है। स्वतन्त्रता की वेदी पर परिवारसहित हंसते-हंसते बलि होनेवाला प्रताप, धीरता, वीरता, क्षमाशीलता और दृढ़ता का मानो आदर्श देवता है। मन्त्री भामाशाह का संचित धन द्वारा राष्ट्रहित में योग देनेवाला जीवन, धनी-मानी अधिकारियों को त्याग की प्रेरणा देता हुआ आदर्श मन्त्रित्व का रूप खड़ा कर देता है। इन साहित्यिक सद्गुणों के अतिरिक्त इसकी अभिनेयता का यह प्रमाण है कि न जाने कितने रंगमंचों से इसका अभिनय दिखाया जा चुका है और आज भी इस नाटक की उपयोगिता कम नहीं हुई है।

भाषा

नाटक की भाषा में नाट्यकार ने आद्योपान्त इस बात का ध्यान रखा है कि मुसलमान पात्र सलीस उर्दू का प्रयोग करें। 'दरद्दात', 'दाद गुस्तरी' आदि शब्द इसके प्रमाण हैं। जो पात्र मुसलमान नहीं हैं, उनकी भाषा कहीं साहित्यिक है और कहीं बोल-चाल की। पात्रों का ध्यान रखकर भाषा का प्रयोग किया गया है।

उपर्युक्त विवेचन से यह प्रमाणित हो जाता है कि ऐतिहासिक नाटकों में 'महाराणा प्रताप' एक विशेष स्थान का अधिकारी है।

तृतीय भाग (सं० 1960 से 1970 वि० तक)

बालकृष्ण भट्ट (सं० 1901 से 1971 वि० तक)—भारतेन्दु-युग के तृतीय भाग का प्रतिनिधि भट्टजी को माना जा सकता है। भट्टजी के निबन्ध जितने पाण्डित्यपूर्ण और गम्भीर होते हैं, उतने ही इनके नाटक सरस और हास्यरस-संयुक्त होते हैं। इनके नाटकों की संख्या भी तत्कालीन सभी नाट्यकारों से अधिक है। कतिप्रय इतिहास-लेखक इनके प्रकाशित तथा अप्रकाशित नाटकों की संख्या 15 तक बताते हैं। किन्तु अभी तक इनके सब नाटक प्रकाशित नहीं हुए हैं। इन्होंने माइकेल मधुसूदनदत्त के दो नाटकों 'पद्मावती' और 'शर्मिष्ठा' का अनुवाद भी किया है। इनके मौलिक नाटकों में 'दमयन्ती-स्वयंवर', 'वेणु-संहार' और 'जैसा काम वैसा परिणाम' अत्यन्त प्रसिद्ध हैं। अन्तिम नाटक प्रहसन है, जिसमें वेश्यागामी को जो दुष्परिणाम झेलने पड़ते हैं उनका दिग्दर्शन कराया गया है।[1]

'दमयन्ती-स्वयंवर' संवत् 1954 वि० में 'हिन्दी प्रदीप' में प्रकाशित हुआ। भारतीय नाट्यशैली के अनुसार नान्दी, सूत्रधार और प्रस्तावना का समावेश किया गया है। प्रत्येक अंक में दो या अधिक गर्भाङ्क हैं। पौराणिक कथानक को लेकर शास्त्रीय पद्धति पर लिखे हुए इस नाटक में कहीं-कहीं संस्कृत के श्लोक मिलते हैं। इस नाटक की संवाद-योजना में इनके अन्य नाटकों से अधिक सौष्ठव दिखाई पड़ता है। आश्चर्य है कि आद्योपान्त नाट्यशास्त्र का अनुसरण करते हुए इन्होंने अन्त में 'भरतवाक्य' क्यों छोड़ दिया।

---

1. प्रहसन के प्रकरण में इस नाटक का विशेष विवरण दिया जाएगा।

इनकी दूसरी प्रसिद्ध रचना 'वेणु-संहार' सं० 1966 वि० में प्रस्तुत हुई। इसका भी पौराणिक कथानक अति प्रसिद्ध है। नान्दी[1], सूत्रधार और प्रस्तावना के साथ नाटक का आरम्भ होता है। इस नाटक में राजा वेणु के अत्याचारों से संतप्त प्रजा का रोदन और ऋषिशाप द्वारा राजा का संहार दिखाया गया है।

यद्यपि कथानक मूलतः पौराणिक है, किन्तु कथावस्तु के संविधान से तत्कालीन रुचि और देश-दशा का सुन्दर चित्र-चित्रण है। ब्रिटिश राज्य के उन खुशामदियों की ओर संकेत मिलता है जो खिताब के प्रलोभन में देशाभिमान को त्याग देते हैं। प्रथम अंक के प्रथम गर्भाङ्क में इसकी एक झांकी देखिए—

नागरिक—जे छूंछे खिताब के लोभी करैं जाति अपमान।
स्वारथ-वश नित करैं खुशामद त्यागि देश-अभिमान ।।
जो पुरखन के पुन्य भाव ते ढुरैं कवौ भगवान।
पदवी पाय अनादरी ऐहैं ज्यों कूकर को कान ।।

तत्कालीन सामाजिक स्थिति का दृश्य देखिए :

कुप्रवृत्ति नाम की एक तरुणी वेणु के आचार-विचार और राज की प्रशंसा करते हुए कहती है, "ये निपूती के निगोड़े नाहक हमारे राजा को बदनाम किए हैं। सच तो यह है कि ऐसा सुख पहले कभी रहा न आगे होगा। सब लोग सब भांति आज़ाद और स्वतन्त्र हैं। यहां तक कि सभ्यता की इस नई चलन में बेटा बाप को मूर्ख और गंवार कहता है। ....। इस महास्वतन्त्रता का मूल वाक्य भी लोगों ने सुना ही होगा, 'न मांस-भक्षण दोषो न मद्ये न च मैथुने। प्रवृत्तिरेषा भूतानाम्।'......

बनैं साहब पहन कर कोट पतलूं
मज़ा इसमें बड़ा है ज़िन्दगी का।
... ...
हैं कोरे अक्ल के बेदुम के टट्टू,
हुए ऐसे नये फैशन पै लट्टू।
समय यह खूब आया सभ्यता का,
खिला गुल हिन्द में आवारगी का ।।"

उपर्युक्त उद्धरणों से यह स्पष्ट होता है कि राजा वेणु की जीवनी को कथावस्तु के रूप में रखने का प्रयोजन तत्कालीन समस्याओं की ओर जनता का ध्यान आकर्षित करना है।

इस नाटक को तीन अंकों और आठ गर्भाङ्कों में समाप्त किया गया है। समझाने पर भी सन्मार्ग पर न आनेवाला वेणु ऋषियों के मारणमन्त्र के प्रयोग द्वारा सिंहासन से नीचे गिर गतप्राण हो जाता है।

---

1. भट्टजी ने इस नाटक में नान्दी संस्कृत श्लोक के रूप में रखी है।

इसके अन्त में भरतवाक्य नहीं मिलता। इस नाटक में एक बड़ा दोष है काल-विरोध का। राजा वेणु के समय की राजनीतिक और सामाजिक अवस्था का वर्णन करते हुए कवि उन्नीसवीं शताब्दी का दृश्य इस रूप में वर्णन करने लगता है कि पाठक अथवा प्रेक्षक को यह दोष स्पष्ट होकर रस-बाधक हो जाता है। एक दृश्य में तो महर्षि अत्रि, वामदेव और भृगु का वर्णन है और दूसरे दृश्य में सूटधारी हिन्दुस्तानी साहबों का मज़ाक और उस मज़ाक में भी राजा वेणु के कामों का उल्लेख। राजा वेणु के समय और अंग्रेजी सभ्यता के प्रचार-काल में शताब्दियों का अन्तर है। इस कारण इस नाटक में काल की एकता (unity of time) नहीं है। काल-विरोध दोष पाया जाता है।

भट्टजी के नाटक

कहा जाता है कि भट्टजी ने निम्नलिखित नाटकों की रचना की[1]—शर्मिष्ठा, पद्मावती, चन्द्रसेन, मृच्छकटिक, किरातार्जुनीय, पृथु-चरित्र, शिशुपाल-वध, नल-दमयन्ती, दमयन्ती-स्वयंवर, शिक्षा-दान, आचार-विडम्बन, नई रोशनी का विष। उपर्युक्त नाटक अभी तक अप्रकाशित हैं। संवत् 2004 विक्रमी में नागरी प्रचारिणी सभा काशी ने 'बृहन्नला', 'वेणु-संहार' और 'जैसा काम वैसा परिणाम' नामक तीन नाटकों को प्रकाशित किया है।

चतुर्थ भाग (संवत् 1970 से 1980 तक)

राधाचरण गोस्वामी (सं० 1915 से 1982 तक)—गोस्वामी ने 1944 विक्रमी से नाटक-रचना प्रारम्भ की। ये भारतेन्दु युग के चतुर्थ भाग के प्रतिनिधि हैं। इनके आठ नाटकों का उल्लेख मिलता है। 'सती चन्द्रावली', 'अमरसिंह राठौर', 'श्रीदामा' बड़े नाटक हैं। तीन छोटे प्रहसन हैं—'बूढ़े मुंह मुंहासे', 'तन-मन-धन गोसाईंजी के अर्पण' और 'भंग-तरंग'।

'सती चन्द्रावली' नाटक में चन्द्रावली अपनी सखियों के साथ जल भरने जाती है। शाहज़ादा अशरफ उसे पकड़ लेता है और उसका पिता औरंगज़ेब जनता की प्रार्थना को ठुकराकर चन्द्रावली को मुक्त करना अस्वीकार कर देता है। हिन्दुओं के विद्रोह में अशरफ की मृत्यु होती है। औरंगज़ेब रोषपूर्ण होकर नाना प्रकार के अत्याचार करता है। चन्द्रावली स्वतः अग्नि में भस्म हो जाती है। इस ऐतिहासिक नाटक में एक वीर नारी का चरित्र दिखाया गया है, जो राज-सुख को त्यागकर अपने धर्म पर आरूढ़ रहती है और धर्म-रक्षा के लिए युद्ध करते हुए शरीर त्याग देती है। इस प्रकार यह दुःखान्त नाटक समाप्त होता है।

'अमरसिंह राठौर' भी वीररस का ऐतिहासिक नाटक है। भारतीय-पद्धति के अनुसार नान्दी के द्वारा इसका आरम्भ होता है। अमरसिंह के वीरत्व-प्रदर्शन से हिन्दुओं

1. भट्ट नाटकावली, नागरी प्रचारिणी सभा, पृष्ठ 4।

में वीरभाव भरना ही इसका उद्देश्य प्रतीत होता है। वीर अमरसिंह युद्ध में आहत होता है। उसकी पत्नी घोड़े पर सवार होकर पति का शव ढूंढ़ती है और साथ-साथ चिता पर जल जाती है। यह दुःखान्त नाटक है। गोस्वामीजी ने अपने प्रहसन 'तन-मन-धन गोसाईंजी के अर्पण' में दुराचारी गुरुओं का भण्डाफोड़ किया है। इसमें यह दिखाया है कि किस प्रकार मूर्खता से अन्धभक्त अपनी बहिन-बेटियों की प्रतिष्ठा संकट में डाल देते हैं।

रचना-उद्देश्य

गोस्वामीजी ने नाटक-रचना का उद्देश्य प्रत्येक नाटक की भूमिका में दे दिया है। 'सती चन्द्रावली' का उद्देश्य उसकी भूमिका में इस प्रकार मिलता है, "एक दिन मेरी प्राणाधिक प्रियतमा ने कहा कि श्रावण के गीतों में बहुधा उपदेशपूर्ण गीत भी हैं जैसे कि चन्दना, रानी गेंद और चन्द्रावली आदि। तब मैंने उनसे वे गीत सुने और उनमें चन्द्रावली का गीत और इतिहास मुझे बहुत ही आदर्श और उन्नत जान पड़ा। बस, यह नाटिका मैंने उसी सूत्र पर बनाई है।"

उपर्युक्त उद्धरण से तत्कालीन नाट्यकारों की रुचि का पता चलता है। वे लोग अपने नाटकों के लिए जनता में प्रचलित ऐसी कथाएं ग्रहण करते थे, जिनमें जन-जीवन को विकासोन्मुख करने की शक्ति हो।

एक दूसरे नाटक 'अमरसिंह राठौर' की भूमिका में राधाचरण गोस्वामी लिखते हैं, "भारत में जब कि प्रकृत स्वाधीनता और वीरता का प्राण-वियोग हुए सैकड़ों वर्ष हो गए, तब पुस्तक-पत्रों के द्वारा ही हम स्वाधीनता, वीरता के लिए अश्रु-विसर्जन करके कृतार्थ होंगे।"

उपर्युक्त उद्धरण यह प्रमाणित करता है कि उस काल के नाट्यकार देश की परतन्त्रता को देखकर अत्यन्त दुःखी हो रहे थे। देश को स्वाधीन बनाने के लिए पुस्तक-पत्रों का सहारा ले रहे थे। उनके सामने जीवन का एक ही उद्देश्य था—हिन्दू, हिन्दी, हिन्दुस्तान की उन्नति। इसी की पूर्ति के लिए वे लोग नाटकों की रचना कर रहे थे। इन नाटकों के द्वारा देश जाति, भाषा, समाज सभी का सुधार उनका लक्ष्य था। यही कारण है कि अवसर तथा प्रसंग के बिना भी देश-सुधार, समाजोन्नति तथा भाषा की उन्नति के लिए प्रोत्साहन की बातें इनके नाटकों में मिलती रहती हैं।

इन सुधार-प्रेमी नाट्यकारों ने उद्देश्य-पूर्ति में जहां-जहां नाट्यनियमों को बाधक-रूप में पाया, वहां इनका बहिष्कार किया। उन्होंने उद्देश्य को नाट्यकला से उच्चतर स्थान दिया था। इनके लिए नाट्यकला का महत्त्व इसलिए था कि वह सुधार-कार्य में सहायक थी। यह युग का प्रभाव था।

भारतेन्दु-युग के अन्य नाटक और उनकी नाट्य-प्रवृत्ति

भारतेन्दुजी की साधना का फल हिन्दी-नाट्य-साहित्य को जितना उनके जीवन-

काल में मिला, उससे कहीं अधिक उनके दिवंगत होने पर प्राप्त हुआ। भारतेन्दु का मित्रमण्डल अपने नेता की आकांक्षा-पूर्ति के हित सतत प्रयत्नशील रहा, मानो भारतेन्दुजी की दिव्यात्मा उनको नवशक्ति प्रदान करती हुई निरन्तर प्रेरणा दे रही थी। इन नाटक-रचयिताओं की सत्यनिष्ठा से आकर्षित होकर नये नाट्यकारों ने अपनी लेखनी आज़माई। उन लोगों ने अपनी-अपनी रुचि के अनुकूल राजनीतिक, पौराणिक, धार्मिक तथा कल्पित कथानक चुने। वीर, शृंगार, हास्य और करुणरस के नाटक बनने लगे। दुःखान्त नाटकों का नितान्त अभाव दूर हो गया। कितने ही प्रसिद्ध नाटकों की रचना इस काल में हुई। राष्ट्रीय नाटकों की भी संख्या उत्तरोत्तर बढ़ने लगी। हास्यरस के नाटकों की रचना बड़े वेग से होने लगी। सामाजिक नाटकों में विवाह की समस्या पर सबसे अधिक बल दिया जाने लगा। प्रेमी की विविध अवस्थाओं और प्रेमतत्त्व-निरूपण का विशद विवेचन इस काल की मुख्य देन है।

इस युग में राम-कृष्ण की लीलाओं को कथावस्तु बनाकर जो नाटक लिखे गए, वे पिछले नाटकों से शैली में नितान्त भिन्न थे। भारतेन्दु के पूर्व राम-कृष्ण-सम्बन्धी नाटक या तो रामलीला और रासलीला के लिए लिखे जाते थे, अथवा शुद्ध साहित्यिक होते थे। शुद्ध साहित्यिक नाटकों में अभिनय की नितान्त उपेक्षा होती और अभिनय-योग्य नाटकों में साहित्यिक शैली का अभाव रहता। इस काल में मनोवृत्ति बदली। यद्यपि कुछ नाटक केवल रासलीला और रामलीला के दृष्टिकोण से लिखे गए, किन्तु अधिकांश आधुनिक रंगमंच का भी ध्यान रखकर लिखे जाने लगे। राम-सम्बन्धी नाटकों का अभिनय इस काल से पूर्व प्रायः तुलसीदासजी की रामायण को नाटक-रूप में बदलकर किया जाता था, किन्तु इस काल में दृष्टिकोण बदल गया। साहित्यिक नाटक रंगमंच की दृष्टि से भी दूसरे ढांचे में ढले। दुःखान्त नाटक भी बनने लगे। कभी-कभी तो एक ही व्यक्ति ने दोनों प्रकार के नाटकों की रचना की। कदाचित् उनका लक्ष्य यह था कि यदि राम-सम्बन्धी नाटक आधुनिक रंगशाला के अनुकूल न होंगे तो लीलाओं में तो उनकी सहायता से अभिनय कराया ही जा सकेगा। देवकीनन्दनजी का सीताहरण (1876) और रामलीला (1879) बलदेवजी का रामलीला-विजय, दामोदर सप्रे के सात कांडों में समस्त रामलीला के सात नाटक (1889), बन्दीदीन का सीताहरण और सीता-स्वयंवर (1899), ज्वालाप्रसाद मिश्र का सीता-वनवास (1895) और रामलीला रामायण (1904), बदरीनारायण प्रेमघन का प्रयाग-रामागमन (1904), तथा वामनाचार्य गिरि का वारिदनाद-वध व्यायोग इसी प्रकार के नाटक हैं।[1]

उपर्युक्त नाटकों में सप्रेजी के नाटक रामलीला के विशेष उपयुक्त हैं। सीता-वनवास और सीता-स्वयंवर में संगीत का इतना प्राधान्य है कि वे स्वांगवालों के विशेष उपयोगी हैं। संवाद-योजना का शैथिल्य इन्हें अभिनयशाला के योग्य नहीं बना पाता।

कृष्ण-सम्बन्धी नाटकों में रासलीला और अभिनयशाला दोनों के योग्य प्रचुर

1. इस पृष्ठ पर विक्रमी संवत् के स्थान पर ई० सन् का प्रयोग हुआ है।

रचना हुई। इस युग में साधु-महात्माओं के अतिरिक्त अन्य साहित्यिक नाट्यकारों ने भी रासलीला के उपयुक्त नाटकों की रचना की और महारास की भी नवीन रचना हुई। हरिहरदत्त दुबे और खड्गबहादुर मल्ल ने महारास की रचना की। भारतेन्दुजी की 'चन्द्रावली' की शैली पर अम्बिकादत्त व्यास ने 'ललिता' नामक नाटक रचा। इस काल में कृष्ण की 'वृन्दावनलीला' की ओर किसी-किसी लेखक का ध्यान गया अन्यथा द्वारकाधीश कृष्ण ही की लीला पर नाटकों का सृजन हुआ, जैसे—कृष्ण-सुदामा[1] (1870), रुक्मिणी-हरण (1876), उषा-हरण (1887), उद्धव-वशीठ-नाटिका (1887), प्रद्युम्न विजय (1893), रुक्मिणी-परिणय (1894), द्रौपदी-वस्त्रहरण (1896), इस काल में महाभारत तथा पुराणों की कथा पर अनेक नाटक रचे गए, जैसे—दमयन्ती-स्वयंवर (1885), अभिमन्यु-वध (1896), ध्रुव-तपस्या (1885), सावित्री (1900), अंजना सुन्दरी (1901)।

मोरध्वज और भर्तृहरि दो ऐसे प्रसिद्ध नाटक हैं, जिनका अत्यधिक प्रचार स्वांग-मण्डलियों में हुआ। ये दोनों नाटक आज तक स्वांग-मण्डलियां बड़े उत्साह से खेलती हैं।

ऐतिहासिक नाटकों में पद्मावती (1882), महाराणा प्रताप (1897), संयोगिता-स्वयंवर (1885), श्री हर्ष (1884) और अमरसिंह राठौर (1885), अत्यन्त प्रसिद्ध हुए हैं।

राष्ट्रीय नाटकों में भारतोद्धार (1883), भारत-आरत (1885), भारत-सौभाग्य (1887), वर्तमान दशा (1890), देश-दशा (1892), भारत-दुर्दिन (1895), भारत-हरण (1899), भारत-दुर्दशा (1902) अत्यन्त प्रसिद्ध हैं।

उपर्युक्त राष्ट्रीय नाटकों में भारत की दयनीय दशा दिखाकर भारत के पूर्व वैभव से तुलना करने की चेष्टा की गई है। सभी नाटकों में देश-दैन्य-रूपी रोग का निदान पराधीनता और तज्जन्य आलस्य, फूट, प्रमाद और पश्चिमीय सभ्यता का अन्धानुकरण बताया गया है।

समस्या-नाटकों में बाल-विवाह और साधु-पाखण्ड को लक्ष्य करके व्यंग्य के द्वारा समाज-सुधार की चेष्टा झलकती है। जैसे अबलाविलाप (1884) बाल-विवाह[2] (1874), दुःखिनी बाला (1880), बाल-विवाह[3] (1881), विधवा-विवाह (1882), विवाहित-विलाप (1883), विवाह विडम्बन (1884), बाल्य-विवाह (1884), बाल-विवाह-दूषक (1885), वृद्धावस्था-विवाह (1888) बाल-विवाह[4] (1898)। उपर्युक्त नाटकों में बाल-विवाह और विधवा-विवाह ये दो विषय मुख्यतः

1. इस पृ० पर ई० सन् का प्रयोग हुआ है।
2. बाल-विवाह, शरण-कृत (1874)
3. बाल-विवाह, देवकीनन्दन त्रिपाठी (1881)
4. बाल-विवाह, छुट्टनलाल स्वामी-कृत (1898)

कथानक बने।

भारतेन्दुजी के विद्यासुन्दर नाटक का जनता पर इतना प्रभाव पड़ा कि इस शैली पर अनेक नाटक रचे गए, जैसे—रणधीर-प्रेममोहिनी (1877), तप्तासंवरण (1883), मदन-मंजरी (1884), चन्द्रप्रभा मनस्विनी (1884), विद्या-विलासिनी (1884), रति-कुसुमायुध (1885), मयंक-मंजरी (1891), लावण्यवती-सुदर्शन (1892), प्रेम-सुन्दर (1892), विद्या-विनोद (1892), कमलमोहनी-भंवरसिंह (1898), मालती-वसन्त (1899), रूप-बसन्त (1901), माधवानलकाम-कंदला (1904), चन्द्रकला-भानुकुमार (1904)।

उपर्युक्त नाटकों में 'विद्यासुन्दर' की शैली ही प्रायः अपनाई गई है, रणधीर-प्रेममोहिनी की तरह दुःखान्त नाटक अल्पसंख्यक रहे। प्रेम-सम्बन्धी नाटकों की सूची तो लम्बी अवश्य बनी किन्तु विद्यासुन्दर के समान अभिव्यंजना शैली का प्रायः अभाव पाया जाता है। एक भी नाटक उस कौशल को न पा सका। उस नाटक में जितना चमत्कार और रचनाकौशल है, उतना कदाचित् ही किसी अन्य नाटक में आया हो।

रूप-बसन्त का सबसे अधिक मान स्वांग-नाटक-मंडलियों ने किया। यह नाटक आज भी ग्रामीण जनता का अतिप्रिय बना हुआ है।

इस युग में सबसे अधिक विकास हास्यरस के नाटकों का हुआ है। जय नारसिंह की (1876), स्त्री-चरित्र (1879), एक-एक के तीन-तीन (1879), बैल छः टके को, सैकड़ों में दस-दस, जैसा काम वैसा परिणाम (1877), ठगी की चपेट (1884), हास्यार्णव (1885), कलि-कौतुक (1886), बूढ़े मुंह मुंहासे (1887), अपूर्व रहस्य (1888), तन-मन-धन गोसाईंजी के अर्पण (1890), भग-तरंग (1892), चौपट चपेट (1891), दादा और मैं (1893), वेश्या नाटक (1893), हास्य (1893), महाअंधेरनगरी (1892), अतिअंधेरनगरी (1895), देशी कुत्ता विलायती बोल (1898)।[1]

हास्यरस के नाट्यकार

इस प्रकार इस काल में हास्यरस-प्रधान नाटकों के कई लेखक उत्पन्न हुए, जिन्होंने समाज की विविध बुराइयों पर नाटक-रूप में व्यंग्य किया। मादक-द्रव्य-सेवन, बहु-विवाह, बाल-विवाह, वृद्ध-विवाह, अंग्रेज़ी फैशन, सूदखोरी आदि का दुष्परिणाम दिखाते हुए हास्यरस का परिपाक किया गया है। इन नाटकों में पण्डा-पुरोहित का कुकृत्य, ढोंगी साधुओं की काली करतूत, अत्यधिक ब्याज लेने वाले महाजनों की दुर्दशा, वेश्यागमन का दुष्परिणाम दिखाया गया है। अन्धविश्वासों तथा रूढ़िगत परम्पराओं की खिल्ली उड़ाई गई है। इस काल में पश्चिमी सभ्यता के उपासक मद्य-मांस-प्रेमी सज्जन भी हास्यरस के नाटकों के नायक बने। अंग्रेज़ी आचार-विचार की वे बातें जो भारतीय

---

१. इस पृष्ठ पर ईस्वी सन का प्रयोग हुआ है।

वातावरण के प्रतिकूल प्रतीत हुईं, ऐसे नाटकों के लिए सुन्दर कथावस्तु बन गईं। विविध विषयों के आधार पर इस काल के हास्यरस के जो नाटक बने, उनसे समाज का मनोविनोद ही नहीं अपितु सुधार भी हुआ।

इस काल में हास्यरस-प्रधान नाटकों के अति प्रसिद्ध रचयिता थे—देवकीनन्दन त्रिपाठी और पण्डित बालकृष्ण भट्ट। देवकीनन्दन जी ने सन् 1870 ई० से ही प्रहसन का सृजन प्रारम्भ कर दिया था। अपने सोलह वर्ष के रचनाकाल में उन्होंने निम्नलिखित प्रहसन लिखे—रक्षाबन्धन, एक-एक के तीन-तीन, स्त्री-चरित्र, वेश्याविलास, बैल छः टके को, जय नारसिंह की, सैकड़े में दस-दस, कलजुगी जनेऊ।

'रक्षाबन्धन' नाटक में मदिरा-सेवन और वेश्यागमन का दुःखद परिणाम दिखाया गया है। 'एक-एक के तीन-तीन' में ऋण देने वाले बेईमान व्यक्तियों की बेईमानी दिखाई गई है। 'स्त्री चरित्र' में कुटिल स्त्रियों का त्रियाचरित्र और 'वेश्याविलास' में वेश्यागामियों का कुत्सित चरित्र दिखाया गया है। 'बैल छः टके को' लिखने का उद्देश्य मनोविनोद के साथ यह शिक्षा देना है कि मनुष्य अधिक लोभ में न फंसे, किसी के अनिष्ट की इच्छा न करे, परोपकार की भावना रखता हुआ 'सांची करे मीठी खावे।' 'जय नारसिंह की' नाटक तत्कालीन प्रचलित अन्धविश्वासों की खिल्ली उड़ाने के उद्देश्य से लिखा गया है। इस प्रहसन में जादू-टोना करने वाले, भूत-प्रेत के पुजारी ओझा और सयानों का भण्डाफोड़ किया गया है। 'सैकड़े में दस-दस' में उन धनी व्यक्तियों का घृणित जीवन दिखाया गया है जो द्यूत-क्रीड़ा, मद्यपान आदि निन्द्य कर्मों के कारण पुलिस के हथकण्डों में फंसकर नाना प्रकार का क्लेश उठाते हैं।

वेश्यागामियों की दुर्दशा दिखाने को एक नाटक बालकृष्ण भट्ट ने लिखा है, 'जैसा काम वैसा दुष्परिणाम'। इसमें रसिकलाल नामक एक धनी पुरुष की क्रूरता धर्मपत्नी के प्रति दिखाई गई है। रसिकलाल मोहिनी वेश्या के मोह में अपनी धन-सम्पत्ति नष्ट करता है और अपनी धर्मपत्नी मालती को नाना प्रकार का कष्ट देता है। सब प्रकार का अत्याचार सहते हुए वह अपने पति से यही कहती है कि नाथ, 'इहामुत्र च नारीणां परमा हि गतिः पतिः'[1] (इहलोक और परलोक दोनों के लिए स्त्रियों को पति ही शरण है)। मालती की सहनशीलता का रसिक पर प्रभाव पड़ता है और वह अंत में इस प्रकार क्षमा मांगता है, "मालती, निस्संदेह मेरे कारण तुम्हें बड़े-बड़े कष्ट झेलने पड़े। अब मैं विनयपूर्वक अपने सम्पूर्ण अपराधों की तुमसे क्षमा चाहता हूं और आज से शपथ करता हूं कि सिवाय तुम्हारे किसी अन्य स्त्री की ओर दृष्टि न डालूंगा।[2]

इस नाटक का भरतवाक्य तत्कालीन नाट्यकारों की नाटक-रचना का उद्देश्य स्पष्ट करता है।

1. भट्ट नाटकावली, नागरी प्रचारिणी सभा, पृ०-124
2. वही, पृष्ठ-125

होहिं एक पत्नी ब्रत रत सब भारत नरवर।
तजहिं कुपथ, पथ गहहिं धर्म कर दुर्मति तज कर।।
तजि वेश्वा-संग रमन करहिं श्रद्धा निज तिय पर।
जासों सुधरहि दशा दीन भारत की सत्वर ।।[1]

पं० पुरुषोत्तम कवि

भारतेन्दु युग में पारसी थियेट्रिकल कम्पनियां दक्षिण भारत में विशेषकर बम्बई में हिन्दी नाटक खेला करती थीं जिनके फलस्वरूप हिन्दीतर प्रान्तों में भी हिन्दी नाटक रचना होने लगी थी। हैदराबाद में पंडित पुरुषोत्तम कवि नामक एक अध्यापक तेलुगु में यक्षगान की रचना करते थे। सन् 1880 में धारवाड़ नाटक कम्पनी, आन्ध्र प्रदेश में तेलुगु और हिन्दी नाटकों का अभिनय किया करती थी। सन् 1882 में नेशनल थियेट्रिकल सोसाइटी के मैनेजर दासिनि वेंकटस्वामी नायडू तेलुगु भाषा के ऐसे विद्वान की खोज में थे जो हिन्दी में भी नाटक लिखने में समर्थ हो। उन्हीं के आग्रह से पंडित पुरुषोत्तम कवि ने रामायण और महाभारत के आधार पर 11 और इतिहास संबंधी 2 और पुराण संबंधी 19 हिन्दी नाटकों की रचना की। ये नाटक मछलीपट्टणम् के अतिरिक्त विभिन्न नगरों में वर्षों तक खेले गए। इनके नाटकों की भाषा संस्कृत समास भूयिष्ट होने पर भी सरलता से बोधगम्य हो सकी है। उस काल में तेलुगु नाटकों में पात्रोचित भाषा के स्थान पर जटिल समासों से भरी भाषा प्रयुक्त होती थी। ऊंच और नीच पात्रों की भाषा में कोई अन्तर नहीं होता था किन्तु पंडित पुरुषोत्तम कवि ने अपनी भाषा के विषय में इस प्रकार विचार प्रकट किया है :

"नाटकों में सभी पात्र एकसी भाषा बोलें, यह स्वाभाविक नहीं लगता। अतः मैंने हिन्दू एवं विद्वान पात्रों के लिए तत्सम-निष्ठ भाषा का, सामान्य स्तर के पात्रों के लिए तद्भव शब्दों से युक्त भाषा का एवं सेवक और म्लेच्छ पात्रों के लिए उर्दू-फारसी से युक्त भाषा का प्रयोग किया है।"[2]

डा० भीमसेन निर्मल के अनुसार कुछ नाटकों के केवल गीतमात्र प्राप्त हैं। छह नाटकों के गद्य-पद्य भाग उपलब्ध हैं और 18 नाटकों का केवल नाम मात्र मिलता है। नाटकों का उद्देश्य तत्कालीन जनरुचि को देखते हुए भारतीयों का ध्यान मानवता की रक्षा और उच्च आदर्शों की ओर ले जाना है। यद्यपि पाश्चात्य संस्कृति का प्रबल प्रहार भारतीयों पर हो रहा था तथापि जनरुचि अभी कौतूहल प्रधान धार्मिक कथाओं से विरक्त नहीं हुई थी। पुरुषोत्तम कवि नाट्यशास्त्र के जटिल नियमों से रचना को बांधने की अपेक्षा अपनी कृति को सहज, सुगम और प्रभावशाली बनाने का प्रयत्न करते रहे। अति मानवीय और अति प्राकृतिक घटनाओं और चरित्रों को नाटक में सन्निविष्ट करने से वे

1. भट्ट नाटकावली, नागरी प्रचारिणी सभा, पृष्ठ 136
2. रामदास चरित्र की भूमिका।

कभी हिचकिचाते नहीं थे। नाट्यकार का ध्यान जनता को आह्लादित और रुचि को परिमार्जित करने की ओर विशेष रूप से गया, अतः पात्रों का मनोवैज्ञानिक चित्रण उन्हें अभीष्ट न हुआ। वे जहां और जब अवसर पाते राजधर्म की व्याख्या करते हुए तत्कालीन शासक-प्रणाली पर व्यंग्य कर देते। इनके नाटक थियेटर कम्पनी या नाटक कम्पनी में अभिनीत होने की दृष्टि से लिखे गए थे, जिसका प्रभाव नाट्य-रचना में स्थान-स्थान पर दिखाई देता है। इनके नाटक प्रायः अधिक-से-अधिक 3 घंटे में खेल लिए जाते थे। यद्यपि उनमें कहीं-कहीं चालीस से ऊपर भी दृश्य होते थे। रस की दृष्टि से इनके नाटकों में भक्ति और शान्त रस की प्रधानता है, कहीं-कहीं करुण रस का भी आस्वादन सराहनीय है। प्रमुख उपलब्ध नाटक इस प्रकार हैं—रामदास चरित्र, अहिल्यासंक्रदनीयमु, सीमन्तिनी चरित्रमु, भद्रायुरभ्युदयमु, कीर्तिमालिनी प्रदानमु, अपूर्व दाम्पत्यमु।

इस काल की नाट्य शैली

अंक-गर्भांक : इस काल के नाट्यकारों ने महाराज विश्वनाथसिंह द्वारा प्रयुक्त और भारतेन्दु द्वारा प्रशंसित वह शैली अपनाई जो नाट्य-शास्त्र के नियमों में देश—काला नुसार परिवर्तन और परिवर्द्धन करने की शक्ति रखती है। इस काल के अधिकांश नाटकों में नान्दी, सूत्रधार और भरतवाक्य का प्रयोग मिलता है। यद्यपि नाटक अंकों और गर्भांकों में विभाजित हैं, किन्तु गर्भांक का अर्थ भरत के नाट्य-शास्त्र के अनुसार नहीं लिया गया है। गर्भांक का अर्थ दृश्य मानकर इस शब्द का प्रयोग हुआ है। प्रमाण के लिए पं० बालकृष्ण भट्ट के 'बृहन्नला' और 'वेणु-संहार' नाटक देखिए। 'बृहन्नला' के प्रथम अंक में तीन गर्भांक, द्वितीय अंक में तीन गर्भांक, तृतीय अंक में एक गर्भांक और चतुर्थ अंक में एक गर्भांक मिलता है।

प्रस्तावना : प्रस्तावना शब्द द्वारा प्रस्तावना का संकेत इस काल के नाटकों में मिलता है। पं० बालकृष्ण भट्ट के 'वेणु-संहार' में प्रथम अंक के प्रथम गर्भांक में नान्दीपाठ के पश्चात् सूत्रधार का प्रवेश कराया है। संस्कृत नाटकों की शैली पर ही सूत्रधार कहता है, "तो उचित है कि गुण-लोभी इन सुजनों को अपने तौर्यत्रिक वाद्यनाद्य गान से ऐसा लुभावें कि सब लोग प्रसन्न हो जाएं। अच्छा, तो आज कौन-से नये नाटक का अभिनय उचित होगा। (थोड़ा ठहर याद कर) हम तो भूल ही गए थे, अच्छी याद आई, हाल में हिन्दी-प्रदीप के सम्पादक महाशय ने एक नया नाटक तैयार कर हमें दिया है। वह इस समय के लोगों की रुचि के बहुत ही अनुकूल होगा।"

इति प्रस्तावना

प्रस्तावना के अतिरिक्त अपवारित, स्वगत-भाषण, संवादों में कविता-प्रयोग के भी उदाहरण मिलते हैं। यद्यपि अंग्रेजी नाटकों का प्रभाव देशव्यापी बन रहा था और पाश्चात्य नाट्यशैली पर नाटक विरचित हो रहे थे, किन्तु इस काल के हिन्दी नाटकों

में अल्प परिवर्तन[1] के साथ नाट्यशास्त्र के नियमों का पालन किया जा रहा था। भारतेन्दु-जी का प्रभाव इस युग के अधिकांश नाटकों पर इसी रूप में पड़ रहा था। भारतेन्दुजी ने वस्तु-संविधान, संवाद-योजना आदि में जिस नाट्यशैली का पथ प्रदर्शित किया, उस पर प्रायः सभी नाट्यकार सुखपूर्वक चलते हुए हिन्दी नाट्य-श्री की अभिवृद्धि करते रहे।

इस काल के अधिकांश नाट्यकार भारतेन्दुजी के कथानुसरण की बात स्वयं स्वीकार करते हैं और भूमिका में श्रद्धा के साथ उन्हें स्मरण करते हैं। हरिऔधजी ने अपने 'प्रद्युम्न-विजय-व्यायोग' में लिखा है :

"मम रचित इस प्रद्युम्न-विजय-व्यायोग में, जिसको मैंने भाषा कविचक्र-चूड़ामणि भारतेन्दु बाबू हरिश्चन्द्र गोलोक-निवासी के संस्कृत से अनुवादित धनंजय-विजय-व्यायोग की छाया लेकर निर्मित किया है।"[2] इसके अतिरिक्त इस काल में एक ऐसी प्रवृत्ति की क्षीण धारा मिलती है, जो हिन्दी नाटक के प्रथम उत्थानकाल से अब तक चली जा रही थी। वह प्रवृत्ति है, नाटक में लोकोत्तर व्यक्ति को नायक बनाने की। पं० अयोध्यासिंह उपाध्याय अपने नाटक 'रुक्मिणी-परिणय' की भूमिका में लिखते हैं : "किन्तु हर्ष का स्थान है कि हमने एक लोकोत्तर व्यक्ति की गाथा-गुंफन में अपने समय को व्यय किया है, किसी ऐसे पुरुष का रोमांचकर चरित्र नहीं लिखा है, जिसके नाम-श्रवण से ही आप कान पर हाथ रखें।"[3]

उपर्युक्त उद्धरण से प्राचीन हिन्दी नाट्यकारों की प्रवृत्ति-परम्परा का आभास भारतेन्दु-युग में भी मिलता है। एक ओर पंडित बालकृष्ण भट्ट वेश्या का चरित्र दिखा रहे थे, दूसरी ओर पं० अयोध्यासिंह ऐसे चरित्रों को सुनना भी नहीं चाहते थे। हम देख आए हैं कि हिन्दी के प्रथम उत्थान के नाट्यकार लोकोत्तर व्यक्ति को ही नाटक में नायक बनाकर नाट्य-रचना करते थे और इस कार्य को धर्म-कार्य समझते थे। यही प्रवृत्ति हमें पं० अयोध्यासिंहजी में मिलती है। नाटकों में कविता की रचना भी यत्र-तत्र हिन्दी के प्रथम उत्थान के सदृश मिलती है। अयोध्यासिंह ने अपने नाटक प्रद्युम्न-विजय-व्यायोग में एक स्थान पर लिखा है :

"चमक्के कृपानं। कड़क्के कमानं।
तड़क्के तुफंगं। सड़क्के अभंगं॥"[4]

---

1. विष्कम्भक, प्रवेशक, अंकावतार, अंकमुख आदि का प्रयोग बहुत ही कम नाटकों में मिलता है।
2. प्रद्युम्न-विजय-व्यायोग (भूमिका), पं० अयोध्यासिंह उपाध्याय, सन् 1893 ई०
3. श्री रुक्मिणी-परिणय नाटक, पं० अयोध्यासिंह उपाध्याय, पृष्ठ 2
4. प्रद्युम्न-विजय-व्यायोग, अयोध्यासिंह उपाध्याय (इन्द्र, प्रवीर और जयंत का वार्तालाप)

इसी प्रकार की रचना हम गुरु गोविन्दसिंह जी के 'चंडी-चरित्र' में देख आए हैं।

उपर्युक्त विवेचना से यह सारांश निकला कि यद्यपि भारतेन्दु-युग में नाटक की नई प्रवृत्तियां बलवती हो रही थीं, तथापि प्रथम उत्थानकाल की नाट्य-प्रवृत्तियां किसी न किसी रूप में विद्यमान थीं। यह अवश्य कहा जा सकता है कि नवीन विचारों के प्रवाह में पुराने विचारों का धीरे-धीरे तिरोधान हो रहा था।

भारतेन्दु-युग के अनूदित नाटक

भारतेन्दु-युग में मौलिक नाटकों के अतिरिक्त अनूदित नाटकों की भी रचना होती रही। हिन्दी भाषा में अन्य भाषाओं के अनुवाद-रूप नाटक लिखने की प्रेरणा राजा लक्ष्मणसिंह में प्रथम बार फलवती हुई। संवत् 1918 वि० में राजा साहब ने खड़ी बोली में 'शकुन्तला नाटक' का प्रथम गद्यमय अनुवाद किया। किन्तु संवत् 1946 वि० में भारतेन्दुजी की अनुवाद-पद्धति के अनुसार पुनः मूल के गद्य-भाग का गद्य में और पद्य-भाग का पद्य में अनुवाद हुआ। भारतेन्दुजी के उपरान्त संस्कृत, अंग्रेज़ी और बंगला नाटकों के अनुवाद का क्रम बड़े वेग से बढ़ चला। लाला सीताराम ने महावीर-चरित्र, उत्तरराम-चरित्र, मालती-माधव, मालविकाग्निमित्र, मृच्छकटिक, नागानन्द का अनुवाद मूल संस्कृत से किया। अनूदित नाटकों के गद्य-भाग में खड़ीबोली और पद्य-भाग में ब्रजभाषा प्रयुक्त हुई।

लाला सीताराम के अतिरिक्त संस्कृत नाटकों का अनेक विद्वानों ने अनुवाद किया। बिहार-निवासी दबे नन्दलाल विश्वनाथ ने संवत् 1939 वि० से संवत् 1943 के मध्य उत्तररामचरित और शकुन्तला का अनुवाद किया। पं० रामेश्वर भट्ट ने रत्नावली का और ज्वालाप्रसाद मिश्र ने वेणीसंहार का अनुवाद संवत् 1956 वि० में किया।

संस्कृत से अनूदित नाटकों में विभिन्न शैलियों का अनुसरण होता रहा। अनुवाद में नाट्यकारों का उद्देश्य हिन्दी नाट्य-साहित्य को सम्पन्न बनाना था।

इस काल में अंग्रेज़ी नाटकों का अनुवाद भी बहुसंख्या में उपलब्ध है। सं० 1936 वि० में तोताराम वर्मा ने जोजेफ़ एडीसन कृत 'केटो' नामक नाटक का अनुवाद 'केटो-वृत्तांत' नाम से किया। इस नाटक में अविकल अनुवाद मिलता है। पात्रों के नाम भी ज्यों के त्यों रख लिए गए हैं। दृश्य के स्थान पर गर्भांक का प्रयोग किया गया है। यह इस काल की विशेषता है। इसी नाटक का दूसरा अनुवाद बाबू तोतारामजी ने संस्कृत शैली पर प्रस्तावना आदि के सहित किया।

शेक्सपियर के नाटकों का अनुवाद इस काल में अन्य विदेशी नाटकों की अपेक्षा अधिक सख्या में हुआ। मर्चेण्ट आफ वेनिस का अनुवाद 'वेनिस नगर का व्यापारी' नाम से किया गया। गोपीनाथ पुरोहित ने 'ऐज यू लाइक इट' का अनुवाद 'मनभावन' नाम से और रोमियो एण्ड जूलियट का अनुवाद 'प्रेम-लीला नाम' से किया। इनमें अंग्रेजी का

पद्य-भाग भी गद्य में ही अनूदित है। इनके अतिरिक्त सूर्यप्रसाद मिश्र ने अपने अनुवाद में अंग्रेज़ी कविता का अनुवाद हिन्दी कविता में ही किया है।

संवत् 1950 वि० में मथुराप्रसाद उपाध्याय ने 'साहसेन्द्र-साहस' नाम से 'मैकबेथ' का अनुवाद किया। यह अनुवाद सरस और सफल है।

बंगला नाटकों का अनुवाद-क्रम भी इस काल में चल रहा था। रामकृष्ण वर्मा ने 'पद्मावती'[1], वीर नारी'[2], 'कृष्णकुमारी'[3], का अनुवाद किया। मुन्शी उदितनारायणलाल ने 'सती नाटक'[4], 'दीप-निर्वाण', और 'अश्रुमती' का अनुवाद किया। माइकेल मधुसूदन दत्त के प्रसिद्ध नाटक 'एकी की बोले सभ्यता' का अनुवाद पं० ब्रजनाथ ने 'क्या इसी को सभ्यता कहते हैं' नाम से किया। केशवराम भट्ट ने 'सज्ज़ाद-सुम्बुल' नाम से 'शरत् और सरोजिनी' का अनुवाद किया।

बंगला नाटकों के अनुवाद में एक विशेषता पाई जाती है। कुछ अनुवादकर्ता तो मूल नाटकों के भाव को तद्वत् हिन्दी में प्रकट करते हैं, किन्तु केशवराम भट्ट और ब्रजनाथ ने अनुवाद में अपनी कल्पना से भी सहायता ली है। इनकी रचना में मूलभाव का और भी विकास मिलता है। कहा जाता है कि इनकी मौलिकता ने मूल नाटक को और भी विशिष्ट बना दिया है।

उपसंहार

हम रास-प्रकरण में यह प्रमाणित कर चुके हैं कि तेरहवीं शताब्दी में बहुरूपियों के द्वारा गीति-नाट्य का प्रदर्शन हुआ करता था। हम यह भी उल्लेख कर आए हैं कि जायसी के समय इस नाट्यकला में वारवनिताएं अति प्रवीण हुआ करती थीं। वाज़िद-अलीशाह के समय में भी ये वारवनिताएं परियों के बहुरूपी वेश में 'इन्द्र-सभा' का नृत्य-गीतिमय नाटक करती रहीं। इस प्रकार विक्रम की बीसवीं शताब्दी तक हम इस गीति-नाट्य-परम्परा का क्रमबद्ध इतिहास पाते हैं। हमारे आलोच्यकाल के प्रारम्भ में इस 'इन्द्र-सभा' नामक गीतिनाट्य ने नाटक-क्षेत्र में उथल-पुथल मचा दी। 'इन्द्र-सभा' नाटक का प्रभाव इतना व्यापक बना कि विविध रूपों में इसका प्रदर्शन होने लगा। कठपुतली का तमाशा दिखाने वाले इन्द्र-सभा का खेल दिखाते फिरते। मेले-ठेले में 'पैसा तमाशा' के रूप में इन्द्र-सभा का खेल होने लगा। इसीकी प्रेरणा से पारसी थियेटर कम्पनियां खुल गईं, जो इन्द्र-सभा को आदर्श मानकर नृत्य-गीतिमय नाटक खेलने लगीं। साहित्यकारों ने भी इस शैली पर नाटकों की रचना प्रारम्भ की। स्वतः भारतेन्दुजी ने 'इन्द्र-सभा' के जोड़ पर 'बन्दर-सभा' नामक नाटक लिखा। इस प्रकार पद्यबद्ध नाटक की मौलिक धारा चिरकाल तक अक्षुण्ण रूप से प्रवाहित होती चली आ रही है।

---

1. पद्मावती (बंगला नाटक), राजकिशोर देकृत
2. वीर नारी (बंगला नाटक), द्वारकानाथ गांगुलीकृत
3. कृष्णाकुमारी (बंगला नाटक), माइकेल मधुसूदन-कृत
4. सती नाटक (बंगला नाटक), मनमोहन वसुकृत

पारसी थियेट्रिकल कम्पनी ने नृत्य-गीतमय इस नाटक-पद्धति को अपनाया और पौराणिक कथानक लेकर नाटक दिखाना प्रारम्भ किया। उनकी अर्थ लिप्सा ने नाट्य-कला को अपनी दासी बनाया और अर्थपिशाच के हाथों इस ललित कला की हत्या होने लगी। भारतेन्दुजी का सुसंस्कृत हृदय इस अत्याचार को सहन न कर सका। कालिदास की शकुन्तला को पारसी रंगमंच पर निकृष्ट वेश्या की तरह नृत्य करते हुए देखकर उनको अत्यन्त क्लेश हुआ और अभिनय के योग्य उत्तम नाटक लिखने की प्रेरणा उनके हृदय का मन्थन करने लगी। परिणाम यह हुआ कि पौराणिक, धार्मिक, ऐतिहासिक, सामाजिक नाटकों का सृजन हुआ और हिन्दी नाट्य-साहित्य की धारा नये पथ पर मुड़कर जनमन-रंजन के साथ जनजीवन का उन्नयन करने वाली सिद्ध हुई।

भारतेन्दुजी के एक-एक नाटक का हम विस्तृत विवेचन कर आए हैं। उस विवेचन से हम यह निष्कर्ष निकाल सके हैं कि भारतेन्दुजी ने परम्परागत भारतीय नाट्य-पद्धति के प्रवाह में यूरोपीय नाट्यकला की नई धारा संयुक्त कर दी। परीक्षा के लिए उन्होंने अपने प्रारम्भिक नाटकों में दोनों शैलियों का अलग-अलग प्रयोग किया और जिस कथानक के अनुकूल जो पद्धति प्रतीत हुई उसीको स्वीकार कर लिया। रचनाशैली में उन्होंने मध्यम मार्ग पकड़ा — न तो अंग्रेज़ी नाटकों का अन्धानुकरण किया और न बंगला नाटकों की भांति भारतीय शैली की नितान्त उपेक्षा ही की; साथ ही साथ प्राचीन नाट्यशास्त्र के गहन आवर्त्त में अपनी नाट्य-नौका भी न फंसने दी। तात्पर्य यह कि नाटक का गतिरोध करने वाले सभी बन्धनों से उन्होंने अपने को मुक्त रखा। नाटक की सामग्री भी उन्होंने जीवन के विविध क्षेत्रों—शृंगार, शौर्य, करुणा आदि से ग्रहण की। इस विषय में उन्होंने अपनी दृष्टि इतनी व्यापक रखी कि जिससे संस्कृत, प्राकृत, बंगला, अंग्रेज़ी सभी प्रकार के नाटक-रस से रस खींचा जा सके।

मौलिक और अनूदित नाटक

भारतेन्दु के 18 नाटकों में 10 मौलिक और 7 अनूदित हैं। इनके अतिरिक्त 'प्रवास' नामक उनका एक और नाटक था जो अब अप्राप्य है। मौलिक नाटकों की तरह अनूदित नाटकों में भी उनकी उक्त नाट्य-शैली का परिचय मिलता है। 'विद्यासुन्दर', 'मुद्राराक्षस', 'धनंजय-विजय', 'कर्पूरमंजरी' आदि अनूदित नाटकों में भी पाठकों को मौलिक नाटकों-सा रस आता है। भारतेन्दु की यह अनुवाद-शैली इतनी रुचिकर प्रतीत हुई कि उनके परवर्ती नाट्यकार बंगला, संस्कृत और अंग्रेज़ी भाषा के प्रसिद्ध नाटकों का धड़ाधड़ अनुवाद करने लगे। इस प्रकार हिन्दी-नाट्य-मन्दिर में विविध भाषाओं के नाटकों का वातायन बनाकर अभिनव विचार के स्वास्थ्यप्रद वायुप्रवेश के लिए भारतेन्दु ने मार्ग खोल दिया।

नाटकों का वर्गीकरण

भारतेन्दु के नाटकों को 'वाद' के विचार से पांच भागों में विभक्त कर सकते हैं—

(1) आदर्शवादी, (2) यथार्थवादी, (3) स्वच्छन्दतावादी, (4) समाज-सुधारवादी, (5) राष्ट्रवादी। भारतेन्दु के समसामयिक एवं परवर्ती नाटककारों ने इन पांचों प्रकार की धाराओं को अधिक वेगवती बनाया। आगे चलकर आदर्शवादी नाटकों की दो धाराएं हो गईं—पौराणिक और ऐतिहासिक। प्रारम्भ में पौराणिक धारा का वेग प्रबल रहा, किन्तु कालान्तर में ऐतिहासिक धारा अधिक वेगवती बन गई और पौराणिक धारा क्षीण-प्राय हो गई। संवत् 1960 वि० तक चन्द्रशरण, लाला श्रीनिवासदास, विश्वेश्वरप्रसाद त्रिपाठी, शालिग्राम वैश्य, कार्तिकप्रसाद वर्मा, अयोध्यासिंह उपाध्याय, बालकृष्ण भट्ट, जगन्नाथशरण देवराज, अनूप कवि तथा रामनाथ की पौराणिक रचनाएं नाट्य-क्षेत्र में प्रमुख बनी रहीं।[1]

इस काल के प्रमुख ऐतिहास नाटक थे—श्रीनिवासदास का 'संयोगिता-स्वयंवर', राधाचरण गोस्वामी का 'अमरसिंह राठौर' (1952 वि०), रामनरेश शर्मा का 'सिंहल-विजय' (1953 वि०) और राधाकृष्ण का 'महाराणा प्रताप' (1955 वि०)। ऐतिहासिक नाटकों की शैली आगे चलकर प्रसादजी के हाथों एक नए सांचे में ढली और इसका सबसे अधिक विकास हुआ।

स्वच्छन्दतावादी धारा में आदर्शवाद और यथार्थवाद

यद्यपि 'चन्द्रावली' आदर्शवादी भक्ति-काव्य है, किन्तु स्वच्छन्द-प्रेमधारा-पिपासुओं को इसमें स्वच्छन्दतावादी नाटकों का बीज उपलब्ध हो गया। इसके उपरान्त ही हिन्दी में स्वच्छन्दतावादी (रोमांटिक प्रेम की) धारा स्पष्ट होने लगी। वास्तव में सर्वप्रथम केशवराव के सज्जाद-सुम्बुल' (1934 वि०) में स्वच्छन्दतावादी और यथार्थवादी दोनों धाराओं का संगम हुआ, जिसमें यथार्थवाद का प्राधान्य रहा। भारतेन्दु के परवर्ती नाट्य-कारों ने इस स्वच्छन्दतावादी धारा में अनेक उल्लेखनीय नाटक प्रस्तुत किए जिनमें यथार्थवाद की प्रधानता रही और आदर्शवाद का स्वर मन्द पड़ गया। इन नाटकों में 'दु:खिनी बाला', 'रणधीर-प्रेममोहिनी', 'तप्तासंवरण', 'ललिता', 'मदनमंजरी', 'लवंग-लता', 'माधुरी', 'मदनलेखा', 'मयंकमंजरी', 'लावण्यवती सुदर्शन', 'मालती वसंत' आदि का स्थान प्रमुख रहा।

प्रहसन

इस युग के नाटकों में सबसे वेगवती और चित्ताकर्षक धारा थी प्रहसनं की कारण यह था कि प्रहसन लिखने के लिए नाट्यकार में जिस जिन्दादिली एवं सहजबोध की अपेक्षा होती है, उसकी भाषा में जिस सहज चटुल शैली अथवा झनझना देनेवाले तीखे व्यंग्य की आवश्यकता पड़ती है, समाज की विषम समस्याओं को सहज ही देख लेने

1. विशेष परिचय परिशिष्ट 7 (क) में देखिए।
2. वही 7 (ख) में देखिए।

की जो अन्तर्दृष्टि अनिवार्य रूप से अभिसिप्त है, प्राय: वे सभी तत्व इस काल के नाट्यकारों को स्वभावत: प्राप्त थे।

भारतेन्दु-युग में राजा राममोहनराय, स्वामी दयानन्द, केशवचन्द्र सेन प्रभृति समाज-सुधारकों के प्रयास से जनता का ध्यान सहज रीति से समाज-सुधार की ओर आकृष्ट हो चुका था। प्रहसन अधिकांश में समाज में विकृत अंग का निदान करके उसके निवारण, परिष्कार एवं संस्कार का मार्ग बताने की ओर संकेत करता है। अत: प्रहसन-लेखकों को अनुकूल वातावरण मिलने से कार्य में सुयोग प्राप्त हुआ।

भारतेन्दुजी युगद्रष्टा के साथ-साथ युगस्रष्टा भी थे। उन्होंने कहीं मीठे व्यंग्य के द्वारा औषध के रूप में और कहीं तीखे व्यंग्य की शल्य-चिकित्सा से समाज के विकृत अंगों का संस्कार किया। सामाजिक कुरीतियों के निवारण के लिए उन्होंने 'वैदिकी हिंसा हिंसा न भवति', 'विषस्य विषमौषधम्' तथा 'अन्धेरनगरी' नामक तीन प्रहसन लिखे। इस प्रकार नाट्यकारों को जन-भाषा में प्रहसन लिखने का मार्ग प्रदर्शित किया। परिणाम यह हुआ कि 'जय नरसिंह की', 'कलियुगी जनेऊ', 'कलियुगी विवाह', 'कलिकौतुक', 'बूढ़े मुंह मुंहासे' आदि बहुत ही सफल प्रहसनों की रचना हो सकी।

राष्ट्रवादी विचारधारा : हिन्दी नाटकों में राष्ट्रीय भावना को सर्वप्रथम स्थान देने का श्रेय भारतेन्दुजी को है। भारतेन्दुजी अपने ऐतिहासिक, सामाजिक, पौराणिक प्रहसन आदि सभी प्रकार के नाटकों में यथास्थान और यथाअवसर देश की राष्ट्रीय भावना को उत्तेजित करनेवाले दृश्य उपस्थित करते रहे। "कहीं-कहीं तो सामाजिक समस्याएं केवल साधन-मात्र थीं, और नाटक के कथानक तो बहुत कुछ बहाने-मात्र थे, राष्ट्रीय भावना की उत्तेजना का उद्देश्य बहुत स्पष्ट और पुष्ट था, बाकी बातें उसके सामने दब गई थीं।" उदाहरण के लिए 'प्रेम जोगिनी' नाटक देखिए। इस नाटक में सूत्रधार कहता है, "क्या इस कमल-वन-रूप भारतभूमि को दुष्ट गजों ने उसकी इच्छा बिना ही छिन्न-भिन्न कर दिया ? क्या जब नादिर, चंगेज़खां ऐसे निर्दयों ने लाखों निर्दोष जीव मार डाले तब वह सोता था ? क्या अब भारतखंड के लोग ऐसे कापुरुष और दीन उसकी इच्छा के बिना ही हो गए ?"[1]

भारतेन्दुजी के 'भारत-दुर्दशा' नाटक की शैली पर 'भारत-सौभाग्य', 'भारत-ललना', 'भारत-दुर्दिन', 'वर्तमान दशा' और 'देशदशा' आदि अनेक नाटक विचरित हुए। यद्यपि इन नाटकों में समस्याएं सामाजिक हैं, किन्तु उनका मूल उद्देश्य राष्ट्रीय भावना का प्रचार और आत्मगौरव का बोध था। इस काल में यवन शब्द विदेशी अंग्रेजों की ओर संकेत करता था। राष्ट्रीय भावना की यह प्रवृत्ति केवल हिन्दी में ही नहीं, प्रत्युत बंगाली, मराठी आदि देशीभाषाओं में भी पाई जाती है। इस स्थान पर भारतेन्दु की नाट्यकला की तुलना अन्य भाषाओं के राष्ट्रीय नाट्यकारों के साथ करना अप्रासंगिक न होगा।

---

1. भारतेन्दु नाटकावली, पृ० 67, इण्डियन प्रेस, इलाहाबाद

बंगला के राष्ट्रीय नाटकों में 'नीलदर्पण' नाटक का प्रमुख स्थान है। इस नाटक की रचना संवत् 1917 वि० में बंगाल के प्रसिद्ध नाट्यकार दीनबन्धु मित्र ने की। इस नाटक में भारतीय जनता के प्रति नील व्यवसायी अंग्रेज़ों की क्रूरता दिखाकर राष्ट्रीय भावना उत्पन्न करने की चेष्टा की गई है।

इस नाटक के अभिनय से समस्त देश में अंग्रेज़ नीलहों के प्रति विद्रोह की ऐसी भावना उत्पन्न हुई कि ब्रिटिश सरकार ने अभिनय के संचालकों पर अभियोग चलाया और उन्हें कारावास का दण्ड दिया।

'नीलदर्पण' नाटक को नाट्यकला की कसौटी पर कसकर इसकी परख की गई है।[1] एक समालोचक लिखते हैं कि नाट्यकार का उद्देश्य नाट्यकला द्वारा प्रेक्षकों पर प्रभाव डालना नहीं, प्रत्युत सत्य घटना की क्रूरता दिखाकर दर्शकों के हृदय में नीलहों के प्रति द्वेष की भावना उत्पन्न करना है। कुछ लोग कहते हैं कि "एक सत्य घटना को नग्न रूप में नाटक में रख दिया गया है। वास्तविक व्यक्तियों का चरित्र नाटक के पात्रों में इस प्रकार प्रदर्शित किया गया[2]—नदिया की एक कृषक बालिका 'हरमणि' नाटक में क्षेत्रमणि; फैक्टरी के स्वामी अर्चिवाल्ड हिल्स नाटक में छोटा साहब; अमर नगर का मजिस्ट्रेट नाटक में मि० हरकेश; क्रूर कानून नाटक में नवीन माधव के रूप में।" भारतेन्दुजी के नाटक 'अन्धेरनगरी' में भी पात्रों को पहचाना जा सकता है; किन्तु भारतेन्दुजी में एक विशेषता है, जिसके कारण उनके नाटकों पर सरकार ने कोई आपत्ति नहीं उठाई। भारतेन्दुजी व्यक्तिगत तथा जातिगत वैमनस्य दिखाकर विद्वेष की भावना उद्दीप्त करना नहीं चाहते। उनके नाटक में सत्य घटना को भी कला के आवरण में सौन्दर्य से इतना मनोहारी बना दिया जाता है कि जिनके क्रूर क्रिया-कलाप इसमें प्रदर्शित हैं, वे भी इसे देखकर रुष्ट नहीं होते। 'भारत-दुर्दशा' नाटक के पात्रों को हम पहचान जाते हैं, किन्तु सरकार के जिन खुशामदियों की ओर नाटक में संकेत है, वे भी इसका अभिनय देखकर नाट्यकार के कला-चातुर्य की प्रशंसा ही करते रहे।

'नीलदर्पण' की तरह मराठी में 'कीचक-वध' नामक नाटक अंग्रेज़ी राज के विरुद्ध प्रचार के लिए लिखा गया। सरकार ने इस नाटक का अभिनय भी वर्जित कर दिया। इन उदाहरणों के देने का उद्देश्य यह है कि भारतेन्दुजी की नाट्य-प्रतिभा का ठीक-ठीक अनुमान लगाया जा सके।

भारतेन्दुजी के समकालीन देश के अन्य प्रतिनिधि नाट्यकार थे—बंगला में रामानन्द तर्करत्न, गुजराती में रणछोड़दास तथा मराठी में किर्लोस्कर। इन चारों नाट्यकारों में निम्नलिखित बातों में समानता पाई जाती है : 1. देश की दासता से सबका हृदय दुःखी था और सबने देश-दुर्दशा और देशोद्धार की समस्या का विवेचन अपने नाटकों में किया है। 2. पौराणिक नाटकों में भी देश और समाज की दुःखद परिस्थिति

---

1. परिशिष्ट 7 (ग) में देखिए
2. दि इण्डियन स्टेज, वाल्यूस 2, पृष्ठ 93

दिखाकर उद्बोधन की प्रेरणा की गई है। 3. बाल-विवाह, विधवा-विवाह आदि कुरीतियों की हंसी उड़ाकर समाज-सुधार का सन्देश दिया गया है। 4. नाट्यकार केवल पौराणिक नाटकों से सन्तुष्ट न होकर सामाजिक और ऐतिहासिक नाटकों की भी रचना करने लगे। 5. अंग्रेज़ी सभ्यता के अन्धभक्तों की हंसी उड़ाकर भारतीय सभ्यता की विशेषता दिखाई जाने लगी। इस प्रकार स्वदेश, स्वराज्य, स्वधर्म के प्रति ममता उत्पन्न करके नाट्यकार इनकी उन्नति के लिए त्याग का आह्वान करते रहे।

नाट्यकार की इन मनोवृत्तियों का प्रमाण हम स्थान-स्थान पर देते आए हैं। यहां इतना और लिख देना चाहते हैं कि मराठी के प्रसिद्ध समालोचक विश्वनाथ पाण्डुरंग दाण्डेकर के निम्नलिखित उद्धरण से भी हमारे मत की पुष्टि होती है :

"याच वेलीं स्वदेश, स्वराज्य, स्वेतिहास इत्यादि कल्पना समाजाच्यामनात घोळू लागल्या, आणित्याचा ह्मणून ऐतिहासिक नाटकें तैयार होऊं लागलीं, सामाजिक व ऐतिहासिक नाटक ही सामान्यतः एकाच वेली ह्मणजे महाराष्ट्रयांच्या स्वत्व जागृतिच्या लोक जागृतिच्या वेष्ठीं निर्माण झालीं।"[1]

भारतीय भाषाओं के नाट्यकारों में भारतेन्दुजी की मान्यता का एक और भी कारण है। भारतेन्दु काल में प्रत्येक देशी भाषा के नाट्यकार सामाजिक नाटक लिख रहे थे। सामाजिक कुरीतियों और धार्मिक वितण्डावाद के विरुद्ध जो घोर आन्दोलन चल रहा था, उसका प्रभाव नाट्यकारों पर पड़ना स्वाभाविक था। रामानन्दजी के 'कुलीन-कुल-सर्वस्व' और 'विधवा-विवाह' नाटक बंगाल की सामाजिक परिस्थिति में क्रान्ति उत्पन्न कर रहे थे। इन नाटकों का अभिनय अनेक बार अनेक रंगमंचों पर हुआ, किन्तु प्रत्येक अभिनय के समय विरोधी दल का प्रदर्शन भी होता रहा। बंगाल के समाचार-पत्रों सभाओं और गोष्ठियों में इन नाटकों की कटु आलोचना होती रही। विरोधी प्रदर्शनों का परिणाम यह हुआ कि इन सहेतुक नाटकों के उद्देश्य को बड़ा धक्का पहुंचा। इसी प्रकार का विरोध महाराष्ट्र और गुजरात में भी हुआ। किन्तु भारतेन्दुजी ने अपने नाटकों के हेतु को कला के आवरण से इस प्रकार आवृत कर दिया कि मधुर औषध के समान स्वादिष्ट प्रतीत होते हुए भी वह गुणकारी सिद्ध हुआ। यही कारण है कि भारतेन्दु के नाटक विधवा-विवाह की उपयोगिता, बाल-विवाह की भयंकरता, हिंसा की नृशंसता और धार्मिक वितण्डावाद की असारता का उल्लेख डंके की चोट कर जाते हैं, किन्तु किसी वर्ग या समुदाय से विरोध-स्वर सुनाई नहीं पड़ता। भारतेन्दुजी की सूक्ष्म तत्त्व-दर्शिता का यह एक प्रमाण है।

इस महान् साहित्यिक की एक और विशेषता है जो इसे अन्य भाषाओं के नाट्य-कारों से ऊंचा स्थान प्रदान करती है। बंगाल में राजा जोतीन्द्रनाथ जैसे धनीमानी व्यक्ति बंगला नाट्यकारों को प्रोत्साहन देते एवं अभिनयशाला का सृजन तथा अभिनेताओं का

---

1. मराठी नाट्य-सृष्टि – खंड दूसरा, विश्वनाथ पाण्डुरंग दांडेकर, पष्ठ 3, श्री सयाजी साहित्य माला, पुष्प 290

निर्वाचन करते। नाट्यकार को केवल अभिनय के योग्य नाटक रचना होता। इसी प्रकार महाराष्ट्र में सागलो के कलाप्रेमी महाराज नाट्यकारों की आर्थिक सहायता करते और रंगशाला का समस्त प्रबन्ध स्वतः करते, किर्लोस्कर महोदय को केवल नाटक-रचना का कार्य करना था। इसी प्रकार गुजरात के धनी-मानी श्रेष्ठि धन द्वारा अभिनयशाला और अभिनय का प्रबन्ध करते। रणछोड़दासजी को केवल नाटकों का निर्माण करना पड़ता। किन्तु भारतेन्दुजी को स्वतः नाटक लिखना, अभिनयशाला का प्रबन्ध करना तथा अभिनेता बनना पड़ता। एक ही व्यक्ति नाट्यकार, अभिनय-प्रबन्धक और नट तीनों ही रूपों में कार्य करता दिखाई पड़ता है और तीनों रूपों में पूर्ण सफल होता है। भारतेन्दुजी जैसे सूक्ष्मदर्शी नाट्यकार थे वैसे ही कुशल अभिनेता और प्रवीण रंगमंच-प्रबन्धक भी। इस कथन में अत्युक्ति न होगी कि हिन्दी-नाट्य-साहित्य के अभिनव-मन्दिर का निर्माता, प्रतिमा-प्रतिष्ठापक और पुजारी एक ही व्यक्ति था और वह था भारतेन्दु हरिश्चन्द्र।

यहां एक प्रश्न उपस्थित होता है कि ऐसी प्रतिकूल परिस्थिति में जब देशभक्ति को राजद्रोह, हिन्दी-प्रेम को अज्ञान और नाट्यकला को ग्राम्य समझा जाता था, भारतेन्दु ने किस रहस्य के बल पर देश-दशा की ऐसी मार्मिक व्यंजना की, हिन्दी भाषा को इतना गौरवान्वित किया और नाट्यकला को संस्कृति का अंग बना डाला।

इसे सुलझाने के पूर्व इस स्वाभाविक नियम को समझ लेना चाहिए कि प्रतिकूल परिस्थितियों के अन्तर्गत अनुकूल वातावरण का सृजन व्यक्ति की महानता का द्योतक है। भारतेन्दु का व्यक्तित्व ऐसा ही महान् था। उन्होंने निर्भीकता से विरोधों का सामना किया। इस संघर्ष में उनके पास उपकरण थे—अकृत्रिम सौहार्द्र, सहज औदार्य और निश्चल सहजभाव। इन्हीं के बल पर वे साहित्यकारों के केन्द्र बने थे। देखा जाता है कि "जो व्यक्ति अपने सम्पूर्ण रस को निःशेष भाव से देता है, उसके इर्द-गिर्द ऐसे लोग आकृष्ट होते हैं जो अपनी सम्पूर्ण सत्ता को हंसते-हंसते लुटा देने में आनन्द पाते हैं।" भारतेन्दु का सहज औदार्य ऐसा अप्रतिम था कि उन्हें अपना सर्वस्व लुटाने में रस मिलता था। सूर्य के समान निरन्तर ज्योति बिखेरते रहने से दीप्यमान ग्रहमण्डली उनके चतुर्दिक् अनायास उपस्थित हो जाती थी।

हजारीप्रसादजी का मत है कि भारतेन्दु के सरल औदार्य और स्वाभाविक सारस्य ने उनके साहित्य को तो महान् बनाया ही, उनके सम्पर्क में आनेवालों को भी शक्ति-सम्पन्न कर डाला। उनकी सफलता का यह प्रथम रहस्य था। दूसरा रहस्य था कि वे एक जीवन प्राणी के सदृश सभी वस्तुओं से जीवन का उपादान ग्रहण करने की सामर्थ्य रखते थे। उनका दृष्टिकोण इतना व्यापक था और रसग्राहिका शक्ति इतनी प्रबल थी कि जहां भी दृष्टि पड़ी वहीं से जीवन का उपादान ग्रहण कर लिया। तीसरा रहस्य यह था कि "भारतेन्दु जीवन-प्राण-धारा के मूर्त विग्रह थे। उनका समूचा काव्य उनकी मूर्तिमती प्राणधारा का उच्छल वेग है।" इस उच्छल वेग के सम्मुख विविध अवरोधक शक्तियां

तृण के समान टिक ही नहीं सकती थीं।[1]

यहां तक तो हुई उनकी व्यक्तिगत जीवन-साधना की बात, अब उनकी रचना-पद्धति पर भी विचार कर लेना चाहिए। भारतेन्दुजी ने राष्ट्र, धर्म, समाज और भाषा के हित के लिए कभी "क्रांतिकारी हथौड़ी से काम नहीं लिया। उन्होंने मृदु-संशोधक निपुण वैद्य की भांति रोगी की नाजुक स्थिति की ठीक-ठीक जानकारी प्राप्त कर उसकी रुचि के अनुसार उचित पथ्य की व्यवस्था की।" उनकी सफलता का यही मूल रहस्य था।

1. हिन्दी साहित्य, हजारीप्रसाद द्विवेदी, पृ० 397

सातवां अध्याय

प्रसाद युग (सं० 1966--2010 वि०) तथा व्यवसायी रंगमंच (पारसी थियेटर)

भारतेन्दु हरिश्चन्द्र के दिवंगत होने के तीन वर्ष उपरान्त प्रसादजी का जन्म काशी के एक प्रसिद्ध घराने में हुआ। प्रसादजी के बाल्यकाल में भारतेन्दुजी का यश-सौरभ देशव्यापी बन गया था। सरस्वती के इस उपासक के त्याग की कहानियां भारतेन्दु-मण्डल द्वारा दूर-दूर तक प्रसारित हो रही थीं। ग्रियर्सन, एडविन ग्रीव्स, एफ० ई० की, सी० ई० बकलेंड आदि विद्वानों के कारण भारतेन्दु की कीर्ति विदेशों में भी फैल रही थी।[1]

सामान्यतः देश-विदेश में किन्तु काशी में तो विशेषकर भारतेन्दुजी एवं उनके साथी साहित्यकारों के जीवन की कहानियां घर-घर में पहुंच चुकी थीं। भारतेन्दु-मण्डल के उज्ज्वल नक्षत्र परवर्ती साहित्यकारों के आदर्श बन गए थे। अतः यह स्वाभाविक था कि बालक जयशंकर पर उन साहित्यिकों का प्रभाव पड़ता। प्रसादजी अधिक प्रभावित थे भारतेन्दुजी से। उन्होंने प्रारम्भ में भारतेन्दुजी के नाटकों को अपना आदर्श माना।

प्रसादजी के बाल्यकाल में भारतेन्दु-मण्डल के उज्ज्वल नक्षत्र एक-एक करके अस्त हो चुके थे। भारतेन्दु-युग की ज़िंदादिली के साथ नाटक-रचना का जोश मिट चुका था। मौलिक नाटक कहीं विरल दिखाई पड़ जाते, अन्यथा बंगला नाटकों के अनुवाद का साम्राज्य था। कारण यह था कि उत्तरभारत में सर्वत्र इनकी धूम मची हुई थी। माइकेल मधुसूदनदत्त, गिरीशचन्द्र घोष, दीनबन्धु मित्र, द्विजेन्द्रलाल राय के नाटकों का अभिनय बड़ी सजधज के साथ बंगाल में हो रहा था। माइकेल ने Blank Verse के समान अतु-कान्त छन्दों का प्रयोग नाटकों में प्रारम्भ कर दिया था, जो रंगमंच पर सफलता की दृष्टि से अवांछनीय प्रतीत हुआ था, किन्तु कालान्तर में जनरुचि के अनुकूल बनता गया।[2] रवि बाबू के नाटकों की एक नवीन शैली बंगला में चल रही थी, जिसमें प्रतीक-नाटकों का एक नया रूप दिखाई पड़ रहा था। भारतेन्दु-मण्डल के द्वारा नाटकों की जो धारा वेग से प्रवाहित हुई थी, वह अत्यन्त मन्द पड़ चुकी थी।

इस युग में विविध भाषाओं के नाटकों का अनुवाद करके हिन्दी नाट्य-साहित्य

---

1. परिशिष्ट 7 (घ) में देखिए
2. परिशिष्ट 7 (च) में देखिए

में शक्ति का संचार किया जा रहा था। शेक्सपीयर के नाटकों से हिन्दी नाटकों में भावुकता का संचार हो रहा था। अन्तर्द्वन्द्व और क्लाइमेक्स को रस-प्रतिपादन से अधिक महत्त्व मिल रहा था। द्विजेन्द्रलाल के नाटकों के द्वारा शेक्सपीयर का प्रभाव हिन्दी पर गहरा पड़ रहा था। अतुकांत पद्य में विरचित द्विजेन्द्रलाल राय के नाट्यकाव्य एक नई शैली लेकर आए थे। भावोन्माद और करुणा को प्रमुख स्थान दिया जा रहा था। इस प्रकार प्रसादजी के सम्मुख एक ओर तो नवयुग-प्रवर्तक भारतेन्दुजी प्राचीनता के प्रतिनिधि के रूप में खड़े थे, और दूसरी ओर पश्चिमी नाटकों की अभिनयकला अपनी नवीन मोहिनी शक्ति का जादू डाल रही थी। ऐसे सन्धिकाल में प्रसादजी ने साहित्य-सृजन का कार्य प्रारम्भ किया। प्रसादजी ने समन्वयात्मक शैली का अनुगमन किया। उन्होंने भारतीय रस-विधान और पाश्चात्त्य शील-वैचित्र्य के समन्वय का पथ अपनाया।

परीक्षण-काल

प्रसादजी ने साहित्य-सृजन के लिए जब प्रथम बार लेखनी उठाई तो महाभारत का कथानक लेकर भारतेन्दु की नाट्य-परम्परा के अनुसार नान्दी-सूत्रधार को 'सज्जन' नामक नाटक में स्थान दिया। इस नाटक में प्राचीन नाट्य-शैली का पूर्ण निर्वाह है। इसकी कथावस्तु महाभारत की वह चिरपरिचित घटना है, जिसके अनुसार गन्धर्व चित्रसेन दुर्योधन को उसके मित्रों-सहित बन्दी बनाता है। दुर्योधन द्वारा निर्वासित पाण्डव उसी वन में निवास कर रहे थे। यह समाचार पाकर धर्मराज युधिष्ठिर अर्जुन को चित्रसेन से युद्ध करने की आज्ञा देते हैं। चित्रसेन अपने मित्र अर्जुन को पहचानकर युद्ध बन्द कर देता है और दुर्योधन आदि बन्धन-मुक्त कर दिए जाते हैं। दुर्योधन के हृदय पर धर्मराज की उदार भावना का ऐसा प्रभाव पड़ता है कि वह नतमस्तक हो जाता है।

इस नाटक में हरिश्चन्द्र-काल की नाट्य-शैली अपनाई गई है। इसका प्रारम्भ नान्दी-पाठ से और पर्यवसान भरतवाक्य के साथ होता है। पद्यात्मक संवादों की अस्वाभाविक प्रणाली भी इसमें पाई जाती है। इससे पारसी थियेटर का प्रभाव भी झलकता है।

भारतेन्दुजी के सदृश प्रसादजी ने इस एकांकी रूपक में गद्य तो खड़ी बोली में रखा है, किन्तु पद्यों में ब्रजभाषा का व्यवहार किया है। इससे प्रमाणित होता है कि प्रसादजी की प्रथम कृति हरिश्चन्द्र-परम्परा को अपने साथ लेकर चली।

प्रसादजी का दूसरा एकांकी रूपक है 'प्रायश्चित्त'। इसमें न नान्दीपाठ है न सूत्रधार, न प्रस्तावना है, न भरतवाक्य। संवाद-योजना में भी परिवर्तन पाया जाता है। यहीं से प्रसादजी के नाटकों में पद्यात्मक कथोपकथन का पूर्णतया तिरोभाव हो गया है। हां, प्रसादजी ने इस नाटक में दो नवीनताएं परीक्षण के लिए अवश्य जोड़ दी हैं—(1) आकाशभाषित और (2) पात्रों की भाषा में सामाजिक स्थिति के अनुकूल परिवर्तन। यह नाटक प्रसादजी का द्वितीय ऐतिहासिक नाटक है। इसमें जयचन्द की मृत्यु-घटना को प्रचलित इतिहास से भिन्न रूप में प्रदर्शित किया गया है। अपने कुकर्मों पर पश्चात्ताप

करता हुआ जयचन्द शहाबुद्दीन मुहम्मद गौरी के आक्रमण के समय गंगाजी में डूबकर संसार से सदा के लिए मुंह छिपा लेता है।

'प्रायश्चित्त' से एक वर्ष पूर्व प्रसादजी ने 'कल्याणी-परिणय' नामक एकांकी नाटक की रचना की थी। यह नाटक नागरी प्रचारिणी सभा की पत्रिका में संवत् 1970 में प्रकाशित हुआ। प्रसादजी का सबसे प्रौढ़ नाटक 'चन्द्रगुप्त' इसी का विकसित रूप है। दोनों की तुलना करने पर कहीं-कहीं पदावली में भी पूर्णतया साम्य दिखाई पड़ता है। चाणक्य विदेशी आक्रमणकारी सिल्यूकस को पराजित कर भारत और यूनान में मैत्री स्थापित करने का संकल्प कर रहा है। चन्द्रगुप्त भी अपने व्यक्तित्व के द्वारा सैन्य-संचय करता है और उसे युद्ध में विजयश्री के साथ-साथ जीवन-सहचरी भी प्राप्त हो जाती है।

'कल्याणी-परिणय' का कथानक संक्षिप्त और सरल है। इसमें एक ही घटना आद्योपान्त ऋजुगति से चलती दिखाई पड़ती है। प्रारम्भ में ही चाणक्य के गुप्तचर-सावधानी से कौटिल्य की नीति का पालन करते हुए दिखाई पड़ते हैं। दृश्य में अहेरी चन्द्रगुप्त रमणी-सौन्दर्य से अभिभूत होते हुए भी सिल्यूकस के आक्रमण की सूचना पाकर युद्ध कार्य में संलग्न हो जाता है। कार्नेलिया प्रथम बार चन्द्रगुप्त को देखते ही मुग्ध हो जाती है। ऐंटिगोनस के आक्रमण का समाचार पाते ही सिल्यूकस चन्द्रगुप्त से सन्धि कर लेता है और अपनी पुत्री का पाणिग्रहण चन्द्रगुप्त के साथ कर देता है। आगे चलकर यही कथानक चन्द्रगुप्त नाटक का एक अंश बन जाता है। इस एकांकी नाटक का प्रारम्भ नान्दीपाठ से और पर्यवसान भरतवाक्य के साथ होता है। इसमें भी 'सज्जन' के सदृश पद्यात्मक संवाद-योजना मिलती है।

सज्जन (1968 वि०), **कल्याणी-परिणय** (1970 वि०), **प्रायश्चित्त** (1971 वि०) के अतिरिक्त 'करुणालय' नामक एक गीति-नाट्य भी प्रसादजी ने माघ संवत् 1969 वि० में लिखा। यह नाटक 'इन्दु' में प्रथम बार प्रकाशित हुआ। इसमें प्रसादजी ने 'अमित्राक्षर अरिल्ल' छन्द का उपयोग किया है। इसका कथानक यह है—पितृभक्त शुनःशेप अपने माता-पिता की आज्ञा मानकर नरमेध-यज्ञ के लिए जीवन उत्सर्ग करने को प्रस्तुत होता है, किन्तु राजकुमार रोहित पिता की आज्ञा अनुचित समझकर स्वतन्त्र मत की स्थापना करता है। इसका विवेचन गीति-नाट्य के प्रसंग में किया जाएगा।

सम्पूर्ण नाटक पांच दृश्यों में विभक्त है और पद्यात्मक कथोपकथन गीतिनाट्य की शैली पर किया गया है। इसमें भी आकाशभाषित को सुनकर अयोध्यापति हरिश्चन्द्र प्रतिज्ञानुसार अपने पुत्र रोहिताश्व को यज्ञ में बलि चढ़ाना चाहते हैं।

इस प्रकार यह नाटक भी प्राचीनता की परम्परा से मुक्त नहीं हो पाया है, क्योंकि इसका नाटकीय तत्व कहानी-तत्व के सम्मुख फीका पड़ जाता है। नाटक के अन्त में नरबलि की समस्या सुलझ जाने पर सभी पात्र परमात्मा की प्रार्थना करते हैं। इस प्रकार भरतवाक्य के साथ नाटक समाप्त होता है।

'करुणालय' के प्रति एक प्रश्न उठाया जाता है कि इसे नाटक क्यों कहा जाए। इसे तो काव्य कहना चाहिए। प्रसादजी ने इसका उत्तर स्वयं अपने ग्रन्थ 'काव्य और

कला तथा अन्य निबन्ध' में दिया है। उनका मत है कि गीतिनाट्य हमारे देश में अति प्राचीनकाल से चले आ रहे हैं। इनकी परम्परा बहुत पुरानी है। अभिनवगुप्त ने जिन 'राघव-विजय' और 'मारीच-वध' नामक राग-काव्यों का उल्लेख किया है,[1] वे 'ठक्क और ककुभ राग' में कदाचित् अभिनय के साथ वाद्यताल के अनुसार गाए जाते थे। ये प्राचीन राग-काव्य ही आजकल की भाषा में गीतिनाट्य कहे जाते हैं। इस तरह अति प्राचीन-काल में ही नृत्य-अभिनय-संयुक्त गीतिनाट्य भारत में प्रचलित थे।

राज्यश्री

'राज्यश्री' के दो संस्करणों में भिन्नता पाई जाती है। प्रथम संस्करण परीक्षण-काल की नाटिका-शैली पर लिखा गया है, किन्तु द्वितीय संस्करण परवर्ती नाटकों से अधिक मिलता है। प्रथम संस्करण में नान्दीपाठ और भरतवाक्य हैं, किन्तु दूसरे में इनका बहिष्कार। प्रथम संस्करण में अनेक त्रुटियां दिखाई पड़ती हैं, जो दूसरे संस्करण में सुधार ली गई हैं। प्रथम संस्करण का दृश्य-विधान अनगढ़, विश्रृंखल प्रस्तर-राशि के समान प्रतीत होता है, जिनको कारीगर कौशल से सजा नहीं पाया है। इसके घटना-क्रम में न तो नाटकोचित प्रवाह है और न मार्मिक स्थलों को पकड़ने की सामर्थ्य। प्रसादजी ने दोनों संस्करणों का उल्लेख नवीन संस्करण के प्राक्कथन में किया है। वे लिखते हैं, "इस दृश्य-काव्य का पूर्वरूप 'इन्दु' में पहले निकला, फिर 'चित्राधार' के संग्रह में वह पुनर्मुद्रित हुआ। एक प्रकार से मैं इसे अपना प्रथम ऐतिहासिक रूपक समझता हूं। उस समय यह अपूर्ण ही-सा था। इसका वर्तमान रूप कुछ परिवर्तित और परिवर्धित है।"

उपर्युक्त उद्धरण में प्रसादजी का यह कथन कि "एक प्रकार से मैं इसे अपना प्रथम ऐतिहासिक रूपक समझता हूं," विशेष ध्यान देने योग्य है। ऐसा प्रतीत होता है कि इसके पूर्व विरचित 'कल्याणी-परिणय' और 'प्रायश्चित्त' को वे पूर्ण रूप से ऐतिहासिक रूपक कहना उचित नहीं समझते। इसका कारण यह है कि इन दोनों रूपकों में इतिहास की मर्यादा का उतना पालन नहीं किया गया जितना 'राज्यश्री' में। 'राज्यश्री' में प्रसाद की दृष्टि इसके नाटकत्व के साथ-साथ ऐतिहासिकता की ओर भी मुख्य रूप से रही है। इस नाटक में विशेष रूप से मालवा, स्थाणेश्वर, कन्नौज और मगध की राजपरिस्थितियों का दिग्दर्शन होता है। अतएव इन राज्यों की ऐतिहासिकता पर प्रकाश डालना आवश्यक है।

छठी शताब्दी के मध्य (सन् 547 ई०) में हूणराज मिहिरकुल का निधन हो गया। यद्यपि मिहिरकुल की मृत्यु के उपरान्त हूणों में कोई शक्तिशाली शासक नहीं था, तथापि उनकी शक्ति का सर्वथा ह्रास भी नहीं हुआ था। एक ओर हूण पराजित होने पर भी भारतीय शासकों से युद्ध को सदा प्रस्तुत रहा करते थे; दूसरी ओर हूणों को पराजित करने में गुप्त-साम्राज्य की शक्ति क्षीण होती जाती थी। उनका साम्राज्य-केन्द्र इतना

1. 'प्रसाद' : काव्य और कला तथा अन्य निबन्ध, पृ० 92 से 93 तक

दुर्बल और शिथिल बन गया कि कई अधीनस्थ सामन्त क्रमशः स्वाधीन हो गए।

गुप्त-साम्राज्य के सामन्तों में हूण-हरिण-केशरी प्रभाकरवर्धन और सर्ववर्मन सर्वाधिक शक्तिशाली थे। प्रभाकरवर्धन ने स्थाणेश्वर को केन्द्र बनाकर अपना स्वतन्त्र राज्य स्थापित किया और मौखरी सर्ववर्मन ने कान्यकुब्ज (कन्नौज) में अपनी राजधानी नियत की।

प्रभाकरवर्धन ने अपनी राज्यशक्ति और राज्य-सीमा की इतनी वृद्धि की कि वह महाराजाधिराज और परम भट्टारक की उपाधि से विभूषित हो गया। इसी प्रकार कन्नौजराज सर्ववर्मन ने उत्तर-पश्चिम के हूणों और तत्कालीन मगधराज दामोदरगुप्त को पराजित करके शक्ति-वृद्धि के साथ यश अर्जित किया। मगध हाथ से निकल जाने पर महासेनगुप्त (दामोदरगुप्त के पुत्र) ने मालवा में अपनी शक्ति संगठित की। इसी मालवा में उसका पुत्र देवगुप्त राजा बना, जिसने गौड़राज नरेन्द्र शशांक से मैत्री स्थापित की।

छठी शताब्दी के अन्त तक उत्तर भारत में स्थाणेश्वर और कान्यकुब्ज दो राज्य सबसे अधिक शक्तिशाली और दृढ़ बन गए। इन दोनों में परस्पर विवाह-सम्बन्ध द्वारा मैत्री भी स्थापित हो गई थी। अतएव इनकी धाक और भी जम गई। प्रभाकरवर्धन के दो पुत्र थे—राज्यवर्धन और हर्षवर्धन एवं एक पुत्री थी राज्यश्री। राज्यश्री का विबाह कन्नौजराज ग्रहवर्मन से हुआ था।

स्थाणेश्वर और कन्नौज की शक्ति का उत्कर्ष देखकर उत्तर भारत के शक्तिहीन राज्य, मालवा और गौड़, ईर्ष्यालु बन गए थे। इन्हीं ईर्ष्यालु राजाओं के कुचक्रों की लीला इस नाटक में देखने को मिलती है।

प्रसादजी के इस प्रथम ऐतिहासिक नाटक में उनके शेष ऐतिहासिक नाटकों की प्रायः समस्त विशेषताएं बीज-रूप से विद्यमान हैं। उनके सभी ऐतिहासिक नाटकों के सदृश इसमें भी राजकीय उथल-पुथल और उत्क्रान्ति की कहानी है। षड्यन्त्र, विद्रोह, रक्तपात तथा संघर्ष इसमें भी विद्यमान हैं। राजनीतिक और धार्मिक समस्याओं के ताने-बाने से यह नाटक-पट भी प्रस्तुत होता है। इसमें कहीं राजतन्त्र-सम्बन्धी समस्याएं प्रमुख हो जाती हैं तो कहीं धार्मिक उलझनें हमारा पूरा ध्यान आकर्षित कर लेती हैं।

प्रसाद के प्रायः सभी नाटकों में बौद्ध धर्म विकसित अथवा पतनशील अवस्था में दिखाई पड़ता है। 'राज्यश्री' में जहां एक ओर सुएनच्वांग शत्रु-मित्र सभी को धर्म और शान्ति वितरित करता है, वहां दूसरी ओर शान्ति भिक्षु (विकटघोष) धर्म और शान्ति का इस प्रकार उपहास करता है, "मूर्ख, शान्ति को मैंने देखा है। कितने शवों में वह दिखाई पड़ी। शान्ति को मैंने देखा है, दरिद्रों के भीख मांगने में। मैं उस शान्ति को धिक्कारता हूं। धर्म को मैंने खोजा जीर्ण पत्रों में। पंडितों के कूट तर्क में उसे बिलखते पाया, मुझे उसकी आवश्यकता नहीं।"

इस प्रकार प्रसादजी दो बौद्ध भिक्षुओं में शान्ति और धर्म की उपादेयता के प्रति विवाद खड़ा करते हैं। शान्ति और धर्म को हेय समझनेवाला शान्तिभिक्षु प्रारम्भ में इस प्रकार संशयात्मक स्थिति में पड़ा था, "मैं क्या चाहता हूं? यह मैं अभी स्वयं नहीं

समझ सका हूं ।"[1] तदुपरान्त वह पतन की ओर दृष्टि लगाए सूरमा से कहता है, "पतन की चरम सीमा तक चलें सूरमा । बीच में रुकने की आवश्यकता नहीं ।" धर्म[2] का निरादर करने के कारण उसके जीवन में एक समय वह स्थिति आ जाती है जब वह हमें पतन की सीमा तक पहुंचता हुआ दिखाई पड़ता है । तीसरे अंक में वह इतना क्रूर बन जाता है कि राज्यवर्द्धन का रक्त पीकर भी उसकी क्रूरता की राक्षसी अतृप्त बनी रहती है और वह धर्मप्राण सुएनच्वांग की हत्या का आयोजन करता हुआ कहता है, "ओह ! मेरी प्रतिमा, मेरी क्रूरता की देवी नरबलि चाहती है । तू बहुत स्वस्थ है विदेशी । मैंने राजरक्त से पहले-पहल हाथ रंगा था । वह कितना लाल था । उसका मनोरंजन कितना ललित था । सूरमा ! स्मरण है वह राज्यवर्धन की हत्या । बड़ी उत्साहवर्धक थी वह !" हम पहले कह आए हैं कि धार्मिक समस्याएं प्रसादजी के सभी ऐतिहासिक नाटकों में राजतन्त्र से उलझती चलती हैं । 'राज्यश्री' का शान्तिभिक्षु 'विशाख' का महापिंगल, 'स्कन्दगुप्त' का प्रपंचबुद्धि कापालिक आदि पात्र पतित भिक्षुओं का प्रतिनिधित्व करते हैं और साथ ही साथ तत्कालीन राजनीति में भी सक्रिय भाग लेते रहते हैं । 'राज्यश्री' में सर्वप्रथम इस पद्धति का बीजांकुर दिखाई पड़ने से भी इस नाटक का विशेष महत्त्व है ।

नीलदेवी और राज्यश्री

नीलदेवी और राज्यश्री इतिहास-प्रसिद्ध महिलाएं हैं । दोनों के जीवन में प्राय: साम्य पाया जाता है । दोनों के पति षड्यन्त्र द्वारा मारे जाते हैं । दोनों विधवाएं आपत्तिकाल में धैर्य से काम लेती हैं । दोनों में प्रशंसनीय वीरता पाई जाती है । किन्तु अन्तर केवल वीरता के आदर्शों में है । नीलदेवी की वीरता शत्रु-शिविर में निर्भय प्रविष्ट होने तथा युद्ध द्वारा देश-स्वातन्त्र्य की रक्षा करने में है । किन्तु राज्यश्री का ओज आततायियों के मध्य अकेले जीवन-यात्रा करने और हत्यारों को प्राणदान देने में प्रकट होता है । नीलदेवी और राज्यश्री[3] दोनों चितारूढ़ होती हैं, किन्तु अन्तर यह है कि नीलदेवी जलकर भस्म हो जाती है और राज्यश्री हर्ष के अनुनय-विनय पर चिता से उतर आती है और लोक-सेवा करके काषाय ग्रहण करने के उद्देश्य से काल-यापन करने लगती है ।

निष्कर्ष यह है कि भारतेन्दुजी का लक्ष्य है देश-स्वातन्त्र, किन्तु प्रसादजी का आदर्श है भारतीय संस्कृति की महत्ता की ओर विश्व का ध्यान आकर्षित करना । नीलदेवी के बलिदान से देश स्वतन्त्र होता है, किन्तु राज्यश्री के हृदय की महानता से भारतीय संस्कृति विदेशों तक पहुंचती है । नीलदेवी को पति, पुत्र, भाई, सेनापति आदि

---

1. राज्यश्री, प्रथम अंक, प्रथम दृश्य,पृष्ठ 11
2. राज्यश्री, तृतीय अंक, पृष्ठ 59
3. राज्यश्री, तृतीय अंक, सप्तम संस्करण, पृष्ठ 61

के कार्य स्वयं करने पड़ते हैं, किन्तु राज्यश्री को अपने भ्राताओं की सहायता प्राप्त है। नीलदेवी में शौर्य और दृढ़ता है, राज्यश्री में करुणा और उदारता। भारतेन्दु-काल में भारत की पुकार थी—नारी को परदे से बाहर लाकर धर्म और जाति की रक्षा के लिए विधर्मियों को शस्त्र द्वारा पराजित करना। किन्तु प्रसाद-काल मे गांधीवाद के प्रभाव से देश की मांग हुई—शस्त्र-युद्ध के स्थान पर अहिंसा का प्रचार करना। इसी कारण भारतेन्दु ने नीलदेवी को और प्रसाद ने राज्यश्री को अपने-अपने लक्ष्य के अनुसार नाटक-रूप में रखा।

विशाख (**संवत्** 1978 **वि०**)

'राज्यश्री' और 'विशाख' के रचनाकाल में छः वर्ष का अन्तर है। स्वभावतः यह प्रश्न उठता है कि इस दीर्घ काल में प्रसादजी ने नाटक-सृजन से विश्राम क्यों लिया? चार वर्ष में पांच नाटकों का रचयिता[1] छः वर्ष तक उपराम ग्रहण करे, इसका कोई न कोई कारण अवश्य ही रहा होगा। 'विशाख' नाटक का महत्त्व परखने के लिए इस कारण को जान लेना आवश्यक है, क्योंकि इस दीर्घ विश्राम के पश्चात् विशाख नाटक का कथानक किसी न किसी उद्देश्य की पूर्ति के लिए ही चुना गया होगा। देखना यह है कि वह उद्देश्य है क्या? आज तक इस पर किसी ने प्रकाश नहीं डाला है। अतः निश्चित रूप से हम इस विषय में कुछ नहीं कह सकते, किन्तु प्रसादजी के अभिन्नहृदय मित्रों के द्वारा प्राप्त उनकी पारिवारिक तथा आर्थिक परिस्थिति के कुछ विवरण, देश की तत्कालीन राज्यक्रान्ति और 'विशाख' के कथा-प्रसंगों का अवलम्ब लेकर हम किसी न किसी परिणाम पर पहुंचने का प्रयास करेंगे।

'विशाख' नाटक का प्रथम वाक्य, जिसे नायक स्वतः एकान्त में कह रहा है, यह है—"शैशव! जब से तेरा साथ छूटा तब से असन्तोष, अतृप्ति और अटूट अभिलाषाओं ने हृदय को घोंसला बना डाला। इन विहंगमों का कलरव मन को शान्त होकर थोड़ी देर भी सोने नहीं देता। यौवन सुख के लिए आता है, यह एक भारी भ्रम है।"[2]

'विशाख' का यह स्वगत-भाषण होते ही नाटक की नायिका चन्द्रलेखा सामने आती है। इसकी पैतृक सम्पत्ति अपहृत की जा चुकी है। परिवार का भरण-पोषण करने के लिए सेम की फलियां तोड़ती हुई वह दरिद्रता की क्रूरता को इस प्रकार स्मरण करती है:

"सखी री, सुख किसको है कहते।
बीत रहा है जीवन सारा केवल दुख ही सहते।

---

1. सन् 1911 से 1915 तक के मध्य 'सज्जन', 'कल्याणी-परिणय', 'करुणालय', प्रायश्चित्त' और राज्यश्री' पांच नाटकों की रचना हुई।
2. प्रसाद, विशाख नाटक, प्रथम अंक, प्रथम दृश्य

करुणा कान्त कल्पना है बस, दया न पड़ी दिखाई।
निर्दय जगत्, कठोर हृदय है, और कहीं चल रहते।"[1]

इन गान और उपर्युक्त 'स्वगत-भाषण' को भली प्रकार समझने के लिए हमें राज्यश्री का यह अन्तिम गान सामने रखना चाहिए:

"करुणा कादम्बिनी बरसे।
दुख से जली हुई वह धरणी प्रमुदित हो सरसे।
प्रेम-प्रचार रहे जगती-तल दया दान दरसे।
मिटे कलह शुभ शान्ति प्रकट हो अचर और चर से।"

जो करुणा-कादम्बिनी प्रसाद के हृदय को सरस बना सकती थी, वह वास्तविक रूप में कहीं न दिखाई पड़ी। वह तो कल्पना-जगत् की कान्त वस्तु ही सिद्ध हुई। उस कादम्बिनी का दर्शन जीवन में न होने से प्रसादजी और कहीं चलकर रहना चाहते हैं। यह ध्वनि उनके तत्कालीन पारिवारिक जीवन की दुःखमय कहानी से भी निकलती है। प्रसादजी को इन छः वर्षों में इस निर्दय जगत् में क्रूरता ही दिखाई पड़ी। 'राज्यश्री' की रचना के एक वर्ष बाद ही उन्हें यमराज की क्रूरता का सामना करना पड़ा। उनकी स्त्री का स्वर्गवास प्रसूतिगृह में नवजात शिशु के साथ ही हो गया। तदुपरान्त विषम आर्थिक परिस्थितियों की क्रूरता उन्हें सन्तप्त करती रही।

प्रसादजी का जन्म एक समृद्ध परिवार में हुआ था। इनके पिता देवीप्रसाद का व्यापार-वैभव काशी, कलकत्ता आदि कई प्रमुख नगरों में फैला था। किन्तु प्रसादजी की सात वर्ष की ही अवस्था में पिताजी का स्वर्गवास हो जाने से वह वैभव ह्रासोन्मुख बन गया। पैतृक सम्पत्ति के विभाजन के कारण परिवार में भी फूट पड़ गई। न्यायालय में अभियोग पर अभियोग चलने लगे। चार वर्ष में लाखों रुपये व्यय हुए। अतः व्यवसाय बन्द हो गया और दुकानों पर ताले लग गए।[2]

इन आपत्तियों का सामना करते हुए प्रसादजी के ज्येष्ठ भ्राता शम्भुरत्नजी भी इस संसार से चल बसे। अब प्रसादजी के ऊपर समस्त परिवार के भरण-पोषण का भार आ पड़ा। हम पूर्व कह आए हैं कि उनकी पत्नी का भी स्वर्गवास हो चुका था। ऐसी विकराल परिस्थिति में यह स्वाभाविक था कि शैशव की सुखद स्मृतियां प्रसाद के यौवन में कसक पैदा करें।

आश्चर्य नहीं कि उन्हीं को अभिव्यक्त करने लिए प्रसाद ने विशाख और चंद्रलेखा आदि पात्रों की सृष्टि की हो।

'विशाख' नाटक की रचना में उस समय के राजनीतिक आन्दोलन का भी हाथ हो सकता है, क्योंकि इसका संकेत हमें इस नाटक की भूमिका में इस प्रकार मिलता है:

---

1. जयशंकर प्रसाद, विशाख नाटक, प्रथम अंक, प्रथम दृश्य
2. डॉ० राजेन्द्रनारायण शर्मा के आधार पर—'आज' का प्रसाद विशेषांक, 18 फरवरी, 1951, पृष्ठ 5

"मेरी इच्छा भारतीय इतिहास के अप्रकाशित अंश में से उन प्रकांड घटनाओं का दिग्दर्शन कराने की है, जिन्होंने हमारी वर्तमान स्थिति को बनाने का बहुत कुछ प्रयत्न किया है, और जिनपर कि वर्तमान साहित्यकारों की दृष्टि कम पड़ती है।"

इस काल में महात्मा गांधी का सत्याग्रह-आन्दोलन देशव्यापी बन रहा था। शासकवर्ग भक्षक हो चला था। जनता में उत्तेजना फैल रही थी। स्वराज्य की धूम मच रही थी। देश की राजलक्ष्मी विधर्मी के पंजे में जा पड़ी है, इसे जनता समझ गई। इस कारण असन्तोष फैल रहा था। प्रसाद ने इसी प्रकार की घटना लेकर 'विशाख' नाटक की रचना की। नाग जाति की लक्ष्मी चन्द्रलेखा के उपभोग के लिए कामुक किन्नर नरदेव आतुर है और जैसे-तैसे उसका अपहरण भी कर लेता है। फिर तो समस्त नाग जाति विद्रोह का झण्डा खड़ा कर देती है और अभीष्ट को प्राप्त कर लेती है। इस नाटक में महात्मा गांधी ही प्रेमानन्द के रूप में इस संदेश को सुना रहे हैं :

निर्बल भी हो, सत्य पक्ष मत छोड़ना,
शुचिता से इस कुहक जाल को तोड़ना ।।[1]

इस उपदेश से नरदेव का हृदय बदल जाता है और वह अपने दुष्कर्मों का प्रायश्चित्त करता है। यह आशा का एक सन्देश था जिसे प्रसाद अवसाद के उस काल में दुःखी भारतीय जनता को प्रेमानन्द के द्वारा समझा रहे थे।

इस नाटक की रचना का तीसरा कारण था—सारनाथ का ध्वंसावशेष। प्रसाद अपने कलाविद् सखा रायकृष्णदास के साथ प्रायः सारनाथ जाते और वहां बौद्ध भग्नावशेषों को देखकर विचारमग्न हो जाते। उनका भावुक हृदय कल्पना के सहारे अतीत के उस युग में पहुंच जाता, जिसमें चैत्यों और विहारों का सम्मान था, फिर कालान्तर में उनके प्रति जनता की श्रद्धा ऐसी विलीन हुई कि एक दिन उनका संहार होकर रहा। प्रसाद के मस्तिष्क में भी प्रत्येक मननशील व्यक्ति की तरह इन चैत्यों और विहारों की संहार-समस्या उठी होगी।[2] रायकृष्णदास का कहना है कि प्रसाद को सारनाथ के कई स्थल इतने प्रिय थे कि उन्हें देखते-देखते वे भाव-मग्न हो जाते। यही काल है जब प्रसाद विशाख नाटक की रचना में संलग्न हुए।

इस नाटक में प्रसाद ने काश्मीर-स्थित बौद्ध-विहारों के भस्मसात् होने का कारण दिया है। उनका मत है कि जब बौद्ध-भिक्षुओं का चरित्र पतित हो गया तो राजा और जनता की श्रद्धा उनमें न रही। अतः समस्त बौद्ध-विहार राज-कोपाग्नि में भस्म कर दिए गए। प्रमाण के लिए 'विशाख' और राजा नरदेव का वार्तालाप देखिए—"कानीर-विहार का बौद्ध महन्त जिसे राज्य की ओर से बहुत-सी सम्पत्ति मिली है, प्रमादी हो गया है। दीन-दुखियों की कुछ नहीं सुनता। मोटे निठल्लों को एकत्र करके विहार कर रहा है। एक दरिद्र नाग की कन्या को अकारण पकड़कर अपने मठ में बन्द कर रखा है। उसका वृद्ध

1. जयशंकर प्रसाद, विशाख नाटक, प्रथम अंक, चतुर्थ दृश्य, पृ० 38
2. नई धारा, प्रसाद के संस्मरण, वर्ष 1

पिता दु:खी होकर द्वार-द्वार विलाप कर रहा है।'[1]

राजा नरदेव विहारों को भस्म करने की आज्ञा देता हुआ बौद्ध-महन्त से कहता है :

"किन्तु सत्यशील, तुम तो अधम कीट हो। तुम्हारे लिए यही दण्ड है कि तुम लोगों का अस्तित्व पृथ्वी पर से उठा दिया जाए, नहीं तो तुम लोग बड़ा अन्याय फैलाओगे। सेनापति, सब विहारों को राज्य-भर में जलवा दो।"[2]

'विशाख' नाटक के द्वारा प्रसाद इस तथ्य को भी स्पष्ट कर देना चाहते हैं कि बौद्ध-विहारों के भस्म होने से तथागत की महत्ता को किसी प्रकार का धक्का न पहुंचा। बुद्ध तो पूर्ववत् भगवान् के रूप में उपास्या बने रहे। प्रसाद तथागत के उन गुणों को जिनके द्वारा उन्हें भगवान् की उपाधि प्राप्त हुई थी, ढूंढ़ निकालते हैं। उनका सर्वश्रेष्ठ पात्र प्रेमानन्द भगवान् के लक्षण देते हुए कहता है :

"मान लूं क्यों न उसे भगवान।
नर हो या किन्नर कोई हो निर्बल या बलवान,
किन्तु कोष करुणा का जिसका हो पूरा, दे दान।
मान लूं क्यों न उसे भगवान।
विश्व-वेदना का जो सुख से करता है आह्वान,
तृण से त्रयस्त्रिंश तक जिसको सम सत्ता का भान।
मान लूं क्यों न उसे भगवान।
मोह नहीं है किन्तु प्रेम का करता है सम्मान,
द्वेषी नहीं किसी का, तब सब क्यों न करें गुण-गान।
मान लूं क्यों न उसे भगवान।

यह चैत्य है। इसमें बुद्ध का शवभस्म है।······ऐसा सुन्दर परिणाम संसार का है।"[3]

उपर्युक्त विचार प्रसाद के मस्तिष्क में अवश्य आते रहे होंगे। इन विचारों को अभिव्यक्त करने के लिए प्रसाद ने नाटक का कथानक ढूंढ़ा होगा। उन्हें 'राजतरंगिणी' में नरदेव का ऐसा कथानक मिला, जिसके द्वारा वे बौद्ध-विहार को केन्द्र बनाकर देश की तत्कालीन राजनीतिक, धार्मिक और सामाजिक समस्याओं का समाधान सरलता से कर सकते थे। हम आगे विचार करेंगे कि प्रसाद का उद्देश्य इसमें प्रेमकथा को नाटकीय रूप देना नहीं प्रत्युत देश की तत्कालीन समस्याओं को सुलझाना है। हम उस समालोचक से सहमत नहीं, जिसका कहना है कि ऐसी प्रेमकथा किसी भी युग में सम्भव थी। सामान्य

1. विशाख नाटक, जयशंकर प्रसाद, प्रथम अंक, तृतीय दृश्य, पृ० 29
2. विशाख नाटक, प्रथम अंक, पंचम दृश्य, पृ० 40
3. विशाख, जयशंकर प्रसाद, द्वितीय अंक, छठा दृश्य, पृष्ठ 63

प्रेमकथा को इसमें एक प्राचीन आवरण देने का प्रयास-मात्र है।

ऐसी प्रेमकथाएं, जिनके केन्द्र बौद्ध-विहार हों और जिनमें राजनीतिक क्रान्ति, धार्मिक आन्दोलन और सामाजिक क्रन्दन दिखाई पड़े, प्राचीन इतिहास में कठिनाई से प्राप्त होती हैं। प्रसाद यदि किसी 'सामान्य कल्पित कथानक' को लेकर इस प्रकार नाटक लिखते तो उसमें इतिहास की पावनता और अतीत की गम्भीरता कैसे आती ?

वाजपेयी जी का कहना है कि इसमें "एक स्त्री और उसके दो प्रेमियों की कथा है, जो प्रायः सभी प्रेमगाथाओं में रहा करती है।"[1]

सम्पूर्ण नाटक को पढ़ने के उपरान्त 'एक स्त्री के दो प्रेमियों की कथा' कुछ महत्व नहीं रखती। आंखों के सामने एक ऐसे भारत का दृश्य नाचने लगता है, जिसमें बौद्ध भिक्षुओं का चरित्र पतनोन्मुख हो गया था और बौद्ध धर्म का बड़ी द्रुत गति से ह्रास हो रहा था। इतिहास के उस युग में अर्थात् आज से अठारह सौ वर्ष अशोक-काल का अति उन्नत बौद्ध धर्म इतना अप्रिय हो गया था कि "भिक्षुओं को देखकर कोई वन्दन भी नहीं करता, भिक्षा की तो कौन कहे।"[2]

इस नाटक की प्रायः समस्त घटनाएं चैत्य और विहार को केन्द्र बनाकर निर्मित हैं। कानीर विहार के समीप विशाख और चन्द्रलेखा का प्रथम मिलन होता है। बौद्ध-विहार का स्थविर चन्द्रलेखा को विहार में बन्द करता है। प्रेमानन्द वहीं से उसका उद्धार करता है। नरदेव का सखा महापिंगल चैत्य के पास ही बौद्ध भिक्षु को इस निमित्त भेजता है कि वह चन्द्रलेखा को राजा नरदेव से विवाह करने के लिए प्रेरित करे। इसी प्रकार समस्त कथा के केन्द्र बौद्ध विहार, बौद्ध धर्म और बौद्ध भिक्षु हैं। यद्यपि बौद्ध-विहार भस्म हो जाते हैं किन्तु बुद्ध की प्यारी करुणा मूर्तिमती हो उठती है। जिस समय चन्द्रलेखा अत्याचारी नरदेव के बच्चे को निज प्राणों की परवाह न कर प्रचण्ड अग्नि से निकाल राजा के सामने रखती है, उस समय प्रेमानन्द स्त्री-जाति की प्रशंसा करते हुए कहता है, "मूर्तिमती करुणे, तुम्हारा जीवन सफल हो। स्त्री-जाति का सुन्दर उदाहरण तुमने दिखाया।"[3] नरदेव अन्त में चन्द्रलेखा से क्षमा-याचना करते हुए कहता है, "देवि, क्षमा करो। अधम के अपराध क्षमा हों।"[4]

ऐसी कितनी ऐतिहासिक प्रेमकथाएं हैं जिनमें कलुषित और अत्याचारी राजा का जीवन प्रायश्चित्त[5] की अग्नि में तपकर इस प्रकार शुद्ध और निर्मल हो गया है।

---

1. नन्ददुलारे वाजपेयी, आधुनिक साहित्य, प्रथम संस्करण, सं० 2007 वि०, पृष्ठ 240
2. विशाख नाटक, जयशंकर प्रसाद, द्वितीय अंक, पंचम दृश्य, पृष्ठ 60
3. जयशंकर प्रसाद, विशाख नाटक, तृतीय अंक, पंचम दृश्य, पृष्ठ 91
4. वही, तृतीय अंक, पृष्ठ 71
5. नरदेव—हाय-हाय—मैंने क्या किया, एक पिशाच-ग्रस्त मनुष्य की तरह मैंने प्रमाद की धारा बहा दी।...इसीलिए प्रकृति के दास मनुष्य को आत्मसंयम, आत्मशासन की पहली आवश्यकता है। —वही, तृतीय अंक, पृष्ठ 90

इस नाटक में प्रसाद की मौलिक देन है प्रेमानन्द का चरित्र। यही प्रेमानन्द इस नाटक को आद्योपान्त दार्शनिकता से ओतप्रोत बनाता रहता है। उसी की महत्ता है कि नाटक के प्रारम्भ में विलुप्त करुणा फिर मूर्तिमती हो उठती है। जीवन की विषमताओं से व्याकुल प्रसाद करुणा को कल्पनालोक की वस्तु बता रहे थे, किन्तु प्रेमानन्द जैसे संन्यासियों के पावन चरित्र से अन्त में उनमें आशा का संचार हो उठता है और करुणा इसी धरती पर मूर्तिमती हो जाती है।

इस नाटक में प्रसाद पर यत्र-तत्र तत्कालीन थियेट्रिकल कम्पनियों के नाटकों का प्रभाव स्पष्ट दिखाई पड़ता है। क्या कथानक, क्या संवाद, क्या शैली, क्या चरित्र-चित्रण सबमें उसकी गन्ध मिलती है। ऐसे स्थलों पर प्रेमियों का प्रेमालाप नितान्त हलका और तुकान्तमय है। उदाहरण के लिए चन्द्रलेखा और विशाख की बातें देखिए :

"अकेली छोड़कर जाने न दूंगी।···
हृदय को देह से जाने न दूंगी,
बनाकर आंख की पुतली तुम्हें बस,
तुम्हारे साथ में खेला करूंगी।"

इसी प्रकार महारानी[1] और महापिंगल का संवाद देखिए।

"महारानी—क्या कहता है पिंगल।

"महापिंगल—जंगल में मंगल।"

पर कहीं-कहीं ऐसा प्रतीत होता है कि प्रसाद थियेट्रिकल कम्पनी का नाटक-परिधि में दौड़ते-दौड़ते उससे बाहर जाने की चेष्टा कर रहे हैं। महारानी और नरदेव के संवाद में महारानी का एक गीत तो प्राचीन परम्परा की परिधि में है, किन्तु दूसरा गीत प्रसादजी के परवर्ती नाटकों की शैली से अधिक साम्य रखता दिखाई पड़ता।[2] नाटक के संपूर्ण अंगों को मिलाकर देखने से यही निष्कर्ष निकलता है कि प्रसाद प्राचीन परिपाटी से बाहर भागकर नई शैली के सृजन के लिए छटपटा रहे हैं। वे प्राचीन और नई शैली के सन्धि-स्थल पर खड़े होकर अग्रिम पद बढ़ाने को व्याकुल हैं। उनका आगामी नाटक 'अजातशत्रु' इसका प्रमाण है। 'विशाख' नाटक कथानक की गम्भीरता, चरित्र-चित्रण की सफलता, गीतों की नवीनता तथा संवादों की विदग्धता के दृष्टिकोण से प्रसाद के परवर्ती नाटकों की कोटि में नहीं पहुंचता, किन्तु यह तो स्वीकार करना ही पड़ेगा कि हास्य की जैसी छटा इस नाटक में मिलती है, प्रसाद के किसी अन्य नाटक में उपलब्ध नहीं। शैशव

---

1. विशाख नाटक :
महारानी—दूर हो गया कहीं मन से
क्या हुआ तन लगा रहे तन से।
2. मधुपान कर चुके मधुप, सुमन मुरझाए, शीतल मलयानिल गया कौन सिंचवाए।
पत्ते नीरस हो गए सुखाकर डाली, चलती उपवन में लूह कहां हरियाली।
—तृतीय अंक, पृष्ठ 71

और यौवन की जितनी अनुभूतियां इस नाटक में प्राप्त हैं, उतनी कदाचित् अन्यत्र उपलब्ध नहीं। उनके शैशव की मधुर स्मृति, युवाकाल की कठोर विषमताएं मूर्तिमयी होकर खड़ी हो जाती हैं। छः वर्षों का राजनीतिक, सामाजिक तथा धार्मिक जीवन अनुभव के रूप में इस नाटक में चित्रित हो जाता है। इसी कारण इस नाटक की महत्ता औरों की तुलना में किसी प्रकार कम नहीं।

इस नाटक में एक विशेषता है और जो अन्यत्र सम्भव नहीं। इसमें सभी बौद्ध भिक्षु पतनशील हैं। सत्यशील कामुक स्थविर है। दूसरा भिक्षु महापिंगल द्वारा प्रलोभन पाकर चैत्य की आड़ से चन्द्रलेखा का सतीत्व राजा के हाथ बेचना चाहता है। तीसरा भिक्षु तरला का धन अपहृत करने के लिए "इचिलु मिचिलु खिचिलु बयुजारे श्वयुनश्वे खिविटि खिचिटि फट्"[1] मन्त्र का जाप करता है और उसके समस्त आभूषण चुराकर भाग जाता है।

इस नाटक में एक भी बौद्ध भिक्षु ऐसा नहीं है जिसमें बौद्ध धर्म के सात्त्विक गुण विद्यमान हों।

दूसरी विशेषता है नारी-चरित्र की। इस नाटक के प्रायः समस्त स्त्री-पात्रों के चरित्र प्रशंसनीय हैं। 'चन्द्रलेखा' तो मूर्तिमती करुणा है ही, 'इरावती' भी पतिपरायणा नारी है। 'रमणी' निर्भीक, कर्तव्यपरायण और भद्र महिला है। 'रानी' के स्वभाव में स्पष्टता, निर्भीकता और पतिपरायणता का पूर्ण मिश्रण है। वह अपने कामुक और दुराचारी पति नरदेव के हाथों विविध यन्त्रणाएं सहते हुए भी उसकी मंगल-कामना करती है।

केवल 'तरला'[2] की प्रकृति में क्षुद्रता है। वह स्वर्णाभूषण के प्रलोभन में सब कुछ करने को तैयार है। किन्तु नाटक की मुख्य कथावस्तु से उसका कोई सम्बन्ध नहीं। उसका निर्माण ऐसी स्त्रियों की दुरवस्था प्रदर्शित करने के लिए किया गया है।

अजातशत्रु (सं० 1979 वि०)

वस्तुविन्यास की दृष्टि से 'अजातशत्रु' नाटक प्रसाद के पूर्ववर्ती नाटकों से नितान्त पृथक् है। प्रसाद ने पूर्ववर्ती नाटकों में प्रायः एक ही राज्य को कथानक का केन्द्र बनाया है। किन्तु इस नाटक में चार राज्यों (मगध, काशी, कोशल और कौशाम्बी) में घटनाएं स्वतन्त्र रूप से घटती चलती हैं। मगध चारों राज्यों का मेरु है। मगधराज बिम्बसार से कोशल, कौशाम्बी और काशी का वैवाहिक सम्बन्ध है। कोशलाधीश प्रसेनजित बिम्बसार के साले और कौशाम्बी-नरेश उदयन दामाद हैं। बिम्बसार की ज्येष्ठ पुत्री पद्मावती

---

1. जयशंकर प्रसाद, विशाख नाटक, तृतीय अंक, पृष्ठ 80
2. अभी क्या कहते थे, बैल के भाई। हम लोगों ने तो कभी दूसरे की ओर हंसकर देखा कि प्रलय मचा, व्यभिचारिणी हुई, और तुम्हारे ऐसे साठ वर्ष के खपट्टों को प्रेमवाले दूध के दांत लगे। — जयशंकर प्रसाद, विशाख नाटक, द्वितीय अंक, पृ० 47

से उदयन का विवाह हुआ है। प्रसेनजित ने बिम्बसार को अपनी भगिनी वासवी के विवाह के समय काशी का राज्य दहेज में दिया है। इस प्रकार चारों राज्य एक-दूसरे से इतने सम्बद्ध हैं कि एक राज्य में घटित होनेवाली घटना का प्रभाव अनिवार्य रीति से शेष पर पड़ता ही है।

इस नाटक में सर्वत्र क्रान्ति का विकट घोष सुनाई पड़ता है। वह क्रान्ति राजनीतिक क्षेत्र में राजाओं के विरुद्ध राजकुमारों की है; सामाजिक क्षेत्र में अभिजात के विरुद्ध निम्नवर्ग की है; धार्मिक क्षेत्र में रूढ़िवाद के विरुद्ध सुधारवाद की है; कौटुम्बिक क्षेत्र में पुरुषों के प्रति स्त्रियों की है। मगधराज बिम्बसार के विरुद्ध अजातशत्रु ने और कोशलराज प्रसेनजित के विरुद्ध विरुद्धक ने विद्रोह का झण्डा खड़ा किया है। दोनों अपने-अपने पिता को राज्यच्युत करके स्वयं राजा बनने के अभिलाषी हैं। सामाजिक क्षेत्र की क्रान्ति प्रसेनजित की रानी दासी-पुत्री महामाया तथा उसके पुत्र विरुद्धक के इन शब्दों से स्पष्ट हो जाती है :

रानी—दासी की पुत्री होकर भी मैं राजरानी बनी और हठ से मैंने इस पद को ग्रहण किया और तुम राजा के पुत्र होकर इतने निस्तेज और डरपोक···। पुरुषार्थ करो। इस पृथ्वी पर जियो तो कुछ होकर जियो, नहीं तो मेरे दूध का अपमान कराने का तुम्हें अधिकार नहीं।

विरुद्धक—बस मां! अब कुछ न कहो। आज से प्रतिशोध लेना मेरा कर्तव्य और जीवन का लक्ष्य होगा। मां, मैं प्रतिज्ञा करता हूं कि तेरे अपमान के कारण इन शाक्यों का एक बार अवश्य संहार करूंगा और उनके रक्त में नहाकर, इस कोशल के सिंहासन पर बैठकर तेरी वन्दना करूंगा।"[1]

उस काल की सामाजिक व्यवस्था के विरुद्ध क्रान्ति का कारण दिखाने के लिए प्रसाद ने ब्राह्मण-कन्या मागधी को एक वेश्या[2] के रूप में दिखा दिया है। इससे यह प्रतीत होता है कि उस काल में किसी-किसी ब्राह्मण-कन्या का चरित्र पतित हो रहा था और दासी-पुत्रियां शक्ति-बल से राजरानी बन रही थीं। दासकुल में जन्म लेने के कारण प्राप्त अपमान के विरुद्ध आन्दोलन चल रहा था। यह सामाजिक क्रान्ति थी।

धार्मिक क्रान्ति तो मानो गौतम के रूप में मूर्तिमती हो उठी थी। गौतम का विरोध करनेवाली शक्ति का नेता है देवदत्त। उसे मगधराज अजातशत्रु से सहायता मिलती है। देवदत्त और अजातशत्रु के वार्तालाप से गौतम के नव विचारों का विरोध स्पष्ट झलकता है :

1. अजातशत्रु, प्रथम अंक, आठवां दृश्य, पृ० 56-57
2. टिप्पणी—ब्राह्मण-कन्या को वेश्या के रूप में दिखाना···कवि की कठोर कल्पना है। इसके पक्ष में इतना ही कहा जा सकता है कि कवि ब्राह्मण धर्म को अधोगति के गर्त में डालकर उसका अधःपतन इसलिए दिखाता है बौद्ध धर्म की महिमा विशेष रूप से उद्दीप्त की जा सके।

"देवदत्त—सम्राट्, कल्याण हो, धर्म की वृद्धि हो। शासन सुखद हो।

अजातशत्रु—कोशल के दांत जम रहे हैं। वह काशी की प्रजा में विद्रोह कराना चाहता है। वहां के लोग राजस्व देना अस्वीकार करते हैं।

देवदत्त—पाखण्डी गौतम आजकल उसी ओर घूम रहा है, इसलिए कोई चिन्ता नहीं। गौतम की कोई चाल नहीं चलेगी। यदि मुनिव्रत धारण करके भी वह ऐसे साम्राज्य के षड्यन्त्रों में लिप्त है तो मैं भी हठवश उसका प्रतिद्वन्द्वी बनूंगा। परिषद् का आह्वान करो।

अजातशत्रु—जैसी आज्ञा।"[1]

चौथी क्रान्ति है पुरुषों के विरुद्ध स्त्रियों की। स्त्रियां पति से अपमानित होने पर विद्रोह की भावना से प्रतिशोध लेना चाहती हैं। विवाहिता रानी शक्तिमती को महाराज प्रसेनजित ने दासी-पुत्री कहकर अपमानित किया था। वह पुरुष जाति से इस असह्य अपमान का प्रतिकार चाहती है। सेनापति कारायण और शक्तिमती की बातचीत से यह बात स्पष्ट हो जाती है।

"शक्तिमती—तुम इतने कायर हो, यदि मैं पहले जानती!

कारायण—तब क्या करती? अपने स्वामी की हत्या करके अपना गौरव, अपनी विजय-घोषणा स्वयं सुनाती?

शक्तिमती—यदि पुरुष इन कामों को कर सकता है, तो स्त्रियां क्यों न करें? क्या उन्हें अन्तःकरण नहीं है? क्या स्त्रियां अपना कुछ अस्तित्व नहीं रखतीं? क्या उनका जन्मसिद्ध कोई अधिकार नहीं है?···मुझे इस तरह पदच्युत करने का किसी को क्या अधिकार था?"[2]

उपर्युक्त उद्धरण से यह स्पष्ट हो जाता है कि वह ऐसा क्रान्तिकाल था, जिसमें सद्धर्मियों के विरुद्ध ढोंगी, पिता के विरुद्ध पुत्र, पति के विरुद्ध स्त्री, स्त्री के विरुद्ध पति और अभिजात के विरुद्ध दास प्राणपण से उद्योग में संलग्न थे। इन सब का परिणाम हमें प्रारम्भ में यह दिखाई पड़ता है कि धर्मात्मा गौतम पर चंचा के साथ विलास और श्यामा की हत्या का लांछन लगाया जाता है, अजातशत्रु अपने पिता बिम्बसार और विमाता वासवी को बन्दी बनाता है, शक्तिमती अपने पति प्रसेनजित से प्रतिशोध लेती है, विरुद्धक अपनी प्रेयसी श्यामा की हत्या करता है, विरुद्धक प्रत्येक अभिजात को लूटने का काम करता है।

ऐसे विकट समय में जब करुणा निराश्रित हो विलख रही थी, क्रूरता, हिंसा, हत्या, विश्वासघात ताण्डव कर रहे थे, मानव दानव बनकर नैतिकता को तिलांजलि दे चुका था, देश को ऐसे तपस्वी की आवश्यकता थी जो करुणा को आश्रय देता और निर्दयता, हिंसा, प्रतिहिंसा और विश्वासघात के स्थान पर दया, क्षमा, उदारता और

1. अजातशत्रु, दूसरा अंक, पहला दृश्य पृ० 63
2. अजातशत्रु, तीसरा अंक, चौथा दृश्य, पृ० 123-124

श्रद्धा को प्रतिष्ठित करता। गौतम बुद्ध ने अपने शुद्ध जीवन के उपदेशों से ऐसा वातावरण निर्मित कर दिया कि समस्त देश में शान्ति का साम्राज्य स्थापित हो गया। उन्होंने आदर्श नारी वासवी, मल्लिका और पद्मावती के चरित्र-बल, सहिष्णुता और औदार्य से वेश्या श्यामा, डाकू विरुद्धक, क्रूर अजातशत्रु, निष्ठुर छलना, रक्तप्यासी शक्तिमती के कलुषित जीवन को निर्मल बना दिया। सभी पापो पात्रों का कालुष्य और सन्ताप करुणा-मन्दाकिनी में बह गया। क्रान्ति का उपर्युक्त रूप विस्तार से दिखाने का अभिप्राय केवल यही नहीं है कि प्रसादजी ने राज-क्रान्ति, धर्म-क्रान्ति, समाज-क्रान्ति, और नारी-क्रान्ति का चित्रण 'अजातशत्रु' में सफलता के साथ किया है, प्रत्युत इससे यह भी प्रमाणित करना अभीष्ट है कि प्रसाद एक जटिल कथानक को प्रथम बार ऐसे कौशल के साथ ग्रथित करने में समर्थ हुए हैं कि सम्पूर्ण कथानक पाठक और प्रेक्षक को रसधारा की ओर ही ले जाने वाला प्रतीत होता है। यद्यपि प्रथम अंक में घटनाएं निरपेक्ष रूप से मगध, कौशल और कौशाम्बी में घटित होती हैं किन्तु द्वितीय अंक में सब मिलकर एक धारा बन जाती हैं और काशी के युद्ध में हम तीन राज्यों की कथा-धाराओं को एकत्र पा जाते हैं। इस स्थल पर प्रत्येक व्यक्ति युद्ध का परिणाम जानने को लालायित हो जाता है।

तीसरे अंक के प्रथम वाक्य से दुश्चरित्र व्यक्तियों में असफलता के कारण मतभेद प्रकट हो जाता है। यहां देवदत्त को दुत्कारती हुई छलना कहती है, "धूर्त ! प्रवंचना से मैं इस दशा को प्राप्त हुई, पुत्र बन्दी होकर विदेश को चला गया और पति को मैंने स्वयं बन्दी बनाया।......"[1] यहां से नाटक की कथा-धारा अपना मार्ग मंगल की ओर बदलती है।

यहां पाखण्ड और दुराचार का दुष्परिणाम झलकने लगता है और तृतीय अंक के अन्त में प्रत्येक क्रान्ति का समाधान हो जाता है। राजकुमार अजातशत्रु और विरुद्धक अपने-अपने पिता से क्षमा-याचना करते हैं, और राजक्रान्ति का समाधान मल्लिका के इन शब्दों से हो जाता है।

"क्षमा से बढ़कर दण्ड नहीं है, और आपकी राजनीति इसी का अवलम्बन करे।"

गौतम धर्म-क्रान्ति का समाधान इन शब्दों से करते हैं, "हमें अपना कर्तव्य करना चाहिए, दूसरों के मलिन कर्मों को विचारने से भी चित्त पर मलिन छाया पड़ती है। शुद्ध बुद्धि की प्रेरणा से सत्कर्म करना चाहिए। दूसरों की ओर से उदाधीन हो जाना ही शत्रुता की पराकाष्ठा है। आनन्द, दूसरों का अपमान सोचने से भी अपना हृदय कुलषित होता है।"[2]

अमिताभ की धर्मक्रान्ति का नया स्वरूप मल्लिका के शब्दों में इस प्रकार है :

"तुम्हारे उपदेशों से हृदय निर्मल हो जाता है। तुमने कीट से लेकर इन्द्र तक की समता घोषित की, अपवित्रों को अपनाया, दुखियों को गले लगाया, अपनी दिव्य करुणा

---

1. अजातशत्रु, तीसरा अंक, प्रथम दृश्य
2. अजातशत्रु, दूसरा अंक

की वर्षा से विश्व को प्लावित किया, अमिताभ, तुम्हारी जय हो !"[1]

धर्म का सार, स्वर्ग की प्राप्ति को गौतम ने तीन वाक्यों में स्पष्ट कर दिया—"असंख्य दुःखी जीवों को हमारी सेवा की आवश्यकता है। इस दुःख-समुद्र में कूद पड़ो। यदि एक भी रोते हुए हृदय को तुमने हंसा दिया तो सहस्त्रों स्वर्ग तुम्हारे अन्तर में विकसित होंगे।"

तीसरी क्रान्ति नारी की है जो पुरुष के अत्याचारों के कारण उठ खड़ी हुई थी। उसका बोध कारायण और शक्तिमती में निम्नलिखित वार्तालाप से इस प्रकार हो सकता है :

"देवि, तुम्हारे राज्य की सीमा विस्तृत है और पुरुष की संकीर्ण। कठोरता का उदाहरण है पुरुष और कोमलता का विश्लेषण है स्त्री-जाति। पुरुष क्रूरता है तो स्त्री करुणा है, जो अन्तर्जगत् का उच्चतम विकास है, जिसके बल पर समस्त सदाचार ठहरे हुए हैं।···क्रूरता अनुकरणीय नहीं है, उसे नारी-जाति जिस दिन स्वीकृत कर लेगी, उस दिन समस्त सदाचारों में विप्लव होगा।"[2]

इसी समस्या पर मल्लिका का सुझाव शक्तिमती को इस प्रकार है, "स्त्रियों का कर्तव्य है कि पाशववृत्ति वाले क्रूरकर्मा पुरुषों को कोमल और करुणालुप्त करें, कठोर पौरुष के अनन्तर उन्हें जिस शिक्षा की आवश्यकता है, उस स्नेहशीलता, सहनशीलता और सदाचार का पाठ उन्हें स्त्रियों से ही सीखना होगा। हमारा यह कर्तव्य है। व्यर्थ स्वतंत्रता और समानता का अहंकार करके उस अपने अधिकार से हमको वंचित न होना चाहिए। चलो, आज अपने स्वामी से क्षमा मांगो···।"[3]

प्रसाद के ये सुझाव मनोवैज्ञानिक हैं और उन सद्वृत्तियों के मूलाधार पर निर्मित हैं, जिनकी छटा कभी मलीन नहीं होती। इस दृष्टि से श्री प्रसाद का 'अजातशत्रु' नाटक अमर है, क्योंकि इसमें एक ऐसी विचारधारा प्रवाहित होती है जो संतप्त मानव-जीवन को शान्ति प्रदान करती है।

हम कह चुके हैं कि प्रसाद ने इस नाटक का वस्तुविन्यास इस कौशल से किया है कि कथानक का कोई भी अंग असंबद्ध नहीं प्रतीत होता। कथानक के संगठन में जो नाट्यकला झलकने लगती है, वह चरित्र-चित्रण और अंतर्द्वन्द्व की ज्योति पाकर चमक उठती है। चरित्र के पतन और उत्थान की दृष्टि से अजातशत्रु और श्यामा की सृष्टि प्रसाद-साहित्य में अद्वितीय है, गौतम, मल्लिका, वासवी और पद्मावती में संस्कारगत इतने अधिक गुण विद्यमान हैं कि उनमें विकास का अवकाश ही नहीं। किन्तु अजातशत्रु और श्यामा के चरित्र में अवरोह और आरोह होता रहता है। अजातशत्रु में पतन और उत्थान की पांच स्थितियां दिखाई पड़ती हैं। सर्वप्रथम वह निर्दय कुमार के रूप में एक

---

1. अजातशत्रु, दूसरा अंक, पांचवां दृश्य, पृष्ठ, 83
2. वही, तीसरा अंक, सातवां दृश्य, पृ० 137
3. वही, तीसरा अंक, पृ० 137

ऐसे उदारचेता अनुचर की चमड़ी उधेड़ता हुआ दिखाई पड़ता है जो मृगी की करुणार्द्र दृष्टि से द्रवित होकर उसके शावक को बन्धन-मुक्त कर देता है। इससे कुमार के क्रूर, कठोर और निर्दय होने का संकेत मिलता है।

दूसरी बार अजातशत्रु काशी के विद्रोह में हमारे सामने आता है। वह अपनी निरपराध विमाता वासवी पर इस प्रकार व्यंग्य करता हुआ दिखाई पड़ता है, "इसमें हमारी विमाता का व्यंग्य स्वर है, इस प्रकार अजातशत्रु को कोई अपदस्थ नहीं कर सकता।" क्रूर अजात को इस दर्प-भरी स्थिति तक पहुंचानेवाला है पाखण्डी देवदत्त। वह क्रूर कर्म में अजातशत्रु की सहायता करता है। इसलिए वह द्रुत गति से पतन की ओर दौड़ता हुआ दिखाई पड़ रहा है।

तीसरी स्थिति में हम उसको प्रतिहिंसा की चरम सीमा तक जाते देखते हैं। प्रसेनजित को न पाकर अजातशत्रु मल्लिकादेवी से पूछता है, "कहां गया ? मेरे क्रोध का कन्दुक, मेरी क्रूरता का खिलौना कोशल-सम्राट् कहां गया ?"

मल्लिका जैसी देवी के दर्शन से क्रोधी और अहंकारी अजातशत्रु के चरित्र में परिवर्तन दिखाकर प्रसाद ने दोनों का चरित्र-चित्रण प्रशंसनीय ढंग पर किया है। किसी दिव्य शक्ति के सम्मुख झुक जाना सुसंस्कार का लक्षण है। यद्यपि अजातशत्रु देवदत्त और छलना की कुमन्त्रणा से पतनशील बन गया है किन्तु संस्कारगत सद्गुण का अंकुर उसके हृदय में अभी विनष्ट नहीं हुआ है। वह मल्लिका से कहता है, "देवी, आप कौन हैं ? हृदय नम्र होकर आप ही आप प्रणाम करने को झुक रहा है।"[1]

इसी स्थल से उसका चरित्र सुधारोन्मुख हो जाता है। वह युद्ध से विरत होकर जब छलना के पास लौटता है और छलना उसे युद्ध-विमुख होने के कारण डांटती-फटकारती है तो वह निरुत्साह भाव से कहता है, "मां, युद्ध में बड़ी भयानकता होती है, कितनी स्त्रियां अनाथ हो जाती हैं !" विकास की ओर अजातशत्रु का यह दूसरा पग है।

जब अनिच्छा से अजातशत्रु युद्ध में सम्मिलित होता है और पराजित होकर बंदी रूप में बाजिरा से मिलता है तो उसकी सुकुमार मनोवृत्ति को उत्तेजना मिलती है और वह कह उठता है, "सुनता था कि प्रेम द्रोह को पराजित करता है, आज विश्वास भी हो गया। तुम्हारे उदार प्रेम ने मेरे विद्रोही हृदय को विजित कर लिया।"

विकासोन्मुख चौथी अवस्था उस स्थल पर दिखाई पड़ती है, जहां वासवी उसे बन्दीगृह से मुक्त कराके अंक में लिपटा लेती है। अजातशत्रु के मुख से सहसा निकल पड़ता है, "मां ! इतनी ठंडी गोद तो मेरी मां की भी नहीं है।...मैंने तुम्हारा बड़ा अपमान किया है, मां ! क्या तुम क्षमा करोगी ?"[2] अन्तिम अवस्था नाटक के अन्त में उस स्थल पर दिखाई पड़ती है जहां अजातशत्रु अपने पिता के पैर पकड़कर इस प्रकार क्षमा-याचना करता है, "नहीं पिता, पुत्र का यही सिंहासन है। आपने सोने का झूठा

---

1. अजातशत्रु, दूसरा अंक, पृ० 94
2. अजातशत्रु तीसरा अंक, पृ० 115

सिंहासन देकर मुझे इस सत्य अधिकार से वंचित किया। अक्षम्य पुत्र को भी कौन क्षमा कर सकता है ?"[1]

इसी प्रकार दरिद्र कन्या मागन्धी का राजमहिषी रूप, पुनः श्यामा का[2] का वार-विलासिनी रूप और अन्त में अम्बपाली का उपासिका-रूप प्रसाद के नाट्य कौशल का सूचक है।

चरित्र-चित्रण के अतिरिक्त अन्तर्द्वन्द्व भी नाटक की सफलता का परिचायक होता है। इस नाटक में अन्तर्द्वन्द्व कई स्थानों पर मिलता है, किन्तु सबसे अधिक मनोहारी अन्तर्द्वन्द्व उस स्थल पर प्राप्त होता है, जहां पदच्युत बिम्बसार अपने पुत्रवान् पुत्र को क्षमा मांगते देखता है :

"बिम्बसार—कुणीक कौन ? मेरा पुत्र या मगध का सम्राट्... नहीं, नहीं, मगधराज अजातशत्रु को सिंहासन की मर्यादा नहीं भंग करनी चाहिए। मेरे दुर्बल चरण आप छोड़ दो।"

उपर्युक्त शब्दों में बिम्बसार के मानस में द्वन्द्व मचानेवाले वात्सल्य, अभिमान, व्यंग्य, व्याकुलता आदि विविध मनोभावों का संघर्ष स्पष्ट झलकता है। इतने मनोभावों का एक स्थल पर प्रसंग उपस्थित करना कुशल नाट्यकार का ही कार्य है।

तात्पर्य यह है कि प्रसाद ने विविध घटनाओं को शृंखलाबद्ध करने का जो प्रथम प्रयास किया, उसमें उन्हें सफलता मिली। इसी कारण वे आगे चलकर समग्र उत्तरी भारत के विविध राज्यों की अनेक घटनाओं को एक सूत्र में ग्रथित कर स्कन्दगुप्त और चन्द्रगुप्त नामक नाटक लिखने में सफल हुए। अजातशत्रु नाटक इस नये प्रयोग की प्रथम कृति होने से विशेष महत्त्वपूर्ण है।

प्रसाद नाट्यकला के जिस रूप की खोज में अब तक चिन्तन कर रहे थे वह अजातशत्रु में उन्हें प्राप्त हो गया, क्योंकि उनके परवर्ती नाटक इसी शैली पर विरचित हैं।

जनमेजय का नागयज्ञ (संवत् 1983 वि०)

इस नाटक का कथानक महाभारत से लिया गया है। महाभारत में एक कथा है, जिसमें जनमेजय के सर्पयज्ञ के साथ-साथ तक्षशिला-विजय और नाग जाति के संहार का भी उल्लेख मिलता है; ब्रह्म-हत्या के प्रायश्चित-स्वरूप राजा जनमेजय ने जो अश्वमेघ यज्ञ किया, उसका भी विवरण उक्त ग्रन्थ में मिलता है।

इस काल में कतिपय ब्राह्मणों के षड्यन्त्र से नाग जाति ने पुनः विद्रोह का झण्डा खड़ा किया, किन्तु जनमेजय ने उन्हें ऐसा पराजित किया कि विवश होकर सन्धि के लिए प्रार्थना करनी पड़ी। परिणाम यह हुआ कि आर्य और नाग जाति (अनार्य) विद्वेष भूलकर परस्पर मित्र-भाव से व्यवहार करने लगीं। प्रश्न यह उठता है कि महाभारत की इस

1. अजातशत्रु, तीसरा अंक, आठवां दृश्य, पृ० 163
2. टिप्पणी—श्यामा का चरित्र नारी-पात्रों के साथ उपसंहार में विस्तार से दिखाया गया है।

कथा में क्या विशेषता थी, जिसके कारण इसे प्रसाद ने नाटक का कथानक बनाया ? उन्होंने अपने पूर्व विरचित सभी नाटकों—प्रायश्चित्त, राज्यश्री, विशाख और अजातशत्रु का इतिवृत्त इतिहास से ग्रहण किया है, किन्तु इस नाटक के कथानक के लिए महाभारत की उक्त घटना को मूलाधार बनाया। यह परिवर्तन क्यों ?

इस नाटक में एक ऐसी योजना विद्यमान है, जिसका अभाव प्रसाद के पूर्ववर्ती नाटकों में पाया जाता है। पूर्ववर्ती नाटकों में माण्डलिक आर्य राजाओं का पारस्परिक संघर्ष दिखाया गया है, किन्तु इस नाटक के उपरान्त प्रसाद का ध्यान आर्यों और अनार्यों के युद्ध की ओर आकर्षित होता है। प्रमाण के लिए देखिए—'राज्यश्री' में कन्नौज, थानेश्वर, मालवा के माण्डलिक राजाओं का संघर्ष है; 'विशाख' में विशाख (ब्राह्मण) और आर्य राजा नरदेव का; 'अजातशत्रु' में कौशल, कौशाम्बी और मगधराज का; किन्तु 'जनमेजय' में आर्यों और नागों का, 'स्कन्दगुप्त' में आर्यों और हूणों का, 'चन्द्रगुप्त' में आर्यों और ग्रीकों का, 'ध्रुवस्वामिनी' में आर्यों और शकराज का युद्ध दिखाई पड़ता है।

इस नवीन योजना का कोई न कोई कारण अवश्य रहा होगा। आश्चर्य नहीं कि तत्कालीन हिन्दू-मुस्लिम संघर्ष को देखकर प्रसादजी को इस समस्या के सुलझाने का विचार मन में आया हो। इस नाटक की रचना के समय हमारे देश में आर्य-अनार्य, हिन्दू-मुसलमान कलह की ज्वाला प्रचण्ड रूप धारण कर रही थी। यद्यपि उसे शान्त करने के लिए कितने नवयुवकों ने प्राणाहुतियां दीं किन्तु कलहाग्नि की लपटें उत्तरोत्तर बढ़ती ही जा रही थीं। इस विषम समस्या को देखकर सहृदय प्रसाद का कोमल हृदय विक्षुब्ध और विकम्पित हो उठा और उन्होंने नाट्य-रचना के द्वारा इस संघर्ष की समस्या को सुलझाने का प्रयास किया। इस सम्बन्ध में उनका पहला प्रयास 'जनमेजय का नागयज्ञ' में झलकता है। हम देखते हैं कि नाटक के प्रारम्भ और मध्य में आर्य और अनार्य जातियों का कलह उत्तरोत्तर बढ़ता ही जाता है।

कलह का कारण यह है कि नाटक के नायक जनमेजय के पिता परीक्षित की हत्या नागों ने की थी। अतः पितृ-वध को स्मरण कर सम्राट् के हृदय में नाग जाति के विरुद्ध परम्परागत द्वेषाग्नि सुलगती रहती है। इस द्वेषाग्नि को शान्त करने के लिए उन्हें नाग जाति का विनाश अभीष्ट है। अतः नाग-विध्वंस के लिए कृत संकल्प होकर वे कहते हैं, 'अश्वमेध पीछे होगा, पहले नागयज्ञ करूंगा।"

आर्य-सम्राट् जनमेजय की तरह नागराज तक्षक के हृदय में आर्य जाति के प्रति प्रतिहिंसा की भावना उद्दीप्त होती रहती है। एक स्थान पर वह अपने मानोभावों को व्यक्त करते हुए कहता है, "प्रतिहिंसे ! तू बलि चाहती है तो ले, मैं दूंगा। छल, प्रवंचना, कपट, अत्याचार सब तेरे सहायक होंगे। हाहाकार, क्रन्दन और पीड़ा तेरी सहेलियां बनेंगी।" इस संकल्प की सिद्धि के लिए वह नागों को सुसंगठित कर आर्य-जनपदों में हत्या और लूट के द्वारा आतंक फैलाता है। वह यज्ञ के घोड़े को बलपूर्वक पकड़वा लेता है और नाग जाति को आर्यों के विरुद्ध युद्ध के लिए आह्वान करता है।

आर्य और नाग जाति (अनार्य) के परम्परागत इस संघर्ष को निर्मूल करने के

लिए प्रसाद ने उदारचेता आस्तीक, सरमा और मणिमाला आदि पात्रों की सृष्टि की। आस्तीक के पिता हैं आर्यऋषि और माता है नाग-कन्या। आस्तीक के जीवन का उद्देश्य है निर्मल बुद्धि द्वारा आर्यों और अनार्यों के पारस्परिक मनोमालिन्य का उन्मूलन करना। वह एक स्थान पर कहता है, "किन्तु भाई, हम लोगों का कुछ कर्तव्य भी है। दो भयंकर जातियां क्रोध से फुफकार रही हैं। उनमें शान्ति स्थापित करने का हमने बीड़ा उठाया है।" जनमेजय जब ऋषिपुत्र आस्तीक के व्यक्तित्व से प्रभावित हो उसें अपना रक्त देने को भी तैयार हो जाता है तो ऋषिकुमार आत्मसुख की कोई वस्तु नहीं चाहता अपितु कलहशील दो जातियों में शान्ति स्थापित करने के लिए कहता है, "मुझे दो जातियों में शान्ति चाहिए। सम्राट्, शान्ति की घोषणा करके बन्दी नागराज को छोड़ दीजिए, यही मेरे लिए यथेष्ट प्रतिफल है।"

आस्तीक के सदृश्य ही नागकुलोत्पन्न वासुकी और नागपत्नी सरमा में भी विश्व-मैत्री की भावना है। वे दोनों शत्रु का—अपकार से नहीं प्रत्युत उपकार के द्वारा—हृदय परिवर्तित करने में संलग्न हैं। सरमा कहती है, "धर्म का ढोंग करके एक निर्दोष आर्य-सम्राट को अपने चंगुल में फंसाकर उसके पतित होने की व्यवस्था देना, जिसमें वह राज्यच्युत कर दिया जाए, क्या उचित है ?"

नाटक की नायिका है मणिमाला। वह जनमेजय के प्रतिपक्षी तक्षक की कन्या है। अपने शील-सौजन्यादि सद्‌गुणों के कारण आर्य-सम्राज्ञी का पद पाती है। इस प्रकार उसकी विश्वमैत्री के बल से आर्य और अनार्य जातियों की कलहाग्नि इतनी शान्त हो जाती है कि आर्य जाति के नेता सम्राट् जनमेजय को बाध्य होकर यह कहना ही पड़ता है, "नागकुमारी की प्रजा होना भी अच्छा समझता हूं।" इस प्रकार न केवल राजनीतिक प्रत्युत सांस्कृतिक दृष्टि से भी आर्य-अनार्य जाति का सम्मिलन उभय पक्ष के लिए कल्याण-प्रद होता है। दोनों जातियों में राजनीतिक ऐक्य स्थापित हो जाता है और आर्य-संस्कृति तथा नाग-संस्कृति के समन्वय से भारतीय संस्कृति समृद्ध बन जाती है।

नाटक का उपर्युक्त कथानक संवत् 1983 में होने वाले भीषण हिन्दू-मुस्लिम दंगे की ओर संकेत करता है। उस काल में महात्मा गांधी दोनों जातियों में पुनः सौमनस्य स्थापित करने का आंदोलन चला रहे थे।

प्रसादजी महात्मा गांधी द्वारा संचालित आंदोलन में यद्यपि सक्रिय भाग नहीं लेते थे, किन्तु उनके सिद्धान्तों से सहमत होने के कारण अपने सुसंस्कृत नाटकों में उनके विचारों को सन्निविष्ट करते जाते थे। ऐसा प्रतीत होता है कि प्रसाद जी तत्कालीन समस्याओं को सुलझाने के लिए अतीत की शरण लेते हैं और उस काल की घटनाओं को अपने नाट्य-कौशल से ऐसा संवार देते हैं, जिससे हमारा अतीत हमारी श्रद्धा का पात्र बन जाता है। 'विशाख, नाटक में हम इसका उल्लेख पूर्व कर आए हैं।

कला-संविधान

कला-संविधान की दृष्टि से यह नाटक प्रौढ़काल की रचना होने पर भी शिथिल

प्रतीत होता है। इसका वस्तु-विन्यास और चरित्र-चित्रण परवर्ती नाटकों के समान नहीं हो पाया है। जाति-संघर्ष के निवारण तथा दार्शनिक चिन्तन में नाटककार इतना तन्मय हो गया है कि उसे कार्य-अवस्था, अर्थ-प्रकृति और पंच-सन्धियों के निर्वाह का ध्यान ही नहीं रह जाता। घटनाओं की विभिन्न शृंखलाओं के जोड़ने में व्यस्त होने से वे कथानक में आरोह-अवरोह लाने का अवकाश ही नहीं पा सके हैं।

इस नाटक में प्रसादजी ने दृश्य के अन्तर्गत दृश्य की योजना की है, जो कला की दृष्टि से अस्वाभाविक है। प्रथम अंक के प्रथम दृश्य में मनसा मन्त्र पढ़कर रात्रि के तमिस्र पटल पर खाण्डव वन प्रत्यक्ष दिखा देती है।[1] उसमें कृष्ण और अर्जुन वार्तालाप करते दिखाई पड़ते हैं; खाण्डव-दाह होता है और नाग जाति आतंकवश भागती दिखाई पड़ती है। इस प्रकार एक दृश्य के अन्तर्गत दूसरा दृश्य संयुक्त कर दिया गया है। वस्तु-विन्यास की ऐसी योजना प्रसाद के अन्य किसी नाटक में नहीं दिखाई पड़ती। कहा नहीं जा सकता कि प्रसाद ने कला-संविधान में ऐसी भूल क्यों की।

सामाजिक स्थिति

इस नाटक के अध्ययन से ऐसा प्रतीत होता है कि प्रसाद का ध्यान पतनशील बौद्ध भिक्षुओं के साथ ही साथ अर्थ-लोलुप और देशद्रोही ब्राह्मण पुरोहितों की ओर गया। उन्होंने देखा कि जिस प्रकार बौद्ध-भिक्षु-भिक्षुणियों में आत्मनिग्रही उदात्त भावनापूर्ण महात्मा और इन्द्रिय-दास, अर्थ-लोलुप दुरात्मा दोनों हैं उसी प्रकार ब्राह्मण पुरोहितों में भी दो वर्ग हैं : एक वर्ग में शौनक, सोमश्रवा और उत्तंक जैसे सदाचारी और निर्भीक ब्राह्मण विद्वान् हैं तो दूसरे वर्ग में काश्यप जैसे प्रकृति-सिद्ध नीच मनोवृत्ति वाले पुरोहित। प्रथम वर्ग को अपने आत्मबल और ब्रह्मबल का आधार है और दूसरे को अर्थ-लिप्सा और कुटिल नीति का। प्रसादजी इस मत को स्थान-स्थान पर स्पष्ट करते चलते हैं। प्रमाण के लिए उत्तंक और काश्यप का उदाहरण लीजिए। जब तक्षक उत्तंक को एकांकी पाकर वध करने को उद्यत होता है तो वह (उत्तंक) निर्भीकतापूर्वक ललकारता है—

"यदि ब्राह्मण हूंगा, यदि मेरा ब्रह्मचर्य और स्वाध्याय सत्य होगा तो तेरा कुत्सित हाथ चल ही न सकेगा। हत्याकारी दस्यु को यह अधिकार ही नहीं कि वह ब्रह्म-तेज पर हाथ चला सके। पाखण्डी, तेरा पतन समीप है।"

उत्तंक की यह कोरी धमकी नहीं थी। प्रतिज्ञा पर अटल रहने वाला वह ब्राह्मण नागयज्ञ के द्वारा यह सिद्ध कर दिखाता है कि 'पाखण्डियों का पतन समीप था।"

इसी प्रकार शौनक उदार और सहिष्णु पुरोहित है। उसका मत है कि "सहन-शील होना ही तो तपोधन और उत्तम ब्राह्मण का लक्षण है।"

ठीक इनके विपरीत चरित्र है काश्यप का। वह ऐसा अर्थलोलुप है कि किसी अन्य

---

1. जनमेजय का नागयज्ञ, जयशंकर प्रसाद, सं० 2007 बि०, पृष्ठ 101

ब्राह्मण को जनमेजय से सहायता पाते देखकर ईर्ष्या करने लगता है। महाराज जनमेजय ने जब उत्तंक को मणिकुण्डल प्रदान किया तो वह ईर्ष्या से जल-भुन गया और अनार्यों (नाग) से गुप्त अभिसन्धि करके मणिकुण्डल अपहरण करने का प्रयास करने लगा।

शत्रु-पक्ष में सम्मिलित होने से जब वह पुरोहित-पद से च्युत होता है तो नागों के साथ मिलकर जनमेजय की स्त्री वपुष्टमा के अपहरण का षड्यन्त्र करते हुए मानवता के स्तर से भी कहीं नीचे उतर आता है। उसके हृदय में ब्राह्मणोचित सात्त्विक भाव इतना विलुप्त हो जाता है कि घोर से घोर पापाचरण से भी उसे आत्मग्लानि नहीं होती। ब्राह्मण-वर्ग के पतन से देश का ह्रास होता है। देश और राज्य को घोर आपदा का सामना करना पड़ता है। देश में क्रांति मच जाती है। कतिपय ब्राह्मण पुरोहितों के जघन्य कृत्यों से उद्विग्न होकर जनमेजय सम्पूर्ण ब्राह्मण-वर्ग को अग्निकुण्ड में भस्म कर देना चाहता है। किन्तु अनेक अनुनय-विनय करने पर देश-निर्वासित करते हुए कहता है, "जाओ, तुम लोग मेरा देश छोड़कर चले जाओ। आज से कोई क्षत्रिय अश्वमेघ यज्ञ नहीं करेगा। तुम सरीखे पुरोहितों की अब इस देश में आवश्यकता नहीं। जाओ, तुम सब निर्वासित हो।"[1]

यह सहज ही अनुमान किया जा सकता है कि समस्त ब्राह्मणों के निर्वासित होने पर देश और समाज की कैसी दुर्गति होती! यदि ऐसे संकटकाल में महात्मा व्यास आविर्भूत न हुए होते तो समाज विशृंखल हो गया होता। प्रसाद इस विकराल स्थिति को बचाने के लिए एक ऐसे तपोपुञ्ज महात्मा को रंगमंच पर लाते हैं जो ब्राह्मण-मंडली और जनमेजय में पुनः सौमनस्य स्थापित करते हैं और जिनकी प्रेरणा से नाटक के अधिकांश पात्र कल्याण-मार्ग के पथिक बनते हैं।

इसी व्यास के ब्राह्मण-धर्म का विकास हम प्रसाद के परवर्ती नाटक 'स्कन्दगुप्त' और 'चन्द्रगुप्त' में पाते हैं।

दार्शनिकता

इस नाटक में प्रसाद बार-बार किसी अदृष्ट शक्ति की ओर संकेत करते चलते हैं। साधारण पात्रों की कौन कहे, ब्राह्मण के नेता शौनक और महात्मा वेद व्यास भी मनुष्य को अदृष्ट शक्ति का दास मानते हैं।[2] सुना जाता है कि अदृष्ट शक्ति में प्रसाद की अटल आस्था थी।

---

1. जनमेजय का नागयज्ञ, पृष्ठ 101
2. (क) शौनक—अदृष्ट की लिपि ही सब कुछ कराती है।—जनमेजय का नागयज्ञ, पृष्ठ 43

   (ख) शौनक—मनुष्य प्रकृति का अनुचर और नियति का दास है। —पृष्ठ 44

   (ग) जनमेजय—सचमुच मनुष्य प्रकृति का अनुचर और नियति का दास है। —पृष्ठ 44

प्रसाद इस नाटक में जिस दार्शनिक सिद्धान्त का प्रतिपादन करते हैं, उसका निरूपण भरतवाक्य में इस प्रकार किया गया है—

"पूर्णानुभव कराता है जो 'अहमिति' से निज सत्ता का।

"तू मैं ही हूं' इस चेतन का प्रणव मध्य गुंजार किया।"[1]

उपर्युक्त समीक्षा से यह निष्कर्ष निकलता है कि प्रसादजी जीवन की समस्याओं को यहां एक नए दृष्टिकोण से देखना प्रारम्भ करते हैं। श्रीकृष्ण और अर्जुन का संवाद इसी कारण नाटक में प्रविष्ट कराया गया है कि जीवन की वास्तविकता से मानव मुख न मोड़ ले। कृष्ण सर्वव्यापिनी चैतन्य-शक्ति का ज्ञान कराते हुए कहते हैं, "उस चेतन के अस्तित्व की सत्ता कहीं नहीं जाती। वही एक अद्वैत है। यह पूर्ण सत्य है कि जड़ के रूप में चेतन प्रकाशित होता है। अखिल विश्व एक सम्पूर्ण सत्य है। असत्य का भ्रम दूर करना होगा, मानवता की घोषणा करनी होगी।"[2] कठिनाइयों का सामना करने के लिए कर्मशील बनने का उपदेश देते हुए कहते हैं, "विश्व-मात्र को एक रूप में देखने से यह सब सरल हो जाता है। तुम इसे धर्म और भगवान् का कार्य समझकर करो, तुम मुक्त हो। दुर्वृत्त प्राणियों का हटाया जाना ही अच्छे विचारों की रक्षा है।"[3] इसी

(घ) जनमेजय—(स्वगत) मनुष्य क्या है ? प्रकृति का अनुचर और नियति का दास, या उसकी क्रीड़ा का उपकरण ?—पृष्ठ 47

(च) जनमेजय—किन्तु मनुष्य प्रकृति का अनुचर और नियति का दास है। —पृष्ठ 56

(छ) वेदव्यास—दम्भ और अहंकार से पूर्ण मनुष्य अदृश्य शक्ति का क्रीड़ा-कन्दुक है। अन्य नियति कर्तव्य मद से मत्त मनुष्यों की कर्म शक्ति को अनुचर बनाकर अपना कार्य कराती है। —पृष्ठ 73

(ज) वेदव्यास—नियति, केवल नियति। जनमेजय, और कुछ नहीं। —पृष्ठ 75

(झ) वेदव्यास—अदृश्ट शक्ति ने तुम्हारे लिए भी एक बड़ा भारी कार्य कर छोड़ा है। —पृष्ठ 78

(ट) वेदव्यास—अखंडनीय कर्मलिपि ! तेरा क्या उद्देश्य है, कुछ समझ में नहीं आता। —पृष्ठ 78

(ठ) उत्तंक—नियति का क्रीड़ा-कन्दुक नीचा-ऊंचा होता हुआ अपने स्थान पर पहुंच ही जाएगा। —पृष्ठ 82

(ड) व्यास—देखा नियति का चक्र ? यह ब्रह्मचर्य आप ही अपना कार्य करता रहता है। —पृष्ठ 108

1. जनमेजय का नागयज्ञ, पृष्ठ 109
2. वही, पृष्ठ 12-13
3. वही, पृष्ठ 14-15

सिद्धान्त को कार्यरूप में परिणत करने के लिए सम्भवतः 'चन्द्रगुप्त' नाटक में चाणक्य की सृष्टि हुई। दुर्वृत्त नन्द का विध्वंस करना मानव-कल्याण के लिए आवश्यक था। इसका विस्तृत विवेचन हम 'चन्द्रगुप्त' नाटक में करेंगे। इस स्थल पर हम प्रसादजी के दार्शनिक विचारों में एक विशेष परिवर्तन देखते हैं। 'जनमेजय का नागयज्ञ' लिखने के पूर्व वह बौद्ध धर्म के नैतिक सिद्धान्तों पर बल दिया करते थे। सर्व शक्तिमान् विभु में इतनी गहन आस्था कदाचित् ही कहीं परिलक्षित हो। किन्तु इस नाटक में वे लोक-सेवा को भगवान् का कार्य समझकर करने को आह्वान करते हैं।

इसका कुछ न कुछ कारण अवश्य रहा होगा। प्रसादजी देश और समाज की तत्कालीन दुर्दशा को देखकर व्यथित हो जाते थे। उन्होंने राजनीति में प्रत्यक्ष भाग न लेकर साहित्य-सृजन के द्वारा देश-सेवा का मार्ग पकड़ा था। उनकी यह धारणा थी कि देशोद्धार के लिए जनता का नैतिक स्तर ऊंचा करना अनिवार्य है। सम्भवतः इस कारण भी उन्होंने बौद्धकालीन इतिहास को कथानक के रूप में ग्रहण किया।

बौद्ध धर्म के द्वारा नैतिक उत्थान से ही उन्हें सन्तुष्टि नहीं हुई। बौद्ध धर्म की नास्तिकता के स्थान पर आस्तिकता का समावेश करना उन्होंने जन-मंगल के लिए परमावश्यक समझा। इस नाटक में प्रसादजी यह प्रदर्शित करना चाहते हैं कि आस्तिकतारहित नैतिकता जीवन को पूर्ण नहीं बना सकती। हां, आस्तिकता का मूलाधार नैतिक-सा अवश्य है।

प्रसादजी की आस्तिकता केवल पूजन-अर्चन तथा मानसिक आराधना तक ही सीमित नहीं है, वह ईश्वर की सेवा में तन-मन-धन अर्पण करने को आह्वान करती है। उनके विचार से आस्तिकता का शुद्ध प्रस्फुटन कर्तव्य परायणता में होता है। वे कर्तव्य को उतना ही असीम मानते हैं, जितना अनन्त सर्वशक्तिमान् ईश्वर को। मानव-कर्तव्य की रेखा पारिवारिक जीवन को स्पर्श करती हुई देश-सेवा और विश्व-सेवा में विलीन हो जाती है। इसी सिद्धांत के अनुसार प्रसादजी की कर्तव्यपरायणता राष्ट्रीयता में परिणत हो जाती है। प्रसादजी की राष्ट्रीयता में संकीर्णता को स्थान नहीं। उनकी राष्ट्रीयता महात्मा गांधी की राष्ट्रीयता के सदृश्य विशाल है, जिसका मूलाधार आस्तिकता और बाह्य रूप देश-सेवा है।

प्रसादजी ने इस नाटक में जीवन की एक गम्भीर समस्या आवागमन पर भी विचार किया है। नेपथ्य में संगीत होता है—

"जीने का अधिकार तुझे क्या, क्यों इसमें सुख पाता है।
मानव, तूने कुछ सोचा है, क्यों आता, क्यों जाता है।"

इसका उत्तर भी उसी गीत के अन्त में इस प्रकार मिलता है—

"तू स्वामी है, तू केवल है, स्वच्छ सदा तू निर्मल है।
जो कुछ आवे, करता चल तू, कहीं न आता-जाता है।"

इस प्रकार स्वच्छ और निर्मल बनकर सांसारिक कार्य करते-करते मनुष्य विभु की शक्ति को पहचानने में समर्थ बन जाता है। उस परम विभु की शक्ति पहचान लेने

पर कृष्ण द्वारा कथित वाक्य 'वही एक अद्वैत है'[1] बोधगम्य हो जाता है।

प्रसादजी को इस नाटक में आर्य जाति की विजय और विश्वात्मा के जय-जयकार का सामंजस्य करना अभीष्ट है। यदि एक स्थान पर जनमेजय की दिग्दिगन्तर विजयिनी सेना जयघोष करती है—

"जय आर्य भूमि की, आर्य जाति की जय हो।
अरिगण को भय हो, विजयी जनमेजय हो।"[2]

तो दूसरे स्थान पर विश्व-नियन्ता के गुणगान का सन्देश इस प्रकार सुनाई पड़ता है—

"जय हो उसकी, जिसने अपना विश्व-रूप विस्तार किया।
आकर्षण का प्रेम नाम से सब में सरल प्रचार किया।"[3]

कामना (संवत् 1984 वि०)

'अजातशत्रु' के उपरान्त प्रसादजी का ध्यान उन दार्शनिक विचारों को मूर्तरूप देने की ओर गया जो उनके मन में उथल-पुथल मचा रहे थे। अतः उन्होंने मनोवृत्तियों को पात्र बनाकर इस नाटक की रचना की। इसके पुरुष पात्र हैं—सन्तोष, विनोद, विलास, विवेक, दम्भ, दुर्वृत्त आदि और स्त्री पात्र शान्ति, कामना, लीला, लालसा, करुणा, महत्त्वाकांक्षा इत्यादि। यह नाटक 'प्रबोधचन्द्रोदय' की शैली पर रचा गया है, जिसका एक रूप 'देवमाया-प्रपंच' वा 'पाखंड-विडम्बन' में देख आए हैं। पाखंड-विडम्बन में केवल एक अंक है और 'प्रबोधचन्द्रोदय' के आधार पर है। 'कामना' प्रसादजी का सर्वथा मौलिक नाटक है। इसमें उनकी कल्पना को कथावस्तु के निर्माण में पूर्ण स्वतन्त्रता मिली है, क्योंकि उनके अन्य नाटकों की भांति इसमें इतिहास का बन्धन नहीं।

देखना यह है कि इस नाटक-रचना की प्रेरणा प्रसाद को कहां से मिली होगी। इस नाटक का रचनाकाल है संवत् 1980-81 वि०। यह समय भारत में महात्माजी के उपदेशों द्वारा नवजागरण का युग था, जिसमें रुई का ओटना, चर्खा कातना, कृषि-कार्य में हाथ बढ़ाना आवश्यक कार्यक्रम माना जाता था। त्याग और तपस्या, संयम और परिश्रम का महत्त्व प्रत्यक्ष दिखाई पड़ता था। धनी-मानी व्यक्ति कामिनी, कांचन और कादम्बरी से विरत हो राष्ट्र-निर्माण के कर्मठ सेनानी बन रहे थे। सबके हृदय में यही कामना काम कर रही थी कि हम स्वतंत्र और सुखी हों और विदेशी बन्धन से सर्वथा मुक्त हो प्रकृत जीवन-यापन करें। इस नवजागरण का प्रभाव कवि, कहानीकार और नाट्यकार पर पड़ना स्वाभाविक था। 'कामना' नाटक से प्रतीत होता है कि महात्माजी आधुनिक सभ्यता के जिस कृत्रिम जीवन से मानव-जाति को सावधान कर रहे थे, वह प्रसादजी को भी अप्रिय प्रतीत हो रहा था। उन्होंने इस नाटक को मानव-जाति के उस जीवन से

1. जनमेजय का नागयज्ञ, जयशंकर प्रसाद, सं० 2007 वि०, पृष्ठ 13
2. वही, पृष्ठ 68
3. वही, पंचम संस्करण, पृ० 109

प्रारम्भ किया है, जिसमें लोगों को प्रकृति से प्रेम था। समुद्र के किनारे फूलों के द्वीप में "हरे-भरे खेत, छोटी-छोटी पहाड़ियों से ढुलकते हुए झरने, फूलों से लदे वृक्षों की पंक्ति, भोली गउओं और उनके प्यारे बच्चों के झुण्ड, धवल धूम और तारों से जगमगाती रात" को छोड़कर अन्यत्र जाने की उन्हें इच्छा भी न होती थी। उस द्वीप के लोग 'यथालाभ सन्तुष्ट' रहते थे, कोई किसी का मत्सर नहीं करता था। प्रकृति से मिली हुई-सी इस जाति में "महत्त्व और आकांक्षा का अभाव और संघर्ष का लेश भी नहीं था।" यह जाति कपास ओटती, चर्खा चलाती और कृषि द्वारा उत्पन्न अन्न से परिवार का पालन और अतिथि का सत्कार करती। समस्त जाति परिवार के सदृश सप्रेम निवास करती हुई उपासना-मन्दिर में पूजा करती। इस मन्दिर की व्यवस्थापिका थी 'कामना'।

कालान्तर में विलास नामक एक परदेशी विदेश से आता है और द्वीप-निवासियों को स्वर्ण के प्रकाश में मानिक-मदिरा दिखाकर विलासी जीवन की प्रेरणा देता है। व्यय की प्रचुरता से अभाव का अनुभव होता है जिसकी पूर्ति के लिए हिंसा आवश्यक समझी जाती है। वन-लक्ष्मी इसका विरोध करते हुए कहती है, "आग, लोहे और रक्त की वर्षा की प्रस्तावना न करो।" इसी प्रकार वृद्ध विवेक भी बीच-बीच में विलास के प्रस्तावों का विरोध करता रहता है, किन्तु वन-लक्ष्मी और विवेक की बातें कोई नहीं सुनता। उन्हें पागल समझा जाता है। मद्यपान, जीव हिंसा और व्यभिचार का सर्वत्र प्रचार हो जाता है। शान्तिदेवी की हत्या की जाती है। करुणा व्याकुल हो वन में शरण लेती और जंगली फलों पर निर्वाह करती है। वह आधुनिक सभ्यता का विवेचन करते हुए कहती है,"जीवन के समस्त प्रश्नों के मूल में अर्थ का प्राधान्य है। मैं दूर से उन धनियों के परिवार का दृश्य देखती हूं। वे धन की आवश्यकता से इतने दरिद्र हो गए हैं कि उसके बिना उनके बच्चे उन्हें प्यारे नहीं लगते।···मैं अपनी निर्धनता के आंसू पीकर सन्तोष करती हूं और लौट-कर इसी कुटी में पड़ी रहती हूं।" सब सुख स्वर्ण के अधीन हो गए। हृदय का सुख सो गया। स्त्रियां वैवाहिक जीवन को घृणा की दृष्टि से देखती हैं। सर्वत्र क्रूर, दम्भ, दुर्वृत्त अपने मत का प्रचार करते हैं। विवेक नगर-रूपी अपराधों के घोंसले से भाग जाता है। भागने से पूर्व जनता को चेतावनी देता जाता है कि "लौट चलो उस नैसर्गिक जीवन की ओर; क्यों कृत्रिम के पीछे दौड़ लगा रहे हो।"

फूलों के उस सुखी द्वीप में सर्वत्र अभाव, अशान्ति और दुःख ही दुःख है। उस द्वीप पर शासन करनेवाली रानी कामना का हृदय चंचल है। चांदनी के समुद्र में उसका मन मछली के सदृश तैरता है, किन्तु उसकी प्यास नहीं बुझती। सन्तोष के पूछने पर कामना कहती हैं, "मेरे दुःखों को पूछकर और दुःखी न बनाओ।" जहां की रानी इतनी खिन्नमना है वहां की प्रजा की क्या दशा होगी! सेनापति विलास अपने एक सैनिक की स्त्री को बलात् पकड़कर ले जाता है। विलास की स्त्री लालसा एक सैनिक के साथ यह कहती हुई चल पड़ती है, "तुम्हारे सदृश पुरुष के साथ चलने में किस सुन्दरी को शंका होगी।" विलास अपनी स्त्री की दुर्वासना का समाचार सुनकर क्रुद्ध होता है और उसका वध करने को उत्सुक होता हुआ कहता है, "ओह, अविश्वासिनी स्त्री, तूने मेरे पद की

मर्यादा, वीरता का गौरव और ज्ञान की गरिमा सब डुबा दी। जी चाहता है इस अतृप्त हृदय में छुरा डालकर नचा दूं।"

शान्तिदेवी की मृत्यु के उपरान्त कई दुर्वृत्त मद्यप करुणा का पीछा करते हैं वह अबला धर्म बचाने के लिए भागती जाती है, किन्तु मद्यप कब माननेवाले ! विवेक उसको बचाता है और भूकम्प के कारण मद्यपों का नगर विनष्ट हो जाता है। नाटक के अन्त में कामना अपने दुःखी राज्य से व्याकुल हो जाती है और अपने पिता विवेक की गोद में आश्रय लेती है। जनता विवेक का यह उपदेश ध्यान से सुनती है, "मनुष्यता की रक्षा के लिए, पाशवी वृत्तियों का दमन करने के लिए राज्य की अवतारणा हो गई, परन्तु उसकी आड़ में दुर्दमनीय नवीन अपराधों की सृष्टि हुई। इसका उद्देश्य तब सफल होगा जब कामना अपना दायित्व कम करेगी, जनता को, व्यक्ति को आत्मसंयम, आत्मशासन सिखाकर विश्राम लेगी।"

नाटक समाप्त होते-होते विलास और लालसा के अत्याचारों से पीड़ित जनता उन्हें अपने देश से निकाल देती है और वे एक नौका पर आरूढ़ होते हैं। जनता मदिरा के पात्र तोड़ डालती है और स्वर्ण की राशि फेंक-फेंककर नाव पाट देती है। लालसा क्रन्दन करती है कि "सोने से नाव डूबी, अब नहीं, बस।"

इस प्रकार फूलों के द्वीप से विलास की नई सभ्यता भाग जाती है और द्वीपवासी विवेक के कथनानुसार कृत्रिमता से नैसर्गिकता की ओर मुड़ जाते हैं।

विचारणीय बात यह है कि जिस प्रकार 'कामना' नाटक में प्रसादजी ने आधुनिक विलासमयी सभ्यता के प्रति विवेक का विद्रोह दिखाया है, उसी प्रकार रवि बाबू ने भी इसी वर्ष 'रक्त करबी'[1] नाटक में उस विषाक्त सभ्यता और शासन-प्रणाली के दोषों का दर्शन कराया है। प्रसाद का नाटक फूलों के द्वीप में प्रारम्भ होता है और रवीन्द्रनाथ का उस यक्षपुरी में, जिसका राजा स्वर्ण-संग्रह में अत्यन्त व्यस्त है। राज्य-प्रबन्ध का उसे अवकाश नहीं मिलता। प्रजा दासता में पड़ी है। दासता से मुक्त कराने के लिए नाटक की नायिका नन्दिनी अपने प्रियतम रंजन से प्रतिज्ञा करती है। नन्दिनी एक प्रकार का लाल आभूषण अपनी बांहों, छाती और गले में पहनती है। किशोर एक दास-पुत्र है जो नित्य फूल एकत्र करता है, जिन्हें नन्दिनी राजा के दरबार में ले जाती है और उसे प्रजा-रक्षा के लिए चेतावनी देती रहती है। राजा उसका प्रेम-भिखारी बनता है, किन्तु नन्दिनी अस्वीकार करती है। राजा युक्तिपूर्वक रंजन का वध करवा देता है, किन्तु अन्त में पश्चात्ताप करता है और नन्दिनी से क्षमा मांगकर वर्तमान शासन-प्रणाली को परिवर्तित करता है।

इस नाटक का उद्देश्य बताते हुए एक समालोचक का कहना है :

"The rather severe satire in the play on the tyranny of a materialistic order of society, with all its ugliness and inhumanity is

---

1. प्रवासी में यह नाटक सन् 1924 ई० में सर्वप्रथम प्रकाशित हुआ।

relieved by an exquisitely delicate sensibility and imaginative beauty. If the author has lashed materialism and worldly greed, it is with a silken whip."[1]

सबसे महत्त्व की बात तो यह है कि भारत के दो प्रमुख नाट्यकारों ने एक ही समय में, एक ही लक्ष्य से, एक ही विषय को अपनी-अपनी भाषा में, अपने-अपने ढंग से, अपनी-अपनी रुचि के अनुसार प्रतीकात्मक रूप दिया है। अन्तर उनमें केवल इतना ही है कि प्रसाद ने पात्रों को मनोवृत्तियों, जैसे—लीला, वासना, करुणा आदि का नाम दिया है, किन्तु रवीन्द्रनाथ ने नन्दिनी, किशोर, रंजन आदि प्रचलित नामों से उनका उल्लेख किया है। प्रसाद का नाटक इस प्रकार के नामकरण के कारण तुरन्त ही प्रतीकात्मक प्रतीत होता है, किन्तु रवीन्द्रनाथ के नाटक को ध्यानपूर्वक मनन करने पर दूसरा अर्थ प्रतीयमान होता है। रवीन्द्रनाथ की रचना व्यंग्य होने के कारण काव्य-मर्मज्ञों को उच्च-कोटि की प्रतीत होती है तो प्रसाद की रचना स्फुट होने के कारण सामाजिक के हृदय में सद्यःस्थान बना लेती है। दोनों के पात्र प्रतिदिन के परिचित प्राणी जान पड़ते हैं।

प्रसाद ने इसके पूर्व इतिहास की भित्ति पर व्यक्ति का चरित्र-चित्रण किया था, किन्तु इस नाटक में प्रतीकात्मक पात्रों की चरित्र-भित्ति पर मानव-जाति की सभ्यता और संस्कृति के विकास और ह्रास का इतिहास अंकित किया है। अन्य नाटक चरित्र-प्रधान हैं किन्तु 'कामना' संस्कृति-प्रधान है। अन्य नाटकों में इतिहास का बन्धन था, किन्तु इसमें प्रसाद की कल्पना को उड़ान का पूर्ण अवकाश था। इसी कारण इसकी कल्पना में प्रसाद का हृदय मुक्त रूप से मुखरित हो उठा है तथा सभ्यता और संस्कृति का निखरा रूप प्रस्फुटित हो उठा है। इसके गानों में, इसके कथोपकथन में, प्रसाद का संयत मन रम गया है। भरतवाक्य में मानो उन्होंने अपना हृदय उंडेलकर रख दिया है :

"खेल लो नाथ विश्व का खेल।
... ...
कहां रही प्यारी मानवता, बढ़ी फूट की बेल ।।
रुदन, दुःख तमनिशा निराशा,
इन द्वंद्वों का मिटे तमाशा।
स्मित आनन्द उषा औ' आशा एक रहें कर मेल ।।"

इसके विषय में बाबू गुलाबराय का मत है कि "कामना में विचार-गम्भीरता है। सफल चरित्र-चित्रण है। भाषा में माधुर्य और कल्पना में कोमलता है। कामना का स्थान प्रसाद-साहित्य में और भी ऊंचा होना चाहिए।"[2]

हमारा मत है कि इसमें संगीत है, विचार-गम्भीरता है, भाषा में माधुर्य है, किन्तु सफल चरित्र-चित्रण नहीं है। प्रतीक-नाटकों में मानवी चरित्र का चित्रण पूर्ण सफलता

1. दि बंगाली ड्रामा : पी० गुहा थाकुर्ता, पृ० 211-212
2. बाबू गुलाबराय, प्रसादजी की कला, पृ० 181

से कैसे दिखलाया जा सकता है ! जहां अन्तःकरण की प्रवृत्तियां पात्र के रूप में अभिनय करें, वहां क्रियात्मक रूप में मानव-चरित्र का चित्रण किस प्रकार सम्भव है ! दर्शक का ध्यान बार-बार मनोवृत्तियों की ओर जाता है और उसे ऐसा आभास होता है कि यह कथोपकथन स्वाभाविक नर-नारी का नहीं प्रत्युत मनोवृत्तियों का है। ऐसी भावना रस-परिपाक में बाधक होती है। हां, विशेष सिद्धान्तों के प्रतिपादन का यह उत्तम साधन अवश्य है। किन्तु इसमें दोष यह आ जाता है कि पात्रों का क्रिया-कलाप और वार्तालाप स्वाभाविक न होकर उपदेश-प्रधान बन जाता है। उदाहरणस्वरूप कामना में विवेक और विलास का वार्तालाप देखिए—"खेल था और खेल ही रहेगा। रोकर खेलो चाहे हंस-कर। इस विराट् विश्व और विश्वात्मा की अभिन्नता, पिता और पुत्र, ईश्वर और सृष्टि, सबको एक में मिलाकर खेलने की सुखद क्रीड़ा भूल जाती है, होने लगता है विषमता का विषमय द्वन्द्व। तब सिवा हाहाकार और रुदन के क्या फैलेगा। हंसने का काम भूल गए। पशुता का आतंक हो गया...।"[1]

उपर्युक्त उद्धरण से ऐसा प्रतीत होता है कि उपदेशक मंच पर बैठकर उपदेश दे रहा हो। इन लम्बे उपदेशों से नाटक के रस-परिपाक में बाधा उपस्थित होती है। यही कारण है कि कुछ विद्वान् इन प्रतीक-नाटकों को उत्तम नाटक न मानकर केवल नाटकीय साहित्य कहते हैं। रवि बाबू के प्रतीक-नाटकों के सम्बन्ध में मि० एडवर्ड थाम्पसन का कहना है कि "a tiresome insistence on the tremendous significance of the trivial."

इसी प्रकार द्विजेन्द्रलाल राय भी रवीन्द्रनाथ के प्रतीक-नाटकों की समालोचना करते हुए उसमें नाना प्रकार की अस्पष्टता का दोष दिखाया करते थे। द्विजेन्द्रलाल राय के निम्नलिखित लेखों से उक्त मत की पुष्टि होती है :

"Expressionism in literature."[2] "The enjoyment of literature."[3] "Ethics in literature."[4]

'कामना' में जिस प्रतीकात्मक शैली का सूत्रपात हुआ है, यह आगे चलकर 'आंसू' (काव्य), 'प्रतिध्वनि' (कहानी) और 'एक घूंट' (नाटक) में विकसित हुई है और वही कामायनी में पूर्ण प्रस्फुटित हो उठी है।

स्कन्दगुप्त (सं 1985 वि०)

नाटक की प्रेरणा

प्रसादजी ने 'जनमेजय का नागयज्ञ' के उपरान्त ऐतिहासिकता की दृष्टि से

---

1. जयशंकर प्रसाद, कामना नाटक, अंक 3, दृश्य 8
2. Prabasi, Kartik 1312 B. S.
3. Bang Darshan, Magh 1313 B.S.
4. Sahitya Jyoti, 1326 B. S.

'स्कन्दगुप्त' की रचना की। दोनों नाटकों के अध्ययन से प्रतीत होता है कि 'स्कन्दगुप्त' का बीज 'जनमेजय का नागयज्ञ' में ही विद्यमान है। प्रसाद 'नागयज्ञ' का अन्त व्यासजी के इस अन्तिम वाक्य से करते हैं, "सामगान की मीड़ें लहरा उठें"[1]। हम 'स्कन्दगुप्त' नाटक में व्यास की इस अभिलाषा को पूर्ण होते पाते हैं। 'स्कन्दगुप्त' के तीसरे अंक में हूणों को पराजित करने पर भीमवर्मा कहता है, "लौहित्य से सिन्धु तक हिमालय की कन्दराओं में भी स्वच्छन्दतापूर्वक सामगान होने लगा।"[2]

उपर्युक्त उद्धरण से यह प्रमाणित होता है कि व्यास-वाणी के सत्य होने का एक अवसर भारत देश में आया। इस अवसर को लाने में प्रकृति के वे नियम सहायक हैं, जिनकी ओर स्वतः व्यास जी ने संकेत किया है, "किन्तु जानते हो, यह मानवता के साथ ही साथ धर्म का भी क्रम-विकास है।"

इसी प्राकृतिक नियम के आधार पर प्रसादजी के नाटकों में दार्शनिक विचार-धारा सदा अग्रसर होती रही है। प्रसाद को व्यास की भविष्यवाणी को चरितार्थ करने का अवसर गुप्तकाल में मिल गया और इस काल के इतिहास के सम्यक् आलोड़न से स्कन्दगुप्त जैसा पात्र उनके हाथ लगा। गुप्त-वंश में भागवत धर्म उन्नति की चरम सीमा पर पहुंच चला था। अतः प्रसाद ने व्यास की कामना-पूर्ति के लिए स्कन्दगुप्त को इसका प्रतीक बनाया।

नाटकत्व का विवेचन

'स्कन्दगुप्त' में प्रसाद के अन्य नाटकों से कई विशेषताएं मिलती हैं। 'स्कन्दगुप्त' नाटक के वस्तु-विन्यास में प्रसाद की प्रतिभा सजीव हो उठी है और उनकी नाट्यकला ने अपना अपूर्व कौशल दिखाया है। इस नाटक में भारतीय और यूरोपीय दोनों नाट्य-कलाओं का सहज समन्वय है। पाश्चात्य नाट्यकार कथावस्तु में वैचित्र्य को प्रधान स्थान देते हैं। प्रसाद के इस नाटक में भी कथा-वैचित्र्य का पूर्ण विधान है। कथा-प्रवाह चलते-चलते एक ऐसा आवर्त उत्पन्न कर देता है कि विश्वासघात के कारण स्वयं नायक स्कन्दगुप्त भी सहसा उसमें ग्रस्त हो जाता है। वह भट्टार्क के विश्वास में पड़ कुम्भा की लहरों में बह जाता है। सामाजिक को ऐसा प्रतीत होता है कि अंग्रेज़ी नाटकों की तरह स्कन्दगुप्त का भी पर्यवसान शोकान्त ही होगा। यदि नाटक यहीं समाप्त हो जाता तो अंग्रेज़ी नाट्य-शैली की भांति यह एक हृदयद्रावी शोकान्त बन गया होता, किन्तु उस दशा में भारतीय पद्धति का निर्वाह न हो पाता। इसी कारण प्रसादजी ने दो और अंकों की योजना करके इसे करुण-सुखान्त ('ट्रैजिकॉमेड़ी') का रूप दे दिया है। प्रथम तीन अंकों में क्रिया-कलाप जिस वेग से गतिमान् होता रहता है, वह चौथे और पांचवें अंक में धीरे-धीरे शिथिल हो जाता है। यदि अन्त तक उसी रूप में उसका निर्वाह हो गया होता

1. जनमेजय का नागयज्ञ जयशंकर प्रसाद, पृ० 108
2. स्कन्दगुप्त, जयशंकर प्रसाद, पृ० 105

तो इस नाटक की हृदयग्राहिता और भी वढ़ जाती ।

भारतीय लक्षण-ग्रन्थोंकी कसौटी पर भी यह नाटक खरा उतरता है। इस नाटक में कार्यावस्था, अर्थ-प्रकृति तथा सन्धियों का निर्वाह एवं रस का परिपाक सम्यक् रीति से हुआ है। नाटक में प्रत्येक अंक का आरम्भ आकर्षक और मनोहारी तो है ही, प्रत्येक अंक की परिसमाप्ति भी ऐसे प्रभावशाली स्थलों पर होती है जो लक्ष्य की ओर बढ़ने में स्वाभाविक विश्रामगृह का कार्य करते हैं। प्रत्येक अंक के अन्त में पाठक को ऐसी शान्ति मिलती है मानो वह जीवन-यात्रा के एक ऐसे पड़ाव पर पहुंच जाता है, जहां किसी न किसी दिव्य रूप का दर्शन उसे मिल जाता है। 'स्कन्दगुप्त' के दो अंक प्रारम्भ और प्रयत्न नामक कार्यावस्था तथा अंग्रेजी शैली के प्रारम्भ और विकास को सूचित करते हैं। तीसरे अंक की परिसमाप्ति तक लक्षण-ग्रन्थों के अनुसार प्राप्त्यावस्था स्थापित हो जानी चाहिए, किन्तु इस नाटक में प्राप्त्यावस्था स्पष्ट न करके प्रसाद ने पाश्चात्य शैली की चरम सीमा (Climax) ही का निर्वाह किया। इस स्थल पर स्कन्दगुप्त कष्ट, विरोध और अनिष्ट की पराकाष्ठा तक पहुंच गया है। इसी प्रकार चौथे अंक में फल-प्राप्ति को सुदृढ़ निश्चय की ओर प्रेरित हो जाना चाहिए, किन्तु इस अंक के अन्त तक एकाकी स्कन्दगुप्त को निस्सहाय रूप में ही दिखाया गया है। उसकी समस्त शक्तियां विशृंखल पड़ी हैं, प्रबल विरोधी संघदल विदेशी हूणों से अभिसन्धि द्वारा गुप्त-साम्राज्य की जड़ हिला देने को सन्नद्ध है। यद्यपि विजया और अनन्तदेवी में परस्पर मनोमालिन्य की सृष्टि से कलह के कारण विरोधी दल की शक्ति के क्षीण होने का संकेत मिलता है, और इस प्रकार नियताप्ति का प्रच्छन्न प्रतिपादन किया गया है, किन्तु पाश्चात्य शैली की नियति भारतीय नियताप्ति की अपेक्षा अधिक स्पष्ट झलक उठती है।

नाटक के पंचम अंक में विरोधी शक्तियां छिन्न-भिन्न हो जाती हैं। समस्त विरोधी वर्ग क्षमा-याचना करता है और भारत का अन्तर्विद्रोह एवं बाह्य विद्रोह शान्त हो जाता है बंदी खिंगिल मुक्त कर दिया जाता है और वह सिन्धु नद के इस ओर न आने की प्रतिज्ञा करता है। गुप्त-साम्राज्य सुरक्षित हो जाता है। त्यागवीर स्कन्द युद्ध में ही पुरगुप्त को रक्त का तिलक देकर सम्राट् घोषित करता है। इस प्रकार 'फल-प्राप्ति' की स्थिति प्रभावोत्पादक सिद्ध होती है।

तात्पर्य यह है कि वस्तु-विन्यास की दृष्टि से प्रसाद के इस नाटक में यूरोपीय और भारतीय नाट्यकलाओं का सहज समन्वय है।

उपर्युक्त गुणों के अतिरिक्त 'स्कन्दगुप्त' की सर्वप्रियता का एक और कारण है। इस नाटक में हमें मनुष्य का पूर्णता पर पहुंचने का एक मार्ग दिखाया गया है, जिसे हम भागवत धर्म कहते हैं। यह शाश्वत प्रश्न है कि सम्पूर्ण मनुष्यता है क्या ? प्रसाद एक पात्र से कहलाते हैं, "जिसे काल्पनिक देवत्व कहते हैं वही सम्पूर्ण मनुष्यता है।" वह काल्पनिक देवत्व-प्राप्ति ही मानव का उद्देश्य है। एक पात्र कहता है, "इसी पृथ्वी को

स्वर्ग होना है, इसी पर देवताओं का निवास हो सकता है।"[1] गौतम और कृष्ण ईश्वर के अवतार हैं। उन्हें मानव-रूप में सोचना कठिन हो गया है, किन्तु स्कन्दगुप्त को उस पूर्ण मानव की स्थिति तक हम उसके कर्मों द्वारा पहुंचते हुए देखते हैं। पूर्ण मनुष्य है कौन ? जो अपने कर्मों को ईश्वर का कर्म समझकर करता है, वही ईश्वर का अवतार है।

नाटक के आरम्भ का एक कर्मभीरु उदासीन युवक, स्कन्दगुप्त, देवत्व की इस भूमि पर किस प्रकार पहुंच जाता है, यह विचारणीय विषय है।

नाटक के प्रारम्भ में हम स्कन्दगुप्त को एक उदासीन व्यक्ति के रूप में पाते हैं। 'उसे अधिकार-सुख मादक और सारहीन' प्रतीत होता है। स्वभावतः प्रश्न उठता है कि क्या यह उदासीनता उपनिषद्-काल की मैत्रेयी की उदासीनता है, 'येनाहमनामृतं स्याम् तेनाहं किं कुर्याम्'। स्कन्दगुप्त के ही वाक्यों से इसका उत्तर मिल जाता है कि मैत्रेयी की तरह उसकी विरक्ति नहीं। स्कन्दगुप्त कहता है, "इस साम्राज्य का बोझ किसके लिए ? हृदय में अशान्ति, राज्य में अशान्ति, परिवार में अशान्ति; केवल मेरे अस्तित्व से। मालूम होता है कि सबकी, विश्व-भर की शान्ति-रजनी में मैं ही धूमकेतु हूं। यदि मैं न होता तो यह संसार अपनी स्वाभाविक गति से, आनन्द से, चला करता।"

इस प्रकार स्कन्दगुप्त प्रारम्भ में एक साधारण सुन्दर युवक के रूप में दिखाई पड़ता है, जिसको अपने हृदय में अशान्ति, परिवार में अशान्ति और राज्य में अशान्ति देखकर विराग-सा हो रहा है। यह ठीक वही स्थिति है जो अर्जुन की युद्ध-क्षेत्र में हुई थी। अर्जुन के सदृश स्कन्दगुप्त भी पर्णदत्त से कहता है, "अधिकार का उपयोग किसलिए ?" पर्णदत्त उत्तर देता है, "त्रस्त प्रजा की रक्षा के लिए, सतीत्व के सम्मान के लिए, देवता, ब्राह्मण और गौ की मर्यादा में विश्वास के लिए, आतंक से प्रकृति को आश्वासन देने के लिए।"

पर्णदत्त के प्रोत्साहन का स्कन्दगुप्त पर प्रभाव पड़ा उसने निःस्वार्थ भावना से युद्ध-क्षेत्र में भाग लिया। उसने अत्याचारी हूणों से देश की रक्षा की, नारी का सतीत्व बचाया और आर्त व्यक्तियों की रक्षा की। उसकी सदाशयता से विपक्षी भट्टार्क, पुरुगुप्त, अनन्तदेवी और खिंगिल अपने-अपने कृत्यों पर पश्चाताप कर उसके भक्त बन गए। क्षात्रधर्म की इससे बढ़कर विजय दूसरी क्या हो सकती है ?

इसमें दूसरा क्षत्रिय-प्रवर वीर पर्णदत्त है। इस महाबलाधिकृत को कर्तव्य-पालन करते हुए नियति ऐसा थपेड़ा लगाती है कि इसे सूखी रोटियां द्वार-द्वार भिक्षा के रूप में मांगनी पड़ती हैं, किन्तु वह अधीर नहीं होता। कनिष्कस्तूप के पास महादेवी की समाधि पर टहलता हुआ कहता है, "नहीं पर्ण, रोना मत, एक बूंद भी आंसू आंखों में न दिखाई पड़े। तुम जीते रहो, तुम्हारा उद्देश्य सफल होगा। भगवान् यदि होंगे तो कहेंगे कि मेरी सृष्टि में एक सच्चा हृदय था।"[2]

---

1. स्कन्दगुप्त, पृष्ठ 142
2. स्कन्दगुप्त. पंचम अंक, पृष्ठ 146

सच्चे हृदय से कर्तव्य-कर्म करते चलना और ईश्वर को न भूलना यही तो वर्णाश्रम धर्म है। इस धर्म में कभी-कभी आपद्धर्म भी आ जाता है। क्षत्रिय-धर्म भिक्षा मांगना नहीं है, किन्तु वह भिक्षा मांगता है दुर्दशाग्रस्त वीर-हृदयों की सेवा के लिए। वह कहता है कि "मैं क्षत्रिय हूं, मेरा यह पाप ही आपद्धर्म होगा, साक्षी रखना भगवान्।"[1]

पर्णदत्त ने अभिलाषा प्रकट की थी कि "गरुड़ध्वज की छाया में आर्यसाम्राज्य की रक्षा करते-करते प्राण विसर्जन करूं।" उसकी यह इच्छा पूर्ण हुई और खिंगिल से युवराज स्कन्दगुप्त की रक्षा करते-करते वह वीर युद्ध-क्षेत्र में दिवंगत हुआ। इससे बढ़कर एक आदर्श क्षत्रिय का चरित्र क्या होगा।

इस नाटक में युद्ध के लिए प्रोत्साहन देनेवाला एक बौद्ध भिक्षु प्रपंचबुद्धि है, सद्धर्म-रक्षा के नाम पर लोगों को हिंसा के लिए प्रेरित करता है। कर्म की आवश्यकता बताते हुए कहता है, "तुम किसी कर्म को पाप नहीं कह सकते, वह अपने नग्न रूप में पूर्ण है, पवित्र है। संसार ही युद्ध-क्षेत्र है, इसमें पराजित होकर शस्त्र समर्पण करके जीने से क्या लाभ ! तुम युद्ध में हत्या करना धर्म समझते हो, परन्तु दूसरे स्थल पर अधर्म। मार डालना, प्राणी का अन्त कर देना, दोनों स्थलों में एक-सा है, केवल देश और काल का भेद है। यहां न ?"

प्रपंचबुद्धि के लिए कर्म की कसौटी परिणाम है। वह कहता है, "हम कर्म की जांच परिणाम से करते हैं। इस प्रकार स्वार्थसिद्धि के लिए हत्या और युद्ध में शत्रु-संहार को एक समझकर प्रपंचबुद्धि अन्तर्विद्रोह का केन्द्र बनता है और हूणों से मिलकर देश पर बाहरी आक्रमणकारियों को निमन्त्रित करता है। प्रपंचबुद्धि के पथ के अनुगामी हैं—पुरगुप्त, भट्टार्क, अनन्तदेवी, सर्वनाग, विजया और खिंगिल। पर्णदत्त के मार्ग पर चलनेवाले हैं — स्कन्द, बन्धुवर्मा, चक्रपालित, पृथ्वीसेन, देवकी, देवसेना, कमला और रामा। इस प्रकार नाटक की कथा जीवन के दो भिन्न-भिन्न कर्म-सिद्धान्तों से आद्योपान्त संचालित होती है। पर्णदत्त और उसके सहयोगी गीता-विहित 'मामनुस्मर युध्य च' की धारणा लेकर युद्ध में संलग्न हैं और प्रपंचबुद्धि और उसके अनुयायी परिणाम को ही लक्ष्य बनाकर नाना प्रकार के मनमाने कर्म करते हैं। प्रथम वर्ग उदारता, पवित्रता और ईश्वर में विश्वास करता चलता है तो दूसरा संकीर्णता, कालुष्य और षड्यन्त्र के बल पर सबको प्रतारणा देता चलता है। प्रथम पक्ष को पर्णदत्त जैसे वीर, देवकी जैसी सती और पुत्रवत्सला माता का बलिदान करना पड़ता है, तो दूसरे पक्ष को अन्त में पराजय स्वीकार करनी पड़ती है। द्वितीय पक्ष के सभी व्यक्तियों को पश्चाताप करना पड़ता है, क्षमा मांगनी होती है। इस प्रकार परिणाम की कसौटी पर परखने से भी त्यागमय बुद्धि से किए गए कर्म की महत्ता प्रमाणित हो जाती है और वर्णाश्रम धर्म के प्रति आस्था जागरित हो जाती है। परम भागवत धर्म का पालन करके इसकी महत्ता स्थापित करनेवाले स्कन्दगुप्त तभी तो 'परम भागवतो महाराजाधिराजः श्रीकुमारगुप्तस्य पुत्रः,

1. स्कन्दगुप्त पृष्ठ 147

तत्पादानुध्यातो परम भागवतो महाराजाधिराजः श्री स्कन्दगुप्तः,[1] नाम से प्रसिद्ध हुए।

अन्य नाटकों से इस नाटक की दूसरी विशेषता यह है कि इसमें गुप्तकालीन राजनीतिक, सांस्कृतिक, धार्मिक महत्त्व के साथ-साथ समसामयिकता की गहरी छाप झलकती है। नाटक-रचनाकाल में भारत स्वातन्त्र्य-युद्ध के विरोधियों को प्रबल बनाने-वाले धार्मिक कलह और संकीर्ण भावों की ओर जैसा संकेत इस नाटक में उपलब्ध है, वैसा अन्यत्र नहीं। पृथ्वीसेन, पर्णदत्त, बन्धुवर्मा जैसे रत्नों के बलिदान के कारण ही किसी काल में देश का गौरव बढ़ता है। देश-रक्षा का सबसे आकर्षक स्वर इस नाटक में सुनाई पड़ता है। भारत का गौरव-गान धातुसेन जिन शब्दों में करता है, वे इसकी महत्ता के प्रमाण हैं। इस नाटक में नारी-पात्रों का विशेष महत्त्व है। इसमें पुरुष की पथ-प्रदर्शिका प्रायः नारी ही है। रामा सर्वनाग को, कमला भट्टार्क को सत्पथ दिखाती है। देवसेना स्कन्दगुप्त को क्षणिक दुर्बलता से ऊपर उठाती है। मानव की कोमल कल्पनाओं तथा सत्प्रवृत्तियों की साक्षात् मूर्ति देवसेना नारी जाति को गौरवान्वित करने वाली है। नाट्य-साहित्य में नारी की इतनी उच्च कल्पना प्रसादजी की सबसे बड़ी देन है।

विशेषताएं

'स्कन्दगुप्त' में प्रसाद ने पहले-पहल इस तथ्य को अपनाया है कि ऐतिहासिक नाटकों में राजनीतिक घटनाओं के साथ-साथ पारिवारिक घटनाएं भी जीवन पर प्रभाव डालती चलती हैं। इसके पूर्व विरचित नाटकों में कथानक का क्षेत्र अत्यन्त सीमित रहा है। 'अजातशत्रु' और 'जनमेजय का नागयज्ञ' में राजनीतिक कार्यों का प्रसार उतना विस्तृत नहीं है, जितना 'स्कन्दगुप्त' और 'चन्द्रगुप्त' में। 'स्कन्दगुप्त' नाटक में समस्त उत्तर भारत स्कन्दगुप्त की ओर आशा-भरी दृष्टि से देख रहा है। उसका कार्य-क्षेत्र कुम्भा-तट से लेकर सुदूर पूर्व तक बन जाता है। इतने विस्तृत प्रदेश में कार्य करते हुए उसे देवसेना और विजया का साक्षात्कार होता है। इस प्रकार बाह्य कोलाहल के साथ आन्तरिक द्वन्द्व का भी उसे सामना करना पड़ता है। यह प्रेम की धारा अन्तःसलिला सरस्वती के समान कभी प्रकट और कभी गुप्त रूप से निरन्तर बहती रहती है। इस प्रकार आजीवन कौमारव्रत पालन करने वाले इस आदर्श वीर देवदत्त में वीरता और प्रेम, राज्य-प्राप्ति और त्याग, दोनों का साथ-साथ मिलन अत्यधिक आकर्षक बन जाता है।

चन्द्रगुप्त (संवत् 1988 वि०)

प्रसाद जिस प्रवृत्ति और उद्देश्य को लेकर नाटक-निर्माण में तल्लीन हुए थे, उसका चरम उत्कर्ष 'चन्द्रगुप्त' नाटक में प्रकट होता है। उसमें उनकी ऐतिहासिक शोध-

---

1. Bihar Stone Pillar Inscription of Skandgupta-Corpus Inscriptionum Indicarum, Vol. III, Plate 12, p. 20.

शक्ति जितनी प्रस्फुटित हुई है, उतनी ही उनकी काव्य-प्रतिभा भी प्रखर हो उठी है।

'चन्द्रगुप्त' का रचनाकाल संवत् 1988 वि० है। इससे पूर्व इस कथानक को लेकर इनकी 'कल्याणी-परिणय' नाटिका का प्रकाशन नागरी-प्रचारिणी-पत्रिका में संवत् 1969 वि० में हुआ था। स्वभावतः प्रश्न उठता है कि इसी प्रसंग पर पुनः नाटक लिखने की प्रेरणा प्रसाद को क्यों हुई ? इसके दो ही कारण हो सकते हैं। एक तो यह है कि उक्त नाटिका को उन्होंने देश-काल के अनुसार अब अपर्याप्त समझा हो अथवा दूसरा यह कि 19 वर्ष की इस दीर्घ अवधि में अन्य नाटकों की रचना के उपरान्त इस नाटक की रचना में संशोधन करने की आवश्यकता प्रतीत हुई हो। प्रसाद की 'राज्यश्री' के संबध में यही कहा जाता है कि उन्होंने दूसरी आवृत्ति में इसका आमूल परिवर्तन कर दिया था। जिस प्रकार प्रथम विरचित 'राज्यश्री' से वर्तमान 'राज्यश्री' नितान्त भिन्न है, उसी प्रकार 'कल्याणी-परिणय' से 'चन्द्रगुप्त' सर्वथा पृथक् है। 'चन्द्रगुप्त' में प्रसाद की सबसे बड़ी देन है चाणक्य। 'चन्द्रगुप्त' का 'चाणक्य' न 'कल्याणी-परिणय' का चाणक्य है, न 'मुद्राराक्षस' का। 'चन्द्रगुप्त' का चाणक्य न 'पुरुविक्रम'[1] का चाणक्य है, न द्विजेन्द्रलाल के 'चन्द्रगुप्त' का।

यह चाणक्य वस्तुतः वह ब्राह्मण है, जिसकी भविष्यवाणी व्यासजी ने 'जनमेजय नागयज्ञ' में इस रूप में की थी, "महात्मा ब्राह्मणों की विशुद्ध ज्ञानधारा से यह पृथ्वी अनन्तकाल तक सिंचित होगी, लोगों को परमात्मा की उपलब्धि होगी, लोक में कल्याण और शान्ति का प्रचार होगा।"[2]

उपर्युक्त उद्धरण में व्यासजी ने तीन बातों की ओर संकेत किया है : (1) लोगों को परमात्मा की उपलब्धि, (2) ब्राह्मण के द्वारा लोक में कल्याण और (3) लोक में शान्ति। हम देखते हैं कि प्रसाद का चाणक्य अत्याचारी नन्द तथा विदेशी यूनानियों के अत्याचार और आक्रमण से राष्ट्र का उद्धार करके लोक में शान्ति की स्थापना करता है। यह है उसका बुद्धि-वैभव। लोक-मंगल की कामना वह अपने त्याग और तप के बल से इस प्रकार करता है, "(आंख खोलता हुआ) कितना गौरवमय आज का अरुणोदय है ! भगवान् सविता ! तुम्हारा आलोक जगत् का मंगल करे। मैं आज जैसे निष्काम हो रहा हूं।...आज मुझे अपने अन्तर्निहित ब्राह्मणत्व की उपलब्धि हो रही है। चैतन्य-सागर निस्तरंग है और ज्ञान ज्योति निर्मल है।"[3]

---

1. 'पुरुविक्रम' बंगाल का प्रसिद्ध नाटक है। इसकी रचना संवत् 1932 विक्रमी में हुई। नाट्यकार ज्योतिरिन्द्रनाथ ठाकुर हैं। इस नाटक का अभिनय ग्रेट नेशनल थिएटर में 3 अक्तूबर, सन् 1875 ई० को हुआ।
2. जनमेजय का नागयज्ञ, पृ० 108
3. चन्द्रगुप्त नाटक, जयशंकर प्रसाद, पृष्ठ 208

अब तक प्रसाद बौद्धों के विहार-जीवन से पर्याप्त परिचित हो गए थे।[1] उन्होंने यह भी देख लिया था कि संयमी और कठोर ब्राह्मणों में धर्म-व्यवस्था के प्रति जो आस्था है वह अत्याचार के निवारण और लोक-कल्याण के निमित्त ही है। उसके बिना वास्तव में मानव को सच्ची शान्ति नहीं मिल सकती। ब्राह्मणों का जो ह्रास उनके चारों ओर दिखाई देता था और उसके कारण राष्ट्र का जो अमंगल हुआ अथवा हो रहा था, उसका निदर्शन उन्होंने नागयज्ञ में कर दिया था। अब उनके हृदय में फिर उस ब्राह्मणत्व की भावना जगी, जिसके द्वारा उन्हें लोक में कल्याण और शान्ति का प्रचार सम्भव दिखाई पड़ा। आश्चर्य नहीं, चाणक्य उसी ब्राह्मणत्व का प्रतीक हो।

चन्द्रगुप्त की प्रेरणा का जो भी कारण रहा हो, यह तो स्पष्ट ही है कि चाणक्य के ब्राह्मणत्व को जो रूप प्रसाद ने दिया वह न तो विशाखदत्त के 'मुद्राराक्षस' में उपलब्ध होता है न राय बाबू के 'चन्द्रगुप्त' में पाया जाता है। यह तो प्रसाद की वह अनुपम सूझ है जिसकी सफलता पर सहृदय स्वतः मुग्ध हो उठता है।

प्रसाद और द्विजेन्द्रलाल राय

हम पूर्व लिख आए हैं कि प्रसाद का चाणक्य सम्राट् चन्द्रगुप्त से पृथक होने पर अन्तर्निहित ब्राह्मणत्व की उपलब्धि करता है, किन्तु द्विजेन्द्रलाल राय का चाणक्य चन्द्रगुप्त से विलग होने पर पागल जैसा इस प्रकार प्रलाप करता है :

चाणक्य—बुद्धि, बुद्धि, सुनते-सुनते बहरा हो गया हूं···।

कात्यायन—तुम क्या पागल हो गए हो चाणक्य ?

चाणक्य—(कुछ देर रहकर) कैसा सुन्दर प्रातःकाल है ! पृथ्वी विवाह के लिए तैयार हुई कन्या की तरह ऐसी सजी हुई है···और केवल मैं ही द्वार पर भिक्षु के समान खड़ा हुआ उसे देख रहा हूं।

कात्यायन — चाणक्य ! चाणक्य !!

चाणक्य—संसार में अमृत-समुद्र का ज्वार आ रहा है और मैं पंगु के समान तापित-तृषित हृदय से किनारे पर खड़ा हुआ छटपटा रहा हूं, तपोवन की भूमि में शूकर के समान तलैया की कीच में लोट रहा हूं।"[2]

उपर्युक्त दोनों उदाहरणों से चाणक्य के चरित्र-चित्रण में अन्तर स्पष्ट हो जाता है। प्रसाद का चाणक्य प्रातःकाल उठकर ब्राह्मणत्व की उपलब्धि कर रहा है। वह राज-सुख के साथ ही अपनी परम प्रेयसी सुवासिनी को भी त्यागकर सन्तुष्ट है, किन्तु द्विजेन्द्रलाल का चाणक्य राजसुख से वंचित होने के कारण इतना विकल और व्याकुल है कि अपने को 'तलैया की कीच में लोटने वाला शूकर' समझने लगता है। प्रसाद ने

---

1. कहा जाता है कि सारनाथ की मूलगन्ध कुटीर में प्रसादजी उद्घाटन के समय गए थे।
2. चन्द्रगुप्त नाटक, तृतीय अंक, पृ० 143

चाणक्य को देवत्व तक प्राप्त करा दिया है, जैसा उनका सिद्धान्त है कि 'मनुष्य निष्काम कर्म करने से देवत्व प्राप्त करता है।' प्रसाद के चाणक्य ने जो कुछ किया, राष्ट्रहित की प्रेरणा से प्रेरित होकर निष्काम बुद्धि से। इसी प्रकार कर्म करने से वह ब्राह्मणत्व अर्थात् देवत्व की प्राप्ति करता है।

प्रसाद और राय दोनों के चाणक्य अपमान के कारण नन्द से रुष्ट हैं, किन्तु प्रसाद का चाणक्य व्यक्तिगत द्वेष को राष्ट्रहित में विलीन कर देता है। वह नन्द की हत्या करनेवाले नगरवासियों को रोककर नन्द से कहता है, "हम ब्राह्मण हैं, तुम्हारे लिए भिक्षा मांगकर तुम्हें जीवन-दान दे सकते हैं।······नागरिकवृन्द ! आप लोग आज्ञा दें, नन्द को जाने की आज्ञा दें।"[1] इसके विरुद्ध राय का चाणक्य चन्द्रकेतु के रोकने पर भी कात्यायन को नन्द-वध के लिए प्रेरित करता है। इतना ही नहीं, उसकी निष्ठुरता उस समय सीमा को पहुंच जाती है, जब वह मृतक नन्द के रक्त से रंगकर अपनी चोटी बांधता है। शत्रु के मृतक होने पर साधारण व्यक्ति भी प्रतिहिंसा की भावना त्याग देता है, चाणक्य जैसे ब्राह्मण का यह कृत्य क्या प्रशंसनीय हो सकता है ?

प्रसाद ने सम्पूर्ण नाटक के मध्य एक स्थल पर चाणक्य में दुर्बलता दिखलाई है, जहां वह वासना के वश हो जाता है। चाणक्य सुवासिनी की ओर इस दृष्टि से देखता है कि सुवासिनी को कहना पड़ता है, "यह क्या विष्णुगुप्त, तुम संसार को अपने वश में करने का संकल्प रखते हो, फिर अपने को नहीं। देखो दर्पण लेकर, तुम्हारी आंखों में तुम्हारा यह कौन-सा नवीन चित्र है।"[2]

ब्राह्मण चाणक्य इस क्षणिक दुर्बलता से मुक्त हो पुनः अपने राष्ट्रहित के कार्य में संलग्न हो जाता है। यह दुर्बलता यदि नाटक में न दिखाई गई होती तो हम उसे मनुष्य कैसे कह पाते ! वह तो अलौकिक शक्ति का अवतार ही समझा जाता। निश्चय ही सुवासिनी के इस प्रसंग में हम चाणक्य के हृदय का साक्षात्कार करते हैं और यह प्रत्यक्ष देख लेते हैं कि इसमें कितनी कोमलता है, क्योंकि प्रसाद ने इस कथन के द्वारा स्पष्ट करा दिया है, "वह क्रूर है केवल वर्तमान के लिए, भविष्य के सुख और शान्ति के लिए, परिणाम के लिए नहीं।"

प्रसाद की दृष्टि से ब्राह्मण का आदर्श है, "मेघ के समान मुक्त वर्षा से जीवन-दान, सूर्य के समान अबाध आलोक विकीर्ण करना, सागर के समान कामना-नदियों को पचाते हुए सीमा के बाहर न जाना।" प्रसाद का चाणक्य सम्पूर्ण नाटक में इस आदर्श का पालन करता हुआ माया-स्तूपों को ठुकराता चलता है।

इसके प्रतिकूल राय का चाणक्य षड्यन्त्रों में तल्लीन और ईर्ष्या-द्वेष से जर्जरित क्रूरकर्मा ही रह जाता है। अन्त में अपने कृत्यों पर पश्चात्ताप अवश्य करता है, किन्तु ब्राह्मणत्व की उपलब्धि नहीं कर पाता।

---

1. चन्द्रगुप्त नाटक, पृ० 149
2. जयशंकर प्रसाद, चन्द्रगुप्त, चतुर्थ अंक, पृ० 161

इसी प्रकार 'प्रसाद' का चन्द्रगुप्त 'राय' के चन्द्रगुप्त से कहीं अधिक स्वावलम्बी, धीर और पराक्रमी है। रुष्ट होकर चाणक्य के चले जाने पर व्याकुल नहीं होता। सिंहरण भी जब चाणक्य को ढूंढ़ने चला जाता है तो चन्द्रगुप्त कहता है, "पिता गए, माता गई, गुरुदेव गए, कन्धे से कन्धा भिड़ाकर प्राण देनेवाला, चिर-सहचर सिंहरण गया, तो भी चन्द्रगुप्त को रहना पड़ा, और रहेगा।"[1]

इसके विरुद्ध राय का चन्द्रगुप्त मानो चाणक्य के आधार पर ही टिका है। रुष्ट होकर उससे विलग होने पर शत्रुओं से घिरने पर कहता है, "मैं युद्ध नहीं करूंगा। स्वयं अपने से बदला लूंगा। मैं आत्महत्या करूंगा।"[2]

प्रसाद और राय दोनों ने सिल्यूकस की पुत्री से चन्द्रगुप्त का विवाह कराया है। प्रसाद ने उसका नाम कार्नेलिया और राय ने हेलेना रखा है। प्रसाद की कार्नेलिया में राय की हेलेना से कई विशेषताएं हैं—कार्नेलिया भारत की दार्शनिकता के साथ-साथ चन्द्रगुप्त के रूप-गुण पर भी मुग्ध है; उसकी प्रेम-परीक्षा के लिए सुवासिनी का वार्तालाप इसका प्रमाण है कि वह चन्द्रगुप्त से विवाह करने को लालायित है। इसके विरुद्ध राय की हेलेना में यूनान और भारत को सम्मिलित करने की भावना इतनी प्रबल है कि वह चन्द्रगुप्त के साथ अपने विवाह को विश्व-मंगल के लिए अपना बलिदान समझती है। सिल्यूकस उसके इस कार्य से इतना रुष्ट है कि वह विवाहोत्सव में सम्मिलित नहीं होता। इसके विपरीत प्रसाद का सिल्यूकस कहता है, "तब आओ बेटी······आओ चन्द्रगुप्त।"

राय बाबू ने छाया और हेलेना के वार्तालाप[3] द्वारा बहुपत्नीत्व के भद्दे रूप को प्रदर्शित किया है। कदाचित् इसी कुप्रथा को बचाने के लिए प्रसाद ने मालविका का मूक बलिदान करा दिया है।

उपर्युक्त विवेचन से इतना तो स्पष्ट हो जाता है कि यद्यपि द्विजेन्द्रलाल राय का 'चन्द्रगुप्त' कुछ नवीन विचारों को लेकर अवतरित हुआ था, तथापि प्रसाद को उससे सन्तोष नहीं हुआ और उन्होंने उसको कुछ और ही आदर्श दे दिया। प्रसाद ने ऐतिहासिकता की रक्षा के लिए चन्द्रगुप्त को क्षत्रिय-वंशी प्रमाणित किया। राय महोदय ने इतिहास के अनुसन्धान की चिन्ता न करके उसके अनुरूप अपना नाटक बना दिया। राय ने अपने नाटक के द्वारा विश्व-प्रेम का प्रदर्शन किया है तो 'प्रसाद' ने राष्ट्र-प्रेम और विश्व-प्रेम का सच्चा सामंजस्य किया है। दोनों का अपना-अपना दृष्टिकोण है।

---

1. चन्द्रगुप्त, प्रसाद, चतुर्थ अंक, पृ० 171
2. चन्द्रगुप्त, द्विजेन्द्रलाल राय, चतुर्थ अंक, पृ० 104
3. "आओ बहिन, हम दोनों नदियां एक ही सागर में जाकर लीन हों।···काहे का दुख है बहिन, एक ही आकाश में क्या सूर्य और चन्द्र दोनों ही उदय नहीं होते हैं ?"
—चन्द्रगुप्त, द्विजेन्द्रलाल राय, पंचम अंक, पृ० 133

स्कन्दगुप्त और चन्द्रगुप्त की तुलना

हम पूर्व कह आए हैं कि प्रसाद के ये दो नाटक उनकी नाट्यकृतियों में विशेष महत्त्व रखते हैं। अब इन दोनों की तुलना करके यह देख लेना चाहिए कि इनमें श्रेष्ठतर कौन है ?

शास्त्रीय दृष्टि से 'स्कन्दगुप्त' 'चन्द्रगुप्त' से अधिक सफल इसलिए भी है कि चन्द्रगुप्त के चार अंकों में दृश्य संख्या उत्तरोत्तर इस प्रकार बढ़ती गई है कि चतुर्थ अंक में सोलह दृश्य बन जाते हैं। शास्त्रीय दृष्टि से अंक उत्तरोत्तर छोटे होने चाहिए। यदि यह नाटक पांच अंकों में समाप्त किया गया होता और पांचवां अंक सिल्यूकस के अभियान की नई घटना से प्रारम्भ किया गया होता तो उपर्युक्त दोष दूर हो जाता। कहा जाता है कि प्रसाद जी के मन में इसे पांच अंकों द्वारा समाप्त करने का विचार था, किन्तु किसी कारण-वश वे ऐसा न कर सके।

'चन्द्रगुप्त' में दूसरा दोष यह है कि इसकी नायिका की समस्या अन्त तक जटिल बनी रहती है। कार्नेलिया प्रथम अंक में एक बार रंगमंच पर दर्शन देकर चली जाती है और पुनः चतुर्थ अंक के सातवें दृश्य में सामाजिकों के सम्मुख आती है। इस प्रकार नायिका नाटक में जितने प्रमुख स्थान की अधिकारिणी होती है, उतना उसे प्राप्त नहीं होता। इसके प्रतिकूल 'स्कन्दगुप्त' में देवसेना आद्योपान्त समय-समय पर अपने अलौकिक गुणों तथा अद्वितीय आकर्षण सहित सामाजिकों के सम्मुख आती रहती है।

कथानक की दृष्टि से भी 'स्कन्दगुप्त' 'चन्द्रगुप्त' की अपेक्षा अधिक सफल है। 'स्कन्दगुप्त' की घटनाओं में 'चन्द्रगुप्त' की अपेक्षा कहीं अधिक आरोहावरोह विद्यमान है। 'चन्द्रगुप्त' की वस्तु-योजना शिथिल है और उसमें काल-संकलन का अभाव खटकता है। पच्चीस वर्षों की दीर्घ अवधि की घटनाओं को संकलित करती हुई 'चन्द्रगुप्त' की वस्तु-योजना काल-संकलन की दृष्टि से अधिक सफल नहीं प्रतीत होती। इस कारण भी 'स्कन्दगुप्त' की सन्धि-योजना 'चन्द्रगुप्त' की अपेक्षा अधिक रम्य हो गई है।

ध्रुवस्वामिनी (संवत् 1990 वि०)

यह नाटिका प्रसादजी की अन्तिम कृति है। इसकी रचना में पूर्ववर्ती नाटकों की पद्धति परिवर्तित प्रतीत होती है। इस नाटिका में इतिहास-प्रसिद्ध गुप्तवंश की वह घटना कथावस्तु बनाई गई है, जिसमें स्त्री का पुनर्विवाह कराया गया है। इसका कथानक संक्षेप में इस प्रकार है—महाराज समुद्रगुप्त के दो पुत्र हुए, रामगुप्त और चन्द्रगुप्त। चन्द्रगुप्त के शौर्य पर प्रसन्न होकर महाराज समुद्रगुप्त चन्द्रगुप्त को युवराज-पद प्रदान करना चाहते हैं, किन्तु चन्द्रगुप्त अपने ज्येष्ठ भ्राता रामगुप्त के लिए यह वैभव त्याग देता है। ऐसे ही उस काल की सर्वश्रेष्ठ सुन्दरी ध्रुवस्वामिनी के वाग्दत्ता होने पर भी उसका परिणय रामगुप्त अपने साथ स्वीकार करता है। रामगुप्त ऐसा विलासी, कायर और कुलकलंकी निकलता है कि आक्रमणकारी शकों से युद्ध न करके हिजड़ों, कुबड़ों और

सुन्दरियों के मध्य जीवन व्यतीत करने लगता है और शकों से सन्धि करने के लिए अपनी धर्मपत्नी ध्रुवस्वामिनी को शकराज के हाथों में समर्पित करने को प्रस्तुत हो जाता है। चन्द्रगुप्त कलंक-सागर में गुप्तकुल-यश को निमग्न होते देख स्त्री-वेश में ध्रुवस्वामिनी के साथ शकराज के पास जाता है, और उसका वध करके लौटता है। ध्रुवस्वामिनी की ओजस्विता से प्रभावित होकर सामन्तवर्ग रामगुप्त का विरोध करता है। परिणाम यह होता है कि एक सामन्त रामगुप्त का वध कर देता है और पुरोहितों की शास्त्रविहित सम्मति से विधवा ध्रुवस्वामिनी का पुनर्विवाह चन्द्रगुप्त के साथ होता है। चन्द्रगुप्त सम्राट् और ध्रुवस्वामिनी महादेवी बनती है।

उपर्युक्त कथानक से दो बातें स्पष्ट होती हैं : (1) इसका वस्तु-संविधान पूर्व-वर्ती तीन नाटकों से भिन्न, एक ही कथा-सूत्र में ग्रथित है। (2) इसका उद्देश्य स्त्री के पुनर्विवाह की समस्या पर प्रकाश डालना है।

भाषा की दृष्टि से भी यह नाटक पूर्ववर्ती तीन नाटकों से भिन्न है। इसकी भाषा परिमार्जित होते हुए भी बोलचाल की भाषा के अधिक निकट है। उपर्युक्त गुणों के कारण यह नाटिका प्रसाद के अन्य नाटकों की अपेक्षा अभिनेय मानी जाती है।

प्रश्न उठता है कि प्रसादजी ने इस नाटक की रचना नये प्रयोग की शैली पर क्यों की ? चन्द्रगुप्त तक वस्तु-विन्यास में कई कथासूत्रों का ताना-बाना होता था, किन्तु इसमें एक ही कथा क्यों रह गई ? पूर्ववर्ती नाटकों की काव्यमयी भाषा के स्थान पर इसके कथोपकथन की भाषा सरल और स्वाभाविक बोलचाल की भाषा के समीप क्यों आ गई ? प्रसाद ने अपनी निजी शैली त्यागकर नवीन शैली का प्रयोग क्यों प्रारम्भ किया ?

प्रसादजी के मित्रगण[1] इसका कारण यह बताते हैं कि प्रसादजी नाटक की नवीन प्रवृत्तियों से अपरिचित नहीं थे। विविध समालोचकों तथा उनके मित्रों ने जब उन पर यह दोषारोपण किया कि आप नाटक-रचना में आदर्शवादिता का समर्थन इस सीमा तक करते हैं कि आज की वास्तविक समस्याओं की यथार्थवादिता से सर्वथा निरपेक्ष हो जाते हैं, तब प्रसादजी ने इस पर विचार किया और उन्होंने विवाह-समस्या को लेकर इस ऐतिहासिक नाटक की रचना की।

इस नाटक की रचना का एक और भी कारण हो सकता है। प्रसादजी ने 'अजातशत्रु' में नारी के जन्मसिद्ध अधिकार के प्रश्न को केवल यह कहकर सुलझाने की चेष्टा की थी कि स्त्रियों का कर्तव्य क्रूरकर्मा पुरुषों के हृदय को कोमल तथा करुणापूर्ण बनाना है।[2] किन्तु इस युग में यह कल्पना प्रसादजी की आदर्शवादिता को ही प्रमाणित कर रही थी। वस्तुतः समाज में विधवा नारी नितान्त उपेक्षित हो रही थी। मोक्ष और विधवा-विवाह की जटिल समस्या खड़ी हो गई थी। सम्भव है कि 'अजातशत्रु' नाटक की आदर्श-

---

1. आधुनिक साहित्य, नन्ददुलारे वाजपेयी, पृ० 249
2. अजातशत्रु, पृ० 127

वादिता से वास्तविक समस्या का समाधान न देख परिस्थिति-विशेष में विधवा-विवाह को इतिहास-सम्मत तथा शास्त्रविहित सिद्ध करने के लिए इस नाटक की रचना की गई हो। नारी की उपेक्षा का भीषण दृश्य इस नाटक में देखिए। शकराज के पास जाने की आज्ञा पाकर जब रामगुप्त की धर्मपत्नी ध्रुवस्वामिनी पति के पैरों को पकड़कर गिड़-गिड़ाते हुए कहती है, "मेरी रक्षा करो। मेरे और अपने गौरव की रक्षा करो···।" तब विलासी और कायर रामगुप्त कहता है, "तुम मेरी रानी ! नहीं, नहीं। जाओ, तुमको जाना पड़ेगा। तुम उपहार की वस्तु हो। आज मैं तुम्हें किसी दूसरे को देना चाहता हूं। इसमें तुम्हें क्यों आपत्ति हो।"[1] किस सती का रक्त ऐसे विलासी पति की उपर्युक्त वाणी सुनकर न खौल उठेगा। सब ओर से निस्सहाय होने पर नारी का आत्मविश्वास ही उसकी रक्षा करता है। ध्रुवस्वामिनी कृपाण निकालकर आत्महत्या करना चाहती है तो निर्लज्ज रामगुप्त कृपाण देखकर कहता है, "किन्तु तुम्हारे मर जाने पर उस बर्बर शकराज के पास किसको भेजा जाएगा ?"[2] यह कहता हुआ भयभीत रामगुप्त भाग जाता है। इस समय चन्द्रगुप्त ध्रुवस्वामिनी को आत्महत्या से बचाता है। तदुपरान्त शकराज के अप-मान से उसकी रक्षा करता है। ध्रुवस्वामिनी विवाह से पूर्व चन्द्रगुप्त की वाग्दत्ता थी। वह अब रामगुप्त से पृथक् होकर धर्मरक्षक से विवाह करना चाहती है। रामगुप्त जब उसे महादेवी कहकर सम्बोधित करता है, उस समय दोनों का वार्तालाप नारी की तेजस्विता और विलासी पुरुष की निर्लज्जता का सूचक है।

रामगुप्त—तो तुम महादेवी हो न ?

ध्रुवस्वामिनी—नहीं, मनुष्य की दी हुई उपाधि मैं लौटा देती हूं।

रामगुप्त—और मेरी सहधर्मिणी ?

ध्रुवस्वामिनी—धर्म ही इसका निर्णय करेगा।

··· ··· ···

रामगुप्त—ध्रुवस्वामिनी, निर्लज्जता की भी एक सीमा होती है।

ध्रुवस्वामिनी—मेरी निर्लज्जता का दायित्व एक कापुरुष पर है।"[3]

धर्म का निर्णय करने के लिए निर्भय और सत्यनिष्ठ पुरोहित बुलाया जाता है। वह इस विवाह की समस्या को इस प्रकार सुलझाता है :

"पुरोहित—विवाह की विधि ने देवी ध्रुवस्वामिनी और रामगुप्त को एक भ्रान्तिपूर्ण बन्धन में बांध दिया है। धर्म का उद्देश्य इस तरह पददलित नहीं किया जा सकता।···यह रामगुप्त मृत और प्रव्रजित तो नहीं पर गौरव से नष्ट, आचरण से पतित और कर्मों से क्लीब है। ऐसी अवस्था में रामगुप्त का ध्रुवस्वामिनी पर कोई अधिकार नहीं।···

---

1. ध्रुवस्वामिनी, जयशंकर प्रसाद, पृ० 27
2. वही, पृष्ठ 27
3. वही, पृष्ठ 59

शिखर स्वामी—निर्भीक पुरोहित, तुम क्लीब शब्द का प्रयोग कर रहे हो।

पुरोहित—(हंसकर) श्रीकृष्ण ने अर्जुन को क्लीब इसलिए कहा था? जिसे अपनी स्त्री को दूसरे की अंकगामिनी बनने के लिए भेजने में कुछ संकोच नहीं, वह क्लीब नहीं तो और क्या है? मैं स्पष्ट कहता हूं कि धर्मशास्त्र रामगुप्त से ध्रुवस्वामिनी के मोक्ष की आज्ञा देता है।"[1]

क्लीब रामगुप्त ज्योंही धोखे से चन्द्रगुप्त का वध करने चलता है, त्यों ही एक सामन्तकुमार उसपर प्रहार करता है और रामगुप्त गिर पड़ता है। राजाधिराज चन्द्र-गुप्त और महादेवी ध्रुवस्वामिनी की जयजयकार होती है।

इस नाटक का नायक चन्द्रगुप्त और नायिका ध्रुवस्वामिनी है। नायक को राज्य और स्त्री दोनों की प्राप्ति होती है। विलासी और क्लीब प्रतिनायक रामगुप्त सामन्तकुमार द्वारा परलोकवासी बनता है।

प्रसाद के नाटकों में कथावस्तु

प्रसादजी ने अपने नाटकों की कथावस्तु के लिए वैदिककाल से लेकर बारहवीं शताब्दी तक के इतिहास को आलोड़ित किया है। 'करुणालय' में वैदिककाल का 'सज्जन' में महाभारत-काल का, 'जनमेजय का नागयज्ञ' में उपनिषत्-काल का, 'अजातशत्रु' में बुद्ध-काल का 'विशाख' में बौद्धों के पतन-काल का, 'चन्द्रगुप्त' में यूनानियों के आक्रमण-काल का, 'स्कन्दगुप्त' में हूण-विद्रोह-काल का, 'राज्यश्री' में हर्ष-काल का तथा 'प्रायश्चित्त' में जयचन्द-काल का ऐतिहासिक प्रसंग लेकर कथावस्तु निर्मित की गई है। इस प्रकार प्रसाद के नाटकों में भारत का दीर्घकालीन इतिहास समाविष्ट है। कोषोत्सव-स्मारक-ग्रन्थ से यह भी ज्ञात होता है कि इन्द्र की ऐतिहासिकता प्रमाणित करके वे एक नाटक लिख रहे थे, जो असामयिक मृत्यु के कारण पूर्ण न हो पाया।

प्रारम्भकाल की रचनाएं 'करुणालय', 'सज्जन' और 'प्रायश्चित्त' इतनी छोटी और साधारण कोटि की हैं कि इनका महत्त्व प्रसाद की नाट्यकला के केवल विकास-क्रम को समझने के लिए है, अन्यथा आलोचना की दृष्टि से इनकी उपयोगिता बहुत कम है। प्रसादजी के शेष नाटक महाभारत-काल से महाराज हर्ष तक की महान् घटनाओं को समेटे चलते हैं। इस काल के महापुरुष व्यास, गौतम, चाणक्य, चन्द्रगुप्त, स्कन्द और हर्ष हमारे इतिहास और हमारी संस्कृति के निर्माता हैं। उनकी कृतियों से ऐसा प्रतीत होता है कि भारत का अतीत अपनी गरिमा के साथ साहित्य के रूप में हमारे सामने आ जाता है। इन ऐतिहासिक नाटकों में दो प्रमुख सूत्र आदि से अन्त तक परस्पर मिलते-जुलते और कहीं-कहीं उलझते चलते हैं। उनमें से एक तत्कालीन राजनीतिक इतिवृत्तों को आबद्ध करता चलता है और दूसरा सांस्कृतिक विचारों को उसमें ग्रथित करता रहता है। इस प्रकार प्रसाद के नाटक दो प्रमुख घटना-सूत्रों का ताना-बाना करते

---

1. 'ध्रुवस्वामिनी', जयशंकर प्रसाद, पृष्ठ 63

चलते हैं।

प्रारम्भिक नाटकों में राजतन्त्र का एक ही प्रवाह बहता दिखाई पड़ता है। अत: इनका कथानक सरल है। उदाहरण के लिए 'विशाख'[1] को ले लीजिए। विशाख की चन्द्रलेखा पर प्रथम बौद्ध महन्त आसक्त है, फिर राजा नरदेव। राजा नरदेव बौद्ध महन्त से छीनकर चन्द्रलेखा पर बलात्कार करने को प्रस्तुत होता है, किन्तु जनता के विद्रोह और प्रेमानन्द की उदारता से उसकी रक्षा हो जाती है। सम्पूर्ण कथा का प्रवाह इस प्रकार एक ओर ही ऋजुपथ बनाता चला जाता है।

'राज्यश्री' में दो कथासूत्र हैं। एक कथासूत्र में राज्यश्री, हर्ष, ग्रहवर्मा और देवगुप्त बंधे हैं। दूसरे में शान्तिदेव, सुरमा और चीनी यात्री सुयेनच्वांग। आगे चलकर दोनों कथा-प्रवाह एक में मिल जाते हैं।

'अजातशत्रु' में कथानक जटिल हो गया है। प्रथम अंक में मगध, कोशल, कौशाम्बी तीन स्थानों पर पृथक्-पृथक् घटना-प्रवाह चलते हैं। दूसरे अंक में काशी भी सम्मिलित हो जाती है। ये घटनाएं कभी पृथक्-पृथक् रूप से और कभी दो-दो, तीन-तीन एक साथ उलझती हैं।

'स्कन्दगुप्त' में एक सूत्र युवराज और उसके सहायकों को आबद्ध करता चलता है; दूसरा प्रपंच बुद्धि, पुरगुप्त, अनन्तदेवी और भट्टार्क को; तीसरा मातृगुप्त और मालिनी को; चौथा देवसेना और विजया को; पांचवां धातुसेन और प्रख्यातकीर्ति को; छठा सूत्र सर्वनाग और रामा को लेकर आगे बढ़ता है। सभी सूत्र एक-दूसरे से उलझते-सुलझते इस प्रकार चलते हैं कि अन्त में सब बटकर एक बन जाते हैं।

स्कन्दगुप्त के उपरान्त 'चन्द्रगुप्त' की रचना है। इसमें सात कथासूत्र इस प्रकार हैं: (1) चन्द्रगुप्त और कल्याणी, (2) चन्द्रगुप्त और कार्नेलिया, (3) चन्द्रगुप्त और मालविका, (4) राक्षस और सुवासिनी, (5) सिंहरण और अलका, (6) शकटार और नन्द, (7) पर्वतेश्वर और कल्याणी।

उपर्युक्त विवेचन से यह प्रमाणित होता है कि प्रसादजी के वस्तु-विन्यास में उत्तरोत्तर जटिलता आती गई है। कुशल कलाकार प्रसाद ने विभिन्न इतिवृत्तों को इस प्रकार सम्बद्ध किया है कि कतिपय नाटकों में शास्त्रीय विवेचन से इनकी कार्य-अवस्थाएं, अर्थ-प्रकृतियां, सन्धियां यहां तक कि सन्ध्यंग भी ठीक-ठीक बैठते चलते हैं।

वस्तु-विन्यास में भारतीय और यूरोपीय नाट्यकला

पाश्चात्य नाट्यकार कथानक में संघर्ष तथा क्रियाशीलता को मुख्य स्थान देते

---

1. विशाख को प्रसाद का प्रथम नाटक मानना चाहिए क्योंकि नाटकीय कला-सम्बन्धी उनकी स्वतन्त्र विशेषता तो पहले-पहल इसी विशाख द्वारा हिन्दी-संसार में प्रकट हुई।

—विशाख नाटक, प्रकाशक का वक्तव्य, पंचम संस्करण, संवत् 2904 वि०

हैं। हम देख आए हैं कि प्रसाद जी के 'स्कन्दगुप्त' नाटक में इन गुणों का समावेश कितने कौशल के साथ हुआ है। प्रसाद के सभी मुख्य नाटकों में यूरोपीय ढंग का संघर्ष तथा अन्तर्द्वन्द्व देखने में आता है। घटनाएं पूर्वनिर्दिष्ट पथ पर नहीं चलतीं, प्रत्युत् परिस्थिति और प्रकृति के अनुसार स्वाभाविक मार्ग बनाती चलती हैं। उनमें आरोहावरोह होता हैं। अतः धारा कभी वेगवती हो जाती है और कभी मन्थर गतिवाली। घटनाओं में कहीं युद्ध का कोलाहल है तो कहीं शान्ति; कहीं संकीर्णता, क्रोध, ईर्ष्या और हत्या है तो कहीं औदार्य, क्षमा, प्रेम और सेवा।

इस प्रकार भारतीय पद्धति के अनुसार लक्ष्य-प्राप्ति के लिए उद्योग का, और पाश्चात्य शैली के अनुसार विरोध की चरम सीमा, निगति और समाप्ति का अवलम्बन लेकर 'वस्तु' की सृष्टि की गई है।

विभिन्न नाटकों की विवेचना और उपर्युक्त कथासूत्रों के संक्षिप्त विवरण से यह भी निष्कर्ष निकलता है कि प्रसादजी ने ऐतिहासिक पुरुष-पात्रों के साथ-साथ काल्पनिक स्त्री-पात्रों का सृजन करके नाटक को सरस बना दिया है। प्रायः समस्त राजतन्त्र-संचालकों तथा प्रसिद्ध दार्शनिक नेताओं की सृष्टि तो ऐतिहासिक व्यक्तियों के आधार पर होती है, किन्तु नारी-पात्रों की रंगीन कल्पना प्रसाद की मौलिक सृष्टि है। इनका नामकरण दो सिद्धान्तों पर किया गया है : कुछ स्त्री-पात्र तो गुणानुसार पुकारे जाते हैं, जैसे कल्याणी, विजया, श्यामा इत्यादि। कुछ का उल्लेख पुराण और इतिहास के संकेत पर किया गया है – जैसे स्कन्दगुप्त की प्रेयसी का नाम देवसेना[1] रखा गया है, जो स्पष्ट ही स्कन्द देवता के संकेत पर हुआ है। ऐसे ही अम्बपाली का उल्लेख बौद्ध ग्रन्थों में उपलब्ध होता है। नामकरण में प्रसादजी का लक्ष्य चाहे जो भी रहा हो, किन्तु इनकी कृतियों से स्पष्ट झलकता है कि विशिष्ट स्त्री-पात्रों के द्वारा वे प्रेम का स्वरूप दिखाना चाहते थे। लक्ष्य यह है कि अन्तर्विद्रोह तथा बाह्याक्रमण से देश-रक्षा के कार्य में संलग्न एवं राजतंत्र-चक्र के निरन्तर परिचालक वीर युवक 'घने प्रेम-तरु तले' बैठकर इन रमणियों के साथ स्फूर्ति और नवीन शक्ति का अर्जन करें, और प्रेक्षकगण वीर के साथ ही श्रृंगार का भी रसास्वादन कर सकें। इस प्रकार 'प्रसाद' के प्रमुख नाटकों की कथा-त्रिवेणी में वीर, श्रृंगार और शान्त रस का प्रवाह पाया जाता है। इनमें शान्त की सरस्वती का साक्षात्कार अन्तःकरण में ही होता है।

चरित्र-चित्रण

प्रसादजी के सम्पूर्ण पुरुष-पात्रों को हम तीन मुख्य भागों में विभाजित कर सकते हैं—देवता, दानव और मानव। प्रसाद के प्रत्येक नाटक में एक न एक ऐसे महात्मा, साधु, ब्राह्मण या बौद्ध भिक्षु अवश्य मिलेंगे जो उस समय के तत्त्व-चिन्तन के प्रतीक हैं। 'विशाख'

---

1. देवसेना प्रजापति ब्रह्मा की कन्या थी। इसका विवाह देव-सेनापति स्कन्द के साथ हुआ था। कुछ लोगों का मत है स्कन्द देवासुर-संग्राम में देवसेना का स्वामी था।

में प्रेमानन्द, 'जनमेजय का नागयज्ञ' में वेदव्यास, 'राज्यश्री' में सुयेनच्वांग, 'अजातशत्रु' में भगवान् बुद्ध, 'चन्द्रगुप्त' में दाण्ड्यायन देवता और महात्मा-कोटि में आ जाते हैं। इन महात्माओं का चरित्र पूर्ण विकसित है और ये सिद्धरूप में हमारे सामने आते हैं। इनका प्रथम दर्शन ही दर्शकों को मुग्ध कर देता है। ये महात्मा रंगमंच पर पूर्ण सुसंस्कृत और परिपक्व होकर आते हैं। अतएव इनके चरित्र के विकास के लिए स्थान ही नहीं रहता। इसी प्रकार दूसरे वर्ग में ऐसे पूर्ण दानव पात्र हैं जो आरम्भ से ही दानवता की चरम सीमा तक पहुंचे हैं और अन्त तक वैसे ही बने रहते हैं। जैसे—काश्यप, देवदत्त, विजया, शान्ति-भिक्षु आदि।

दानव-वर्ग में कतिपय ऐसे पात्र रहते हैं जो पतनोन्मुख हैं और सदा पतन की ओर ही बढ़ते चले जाते हैं। इनके जीवन-विकास का भी कोई प्रश्न नहीं है। ये किसी प्रकार अपना स्वार्थ सिद्ध करना चाहते हैं। इस वर्ग के पात्र संस्कृत तथा असंस्कृत, सुधार के अनुकूल तथा प्रतिकूल कैसी ही परिस्थिति में क्यों न रख दिए जाएं, अपने सुधार का कभी प्रयास करते ही नहीं। वे परिस्थिति को भी अपनी उद्दाम वासनाजन्य प्रवृत्ति के अनुकूल बनाते चलते हैं।

तीसरा वर्ग इन दोनों के मध्य का है, जिसमें अजातशत्रु, पुरगुप्त, भट्टार्क, जनमेजय, नरदेव आदि की गणना की जा सकती है। इनके अन्तःकरण में देव और दानव-प्रवृत्तियों का सदा संघर्ष रहता है। देवत्व और दानवत्व के इस संघर्ष में इन्हें अपना-अपना विकास करना होता है। इस प्रकार इनमें कभी देव-प्रवृत्ति की विजय होती है तो कभी दानव की। किन्तु अनुकूल परिस्थितियों के आ जाने पर इनका उद्धार हो जाता है और इनके हृदय से दानवता का लोप हो जाता है। इन पात्रों के अन्तर्द्वन्द्व को प्रकट करने में प्रसाद की कला प्रसादत्व को प्राप्त होती है।

उपर्युक्त पात्रों के अतिरिक्त शेष पात्र या तो देवप्राय प्रतीत होते हैं अथवा दानव-प्राय, किन्तु वे हैं मानव ही। वासवी, मल्लिका, चाणक्य, प्रख्यातकीर्ति, सुयेनच्वांग, देव-सेना, मालविका आदि की गणना इसी वर्ग में की जानी चाहिए। इसी प्रकार विरुद्धक, मागन्धी (श्यामा), अनन्तदेवी, सुरमा, सर्वनाग आदि ऐसे पात्र हैं, जिन्हें विश्वासघात या नरहत्या करने में आरम्भ में संकोच होता ही नहीं। किन्तु अनुकूल परिस्थिति पाने पर इन सभी पात्रों का क्रमशः संस्कार होने लगता है और ये पुनः मानव-कोटि में आ जाते हैं। इस प्रकार सामाजिक में जीवन-विकास की आशा बनाकर चले जाते हैं। वेश्या मागधी को अम्बपाली के रूप में भगवान् तथागत की उपासना करते देख दर्शकों को आश्चर्य नहीं होता, क्योंकि प्रसादजी ने श्यामा में संस्कारजन्य गुणों का सर्वथा अभाव प्रारम्भ में कहीं नहीं दिखाया है। श्यामा और विरुद्धक के वार्तालाप से दूसरे दृश्य के दूसरे अंक में यह बात इस प्रकार स्पष्ट कर दी गई है :

"विरुद्धक—विश्वास करनेवाले के साथ डाकू भी ऐसा नहीं करते, उनका भी एक सिद्धान्त होता है।···तुम रमणी हो और वह भी वारविलासिनी, मेरा विश्वास है कि ऐसी रमणियां डाकुओं से भी भयानक हैं।

श्यामा—क्या मेरी प्रणय-भिक्षा असफल होगी ? जीवन की कृत्रिमता में दिन-रात प्रेम का बनिज करते-करते क्या प्राकृतिक स्नेह का स्रोत एक बार ही सूख जाता है ? क्या वारविलासिनी प्रेम करना नहीं जानती ? क्या कठोर और क्रूर कर्म करते-करते तुम्हारे हृदय में चेतनालोक की गुदगुदी और कोमल स्पन्दन नाम को भी अवशिष्ट नहीं है ? क्या तुम्हारा हृदय केवल मांस-पिण्ड है ? उसमें रक्त का संचार नहीं ? नहीं, नहीं, ऐसा नहीं प्रियतम···।"[1]

दर्शक श्यामा को इसके पूर्व रानी मागन्धी के रूप में उदयन के साथ वार्तालाप करते हुए देख चुके हैं। वह गौतम को अच्छी आंखों नहीं देखती। वह उदयन के हृदय को हाला से तृप्त करने का अनुरोध करती है। उदयन को देवी पद्मावती के विरुद्ध भड़काने के लिए वीणा में सर्प का बच्चा दिखाने का षड्यन्त्र रचती है। कहने का तात्पर्य यह है कि कौशाम्बी-राजभवन में रहने वाली रानी मागन्धी का वारविलासिनी श्यामा-रूप और वेश्या श्यामा का तथागत की उपासिका अम्बपाली का दिव्य स्वरूप दर्शकों को अस्वाभाविक न प्रतीत हो, इसके लिए प्रसाद ने उस नारी के संस्कारजन्य भावों की ओर स्थान स्थान पर संकेत कर दिया।[2] जब वह एक दीन कन्या थी और बैलों को चारा देते-देते उसके हाथ नहीं थकते थे, तभी उसने जीवन के प्रथम वेग में भगवान् तथागत को पाने का प्रयास किया था। उसकी यह धारणा उसके संस्कारजन्य सद्गुण को स्पष्ट करने को यथेष्ट है। पैतृक दीनता को वह इस सत्कार्य की असफलता का कारण समझती है। अतः राजभवन में उदयन की प्रेयसी बनती है। वहां अपने को दीन कन्या समझ मगध-कुमारी पद्मावती से विद्वेष करने लगती है, वहां से भी भागकर वेश्या बन जाती है। जीवन की विविध विषमताओं में पतन के कारण वह स्वतः बताती है, "परिस्थिति को संयत न रखकर व्यर्थ महत्त्व का ढोंग करना, काल्पनिक सुख-लिप्सा में पड़ना और स्त्री-सुलभ स्निग्धता-सरलता की मात्रा को कम करना ही स्त्री के पतन का कारण है।"

वारविलासिनी श्यामा को जब हम पश्चात्ताप की ज्वाला में तपकर गौतम की उपासिका अम्बपाली के रूप में देखते हैं, तो उसकी संस्कारजन्य प्रवृत्ति और गौतम की उदार प्रकृति के कारण हमें उसके जीवन की विषमता नितान्त स्वाभाविक प्रतीत होती है और यह विश्वास हो जाता है कि एक वारविलासिनी का जीवन भी 'अग्नि से तपे हुए हेम की तरह' शुद्ध हो सकता है।

विजया का चरित्र—जन्मजात संस्कार के कारण भिन्न परिस्थितियों में किसी

1. अजातशत्रु, दूसरा अंक, दूसरा दृश्य, पृ० 72-73
2. मागन्धी कौशाम्बी के महल में आग लगाकर जल मरी, अब तो मैं श्यामा, काशी की प्रसिद्ध वारविलासिनी हूं। बड़े-बड़े राजपुरुष और श्रेष्ठी इसी चरण को छूकर अपने को धन्य समझते हैं। धन की कमी नहीं, मान का कुछ ठिकाना नहीं, राजरानी होकर और क्या मिलना था, केवल सापत्न्य-ज्वाला की पीड़ा।

—अजातशत्रु, दूसरा अंक, पृष्ठ 71, 72

का कैसा अपकर्ष और उत्कर्ष होता है, इसे हम कृषक-कन्या मागन्धी में देख चुके हैं। अब एक समृद्ध बालिका विजया का चरित्र लीजिए। यह बालिका जन्म से समृद्धशालिनी और संस्कार से विलासिनी है। विलास-तृप्ति के लिए कभी स्कन्दगुप्त की ओर झुकती है और कभी भट्टार्क की ओर। स्कन्दगुप्त की प्राप्ति में देवसेना को बाधक समझकर उसका वध करने को श्मशान पर ले जाती है। स्कन्दगुप्त से हटकर वह चक्रपालित के 'प्रशस्त वक्ष और उदार मुखमण्डल' पर रीझ जाती है, किन्तु उसे भी अप्राप्य समझ भट्टार्क का वरण करती है। भट्टार्क के साथ रहती हुई पुरगुप्त के भोग-विलास में सहायक होती है। पतन के पथ पर निरन्तर बढ़ती हुई विलासिनी नारी एक बार सर्वनाग के प्रभाव से अपने चरित्र में उस समय कुछ सुधार करती दिखाई पड़ती है, जब देशवासियों को जगाने के कार्य में वह मातृगुप्त की सहायता करती है; किन्तु संस्कारजन्य कालुष्य में यह क्षणिक उज्ज्वलता अचिरात्पूर्व ही विलीन हो जाती है। अब वह पुनः वणिक् मनोवृत्ति से प्रेरित हो सुन्दर राजकुमार स्कन्दगुप्त को धन द्वारा क्रय करना चाहती है। तब स्कन्दगुप्त कहता है, "विजया ! पिशाची ! हट जा। नहीं जानती, मैंने आजीवन कौमार-व्रत की प्रतिज्ञा की है।" इस एक वाक्य से विजया का यथार्थ चरित्र-चित्रण हो जाता है।

अन्त में निराश होकर वह अपने विलास-वासनामय अतृप्त जीवन को आत्महत्या द्वारा समाप्त कर देती है। विजया के अन्तःकरण में तमोगुण इतना शक्तिशाली है कि किसी सात्त्विक गुण को किसी परिस्थिति में कभी उद्बुद्ध नहीं होने देता। इसी कारण विजया अन्त तक सुधार नहीं कर पाती। इसके प्रतिकूल मागन्धी में संस्कारजन्य सद्भावनाएं अनुकूल परिस्थिति में परिपुष्ट होकर आसुरी वृत्तियों का सामना करती हैं और उन्हें पराजित करके वारविलासिनी श्यामा को भगवान् तथागत का कृपापात्र बना देती हैं। और अन्त में मागन्धी को तथागत से यह आशीर्वाद प्राप्त होता है :

"मागन्धी, तुम्हें शान्ति मिलेगी। जब तक तुम्हारा हृदय उस विशृंखला में था, तभी तक यह विडम्बना थी।"[1]

इस स्थल पर इतना उल्लेख करना आवश्यक है कि वेश्याओं के प्रति प्रसाद ने एक नया दृष्टिकोण उपस्थित किया है। अब तक साहित्य में वारविलासिनी प्रायः उपेक्षा की दृष्टि से देखी जाती थी, नाटकों में भी इसका उपयोग किसी न किसी पात्र के विलास या संघर्ष को व्यक्त करने के लिए होता था। प्रसाद ने पहले-पहल इसके चरित्रोत्कर्ष को देखा है और उसका उपयोग भी नाटक में शील-निर्माण के रूप में किया है।

इन दोनों नारियों के चरित्र-चित्रण से इतना तो स्पष्ट ही हो जाता है कि प्रसाद चरित्र-चित्रण में उस नवीन मत को अपनाते हैं, जो नाटकीय पात्रों के चरित्र में आरोह के सिद्धान्त का प्रतिपादक है।

गार्हस्थ्य जीवन—साध्वी परिणीता के दो वर्ग होते हैं—सधवा और विधवा। पतिपरायणा सधवाएं निज गृहस्थी से सन्तुष्ट मन, वाणी और कर्म से पति की सेवा में

1. अजातशत्रु, तीसरा अंक, पृ० 137

संलग्न हैं, उन्हें संसार से सरोकार नहीं। उनके लिए उनका घर ही स्वर्ग है। इस स्वर्ग में यदि पतिदेवता अकारण रुष्ट भी होते हैं तो उनके कटु आदेशों को सादर शिरोधार्य कर उन्हें सन्तुष्ट करने की चेष्टा ही की जाती है। भगवान् गौतम में श्रद्धा रखनेवाली पद्मावती को मारने के लिए उद्यत होकर उदयन कहता है :

"उदयन—दुराचारिणी ! तेरी छलना का दाव मुझपर नहीं चला, अब तेरा अन्त है, सावधान।···प्रार्थना कर ले।

पद्मावती—मेरे नाथ ! इस जन्म के सर्वस्व और परजन्म के स्वर्ग ! तुम्हीं मेरी गति हो और तुम्हीं मेरे ध्येय हो, जब तुम्हीं समक्ष हो तो प्रार्थना किसकी करूं !"[1]

उदयन पद्मावती का वध करने के लिए खड्ग उठाना चाहता है पर हाथ ही नहीं उठता। तब पद्मावती उदयन से निवेदन करती है :

"मेरे स्वामी ! मेरा अपराध क्षमा हो, नसें चढ़ गई होंगी।"

ये भारतीय नारियां एकमात्र पति के मंगल में ही अपना मंगल समझती हैं। उनकी मनोभिलाषा वपुष्टमा के मुख से स्पष्ट सुनाई पड़ती है। वपुष्टमा उत्तंक से आशीर्वाद मांगती है, "आर्य, आशीर्वाद दीजिए कि पतिदेवता के कार्य में मैं सहकारिणी रहूं, और मरण में भी पश्चात्पद न होऊं।"[2]

इस वर्ग की परिणीता नारियां पति के अतिरिक्त अन्य सम्बन्धियों से प्राप्त कष्ट को भी अपनी करुणा, उदारता और क्षमा के बल पर सहन कर लेती हैं। वासवी को सपत्नीज अजातशत्रु तथा छलना द्वारा अनेक कष्ट उठाने पड़ते हैं, किन्तु अपनी प्रशंसनीय सहिष्णुता के बल पर वह सभी प्रकार के अत्याचारों को ऐसे धैर्य से सहती रहती है कि अत्याचारियों के अत्याचार का अन्त हो जाता है, किन्तु उसका धैर्य अनन्त ही बना रहता है। वासवी की उदारता से पराभूत छलना और पराजित अजात जब बिम्बसार से क्षमा-याचना करने आते हैं, उस समय वासवी मानवी से देवी बन जाती है :

छलना—नाथ ! मुझे निश्चय हुआ कि वह मेरी उद्दण्डता थी। वह मेरी कूट-चातुरी थी, दम्भ का प्रकोप था ! ···अब मैं भोग चुकी, अब उबारिये।

बिम्बसार—छलना, दण्ड देना मेरी सामर्थ्य के बाहर था। अब देखूं कि क्षमा करना मेरी सामर्थ्य में है कि नहीं।

वासवी—(प्रवेश करके) आर्यपुत्र ! अब मैंने इसको दण्ड दे दिया है, यह मातृत्व-पद से च्युत की गई है, अब इसको आपके पौत्र की धात्री का पद मिला है। एक राजमाता को इतना बड़ा दण्ड कम नहीं है, अब आपको क्षमा करना ही होगा।

बिम्बसार—वासवी ! तुम मानवी हो कि देवी !"

परिणीता वर्ग की साध्वी विधवा नारी वैधव्य की पीड़ा धैर्यपूर्वक सहन करती हुई अपनी करुणा की धारा से तप्त हृदयों को शान्ति पहुंचाने के लिए ही जीवित रहती है।

---

1. अजात शत्रु, जयशंकर प्रसाद, पृ॰ 59-60
2. जनमेजय का नागयज्ञ, तीसरा अंक, दूसरा दृश्य, पृ॰ 82

इस वर्ग में राज्यश्री और मल्लिका की गणना की जा सकती है। चितारूढ़ राज्यश्री देश-सेवा के लिए जीवित रहकर वैधव्य-वेदना सहती है। इस स्थान पर चरित्र-चित्रण-कला में प्रसाद भारतेन्दुजी से एक पग आगे दिखाई पड़ते हैं। इस वैधव्य-वेदना की नित्य की ज्वाला में चिता की ज्वाला से अधिक दाहकता है। दिवाकरगुप्त राज्यश्री से कहता है, "देवी, यह धर्म नहीं, आत्महत्या है। सती होना जल मरने से ही नहीं हो सकता।...उस करुणानिधान की स्नेहानुभूति इसी में तो झलकती है। प्राणी दुःखों में भगवान् के समीप होता है!"[1]

लोकसेवा करते-करते राज्यश्री इतनी निर्मल और उदार हृदया हो जाती है कि वह अपने भाई के हत्यारे को भी इस प्रकार क्षमा प्रदान करती है, "आज हम लोगों ने सर्वस्व-दान किया है भाई। आज महाव्रत का उद्यापन है। क्या एक यही दान रह जाए, इसे प्राणदान दो भाई।"[2]

इसी प्रकार मल्लिका भी जगमंगल की कामना से प्रेरित होकर वैधव्य-वेदना सहन करती है। विधवा मल्लिका में उपकार, करुणा, संवेदना और पवित्रता आदि गुण चरम सीमा तक पहुंच जाते हैं। जब वह अपने पतिघातक विरुद्धक को युद्धभूमि से उठा लाती है तो वह इसका कुछ और ही आशय समझता है। वह विवाह का प्रस्ताव करता है, तब मल्लिका कहती है, "राजकुमार! तुम्हारा कलंकी जीवन भी बचाना मैंने अपना धर्म समझा और यह मेरी विश्वमैत्री की परीक्षा थी। जब इसमें मैं उत्तीर्ण हो गई तब मुझे अपने पर विश्वास हुआ। विरुद्धक तुम्हारा रक्त-कलुषित हाथ मैं छू भी नहीं सकती।"[3]

मल्लिका में उदारता, क्षमा, करुणा आदि सद्गुणों के अतिरिक्त विश्वमैत्री की भावना चरम-कोटि तक पहुंची हुई है। उसका हृदय स्वर्ग है, इसे श्यामा जैसी नारी भी स्वीकार करती है। मल्लिका के विषय में वह स्वतः कहती है, "जिसे काल्पनिक देवत्व कहते हैं, वही तो सम्पूर्ण मनुष्यता है। मागन्धी, धिक्कार है तुझे!

'स्वर्ग' है नहीं दूसरा और।
सज्जन हृदय परम करुणामय यही एक है ठौर।"[4]

मल्लिका को विभिन्न पात्रों ने विभिन्न उपाधि दी है। अजातशत्रु उसके कृत्यों को देव-कर्तव्य[5] कहता है। श्यामा उसे 'सम्पूर्ण मनुष्यता'[6] कहती है। प्रसेनजित 'पतित-

1. जयशंकर प्रसाद, राज्यश्री, पृ० 62
2. वही, पृ० 74
3. जयशंकर प्रसाद, अजातशत्रु, पृ० 119
4. वही, तीसरा अंक, तीसरा दृश्य, पृ० 121-122
5. वही, दूसरा अंक, पृ० 95
6. वही, तीसरा अंक, पृ० 121

पावनी'[1] कहता है। तथ्य तो यह है कि उस पतित-पावनी के सम्पर्क में जो भी आया वह पावन बन गया। वह विधवा नारी इसी कारण चिता पर नहीं जलती कि 'असंख्य दुःखी जीवों को उसकी सेवा की आवश्यकता है।' उसको परदुःख-निवारण में ही आनन्द मिलता है। विश्व-भर उसको अपना कुटुम्ब दिखाई पड़ता है। असंख्य आहें उसके उद्योग से अट्टहास में परिणत हो जाती हैं।

प्रसाद के नाटकों में एक वर्ग उन नारियों का है जो पति-कामना से पार्वती के सदृश तपस्या में तल्लीन दिखाई पड़ती हैं। उन तपस्विनियों को तीन भागों में विभाजित किया जा सकता है। एक विभाग में वे नारियां हैं, जिनका तप इसी जन्म में सफल होता है, जैसे अलका, कार्नेलिया और सुवासिनी। दूसरे वर्ग में वे नारियां हैं जो मनोनीत पतिदेव के संकट-निवारण तथा आराधना में अपने प्राण समर्पण करती हैं, जैसे मालविका और कल्याणी। तीसरी कोटि में एक ऐसी नारी है जिसकी तपस्या सफल होते-होते असफल हो जाती है। असफल होने पर भी वह निराश नहीं होती और कहती है, "इस जीवन के देवता, उस जीवन के प्राप्य।" वह है देवसेना। देवसेना का चरित्र प्रसाद के नाटकों में वह उज्ज्वल रत्न है जिसकी प्रभा कभी मन्द नहीं पड़ेगी। तपस्या के द्वारा प्राप्त प्रणय की सफलता को भी आराध्य के हित के लिए त्याग देनेवाली नारी के विषय में क्या कहा जाए। जगमंगलकारी कार्यों को त्यागकर एकान्त में गार्हस्थ्य सुख की कामना करनेवाला स्कन्द देवसेना की ही प्रेरणा से साम्राज्य के उद्धार का संकल्प करता है। अतः बर्बर हूणों से भारतीय जनता की रक्षा करनेवाले स्कन्द को भीष्म के सदृश दृढ़ बनाने का श्रेय उस अबला को है, जिसने अपने तप के फल को भी आराध्यदेव के चरणों में अर्पण कर दिया। आचार्य चन्द्रबली पाण्डे का यह कथन यहां सत्य प्रतीत होता है कि "प्रसाद के नाटकों में कथासूत्र प्रायः स्त्री के हाथ में रहता है, क्योंकि शैव 'प्रसाद' की दृष्टि में वस्तुतः वह 'शक्ति' है।"

पुरुषों-पात्रों का विस्तृत चरित्र-चित्रण हम अलग-अलग नाटकों में कर आए हैं, अतएव यहां उनके उल्लेख की कोई आवश्यकता नहीं। प्रमुख स्त्री-पात्रों के विषय में उपसंहार-रूप में इतना इसलिए निवेदन कर दिया गया कि वास्तव में प्रसाद ने नारी-जीवन को व्यापक दृष्टि से देखा है और स्त्री-चरित्र-निर्माण में 'त्रिया-चरित्र' को भी प्रधानता न देकर उसके शील-निर्देशन का प्रयत्न किया है, जिसको स्पष्ट कर देना आवश्यक था।

कथोपकथन

नाटक के मूल तत्वों तथा विविध उपकरणों में कथोपकथन का महत्त्वपूर्ण स्थान माना जाता है। तथ्य तो यह है कि रंगमंच-निर्देशों को यदि नाटक से निकाल दिया जाए तो कथोपकथन के अतिरिक्त अवशिष्ट रहता ही कुछ नहीं। कारण यह है कि नाट्यकार

---

1. अजातशत्रु, तीसरा अंक, पृ० 128

को अभीष्ट-सिद्धि तक पहुंचाने का एकमात्र वाहन संवाद ही तो है। पात्रों के चरित्र-विकास, कथावस्तु के विन्यास और विभिन्न रसों की निष्पत्ति का उत्तम से उत्तम साधन संवाद-योजना के अतिरिक्त और क्या हो सकता ?

सफल नाटककार का कथोपकथन उस वायुयान के सदृश युगपत् त्रिविध कार्य करता है, जो कभी जल पर संतरण, कभी स्थल पर संचरण और कभी आकाश में विचरण करता हुआ दृष्टिगत होता है। जिस कथोपकथन में जितनी अधिक चरित्र-चित्रण की क्षमता, व्यापार-प्रसार की योग्यता और रस-परिपाक के लिए भावोद्बोधन की तीव्रता होगी, वह उतना ही उत्तम माना जाएगा। संवाद की उपादेयता पर नाटक की अधिकांश सफलता अवलम्बित है।

संवाद की भाषा—संवाद-योजना को सफल बनाने के विविध उपाय पश्चिमी और पूर्वी आचार्यों ने बताए हैं। अरिस्टाटल ने संवाद-योजना पर विवेचन करते हुए यह निष्कर्ष निकाला है कि संवाद की भाषा असाधारण होते हुए भी स्पष्ट, सुगम होते हुए भी असाधारण एवं चमत्कारपूर्ण होनी चाहिए। सामान्यत: असाधारण भाषा में स्पष्टता और सरलता नहीं होती और सुगम-सुबोध भाषा में व्यंग्य-चमत्कार नहीं होता। किन्तु नाटकीय संवाद की यही विशेषता है कि उसमें इन दो विरोधी तत्वों का समुचित सामंजस्य पाया जाता है। सामान्य जनसमुदाय में प्रचलित भाषा को कलाकार अपनी प्रतिभा के विमान पर बिठाकर के उच्च शिखर पर प्रतिष्ठित कर देता है।

प्रसाद की संवाद-योजना क्रमश: कला के उच्च शिखर की ओर उन्मुख होती गई है। 'विशाख' में विनोदी महापिंगल की भाषा एक सामान्य जन की नित्य-प्रति की बोलचाल की भाषा है, उसमें मुहावरों की भरमार है, जो उपन्यास के सर्वथा उपयुक्त है, किन्तु नाटक के लिए उपयोगी नहीं। वह चरित्र-चित्रण में असमर्थ, कथा को गतिशील बनाने में अक्षम और मुख्य रस के परिपाक में बाधक होती है। प्रसाद ने इस प्रकार की सामान्य भाषा का प्रयोग भविष्य के किसी नाटक में नहीं किया। 'स्कन्दगुप्त' का मुद्गल भी विनोदशील है किन्तु उसकी भाषा कलापूर्ण है। उसमें व्यंग्य का चमत्कार है।[1]

पूर्वी आचार्यों ने संवाद-योजना में यह नियम बनाया है कि विद्वान् ब्राह्मण, राजा तथा उच्चवर्ग के व्यक्ति संस्कृत तथा अन्य जन प्राकृत-अपभ्रंश में वार्तालाप करें। हिन्दी नाट्यकारों में विश्वनाथ सिंह तथा हरिश्चन्द्र ने बंगाली, मराठी, द्रविड़ आदि अनेक लोक-भाषाओं का समावेश इसी सिद्धान्त पर किया। भारतेन्दु ने विविध बोलियों को ही ग्रहण किया है, अन्य देशी भाषाओं को नहीं। उन्होंने 'हरिश्चन्द्र नाटक' में चाण्डाल के मुख से

1. इस बार की आज्ञा तो पालन करता हूं, परन्तु, यदि, यथापि, पुनश्च, फिर भी, कभी आज्ञा मिली कि इस ब्राह्मण ने साष्टांग प्रणाम किया। (स्कन्दगुप्त, पृ० 37) परन्तु यदि हम ईश्वर होते तो इन मनुष्यों की कोई प्रार्थना सुनते ही नहीं, इनको हर काम में हमारी आवश्यकता पड़ती है। मैं तो घबरा जाता, भला वे तो कुछ सुनते हैं ! (स्कन्दगुप्त, पृष्ठ 38)

ठेठ बनारसी बोली का प्रयोग कराया है ।[1]

प्रसाद ने उपर्युक्त दोनों शैलियों में से एक का भी अनुसरण नहीं किया । उन्होंने अपनी एक नई शैली निकाली । उनके सभी पात्र खड़ीबोली का प्रयोग करते हैं, किन्तु उनकी भाषा में परिवर्तन विषय की गहनता के कारण होता है, प्रान्त की विभिन्नता के कारण नहीं । एक ही पात्र नरदेव न्यायासन पर बैठकर न्याय करते समय व्यवहारोपयोगी सरल भाषा का प्रयोग करता है किन्तु प्रव्रज्याग्रहण के उपरान्त गहन दार्शनिक भाषा बोलता है ।[2]

प्रसाद ने प्रायः सभी नाटकों में कुछ अंशों तक इस सिद्धान्त का प्रतिपादन किया है । यदि वे पूर्णतया इसका निर्वाह कर सके होते तो एक महान् दोष से सर्वथा मुक्त हो जाते । कई समालोचक कहते हैं कि प्रसाद के सभी पात्रों की भाषा में प्रायः एकवाक्यता एवं एकात्मकता है, विविधता नहीं । कई समालोचकों का तो मत है कि उनके सभी पात्र—कवि से लेकर दौवारिक तक—प्रायः कवित्वमयी भाषा बोलते हैं । नाट्यकला की दृष्टि से उक्त दोनों बातें दोष के अन्तर्गत ही हैं । हमारा मत है कि प्रसाद प्रायः इन दोनों से मुक्त हैं ।

प्रमाण के लिए एक अशिक्षित उद्दण्ड भिक्षु और सुश्रुता नाग के संवाद में प्रसाद की भाषा-योजना देखिए :

"भिक्षु—अरे मूर्ख ! भूमि किसकी हुई ? यदि तेरे बाप-दादों की थी तो मेरे भी लकड़दादा, नकड़दादा या किसी खपड़दादा की रही होगी ।"[3]

इस भाषा से ही भिक्षु की योग्यता का ज्ञान हो जाता है । दूसरे भिक्षु की भाषा देखिए :

"अमिताभ, यह कैसा जनपद है, जहां भिक्षुओं को देखकर कोई वन्दना भी नहीं करता, भिक्षा की तो कौन कहे ।"[4]

वही भिक्षु धर्म के उत्थान-पतन पर विचार करता हुआ नागरिक से कहता है :

"धर्म भी क्या अधर्म हो जाता है ? प्रणय क्या पाप में परिवर्तित होता है ? भगवान्, यह तुम्हारे धर्म-राज्य की कैसी व्यवस्था है ! क्या धर्म में भी प्रतिघात होता

---

1. "अरे हरिजनवा, मोहर की थैली ले आवा है न ?" "तो से का काम पूछै से ।"
2. एक पिशाचग्रस्त मनुष्य की तरह मैंने प्रमाद की धारा बहा दी । गर्व के उद्वेग में मैंने सोचा था कि उस नदी में अपने बाहुबल से संतरण कर जाऊं, पर मैं स्वयं बह गया । सत्य है, परमात्मा की सुन्दर शान्त सृष्टि को व्यक्तिगत मानापमान, द्वेष और अहिंसा से किसी अधिकारी को भी आलोड़ित करने का अधिकार नहीं है ।
3. विशाख, जयशंकर प्रसाद, प्रथम अंक, पृष्ठ 19
4. विशाख, जयशंकर प्रसाद, प्रथम अंक, पृष्ठ 60

है ? उसका भी पतन और उत्थान है ?"[1]

इसी प्रकार कृषक-कन्या चन्द्रलेखा जब अपने वृद्ध पिता सुश्रवा को युवा भिक्षुओं के द्वारा बन्दी-रूप में देखती है तो भीरुता!वश दो-दो, तीन-तीन शब्दों के वाक्य इस प्रकार बोलती है :

"जाने दो। क्षमा करो। मुझे मार लो। मेरे बूढ़े पिता को छोड़ दो।"[2] इत्यादि।

किन्तु वही चन्द्रलेखा बन्दिनी-रूप में इस प्रकार चिन्तन कर रही है—'प्रेम का विकास और विपत्ति-परिहास साथ ही साथ दोनों उबल पड़े; हृदय में विपत्ति की दारुण ज्वाला जल रही थी, उसी में प्रणय-सुधाकर ने शीतलता की वर्षा की, मरुभूमि लहलहा उठी।"[3] इन उद्धरणों में कहां हैं उपर्युक्त दोष !

संवाद, व्यापार और भाषण—'राज्यश्री' और 'ध्रुवस्वामिनी' में प्रसाद की धारणा सम्भवतः इनकी अभिनेयता की ओर सदा बनी रही। प्रमाण यह है कि इन दोनों नाटकों की संवाद-योजना में शब्दों का चयन, भाषा का प्रभाव, भाषण का लाघव जनता की योग्यता और नाटक के व्यापार पर आश्रित है। इसके प्रतिकूल 'अजातशत्रु', 'स्कन्दगुप्त' और 'चन्द्रगुप्त' में क्लिष्ट शब्द, दीर्घ वाक्यावली, बृहद् भाषण कहीं-कहीं इस रूप में आ जाते हैं कि उनमें आमूल परिवर्तन बिना अभिनय सफल हो ही नहीं सकता।

नाटक में संवाद और व्यापार का अन्योन्याश्रय सम्बन्ध है। कहीं व्यापार संवाद के लिए नियोजित होता है और कहीं संवाद व्यापार-प्रसार के लिए प्रयुक्त। दोनों साथ-साथ मिलकर कभी रस-निष्पत्ति की ओर और कभी चरित्र-चित्रण की ओर दर्शकों को ले जाते हैं। इसी कारण संवाद का महत्त्व है।

हम पूर्व कह आए हैं कि संवाद के द्वारा युगपत् त्रिविध प्रयोजन की सिद्धि होती है। जिस संवाद में वार्तालाप करनेवालों को उत्तर पाने की उत्कण्ठा बनी रहती है, वही संवाद रोचक होकर त्रिविध प्रयोजन की पूर्ति करता है। जिस संवाद में लम्बे भाषण होते हैं और व्यापार का अभाव रहता है, वह अप्रिय और असफल होता है। संवाद में जहां एक ओर वाणी विचार की प्रेरणा से मस्तिष्क को पुष्ट करती है, वहां दूसरी ओर हाव-भाव तथा मुख-मुद्राओं की सहायता से हृद्गत कोमल भावों को उद्‌बुद्ध करती है। विचार की प्रौढ़ता से चरित्र-विकास का अभिनव स्वरूप सामने आता है तो भावों की उद्‌बुद्धता से रसास्वादन होता है।

कथोपकथन में शास्त्र-चर्चा एवं लम्बी वक्तृता—धर्मग्रन्थों में कथोपकथन द्वारा तत्व-निरूपण एवं आत्मचिन्तन की परम्परा अति प्राचीन है। हिन्दी के प्राचीन नाटकों

---

1. विशाख, पृष्ठ 60
2. वही, पृष्ठ 20
3. वही, पृष्ठ 39

गें भी यह शैली प्रायः सर्वत्र विद्यमान है। विश्वनाथ सिंह के नाटक में इसका हम विस्तार-पूर्वक विवेचन कर आए हैं। प्रसाद के प्रायः सभी नाटकों में तत्त्व-निरूपण और आत्म-चिन्तन की प्रवृत्ति परिलक्षित होती है, किन्तु निरूपण-शैली प्राचीन पद्धतियों से सर्वथा भिन्न है। 'जनमेजय का नागयज्ञ' के तीसरे अंक, प्रथम दृश्य में वेदव्यास और जनमेजय के कथोपकथन में प्रारम्भ में धार्मिक ग्रन्थों के तत्त्व-निरूपण की शैली की छाया प्रतीत होती है, किन्तु आगे घटनाओं का क्रम इस कौशल से सजाया जाता है कि धर्मग्रन्थ की संवाद-शैली विलुप्त हो जाती है और नाटकीय शैली प्रकट हो जाती है। जहां जनमेजय विविध प्रश्न करते हैं और व्यास उनका उत्तर देते हैं, वहां प्रश्न एक-एक पंक्ति के हैं, जिनका उत्तर रोचक ढंग से दिया जाता है। प्रश्न ये हैं—(1) भगवान् बादरायण के रहते हुए भीषण कांड क्योंकर हुआ ? (2) मनुष्य का कोई दोष नहीं, वह निष्पाप है। (3) तो प्रभु, मैं यज्ञ न करूं ! इसके उत्तर में व्यासजी तत्त्व-निरूपण करते हैं। जनमेजय उन दार्शनिक तत्त्वों को श्रवण कर प्रस्थान करता है। तुरन्त ही शीला, सोमश्रवा, आस्तीक तथा मणिमाला का प्रवेश होता है।

प्रकृति के उस एकान्त प्रांगण आश्रम में आस्तीक एक लम्बी वक्तृता देता है—"बुला लो, बुला लो, उस वसन्त को, उस जंगली वसन्त को, जो महलों में मन को उदास कर देता है, जो मन में फूलों के महल बना देता है, जो सूखे हृदय की धूल में मकरन्द सींचता है। उसे अपने हृदय में बुला लो। जो पतझड़ करके नई कोंपल लाता है, जो हमारे कई जन्मों की मादकता में उत्तेजित होकर इस भ्रान्त जगत् में वास्तविक बात का स्मरण करा देता है, जो कोकिल के सदृश सस्नेह सकरुण आवाहन करता है, जिसमें विश्व-भर के सम्मिलन का उल्लास स्वतः उत्पन्न होता है, एक आकर्षण सबको कलेजे से लगाना चाहता है, उस वसन्त को, उस गई हुई निधि को, लौटा लो। कांटों में फूल खिलें, विकास हो, प्रकाश हो, सौरभ खेल खेले। विश्वमात्र एक कुसुमस्तबक सदृश किसी निष्काम के करों में अर्पित हो। आनन्द का रसीला राग गूंज उठे, विश्व-भर का क्रन्दन कोकिल की काकली में परिणत हो जाए।" तदुपरान्त समाधि से उठकर व्यास नवागन्तुकों से वार्तालाप प्रारम्भ करते हैं। इस वार्तालाप में तत्त्व-चिन्तन की अपेक्षा कर्तव्य-पालन पर बल दिया जाता है। शीला और मणिमाला को सबका कल्याण करने के लिए शुद्धबुद्धि की शरण में जाने का उपदेश मिलता है। इस प्रकार संवाद के अन्तर्गत प्रकृति-वर्णन, उसके द्वारा तत्त्व-निरूपण की व्यवस्था और इस व्यवस्था के आधार पर उस कर्तव्य-कर्म की प्रेरणा की गई है, जिसका नाटक के कार्य से सीधा सम्बन्ध होता है। इस प्रकार संवाद में प्राकृतिक वर्णन, तत्व-निरूपण, कर्तव्य-पालन, तीनों का एकीकरण एक स्थान पर उपलब्ध होता है। प्रसाद से पूर्व ऐसी संवाद-योजना कदाचित् ही कहीं मिले।

इसी प्रकार 'अजातशत्रु' के दूसरे अंक, छठे दृश्य में भूतपूर्व सम्राट् बिम्बसार और सम्राज्ञी मल्लिका का वार्तालाप दार्शनिक मीमांसा से प्रारम्भ होता है। जिस समय पूर्ण शान्तिमय वातावरण में बवंडर का प्रसंग छिड़ता है, बवंडर के सदृश 'छलना' का प्रवेश होता है और नाटक की स्थिर कथा गतिसती बनने लगती है, ऐसी दशा में दार्शनिक

मीमांसा और नाटकीय मुख्य कथा का संगम मनोहारी बन गया है। ज्यों ही दार्शनिक मीमांसा के कारण कथा-प्रवाह में शिथिलता दृष्टिगत होने लगती है, प्रसाद ऐसे वेग के साथ एक नया प्रसंग उपस्थित कर देते हैं, कि दर्शक शैथिल्य की नीरसता से सद्यः निकलकर चमत्कृत हो उठता है। एक क्षण पूर्व दूरागत नीरसता विस्मृति के आवरण में विलीन हो जाती है।

प्रसाद सभी प्रकार के कथन को अलंकृत करने के पक्ष में हैं, चाहे वह यथार्थवाद और स्वाभाविकता से पूर्ण बद्ध भले ही न हो। यही कारण है कि उनकी संवाद-योजना में जितना कवित्व है, उतना वाग्वैदग्ध्य नहीं; जितनी गम्भीरता है, उतनी तरलता नहीं; जितना चमत्कार है, उतनी स्वाभाविकता नहीं; जितनी भावात्मकता है, उतनी सम्भाषण-पटुता और क्षिप्रता नहीं। संवाद में वे उक्ति-वैचित्र्य को उतना महत्त्व नहीं देते, जितना अलंकारों को।

इनके प्रायः सभी पात्र एक-दूसरे को सम्पूर्ण वक्तृता को धैर्यसहित अन्त तक सुनने का प्रयास करते हैं। उनमें प्रश्नों का उत्तर देने और प्रश्न करने की व्यग्रता प्रायः होती ही नहीं। कुछ सीमा तक यह धैर्य प्रशंसनीय हो सकता है, किन्तु जहां लम्बे-लम्बे भाषणों का तांता लग जाता है, वहां दर्शक और पाठक का धैर्य पात्रों का धैर्य देखकर भागने का प्रयास करता है। 'अजातशत्रु' में कारायण और शक्तिमती का विवाद इसका प्रमाण है। एक स्थान पर तो कारायण न्यूनाधिक दस मिनट तक निरन्तर वक्तृता झाड़ता ही जाता है, शक्तिमती को बोलने का अवसर ही नहीं देता। ऐसे स्थल नाटकों में दोष उत्पन्न कर देते हैं। जिस प्रकार शास्त्र-वर्णन, आत्मचिन्तन तथा दार्शनिक विवेचन व्यापाररहित होने के कारण कहीं-कहीं सर्वथा अनुपयुक्त बन जाते हैं, उसी प्रकार दीर्घ भाषण उत्तर-प्रत्युत्तर की क्षिप्रता के अभाववश रस के अवरोधक हो जाते हैं।

कहा जाता है कि प्रसाद ने संवाद-सम्बन्धी उपर्युक्त त्रुटियों को स्वीकार किया और अपने अन्तिम नाटक 'ध्रुवस्वामिनी' को इस दोष से सर्वथा मुक्त रखा। अतः कथोपकथन की स्वाभाविकता के कारण यह नाटक अभिनय के सर्वथा उपयुक्त बन गया।

स्वगतोक्ति—प्रसाद के नाटकों में स्वगतोक्ति का प्रयोग भी पाया जाता है। स्वगतोक्ति की व्यवस्था प्राचीन नाटकों में प्रायः मिलती है, किन्तु आधुनिक नाटकों में इसको अनावश्यक ही नहीं, दोष समझा जाता है। यह दोष भी कथोपकथन के अन्तर्गत ही मानना चाहिए, क्योंकि स्वगतोक्ति को सुनकर कोई न कोई पात्र रंगमंच पर आ जाता है और संवाद प्रारम्भ हो जाता है। अतः स्वगतोक्ति स्वतः में पूर्ण नहीं, वह तो किसी व्यक्ति की अवस्था की सूचक होती है, अथवा किसी भावी घटना की भूमिका-मात्र, या किसी पात्र का चरित्र प्रकट करने के लिए होती है। जो स्वगतोक्तियां सूचना-मात्र के लिए प्रयुक्त होती हैं, वे आनिवार्य रूप से नीरस और नाट्यकला के प्रतिकूल मानी जाती हैं। जब नाटककार किसी ज्ञातव्य विषय की क्रमानुसार सूचना संवाद द्वारा देता है तो उसकी प्रक्रिया स्वाभाविक होने के कारण सामाजिक को रस की ओर ले जाती है, किन्तु

जब वही घटना स्वगतोक्ति के रूप में सहसा प्रकट करने की चेष्टा की जाती है, तब नाटककार वर्णनात्मक शैली का अनुसरण करने से नाट्यकला से दूर हटता-हटता उपन्यासकला के समीप जा पहुंचता है।

प्रसाद के स्वगत भाषण पात्र की अवस्था को प्रकट करते हुए भावी घटना की भूमिका भी प्रस्तुत करते हैं। 'विशाल' नाटक में नायक सर्वप्रथम एक शिलाखण्ड पर बैठा यौवन में प्राप्त असन्तोष, अतृप्ति और अटूट अभिलाषाओं के थपेड़े खाता हुआ अपने हृद्गत भावों को स्वगतोक्ति के रूप में प्रकट करता है। इतने में चन्द्रलेखा आ जाती है। इस प्रकार सामाजिक को स्वगतोक्ति और चन्द्रलेखा के आगमन के सहारे विशाख के गुरुकुल-जीवन के साथ-साथ भावी घटना की भूमिका का भी परिचय मद्य: प्राप्त होता है। 'जनमेजय का नागयज्ञ' में उत्तंक गुरुकुल के उपवन में अग्निशाला की परिचर्या के विषय में स्वगत भाषण करता है, इतने में दामिनी आ जाती है। दोनों का वार्तालाप प्रारम्भ हो जाता है।[1] यहां स्वगत भाषण उत्तंक की अतीत और वर्तमान अवस्था को प्रकट करता है। 'स्कन्दगुप्त' नाटक में कमला की कुटी में स्कन्दगुप्त अपनी दुर्दशा पर विचार करता हुआ ईश्वर को स्मरण करता है, इसी समय सर्वनाग आ जाता है। वह भी स्वगत भाषण करके प्रस्थान करता है और स्कन्दगुप्त पुन: पतनोन्मुख आर्य-साम्राज्य के अपकर्ष के कारणों पर विचार करता हुआ स्वगत भाषण करता है। इसी प्रकार तीन-तीन स्वगत भाषण एक स्थल पर दिखाई पड़ते हैं। उद्देश्य केवल आर्य-साम्राज्य की दुर्दशा का श्रोता को ज्ञान कराना है।

स्वगतोक्ति का तीसरा रूप उन स्थलों पर पाया जाता है, जहां कोई पात्र रंगमंच पर उपस्थित अन्य पात्रों के सम्मुख खड़ा होकर हृद्गत भावों को स्वगत रूप में और व्यवहारोपयोगी बातों को प्रकट रूप में अभिव्यक्त करता है। 'चन्द्रगुप्त' नाटक में मालविका और चाणक्य के वार्तालाप से यह बात स्पष्ट हो जाती है।[2] यहां स्वगतोक्ति मालविका के हृदय में द्वन्द्व मचानेवाले चन्द्रगुप्त के प्रति प्रेम को प्रकट करती है। इसका उद्देश्य है, मालविका के चरित्र की एक झांकी सामाजिक को दिखाना।

स्वगतोक्ति का यह तृतीय रूप किसी प्रकार भी नाटक के लिए उपयोगी नहीं। यह कैसे सम्भव है कि रंगमंच पर एक पात्र का वक्तव्य श्रोता तो सुन लें किन्तु पार्श्ववर्ती पात्र उसे न सुनें, क्योंकि भरत मुनि का शाप है। संस्कृत नाटकों की यह जनान्तिक शैली आज नितान्त असंगत मानी जाती है। सफल आधुनिक नाटककार इसका उपयोग करना अनुचित समझता है।

स्वगतोक्ति के शेष दो प्रकार भी अभिनय की दृष्टि से अनुपयोगी हैं। अतीत घटना की सूचना और निकट-भविष्य की सम्भावना के उद्देश्य से जिन स्वगतोक्तियों का

1. जनमेजय का नागयज्ञ, पहला अंक, दूसरा दृश्य, पृष्ठ 18
2. मालविका—(स्वगत) क्या ? असत्य बोलना होगा ? चन्द्रगुप्त के लिए सब कुछ करूंगी। (प्रकट) अच्छा।

प्रयोग होता है, वे प्राचीन नाटकों के प्रवेशक और विष्कम्भक का काम करती हैं।

नाटक का विधान यह है कि पात्र अपना तथा चरित्र का परिचय अपने व्यापारों से कराए न कि केवल वाणी से। दर्शक नाट्यशाला में श्रवण का उपयोग उतना ही करना चाहता है जितना अनिवार्य हो। जिस विश्व का ज्ञान चक्षु द्वारा सम्भव है उसको श्रवण द्वारा सूचना-मात्र के रूप में पाकर वह सन्तुष्ट नहीं होता। अतः जो स्वगतोक्तियां प्रवेशक और विष्कम्भक का कार्य करती हैं, वे भी सराहनीय नहीं। प्रसाद ने जहां सूचना के लिए स्वगतोक्ति के स्थान पर संवाद की योजना की है, वह स्थल अत्यन्त रम्य बन गया है। कौशाम्बी-राजपरिवार की गार्हस्थ्य परिस्थिति जीवक वैद्य और बसन्तक विदूषक के वार्तालाप द्वारा अनुक्रम से पाठकों के सम्मुख आती है, अभिनय की दृष्टि से बड़ी मनोरम प्रतीत होती है।

पात्रों का जो चरित्र-विकास उनके स्वाभाविक कार्य और पारस्परिक संवाद द्वारा क्रमशः अभिव्यक्त होना चाहिए, वही जब नाट्यकार स्वगतोक्ति के द्वारा पूर्वापर की संगति न रखते हुए कारण-कार्य की शैली के बिना ही सद्यः अभिव्यक्त करने का प्रयत्न करने लगता है, तो वह सफल नहीं होता, क्योंकि इस कृत्रिम परिपाक के कारण दर्शकों को रसानुभूति नहीं हो पाती।

यद्यपि सिद्धान्त-रूप से प्रसाद स्वगत भाषणों को अस्वाभाविक मानकर उनपर व्यंग्य[1] करते हैं, किन्तु अन्य साधनों के अभाव में कही-कहीं अन्ततोगत्वा इसी की शरण में जाते हैं। यह तो निर्विवाद है कि स्वगत भाषण का प्रयोग कलाकार की विवशता का सूचक है। जब उसकी कलात्मकता पराजित होकर हाथ टेक देती है तो स्वगत भाषण उसे अपनी शरण में रखने को हाथ बढ़ाता है। अतः जो नाटककार स्वगतोक्ति की शरण-भूमि पर ही उतर आता है, वह कलालोक से दूर हो जाता है। उसका प्रमाण यह है कि स्वगतोक्तियों के रूप में लम्बे भाषण वास्तविक जगत् में स्वाभाविक रूप में कहीं नहीं सुने जाते। विक्षुब्ध और व्यग्र व्यक्ति भले ही चिन्ताकुल दशा में निश्वास लेता, आहें भरता दृष्टिगोचर होता हो। ऐसे विक्षिप्त व्यक्ति की वाणी से अकस्मात् दो-चार शब्द भी फूट पड़ते हैं, किन्तु लम्बे भाषण की सामर्थ्य उसमें नहीं हुआ करती। हां, भावोद्वेलित व्यक्ति एकान्त गीत गाता हुआ प्रायः देखा जाता है। 'प्रसाद' के एकान्त गीत स्वगत-रूप में समयोपयोगी और स्वाभाविक हैं।

नृत्य-गीत

प्रसादजी ने अपने प्रथम नाटक 'सज्जन' में भारतेन्दुजी की शैली के अनुसार गीतों की रचना की। इसके उपरान्त वे किसी अभिनव नाट्यकला का अनुसन्धान करने

1. "जैसे नाटकों के पात्र स्वगत जो कहते हैं, दर्शक-समाज व्रा रंगमंच सुन लेता है, पर पास खड़ा पात्र नहीं सुन सकता, उसको भरत बाबा की शपथ है।"

—विशाख, प्रथम अंक, द्वितीय दृश्य, पृष्ठ 22

में दत्तचित्त हुए। उस समय हिन्दी में एक ओर तो भारतेन्दु-शैली पर प्रचुर गीत-साहित्य प्रस्तुत हो रहा था, दूसरी ओर पारसी रंगमंच के अटपटे गानों की धूम मची थी। प्रसाद के चिन्तनशील मन को ये दोनों पद्धतियां सन्तुष्ट न कर सकीं। उनकी व्यापक दृष्टि से बंगाल का नूतन नाट्य-साहित्य भी अदृश्य कैसे रहता। बंगीय रंगमंच पर गिरीशचन्द्र घोष, रवीन्द्रनाथ प्रभृति नाट्यकारों के नवीन गीतिनाट्य सफलतापूर्वक अभिनीत हो रहे थे। रवीन्द्रनाथ के 'वाल्मीकि-प्रतिभा', 'काल मृगया' 'मायार खेला' नामक गीतिनाट्य एक नये रूप में अपनी छटा दिखा रहे थे। उनका 'चित्रा' (सं० 1949 वि०) नामक गीतिनाट्य चतुर्दिक् ख्याति प्राप्त कर रहा था।

अनेक साहित्यिकों के सदृश 'प्रसाद' को भी आधुनिक हिन्दी साहित्य में गीति-नाट्य का अभाव खटक रहा था। लोचनप्रसाद पाण्डेय ने बंगला के नूतन गीतों की शैली पर संवत् 1967 वि० में कई चतुर्दशपदियों की रचना की थी। हिन्दी के साहित्यकारों में इन नवीन काव्यों पर विविध टीका-टिप्पणी हो रही थी। प्रसाद ने इन्दु पत्रिका में चतुर्दशपदियों का प्रकाशन प्रारम्भ कर दिया था।

इन्हीं दिनों शारदीय अवकाश में बंगला के प्रसिद्ध नाटककार और अभिनेता गिरीशचन्द्र घोष, जिन्होंने अतुकान्त छन्द में बीसियों गीतिनाट्य लिखे हैं, काशी आए हुए थे। प्रसाद गीतिनाट्यकला की खोज में उनसे भी मिले। उनसे बंगला के गीतिनाट्यों से छन्द-विधान के सम्बन्ध में जिज्ञासा प्रकट की। गिरीश बाबू का उत्तर गोलमोल-सा था, "मैं किसी विशेष छन्द का प्रयोग नहीं करता, जब जो चरण जैसा-जैसा जुटता, वैसा-वैसा लिख देता हूं।"

इस उत्तर से प्रसाद को शान्ति कहां मिलनेवाली थी। वे गीतों के नवविधान के अनुसन्धान में पुनः तल्लीन हुए और 'करुणालय' नामक गीतिनाट्य में 21 मात्रा के अरिल्ल छन्द का प्रयोग प्रारम्भ किया।

करुणालय

'करुणालय' के गीतों से भी वे सन्तुष्ट न हुए। 'करुणालय' की रचना के उपरान्त दो वर्ष के अन्तर्गत 'राज्यश्री' का प्रथम संस्करण प्रकाशित हुआ। प्रसाद को स्वतः यह नाटक इतना अप्रिय प्रतीत हुआ कि इसके द्वितीय संस्कारण में उन्होंने गीतों में आमूल परि-वर्तन कर दिया। इससे स्वतः सिद्ध है कि प्रथम संस्करण के गीत प्रसाद की अभिरुचि के अनुकूल न बन सके।

विशाख

'राज्यश्री' के छः वर्ष उपरान्त 'विशाख' की रचना हुई। इस नाटक में 25 कवि-ताएं हैं, किन्तु अन्त में केवल 15 गीतों की स्वरलिपि विद्यमान है। इससे यह प्रमाणित होता है कि 'प्रसाद' रंगमंच पर गेय रूप में इन्हीं का उपयोग करना चाहते थे। इन 15 गीतों में निम्नलिखित केवल दो ही गीत प्रसाद की वास्तविक गीति-काव्य शैली के परि-

चायक हैं—(1) आज मधु पी ले यौवन वसन्त खिला।[1] (2) नदी नीर मे भरी।[2] शेष गीतों की शैली प्राचीन है। उक्त गीतों में लाक्षणिक प्रयोग की नवीनता है।

उपर्युक्त दोनों गीत नाटक की पात्रगत विशेषताओं से संयुक्त होने के कारण ससंदर्भ हैं और स्वतन्त्र रूप से भी गाने योग्य हैं। इनमें प्रसाद के छायावाद का आभास मिलता है। 'विशाख' के शेष 13 गीत पद्यात्मक गीत हैं, इनमें गेयत्व है किन्तु काव्यत्व नहीं। अतः इन्हें गीति-काव्य[3] नहीं कह सकते।

अजातशत्रु

'अजातशत्रु' के बारह गीतों में दो पुरुषों द्वारा गाए जाते हैं। एक गान समवेत स्वर में भिक्षुगण गाते हैं और दूसरा नेपथ्य से गाया जाता है। शेष दस गीतों में सात मागन्धी गाती है, एक पद्मावती, एक बाजरा और एक नर्त्तकियां। बारह गीतों में मागन्धी के सात गीत इस बात के प्रमाण हैं कि प्रसाद के मस्तिष्क में किसी एक पात्र को संगीत के लिए निर्धारित करने की योजना अवश्य रही होगी। मागन्धी श्यामा के गीतों में एक प्रकार का तारतम्य भी विद्यमान है। उसके गीत उसके जीवन के पतनोत्थान के परिचायक हैं। केवल गीतों के द्वारा यह निष्कर्ष निकाला जा सकता है कि वह जीवन का किस स्थिति में गायन कर रही है। प्रमाण के लिए मागन्धी का प्रथम गीत देखिए :

"अली ने क्यों भला अवहेला की।
चम्पक कली खिली सौरभ से उषा मनोहर वेला की।
विरस दिवस, मन बहलाने को मलयज से फिर खेला की।।"

इस गीत के समय खिली चम्पक-कली के सदृश मागन्धी गौतम से की गई अवहेला को स्मरण कर रही है। वह मलयज के रूप में महाराज उदयन के साथ मनोविनोद के निमित्त ही क्रीड़ा कर रही है। ऐसी काल्पनिक सुख-लिप्सा में व्यस्त रहनेवाली मागन्धी जीवन की विभिन्न परिस्थितियों में व्यर्थ महत्त्व का ढोंग रचने के कारण मन को संयत न कर सकी। अन्त में भगवान् बुद्ध की शरणागत होने के लिए अपने पूर्व जीवन पर पश्चात्ताप करने लगी। ठोकरें खाते-खाते उसके मन का गर्व विलीन हो गया। उसका अन्तिम गीत उसके विगत जीवन के समग्र इतिहास का इस प्रकार सूचक है :

"पलट गए दिन सनेह वाले, नहीं नशा, अब रही न गर्मी
न नींद सुख की, न रंगरलियां, न सेज उजला बिछाय सोई।।
बनी न कुछ इस चपल चित्त की, अखर गया भूठ गर्व जो था।
असीम चिन्ता चिता रही है, विटप कंटीले लगाय रोई।।

---

1. विशाख, जयशंकर प्रसाद, पंचम संस्करण, संवत् 2004 वि०, पृष्ठ 26
2. वही, पृष्ठ 69
3. गीति-काव्य के सम्बन्ध में अन्त में विचार किया जाएगा।

क्षणिक वेदना अनन्त सुख बन, समझ लिया शून्य में बसेरा।
पवन पकड़ कर पता बताने न लौट आया न जाय कोई।।"[1]

उदयन से क्रीड़ा करनेवाली मागन्धी की यह स्थिति सहसा नहीं हो गई। इससे पूर्व उसके संस्कृत मन की दशा एक गीत में प्रकट हो चुकी है। तपस्या की अग्नि में उसका मन शुद्ध हो चुका है। जब मागन्धी आम्र-कानन में भगवान् बुद्ध के आगमन की प्रतीक्षा करते दिखाई पड़ती है तो स्पष्ट ज्ञात होता है कि उसका निराश्रित हृदय भगवान् बुद्ध के अतिरिक्त और किसी सांसारिक व्यक्ति के आश्रय में जाने को लालायित नहीं। वार-वधू-सा जीवन व्यतीत करनेवाली एक नारकीय नारी के हृदय में इतना महान् परिवर्तन सत्संगति के बिना सहसा नहीं हो सकता। मागन्धी इसके पूर्व मल्लिका के संसर्ग में आने पर करुणामय सज्जन-हृदय को स्वर्ग मान चुकी थी। प्रसाद ने उसकी इस मनःस्थिति को इस गीत से प्रकट कर दिया है :

"स्वर्ग है नहीं दूसरा और।
सज्जन-हृदय परम करुणामय यही एक है ठौर।।"[2]

इससे यह प्रमाणित होता है कि 'अजातशत्रु' में गीतों की योजना गायक के चरित्र-विकास के आधार पर निर्मित है।

जनमेजय का नागयज्ञ

इस नाटक में केवल छः गीत हैं, जिनमें दो स्वातन्त्र्य-युद्ध का आह्वान करते हैं और दो नेपथ्यगीत के रूप में हैं। शेष दो सरमा और सखियों के हैं। इन गीतों में मनसा और सैनिकों का ओजपूर्ण गीत राष्ट्रीय भावना का उद्बोधक है। गीतिकाव्य की दृष्टि से इस नाटक का कोई भी गीत उच्चकोटि का नहीं। इस नाटक में गीतों की अपेक्षा गद्य में काव्यत्व अधिक है।

कामना

'कामना' के गीत कोमलता में अद्वितीय हैं। जिस नाटक में सुकुमार मनोवृत्तियां ही पात्र बन जाएं, उसमें गीतों की सुकुमारता के विषय में क्या कहा जाए। इस नाटक के एक गीत में ऐसी विशेषता है जो प्रसाद के किसी अन्य नाटक में उपलब्ध नहीं। इसमें वह गीत[3] ऐसा है जिसकी एक पंक्ति कामना गाती है और दूसरी एक सखी और तीसरी दूसरी सखी। प्रसाद के सम्पूर्ण नाट्य-साहित्य में इस प्रकार कई गायकों द्वारा आंशिक रूप में गाया जानेवाला यही एक गान है। पारसी रंगमंचों पर यह शैली किसी समय अत्यन्त प्रचलित थी। अन्तर यह है कि पारसी रंगमंचीय गीतों की हृदयहीन भावुकता

1. अजातशत्रु, जयशंकर प्रसाद, तेरहवां संस्करण, सं० 2008 वि०, पृष्ठ 136
2. अजातशत्रु, जयशंकर प्रसाद, पृष्ठ 122
3. कामना, जयशंकर प्रसाद, अंक 3, दृश्य 2, पृष्ठ 74

और कलारहित मादकता के स्थान पर इसमें हृदय की महानता और कला की सुकुमारता पाई जाती है।

स्कन्दगुप्त और चन्द्रगुप्त

'स्कन्दगुप्त' में तेरह गीत हैं, जिनमें छः की गायिका देवसेना है और एक गीत उसकी सखी उसी के प्रति गा रही है। एक गीत विजया का है और दो हैं नर्तकियों के। पुरुष पात्रों में केवल एक पात्र है, कवि मातृगुप्त, जो गीत सुनाता है। एक गीत नेपथ्य से सुनाई पड़ता है।

'चन्द्रगुप्त' में भी तेरह गीत हैं। इनमें भी ग्यारह गीत स्त्रियों द्वारा गाए जाते हैं। एक नेपथ्य से सुनाई पड़ता है और एक गीत राक्षस गाता है। स्त्रियों के ग्यारह गीतों में तीन सुवासिनी, तीन अलका, तीन मालविका, एक कल्याणी और एक कार्नेलिया गाती है। भाव की दृष्टि से दो राष्ट्रीय गान हैं और एक अतीत स्मृति का। शेष आठ शृंगार, प्रेम, सौन्दर्य-सम्बन्धी हैं।

राज्यश्री और ध्रुवस्वामिनी

राज्यश्री में सात गीत हैं जिनमें चार की गायिका सुरमा है, एक की राज्यश्री। एक नेपथ्यगान है और अन्तिम गान भरतवाक्य सदृश समवेत स्वर में गाया जाता है।

'ध्रुवस्वामिनी' में चार गीत हैं—दो का गान मन्दाकिनी करती है, एक कोमा गाती है और एक गान नर्तकियों द्वारा होता है।

उपर्युक्त तालिका के आधार पर यह कहा जा सकता है कि प्रसाद ने प्रायः प्रत्येक नाटक में नृत्य-गीत को स्थान दिया है। यद्यपि 'चन्द्रगुप्त' नाटक में कोई नर्तकी रंगमंच पर नृत्य नहीं दिखलाती तथापि प्रसाद ने कई बार संकेत अवश्य किया है कि सुवासिनी व्यावसायिक अभिनेत्री[1] है। वह नन्द की रंगशाला में अभिनेत्री का व्यवसाय करती है। अतः 'चन्द्रगुप्त' नाटक में भी नर्तकी की योजना स्वीकार करनी ही होगी। इस प्रकार यह निर्विवाद रूप से कहा जा सकता है कि प्रसाद अपने नाटकों के वस्तुविन्यास में नृत्य-गीत को महत्त्व देते हैं। अब विचारणीय यह है कि नृत्य के संकेत और गीत के निर्माण में उनकी निश्चित योजना क्या है?

नृत्य

प्रसाद के नाटकों में दो प्रकार की नर्तकियां हैं—राजा के विलास-भवन में

---

1. (क) सुवासिनी अभिनेत्री हो गई—सम्भवतः पेट की ज्वाला से।

—चन्द्रगुप्त नाटक, प्र० अक, पृष्ठ 17

(ख) वेश्याओं के लिए भी एक धर्म की आवश्यकता थी, चलो अच्छा हुआ।

—चन्द्रगुप्त नाटक, प्र० अंक, पृ० 18

मनोरंजन करनेवाली रमणियां और राजकुमारी की सखियां। विलास-भवन की नर्तकियां नृत्य-गीत द्वारा आगामी घटना के अनुकूल वातावरण का निर्माण एवं नृत्य का आदेश देनेवाले व्यक्ति का चरित्र-चित्रण करती हैं। नर्तकियां अथवा सखियां वर्तमान वातावरण को मादक और उत्तेजक बनाकर मुख्य पात्र के हृदय में उत्पन्न प्रेमांकुर को शक्ति देती हैं। तात्पर्य यह है कि नृत्य का उद्देश्य केवल मनोरंजन ही नहीं प्रत्युत् चरित्र-विकास और वातावरण-निर्माण भी है।[1]

नर्तकियों के गीत

अन्य गीतों के सदृश नर्तकियों के गीतों का कलापक्ष भी काल-क्रमानुसार विकसित होता गया है। 'विशाख' और 'स्कन्दगुप्त' की नर्तकियों के गीत एक-दूसरे से इतने भिन्न हैं कि वे एक नाट्यकार की रचना प्रतीत होते ही नहीं। 'विशाख' का नर्तकियों का गीत स्वच्छन्द छन्द में प्रेम की कसक को इस प्रकार प्रकट करता है :

"हिये में चुभ गई,
हां, ऐसी मधुर मुसकान।
लूट लिया मन, ऐसा चलाया नैन का तीर-कमान।"[2]

इस गान से यह स्पष्ट हो जाता है कि प्रसाद छन्द की प्राचीन परिपाटी त्यागकर एक नवीन शैली के अन्वेषण में संलग्न हैं। 'अजातशत्रु' और 'स्कन्दगुप्त' में उन्हें नर्तकियों के योग्य गीत का स्वरूप प्राप्त-सा हो गया है। इन गीतों में वाच्यार्थ की अपेक्षा व्यंग्य में चमत्कार है। लाक्षणिक प्रयोगों की बहुलता है। प्रमाण के लिए भट्टार्क के शिविर में नर्तकी का गीत देखिए। इस दृश्य का आशय है भट्टार्क को उसकी भूलें बताकर सत्पथ पर लाना। यह गीत भट्टार्क के सुप्त चेतना-सागर को जागरित करने के निमित्त निर्मित किया गया है :

"भाव-निधि में लहरियां उठतीं तभी
भूलकर भी जब स्मरण होता कभी।
उधर मुरली फूक दी तुमने भला,
नींद मुझको आ चली थी बस अभी।"[3]

---

1. अजातशत्रु नाटक में जब मागन्धी को उदयन विस्मृत कर रहा था और मागन्धी उसका हाथ पकड़कर वार्तालाप करने जा रही थी, नर्तकियां रंगमंच पर इस प्रकार गाती आती हैं :
'प्यारे, निर्मोही होकर ना हमको भूलना रे।'
—अजातशत्रु, प्र० अंक, पृष्ठ 43
2. विशाख, जयशंकर प्रसाद, अंक 2, पृष्ठ 45
3. स्कन्दगुप्त, जयशंकर प्रसाद, अंक 4, पृष्ठ 120

नेपथ्य-गीत

नर्तकियों के अतिरिक्त 'प्रसाद' ने नेपथ्य-गीत को भी नाटकों में स्थान दिया है। देखना यह है कि नाट्यकार नेपथ्य-गान की योजना क्यों बनाता है ? नाटक में इसकी क्या उपयोगिता है ? यदि गान की ही आवश्यकता है तो प्रसाद रंगमंच पर उपस्थित किसी पात्र को ही गायक क्यों न बना देते ?

इन प्रश्नों का उत्तर देने के पूर्व हमें यह देख लेना चाहिए कि नेपथ्य-गान की आवश्यकता नाटक में कहां प्रतीत होती है। जब रंगमंच पर उपस्थित पात्रों के द्वारा किसी विशेष तथ्य का उद्घाटन सम्भव नहीं होता, तब नेपथ्य का आश्रय लेना अनिवार्य हो जाता है। प्रसाद को भी इस आपद्धर्म का सहारा कहीं-कहीं लेना पड़ा है। यहां उनके कतिपय नेपथ्य-गीतों का अवलम्ब लेकर हम उनके आपद्धर्म के निर्वाह पर विचार करेंगे।

शत्रुओं से घिरी हुई राजश्री जीवन का अन्त करने जा रही है। उस निरवलम्ब अबला को इसके अतिरिक्त कोई मार्ग नहीं सूझता। उसके रक्षक दिवाकरमित्र को सहसा रंगमंच पर न लाकर प्रसाद उसके दूरागत गीत को नेपथ्य गान[1] के रूप में उपस्थित करते हैं। इससे चार प्रयोजन सिद्ध होते हैं—(1) नेपथ्य-गान से राज्यश्री को आश्वासन मिल जाता है; (2) दस्युदल किसी अनिष्ट की आशंका से अपने कलुषित कर्म से विरत होने का प्रयास आरम्भ कर देता है; (3) नाट्यकार इस दोष से बच जाता है कि पूर्व-सूचना बिना सहसा एक व्यक्ति रंगमंच पर आ जाता है; (4) दिवाकरमित्र को रंगमंच पर पहुंचाने का समय मिल जाता है।

इसी प्रकार कुटीर में लेटे एकाकी बिम्बसार को जीवन-मीमांसा का एक रहस्य समझना कवि को अभीष्ट है। इस रहस्य का उद्घाटन कौन कैसे करे ? सम्राट के अन्तःकरण में साम्राज्य-त्याग -- "किसी विनम्र लता के कोमल किसलयों के झुरमुट में अधखिला फूल होकर पवन की किसी लहर को सुरभित करके धीरे-से उस थाले में चू पड़ने" की अभिलाषा उत्पन्न करने का अन्य क्या साधन था ? इसी कारण एकाकी सम्राट् के उद्बोधन के लिए नेपथ्य-गान की आवश्यकता पड़ी।[2]

---

1. अब भी चेत ले तू नीच !
दुःख परिताषित धरा को स्नेह-जल से सींच ॥
× × ×
स्नान कर करुणा-सरोवर, धुले तेरा कीच ॥ —राज्यश्री, अंक 3. दृश्य 2

2. चल वसन्त बाला अंचल से किस घातक सौरभ में मस्त,
आती मलयानिल की लहरें जब दिनकर होता है अस्त।
× × ×
कुम्हलाए, सूखे, ऐंठे फिर गिरे अलग हो वृन्तों से।
वे निरीह मर्माहत होकर कुसुमाकर के कुन्तों से। --अजातशत्रु, अंक 3; दृश्य 9

प्रसाद के नेपथ्य-गान[1] की एक और उपयोगिता है। रंगमंच पर केवल एक ही पात्र उपस्थित हो और वह भी विचारमग्न होकर मौन धारण कर ले तो दर्शक क्या करें। प्रसाद ने ऐसे आपत्काल में नेपथ्य-गान का सहारा लिया है। सुवासिनी के प्रस्थान के उपरान्त एकाकी राक्षस अचेतन-सा पड़ा है। उसमें चेतना-संचार करने के पूर्व रूपज्वाला की शक्ति, रागमयी हाला की तीव्रता का परिचय नेपथ्य-गान के द्वारा कराया गया है। यह गान राक्षस भी गा सकता था, किन्तु वह गान में संलग्न हो जाता तो मौन चिन्तन द्वारा हृदय में जिस दृढ़ संकल्प की प्रेरणा उसे हुई है वह सम्भव न थी। अतः इस नेपथ्य-गान के द्वारा राक्षस को चिन्तन का अवकाश मिलता है; उसके भावानुरूप वातावरण की सृष्टि होती है। दर्शकों को रूप-मादकता का ज्ञान होता है। इस प्रकार नेपथ्य-गान तीन कार्य एक साथ सिद्ध करता है।

प्रसाद ने अपने नाटकों में गीति-काव्य का उपयोग दो रूपों में किया है—गेय और पाठ्य। कतिपय पात्र गीति-काव्य को गानरूप में नहीं पाठ्यरूप में उपस्थित करते हैं। गौतम और प्रेमानन्द गाते नहीं हैं। इसी प्रकार स्कन्दगुप्त कभी गाता हुआ नहीं दिखाई पड़ता। वह गीति-काव्यों का स्वर उच्चारण करता है, उन्हें राग-रागिनियों में बांधता नहीं। इसके प्रतिकूल देवसेना जब भी भावावेश में होती है, गायक बन जाती है।

स्वरलिपि-रहित गीत

प्रसाद जिन गीतों को रंगमंच पर वाद्य यन्त्रों की सहायता से संगीत-रूप में उपस्थित करना चाहते हैं, उनकी स्वरलिपि नाटक के अन्त में संयुक्त कर देते हैं। वे तो गीति-काव्य कहलाने के अधिकारी हो सकते हैं। किन्तु जो काव्य स्वरलिपि-रहित हैं, क्या उन्हें भी गीति-काव्य कहा जा सकता है? इसका निर्णय करने के पूर्व हमें गीत-काव्य के लक्षण पर प्रकाश डालना चाहिए।

गीति-काव्य के लक्षण

(1) जिस छन्दोबद्ध रचना में भावातिरेक की धारा इस में प्रवाहित हो कि उसमें स्वर-लहरियां स्वभावतः तरंगित हो उठें। (2) जिसमें कवि या पात्र की रागात्मकता उसके व्यक्तित्व के साथ मिलकर आत्मनिवेदन के रूप में प्रकट हो। (3) जिसका आकार इतना ही बड़ा हो कि कवि की रागात्मकता का प्रवाह शिथिल न पड़ सके। (4) जिसमें घटना तथा वर्णन को निम्नतम किन्तु भावना को उच्चतम स्थान प्राप्त

---

1. कैसी कड़ी रूप की ज्वाला!
पड़ता है पतंग-सा इसमें मन होकर मतवाला।
सान्ध्य गगन-सी रागमयी यह बड़ी तीव्र है हाला।
—चन्द्रगुप्त, अंक 4, दृश्य 2

हो। (5) जिस काव्य में एक तथ्य या भाव के साथ-साथ एक ही निवेदन, एक ही रस, एक ही परिपाटी हो वह गीति-काव्य है। गीति-काव्य में संगीतात्मकता अथवा प्रवाहमयी कोमलकान्त पदावली की ध्वन्यात्मकता, निजी रागात्मकता (जो प्रायः आत्मनिवेदन के रूप में प्रकट होती है), संश्लिष्टता और भाव-प्रवणता का होना आवश्यक है। इसमें कवि बाह्य वर्णन की अपेक्षा स्वानुभूति को अधिक महत्त्व देता है।

महादेवी वर्मा के शब्दों में इसे इस प्रकार प्रकट कर सकते हैं कि "साधारणतः गीत व्यक्तिगत सीमा में तीव्र सुख-दुःखात्मक अनुभूति का वह शब्द-रूप है, जो अपनी ध्वन्यात्मकता में गेय हो सके।" इससे यह सिद्ध हुआ कि गीति-काव्य का ध्वन्यात्मकता में गेय होना आवश्यक है न कि संगीत-शास्त्र के अनुसार राग-रागिनीबद्ध होना।

अंग्रेजी के गीति-काव्य

बंगला और हिन्दी गीति-काव्य अंग्रेज़ी के जिस लिरिक पोइट्री[1] (Lyric Poetry) से प्रभावित हैं, उसके लक्षण में काव्य की गेयता अनिवार्य नहीं। जो छन्दोबद्ध रचना बाह्य प्रकृति अथवा घटना से अधिक कवि की स्वानुभूति पर अवलम्बित हो, वह अगेय होने पर भी गीतिकाव्य है। तथ्य तो यह है कि सभी काव्य संगीतात्मक हैं।[2]

गीतों का भाव-पक्ष

प्रसाद के गीति-काव्यों की विशेषता पर विविध दृष्टिकोणों से विचार किया जा सकता है। संगीतज्ञ के लिए इनमें रोगों की विविधता है तो काव्य-शास्त्री के लिए अनुपम काव्यत्व। कल्पना-प्रेमी के लिए इनमें उदात्त कल्पना है तो कला-प्रेमी के लिए कला की सुकुमारता। संक्षेप में कहा जा सकता है कि छायावाद की प्रायः सम्पूर्ण विशेषताएं प्रसाद के गीतों में विद्यमान हैं। इन गीति-काव्यों में विरहिणी का अतृप्त प्रेम, प्रेमोन्मत्त नारी का मत्त प्रलाप, असफल व्यक्ति का हृदयोद्गार, श्रद्धालु का दृढ़ विश्वास, संन्यासी का अचल वैराग्य, प्रेम-पिपासु का अनुनय-विनय, नारी का आत्मसमर्पण, मातृभूमि का ममत्व, देशप्रेमी की सत्यनिष्ठा, पराजित के अश्रु, अतीत स्मृति की टीस और कसक, भावना का आरोह-अवरोह, अध्यात्म का चिन्तन आदि लौकिक पारलौकिक अनेक-भावों और विचारों का एक स्थल पर सम्मिलन दिखाई पड़ता है।

---

1. Lyric poetry which is actually sung or not is generally composed in stanzas and, as distinguished from epic and dramatic poetry, is expressive of the poet's feeling rather than of outward incident or events, and may take a special form as ode, sonnet, hymn, roundal or any of numerous verse schemes.
2. All poetry is musical. —Walter Pater

गीतों का कला-पक्ष

हम पूर्व कह आए हैं कि जब कोई पात्र व्यापार अथवा वार्तालाप द्वारा अपने भावोच्छ्वास की अभिव्यक्त करने में असमर्थ हो जाता है तो वह गीतों का आश्रय ढूंढ़ता है। जब सभी पात्र एक ही विचारधारा में निमज्जित होते हैं तो समवेत स्वर में गीत फूट पड़ता है। अतः प्रसाद को जहां एक जनसमूह की भावना का आरोह और अवरोह दिखाना अभीष्ट होता है, वहां उनकी भाषा वैयक्तिक गान की भाषा से भिन्न होती है।

प्रसाद के दो सामूहिक गीत[1] हिन्दी साहित्य की अमरनिधि बन गए हैं। प्रथम गान तो 'वन्दे मातरम्' गायन के समान ही राष्ट्रीय जीवन-प्रदायक बन गया है। इस गीत में संयुताक्षरों, अनुस्वारों, ढ़, ण, ज, ज्ञ आदि व्यंजनों के कारण प्रयाण गीत का सौष्ठव चमक उठा है। इसका छन्द भी शब्दों की ध्वनि के अनुरूप है। उनका यह गीत "स्वर और लय पर नृत्य करता है और छन्द वीरभावों के साथ अकड़कर चलता है।" इसमें जातीय गर्व और शालीनता है, ओज और कोमलता है। प्रसाद के राष्ट्रीय गीत के समीप संकीर्णता फटकने नहीं पाती। कार्नेलिया को भारतवर्ष की प्राकृतिक सुन्दरता तो प्रिय है ही, इससे अधिक प्रिय है वहां का अध्यात्मवाद। उसे इस देश का वैयक्तिक जीवन इतना करुणार्द्र और विश्वव्यापी प्रतीत होता है कि व्यष्टि और समष्टि में भेद दिखाई ही नहीं पड़ता। इस गम्भीर आशय को प्रसाद लाक्षणिक प्रयोग द्वारा इस प्रकार प्रकट करते हैं :

"बरसाती आंखों के बादल—बनते जहां भरे करुणाजल,
लहरें टकरातीं अनन्त की—पाकर जहां किनारा।"

सादृश्य-सम्बन्ध से लक्षणा द्वारा बरसाती 'आंखों' का अर्थ हृदय का करुणार्द्र होना एवं 'अनन्त को किनारा' मिलने का भाव ससीम और असीम का मिलन स्पष्ट करना प्रसाद को अभीष्ट है। प्रसाद के राष्ट्रीय गीत देशानुराग उत्पन्न करते हुए 'जगत् की अपूर्णताओं, कठोरताओं एवं कर्कशताओं को मंगलमय भगवान् की मगलविधायिनी शक्तियों के सहारे स्निग्ध और सुडौल बनाने की कामना प्रकट करते हैं।'[2] अरुण यह

1. (क) हिमाद्रि तुंग श्रृंग से, प्रबुद्ध शुद्ध भारती-
स्वयं-प्रभा समुज्ज्वला, स्वतंत्रता पुकारती-
"अमर्त्य वीर पुत्र हो, दृढ़-प्रतिज्ञ सोच लो,
प्रशस्त पुण्य पंथ है—बढ़े चलो बढ़े चलो।"

—चन्द्रगुप्त, अंक 4, दृश्य 6

(ख) पैरों के नीचे जलधर हो बिजली से उनका खेल चले !
संकीर्ण कगारों के नीचे, शत-शत झरने बेमेल चलें !

—ध्रुवस्वामिनी, पृष्ठ 33

2. काव्य के रूप, बाबू गुलाबराय, पृष्ठ 150

मधुमय देश हमारा,' यह गीत इस बात का प्रमाण है।

प्रसाद के नाटकों में सबसे अधिक संध्या सौन्दर्य-प्रेम-सम्बन्धी गीतों की है। उन के सौन्दर्य-वर्णन में स्थूलता के स्थान पर वायवी दिव्यता है। उनकी दृष्टि सुन्दर वस्तुओं के बाह्य रूप की झांकी देखती हुई अन्तरात्मा में प्रविष्ट होती है। वहीं उसे विश्रान्ति मिलती है। वे सौन्दर्य के अन्तस्तल में निवास करने वाली रहस्यमयता को प्रत्यक्ष कराना चाहते हैं। इसके लिए उन्हें लाक्षणिक प्रयोग और सांकेतिक अभिव्यक्ति की सहायता लेनी पड़ती है। इस शैली का उनका प्रसिद्ध गीत है—

"तुम कनक किरण के अन्तराल में लुक-छिपकर चलते हो क्यों ?
हे लाज-भरे सौन्दर्य बता दो, मौन बने रहते हो क्यों ?"

यहां उपादान लक्षणा के द्वारा लाज-भरे सौन्दर्य का वर्णन है, आधार के स्थान पर आधेय कथित है।

प्रसाद ने प्रेमी के जीवन को विविध दृष्टिकोणों से देखा है। प्रेमी हृदय का कोना-कोना वे झांक आए हैं। उन्होंने नाटकों में दर्जनों गीत प्रेमी की आशा-निराशा, मिलन-विरह, सुख-दुःख, उल्लास-कसक आदि को प्रकट करने के लिए लिखे हैं। इन गीतों में मादकता के साथ शान्ति है, ज्वाला के साथ शीतलता है। उपमाएं और रूपक नितान्त नवीन हैं। उनका 'प्रेम-तरु' तापित और दग्ध को छाया प्रदान करता है। 'कामायिनी' की श्रद्धा यहां सरिता है और विश्वास प्रेम-तरु की छाया है। इस गीत के द्वारा देवसेना अपनी सखी विजया को प्रेम-रहस्य समझा रही है। यह सन्दर्भसहित होने पर नाटक का वातावरण निर्मित करता है और स्वतन्त्र रूप से प्रेम की व्याख्या भी करता है। 'प्रसाद' के गीतों की यह विशेषता है।[1]

प्रसाद ने प्रेमी-जीवन के सुख का वह चित्र खींचा है, जिसे देखकर 'स्वर्ग की कल्पित अप्सराएं और इस लोक के अनन्त पुण्य के भागी जीव भी आश्चर्यचकित हों।' किन्तु उस विलक्षण सुख की प्राप्ति के लिए जिस तपस्या की आवश्यकता है उसमें तीखे तिरस्कार से लांछित होने पर भी अनुनय सहिष्णु बना रहता है। दुर्बल दीनता निष्ठुरता के चरणों से ठुकराए जाने पर भी मौन रहती है और उसकी यही कामना रहती है कि

1. घने प्रेम तरु तले,
बैठ छांह लो भव आतप से तापित और जले।
छाया है विश्वास की श्रद्धा-सरिता-कूल,
सिंची आंसुओं से मृदुल है परागमय धूल,
यहां कौन जो छले !
मिलो स्नेह से गले।
घने प्रेम तरु तले।

—स्कन्दगुप्त, अंक 2, पृ० 54

ठुकरानेवाली निष्ठुरता किसी प्रकार सुखी रहे ।[1]

इसमें तिरस्कार, अनुनय, दीनता, निष्ठुरता आदि मनोभावों का मानवीकरण किया गया है। अमूर्त की तुलना मूर्त से करते हुए विविध अलंकारों का विधान करना प्रसाद की कला का मुख्य अंग है। वे बाह्य प्रकृति पर मानवी भावों का आरोप करते हैं और आन्तरिक भावों का मानवीकरण लाक्षणिक प्रयोगों द्वारा करते हैं। कहीं-कहीं वे द्वित्व लाक्षणिक प्रयोग द्वारा गीतों को अत्यन्त दुरूह बना देते हैं। जब पाठक या दर्शक को गीतों का अर्थ समझाने के लिए दुहरे लाक्षणिक प्रयोगों का आवरण बेधकर तथ्य तक दृष्टि ले जानी पड़ती है तो वह कभी-कभी निराश हो जाता है और कह उठता है कि प्रसाद के गीत प्रसादगुण-रहित हैं।

सौन्दर्य-बोध

गीतों की दुरूहता का एक कारण और है। 'प्रसाद' ने सौन्दर्य-बोध की नवीन व्याख्या की है। उनके गीत सौन्दर्यानुभूति के तारतम्य की ओर निर्देश करते हैं। जैसे एक ही चित्र[2] शिक्षा और सामर्थ्य के अनुसार दर्शकों को आनन्द की भिन्न-भिन्न स्थिति तक पहुंचाता है, उसी प्रकार एक ही सुन्दर पदार्थ दर्शकों को दृष्टि-सामर्थ्य के अनुसार अनुभूति के भिन्न-भिन्न स्तर तक पहुंचाता है। दृष्टि सामर्थ्य से अभिप्राय है—

(1) चर्मचक्षुओं की सामर्थ्य (2) बुद्धि-दृष्टि की सामर्थ्य (3) आत्म-दृष्टि की सामर्थ्य।

इन दृष्टियों के अनुसार सौन्दर्य-बोध के तीन रूप हुए। प्रथम रूप कामुक एवं संयमहीन व्यक्ति के गीतों में पाया जाता है। विलासियों को रूप में कड़ी ज्वाला दिखाई पड़ती है।[3] उन्हें पवित्र सुनहली उषा मद्य पिलाती है।[4] उनकी श्वासों में चिनगारी

1. अनुनय उलझ रहा हो तीखे तिरस्कार से लांछित हो।
   यह दुर्बल दीनता रहे उलझी फिर चाहे ठुकराओ,
   निर्दयता के इन चरणों से जिसमें तुम भी सुख पाओ।
2. जो व्यक्ति विचारशील हैं, वे चित्र में रंगों की छटा को देखकर ही मुग्ध नहीं होते, वे मुख्य के साथ गौण के, बीच के साथ चारों ओर के और आगे के साथ पीछे के सामंजस्य का पता लगाते हैं। रंग तो आंखों को आकर्षित करता है, परन्तु सामंजस्य की सुषमा को देखने के लिए मन की आवश्यकता होती है। उसको गम्भीर रूप से देखना पड़ता है, इसलिए उसका आनन्द भी गम्भीरतर होता है।
   —रवीन्द्रनाथ ठाकुर
3. कैसी कड़ी रूप की ज्वाला।
   पड़ता है पतंग-सा इसमें मन होकर मतवाला।
   —चन्द्रगुप्त नाटक, चतुर्थ अंक दृश्य 2
4. उषा सुनहला मद्य पिलाती। श्यामा —अजातशत्रु, अंक, 2, 4

उड़ती है।[1] उनकी पलकों से मादकता की लाली के डोरे फंसते हैं।[2] भोगासक्त और विलासप्रमत्त पात्र अपनी तुच्छ प्रवृत्ति की क्षुधा-तृप्ति को ही सौन्दर्य-बोध की इतिश्री समझ बैठता है। इससे अधिक समझने की उसमें सामर्थ्य नहीं। ऐसे पात्रों के गीत अति सामान्य होने के कारण अपेक्षाकृत स्पष्ट हैं।

दूसरे वर्ग के गायक हैं संयमी साधक। प्रसाद ने कतिपय ऐसे तपस्वी पात्रों की रचना की है, जो 'सौन्दर्य के अन्त:पुर में निवास करनेवाली जगत् की आलोकवसना सती लक्ष्मी का दर्शन' करने में समर्थ हुए हैं। इस अन्त:पुर के चतुर्दिक दूर-दूर तक उन लोलुपों का प्रवेश वर्जित है, जो नशे के उन्माद को सौन्दर्य-सुख मानकर मस्त रहना चाहते हैं। कृष्ण-सौन्दर्य देखने की शक्ति दिव्य चक्षु में हुआ करती है। चक्षु को दिव्य बनाने के लिए साधन-सम्पन्न बनना पड़ता है। जिन पात्रों के चर्मचक्षुओं की सहायता कल्याणी बुद्धि करती है, उन्हें सौन्दर्य-लक्ष्मी का दर्शन निरन्तर सुलभ हो जाता है। ऐसे साधकों के कण्ठ से अनुभूति की तन्मयता के क्षणों में जो संगीत फूट पड़ता है, वह सुधारस की वर्षा करता है। इस प्रकार के गायक हैं—कल्याणी, मालविका, देवसेना इत्यादि। प्रमाण के लिए दो एक गीत देखिए। कल्याणी चन्द्रगुप्त की स्मृति में गाती है कि हे कुमुदबन्धु (चन्द्र)! अपने अमृत-कणों से वसुधा को स्नान करा दो, जिससे अन्धकार दूर हो जाए और सर्वत्र आलोक छा जाए! आंसुओं के कण उस अमृत-कण को प्राप्त कर मोती बन जाएं। वेदना बोझिल हृदय-रूपी समुद्र में आनन्द की लहरियां उठने लगें। हंसी-रूपी हंसमाला की मधुर ध्वनि के बहाने वसन्त की पूर्णिमा का आगमन हो जाए।[3]

संयमी की प्रेम-साधना-पद्धति निराली है। नारी अपने प्रियतम के सौन्दर्य में अनुरागदेवता का सौन्दर्य देखती है, उसका हृद्गत राग उस प्रियतम को पूर्णतया समर्पित है, जिसका मनोराग विश्वमंगल में सन्निहित है। जो अनुराग देवता विश्वव्यापी है, वही उसके हृदय को प्रियतम के हृदय से मिलाने में समर्थ है। उसी की आराधना से प्रणयी और प्रणयिनी के हृदय एक बनते हैं। उसकी सबसे बड़ी आराधना तन्मयता की स्थिति-प्राप्ति है। तन्मयता की यह स्थिति उपनिषद्विहित तन्मयता के सदृश ही है,

---

1. चिनगारी श्वासों में उड़ती। श्यामा — अजात शत्रु,— अंक 2, 8
   विकल हैं इन्द्रियां, हां देखते इस रूप के सपने। श्यामा —वही, अंक 2, 8
2. मादकता लाली के डोरे इधर फंसे हों पलकों से। विजया —स्कन्दगुप्त, अंक 5
3. सुधा सीकर से नहला दो।

   × × ×

   अंधकार उजला हो जाये,
   हंसी हंसमाला मंडराये,
   मधु राका आगमन कलरवों के मिस कहला दो!

किन्तु इसका साधन उससे कुछ भिन्न है ।[1] इसमें ओंकार के स्थान पर प्रियतम के सौन्दर्य को मन-रूपी शर का आधार बनाना पड़ता है। प्रियतम की निरन्तर स्मृति हो शर-सन्धान का अभ्यास है । इस अभ्यास के द्वारा अनुरागी मन अनुरागदेव में एकाकार बन जाता है । उस स्थिति में हृद्‌गत राग मानवप्रेम के प्रतीक अनुरागदेव के साथ तादात्म्य धारण कर लेता है और चित्त शान्त हो जाता है। फिर विश्व-मंगलकामना में प्रणयी-प्रणयिनी की समस्त कामनाएं विलीन हो जाती हैं । कल्याणी, मालविका, देवसेना की यही सौन्दर्यानुभूति है । इसमें चेतनसागर आनन्द की हिलोरें लेने लगता है, प्राण पुलकित हो उठते हैं। अनुरागदेव इस अनन्तनिधि संसार-सागर का नाविक बन जाता है। वह अनग होते हुए भी जगत् की विपत्तियों से साधक की रक्षा करता है।[2] उस देवता की प्रसन्नता की सूचक है प्रियतम की अनुकूलता, और प्रियतम को प्रसन्नता उस देवता की अनुकूलता का बोध कराती है । प्रियतम एवं अनुरागदेव की प्रसन्नता से सौन्दर्य शिव बन जाता है और शिव सुन्दर। इनका भेद मिट जाने से साधक की प्रगति शाश्वत सत्य की ओर स्वभावतः होने लगती है । साधक ज्यों-ज्यों सत्योन्मुख होता है, त्यों-त्यों प्रणयी-प्रणयिनी और प्रणय के भेद-भाव का उसी प्रकार निराकरण होने लगता है, जिस प्रकार ब्रह्मवादियों की साधना के क्षेत्र में साधक, साध्य और सिद्ध का । विरागी ब्रह्मवादी की ब्रह्ममयता अनुरागी की तन्मयता है उपनिषद् जिस तत् का अर्थ ब्रह्म बतलाता है, कवि का तात्पर्य अनुरागदेव समझता है और 'शरवत्तन्मयो भवेत्' का अर्थ मन का अनुराग-देवमय होना मानता है ।

भक्त भगवान् की शोभा को अपने हृत्प्रदेश और राम-कृष्ण की मूर्ति में देखता हुआ समस्त विश्व में व्यापक मानता है । प्रणयिनी हृद्‌गत राग को अपने प्रियतम के सौन्दर्य के साथ विश्व में व्यापक मानती है । भक्त भगवान् की सेवा के लिए जीता है; प्रणयी और प्रणयिनी विश्वमंगल के लिए जीवित रहते हैं । दोनों के दुःख-सुख अपने नहीं, विश्व के हैं । वहां स्वार्थ की गन्ध नहीं, पूर्ण आत्मोसर्ग है ।

प्रसाद की यह प्रणय-साधना भक्त कवियों से भिन्न है । सगुणोपासक कवियों ने धार्मिक भाव से सीता-राम एवं राधा-कृष्ण के प्रेम को प्रमुखता दी। प्रसाद ने

---

1. प्रणवो धनुः शरो ह्यात्मा ब्रह्म तल्लक्ष्यमुच्यते ।
अप्रमत्तेन वेद्धव्यं शरवत्तन्मयो भवेत् ।।
'प्रसाद' ने उपनिषद् के प्रणय को अनुराग में बदल दिया है । जिस प्रकार ब्रह्म और प्रणव एक होते हुए भी पृथक् हैं, उसी प्रकार समष्टिगत और व्यष्टिगत अनुराग वास्तव में एक हैं । भेद केवल प्रमाद के कारण है ।

2. चेतन सागर उर्मिल होता, यह कैसी कम्पनमय तान ।
यों अधीरता से न मीड़ लो, अभी हुए हैं पुलकित प्राण ।
इस अनन्तता निधि के नाविक, हे मेरे अनंग अनुराग !

—चन्द्रगुप्त नाटक

धार्मिकता का आश्रय न लेकर आधुनिक मनोविज्ञान को ग्रहण किया और ब्रह्म-माया, राधा-कृष्ण एवं सीता-राम के स्थान पर देश-कल्याण में सतत निरत स्कन्दगुप्त, चन्द्रगुप्त, विक्रमादित्य, देवसेना, कल्याणी, मालविका, ध्रुवस्वामिनी के सौन्दर्य का आधार लिया। धार्मिक देवताओं में अलौकिक सौन्दर्य और अप्रतिम शक्ति के कारण तार्किक व्यक्ति पूर्ण विश्वास नहीं प्राप्त करता, किन्तु प्रसाद के पात्रों में ऐतिहासिकता होने के कारण संशय के लिए स्थान नहीं रहता। इस पद्धति में ब्रह्मवाद और भक्तिवाद के स्थान पर मानवतावाद की स्थापना है।

तीसरी कोटि में उन अध्यात्मवादियों के गीत आते हैं, जिन्होंने विश्व-व्यापक प्रेम को अध्यात्म-दृष्टि से देखा है। गौतम को गोधूली के समय अरुण पटल में करुणा स्नेहांचल फहराती दिखाई पड़ती है। उसी का हास-विलास स्निग्ध उषा में, मधुर बालक के मुखचन्द्र पर, ओस के कणों में दिखाई पड़ता है। समस्त विश्व-ब्रह्माण्ड में उसी का सौन्दर्य व्याप्त हो रहा है। उन्हें सौन्दर्य शिवरूप में चिरन्तन सत्य की अनुभूति होती है। इस प्रकार सौन्दर्य शिव और सत्य से मिलकर परिपूर्ण बन जाता है।

सन्देश

ऐसे गीतों की संख्या अत्यल्प है, क्योंकि पूर्ण मानव को ही सम्पूर्ण सत्य की अनुभूति हो सकती है और पूर्ण मानव शताब्दियों में कभी-कभी अवतरित हुए हैं। प्रसाद जिन लोगों के द्वारा मानव-प्रेम-साधना का सन्देश देते हैं वे दूसरी कोटि में ही आते हैं।' सात्त्विक जीवन बिताते हुए रागात्मिका वृत्ति से आत्मोत्सर्ग की स्थापना इनका उद्देश्य है। कल्याणी बुद्धि की सहायता से सौन्दर्य-बोध होने पर सुन्दर-असुन्दर का, मुख्य-गौण का भेद-भाव विलीन हो जाता है। धैर्य, क्षमा, शान्ति के बल से प्रेम का उज्ज्वल प्रकाश विकीर्ण होने लगता है और साधना सफल होने पर पार्वती[1] के समान कल्याणी के मुख से निकल पड़ता है—

> लहरें डूब रही हों रस में
> रह न जायं वे अपने बस में,
> रूप-राशि इस व्यथित हृदय सागर को बहला दो।

मण्डन-शिल्प

प्रसाद के गीतों का मण्डन-शिल्प प्राचीन गीत-काव्यों से सर्वथा भिन्न है। प्राचीन गीतों में "जिन विभागों की योजना केवल उद्दीपन के रूप में होती थी और जिन अनुभवों

---

1. छद्मवेशी महादेव ने तपस्विनी उमा से शंकर की निन्दा की तो उमा ने कहा था— 'ममात्र भावैकरसं मनः स्थितम्' (उनके प्रति मेरा हृदय एकमात्र भावों के रस में अवस्थित है)। हृदय की ऐसी स्थिति में सुन्दर-असुन्दर का भेद कहां !

का वर्णन केवल मानवीय मनोरागों की अपेक्षा में ही होता था, वे विभाग प्रसाद के गीतों में आलम्बन के रूप में योजित हुए हैं।" काव्य के इस मण्डन-शिल्प में लाक्षणिक प्रयोग अनिवार्य बन जाते हैं। इस कारण प्रसाद के गीतों में लाक्षणिक, द्वित्व लाक्षणिक प्रयोगों की बहुलता मिलती है।

प्रसाद ने गीतों में स्थान-स्थान पर एक दार्शनिक कवि की भांति पात्र से सम्बन्धित जड़ प्रकृति को आलम्बन बनाकर उसमें हावों और अनुभावों की योजना की है। ऐसी स्थिति में लक्षणा शक्ति का प्रयोग विवश होकर करना ही पड़ता है।

प्रसाद के गीत विषय-प्रधान नहीं, विषयी-प्रधान हैं। अतः कवि की नई कल्पना, नवीन उद्भावना, चिन्तन की नवीन वैज्ञानिक पद्धति और सान्द्र अनुभूति के कारण भी ये गीत दुरूह और अस्पष्ट प्रतीत होते हैं।

प्रसाद के गीतों में दुरूहता केवल शैली की नवीनता के ही कारण नहीं है, विचार की सूक्ष्मता भी उनमें ऐसी है कि सहसा बुद्धि उन्हें पकड़ नहीं पाती। कवि अनुभूति-काल में ऐसे लोक में पहुंच जाता है, जहां सम्पूर्ण कलाएं मौन धारण कर लेती हैं। केवल सहृदय ही अपने निर्मल मन-मुकुर में उनकी प्रतिछवि निहार सकता है और कोई साधन उस छटा को देखने का नहीं रह जाता। इसी कारण रवि बाबू कहते हैं—"आर कौनों पथ नाई। एई अदन्देर प्रकाश वाक्येरनाई जेई व्याख्या कोरितो पारी।"

कवि प्रसाद अनुभूति की तन्मयता के क्षणों में कवि से चित्रकार और गायक भी बन जाते हैं। उस काल में ये तीनों कलाएं पृथक् नहीं रह पातीं। सब मिलकर एकाकार हो जाती हैं। शब्द तूलिका बन जाते हैं और तूलिका में स्वर-लहरियां उठती हैं, जहां रंग गाने लगता है। "यही कला का अन्तिम स्वरूप है जहां सौन्दर्य अंगों में नहीं, सशरीर आ विराजता है। मधुरिमा उसका गुण नहीं कलेवर बन जाती है। प्रसाद की कला का भी यही रूप उनके गीतों में मिलता है। पाठक भूल जाता है कि वह क़विता पढ़ रहा है या चित्र देख रहा है अथवा संगीत के सम पर ही खड़ा है। कवि पाठक को एक ही उड़ान में अपने लोक में ले जाता है, जहां कलाएं मूक होकर एक-दूसरे का आलिंगन करती हैं। प्रसाद की यह जीत है। इसी में उनकी महानता है।[1]

नृत्य-गीत की आवश्यकता

यद्यपि प्रसाद इस तथ्य से परिचित थे कि आधुनिक अंग्रेज़ी नाटकों में गीतों का सर्वथा बहिष्कार हो चुका है तथापि उन्होंने अपने अन्तिम नाटक 'ध्रुवस्वामिनी' (समस्या-नाटक) में भी गीत को स्थान दिया है। प्रसाद ने पश्चिमी नाट्यकला को अपने नाटकों में निस्संकोच भाव से ग्रहण किया है, किन्तु भारतीय विशेषताओं की उन्होंने कभी अवहेलना नहीं की। हमारे नाट्याचार्य भरत मुनि नाटकों में गीत और नृत्य को प्रमुख स्थान देने का आदेश किया। अभिनवगुप्त भी कहते हैं कि इनकी उपयोगिकता

---

1. प्रसादजी की कला, गुलाबराय, पृ० 290

है, क्योंकि नाटकों में नृत्य-गीत हृदयहीन व्यक्ति में भी सहृदयता उत्पन्न कर देते हैं। उनका कथन है :

"अपनी सुखादि भावनाओं में लीन व्यक्ति अपने से भिन्न व्यक्ति में विद्यमान अनुभूति का अनुभव नहीं कर सकता। इस प्रकार की बाधा को दूर करने के लिए प्रत्येक व्यक्ति में साधारण रूप से विद्यमान और प्रत्येक व्यक्ति को आनन्द देने में समर्थ शताब्दि विषय-स्वरूप—वाद्यगान, आकर्षक रंगमंच, प्रवीण गणिकादि के द्वारा—मनोरंजन किया जाता है, जिससे हृदयहीन व्यक्ति भी सहृदय के समान निर्मलता को प्राप्त करके सहृदय बन जाता है।"[1] ऐसा प्रतीत होती है कि प्रसाद को नृत्य-गीत के सम्बन्ध में इन आचार्यों का आदेश मान्य था।

कतिपय साहित्यिकों ने प्रसाद के गीतों को अभारतीय घोषित किया। ऐसे आलोचकों में सबसे ऊंचा स्वर प्रसिद्ध नाटककार लक्ष्मीनारायण मिश्र का है। उनका कथन है कि प्रसाद के गीत-काव्यों में प्रणय की जगह छिछले रोमांस की बाढ़ आ गई है, वे भास और कालिदास की परम्परा में न होकर शेक्सपीयर की परम्परा में ढल चुके हैं।[2]

मिश्रजी से इस विषय पर घण्टों वार्तालाप करने के उपरान्त उनके मत के निम्न-लिखित आधार ज्ञात हुए :

(1) प्रेम की अभिव्यंजना में जो भाव-भंगिमा, हाव और मुद्राएं स्वाभाविक रीति से पाई जाती हैं, उनका गीतों में सर्वथा अभाव है।

(2) गीतों में प्रेम की प्राकृतिक विकृति के स्थान पर पात्रों की मानसिक विकृति मिलती है।

(3) इनमें जीवन का पर्यवेक्षण काल्पनिक ढंग से किया गया है।

(4) गुप्तकाल के प्रतिनिधि कवि कालिदास की जीवन मान्यताएं इन गीतों से भिन्न हैं।

(5) गीतों में उन्मादग्रस्त व्यक्तियों का प्रलाप है। प्रेमी और प्रेमिका किसी स्थिति-विशेष में किस प्रकार के गीत गाते हैं, उनका कहीं पता ही नहीं।

(6) यदि सम्पूर्ण गीतों को नाटक से निकाल दें तो भी नाटक पर कोई प्रभाव नहीं पड़ता।

(7) गीतों की भाषा के घटाटोप में पाठक के मन को आवृत करने की चेष्टा

1, निजसुखादिविवशीभूतश्च कथं वस्त्वन्तरे संविदं विश्रामयेदिति तद्रूपप्रत्यूहव्यपोहनाय प्रतिपदार्थनिष्ठैः साधारण्यमहिम्ना सकलभोग्यत्वसहिष्णुभिः शब्दादिविषयमयैः आतोद्यगानविचित्रमण्डपविदग्धगणिकादिभिः उपरञ्जनं समाश्रितं, येन अहृदयोऽपि सहृदयवैमल्यप्राप्त्या सहृदयीक्रियते।

—अभिनव भारती, गायकवाड़, संस्करण 1, पृष्ठ 282283-

2. वत्सराज, लक्ष्मीनारायण मिश्र, संवत् 2006 वि०, पृष्ठ 11

की गई है, इनमें रस स्थिति तक पहुंचाने का प्रयास नहीं पाया जाता।

मिश्रजी के ये आरोप ऐसे हैं, जिनका उत्तर स्वतन्त्र लेख के रूप में ही दिया जा सकता है। यहां इतना ही लिखना पर्याप्त होगा कि इस धारणा के मूल में तीन बीज हैं :

(1) प्रसाद ने सौन्दर्य-बोध की जो पद्धति अपनाई, वह साहित्य में परम्परा-समर्थित न होने के कारण सहज बोधगम्य न हो सकी।

(2) गीतों का मण्डन-शिल्प नवीन होने के कारण अपरिचित प्रतीत हुआ।

(3) जिस मानवतावाद के सिद्धान्त को भारतीय रूप देने का प्रयास प्रसाद ने किया, वह हिन्दी साहित्य में सर्वथा नया था।

प्रसंगवश यहां इतना उल्लेख करना आवश्यक है कि इन्हीं नवीनताओं के कारण रवीन्द्रनाथ ठाकुर का प्रबल विरोध बंगाल के प्रसिद्ध नाटककार द्विजेन्द्रलाल राय ने किया था। कहा जाता है कि उन्होंने रवि बाबू की खिल्ली उड़ाने के लिए नाटक लिखा और कलकत्ता में उसका अभिनय कराया, किन्तु अन्त में राय बाबू को इसका पश्चाताप हुआ।

हमारा विश्वास है कि प्रसाद की नाट्यकला का ज्यों-ज्यों परीक्षण होगा, त्यों-त्यों उनके गीतों का अर्थ स्पष्ट होता जाएगा और ज्यों-ज्यों उनके गीतों का रहस्य खुलता जाएगा, उन्हें अभारतीय कहने का स्वर मन्द पड़ता जाएगा।

प्रसाद : नया नाट्य चिन्तन

विगत 50 वर्षों से प्रसाद के नाटकों का अध्ययन-अध्यापन एवं मूल्यांकन-पुनर्मूल्यांकन होता आ रहा है। प्रसाद के जीवनकाल में उन पर कितने ही आक्षेप हुए। उनके नाटकों को रंगमंच की दृष्टि से नितान्त असफल घोषित किया गया। प्रेमचन्द ने 'स्कन्दगुप्त' नाटक की समीक्षा करते हुए लिखा—"प्रसाद जी के और नाटकों की भांति यह नाटक भी प्राचीन संस्कृत नाटक का अनुवाद होकर रह गया है। चरित्र केवल नाम हैं, जिनमें जीवन की गन्ध तक नहीं। भाषा निर्जीव, जटिल है मानों मनों मिट्टी के बोझ से दबी हुई कोई लाश है। ऐसी भाषा स्कन्दगुप्त के समय के लोग शायद व्यवहार कर सकें आजकल नाटक जैसी जनप्रिय वस्तु में उसका व्यवहार करना गले पर छुरी फेरना है। वही पुराना षड्यंत्र है, वही जेलखाना, वही ऐन मौके पर प्राण बच जाना, वही सारे पुराने कील-कांटे हैं। नाटकों में गाना जरूरी चीज है, लेकिन उसका मौका होता है। किसी महफ़िल में आप खूब गाइए, कोई कुछ न कहेगा। कोई राजकुमार विहार करते वक्त खूब नाचे, कोई चूं नहीं कर सकता। राजा साहब भी अपने गाढ़े मित्रों के साथ खूब नाचें-गावें, कोई मोज़ाइका नहीं, लेकिन ऐसी दशा में जबकि हूण सैनिक शहर वालों को आग में झोंकने को तैयार हों, सारे नगर में हाहाकार मचा हुआ हो, स्त्रियों और पुरुषों का पद्यों में बात करना हास्यास्पद है और पद्य भी पारसी नाटक वालों की तुकबन्दी में। मज़ा यह कि गोविन्द गुप्त के आते ही हूण सैनिक परछाईं की तरह विलीन हो जाते हैं और स्कन्दगुप्त

की जय-जयकार होने लगती है।

स्कन्दगुप्त का चरित्र दर्शाने में प्रसादजी को कुछ सफलता मिली है। हम यह निवेदन करेंगे कि आप अपनी शक्ति का उपयोग वर्तमान सामाजिक और राजनीतिक समस्याओं को हल करने में लगाइए। स्टेज का आज यही ध्येय माना जाता है, इन गड़े मुर्दों को उखाड़ने से कोई फायदा नहीं।"[1]

इसके विरुद्ध दूसरी समीक्षा इस प्रकार है—"14-15 दिसम्बर, 1933 को काशी के 'न्यू सिनेमा' हाल में काशी रत्नाकर रसिक मण्डल ने प्रसाद के 'चन्द्रगुप्त' नाटक का मंचन किया। 22 दिसम्बर, 1933 के 'आज' में इस प्रकार समीक्षा प्रकाशित हुई—"कितने ही साहित्यिक प्रसादजी पर आक्षेप करते हैं कि आप ऐसे नाटक लिखते हैं जो पढ़े ही जा सकते हैं, खेले नहीं जा सकते। इस नाटक का अभिनय देखकर उनकी धारणा बदल गई होगी। यह अवश्य है कि प्रसादजी की भाषा क्लिष्ट होती है और साधारण लोगों को उसे समझने में कठिनाई पड़ती है। उनके नाटकों के अभिनय के लिए सुशिक्षितों और नाट्यकला प्रेमियों का ध्यान गया है। यह शुभ लक्षण है। इस नाटक को देखने के लिए जो साहित्य प्रेमी जनता आई थी, उन्होंने अभिनय देखकर कहा कि अव्यवसायी अभिनेताओं के लिहाज़ से नाटक बहुत ही अच्छा हुआ। पहले दिन की अपेक्षा दूसरे दिन का नाटक अच्छा हुआ। पात्रों का साज-सिंगार बड़ा उपयुक्त था। कलकत्ते से किराए पर पोशाक मंगावाई गई थीं। इसमें केशोराम टण्डन ने चाणक्य का, मंगलप्रसाद अवस्थी ने चन्द्रगुप्त का, बनारसीदास खन्ना ने नन्द का, सीताराम चतुर्वेदी ने राक्षस का, लक्ष्मीकान्त झा ने कुमार सिंहरण का, चन्द्रदेव दीक्षित ने पर्वतेश्वर का, गणेशदत्त आर्य ने सिकन्दर का, चन्द्रशेखर द्विवेदी ने ग्रीक सेनापति का, बद्रीलाल गोस्वामी ने अलका का, जनार्दन मिश्र ने सुवासिनी का, गणेशराम नागर ने कल्याणी का, गिरिजाप्रसाद ने मालविका का, सर्वदानन्द वर्मा ने शकटार का पार्ट किया। ये सभी साहित्यकार एवं सधे अभिनेता थे, अतः यह नाटक उच्चकोटि का हुआ। क्लिष्ट भाषा होने पर भी लोगों को समझने में कहीं कठिनाई नहीं हुई और वे बड़ी शान्ति के साथ समूचा नाटक देखते रहे।"[2]

वर्तमान रंगकर्मी और आलोचक भी रंगमंच की दृष्टि से प्रसाद के नाटकों की समीक्षा सर्वथा दो विरोधी रूपों में कर रहे हैं। राष्ट्रीय नाट्य विद्यालय की ओर से शांता गांधी ने 'स्कन्दगुप्त' का रंगमंचीय रूपान्तर अभिनीत किया।

डॉ० सिद्धनाथ कुमार ने प्रसाद के नाटकों के संक्षिप्तिकरण पर विचार करते हुए लिखा है—'स्कन्दगुप्त' को संक्षिप्त कर देने से नाटक में क्या वह सब शेष रह जाता है जो नाटककार की दृष्टि से महत्त्वपूर्ण था। जो पात्र पहले अंक में अपने अस्तित्व की कोई सार्थकता सिद्ध नहीं करते और बाद के अंकों में जिनकी आवश्यकता ही नहीं रह जाती

1. माधुरी-दिसम्बर 1928
2. दैनिक आज, काशी, 22 दिसम्बर, 1933

नाटककार द्वारा उनकी सृष्टि भी विचार का विषय है। समग्रता में देखा जाए तो सम्पादित 'स्कन्दगुप्त' वह नहीं रह जाता जो मूल 'स्कन्दगुप्त' है।"[1]

यहां संक्षेप में प्रसाद के नाटकों का रंगमंचीय अध्ययन प्रस्तुत करने के लिए विभिन्न दृष्टिकोणों से की हुई आलोचना पर विचार करना भी आवश्यक है।

प० रामकृष्ण शिलीमुख लिखते हैं—'जनमेजय का नागयज्ञ' एक मनोरम नाटक है। भिन्न-भिन्न भावों की परिस्थिति में पाठक को डावांडोल कर उसके हृदय को बराबर अनुरंजित रखता है। इसमें प्रारम्भ में अद्भुत, नागों के जलाए जाने में रौद्र और वीभत्स, सरमा और माण्डवत के सम्वाद में करुण, जीविक्रम और शिष्यों की घटना में हास्य, वेदव्यास के आश्रम में शान्त रस का प्राधान्य है। किन्तु अभिनेता की दृष्टि से इसमें अनेक बाधाएं हैं।"[2]

विविध बाधाओं का उल्लेख वह इस प्रकार करते हैं—संस्कृत गर्भित भाषा तथा स्थान-स्थान पर गहन दार्शनिक व ऊंची कविमयी भावुकता का समावेश, विविध दृश्यों का आयोजन, कथोपकथन में व्यापारहीनता प्रधान दोष हैं। उनके अनुसार—'अभिनेयता की दृष्टि से 'जनमेजय का नागयज्ञ' अधिक सफल नहीं कहा जा सकता।'

पं० नन्ददुलारे वाजपेयी ने प्रसाद के नाटकों का रंगमंचीय प्रभाव न पड़ने का कारण इस प्रकार बताया है—'अजातशत्रु' में वैषम्य या सघर्ष का पल्ला भारी है और सन्तुलन की कमी है। यह समस्त वैषम्य बिखरा हुआ है। प्रत्येक स्थान में एक संघर्ष की योजना की गई है एक मुख्य व्यापार को लेकर नहीं, यह अपरिपक्वता का प्रमाण है। विरोध का समाहार ठीक-ठीक नहीं हो सका। कई अनावश्यक दृश्य हैं। सूच्य अंशों को दृश्य-रूप में रखने की त्रुटि है। नायक को प्रमुख रूप से सामने नहीं लाया जा सका। हास्य रस की योजना प्रभावशालिनी नहीं। ऐसा प्रतीत होता है कि चरित्र-विकास की स्वाभाविक श्रृंखला को नाटककार तीसरे अंक में भूल बैठा है।"[3]

'चन्द्रगुप्त' नाटक में रंगमंचीय दोषों का उल्लेख करते हुए वाजपेयीजी कहते हैं—"ऐसा प्रतीत होता है कि नाटककार के सम्मुख कल्याणी और कार्नेलिया के चरित्रों में एक ही चरित्र को दो भागों में विभाजित करने की स्वयं एक समस्या थी, जिसका निर्णय वह सन्तोषजनक रीति से नहीं कर पाए।

"चाणक्य के जीवन में अति मानवीय बौद्धिकता और साथ-साथ प्रेम वृत्ति का प्रदर्शन दो विरोधी प्रकृतियों के बीच सामंजस्य स्थापित करने का प्रयास है, जो अस्वाभाविक है। न केवल नायिका का प्रश्न अपितु प्रतिनायकत्व का प्रश्न भी उलझा हुआ रह गया।

"सफल नाटक के लिए यह दोष है कि नायिका की स्थिति सुव्यवस्थित न हो पाई।

---

1. प्रसाद के नाटक, सिद्धनाथ कुमार, पृष्ठ 205
2. प्रसाद प्रतिभा, पृष्ठ 121
3. आधुनिक साहित्य, पृष्ठ 281

प्रकरी और पताका के अन्तर्गत प्रासंगिक कथाएं आ सकती हैं, पर मुख्य कथा आदि से अंत तक बनी रहनी चाहिए। यदि मुख्य पात्र प्रकरी और पताका अंशों में लाकर वहीं समाप्त कर दिए जाएं तो वह नाट्य वस्तु की त्रुटि ही कही जाएगी।"[1]

डॉ० नित्यानन्द तिवारी ने वर्षों के अध्ययन-अध्यापन और रंगमंचीय अनुभव के आधार पर विस्तृत आलोचना करते हुए लिखा है कि "भारतेन्दु के उपरान्त हिन्दी रंगमंच दबता-सा गया और प्रेमचन्द के समय भारतेन्दु-युग के आदर्शवादी ढांचे को यथार्थवादी दबाव ने एक प्रकार से चरमरा-सा दिया। प्रसाद ने यथार्थवाद को चेतना के आदर्शवादी ढांचे से ढांप कर इतिहास की विकासवादी दिशा के विरुद्ध काम किया। इस कारण प्रेमचन्द को प्रसाद के नाटक गड़े मुर्दे उखाड़ने जैसे प्रतीत हुए। प्रसाद यथार्थवाद के तनाव और अन्तर्विरोधों को आदर्शवादी चेतना के ढांचे में जबर्दस्ती फिट करना चाहते हैं, अतः नाटकीय ढांचा बिखर-बिखर जाता है।" इस युग में जीवन इतना यथार्थवादी हो गया है कि गांधीवादी आदर्शवाद की पूरी हत्या हो चुकी है, अतः प्रसाद के आदर्शवादी नाट्य प्रक्रिया से आज का अभिनेता और सामाजिक अपने को जोड़ नहीं पाता है। आज का नाट्य प्रेमी नाटक की मंचीय और अभिनेयात्मक अपेक्षाओं में नाटक की शाब्दिक संघटना और नाट्यविधान की पहचान करना चाहता है। वह नाटक की रचना के केन्द्र में मंच और अभिनय की प्रक्रिया खोजना बेकार समझता है। प्रसाद के नाटकों का बड़ा दोष यह है कि उनमें नाटकीय स्थितियां सहज ढंग से नहीं बन पातीं। जब तक पात्रों के घटनाओं गतिविधियों में आकर्षण केन्द्र इतना घनीभूत नहीं हो जाता कि कोई नाटकीय स्थिति अपने आप उद्घाटित हो जाए तब तक नाटक रंगमंच पर सफल नहीं होता। नाटकीय स्थितियां जीवन के नैष्ठिक और सामाजिक संघटनात्मक पहलुओं में जीवन विरोधी तत्वों के प्रबल उभार से पैदा होती है और नाट्यानुभूति व्यापार और गति की समग्रता में पहचानी जाती है।"[2]

रंगमंच की दृष्टि से सभी आलोचकों ने एक स्वर से 'ध्रुवस्वामिनी' को सफल नाटक माना है। यह नाटक उनके पूर्व विरचित नाटकों के ऊपर लिखित दोषों से सर्वथा मुक्त है। प्रधान और गौण पात्रों में भेद न कर सबको उनकी परिणति के बिन्दु तक चित्रित करने का प्रयत्न, राष्ट्रीयता एवं सांस्कृतिक चेतना, सम्पन्न सोद्देश्यता का अतिशय आग्रह, प्रेम की अपनी अनुभूतियों और जीवन के महत् प्रश्नों पर अपने विचारों को अभिव्यक्त करने की कवि-सुलभ आकुलता, तत्कालीन पारसी रंगमंच के नाटकों में उपलब्ध चमत्कारपूर्ण घटनाओं की योजना का प्रयत्न, महत्त्वपूर्ण प्रभाव की अन्विति का प्रभाव।

निष्कर्ष

डॉ० सिद्धनाथ कुमार जैसे आलोचकों का यह कहना उचित नहीं जान पड़ता है

1. आधुनिक साहित्य, पृष्ठ 285-286
2. आलोचना, 48वां अंक, जनवरी, 1978

कि "यदि प्रसाद के नाटकों में जो दोष हैं उनके लिए कोई सम्पादन अपर्याप्त सिद्ध होगा। नाटकों के आमूल परिवर्तन अपेक्षित होंगे।" पश्चिम में शेक्सपियर के नाटकों के सम्बन्ध में कुछ लोगों की ऐसी ही धारणा थी और है, किन्तु आज तक 'ओथेलो', 'मैकबैथ' का रंगमंचीय संस्करण तैयार होकर रंगमंच पर खेला जाता रहा है। इतना अवश्य है कि प्रसाद के नाटक किसी भी उत्कृष्ट कृति की तरह उन लोगों की समझ से बाहर रहे हैं जिनको अपनी संस्कृति, दर्शन और इतिहास और भाषा की गरिमा का न तो ज्ञान है और न उनमें आस्था। जार्ज बर्नार्ड शॉ ने अपने नाटक-संकलन की भूमिका में लिखा है—'तुम क्या-क्या समझते हो कि जिन चीजों के लिखने में मेरी सारी जीवन साधना लगी है, उन्हें तुम एक बार पढ़कर ही समझ लोगे ? हर साल कम-से-कम दो-तीन बार करके जब लगातार दस साल इन्हें पढ़ोगे तब कहीं समझ पाओगे। इसी ख़याल से किताब में मैंने मज़बूत जिल्द बंधवाई है।'[1]

उन्हीं का कथन है कि साहित्य लोकरुचि का अनुगामी हो यही ठीक नहीं, लोक-रुचि का निर्माण भी उसका लक्ष्य है।

गोथे ने कहा है—"जब तक सच्ची कविता का अनादर हो तो बर्बर युग का सूत्रपात्र समझिए। जो अच्छी कविता नहीं पसन्द करता, वह कोई भी हो बर्बर है। अगर साहित्य को मनोरंजन का साधनमात्र मानकर महफ़िल की तवायफ़ की तरह उससे रुचि की फ़रमाइश करते रहें तो औचित्य की रक्षा तो नहीं ही होती अशिष्टता अवश्य होती है।"

प्रसाद के नाटक चाहे रंगमंचीय हों, चाहे न हों, वे हिन्दी साहित्य की बहुमूल्य निधि माने गए हैं और माने जाएंगे। डॉ० सिद्धनाथ कुमार का यह कहना कि प्रसाद के नाटकों का न कभी सफल मंचन हुआ है, न हो सकता है, न होगा—भविष्य के प्रति अनास्था का सूचक है। यदि यह एक श्रेष्ठ कृति है तो भारतीय संस्कृति, दर्शन और साहित्य के प्रेमी अभिनेता इनके सफल मंचन के लिए किसी-न-किसी प्रकार के रंगमंच का निर्माण करेंगे, इसमें सन्देह नहीं। काल का प्रवाह कब किधर कैसे घूमता है, कौन कह सकता है। पर साहित्यकार को नैराश्य और अनास्था के बवण्डर में भी स्थिर रहना होता है।

व्यवसायी रगमंच—पारसी थियेटर

पारसी थियेट्रिकल कम्पनी को रंगमंचीय नाटक कम्पनी के नाम से पुकारा जाता है। इस कम्पनी की उत्पत्ति की कहानी 'इन्द्र-सभा' के साथ जोड़ी जाती है। कहा जाता है कि वाज़िदअली शाह के प्रोत्साहन से अमानत कवि ने यह नृत्य-संगीतमय गीति-नाट्य प्रस्तुत किया और रंगमंच पर स्वत: वाज़िदअली शाह ने इन्द्र का अभिनय किया। इस

---

1. जार्ज बर्नार्ड शॉ—भूमिका. टाइम्स आफ इंडिया प्रेस, बम्बई।

नाटक की इतनी ख्याति हुई कि विभिन्न देशी और विदेशी[1] भाषाओं में इसका रूपान्तर हुआ। इसका संगीत सुनने और अभिनय देखने को जनता इतनी लालायित रहती थी कि मेले-ठेले में इसका तमाशा 'पैसा तमाशा' के नाम से दिखाया जाने लगा। इसी व्यवसाय को देखकर कतिपय उत्साही पारसी सज्जनों ने एक थियेट्रिकल कम्पनी खोलने का संकल्प किया। उन्होंने सर्वप्रथम सोहराब और रुस्तम की कहानी को नाटक का रूप देकर अति साधारण रंगमंच पर अभिनय दिखाना प्रारम्भ किया। पेस्टनजी फ्रामजी ने संवत् 1927 वि० के आस-पास 'ओरिजिनल थियेट्रिकल कम्पनी' नाम से एक कम्पनी खोली और उसमें खुरशेदजी बल्लीवाला, कावसजी खटाऊ, सोहराबजी और जहांगीरजी आदि अभिनेता अभिनय करने लगे।

प्रारम्भ में जो नाटक इस कम्पनी में खेले जाते थे, उसका निर्माण 'इन्द्र-सभा' के आदर्श पर किया जाता था। संवत् 1939 में 'इन्साफ-ए-महमूदशाह' नामक नाटक अति प्रसिद्ध समझा जाता था। इस कम्पनी ने सात वर्षों में निम्नलिखित नाटकों का अभिनय कराया—'नतीजए अस्मत', 'खुदा दोस्त', 'चांद बीबी', 'तोहफ़ए दिलकुशा', 'बुलबुले बीमार', 'तोहफ़ए दिलपजीर', 'शीरी-फ़रहाद', 'अलीबाबा', 'लैला-मजनू', 'गुल-बकावली', 'हवाई मज़लिस', 'हातिमताई', 'गुल सरोवर', 'बदरे मुनीर', 'तमाशए अला-उद्दीन', 'नकशए सुलेमानं', 'अक्सीरे आज़म', 'इशरत सभा', 'हुस्न अफ़रोज़', 'खुदादाद' इत्यादि।

संवत् 1934 वि० में दिल्ली में विक्टोरिया नाटक कम्पनी खुली। इस कम्पनी का सबसे प्रसिद्ध अभिनेता बल्लीवाला था। हास्यरस का इतना बड़ा अभिनेता उस काल में दूसरा नहीं था। इस कम्पनी के अन्य अभिनेता थे—रुस्तमजी, मिस खुरशेद, मिस मेहताब और अंग्रेज महिला मिस मेरी फेण्टन। बनारस-निवासी विनायक प्रसाद 'तालिब' इस कम्पनी के नाट्यकार थे। इन्होंने निम्नलिखित नाटकों की रचना की—'विक्रम-विलास', 'दिलेर दिलशेर', 'निगाहे गफ़लत', 'गोपीचन्द' और 'हरिश्चन्द्र'।

इस कम्पनी की सफलता देखकर कावसजी खटाऊ ने अल्फ्रेड थियेट्रिकल कम्पनी प्रारम्भ की। इसके प्रसिद्ध अभिनेता थे—मंशेरशाह, गुलज़ारखां, माधोराम, मास्टर मोहन, मास्टर मंशेरजी, मिस ज़ोहरा, मिस गौहर। इस कम्पनी के प्रसिद्ध खेल हैं—'हैमलेट', 'गुलनार फिरोज़', 'चन्द्रावली', 'दिलफ़रोश', 'भूल-भुलैया', 'बकावली', 'चलता पुर्ज़ा'।

इस कम्पनी ने जब पं० नारायणप्रसाद 'बेताब' को अपना नाट्यकार नियुक्त किया तो नाटक की भाषा और कथावस्तु में सुधार होने लगा। बेताबजी ने 'शेक्सपियर' नामक एक पत्रिका प्रकाशित की और निम्नलिखित नाटक लिखे—'कत्ले नज़ीर', 'ज़हरी सांप', 'फ़रेबें-मुहब्बत', 'महाभारत', 'रामायण', 'गोरख-धंधा', 'पत्नी-प्रताप', 'कृष्ण-

---

1. जर्मन भाषा में सन् 1892 ई० में इसका अनुवाद लिपज़िग नगर में छपा।
—A History of Urdu Literature by Ram Babu Saxena, p. 353.

सुदामा ।'

थियेट्रिकल कम्पनी के नाटकों में हिन्दी को स्थान देने का श्रेय बेताबजी को है। उन्होंने हिन्दी गानों का समावेश इस कौशल से किया कि कम्पनी के संचालक तथा प्रेक्षक उनके माधुर्य पर आकर्षित हो उठे और उन्होंने हिन्दी गानों को नाटक में स्थान देना स्वीकार किया। उर्दू-साहित्य के इतिहासकार इस बात को मानते हैं कि हिन्दी गीतों में अधिक माधुर्य है। बेताब के गीतों के विषय में लिखते हैं :

"He uses his Hindi with conscious command and the effect is instantaneous for songs or lyrics Hindi is infinitely superior to Urdu."[1]

'बेताब' ने थियेट्रिकल कम्पनी के लिए 'कत्ले-नज़ीर' नाटक एक सत्य घटना के आधार पर लिखा। उस काल में दिल्ली की एक वेश्या 'नज़ीर' का वध हो गया था। उसी का कथानक लेकर 'बेताब' ने इस नाटक की रचना की थी।

थियेट्रिकल कम्पनियों के लिए नाटक लिखनेवालों में 'आगा हश्र' अति प्रसिद्ध नाट्यकार हुए। इनमें नाटक-रचना की प्रतिभा थी और सम्भवतः इन्होंने 'मॉरलो' के नाटकों को पढ़ा भी था। इन्होंने निम्नलिखित नाटकों की रचना की—'शहीदे नाज़', 'मुरीदे शक', 'मीठी छुरी', 'ख्वाबे हस्ती', 'ठंडी आग', 'असीरे हिर्स', 'तस्वीरे वफ़ा', 'नाराए तौहीद', 'सफेद खून', 'खूबसूरत बला', 'खुदपरस्त', 'सिलवर किंग', 'शमए जवानी', 'तुर्की हूर', 'हिन्दुस्तान', 'कदीम व जदीद','आंख का नशा'। हिन्दी के नाटक—'सूरदास', 'गंगावतरण', 'बनदेवी', 'सीता-बनवास', 'माधो मुरली', 'श्रवणकुमार'।

इतिहास-लेखकों ने आगा हश्र को 'हिन्दुस्तानी मॉरलो' की उपाधि दी है। मॉरलो के पात्रों के सदृश आगा हश्र के पात्रों में करुणा, प्रेम आदि मनोभावों के वेग को सीमा तक पहुंचा दिया गया है। रोमांचकारी घटनाओं के आधार पर इनके नाटक निर्मित हुए हैं। एक इतिहासकार लिखते हैं :

"His defects are precisely of Marlowe, intensity rather than delicacy, deep colours and strong contrasts more than fine shades are the rule. This tell on refined or sensitive nerves particularly when the most horrible crimes are allowed by the author to be represented on the stage."[2]

इस उद्धरण से आगा हश्र के दोषों के साथ-साथ तत्कालीन नाटक के कथानक पर भी प्रकाश पड़ता है। नाटकों में अधिक से अधिक सनसनी पहुंचानेवाले कथानक प्रयुक्त होते थे। आगा हश्र के अतिरिक्त राधेश्याम कथावाचक ने भी कई नाटकों की रचना की, जिनमें 'वीर अभिमन्यु', 'परिवर्तन', 'मशरिकी हूर', 'कृष्णावतार', 'रुक्मिणी-मंगल',

---

1. A History of Urdu Literature by Ram Babu Saxena, P. 356
2. A History of Urdu Literature by Ram Babu Saxena, p. 358

'श्रवणकुमार', 'ईश्वर-भक्ति', 'द्रौपदी-स्वयंवर', 'परम भक्त प्रह्लाद' प्रसिद्ध हैं। इनकी रचना सं० 1971 और सं० 1986 के मध्य की गई। ये नाटक पृथक्-पृथक् कम्पनियों द्वारा अभिनीत हुए। पं० राधेश्याम के नाटकों में अश्लीलता को कहीं भी स्थान नहीं मिलता। इनके कथानक प्रायः पौराणिक हैं। इनके नाटकों में गीतों की संख्या अधिक है।

थियेट्रिकल कम्पनी के नाटकों की कोई निश्चित नाट्यशैली नहीं थी। प्रारम्भ में शेक्सपियर के नाटकों का अनुकरण करके ऐसे प्रेमोपाख्यान चुने गए जो भारतीय वातावरण के अनुकूल हों। भारतीय वातावरण का अनुमान कम्पनीवाले उन लोगों की बाज़ारू रुचि से लगाते थे, जो प्रायः नाटक देखने जाया करते थे। वे लोग अधिक संख्या में समाज के निम्न स्तर से सम्बन्ध रखते थे, अतएव उनकी रुचि भी असंस्कृत होती थी। अश्लीलता पर वाह-वाह करनेवाले इन प्रेक्षकों को सन्तुष्ट करने की मनोवृत्ति ने नाट्यकला को उन्नत न होने दिया।

उस काल की जनरुचि नाटकों में कथानक-वैचित्र्य को मुख्य स्थान देती थी। उस समय नाटक का उद्देश्य रसास्वादन की स्थिति तक पहुंचना नहीं, प्रत्युत् निकृष्ट ड्रामा की तरह कथा-वैचित्र्य देखकर कौतूहल के वशीभूत होना माना जाता था। जो नाटक जितना अधिक रोमांचकारी तथा सनसनीदार कथानक लेकर उपस्थित किया जाता, वह उतना ही अधिक प्रशंसनीय माना जाता।

इनकी दूसरी विलक्षणता थी गीतों की। इनमें गज़ल-ठुमरी के रूप में कुरुचिपूर्ण गाने गाए जाते थे। कहा जाता है कि भारतेन्दुजी ने जब शकुन्तला की सखियों के मुख से—

> "गोरी धीरे चलो कमर लचक न जाय
> लचक न जाय गोरी मुरक न जाय,
> गोरी धीरे चलो कमर लचक न जाय।..."

गाना सुना तो वे असन्तुष्ट होकर अभिनयशाला से बाहर आ गए। इसी प्रकार जब जयशंकर प्रसाद ने रंगमंच पर सम्राट् अशोक को कुत्सित गान गाते देखा तो वे रायकृष्णदास के साथ अभिनयशाला से बाहर आ गए। इन नाटकों में चरित्र-चित्रण को कोई स्थान नहीं था। जब कथानक अव्यवस्थित हो तो चरित्र-चित्रण के लिए क्षेत्र कहां ?

जब संस्कृत रुचिवाले विद्वानों ने ऐसे नाटकों की समालोचना की, तो कम्पनीवालों का ध्यान इनके सुधार की ओर गया। संवत् 1970 वि० के उपरान्त थियेट्रिकल नाटक सुधारोन्मुख होने लगे। बेताब ने कथावस्तु और भाषा दोनों का परिमार्जन किया। उर्दू के स्थान पर हिन्दी गीतों का प्रयोग प्रारम्भ हुआ। कथावस्तु के लिए पौराणिक कथाएं ग्रहण की गईं, किन्तु कौतूहलप्रिय जनता को प्रसन्न करने के लिए रोमांचकारी दृश्य भी संयुक्त किए गए। विस्मयोत्पादक घटनाएं इस काल के नाटकों में विशेष रूप से पाई जाती हैं। उद्धरण के लिए राधेश्याम का 'भक्त प्रह्लाद' नाटक लीजिए—हिरण्यकशिपु के सिर का ताज गायब होकर प्रह्लाद के सिर पर आ जाता है। हिरण्यकशिपु की तलवार टूट जाती है और उसका टूटा भाग बैकुण्ठ में भगवान् विष्णु के हाथों में

दिखाई देता है।

दूसरे स्थल पर अनायास आवाज़ का होना, अग्नि की लपट निकलना और काम का भीष्म के सामने आना आदि घटनाएं विस्मय उत्पन्न करने के लिए जोड़ी गईं।

तृतीय उत्थान में एक और परिवर्तन हुआ। आगा हश्र ने नाटकों में दो स्वतन्त्र कथानकों की योजना की, जिनमें एक तो गम्भीर होता और दूसरा हास्यमय। इस पद्धति का इतना प्रचार हुआ कि नाटकों में एक प्रहसन रखना अवश्यक बन गया। 'महात्मा विदुर' जैसे गम्भीर नाटक में भी कलियुगी साधु का प्रहसन जोड़ना पड़ा।

आगा हश्र के उपरान्त राधेश्याम कथावाचक के नाटकों की धूम मची। कथावाचक की दृष्टि सदा उन दर्शकों की ओर रही जो साहित्यिक नाटकों को समझने में प्रायः असमर्थ थे। अल्पशिक्षितों और अशिक्षितों में कथावाचक के नाटक लोकप्रिय बने। गांवों में विवाह आदि अवसरों पर इनका अभिनय अब भी होता है। इन्होंने नवीन नाटक 'महर्षि वाल्मीकि' 1989 वि०, 'सती पार्वती' 2001 वि० में लिखे। कथावाचक की भाषा आगा हश्र और बेताब की अपेक्षा साहित्यिक हिन्दी के अधिक निकट थी। नाटकों के कथानक चरित्र-गठन और मनोरंजन दोनों का ध्यान रखकर प्रस्तुत किए जाते थे। ये सभी आख्यान प्रायः महाभारत अथवा पुराणों से लिए जाते थे। वर्तमान समाज के दैनिक जीवन से प्रायः उनका सम्बन्ध नहीं रहता था।

आधुनिक व्यवसायी नाटक

पारसी थियेट्रिकल कम्पनियों का व्यवसाय सवाक् चित्रपट से मन्द पड़ने लगा। बम्बई में एक नई कम्पनी खुली जिसमें मुख्यतः भारत-विभाजन के समय की स्थिति के नाटक खेले जाते रहे। हमारा अभिप्राय पृथ्वी थियेटर से है। इस कम्पनी ने 1. दीवार, 2. गद्दार, 3. पठान, 4. आहुति आदि नाटक प्रस्तुत किए। इनमें देश की वर्तमान अवस्था का दिग्दर्शन कराया गया है। इनकी भाषा परिमार्जित है। कथानक यथार्थोन्मुख होते हुए भी अश्लीलता से दूर है। 'आहुति' नामक नाटक का कथानक देखिए। पश्चिमी पंजाब से एक हिन्दू बालिका जानकी माता-पिता से पृथक् हो जाने पर एक मुसलमान के घर में कुछ दिन रहकर भारत आ जाती है। उसके माता-पिता उसका विवाह एक हिन्दू से करना चाहते हैं, किन्तु कोई प्रतिष्ठित पंजाबी हिन्दू भी विवाह करने को प्रस्तुत नहीं। जानकी नामक बालिका को जब वस्तुस्थिति ज्ञात होती है तो वह पहाड़ी से कूदकर आत्महत्या कर लेती है। उसका पिता अपनी पुत्री को गोदी में उठाकर दिखाता है और कहता है, "यह है समाज के अग्निकुण्ड में आहुति।"

नाटक की भाषा

नाटक की भाषा जनसाधारण की बोलचाल की भाषा होते हुए भी परिष्कृत है। उदाहरण के लिए देखिए :

"मेहता—हरि ओम्, भगवान् न करे।

रामकृष्ण—(झुंझलाकर), भगवान् ! कहाँ है भगवान् ? हज़ारों प्रह्लाद घरों में बन्द करके जीते जी जला दिए गए, मगर उसने एक के लिए भी नृसिंह-अवतार न लिया, एक भी प्रह्लाद न बचाया। हज़ारों द्रौपदियों की लाज लुट गई, उन्हें भरे बाज़ारों में नग्न किया गया, मगर उसने एक की लाज न रखी, एक के लिए भी साड़ी न लाया। मगर लाता कौन, भगवान् होता तो लाता न। भगवान् तो है ही नहीं, अगर है तो कल्पित।"[1]

एक और विशेषता इस नाटक की यह है कि इसमें आद्योपान्त तक भी गाना नहीं। सम्पूर्ण नाटक गद्य में अंग्रेज़ी पद्धति के अनुसार लिखा गया है। पृथ्वीराज के अभिनय की स्वाभाविकता के कारण उपर्युक्त नाटकों की ख्याति सारे देश में फैल गई है।

अव्यवसायी रंगमंच

व्यवसायी रंगमंचों के द्वारा कला की हत्या होते देख भारतेन्दु ने अपने मित्रों के सहयोग से कई नाटक खेले थे। उनके प्रोत्साहन से देश में स्थान-स्थान पर शिक्षालयों में रंगमंच तैयार होने लगे थे। नगरों और गांवों में कलाप्रेमी विद्वान् नाटकों का निर्माण और उनका अभिनय करने लगे थे। ऐसे नाटकों में 'जानकी-मंगल' का उल्लेख भारतेन्दु ने 'अपने नाटक' नामक पुस्तक में किया है। भारतेन्दुजी के मित्र पं० प्रतापनारायण मिश्र ने कानपुर के विद्वानों द्वारा अभिनीत नाटकों में 'सत्य हरिश्चन्द्र', 'वैदिकी हिंसा हिंसा न भवति', 'भरत-दुर्दशा', 'गोरक्षा' का उल्लेख किया है।

काशी में 'नागरी नाट्यकला प्रवर्तन मण्डली' की स्थापना हुई। इस मण्डली के संस्थापक भारतेन्दुजी के परिवार के उत्साही युवक बाबू बृजचन्दजी थे। आगे चलकर यह मण्डली दो भागों में बंट गई और उनका नाम 'भारतेन्दु नाटक मण्डली' तथा 'काशी नगरी नाटक मण्डली' पड़ गया। ये मण्डलियां देश के सुसंस्कृत समाज को साहित्यिक नाटकों का रसास्वादन कराती रहती हैं। इन्होंने 'महाराणा प्रताप', 'अत्याचार', 'सम्राट अशोक', 'महाभारत', 'वीर बालक अभिमन्यु', 'भीष्म पितामह', 'बिल्वमंगल', 'सूरदास', 'कलियुग','संसार स्वप्न','पाप का परिणाम' आदि नाटकों का अभिनय किया।

योग्य साहित्यिकों ने कानपुर और काशी के अतिरिक्त प्रयाग में भी एक नाटक-मण्डली स्थापित की, जिसका नाम 'श्री रामलीला नाटक-मण्डली' रखा गया। प्रसिद्ध साहित्यिक पं० माधव शुक्ल ने 'सीय-स्वयंवर' नामक नाटक इसके लिए लिखा। इस नाटक में नाट्यकार ने ब्रिटिश सरकार की राजनीति का उल्लेख किया,[2] जिससे

---

1. लालचन्द बिस्मिल, आहुति, पृथ्वी थियेटर्स प्रकाशन, बम्बई, प्रथम संस्करण, सन् 1950 ई०, दूसरा ऐक्ट पृष्ठ 65
2. ब्रिटिश कूट राजनीति के समान कठोर इस शिव-धनुष को तोड़ना तो दूर रहा, वीर भारतीय युवक इसे टस से मस भी न कर सके, यह अत्यन्त दुःख का विषय है, हाय !
—सीता-स्वयंवर नाटक से

मालवीयजी रुष्ट हो गए थे।

इस मण्डली का रूपान्तर संवत् 1965 वि० में हुआ। नवीन नाटक मण्डली का नाम 'हिन्दी नाट्य-समिति' रखा गया। बाबू पुरुषोत्तमदास टंडन और प्रेमघन जी' के पुत्र आदि प्रसिद्ध साहित्यिक इसका संचालन करते रहे। पं० माधव शुक्ल-विरचित 'महाभारत' के अभिनय से इस नाट्य-समिति की ख्याति फैल गई।

दिल्ली के प्रसिद्ध कलाप्रेमी लाला श्रीराम के परिवार ने देश के सुसंस्कृत समाज के सहयोग से एक नाटक-मण्डली स्थापित की। यह मण्डली प्रतिवर्ष साहित्यिक नाटक खेलती है, जिसमें दिल्ली के अति उच्च परिवारों की स्त्रियां भी अभिनय करती हैं। इस मण्डली ने रामलीला के अवसर पर राम का सम्पूर्ण चरित्र नृत्य तथा संगीत द्वारा प्रदर्शित किया था।

इस नाटक-मण्डली का उद्देश्य है—भारतीय संस्कृति को नृत्य-संगीतमय नाटकों के माध्यम से विदेश के सुपठित समाज के सम्मुख रखना। नई दिल्ली के कलाप्रेमी और कलाविद् वाल्मीकि, वेदव्यास, कालिदास, भास, भवभूति आदि की रचनाओं के आधार पर भाव-नाट्य का आयोजन करते हैं। इनका प्रदर्शन विदेश के राजदूत भी देखने आते हैं। इस दृष्टि से यह मण्डली भारतीय संस्कृति एवं कला की उन्नति के साथ प्रचार-कार्य भी कर रही है।

प्रयाग आदि स्थानों में भी इसी प्रकार कला-संस्कृति के केन्द्र खुलते जा रहे हैं, जहां विद्वत्समाज में संगीत-नाट्य, भाव-नाट्य आदि विविध नाट्य शैलियों का प्रयोग किया जा रहा है। भारत सरकार ने नई दिल्ली में एक कलाकेन्द्र की स्थापना की है। आशा है इसके द्वारा हिन्दी नाटकों का विकास होगा।

आठवां अध्याय

समस्या-नाटकों का उदय

बीसवीं शताब्दी में स्त्री-शिक्षा के प्रचार और राष्ट्रीय आन्दोलन में स्त्री-समाज के भी भाग लेने से भारत में पश्चिमीय पद्धति पर नव समाज निर्मित हो रहा था, किन्तु विवाह-सम्बन्धी नैतिक विधान अभी तक पुरातन रूप में ही चल रहे थे। अतएव इस काल में उन्मुक्त प्रेम और दाम्पत्य के होड़ में नई समस्या खड़ी हो गई। समस्या-नाटक लिखने के लिए उत्सुक नाट्यकारों का सर्वप्रथम ध्यान इसी ओर गया। उन्होंने इब्सन और शॉ के नाटकों में इस समस्या की खोज की और उन्हें इब्सन के 'डाल्स हाउस' में यह विचार मिला कि पुरुष स्त्री को किस मात्रा में स्वतन्त्रता दे सकता है, जिससे नारी का व्यक्तिगत विकास अवरुद्ध न हो सके। इसी प्रकार 'वाइल्ड डक' में स्त्री के प्रति एक समस्या उठाई गई कि यदि स्त्री पुनर्विवाह के समय एक सन्तान भी लेकर आए तो पुरुष को क्या करना चाहिए। इब्सन के 'घोस्ट्स' नामक नाटक में एक स्त्री की दुर्दशा अपने क्रूर पति से पृथक् न होने पर दिखाई गई है। इसी प्रकार शॉ ने 'मैन एण्ड सुपरमैन' में वैवाहिक जीवन की समस्याओं की ओर ध्यान आकर्षित किया है।

समस्या-नाटक के आधुनिक जन्मदाता मिश्रजी माने जाते हैं। इस पद्धति का पहला नाटक 'संन्यासी' 1927 ई० में लिखा गया है। इस नाटक की प्रेरणा के विषय में मिश्रजी कहते हैं,[1]—'पहले महायुद्ध की समाप्ति पर कैथराइन की 'मदर इण्डिया' निकल चुकी थी। यूरोप और अमेरिका के कितने ही लेखक काले, भूरे और पीलों से गोरों को सावधान रहने की चेतावनी दे रहे थे। रंगीन जातियों को सब ओर से हीन कहने की चेष्टा की जा रही थी। हिंडमन ब्लांड, पुटनमवील, डालाथ्रास्नोदार आदि कितने ही राजनीतिक लेखक इस बात की घोषणा कर रहे थे कि भविष्य में गोरों का संकट रंगीन जातियों से बढ़ेगा। काशी हिन्दू विश्वविद्यालय के पुस्तकालय में इस तरह का साहित्य बराबर बढ़ रहा था, जिसके पढ़ने का सुयोग मुझे विद्यार्थी-जीवन में वहीं मिल गया। इस प्रचार की जो प्रतिक्रिया हुई, उसी ने हिन्दी के प्रथम समस्या नाटक 'संन्यासी' को जन्म दिया। जाति के गौरव-बोध, अपनी संस्कृति और अपने पूर्वजों की विभूतिनिष्ठा ने 'अन्तर्जगत्'[2] के कवि को समस्या-नाटककार बना दिया। मैंने तभी 1980 वि० के

---

1. पं० लक्ष्मीनारायण मिश्र से ावर्तालाप
2. अन्तर्जगत् काव्य, लक्ष्मीनारायण मिश्र

आसपास ही देख लिया था कि छायावादी हिन्दी कवियों के रूप में अंग्रेज़ी कवियों की लिरिक पोयट्री का जो प्रभाव चल रहा है, वह व्यक्ति की अतृप्त लालसा, वासना, परिताप एकांगी स्वार्थ के उन्माद का फल है। इसमें 'जातीय जीवन और अपनी संस्कृति का ह्रास है।' इसलिए मुक्त कविताओं का लिखना छोड़कर मैं सदैव के लिए नाटककार बन गया, जिसमें जीवन की स्वाभाविक धारणा और उसके चित्रण का अवसर है। कर्म संश्रय से छूटकर गीतों की रंगीनी में डूब मरने को पाप समझा।"

संन्यासी (सं० 1988 वि०) में मुरलीधर राष्ट्र-सेवा-हित कई बार जेल-यात्रा करते हैं, किन्तु आजीवन अविवाहित रहकर देश-सेवा का व्रत लेने पर भी किरणमयी का कौमार्य भंग करते हैं। उनकी मृत्यु के उपरान्त किरणमयी कालेज के वृद्ध प्रोफेसर दीनानाथ के साथ संसार चलाने के लिए समझौता करती है, किन्तु वहां भी असफल रहने के कारण प्राण त्याग देती है। इसी प्रकार मालती के प्रेम में असफल होने के कारण विश्वकान्त संन्यासी हो जाता है।

संन्यासी में सहशिक्षा के कारण एक छात्रा का प्रेम एक छात्र के प्रति खुल जाता है। इस अपराध के लिए एक ऐसे अध्यापक की प्रेरणा से प्रेमी छात्र को विद्यालय से निकाला जाता है, जो स्वयं उस छात्रा के मोह में पड़ गया था। प्रथम महायुद्ध के बाद विदेशी शासकों ने इस देश को जो धोखा दिया था, रौलट ऐक्ट, पंजाब हत्याकाण्ड और गांधी के असहयोग आन्दोलन ने देश में जो उथल-पुथल पैदा की, देश-सेवक का जीवन जिस संकट में पड़ा, उसके अनेक चित्र इस नाटक में आते गए। कालेज से निर्वासित विश्वकान्त मालती के अनुराग के पंखों पर चढ़कर एशिया की मुक्ति के लिए एशियाई संघ का संयोजक बना। संयोग की बात है कि इस नाटक-रचना के बीस वर्ष उपरान्त दिल्ली में एशियाई राष्ट्रों का सम्मेलन हुआ।

राक्षस का मन्दिर (सं० 1988 वि०) में असगरी नामक एक वेश्या की दशा दिखाई गई है। वृद्ध वकील रामलाल की उस मुसलमान वेश्या से, उसका पुत्र रघुनाथ प्रेम करने लगता है। रघुनाथ का एक मित्र मनोहर क्रान्तिकारी है, जो दबाव डालकर रघुनाथ की सारी सम्पत्ति-वेश्या-सुधार के लिए खोले गए मातृमन्दिर के नाम लिखा लेता है। इस मातृमन्दिर की भी पोल खुल जाती है और असगरी मनोहर के मन्दिर अर्थात् राक्षस के मन्दिर में रहने लगती है।

मुक्ति का रहस्य (सं० 1989 वि०)—डिप्टी-कलक्टर उमाशंकर असहयोग आन्दोलन के दिनों में देशभक्ति से प्रेरित होकर सरकारी पद से त्यागपत्र दे देता है। फलस्वरूप वह राजद्रोही घोषित होता है और दो वर्ष के लिए कारावास का दण्ड पाता है। बन्दीगृह से मुक्त होने पर आशादेवी नामक एक युवती से उसका सहवास हो जाता है। आशादेवी उमाशंकर पर अनुरक्त होती है। यह लीला देखकर और उमाशंकर को पारिवारिक उत्तरदायित्व के निर्वाह के लिए धन-अर्जन से सर्वथा पराङ्मुख पा उमाशंकर के चाचा काशीनाथ विक्षुब्ध हो उठते हैं। आशादेवी के साथ उसका (उमाशंकर) सहवास पारिवारिक मर्यादा के विरुद्ध होने के कारण उन्हें खटकता रहता है। तन-मन-

धन से ही देश-सेवा की ओर प्रवृत्त होने के कारण उमाशंकर धन-अर्जन करने में असमर्थ होता है और चाचा के ऋण से उऋण होने के लिए अपनी पैतृक सम्पत्ति उन्हें प्रदान कर देता है।

इधर आशादेवी उमाशंकर को पति बनाने के स्वप्न में उसी के एक मित्र डाक्टर त्रिभुवननाथ से विष लेकर उसकी पत्नी को दे देती है। आशादेवी की इस दुर्बलता से अनुचित लाभ उठाकर डाक्टर उसका कौमार्य भंग करता है। इससे क्षुब्ध होकर आशा-देवी अपना प्राणान्त करने के लिए विष खा लेती है, पर डाक्टर के उद्योग से बच जाती है। डाक्टर को अपनी दुर्बलता का बोध होने का पश्चाताप होता है और वह अपने कुकृत्यों के लिए आशादेवी से क्षमा-याचना करता है। आशादेवी का हृदय उसकी ओर आकर्षित होता है। वह उसके साथ विवाह कर दोनों को भावी पतन से बचा लेना चाहती है। इसके लिए वह शर्माजी की अनुमति चाहती है। शर्माजी अपनी स्त्री की मृत्यु और डाक्टर के साथ आशादेवी के अवैध सम्बन्ध का रहस्योद्घाटन होने पर खिन्न होते हैं। और उन्हें सांसारिक प्रपंचों से इतनी वितृष्णा होती है कि ऐसे जीवन से मृत्यु को अधिक कल्याणकर समझ पिस्तौल से आत्महत्या करना चाहते हैं। परन्तु आशादेवी के आग्रह और मनोहर के प्रेम के कारण आत्महत्या करने से विरत हो जाते हैं।

राजयोग (**सं० 2006 वि०**) में बिहारीसिंह की स्त्री अपने नौकर गजराज से गुप्त प्रेम करती है और उससे चम्पा नामक एक पुत्री उत्पन्न होती है। चम्पा विद्यालय में पढ़ती है, जहां रतनपुर के राजकुमार शत्रुसूदन और मन्त्री-कुमार नरेन्द्र भी पढ़ते हैं। नरेन्द्र से चम्पा का प्रेम था। दोनों का विवाह निश्चित हो जाता है, किन्तु शत्रुसूदन अपने राज-प्रभाव से चम्पा से विवाह कर लेता है और नरेन्द्र गृहत्यागी हो जाता है। चम्पा को बार-बार शत्रुसूदन से तिरस्कृत होना पड़ता है। पांच वर्ष बाद नरेन्द्र राजयोग का आडम्बर करता है किन्तु कोई उसे पहचान नहीं पाता। कालान्तर में वह राजयोगी से कर्मयोगी बन जाता है।

सिन्दूर की होली (**संवत् 1991 वि०**) में मुरारीलाल मजिस्ट्रेट आठ सहस्र रुपये के लिए अपने मित्र की हत्या करता है और उसके पुत्र मनोजशंकर के पालन-पोषण में उक्त धन से कहीं अधिक व्यय करता है। वही मजिस्ट्रेट एक ऐसे आदमी से चालीस सहस्र रुपया उत्कोच में लेता है, जो अपने पट्टीदार रजनीकान्त की हत्या करके उसकी सम्पत्ति हड़प जाता है। युवा रजनीकान्त का चित्र देखकर मजिस्ट्रेट की कन्या चन्द्रकला नाना प्रकार के संकल्प-विकल्प करती है और अन्त में रजनीकान्त के शव के हाथों से अपनी मांग में सिन्दूर भर लेती है। वह सदा अविवाहिता रहकर अपने पिता से दूर निवास करती है। मनोजशंकर को भी पिता की हत्या का रहस्य ज्ञात हो जाता है।

आधी रात (**सं० 1994 वि०**) में एक ऐसी नारी के जीवन की समस्या उठाई गई है, जिसका जन्म तो हमारे अपने देश में हुआ था, किन्तु जिसकी सारी शिक्षा एवं संस्कार, आदर्शों और आकांक्षाओं का निर्माण इंग्लैंड में हुआ था। भारतीय नारी-जीवन की सारी मान्यताओं को हवा में उड़ाकर वह इस देश में नारी के लिए एक ऐसे नये

स्वर्ग का निर्माण करने लगी, जिसमें नारी के व्यक्तित्व की स्वतन्त्रता और पुरुषों की आंख में आंख गड़ाकर ललकारने की लालसा थी। अपनी शक्ति-भर उसने यह नया प्रयोग किया, पर एक दिन आया जब उसने देख लिया कि उसका यह प्रयोग उसे सब ओर से ले डूबा। इस देश में नारी-जीवन के जो विश्वास थे, उसने उन सबको अपनाया। अपने प्रिय के मंगल और अपने चित्त की शान्ति के लिए तीर्थ और व्रत के रूप में उसने वे सारे कार्य किए जो इस देश की श्रद्धामयी ग्रामीण स्त्रियां सदा से करती आ रही हैं। इस नाटक में विदेशी मानदण्डों के ऊपर भारतीय नारी-जीवन की प्रतिष्ठा करना नाटककार का उद्देश्य प्रतीत होता है।

मिश्रजी का कहना है, "इन समस्या-नाटकों ने शुक्लजी से लेकर आज तक के अधिकांश आलोचकों के नीचे की धरती को जैसे एकदम उखाड़ फेंका। एक स्वर में लोग कहते रहे कि मेरे ये नाटक पश्चिम से प्रभावित हैं, इसलिए भारतीय मान्यताओं के प्रतिकूल हैं। पर बात ऐसी नहीं थी। एक-एक नाटक के कथानक, व्यापार, संवाद और परिणति पर विचार कर लेने पर जो तथ्य सामने खड़ा होता है, वह यह है कि नर-नारी के प्रेम और आकर्षण के साथ ही साथ हमारे जीवन की जो अन्य समस्याएं नाटकों में आई हैं, वे भारतीयता को और भी अधिक चमका देती हैं। नारी चाहे जिस रूप में पहली बार जिस पुरुष के राग का माध्यम बनती है, उसे जन्म-भर उसी के साथ रहना है। इस कठोर नियम और मान्यता में उसके निजी प्रेम को हारना ही पड़ता है। जैसे 'मुक्ति का रहस्य' की आशादेवी अपने प्रेम के देवता उमाशंकर को छोड़कर अपने पतन के साथी डाक्टर की सहगामिनी बनती है। इस नाटक में जो कहीं आशा उमाशंकर के साथ रह पाती तो वह पश्चिम के स्वतन्त्र प्रेम की विजय उस भारतीय दाम्पत्य-विधान पर मानी जाती, जिसमें नारी को जन्म-भर एक पुरुष की बनकर रहना आदर्श माना गया है।"

सिन्दूर की होली में बाल-विधवा मनोरमा विधवा-विवाह और नारी-उद्धार के आन्दोलन को पुरुष-उद्धार कहकर व्यंग्य और विश्वास के अनोखे अवसर सारे नाटक में प्रस्तुत करती गई है। पति के न रहने पर भी जन्म-भर उसके नाम की डोर में बंधी रहने का कार्य वह बराबर करती रही है और जब किसी पुरुष ने उसके विधवापन की ओर दुःख या सहानुभूति प्रकट की, वह उससे ऐसे भाग निकली जैसे गाय कसाई के सामने से भागती है। मुरारीलाल से उसका यह कहना कि "पुरुष तो वैधव्य का अनुभव कभी नहीं करते, इसलिए यह बात स्त्री ही कह भी सकेगी"—इसका प्रमाण है।

मनोजशंकर और उसके सम्बन्ध में मुरारीलाल को जब सन्देह होता है तो मनोजशंकर भभक उठता है और कहता है, "यह विधवा, आप नहीं जानते या शायद जानते भी हैं, अग्नि है, हलाहल है। कोई भी पुरुष उसे छूकर या पीकर जी नहीं सकता।···

मुरारीलाल—तुम्हारा हृदय प्रेम से नहीं···

मनोरमा—(होंठ पर अंगुली रखकर) इसलिए कि मैं विधवा हूं।

मुरारीलाल—लेकिन तुमने तो अपने प्रेमी का मुख भी नहीं देखा, तुम्हें इसका ज्ञान नहीं।

मनोरमा—इन आंखों से तो कभी नहीं देखा, लेकिन कल्पना की आंखों से नित्य देखती हूं, नित्य। बीस वर्ष का सुन्दर, स्वस्थ, सम्मोहक शरीर, चन्द्रमा-सा मुख, कमल-सी आंखें, कमान-सी भौंहें, घने काले नीलम-से चमकीले बाल, (आंख मूंदकर) वह स्वरूप इस समय मेरे सामने आ गया है। देखिए तो शायद आपको भी देख पड़ जाए।"

जिसके हृदय में पति का रूप यौवन का सारा आकर्षण लेकर इस तरह जमकर बैठा हो, कोई भी दूसरा पुरुष उसके लिए इतना हीन और दरिद्र होगा कि वह उसकी ओर देखना भी नहीं चाहेगी। अब भारतीयता का इससे अधिक स्वस्थ मुख हम क्या देखना चाहेंगे।

वृन्दावनलाल वर्मा ने कई समस्या-नाटक लिखे हैं। 'बांस की फांस' (सं० 2004 वि०) में सुशिक्षित लड़का गोकुल एक भिखारिन की बालिका पुनीता से विवाह करता है। वह भिखारिन (अन्धी बुढ़िया) पहले तो उसे गुण्डा समझती है और कहती है :

"बुढ़िया—निपूते! कोढ़ी!! मुंहजले!!! मेरे आधार को मुझसे छीनना चाहते हैं।

पुनीता—वे ऐसे नहीं हैं। गाली मत दो, मां! उन्होंने ही मेरे लिए अपना रक्त दिया था, खाल दी थी। मेरी जान बचाई थी।

गोकुल—मांजी, आपकी लाठी के लिए मेरा सिर हाज़िर है।[1]

वृन्दावनलाल वर्मा ने 'पीले हाथ', 'लो भाई पंचो लो' आदि सामाजिक समस्या-नाटक लिखे हैं।

उपेन्द्रनाथ 'अश्क' ने कई समस्या-नाटक लिखे हैं। 'छठा बेटा' (सं 2007 वि०) माता-पिता की उन समस्याओं को प्रदर्शित करता है, जो वृद्धावस्था में अयोग्य पुत्रों की क्रूरता के कारण सामने आती हैं। पं० बसन्तलाल के छः लड़के हैं, किन्तु वृद्ध मां-बाप कष्ट उठाते हैं। बसन्तलाल अपनी सम्पूर्ण सम्पत्ति लड़कों में वितरित कर देता है। सम्पत्ति पाने पर सब उसकी देख-रेख छोड़ देते हैं।

'कैद और उड़ान' (संवत् 2008 वि०) में मध्यवर्गीय पतनोन्मुख समाज के शिकंजों में जकड़ी हुई नारी और उसके सहयोग से वंचित, अस्वस्थ, अभावग्रस्त और विकृत पुरुष का चित्र खींचा गया है। 'स्वर्ग की झलक' आधुनिक शिक्षा के आधार पर लिखा गया सामाजिक व्यंग्य है।

पौराणिक कथानक लेकर 'विद्रोहिणी अम्बा' में स्त्री का पुरुष के प्रति विद्रोह प्रदर्शित किया गया है। एक स्थान पर अम्बिका कहती है, "यही तो समाज की मर्यादा है। असमर्थ रोगी पुरुष के विवाह के लिए एक नहीं, तीन-तीन कन्याओं को हर लाना स्त्रीत्व, समाज और मनुष्यता की हत्या नहीं तो और क्या है! हमारे अधिकार किसने

1. बांस की फांस, वृन्दावनलाल वर्मा, पृ० 62-63

छीन लिए ? समाज ने ही तो। मैं तो कहती हूं, हम सदा से मनुष्य की इच्छाओं की दासी हैं।"

ऐसा प्रतीत होता है इस नाटक का उद्देश्य ही है स्त्री-पात्रों के द्वारा नारी जाति की दुर्दशा को प्रदर्शित करना। 'विद्रोहिणी अम्बा' से पूर्व भट्टजी ने 'कमला' नामक एक समस्या-नाटक संवत् 1996 वि० में लिखा। इस नाटक में ज़मींदार देवनारायण की धर्मपत्नी कमला सार्वजनिक कार्यों में भाग लेती रहती है। ज़मींदार को यह सन्देह हो जाता है कि उसकी पत्नी दुश्चरित्रा है। कमला पति की क्रूरता से विकल होकर यह कहते हुए गृहत्याग करती है, "जाती हूं। पर तुम देखोगे कि तुमने एक स्त्री का कितना अनादर और उसको लांछित किया है। इसका फल तुम्हें भोगना होगा।"[1] इसका उत्तर ज़मींदार देवनारायण देते हैं, "तू जाती है कि नहीं ! कुलटा, राक्षसी, जा !"

राजनीतिक समस्याओं को लेकर समस्या-नाटक लिखनेवालों में सेठ गोविन्ददासजी का प्रमुख स्थान है। सेठजी के 'सेवापथ' (सं० 1997 वि०) में दीनानाथ निर्धन होते हुए भी गांधीजी का अनुयायी बन देश-सेवा करना चाहता है। शक्तिपाल मध्यम वृत्ति का व्यक्ति है। वह सांसारिक सुखों का उपभोग करता हुआ देश-सेवा का अभिलाषी है। श्रीनिवास सम्पत्तिशाली है और पूंजीपतियों की मनोवृत्ति का प्रतिनिधित्व करता है। सेवा के मार्ग में तीनों का संघर्ष होता है और अन्त में गांधीवाद की विजय होती है।

'धीरे-धीरे' (सं० 1996 वि०) भी एक राजनीतिक व्यंग्य है। कांग्रेस मन्त्रिमण्डल बन जाने पर जो उलझनें आईं, उन्हीं समस्याओं की ओर इसमें संकेत मिलता है। गांव की अशिक्षित नारी हीरा की समस्या इसमें प्रमुख है।

पं० गोविन्दवल्लभ पन्त-रचित 'अंगूर की बेटी' (सं० 1994 वि०) नामक नाटक में मद्यपान की समस्या है।

'मणि गोस्वामी' नामक नाटक (सं० 1988 वि०) के रचयिता प्रोफेसर कृपानाथ मिश्र ने लिखा है, "मणि गोस्वामी एक प्रतिष्ठित ज़मींदार है। वह दूसरा विवाह करता है। गृह-कलह से व्याकुल होकर ज्येष्ठ पुत्र वीरेन पिस्तौल से आत्महत्या कर लेता है। उसकी आत्महत्या का समाचार सुनकर उसका पिता विक्षिप्त हो जाता है।" इस नाटक में यह दिखाया गया है कि बहुविवाह के कारण जो गृह-कलह उत्पन्न होता है, वह पारिवारिक जीवन के लिए कितना भयावह है।

ग्राम-समस्या को लेकर वृन्दावनलाल वर्मा ने एक नाटक 'खिलौने की खोज' (सं० 2007 वि०) लिखा है। हास्य का पुट देते हुए इसमें गांव के रगड़े-झगड़े, भूत-प्रेत आदि समस्याओं को दिखाया गया है।

---

1. कमला, उदयशंकर भट्ट, प्रथम संस्करण, पृष्ठ 51

समस्या-नाटकों की परम्परा

हम भारतेन्दु-युग के नाटकों की चर्चा करते हुए बाल-विवाह, विधवा-विवाह, मद्यनिषेध, बहुविवाह आदि समस्याओं की ओर संकेत करते गए हैं। भारतेन्दुजी ने 'प्रेमयोगिनी' नाटक में तत्कालीन समस्याओं की ओर देश का ध्यान आकृष्ट किया था। इसी प्रकार भारतेन्दु-युग के नाट्यकारों ने समाज की अनेक कुरीतियों को लक्ष्य बनाकर नाटक लिखे। यद्यपि उस युग के लिए वही समस्या-नाटक थे, किन्तु आज समस्या-नाटकों का रूप नितान्त भिन्न हो गया है। आज के समस्या-नाटकों में भावुकता के स्थान पर मनोविश्लेषण की प्रधानता रहती है। अर्थात् इन नाटकों के पात्र अपने साथियों का मनोवैज्ञानिक विश्लेषण करते हैं, किसी प्रकार की भावुकता के प्रवाह में बहते नहीं। इन नाटकों के ऊपर भारतेन्दु-युग से अधिक पश्चिम के आधुनिक युग का प्रभाव पड़ता प्रतीत होता है। इन नाटकों में भरतनाट्यशास्त्र के नियमों का उल्लंघन और पश्चिम की प्रचलित नाट्यकला का पालन किया गया है। भारतेन्दु-युग के सामाजिक नाटक समाज की कुरीतियों का प्रत्यक्षीकरण ही नहीं करते थे, प्रत्युत् उनके निराकरण का उपाय भी बता देते थे, किन्तु आधुनिक नाटक सामाजिक रोग का निदान-मात्र कर देते हैं, उनकी चिकित्सा का भार देश के कर्णधारों पर छोड़ देते हैं। भारतेन्दु-युग में महिलाओं की समस्या पर प्रकाश डालने के लिए विविध नाटकों का सृजन हुआ था, जिनमें नारी के अधिकार और उसके कर्तव्य का सन्तुलन किया गया था, किन्तु आज के सामाजिक नाटक नारी-अधिकार की ओर उसके कर्तव्यों से अधिक बल देते हैं।

शैली

नाटक की शैली में तो आमूल परिवर्तन दृष्टिगोचर होता है। भारतेन्दु-युग के प्रायः सभी नाटक नृत्य-गीतमय होते थे, किन्तु आधुनिक समस्या-नाटकों से नृत्य-गीत, कविता तथा स्वगत भाषण सर्वथा बहिष्कृत कर दिए गए हैं। आज के नाटकों में रंगमंच के संकेत इतने विस्तृत होते हैं, जितने भारतीय नाटकों में कभी न थे।

भारतेन्दु-युग के सामाजिक नाटकों की रचना में प्रेरणा राममोहन राय और स्वामी दयानन्द से मिलती थी। आज के नाट्यकार फ्रायड और मार्क्स से प्रेरणा पा रहे हैं। उस युग में हमारे आदर्श कवि थे कालिदास और भवभूति, आज पथ-प्रदर्शक हैं इब्सन और शॉ।

समस्या-नाटक

स्वच्छन्दतावाद की प्रतिक्रिया के रूप में 'ज़ोला' ने सर्वप्रथम प्रकृतवाद की स्थापना की। उसने तर्क के बल पर सिद्ध करने का प्रयास किया कि प्राकृतिक व्यवस्था से विच्छिन्न मानव-अस्तित्व की स्थापना अदूरदर्शिता और अस्वाभाविकता की परिचायक

है। पशु-पक्षियों के सदृश मानव में भी काम और क्षुधा की प्रवृत्तियां स्वाभाविक हैं और मानव का समस्त आचार-व्यवहार उन्हीं से परिलक्षित होता है। उसने अपनी पुस्तक—ले नेचुरलिज़्म ज थियेटर—में इस स्वच्छन्दतावाद का विरोध करते हुए इस बात पर ज़ोर दिया कि मानव की आधुनिक प्रवृत्तियां यथार्थ स्थिति एवं यथार्थत्व की ओर अधिक उन्मुख हैं। अब वे स्वच्छन्दतावाद के काल्पनिक सुखद स्वप्नों अप्राकृतिक समझकर जीवन की वास्तविक विभीषिका, अनैतिकता की समस्याओं के समाधान के आविष्कार का प्रयास कर रही हैं। अतः आज के कलाकार को जनसामान्य की भीषण परिस्थितियों, उनकी आवश्यकताओं का निरीक्षण एवं परीक्षण करना अनिवार्य हो गया है। स्वच्छन्दतावादी धारा की न कथावस्तु और न भाषा-शैली ही आधुनिक युग के उपयुक्त हो सकती है।

प्रत्येक आधुनिक साहित्यिक आन्दोलन प्राचीनता का विरोध करता हुआ नवीन स्थापना का अवलम्बन ग्रहण करता है। किन्तु काल-चक्र के थपेड़ों से वह कालान्तर में अव्यवहार्य एवं अनुपयुक्त सिद्ध हो जाता है। ठीक यही बात स्वच्छन्दतावाद की भी हुई। डेविस ने अपने ग्रन्थ 'नेचुरलिज़्म इन ड्रामा' में यह घोषित किया था कि 'रोमाण्टिक' पुनरुत्थान ने रूढ़िवाद की श्रृंखलाओं को तोड़ डाला है, किन्तु रूढ़िवाद के विशाल पर्वत के सम्मुख नवीन साहित्यिक आन्दोलन मेघ-घटा बनकर टकराते हैं और जल-वर्षा कर अन्तरिक्ष में विलीन हो जाते हैं और रूढ़िवाद का वह अचल हिमाचल पूर्ववत् खड़ा गर्व से मस्तक उठाए मेघ-घटाओं को ललकारता हुआ दिखाई देता है। कभी-कभी तो मेघ-राशि हिमपात करके उसके मस्तक को और भी आभा-मण्डित करके स्वतः विलय को प्राप्त हो जाती है। यही दशा स्वच्छन्दतावाद की हुई। जिस रूढ़िवाद का विरोध करने की इसने घोषणा की थी, प्रकृति के प्रभाव से वह रूढ़िवाद का अचल हिमाचल पूर्ववत् बना रहा और उसके चतुर्दिक् यथार्थवाद का मेघ मंडराने लगा। सबसे बड़ा मेघखण्ड 'इब्सन' के रूप में आया। इसके अतिरिक्त चेखव, फ्रेड्रिक हेबल, स्ट्रिण्डबर्ग, सडरमैन, हाप्टमैन, आस्त्रावस्की तथा बर्नार्ड शॉ भी उल्लेखनीय हैं।

1862 में इब्सन ने 'लव्स कॉमेडी' नामक नाटक लिखा। इसमें यह सिद्धान्त निरूपित किया कि "यदि तुम प्रेम करते हो तो विवाह से दूर रहो और यदि विवाह करना हो तो प्रेम करना छोड़ दो।"

यथार्थवाद के इस आन्दोलन का प्रभाव भारत पर पड़ना भी स्वाभाविक था। हमारे देश के विश्वविद्यालयों में अंग्रेज़ी के माध्यम से पठन-पाठन प्रारम्भ हो चुका था। सहशिक्षा के कारण वैवाहिक जीवन में नई समस्याएं उठ खड़ी हुई थीं। संस्कृत के आदर्शवादी नाटकों की ज्योति धूमिल पड़ चुकी थी। बंगाल में द्विजेन्द्रलाल राय, दीनबन्धु मित्र के नाटकों की पुरानी पीढ़ी में धूम मच रही थी, परन्तु नवयुवक समाज उनकी आदर्शवादिता से असन्तुष्ट होकर यथार्थवाद की ओर उन्मुख हो रहा था। नाटक दर्शकों के लिए विरचित होते हैं, और दर्शकों में युवक-दल प्रधान होता है। अतः उनकी रुचि के अनुसार नाटककारों का ध्यान यथार्थवाद की ओर गया। नेकल ने ठीक ही कहा है :

"The truth, of course, is that the really strong playwright is the man who is in tune with the audience, but who may perhaps desire to play some melodies for the reception of which the audience is nearly, but not quite ready."

हिन्दी नाट्यकारों में यथार्थवाद का सर्वाधिक प्रभाव लक्ष्मीनारायण मिश्र के ऊपर पड़ा। उनके नाटकों का विवेचन हम पूर्व अध्याय में कर आए हैं। उनके यथार्थवादी नाटकों का आधार-स्तम्भ प्राकृतिक अनिवार्य आवश्यकताएं हैं। क्योंकि प्रेम के सम्बन्ध में उनका एक पात्र कहता है—"जिस तरह भोजन या पानी बिना काम नहीं चल सकता, उसी तरह स्त्री या पुरुष बिना काम नहीं चल सकता। यह प्रकृति की बात है। इसे इसी रूप में छोड़ देना चाहिए—जब ज़रूरत पड़े तब। लेकिन रात-दिन उसी चिन्ता में पड़े रहना और इसे प्रेम का नाम देना—शायद यही पाप है। और कुछ पाप है या नहीं, लेकिन यह तो ज़रूर पाप है। यह एक मर्ज़ है—किसी को ज्यादा खाने का मर्ज़ होता है तो किसी को ज्यादा पानी पीने का और किसी को जवानी की इस बुराई का, जिसे लोग प्रेम कहते हैं।" वही आगे चलकर कहता है कि "तुमने मुझे प्रेम किया था और मैंने भी तुम्हें प्रेम किया था···लेकिन हम लोगों के प्रेम का आधार वासना, जवानी की उपभोग की इच्छा···ईश्वर ने हम दोनों को बचा लिया।"

पाठक देखेंगे कि ये विचार इब्सन के 'लव्स कामेडी' में प्रतिपादित विचारों से कितना साम्य रखते हैं! यह तथ्य एक और उदाहरण से अधिक स्पष्ट हो जाता है। 'सिन्दूर की होली' में मनोरमा विधवा कहती है कि "मैं तुम्हें अपना दूल्हा तो नहीं बना सकती; लेकिन प्रेमी बना लूंगी।" सहशिक्षा के कारण युवक-युवतियों में जो विवाह की नई समस्या खड़ी हुई थी, उसकी ओर सबसे पैनी दृष्टि से ध्यान देनेवाले मिश्रजी हैं। यद्यपि वे पश्चिमी यथार्थवाद से प्रभावित होकर इस क्षेत्र में अवतरित हुए थे, तथापि अपने संस्कारगत आदर्शवाद का वे सर्वथा परित्याग न कर सके। रूढ़िवाद का विरोध करते हुए भी वे रूढ़िवादी हो गए। राम और सीता, दुष्यन्त-शकुन्तला, नल-दमयन्ती, अज और इन्दुमती के आदर्श प्रेम को वे विस्मृत न कर सके। एक स्थान पर 'सिन्दूर की होली' में चन्द्रकला कहती है, "राम और सीता का, दुष्यन्त और शकुन्तला का, नल और दमयन्ती का, अज और इन्दुमती का प्रेम प्रथम दर्शन में ही हुआ था। स्त्री का हृदय सर्वत्र एक है, क्या पूर्व, क्या पश्चिम, क्या देश, क्या विदेश। लेकिन मैं इस तरह अपनी सफाई न दूंगी। सम्भव है मेरा यह काम स्त्री-जीवन और समाज के विधान के नितान्त प्रतिकूल हो···लेकिन अब तो मैं कर चुकी। इसका मुझे दुःख नहीं है और न इसके लिए मैं पश्चाताप करूंगी।"

हम कह चुके हैं कि हिन्दी समस्या-नाटकों पर सबसे अधिक प्रभाव इब्सन का पड़ा। इब्सन की दो रचनाएं—डाल्स हाउस और घोस्ट्स ने हिन्दी नाट्यकारों को बहुत प्रभावित किया। पति-पत्नी के मधुर सम्बन्ध में कटुता उत्पन्न करने वाली मानव-प्रवृत्ति अहमन्यता को 'डाल्स हाउस' में बड़े नाटकीय ढंग से दिखाया गया है। पति पर सब कुछ

अर्पण करने वाली नारी का पुरुष किस प्रकार अपमान करता है और इस अपमान का पारिवारिक जीवन पर क्या दुष्प्रभाव पड़ता है—यही इस नाटक का उद्देश्य है। नाटक का संक्षिप्त परिचय इस प्रकार है :

नोरा का जन्म एक समृद्ध परिवार में होता है। शैशव में ही मां की मृत्यु होने से आनामारिया नामक आया उसका पालन-पोषण करती है। नोरा की एक सहेली क्रिस्टीन निर्धन परिवार में जन्म लेने के कारण साधन-विहीन है और वह नोरा के अपव्यय की प्रवृत्ति पर उसे बार-बार टोकती है नोरा के पिता धनी और हठीले स्वभाव के हैं अतः वे अपनी कन्या को अपने ही विचारों के अनुसार जीवन ढालने को बाध्य करते हैं। इस प्रकार नोरा पितृगृह में एक गुड़िया की तरह जीवन बिताती है। युवती होने पर नोरा का विवाह एक सरकारी कर्मचारी टोर्वाल्ड हेल्मर के साथ होता है। हेल्मर सरकारी नौकरी छोड़कर वकील बनना अधिक श्रेयस्कर समझता है। आर्थिक अभावों से मुक्ति पाने के लिए उसे घोर परिश्रम करना पड़ता है, जिससे उसका स्वास्थ्य विकृत हो जाता है। डाक्टर नोरा को पति के जलवायु-परिवर्तन एवं राजयक्ष्मा के उपयुक्त उपचार का परामर्श देते हैं। इसके लिए प्रचुर धन की आवश्यकता होती है। अतः नोरा पति के विरोध करने पर भी अपने गांव के क्रोगस्टाड नामक धनी व्यक्ति से ऋण लेती है। महाजन ऋण-पत्र पर उसके (नोरा) पिता का हस्ताक्षर अनिवार्य बताता है। नोरा उसपर अपने पिता के हस्ताक्षर स्वयं करती है और तिथि पहली अक्तूबर डालती है, यद्यपि 29 सितम्बर को उसके पिता की मृत्यु हो चुकी है।

जलवायु-परिवर्तन एवं उपयुक्त उपचार के द्वारा टोर्वाल्ड हेल्मर स्वस्थ हो जाता है और उसी बैंक का सर्वोच्च पदाधिकारी नियुक्त होता है जिसमें क्रोगस्टाड कार्य करता है। क्रोगस्टाड के अनियमित कार्यों के कारण उसे बैंक से निकालना अनिवार्य होता है। क्रोगस्टाड नोरा के जाली हस्ताक्षर से अभिज्ञ है। अतः वह नोरा को धमकाना प्रारम्भ करता है कि यदि वह बैंक से निकाला गया तो न्यायालय में उसके विरुद्ध अभियोग चलाएगा। नोरा अपने पति से इस रहस्य का उद्घाटन भी नहीं करना चाहती क्योंकि उसने ऋण पति के विरोध करने पर भी गुप्त रूप से लिया था।

नाटक में एक प्रासंगिक कथा भी अनुस्यूत है। नोरा की सखी क्रिस्टीन का जन्म निर्धन परिवार में हुआ, पर उसका विवाह एक धनी व्यक्ति श्री लिण्डे के साथ पिता के द्वारा सम्पन्न होता है। क्रिस्टीन का प्रेम क्रोगस्टाड से बाल्यकाल से है जो विवाहोपरान्त भी बना हुआ है। क्रिस्टीन क्रोगस्टाड को एक पत्र लिखकर अपनी विवशता प्रकट करती है और उसे भूल जाने का अनुरोध करती है। दुर्भाग्य से लिण्डे बीमार पड़ता है और उपचार में सारा धन व्यय हो जाता है। अन्त में लिण्डे की मृत्यु हो जाती है। अब क्रिस्टीन पुनः क्रोगस्टाड की ओर आकृष्ट होती है, क्योंकि उसकी पत्नी का स्वर्गवास हो चुका होता है। अब दोनों पति-पत्नी के रूप में रहने लगते हैं।

बैंक से निकलने का आदेश मिलते ही क्रोगस्टाड नोरा को धमकी देता है और उसके पति के नाम धमकी-भरा पत्र डाल देता है। टोर्वाल्ड हेल्मर पत्र पढ़ते ही आग-

बबूला हो उठता है और नोरा को जली-कटी सुनाने लगता है। नोरा सब सहन करती है किन्तु जब हेल्मर उसके मृत पिता को भी अपशब्द कहने लगता है तो नोरा के धैर्य का बांध टूट पड़ता है और इसी समय क्रिस्टीन के प्रयास से क्रोगस्टाड नोरा के नाम का ज़मानत-पत्र एक व्यक्ति के द्वारा लौटा देता है, जिसे देखकर टोर्वाल्ड हेल्मर शान्त हो जाता है। द्वार खोले खड़ी नोरा से वह कहने लगता है—"मैं बच गया नोरा, अब मैं बच गया। तुम भी बच गईं। हम दोनों बच गए।" अब वह जमानत-पत्र को चूर्ण-चूर्ण कर देता है और नोरा को प्रसन्न करने का प्रयत्न करता है। नोरा पति का अप्रत्याशित व्यवहार देखकर स्तम्भित रह जाती है और उस घर से सदा के लिए विदा लेने का संकल्प कर पति से कहती है—"आठ साल से हम साथ रहते हैं। मैं तीन बच्चों की मां हो गई पर मुझे कभी प्रेम नहीं मिला। पिता जी ने मुझे गुड़िया की तरह रखा और तुम्हारे घर में भी मैं गुड़िया की तरह रखी गई, मैं पिताजी की भी गुड़िया रही और तुम्हारी भी। दोनों अपनी इच्छा के अनुसार मेरे साथ व्यवहार करते रहे। मेरी इच्छा और मेरे व्यक्तित्व की किसी ने परवाह नहीं की। मैं अब ऐसे दायित्व-विहीन व्यक्ति के साथ रहना नहीं चाहती। मेरा विश्वास था कि मेरा पति विपत्ति में मेरी रक्षा करेगा, किन्तु मुझे सान्त्वना के स्थान पर ताने, गालियां और भर्त्सना मिली। मुझे आज भास हुआ है कि आठ वर्षों से जिसे मैंने पति समझा था वह अपरिचित और अजनबी व्यक्ति था। जब समर्पण और आत्मीयता होती है तब विवाह सफल होता है। जब वही नहीं तो विवाह कैसा! बन्धन का कारण यह तुम्हारी मुद्रिका है। अब मैं अपने पैरों पर खड़ा होना सीखना चाहती हूं। घर के कोने से निकलकर संसार देखना चाहती हूं। यदि पति की सेवा के लिए शुभाशय से मैंने कुछ नियमों का पालन नहीं किया तो क्या पाप किया, कि मेरी इतनी दुर्गति की गई। अब मैं जाती हूं। तुम भी मुक्त हो, मैं भी मुक्त हूं। न तुम मेरे पति, न मैं तुम्हारी पत्नी! नौकरानी बच्चों की देखभाल करने में समर्थ है। अब मैं गुड़िया बनकर गुड़िया-घर में रहना नहीं चाहती।"

नोरा धमाके से द्वार बन्द करके चली जाती है और टोर्वाल्ड हेल्मर सिर थाम कर बैठा रह जाता है।

बर्गसां के नाटकों में 'एन्हेन्सके' ('चुनौती' हिन्दी अनुवाद) सर्वश्रेष्ठ है। इसमें नाटककार ने पुरुषों की असहिष्णुता एवं क्षुद्रहृदयता का परिचय दिया है।

एल्फ्रेड क्रिस्टिसन अपनी पत्नी स्वावा के समक्ष अपने व्यतीत जीवन की त्रुटियों और कमज़ोरियों का उल्लेख करते हुए साथ-साथ यह भी कहता है कि यदि ये ही अपराध उससे हुए होते तो वह उसे क्षमा न करता। तब स्वावा कहती है : "सच्चरित्रता की यह कौन-सी तुला है, जिसमें पुरुष के लिए अन्य बाट तथा स्त्रियों के लिए दूसरे ?"

हरमैन सडरमैन जर्मनी के प्रख्यात यथार्थवादी नाटककार हैं। 'हाइहीमेट', जो 'मैगडा' के नाम से सन् 1893 में प्रस्तुत हुआ, इनका सर्वोत्कृष्ट नाटक है।

इसमें मैगडा एक स्वच्छन्द प्रेम की उपासिका युवती है। उसका एक गुप्त प्रेमी है जिससे स्वच्छन्द विहार करने के कारण गर्भवती हो जाने के अपराध में पिता घर से

निष्कासित कर देता है। दूसरे नगर में रहते हुए वह विख्यात अभिनेत्री बन जाती है। तब उसे अपने प्रेमी से विवाह की स्वीकृति प्राप्त हो जाती है। परन्तु वह अब उसे स्वीकार न थी। वह कहती है, "यदि हम ऊर्जस्वित होना चाहती हैं तो हमें पाप अवश्य करना चाहिए। पाप के द्वारा अधिक शक्तिशाली होना, खोखले आदर्शवाद से कहीं अधिक श्रेयस्कर है।"

वेडेकाइण्ड जर्मनी का प्रसिद्ध नाटककार हुआ है। 1895 में उसने अपनी सर्वोत्तम रचना 'अर्डजिस्ट' प्रस्तुत की। यह दो खण्डों का नाटक है। इसमें लूलू नामक बालिका के स्वच्छन्द प्रेम का चित्रण है। प्रथम उसे सून नाम के व्यक्ति द्वारा सदाचार पथ पर ले आने के लिए नृत्य की शिक्षा दिलाई जाती है। उसी के मित्र से उसकी शादी भी हो जाती है। विवाहोपरान्त भी लूलू अपना पूर्ववत् तितलियों का-सा स्वच्छन्द उच्छृङ्खल आचरण नहीं बदलती और एक कलाकार से प्रेम कर लेती है। इससे उसके पति को बहुत बड़ा धक्का लगता है और वह मानसिक पीड़ा से मर भी जाता है। कलाकार से लूलू पुनर्विवाह करती है। उसके साथ भी वही व्यवहार होते हैं। अन्ततः वह आत्महत्या कर लेता है। इस प्रकार की जघन्य उच्छृंखलता को देखकर सून को अपार दुःख होता है और वह कहता है, "तुम्हारे हाथ पति के रक्त से रंग गए हैं।" लूलू प्रत्युत्तर में कहती है, "एक भी निशान न रह जाएगा क्योंकि अब तुम मुझसे विवाह करोगे।" सून बाध्य होकर विवाह करता ही है। परन्तु शीघ्र ही अल्वा से, जो सून का कवि-पुत्र था, लूलू कहती है, "क्या तुम मुझे प्यार करते हो ? मैंने ही तुम्हारी मां को विष देकर मारा है।" सून ने क्रोधावेश में लूलू को मारना चाहा, परन्तु स्वयं उसकी गोली से मारा गया। हत्या के अपराध में अल्वा और लूलू बन्दी हुए। किसी तरह लूलू अल्वा के साथ काहिरा पहुंचती है। उसे अल्वा बेच देता है, परन्तु किसी प्रकार वह काहिरा पहुंचती है और एक भारतीय राजा से मि तकर अल्वा की हत्या करा डालती है। सबके बाद वह एक कोचवान के हाथ में पड़ती है, वह इसे साथिन के रूप में दिखाता है।

इंग्लैंड में यथार्थवादी नाटकों का प्रारम्भ टी० डब्ल्यू० राबर्टसन (1829-1871) से हुआ। इनकी सर्वश्रेष्ठ रचना 'कास्ट' है, जिसमें कथावस्तु कलारहित एवं भावुकतापूर्ण और मैलोड्रामा के अनुरूप है। किन्तु रंगमंच पर उक्त नाटक यथार्थ जीवन के अत्यन्त समीप और चरित्रों तथा क्रिया-कलाप के अत्यन्त स्वाभाविक होने के कारण बहुत ही सफल रूप से सन् 1867 अभिनीत हुआ। इस नाटक का अंग्रेज़ी के यथार्थवादी नाटकों पर बड़ा प्रभाव पड़ा। यह सत्य है कि इब्सन के 'डॉल्स हाउस', 'घोस्ट्स', 'ऐन ऐनिमी ऑफ दि पीपुल' और 'ह्वेन वी डैड अवेकन' राबर्टसन के नाटकों से कहीं अधिक कलापूर्ण, मनोवैज्ञानिक, विचार-प्रवण सिद्ध हुए थे। हेनरी आर्थर जोन्स और सर पिनरो के नाटक यथार्थवादी अथवा समस्या-नाटक रूप में प्रसिद्ध हुए, किन्तु इब्सन की नाट्य-कला की समानता न कर सके। इसके उपरान्त आस्कर वाइल्ड (1854-1900 ई०) और जार्ज बर्नार्ड शॉ प्रसिद्ध यथार्थवादी नाटककार हुए। आस्कर वाइल्ड का सबसे प्रसिद्ध यथार्थवादी नाटक 'दी इम्पॉर्टेन्स ऑफ बींग अर्नेस्ट' 1815 ई० में

अभिनीत हुआ।

अंग्रेज़ी साहित्य में गाल्सबर्दी का एक विशेष स्थान है। न्यायालय से बैरिस्टर के रूप में सम्बन्धित होने के कारण वह इंग्लैंड की न्याय-सम्बन्धी समस्याओं का पूर्ण ज्ञाता था। उसके नाटक 'स्ट्राइफ' (1909), 'जस्टिस' (1910), 'लॉयल्टीज' (1922) अत्यन्त प्रसिद्ध हैं, जिनमें दो का अनुवाद मुंशी प्रेमचन्द ने किया है। इसका उल्लेख पहले किया जा चुका है। इनके अतिरिक्त जॉन अरविन ने डबलिन में यथार्थवादी नाटकों का प्रचार किया। ऐबे थियेटर में लेडी ग्रेगरी, जो स्वयं नाट्यकार थी, अरविन के नाटकों का सफलतापूर्वक अभिनय करती रही। समस्या-नाटकों के निर्माताओं में सिंगी (1871-1909) का प्रधान स्थान माना जाता है। उनके नाटक 'ले-ब्वॉय ऑफ दि वैस्टर्न वर्ल्ड' में आयरिश चरित्र का व्यंग्यपूर्ण विश्लेषण किया गया है। यथार्थवादी नाटकों में काव्यत्व का सम्मिश्रण ईट्स और सिंगी की कृपा से हुआ। इनका 'राइडर्स टू द सी' सर्व-प्रसिद्ध है। इसमें एक कृषक अबला का अकिंचन बालक समुद्र-तट पर बहती हुई लकड़ियों को एकत्र करने के प्रयास में डूब जाता है।

अंग्रेज़ी के जिन यथार्थवादी नाटककार का प्रभाव हिन्दी में सबसे अधिक रहा, वे हैं बर्नार्ड शॉ (1866-1950)। वे नाट्यकार के साथ आलोचक भी थे। बुद्धि से खिलवाड़ उनका नित्य का व्यवसाय था। उनके विविध नाटकों में समाज की विविध-समस्याएं अभिव्यक्त हुई हैं। उनके प्रारम्भिक नाटक चरित्र-प्रधान हैं। 'मिसेज़ वारेन्स प्रोफेशन' नामक नाटक में वेश्या-व्यवसाय की आलोचना है। इनके नाटकों में सामयिक समस्या के साथ-साथ जान्सन के सदृश हास्य तथा ग्रीक नाटकों के सदृश गाम्भीर्य भी पाया जाता है। इन्होंने अपने नाटकों में इतिवृत्त को सर्वाधिक महत्त्व दिया और चरित्र-चित्रण को उसके पश्चात्। इनके यथार्थवादी नाटकों की अपनी ही विशेषता है। 'मैन ऐण्ड सुपरमैन' में दार्शनिक तत्त्वों का विवेचन है और 'पिगमैलियन' में पौराणिक कहानी और दन्तकथाओं को मानवीय एवं बुद्धिवादिता की कसौटी पर कसने का प्रयास किया है। इसमें एक नन्ही बालिका मन्त्रबल से युवती के रूप में परिणत कर दी जाती है।

बर्नार्ड शॉ का नाटक में सबसे बड़ा योगदान वार्तालाप की तर्कशैली है। कोई भी नाट्यकार इस क्षेत्र में उसे पराजित नहीं कर सकता। समाज की पवित्रतम धारणाओं की पोल खोलकर उनपर कटाक्ष करना और अकाट्य तर्कों से उसकी निस्सारता सिद्ध कर देना उनके नाटकों की विशेषता है। उनका मत है कि सभ्य मनुष्य या तो विकास करेगा या विनाश की ओर जाएगा। एक आलोचक उनके नाटकों की आलोचना करते हुए कहता है :

'The Life Force' or God would not tolerate that man should continue with his cruelty, his corruption and ineffectuality. That central theme he illustrated through every phase of life, from education and social conditions to politics, international affairs and religion.

(जीवनी शक्ति मानवजाति की आज की निर्दयता, उसके व्यभिचार एवं उसकी निष्प्रभता को सहन नहीं कर सकती। इस सन्देश को जनता तक पहुंचाने के लिए उन्होंने जीवन के विभिन्न क्षेत्रों से—शिक्षा संस्थाओं, सामाजिक परिस्थितियों, राजनीतिक स्थितियों, अन्तर्राष्ट्रीय घटनाओं एवं धार्मिक तत्त्वों से कथा ग्रहण की है।)

आलोचकों का मत है कि यदि शॉ ने बौद्धिक चमत्कारों के साथ आवश्यकता से अधिक खिलवाड़ न किया होता तो उसका सन्देश सरलता से जनसाधारण तक पहुंच जाता। भारतीय नाट्यकारों में शॉ के समान प्रतिभा केवल रवीन्द्रनाथ टैगोर में पाई गई। अतः उनके अतिरिक्त और कोई भी नाटक-निर्माता शॉ की शैली की तुलना में खड़ा नहीं हो सका। लक्ष्मीनारायण मिश्र के संवादो में यत्र-तत्र वैसा तीखा व्यंग्य दिखाई पड़ता है पर उनके नाटक सब मिलाकर शॉ के सामने अत्यन्त धूमिल पड़ जाते हैं।

हिन्दी के आधुनिक समस्या-नाटककारों के सामने एकमात्र इब्सन का ही आदर्श दीखता है। उपेन्द्रनाथ अश्क, भगवतीचरण वर्मा, जगदीशचन्द्र माथुर, रेवतीशरण, रमेश मेहता, वृन्दावनलाल वर्मा, सेठ गोविन्ददास आदि इब्सन, शॉ, हेम्पटन, गाल्सवर्दी एवं चेखव के अनुवर्ती प्रतीत होते हैं।

पृथ्वीनाथ शर्मा के 'द्विविधा' नाटक में उस युवती के प्रेम एवं वैवाहिक सम्बन्ध की चर्चा की गई है जो विश्वविद्यालय में उच्च शिक्षा प्राप्त कर चुकी है। इसके सभी पात्र उच्च शिक्षा-प्राप्त हैं। केशव विलायत से बैरिस्टर बनकर आया है। विनय ने भी ऊंची शिक्षा प्राप्त की है, किन्तु वह अकर्मण्य है। अकर्मण्यता के साथ-साथ उसमें नैराश्य-जनित व्याकुलता और असन्तुलित आत्माभिमान भी है। किन्तु केशव आधुनिक युग की नारी का मनोविज्ञान समझनेवाला प्रवीण युवक है। नायिका सुधा में भावुकता की मात्रा अधिक है। वह नाना प्रकार की स्वप्निल नवीन कल्पनाओं में डूबती-उतराती रहती है। किन्तु अन्त में अपने विचारों के साथ समझौता करने का निश्चय करती हुई प्रणयी जीवन बिताना चाहती है पर समझौता कर नहीं पाती और द्विविधा में ही पड़ी रहती है।

इसमें एक नारी के दो प्रेमियों की प्राचीन कथा में मनोवैज्ञानिकता लाने का प्रयास किया गया है। सुधा का अन्त तक द्विविधा में पड़ा रहना अन्त तक अविवाहिता आधुनिक नारियों के मनोभावों का सूचक है। 'अश्क' जी के 'स्वर्ग की झलक' में भी ऐसी ही नारियों के मनोभावों का चित्रण है, लेकिन वह चित्र द्विविधा से अधिक गहरा हो पाया है। दोनों नाटकों का उद्देश्य है 'स्वच्छन्द प्रेम की असारता सिद्ध करना।'

ऊपर के विवेचन से यह निष्कर्ष निकलता है कि जिस प्रकार स्वतन्त्रता से पूर्व विरचित समस्या-नाटकों में विश्वविद्यालय से उच्च शिक्षा-प्राप्त युवतियों के यूरोपीय स्वच्छन्द प्रेम एवं भारतीय वैवाहिक प्रेममय जीवन की तुलना करने का प्रयास किया गया था, उसी प्रकार आज के समस्या-नाटकों में भी प्रायः नारी के मनोविज्ञान का ऐसा ही चित्रण देखने को आता है।

'स्वर्ग की झलक' में रघुनन्दन अपनी पत्नी के रूप में गृह-कार्य में कुशल अल्प-शिक्षिता नारी को गुड़िया, रसोइया या दर्ज़िन कहकर पुकारता है और अशोक, राजेन्द्र तथा सत्य की ग्रेजुएट पत्नी के समान उच्चशिक्षा-प्राप्त नारी की आकांक्षा करता है। किन्तु अन्त में अशोक और राजेन्द्र के घर की उच्चशिक्षिता नारी की दशा देखकर अपना विचार बदल देता है। ऐसा ही एक दृश्य हमें विष्णु प्रभाकर के 'डाक्टर' नाटक में देखने को मिलता है। इस नाटक में इंजीनियर सतीशचन्द्र शर्मा का विवाह अल्पशिक्षिता रमणी अनीला के साथ भारतीय पद्धति से होता है। किन्तु इंजीनियर की हार्दिक अभिलाषा उच्च-शिक्षिता नारी के साथ जीवन बिताने की थी। अतः उसने मरीज़ा नामक एक शिक्षिता नारी से द्वितीय विवाह किया और अनीला को विवश होकर घर त्यागना पड़ा। उसने सतत प्रयास के द्वारा उच्च शिक्षा प्राप्त की और अपना एक 'नर्सिंग होम' स्थापित किया। इंजीनियर की रुग्णा पत्नी मरीज़ा अनीला के नर्सिंग होम में उपचार के लिए आती है और उसका बड़ा गम्भीर ऑपरेशन करना आवश्यक हो जाता है। अनीला सारी स्थिति समझ जाती है।

इस नाटक में डाक्टर केशव के वार्तालाप के द्वारा प्रेम का रहस्य समझाने का प्रयास किया गया है। अनीला पूछती है—प्रेम क्या है केशव ? केशव—दूसरे में स्वार्थ को पाना और डर से मुक्ति, यही प्रेम की परिभाषा है।

अनीला—प्रेम कुछ नहीं चाहता। प्रेम स्वयं मुक्ति है।

केशव—इस धरती पर तो दो प्राणी प्राणरक्षा के लिए, स्वार्थ के लिए पास आते हैं। एक दूसरे से परच जाने को विवश होते हैं और एक दिन प्रेम के देवता बन जाते हैं।

अनीला और केशव के वार्तालाप से यह स्पष्ट हो जाता है कि अनीला के मन में अपने पति के प्रति एक संघर्ष चल रहा है और अवसर पड़ने पर उसका बदला लेना चाहती है। ऑपरेशन के समय ऑपरेशन-थियेटर में अनीला मरीज़ का ऑपरेशन करने के लिए प्रस्तुत है। उसके अन्तःकरण से यह ध्वनि आ रही है—"डाक्टर अनीला ! शाबाश ! यही सुनहला अवसर है। अपना बदला लो। नारी के अपमान का बदला लो। मैं ही तुम्हारी प्रगति का कारण हूं। मैं पुरुष को तड़पते देखना चाहती हूं।...... निकल जाने दो प्राण। नस-नाड़ियों को बन्द मत करो। इस गाल ब्लेडर को देखो, कैसा खराब है ! इसे काटो मत। (तीव्र स्वर) तुम सुनहला अवसर खो रही हो। शत्रु को प्राण दे रही हो। तुमने इसे मार डालने का निश्चय किया था। (हताश क्रोध) तुमने गाल ब्लेडर काट दिया। तुमने केशव की बात मानी। (अल्पविराम, जैसे धौंकनियां चलती हों। फिर एकदम तेज़) अब भी अवसर है, छोड़ दे, फोरसेप्स अन्दर छोड़ दे, सीमित, ओह, ओह, तू नहीं सुनती, नहीं सुनती, ओह, ओह, तूने मुझपर ही छुरी चला दी, तूने मधुलक्ष्मी की हत्या कर दी, तू अपने अपमान को भूल गई, अपनी प्रतिज्ञा को भूल गई।

यथार्थवादी एकांकियों के अतिरिक्त उपेन्द्रनाथ 'अश्क' के 'जय-पराजय', 'स्वर्ग

की झलक', 'छठा बेटा', 'भंवर', 'कैद', 'उड़ान', 'पैंतरे', 'अलग-अलग रास्ते' इनके पूर्ण नाटक हैं। इनमें 'जय-पराजय' के अतिरिक्त प्रायः सभी अन्य नाटकों में शैलीगत नवीनता पाई जाती है। इनमें शास्त्रीय परम्परा की उपेक्षा और पाश्चात्य शैली का अनुसरण पाया जाता है।

'स्वर्ग की झलक' आधुनिक शैली पर लिखा गया है। नाटककार ने 'स्वर्ग की झलक' की भूमिका के अन्दर लिखा है :

"नाटक का उद्देश्य शिक्षा अथवा आधुनिक नारी के विरुद्ध न होकर उस मनोवृत्ति के विरुद्ध होना है जो हमारे यहां अधिक शिक्षित लड़की में पैदा होती जाती है।··· प्रत्येक शिक्षित लड़की के लिए पूर्ण रूप से आधुनिक, साथ ही धनी पति का मिलना कठिन है।"

'अशोक' तथा 'प्रो० राजेन्द्र' दो प्रमुख पात्र हैं, जिनकी स्त्रियां शिक्षिता हैं। उनका मित्र रघु सोचा करता है कि वे पूर्ण सुखी होंगे, पर उनके जीवन की यथार्थ स्थिति को समझकर और उनसे प्रभावित होकर अपनी शादी एक सामान्य कोटि की लड़की से कर लेता है। समस्त नाटक में आधुनिक शिक्षित नारी-वर्ग की समस्या के विश्लेषण का प्रयास हुआ है।

'पैंतरे' व्यंग्य-हास्य-प्रधान, बम्बई के फिल्मी क्षेत्रों में काम करने वाले कवि, अभिनेता, लेखक, रंगरूट निर्देशक आदि के जीवन का चित्र उपस्थित करने वाला त्रिअंकीय नाटक है। प्रत्येक अंक में दो दृश्य हैं : इसमें प्रमुख समस्या आवास की अप्राप्ति की है तथा अनुवर्ती समस्या है भारतीय चलचित्रों में छद्म व्यवहार। परिशिष्ट में अश्क ने स्वयं लिखा है कि उनको इसकी मूल प्रेरणा मकानों की समस्या से प्राप्त हुई है।

नाटक के प्रथम अंक में अभिनेता रशीदभाई सामाजिक फिल्म के डाइरेक्टर कादिर को सपरिवार चाय पर आमन्त्रित करता है और उस फिल्म में काम पाने के प्रलोभन से बम्बई नगर में मकान की समस्या जटिल होते हुए भी अपना आवास-स्थान डाइरेक्टर को समर्पित कर देता है और स्वयं अपने मित्र शाहवास के यहां निवास प्रारम्भ करते हुए उसे यह आश्वासन देता है कि डाइरेक्टर साहब की कृपा से आपको भी फिल्म में समुचित कार्य दिला दूंगा। इसी प्रलोभन से शाहवास अपना आवास रशीद को समर्पित कर स्वयं नौकरों के साथ सीढ़ी पर सोता है। शाहवास रशीदभाई की सब प्रकार से मस्केबाजी करता है और उन्हें मदिरालय में प्रायः सन्तुष्ट करने का प्रयास करता है। तीसरे अंक में कादिर और शाहवास के पड़ोसी पंजाबी किरायेदारों और गुजराती सेठों के बीच नित्य होने वाले कलह का वीभत्स चित्रण है। नाटक का पर्यवसान उस स्थान पर होता है जहां शाहवास नौकरों के साथ सीढ़ी पर सोते हुए कहता है :

"अरे भाई, एक फिल्म में हमें नौकर का पार्ट अदा करना है। कुछ दिन तुम्हारे पास सीढ़ी पर सोकर देखें कि तुम लोगों पर कैसी गुज़रती है। जभी तो अच्छा पार्ट कर पाएंगे।"

इस नाटक में दो प्रमुख पात्र हैं रशीद और प्रकाश। रशीद के द्वारा बड़े नगरों में आवास-समस्या व कृत्रिम फिल्मी जीवन का भण्डाफोड़ तथा प्रकाश के द्वारा उन साहित्यकारों की प्रतिभा का हनन दिखलाया गया है जो फिल्मी क्षेत्र के असाहित्यिक परिवेश में उत्तरोत्तर ह्रासोन्मुख एवं आदर्शच्युत हो जाते हैं।

अंजो दीदी

यद्यपि इस नाटक की रचना का प्रारम्भ सन् 1943 में हो गया था, किन्तु इसकी पूर्णाहुति एक युग (बारह वर्ष) उपरान्त 1955 में हुई। 'अंजो' अभिजात्य वर्ग की नियन्त्रित और अनुशासित प्रवृत्ति की महिला है। इसका वास्तविक नाम 'अंजलि' है। वह पारिवारिक जीवन को यन्त्र के समान संचालित करने में सदा व्यस्त रहती है। यदि कोई भी पुर्ज़ा अपने कर्तव्यपालन में एक क्षण का विलम्ब करता है तो उसे अनुशासन के दण्ड से ठोंक-ठाककर ठीक करती रहती है। ठीक आठ बजे घर का प्रातराश, मध्याह्न एक बजे भोजन, तीसरे पहर तीन बजे नाश्ता और नौ बजे रात का भोजन नियमित रूप से होता रहता है। इसमें क्षणिक विलम्ब उसे असह्य होता है। समय-पालन के साथ गृह-स्वच्छता, वस्तु-स्वच्छता आदि गृह-सम्बन्धी विषयों की उसे ऐसी सनक हो गई है कि गृह के दास-दासियों का तो कहना क्या, स्वयं पतिदेवता वकील साहब की भी मस्ती, उन्मुक्तता गृह-परिधि में आते ही विसर्जित हो जाती है। ग्यारह वर्षीय बालक नीरज, जो माता के नियन्त्रण में सदा सिकुड़ा-सा रहता था, वयस्क होने पर कठोर अनुशासन की प्रतिक्रिया के कारण उच्छृंखल होता जा रहा है। उसे क्रिकेट का कप्तान बनने की आकांक्षा थी, परन्तु अंजो तो उसे डिप्टी-कमिश्नर बनाना चाहती थी।

नीरज की पत्नी 'ओमी' अंजो दीदी का आदर्श सदा सामने रखती है। वह अपने पुत्र नीलम को आई० ए० एस० बनाना चाहती है। नीलम की रुचि न क्रिकेट में है न आई० ए० एस० बनने में, बल्कि वह एक कवि बनना चाहता है। नीरज के मामा हैं श्रीपति, जो बचपन में जितने ही फक्कड़ थे अब उतने ही गम्भीर हो गए हैं। पर उन्हें किसी भी प्रकार की सनक या फैड नहीं है। अपनी आदत को सनक बनने के पूर्व ही वे दूसरी दिशा में मोड़ देते हैं। उन्होंने नीलम को कवि बनने का परामर्श दिया है, जिस प्रकार बीस वर्ष पूर्व नीरज को डिप्टी-कमिश्नर का स्वप्न छोड़कर क्रिकेट का कप्तान बनने का आदेश दिया था।

इसी बीच अंजो दीदी का देहान्त हो जाता है। इसके बाद ही घर में पूरा परिवर्तन हो जाता है। वकील साहब जो उसके जीवन-काल में उसके वर्जित करने पर भी नित्य मदिरा पान करते थे और जिसके कारण अंजो की मृत्यु भी हुई थी, वे अब शराब को कभी हाथ भी नहीं लगाते। इस परिवर्तन का कारण था अंजो की मृत्यु।

ओमी कहती है, "उस दशा में ममी की मृत्यु से पापा के दिल पर कुछ ऐसा असर हुआ कि उन्होंने फिर न घर, न कचहरी—शराब को कभी हाथ नहीं लगाया। अपना जीवन नियमित बना लिया उन्होंने और एकदम संन्यासी-से बन गए।"

नाटक के अन्त में श्रीपति अंजो के चरित्र का विश्लेषण करते हुए कहता है, "वह घर को घड़ी की तरह चलाना चाहती थी। पर वह न जानती थी कि घड़ी मशीन है। इन्सान मशीन नहीं···इन्सान का मशीन बनना सनक का दूसरा रूप है। अंजू यदि इसे समझती तो जीजाजी को चोरी से शराब पीने और अंजू को मरने की ज़रूरत न पड़ती।"

इस नाटक की मूल समस्या है, पति-पत्नी में विचारों की विषमता। दो प्राणी जब अपने किसी नियम की पराकाष्ठा पर पहुंचकर तदनुरूप आचरण करने लगते हैं तो कलह अवश्यम्भावी हो जाता है

अलग-अलग रास्ते

इस नाटक में वैवाहिक समस्या का उग्र रूप दिखाई पड़ता है। इसमें दो वर्ग के पात्र हैं। प्राचीन संस्कार के प्रतीक ताराचन्द, त्रिलोक, उदयशंकर और राज हैं तथा दूसरे वर्ग में हैं—रानी और पूरन। राज शील और मर्यादा के वश होकर दूसरी नारी से प्रेम करनेवाले पति त्रिलोक के साथ पतिव्रत-धर्म का पालन करती है। रानी आधुनिक युग की नारी है, जो क्रान्ति का सन्देश लेकर, प्राचीन सड़ी-गली परम्पराओं का उन्मूलन करने पर तुली हुई है। पिता के आग्रह पर भी वह अपने लोभी पति के साथ जाना उचित नहीं समझती। रानी अपने पिता ताराचन्द से कहती है, "आपके धर्म की बातें मैंने बहुत सुन लीं पिताजी! आपका धर्म भी पुरुषों का धर्म है।" परिणाम यह होता है कि विद्रोही पूरन और रानी परम्परावादी पिता का घर त्यागकर अन्यत्र चले जाते हैं। किन्तु राज पति से अपमानित होने पर भी अपने श्वसुर के यहां शान्तिपूर्वक जीवन व्यतीत करती है। इस प्रकार जितने पात्र हैं सबके अलग-अलग रास्ते हैं।

हम पूर्व संकेत कर आए हैं कि आर्थिक विषमता की समस्या का आधार बनाकर भी समस्या-नाटक लिखे गए। ऐसे नाटकों में भगवतीचरण वर्मा का 'तुम्हें रुपया खा गया' और रामनरेश त्रिपाठी का 'पैसा परमेश्वर' प्रसिद्ध हैं।

'तुम्हें रुपया खा गया' का नायक है सेठ मानिकचन्द, जो एक फर्म में लेखक का कार्य करते हुए परम सुखी एवं सन्तुष्ट था। श्रीसम्पन्न होने की उत्कट स्पृहा से उसके मन में पाप-वासना जागरित होती है और वह दस हज़ार रुपया फर्म से चुराकर दूसरे नगर में जा बसता है। आयात-निर्यात-व्यापार में प्रवञ्चनापूर्ण व्यापारिक कौशल से करोड़पति बन जाता है। परिवार के सभी व्यक्ति उससे धन चूसना चाहते हैं। किसीके हृदय में ममता एवं प्रेम नहीं। वह रुग्णावस्था में पड़ा है, परन्तु पत्नी मसूरी में कलाकेन्द्र की स्थापना करा रही है। पुत्री को पति-गृह से आने का अवकाश नहीं और पुत्र धनार्जन में व्यस्त है। तब भी मानिकचन्द टेलीफोन पर व्यापार करता रहता है। डाक्टर के विश्राम के परामर्श को ठुकराता रहता है। टेलीफोन से सट्टे के व्यापार में सत्रह लाख का घाटा होता है और पुत्र उसे विक्षिप्त घोषित करता है। इसी समय उस फर्म का कैशियर जिसे पांच हज़ार रुपये के गबन के मिथ्यापराध में दीर्घकाल तक बन्दी गृह की यन्त्रणा

सहनी पड़ी थी, मानिकचन्द के सामने आता है। यह व्यक्ति किशोरीलाल है जो मानिकचन्द के चिकित्सक का पिता है। किशोरीलाल उसे (मानिकचन्द को) सान्त्वना देता है।

इन्कम-टैक्सवालों ने चालीस लाख रुपये का नोटिस दिया है। इस कारण मदन और मानिकचन्द की स्त्री चिन्ताग्रस्त अवस्था में मानिकचन्द से सेफ की चाभी मांग रहे हैं। मानिकचन्द अविलावस्था में चाभी देना अस्वीकार कर देता है। किशोरीलाल मानिकचन्द को तिजोरी की चाभी देने की सलाह देता है। किन्तु मानिकचन्द उससे कहता है, "नहीं किशोरीलाल, तुम अपना रुपया वापस ले लो और अपने अभिशाप से मुझे मुक्त कर दो।"

किशोरीलाल—किस-किसके अभिशाप से मुक्त होते फिरोगे, मानिकचन्द ! तुम अभिशाप को गलत समझ रहे होंगे। तुम्हारे ऊपर मेरा अभिशाप नहीं, अभिशाप रुपये का है।···तुम्हारी सुख-शान्ति अर्थ के पिशाच ने तुमसे छीन ली, तुम्हारा सन्तोष उसने नष्ट कर दिया। उस दिन जब तुम दस हज़ार रुपया चुराकर लाए थे, तब तुमने समझा था कि तुम रुपया खा गए···लेकिन तुमने बहुत गलत समझा था।

मा०—मैंने गलत समझा था।

कि०—हां, तुमने गलत समझा था। मैं कहता हूं कि तुमने रुपया नहीं खाया था, रुपया तुम्हें खा गया।

इस नाटक में यह दिखाने का प्रयास किया गया है कि अर्थ-पिशाच मनुष्य की ममता, दया, प्रेम आदि कोमल भावनाओं का गला घोंट देता है और मानव की मानवता को खा जाता है।

पैसा परमेश्वर

रामनरेश त्रिपाठी का 'पैसा परमेश्वर' नाटक कला की दृष्टि से उक्त नाटक से निम्न कोटि का है। इसमें न इतिवृत्त का चमत्कार है न दृश्य-विभाजन ही नाटकीय शैली का। यह यदि उपन्यास-रूप में लिखा गया होता तो अधिक अच्छा होता।

नया समाज

उदयशंकर भट्ट का 'नया समाज' ज़मींदारी-प्रथा के उन्मूलन के उपरान्त जमींदारों की परिस्थिति दिखलाने के उद्देश्य से लिखा गया है। इस नाटक में ज़मींदार मनोहरसिंह के परिवार का चित्रण किया गया है। ज़मींदारी के उन्मूलन से उनकी आर्थिक स्थिति शोचनीय बन गई है, तो भी उनके परिवार के रहन-सहन में कोई परिवर्तन नहीं हुआ। उनका पुत्र चन्द्रवदनसिंह ईसाई कन्या 'रीटा' से प्रेम करता है और पुत्री 'कामना' कल्पनालोक में विचरण करती है तथा अपने नौकर रूपा (जो पुरुष-वेशधारी कन्या है) पर मुग्ध है। एकबार चन्द्रवदना रूपा के सौन्दर्य पर रीझ गया और उससे विवाह करने के लिए तत्पर हुआ। उसी समय एक गड़रिये ने रहस्योद्‌घाटन किया कि रूपा तो मनोहर

की जारज कन्या है, जिसे मृतक समझकर गाड़ दिया गया था। रूपा के दु:खी होने पर 'कामना' सान्त्वना देती है कि हम दोनों एक ही पिता की सन्तान हैं।

अब मनोहरसिंह किंकर्त्तव्यविमूढ़ बन जाते हैं। इसी समय उनके मित्र धीरेन्द्रसिंह के पुत्र कह उठते हैं, "रूपा निर्दोष है। मैं उसे स्वीकार करता हूं।"

इस नाटक में ज़मींदारी के दिनों के ज़मींदारों के उच्छृंखल चरित्र का चित्र उपस्थित किया गया है। उनकी वर्तमान स्थिति का यदि यथार्थ चित्रण किया गया होता तो यह एक सफल नाटक सिद्ध होता। इसमें नाटककार एक समस्या को प्रमुखता नहीं प्रदान कर सका है। यौन-समस्या, जारज-समस्या, प्रतिलोम विवाह-समस्या, आर्थिक समस्या आदि समस्याएं आपस में उलझती हुई दीख पड़ती हैं और कोई भी समस्या पूरी तरह उभरकर धरातल पर नहीं आ पाती।

राजेन्द्र शर्मा का 'रेत की दीवार' नाटक तीन अंकों में विरचित है, जिसमें विवाह की समस्या को भिन्न-भिन्न दृष्टि से देखा गया है। एक आधुनिक वर्ग है, जिसके प्रतिनिधि हैं अशोक, नरेन्द्र और रेखा। प्राचीन के पक्षपाती हैं सुरेन्द्र, छुनियां, गुलाबराय। उन्मुक्त प्रेम का उपासक अशोक नवयुवक कहता है, "मैं अपनी उन्नति के रास्ते में विवाह की दीवार नहीं खड़ी कर सकता।" अशोक का मित्र नरेन्द्र तो यहां तक ललकारकर कहता है, "मैंने तो अपने पिताजी को अल्टीमेटम दे दिया है कि शादी करूंगा तो कमला से। नवयुवती रेखा कहती है कि "विवाह की वेदी पर स्त्री को स्वतन्त्रता की बलि चढ़ानी पड़ती है।" कमला कहती है, "मेरी मां मुझे नरक में ढकेलना चाहती है। पर मैं अब इस झूठे रिश्ते पर अपने छोटे प्रेम का बलिदान नहीं करूंगी।" प्राचीन विचारों के उपासक श्री सुरेन्द्र आधुनिकतावादी स्वच्छन्द प्रेमोपासक अशोक का विरोध करते हुए कहते हैं कि "विवाह आवश्यक है। स्त्री पुरुष की लाठी है, सहारा है।" इसी प्रकार छुनियां रेखा का विरोध करते हुए कहती है, "बीबी, बिना मर्द के ज़िन्दगी नहीं कटेगी।" अशोक का पिता गुलाबराय कहता है, "आज के पति अपनी पत्नी चुनना तो जन्मसिद्ध अधिकार समझते हैं।" इस प्रकार दो विरोधी विचारों का संघर्ष दिखाना नाटक का उद्देश्य है।

'उधार का पति' ना० धो० ताम्हणकर के गुजराती नाटक 'उसना-नवरा' का वनमाला भवालकर द्वारा रूपान्तर है। इसका कथानक संक्षेप में यह है। शीला मातृ-पितृविहीना बालिका है, जिसका पालन-पोषण दादा नामक ज़मींदार औरस पुत्री के समान करते हैं। दादा स्वत: नि:सन्तान हैं अत: उनका समस्त अपत्य स्नेह भ्रातृजा शीला को प्राप्त हुआ था। उन्होंने उसे विदेश में उच्चशिक्षा प्राप्त करने का अवसर दिया जहां अशोक नामक युवक से उसकी मैत्री हो गई।

परम्परा के अनुयायी दादाजी अपनी इस रक्षिता कन्या का पाणिग्रहण गांव के किसी बड़े ज़मींदार के लड़के से करना चाहते थे, किन्तु शीला का गुप्त प्रेम अशोक के साथ हो चुका था और वे दोनों प्रणय-बंधन में बंध चुके थे। शीला अपने पति के साथ दादा से दूर एक अन्य नगर में निवास करने लगी थी। ऐसी स्थिति में एकाकी दादा ने शीला की फुफेरी बहिन रीता को अपनी सेवा-शुश्रूषा के लिए अपने घर बुला लिया था।

शीला और उसकी सहेली लीला में अपने-अपने पति के वैभव-विस्तार की अतिशयोक्ति करके पत्र लिखने की होड़-सी लग जाती है। लीला का विवाह शीला के पूर्व-संकल्पित ज़मींदार-पुत्र के साथ हुआ था, जिसके पास आवास एवं पर्याप्त धन-सम्पत्ति थी। तथ्य यह है कि शीला के पति अशोक के पास कोई पैतृक सम्पत्ति नहीं, वे एक विद्यालय में अध्यापक-मात्र हैं और किराये के मकान में रहते हैं। शीला की प्रतिवेशिनी शोभा एक सम्पन्न गृह की स्वामिनी है, जिसके अधिकार में सेवक सेविकाएं, रेडियो,मोटर, टेलीफोन आदि आधुनिक सभी सुख-साधन विद्यमान हैं। शीला के पुत्रवती होने पर उसके अभि-भावक दादा नवजात शिशु का मुख देखने को लालायित हो उठते हैं और अपने आगमन की सूचना शीला के पास भेजकर उसके घर शीघ्र ही पहुंच जाते हैं।

शीला अपने वैभव के प्रदर्शन के लिए अपनी प्रतिवेशिनी शोभा के घर में उन्हें ठहराती है और उधार की वस्तुएं मांगकर उनका आदर-सत्कार करती है। अशोक को रसोइये का काम करना पड़ता है और दादा के आग्रह करने पर शोभा के ममेरे भाई नरेश को उसका उधार का पति बनना पड़ता है। नरेश प्रयास करने पर भी इस रहस्य को छिपा नहीं पाता और दादा भांप जाते हैं कि कहीं न कहीं दाल में काला है।

द्वितीय अंक में उधार के पति नरेश से गृह-सम्बन्धी प्रश्नों के उत्तर द्वारा दादा की शंका दृढ़ हो जाती है। इतने में ही पुलिस इंस्पेक्टर का टेलीफोन आता है। अशोक का कृत्रिम नाम राजाराम पड़ गया था और इंस्पेक्टर ने भी राजाराम नामक एक डाकू की सूचना टेलीफोन द्वारा शीला के घर वालों को दे दी। इसलिए नरेश इंस्पेक्टर को उत्तर देता है कि राजाराम घर में विद्यमान है। पुलिस के अधिकारी आते हैं और राजाराम नामधारी व्यक्ति को बन्दी बनाना चाहते हैं।

तीसरे अंक में दादा के सामने सबका रहस्य खुल जाता है। शीला पराजित होकर अपने बाह्याडम्बर का अपराध स्वीकार करती है और दादा मुन्ना को प्यार से अपनाते हैं। दादा रीता को अपने साथ लाए थे और उसके प्रेमी नरेश के साथ उसका बिवाह कर देना चाहते थे। शीला के प्रेमी के साथ विवाह करने में बाधा डालने के कारण उसके मन में जो ग्लानि थी उसके निराकरण के लिए वे रीता का विवाह उसके प्रेमी के साथ करना चाहते थे। अब रीता को सन्देह होता है कि कहीं यह शीला का गुप्त प्रेमी तो नहीं। किन्तु स्थिति स्पष्ट हो जाने पर रीता और नरेश का विवाह निश्चित हो जाता है और दादा को प्रसन्नता होती है।

इस नाटक में आडम्बरपूर्ण सामाजिक परिस्थितियों के कारण उत्पन्न होने वाली दुर्व्यवस्थाओं को समस्या के रूप में रखने का प्रयास किया गया है, किन्तु इसे समस्या-नाटकों की कोटि में परिणित नहीं किया जा सकता। समस्या नाटक में जिस गम्भीरता की आवश्यकता है वह इसमें नहीं।

मराठी के अतिरिक्त तेलगू भाषा-भाषी ए० रमेश चौधरी आरिगपूडि ने एक नवीन नाटक 'कोई न पराया' (सन् 1961 में) लिखा है। यह नाटक सामाजिक एवं आर्थिक समस्याओं पर आधारित एक मौलिक नाटक है। नाट्यकार का मत है, "आर्थिक

परिवर्तन तभी स्थायी महत्त्व के हो सकते हैं जब उनको अनुकूल सामाजिक वातावरण मिलेगा। व्यक्ति का व्यक्तिगत प्रबोध ही कालान्तर में समाज के अनुकूल वातावरण का कारक होगा।"

सामान्य ग्रामीण जनता के परिवेश में देश की प्रगतिशील परिस्थितियों के अनुकूल ग्रामोद्धार की नवीन योजना बनाने का इसमें प्रयास पाया जाता है। गांव के ज़मींदार रामरेड्डी और उनकी पत्नी वरलक्ष्मी प्राचीन परम्परा के उपासक हैं, किन्तु उनका लड़का वसन्त देश की परिवर्तनशील परिस्थिति से पूर्ण परिचित होने के कारण प्रगतिशील विचारों का पोषक है।

ग्रामीण जनता से सम्बद्ध सभी समस्याओं — धार्मिक, आर्थिक, सामाजिक एवं सांस्कृतिक — का विश्लेषण पाया जाता है। नाटक का आरम्भ धार्मिक समस्या से होता है। सीताराम शास्त्री सफल कृषक हैं। वे कृषि कार्य को पुजारी और पुरोहित के धार्मिक कृत्यों से किसी प्रकार हीन नहीं समझते। पंचों में बैठकर शास्त्रीजी कहते हैं, "ज़मींदारी गई, हमारी मन्त्रीगीरी भी गई। बुजुर्गों ने मन्त्रपाठ करके पढ़ाया था, मैं खेती करता हूं।...जो है उसी पर गुज़ारा करूं तो कम-से-कम किसी का खोसता नहीं हूं।"

शोषक-वर्ग की ओर संकेत करके कहते हैं, "इस ऊंघते देश को मच्छर की तरह काटूं, नोचूं क्यों ?"

शास्त्रीजी प्रत्येक क्षेत्र में प्रगतिशील विचारों के हैं। "प्रतिमा के श्रृंगार के लिए बहूमूल्य वस्त्राभूषण किन्तु समीपवर्ती कंगाल बेकार को शीत से बचने और तन ढकने के लिए वस्त्र भी नहीं।" वे रामरेड्डी के मन्दिर-दान का विरोध करते हुए कहते हैं, "आदमियों को नंगा करके पत्थरों को कपड़े देना, यह कहां की बुद्धिमानी है ?"

शास्त्री सामाजिक क्षेत्र में भी प्रगतिवादी हैं। वे नाटक के नायक उत्तमराव के इस मत का समर्थन करते दिखाई देते हैं, "इस देश की आधी बीमारी ठीक हो जाए यदि यह कानून बना दिया जाए कि कोई अपनी जाति में शादी नहीं कर सकता। उसके बाद न जाति रहेगी, न दहेज।" यहीं प्रथम अंक समाप्त होता है।

द्वितीय अंक में 'वेंकटरत्नम' गांव वालों को एकत्र करके यह प्रस्ताव सामने रखते हैं कि गांव की बेकारी की समस्या गांव में गन्ने की मिल खोलने से दूर हो सकती है। शास्त्रीजी इसका विरोध करते हुए कहते हैं कि कारखाने बनाने हैं तो शहर में बनाएं। कारखानों से गांव की समस्या सुधर नहीं सकती और आसपास की भूमि बंजर हो जाएगी। यदि कारखाना खोलना है तो खेती के औजारों का खोलो, यदि सुधार करना है तो हमारी फसल अच्छे दामों पर बिकवाओ और उपज बढ़ाओ। फैक्टरी शहरों की चीज़ है, गांवों की नहीं। यदि खोलनी है तो सरकार खोले, एक व्यक्ति उससे लाभ उठा कर सम्पन्नतर क्यों बने।

इस अंक में गांवों का सांस्कृतिक और सम्मार्जनिक विकास दिखाया गया है। प्रगतिवादी उत्तमराव हाथों में झाड़ू और टोकरी लिए हुए अनुयायियों सहित गांव के सम्मार्जन में संलग्न हैं और कार्य-सम्पन्न होने पर सहकारियों सहित रंगमंच पर

लोकनृत्य करते और संगीत में तन्मय दिखाई देते हैं। यहीं द्वितीय अंक समाप्त होता है।

तृतीय अंक में प्रो० उत्तमराव ब्राह्मणों से बहिष्कृत और अब्राह्मणों से भी असम्मानित समाज-सुधारक के रूप में हमारे सामने आते हैं। उन्होंने ब्राह्मण होते हुए भी अपनी एक लड़की का विवाह हरिजन से किया है और दूसरी का भी अब्राह्मण से करने के लिए प्रस्तुत हैं। वे न तो एसेम्बली और लोकसभा के सदस्य बनना चाहते हैं, न नेतृत्व-यश के ही पिपासु हैं। इस पात्र की सृष्टि नाट्यकार की विशेषता है।

स्वतन्त्रता के उपरान्त अहिन्दी भाषा-भाषी राज्यों के कलाकार भी हिन्दी के माध्यम से नाट्य साहित्य की अभिवृद्धि कर रहे हैं। उनकी रचनाएं रंगमंच को दृष्टि में रखकर लिखी जा रही हैं। यहां तक कि पौराणिक कथाओं को भी आधुनिक युग के अनुकूल और बुद्धिवादियों के लिए भी ग्राह्य बनाने का प्रयास किया जा रहा है। चावलि सूर्यनारायण मूर्ति का 'महानाश की ओर' नामक नाटक (1960) में विरचित हुआ। यह तीन अंकों और सोलह दृश्यों में महाभारत के युद्ध का वर्णन है। नाटक के प्रारम्भ में दुर्योधन और शकुनि के वार्तालाप के द्वारा कौरवों पाण्डवों के युद्ध का आभास मिलने लगता है और तृतीय अंक के अन्तिम दृश्य में द्रौपदी के प्रोत्साहन से पाण्डव और कृष्ण भी युद्ध के लिए सन्नद्ध हो जाते हैं। नाटक का उद्देश्य यह जताना है कि हमारे देश पर शत्रु-सैन्य की जो पीली घटा मंडरा रही है उसका सामना करने के लिए देश के वीरों को सन्नद्ध किया जाए। भरतवाक्य में कहा गया है—

जय शत्रु विनाशिनी काली।
नरमुण्डों की माला वाली। जय०···
× × ×
वर दे दुश्मन से हम न डरें।
वर दे उर में उत्साह भरें।
वर दे कर में करवाल धरें।
वर दे जग में सत्कीर्ति भरें। जय०···
शोणित की नदियां बह जावें।
पृथ्वी लाशों से भर जाये।
किन्तु बिना शत्रु प्राण लिए।
उर की ज्वाला शान्त न होवे। जय०···

(यवनिका-पतन)

ग्रामीण जीवन को केन्द्र में रखकर लिखे जाने वाले आधुनिक नाटकों में दयानाथ झा-प्रणीत 'कर्मपथ' (1953 ई०) नाटक का मज़दूर-समस्या को हल करने में महत्त्व-पूर्ण स्थान है। इसमें पंचायत के द्वारा ग्राम-सुधार का प्रयास किया गया है।

गत दस वर्षों में विरचित नवीन समस्या-नाटकों के विश्लेषण से यह निष्कर्ष निकलता है कि नाट्यकारों का ध्यान यौन समस्या को उभाड़ने की अपेक्षा इस समस्या के मनोवैज्ञानिक कारणों के विवेचन और विश्लेषण की ओर अधिक जा रहा है। नाट्य-

कार युवा और युवतियों की उन मानसिक गुत्थियों को सुलझाने में लगे हैं जिनके कारण प्रणय-क्षेत्र में विभीषिका उत्पन्न हो गई है। कलाकारों का ध्यान आधुनिक शिक्षित वर्ग की उन सनकों की ओर भी जा रहा है, जिनके कारण पारिवारिक जीवन अशान्तिमय बन गया है। 'रुपया तुम्हें खा गया' में अर्थ सचय की सनक, 'अंजो दीदी' में नियमपालन की अतिशयता की सनक, 'पत्थर और आंसू' (एकांकी) में पुत्र को अल्पकाल में विद्वान् बना देने की सनक के कारण गार्हस्थ्य जीवन का सुख-शान्तिमय वातावरण विक्षुब्ध दिखाई पड़ता है।

स्वतन्त्रता से पूर्व हमारे समस्या-नाटकों में परतन्त्रता क कारण उत्पन्न आर्थिक एवं राजनीतिक विकराल स्थिति समस्या केन्द्र में हुआ करती थी। ज़मींदारी और बेगार के कारण कृषकों की एवं श्रमिकों की दुर्दशा का वर्णन प्रमुख बन गया था। विधवा विवाह एवं अछूतोद्धार का स्वर सबसे अधिक सुनाई पड़ता था। किन्तु आज समस्याओं का रूप बदल गया है। आज के यथार्थवादी समस्या-नाटकों में ज़मींदारी-उन्मूलन के उपरान्त समय की गति के साथ न चल सकने वाले ज़मींदार-परिवार की दुर्दशा, नारी-स्वातन्त्र्य के अतिशय के कारण समाज में पाई जाने वाली विशृंखलता, नर-नारी में उन्मुक्त प्रेम के कारण विवाह और विवाहोपरान्त तलाक की समस्या, परम्परावादी एवं प्रगतिवादी वर्गों में संघर्ष, माता-पिता एवं सन्तान में विचारगत भेद के कारण कलह, अर्थसंचय की सनक से उत्पन्न भीषण पारिवारिक स्थिति, उत्कोच एवं भ्रष्टाचार, पंच-वर्षीय योजना की सफलता एवं विफलता के कारण उत्पन्न स्थिति, विदेशियों के आक्रमण की आशंका से उत्पन्न समस्याएं, देश विभाजन की विभीषिका का चित्रण, विश्व-शान्ति के प्रयास, कश्मीर की समस्या, बेकारी का मूल प्रश्न, महंगाई के कारण मध्यवर्ग की स्थिति में परिवर्तन, ग्राम एवं नगर की विकास योजनाओं से परिवर्तित परिस्थिति, धार्मिक अंधविश्वास के प्रति विद्रोह, आधुनिक शिक्षा की निस्सारता, आर्थिक विषमता, अछूत समस्या का नया रूप, खाद्य समस्या, राष्ट्रीय औद्योगीकरण तथा उसके सुखद एवं दुःखद परिणाम, हमारी सांस्कृतिक चेतना का विश्वोपयोगी नया स्वरूप, लोक-संस्कृति का पुनरुद्धार, दहेज के कारण परिवार में आर्थिक संकट, धनीवर्ग की चरित्रहीनता, मद्य-पान, राजनीतिक पार्टियों में परस्पर कलह के कारण उत्पन्न परिस्थिति, साम्प्रदायिकता की ज्वाला में जर्जरित होनेवाले समाज का चित्रण, ग्राम पंचायतों के पुनरुज्जीवन से ग्रामीण जनता में नवजागृति का स्वरूप, सहकारी समितियों का क्रियात्मक लाभ, भूदान आदि प्रसंग समस्या नाटकों के इतिवृत्त के मूल आधार बन रहे हैं।

मध्यमवर्ग में नारी-स्वावलम्बन के कारण परम्परागत विचारों में उद्वेलन एवं क्रान्ति होने से नवीन परिस्थितियों का उद्भव और उनके कारण सामाजिक व्यवस्था में प्रकम्पन उत्पन्न हो गया है। यह अव्यवस्थित स्थिति का रूप धारण करेगी, यह कहना आज यदि असम्भव नहीं तो कठिन अवश्य है। आज का समस्या-नाट्यकार नाटकों में विविध प्रयोग कर रहा है। पौराणिक-ऐतिहासिक अनुत्पाद्य कथाओं के आधार पर भी एक ओर नाटक लिखे जा रहे हैं तो दूसरी ओर अभिजात्यवर्ग, मध्यमवर्ग एवं निम्नवर्ग

के व्यक्तियों को भी नायक बनाया जा रहा है। प्रसिद्ध उपन्यासकारों की कृतियों के आधार पर समस्या-नाटक लिखने की परम्परा हमारे देश में भी चल पड़ी है। 'होरी' इसका प्रमाण है जो प्रेमचन्द के 'गोदान' का नायक रह चुका था।

'परिवार के शत्रु' सन् 1958 में प्रणीत हुआ। भूतपूर्व ज़मींदारों और उनके परिवारों की दुर्दशा दिखानेवाले जो अनेक नाटक इस काल में विरचित हुए, उनमें इस नाटक का एक स्थान है।

जिन ज़मींदारों और ताल्लुकेदारों ने सतत चलनशील कालचक्र की परिवर्तित गति की उपेक्षा करके अपने जीवन की धारा को ज़मींदारी उन्मूलन के उपरान्त भी पूर्ववत् प्रवहमान बनाए रखने की आकांक्षा की, उनको समय के थपेड़ों ने किस प्रकार धराशायी कर दिया, उसीका एक वीभत्स चित्र इस नाटक में देखने को मिलता है।

लखनऊ के भूतपूर्व ज़मींदार ठा० रणविजयसिंह का लड़का रामसिंह गांजा और मदिरा का सेवन करता है। परिवार में भगवती और माधवी दो कन्याओं के विवाह के लिए परम्परागत दहेज-पद्धति के अनुसार विपुल धन-राशि की आवश्यकता है। बालक-बालिकाओं की शिक्षा का व्यय-भार अत्यधिक बढ़ गया है। सिर पर ऋण भार अलग है। पैतृक सम्पत्ति के रूप में प्राप्त अट्टालिका के जीर्णोद्वार की समस्या अलग ही है। रामसिंह मद्यप-गंजेड़ी तो है ही, साथ ही वेश्यागामी भी है। कुसंगति ने उसके चरित्र का सर्वनाश कर डाला है। नौजवानी की लहर में बह रहा है। विलासिता के नशे में चूर होकर परिवार की मान-रक्षा पर भी कुठाराघात कर रहा है। ऐसे विलासी रामसिंह के अनैतिक आचरणों के इस उदाहरण से ग्रामीण जीवन की एक झांकी मिलती है।

प्रात:काल गांव में एक सनसनीदार खबर फैल रही है—"रामसिंह घुरहू हरिजन की नौजवान बेटी रधिया को कल रात में कालेदीन आदि के द्वारा जबरियन उठवाकर ले गए थे, और सारी रात उसे बाहर रखने के बाद सवेरे चार बजे बेहोशी की हालत में फिर वापस घुरहू के दरवाजे पर डाल गए।"

रामसिंह इतना निर्लज्ज मद्यप हो गया है कि कहता है—"मैं रोज़ बाहर बैठकर पीता था। घर में कभी नहीं पी। लेकिन तब भी लोग मेरी बुराई करते हैं। मैं आज घर में बैठकर पीऊंगा। देखूं तो मेरा कोई क्या बिगाड़ लेता है। मुझसे जो आज बोलेगा उसे मैं शूट कर दूंगा।"

वह अपने बेटे कमल को भी शूट करने को तैयार है। प्रथम अंक में उसके मद्यपान, व्यभिचार एवं गांजा आदि विभिन्न व्यसनों का वर्णन है। द्वितीय अंक में ऋणभार की चर्चा और ताला तोड़कर रुपया एवं आभूषण चुरा ले जाने का वर्णन है। भगवती रामसिंह की बड़ी लड़की अपनी ससुराल में अपमानित होती है, जिसका कारण है दहेज की कमी और मनचाही स्वर्णराशि का न प्राप्त होना। उसका भाई सूर्य उसे घर लिवा लाता है। समस्त दास्तान सुन लेने के पश्चात् रामसिंह अपना उग्र रूप धारण कर बन्दूक संभालता है और लहनपुर जाकर अपने दामाद और समधी को अपनी बेटी के अपमान के बदले में गोलियों से उड़ा देने की योजना बनाता है। परन्तु इसी बीच उनका शिष्य

कालेदीन गांजे के विक्रय-सम्बन्धी अपराध में गिरफ्तार किया जाता है। अतः लहनपुर न जाकर वे शिष्य-रक्षा में पहुंचते हैं। इधर घर की दशा इतनी शोचनीय और निम्न स्तर को पहुंच जाती है कि घर में भोजन का भी ठिकाना नहीं रह जाता। लड़के-लड़कियां भूख से त्रस्त होकर आंसू बहाते हैं। इस अंक में ही इस परिवार की दुर्दशा और शान-मात्र को प्रदर्शित करने में पतन की परिस्थिति अपनी चरम सीमा पर पहुंच जाती है। सूर्य कहता है, "क्या इस वक्त घर में खाना नहीं पका है ?" माधवी उत्तर देती है, "नहीं, खाना तो रात में भी नहीं पका था। सब लोग कल से ही भूखे हैं।" सूर्य—"क्यों ?" माधवी—"जो घर में नाज नहीं है। माताजी ने आज सवेरे ललई सुनार को अपना छल्ला बेचने को दिया है···।"

अंतिम अंक में परिवार की दशा धीरे-धीरे नाटक के आदर्श पात्र कमल के सत्प्रयत्नों से सुधरती है। जो घर सेठ के यहां बन्धक रखा गया था, उसका कर्ज़ पुष्पा के आभूषणों को बेचकर कमल चुका देता है। परिवार की स्त्रियां चरखे से सूत कातकर स्वावलम्बी होने की चेष्टा करती हैं। सभी उद्योगोन्मुख हो जाते हैं। भगवती के पति क्षमा-याचना के लिए आते हैं, पर वह क्षमा-याचना मुकदमे के डरमात्र के कारण थी। अन्त में रामसिंह अपने दुष्कृत्यों को समझता है, पर शराब पीना नहीं छोड़ता। ठाकुर आत्महत्या कर लेते हैं और रामसिंह उस समय शराब की बोतल लिए आता है, पर अपने पिता को बन्दूक से आत्महत्या किए देख अवाक् रह जाता है। बोतल गिरकर फूट जाती है। नाटक की परिसमाप्ति होती है। अपने सहज स्वरूप को संभालनेवाला और वास्तविक कालचक्र की गति को समझनेवाला कमल ही आदर्श रूप में चलकर दर्शकों पर अपने चरित्र का, अपनी धैर्यशीलता तथा विपत्ति में ऊपर उठने की क्षमता का प्रभाव छोड़ता है।

हिन्दी में मौलिक समस्या-नाटकों के अतिरिक्त विश्व के उत्तमोत्तम नाटकों के अनुवाद एवं रूपान्तर भी हो रहे हैं। इब्सन के 'ऐनिमी ऑफ द पीपुल' का अनुवाद 'जन-शत्रु' (1960 ई०) और मेटरलिंक के एक नाटक का अनुवाद 'नील पंछी' नाम से अभी प्रकाशित हुआ है।

समस्या-नाटकों की सफलता

यथार्थवादी अथवा समस्या नाटकों ने अपनी इतनी कठोर सीमाएं निर्धारित कर ली हैं कि वे भस्मासुर के समान अपने वरदाता को ही भस्म करने को कटिबद्ध हैं। यथार्थवादी नाटकों में साधारण वातावरण, नित्यप्रति के जीवन से सम्बद्ध घटनाएं तथा पात्रों के रूप में हमारे चिरपरिचित गृहीत होते हैं। समस्या-नाटक की इस परिसीमा के कारण नाट्यकला-कृति में एक विकराल स्थिति उत्पन्न हो गई है। आचार्य वाजपेयीजी का यह कथन सर्वथा समीचीन है :

"दैनिक जीवन की घटनाओं और दृश्यों का किसी कलाकृति में ज्यों का त्यों निरूपण कर देना नाट्य-दर्शकों के किस काम का होगा ? वे ऐसे नाटक किस प्रयोजन से

देखें ? जीवन के साधारण दृश्य तो देखते ही रहते हैं। अपने-आप स्वीकार किए गए इन यथार्थवादी प्रतिबन्धों के रहते श्रेष्ठ नाट्य-कृति कोई अत्यन्त प्रतिभाशाली लेखक ही प्रस्तुत कर सकता है ?"[1]

सामान्यत: प्रत्येक नाट्य-कलाकृति में नाट्यकार के दृष्टिकोण का बड़ा महत्त्व होता है, किन्तु समस्या-नाटकों में तो उसकी प्रतिभा सबसे अधिक वांछनीय है। कारण यह है कि उसकी प्रतिभा को अनेक प्रतिबन्धक आवरणों को वेधकर तथ्य तक पहुंचना होता है। अत: जिस नाटककार की प्रतिभा प्रखर होती है वही सत्य के अनुसन्धान में कृतकार्य होता है। इसी कारण योरुप के प्रतिभाशाली नाट्यकारों में (उन आवरणों से आवृत्त तथ्य का दर्शन करने के लिए) किसी ने बौद्धिकता का सूक्ष्मदर्शक यन्त्र लगाया और किसी ने प्रतीक-योजना की सहायता ली। अधिकांश समस्या-नाटककारों ने अन्तश्चेतना की भूमिका में स्थित तथ्य के अनुसन्धानार्थ मनोविज्ञान का सम्बल ग्रहण किया। हमारे देश में भी लक्ष्मीनारायण मिश्र ने बौद्धिकता का, उपेन्द्रनाथ 'अश्क' ने मनोवैज्ञानिकता का, जगदीशचन्द्र माथुर ने तार्किकता का तथा लक्ष्मीनारायण लाल, धर्मवीर भारती, पृथ्वीनाथ शर्मा, भगवतीचरण वर्मा आदि ने प्रतीक-योजना का अवलम्बन ग्रहण किया। पर कोई अवलम्बन ही तथ्यानुसन्धान के लिए पर्याप्त नहीं। नाटक को सफल बनाने में 'लेखक की वैयक्तिक निष्ठा और निजी मानसिक छाया अनिवार्य होती है।'

आचार्य वाजपेयीजी हिन्दी के यथार्थवादी नाटकों की आलोचना करते हुए इस निष्कर्ष पर पहुंचते हैं कि 'नाटक के लिए वही निष्ठा और वही अनुभूति मूल्यवान् है जो सार्वजनिक निष्ठा और सार्वजनिक अनुभूति के समीप हो। लेखक अपने कृतित्व द्वारा समष्टि की भाव-चेतना के जितना अधिक निकट जा सकेगा उतनी ही उसकी कृति स्थिर मूल्यों वाली होगी। यह प्रश्न अनुभूति की वैयक्तिक सच्चाई और गहराई का उतना नहीं है जितना वह अनुभूति की सार्वजनिक ग्राह्यता का है। जीवन के समस्त वैयक्तिक अनुभवों को पार करने के पश्चात् वह अंश फिर भी बच रहता है जो सार्वजनिक अनुभवों, आकांक्षाओं और विश्वासों का अंश है। नाटककार की कृति उन्हीं अंशों को अपनाकर मूल्यवान् बन सकती है। यह सामूहिक जीवन के प्रति कलाकार की सजगता का प्रश्न है। वह यदि अपने निजी संवेदनों को प्रकाशित करता हुआ समष्टि-संवेदनों का गहरा स्पर्श नहीं देता तो किसी अन्य क्षेत्र में भले ही सफल हो, नाट्यकला के क्षेत्रमें लोकप्रियता नहीं प्राप्त कर सकता।"[2]

यथार्थवादी नाट्यकारों को इस बात का गर्व है कि संस्कृत नाटकों के विपरीत उनकी कलाकृतियां केवल मनोरंजन के ही लिए नहीं, अपितु मानवीय विकास में बाधक अवरोधो के संकेत और उनके निवारण के निर्देशों के द्वारा जीवन को विकासोन्मुख बनाने

---

1. आलोचना, नाटक विशेषांक, संख्या 19, जुलाई, 1956
2. आलोचना, नाटक-विशेषांक, संख्या 19, जुलाई 1956

के लिए हैं। आज का समस्यावादी नाट्यकार भारतीय रस-सिद्धान्त को असामयिक मानकर नाटकों के माध्यम से समस्याओं के निर्देश द्वारा जन-जीवन का विकास चाहता है। संस्कृत नाट्यकारों एवं जयशंकर प्रसाद आदि पर जन-जीवन से विमुखता का आरोप लगाया जाता है, उन्हें कल्पना-लोक का कलाकार माना जाता है। विचारणीय है कि यह आरोप कहां तक सत्य है। भारतभूमि को प्रकृति ने इतनी सम्पन्नता एवं आध्यात्मिकता प्रदान की है कि यहां आर्थिक एवं यौन-समस्या चिरकाल तक जन-जीवन का लक्ष्य नहीं बन सकती। यहां का मानव भौतिक विकास में बाधक तात्कालिक समस्याओं को अस्थायी मानता हुआ मानसिक विकास के अवरोधों को जीवन की प्रमुख समस्या मानता आया है। इसी कारण हमारे सामाजिक नाटकों में भी भौतिकता के साथ आध्यात्मिकता का मिश्रण होता रहा है। हमारे यहां वैवाहिक जीवन में वासना-तृप्ति को उतनी महत्ता नहीं दी गई जितनी काम-शुद्धि को। 'मालतीमाधव' नाटक में अघोरघण्ट मालती का वध करने के लिए उसे श्मशान पर चुरा ले जाता है। उसी समय माधव उपस्थित होकर उसका (अघोरघण्ट का) अन्त करके मालती का उद्धार करता है। यहां नाट्यकार को मालती और माधव का केवल भौतिक प्रेम-प्रदर्शन ही अभीष्ट नहीं, अपितु यहां वह एक शाश्वत् तथ्य की ओर भी संकेत करना चाहता है। इसमें माधव ज्ञान का प्रतीक है और मालती प्रीति की अघोरघण्ट 'वीभत्सता' का प्रतीक है। जगत् में वास्तविक मंगलाभिलाषी को अपनी मनःस्थिति उस स्थान पर पहुंचानी होती है जहां ज्ञान, प्रीति और भक्ति में समरसता आ जाती है। सांसारिक आकर्षण प्रीति के साथ बलात्कार करने के लिए उसे सन्मार्ग से दूर ले जाना चाहता है। ज्ञान ही प्रीति की रक्षा कर सकता है और उसे वीभत्स कृत्य से मुक्त कर शान्ति प्रदान कर सकता है। धर्माविरुद्ध आचरण से ही कार्य मंगलदायी हो सकता है। हमारे देश का सन्देश है "धर्माविरुद्धः कामोऽस्मि लोकेऽस्मिन् भरतर्षभ!" हमारे देश में दाम्पत्य प्रेम की पावनता का ही विशेष महत्त्व है। उन्मुक्त प्रेम को सदा तिरस्कृत किया गया है। यहां तक कि उत्तररामचरित नाटक में भवभूति कहते हैं:

व्यतिषजति पदार्थानान्तरः कोऽपि हेतुः,
न खलु बहिरूपाधीन् प्रीतयः संश्रयन्ते।
विकसति हि पतंगस्योदये पुण्डरीकं,
द्रवति च हिमरश्मावुद्गते चन्द्रकान्तः॥

--उत्तररामचरित, 6, 12

हमारे देश में प्रेय जब श्रेय-समन्वित होता है तभी प्रेषणीय बनता है। अतः उन्मुक्त प्रेम, और एकमात्र भौतिक अभ्युदय को केन्द्र बनाकर जो भी समस्या-नाटक लिखे जाएंगे वे सामूहिक भावभूमि पर वांछनीय नहीं बन सकते। यही कारण है कि यूरोप में भी आज उच्च कोटि के समस्या-नाटक नहीं लिखे जा रहे हैं और इनकी प्रतिक्रिया प्रारम्भ हो गई है।

यथार्थवादी नाटकों का लक्ष्य समस्याओं को उभारकर जनता के हृदय में असन्तोष

उत्पन्न करना रहा है। वे लोग राष्ट्रीय जीवन के विकास के लिए यही आवश्यक समझते रहे हैं, किन्तु जब तक लेखक की दृष्टि संकीर्ण होती है तब तक वह महान् कलाकृति का निर्माण नहीं कर सकता। महती कृतियों के लिए जीवन में महान् औदार्य और महती आस्था अपेक्षित है। व्यक्ति-संवेदन और सामूहिक संवेदन में अन्तर है। साहित्य की अन्य विधाएं चाहे व्यक्तिगत संवेदन से वांछनीय बन जाएं, किन्तु नाट्य-कृतियों के लिए सामूहिक संवेदन नितान्त आवश्यक है। 'श्रेष्ठ नाटक की मूल प्रेरणा समष्टिगत ही हो सकती है। नाट्य-सृष्टि के कर्ता का राष्ट्रीय जीवन के चेतन और अवचेतन अंशों से गहरा सम्पर्क एवं सम्बन्ध रहना ही चाहिए।'

प्रसादोत्तर काल में किसी भी समस्या-नाट्यकार की अनुभूति इतनी गहराई तक नहीं पहुंच पाई है कि उसकी कृति स्थायी बन सके। लक्ष्मीनारायण मिश्र में समस्या-नाटकों के उपयुक्त प्रतिभा थी, किन्तु उन्होंने यह क्षेत्र ही त्याग दिया आशा है निकट भविष्य में इब्सन और 'प्रसाद' के सदृश कोई मेधावी नाट्यकार उत्पन्न होकर इस क्षेत्र को उर्वर बना सकेगा।

नवां अध्याय

सांस्कृतिक नाटक

हम पूर्व विवेचन कर आए हैं कि भारतेन्दु ने अपने ऐतिहासिक नाटकों में राष्ट्रीय भावना के साथ-साथ तत्कालीन सांस्कृतिक चेतना की ओर भी संकेत किया है। 'नीलदेवी' में एक हिन्दू विधवा सती की तत्कालीन प्रचलित प्रथा की उपेक्षा करती हुई, नर्तकी का वेश बनाकर शत्रु-शिविर में प्रविष्ट होती है और युक्तिपूर्वक शत्रु-संहार के द्वारा अनेक हिन्दू नारियों के सतीत्व की रक्षा करती है। हिन्दी नाटकों में सांस्कृतिक चेतना की यह भावना इतनी क्रान्तिकारिणी प्रतीत हुई कि बाबू श्यामसुन्दरदास जैसे समालोचकों को भी अद्भुत और अभिनव ज्ञात हुई।

भारतेन्दु को मुस्लिम-काल की संस्कृति कुछ ऐसे परिवर्तन के साथ जीवन के सभी क्षेत्रों में पग बढ़ाते मिली थी, जिसमें भारतीय संस्कृति के सच्चे रहस्य को समझने-समझाने की प्रवृत्ति दबती जा रही थी। हम पूर्व देख आए हैं कि राधाकृष्ण के रास को रसिया कन्हैया वाज़िदअलीशाह ने किस प्रकार विलासमय 'इन्दर-सभा' में परिवर्तित करने की चेष्टा की थी और इसका प्रभाव भारतेन्दु-काल के नाटकों पर क्या पड़ा था।

भारतेन्दु को 'इन्दर-सभा' में परम्परागत भारतीय संस्कृति का विकृत रूप देखकर ऐसी वितृष्णा हुई कि उन्होंने इसका उत्तर सभ्य समाज के सम्मुख 'चन्द्रावली' के रूप में और साधारण जनता के सामने 'बन्दर-सभा' के रूप में रखना नितान्त आवश्यक समझा।

भारतेन्दु के दिवंगत होने पर उस युग के नाट्यकार भारतीय संस्कृति की रक्षा का ध्यान रखते हुए नाटक लिखते रहे। वे नाट्यकार भारतीय संस्कृति के प्रवाह को अवरुद्ध करने वाली बालविवाह, वेश्यावृत्ति, मद्यपान, बहुविवाह आदि कुप्रथाओं को हटाने और मिटाने का सतत प्रयास करते रहे। इस कारण उस काल के नाटकों में कहीं-कहीं राष्ट्रीय पुकार का स्वर मन्द पड़ जाता है और भारतीय संस्कृति की महत्ता तथा विजातियों के सम्पर्क से प्राप्त दोषों के निवारण का स्वर प्रभविष्णु हो उठता है।

भारतेन्दु-युग की समाप्ति होते-होते रूस जापान से पराजित हो गया और कर्ज़न की कूटनीति के कारण उद्बुद्ध भारत में स्वदेशी आन्दोलन छिड़ गया। इस आन्दोलन में आगे चलकर हिन्दू-मुसलमान सभी सम्मिलित हो गए और भारतमाता की उपासना के लिए एक-दूसरे के साथ मिलकर आगे बढ़ने की चेष्टा करने लगे। मुसलमान ईसाई भी अपने निराकार देव की वन्दना के साथ-साथ 'सुहासिनी, सुमधुर भाषिणी, सुखदां, वरदां' भारतमाता की उस मूर्ति की ओर आकृष्ट हुए, जिसके चरण सागर धोता है और

जिसका उन्नत मस्तक (हिमालय) आकाश छूता है। विक्रम की बीसवीं शताब्दी का उत्तरार्ध आ पहुंचा था। भारत के सांस्कृतिक क्षेत्र में उथल-पुथल मच रही थी। प्रतिभाशाली नाट्यकार द्विजेन्द्रलाल राय ने जनता की इस नई मनोवृत्ति को समझकर ऐतिहासिक नाटक लिखने आरम्भ कर दिए थे।

राय बाबू के नाटकों में सांस्कृतिक विचारों का परिष्कृत रूप स्थान-स्थान पर दिखाई पड़ा। उन्होंने मध्यकाल का इतिहास लेकर भारतीय संस्कृति का विवेचन किया। उन्होंने नाटकों में मुस्लिम-कालीन प्रवृत्तियों का भी चित्रण अति मनोरम रूप में किया। इस काल की विशेषता थी—द्वेष और देशानुराग में संघर्ष। पारस्परिक कलह और द्वेषवश हिन्दू, मुस्लिम शासक के सहायक बनते थे, किन्तु अपनी आंखों से अपनी जन्मभूमि का उत्पीड़न भी नहीं देख सकते थे। वे चाहते थे कि किसी प्रकार इसका कल्याण हो। इसीसे एक ओर जहां वीर प्रताप से शत्रुता करके छोटे भाई शक्तिसिंह द्वेष के कारण मुसलमानों का साथ देते हैं, वहीं दूसरी ओर अपनी कन्या सत्यवती को देशोद्धार और भारतीय संस्कृति की रक्षा के लिए वन-वन भटकते देख गद्गद् हो उठते हैं और अपने कृत्यों के प्रायश्चित्तस्वरूप मृत्युदण्ड के लिए भी प्रस्तुत हो शाहज़ादा जहांगीर से कहते हैं—"दुनिया में दो बादशाहतें हैं, उनमें से एक का नाम खुदगरज़ी और दूसरी का नाम जांनिसारी है। एक की पैदाइश दोज़ख से है और दूसरी की बहिश्त से। एक का मालिक शैतान है और दूसरी का मालिक परमेश्वर या खुदा। मैं अब तक खुदगरज़ी के मुल्क में रहता था, पर उस दिन मैंने जांनिसारी का मुल्क देखा। उस मुल्क के मालिक बुद्ध, ईसा और गौरांग हैं, उस मुल्क का कानून मुहब्बत भक्ति और रहम है।"[1]

मुसलमान धर्म स्वीकार करने पर एक हिन्दू की मनोवृत्ति महावतखां और गज सिंह के वार्तालाप से प्रकट होती है :

"महावत—मुझे इसलिए फख्र हो रहा है कि मुसलमान होने पर भी मैं इसी राजपूत कौम का हूं और इन्हीं अमरसिंह का भाई हूं।...अपने मुल्क के लिए ऐसी जांनिसारी, ऐसी बेखौफी और ऐसी हिम्मत का काम राजपूत ही कर सकते हैं और मैं भी उन्हीं राजपूतों में हूं।"[2]

राय बाबू के नाटक मूल अथवा अनुवाद रूप से प्राय: प्रत्येक भारतीय साहित्यकार पर प्रभाव डाल रहे थे। हिन्दी भाषा के नाट्यकार श्री हरिकृष्ण 'प्रेमी' इस प्रभाव से सबसे अधिक प्रभावित हुए।

'प्रेमी' ने अपने नाटकों में दो भिन्न प्रतीत होती हुई हिन्दू-मुस्लिम संस्कृतियों को संयुक्त करने की चेष्टा की। उन्होंने भी राय महोदय के सदृश प्राय: मध्यकाल की ऐतिहासिक घटनाओं को अपने नाटकों का कथानक बनाया।

---

1. मेवाड़-पतन, द्विजेन्द्रलाल राय, हिन्दी ग्रन्थ रत्नाकर कार्यालय, बम्बई, संवत् 1973 वि०, पृष्ठ 76
2. वही, पृष्ठ 92

इस काल में 'रक्षाबन्धन', शिव-साधना', 'प्रतिशोध', 'स्वप्न-भंग' तथा 'आहुति' नामक सांस्कृतिक नाटक 'प्रेमी' द्वारा रचे गए। इन नाटकों में हमें उनका एक दृष्टिकोण यह दिखाई पड़ता है कि राष्ट्रीय एकता सांस्कृतिक एकता के बिना संभव नहीं; और सांस्कृतिक एकता तब तक दृढ़ नहीं बन सकती, जब तक हिन्दू और मुसलमान एक-दूसरे के धर्म और संस्कृति का रहस्य उदार दृष्टि से समझने की चेष्टा नहीं करते। 'प्रेमी' इन ऐतिहासिक नाटकों द्वारा सिद्ध करना चाहते हैं कि मुस्लिम-काल में कई बार सांस्कृतिक एकता के प्रयास हुए, किन्तु हर बार कट्टरता सफलता में बाधक बनती रही।

'रक्षाबन्धन' में यह दिखाया गया है कि स्वर्गीय महाराणा सांगा की पत्नी कर्मवती मुगलों के अन्याय और बैर-भाव को विस्मृत कर हुमायूं के साथ भ्रातृ-भगिनी का सम्बन्ध स्थापित करती है। उदार हुमायूं बादशाह बहादुरशाह के आक्रमण से बहिन कर्मवती की रक्षा के लिए विविध विपत्तियों की ज्वाला में कूदकर चितौड़ प्रस्थान करना चाहता है। उस समय उसका सेनापति तातारखां उसे वर्जित करते हुए कहता है :

"तातारखां—एक काफ़िर कौम को मुसलमानों के खिलाफ मदद दे रहे हैं, क्या यही खुदा की हिदायत है ?

हुमायूं—तुम भूलते हो। तुम सब एक ही परवरदिगार की औलाद हो। हिन्दुओं के अवतारों ने और तुम्हारे पैगम्बरों ने एक ही रास्ता दिखाया है। कुरान शरीफ में साफ लिखा है कि, हमने हर गिरोह के लिए एक खास रास्ता मुकर्रर कर दिया है, जिस पर वह अमल करता है। इसलिए उस पर झगड़ा न करो।...नेकी की राह तो उसकी राह है, जो खुदा पर, सारी खुदादाद किताबों पर और सारे पैगम्बरों पर ईमान लाता है।' ...यह बात हिन्दुओं की मज़हबी किताबें भी कहती हैं। फिर मज़हब दोनों की दोस्ती के बीच में दीवार कैसे बन सकता है ?

तातारखां—वे हमारे पैगम्बर को नहीं मानते।

हुमायूं—और तुम उनके पैगम्बर को मानते हो ?...खुदा की साफ हिदायत होते हुए भी तुम हिन्दुओं के धर्म और अवतारों की इज्ज़त न करते हुए उनसे लड़ते हो। राजपूत इस वक्त सच्चाई पर हैं और बहादुरशाह गुमराह है। सच्चे मुसलमान का काम सच्चाई का साथ देना है, फिर चाहे उसे मुसलमान के खिलाफ क्यों न लड़ना पड़े।"[1]

इस प्रकार सेनापतियों का विरोध होते हुए भी हुमायूं चित्तौड़ को प्रस्थान करता है, किन्तु उसके पहुंचने के पूर्व ही कर्मवती जौहर की ज्वाला में भस्म हो चुकी होती है। चित्तौड़ पहुंचने पर उसे मार्मिक वेदना होती है। इस राजपूत नारी की प्रशंसा करते हुए हुमायूं कहता है—

"यह खाक इन्सानियत की आंखों का अंजन है।...महाराणा ! बहिन कर्मवती की चिता की यह आग मज़हबी तअस्सुब की जलन पैदा न करे।...सारे ही मुसलमान बुरे हैं, यह न समझना। इन्सान और शैतान सब जगह होते हैं।...मैं तो हिन्दुओं के

1. रक्षाबन्धन, हरिकृष्ण 'प्रेमी', हिन्दी-भवन, इलाहाबाद, अठारहवां संस्करण, पृष्ठ-53

कदमों में बैठकर मुहब्बत करना सीखना चाहता हूं।

विक्रम—हिन्दू और मुसलमान, ये दोनों ही नाम धोखा हैं, अलग करने वाली दीवारें हैं। हम हिन्दुस्तानी हैं।

हुमायूं—हिन्दुस्तानी ही नहीं इन्सान हैं। हमें अब दुनिया की हर किस्म की तंगदिली के खिलाफ़ जिहाद करना चाहिए। हमारा काम भाई के गले पर छुरी चलाना नहीं, भाई को गले लगाना है। बहिन कर्मवती ने इस दरिया के दो बड़े हिस्सों, हिन्दू और मुसलमानों, को जिस मुहब्बत के धागे में बांध दिया है, वह कभी न टूटे, मैं खुदा से यही चाहता हूं।"[1]

हिन्दू-मुस्लिम संस्कृति के सम्मिलन का जो प्रयास मुस्लिम-काल में किसी न किसी रूप में शताब्दियों से चला आ रहा था, वह शाहजहां-काल में दारा के रूप में मूर्तिमान् हो उठा था, किन्तु औरंगज़ेब के क्रूर हाथों ने उसका विनाश कर दिना। 'स्वप्न' में दारा की मृत्यु के समय भारतीयता की प्रतीक जहांनारा कहती है :

"आज एक महान् स्वप्न भंग हो गया।···क्या भारत की भावी पीढ़ियां इस महान् बलिदान को भूल जाएंगी।···हिन्दू सन्तान ! क्या तू इस आवाज़ को सुनेगा ? सुनकर कुछ करेगा ?"

इसी प्रकार 'शिव-साधना' में हमें समर्थ गुरु रामदास का यह उपदेश मिलता है कि स्वतन्त्रता के युद्ध में भारतीय संस्कृति के सच्चे स्वरूप को समझने का प्रयास होना चाहिए।

'प्रतिशोध' में छत्रसाल की वीरता और प्राणनाथ के विचारों का आभास मिलता है। प्राणनाथ कहते हैं :

"स्वार्थी मत बनो भैया। तुम्हें अन्तःचक्षु प्राप्त हुए हैं। बाहरी प्रकाश पर निर्भर होना छोड़ो।"

'आहुति' नाटक में बादशाह अलाउद्दीन नलहारगढ़ के समीप एक ग्रामीण युवती पर मुग्ध होकर मीर माहिम से कहता है :

"उस धानी साड़ी वाली लड़की को देखते हो ? बोलो, तुम मेरा काम करोगे ? उस लड़की से···

मीर माहिम—मीर माहिम ऐसी बात सुनना पाप समझता है, जहांपनाह ! एक बहादुर सिपाही किसी औरत की इज़्ज़त और शान के खिलाफ कोई बात नहीं सुन सकता।"

अलाउद्दीन की जघन्य मनोवृत्ति को तिरस्कृत करता हुआ मीर माहिम हिन्दू बालिकाओं के धर्म की रक्षा करता है, किन्तु इसके परिणामस्वरूप उसे बादशाह की कृपा खोनी पड़ती है। अनाश्रित अरण्यवासी मीर माहिम को हम्मीर अपनी छत्रछाया में स्थान देता है, जिसका अर्थ होता है अलाउद्दीन के आक्रमण की धमकी। मीर माहिम हम्मीर से

---

1. रक्षाबन्धन, हरिकृष्ण 'प्रेमी', पृष्ठ 125-126

निवेदन करता है :

"महाराज, इस नाचीज़ के लिए इतनी बरबादी और तबाही क्यों न्योतते हैं ? मुझे जाने दीजिए।"

अलाउद्दीन के आक्रमण के समय राजपूतों के साथ-साथ मीर माहिम दुश्चरित्र अलाउद्दीन का सामना करता है।

इस विवेचन से यह स्पष्ट हो जाता है कि जिस हिन्दू-मुस्लिम-ऐक्य के लिए महात्माजी सतत प्रयत्नशील थे, उसी सांस्कृतिक ऐक्य को साहित्य का विषय बनाकर नाट्यकार रचना कर रहे थे।

'प्रेमी' का संस्कृति-प्रधान एक नाटक है 'उद्धार' (संवत् 2006)। इस नाटक में हम्मीर का विवाह कमला नामक विधवा के साथ दिखाया गया है। हम्मीर स्वयं भी दरिद्र किसान का दौहित्र है। इसकी माता सुधीरा एक दरिद्र कृषक-कन्या है।

हम्मीर ऊंच-नीच, धनी-निर्धन के भेद-भाव को मिटाकर देश को समृद्ध बनाना चाहता है। उसका मत है कि नीच जाति वाले उच्चवर्ग की अपेक्षा मनुष्यता के अधिक निकट हैं, क्योंकि 'विधवाओं के प्रति वे उच्च जाति वालों की भांति निर्दय नहीं।' इस नाटक में देश को जाति, वंश और सभी सांसारिक वस्तुओं से ऊंचा माना गया है, और यदि राजा भूल करे तो जनता-जनार्दन को अधिकार प्राप्त है कि वह राजा को दण्ड दे। देश-प्रेम को पति-प्रेम से ऊंचा माना गया है और प्रान्तीयता की दीवारों को गिराकर राष्ट्रीयता की स्थापना पर बल दिया गया है। इसमें मुस्लिम शक्ति को विदेशी घोषित किया गया है।

इस काल में 'प्रेमी' के अतिरिक्त सांस्कृतिक चेतना-प्रधान नाटकों के मुख्य रचयिता हैं—चन्द्रगुप्त, लक्ष्मीनारायण मिश्र, उदयशंकर भट्ट, उग्र, सेठ गोविन्ददास, सियारामशरण गुप्त।

इसके विपरीत 'रेवा' में चोलराज और इन्दिरा भारत के बाहरी देशों से सम्बन्ध जोड़कर अपनी सभ्यता और संस्कृति का प्रचार और सुधार करना चाहते हैं। इस नाटक में एक दूसरा मत है जो अपनी संस्कृति का प्रचार और प्रसार शस्त्र-बल से करना चाहता है। यशोवर्मा कहता है—"आचार्य पुण्डरीक शस्त्र-विजय के विरुद्ध हैं। वे शस्त्र-विजय की अपेक्षा हृदय की विजय को अधिक महत्त्व देते हैं। यह सांस्कृतिक विजय विश्व-भर का कल्याण करेगी, यही तो उनका सन्देश है।"[1] इस प्रकार तीन संस्कृतियों का संघर्ष नाटक में दिखाया गया है। 'रेवा' एक दु:खान्त नाटक है, जिसमें रेवा अपना बलिदान स्व-संस्कृति की रक्षा-हित करती है।

इसी प्रकार 'अशोक' नाटक में शीला का आत्मबलिदान दिखाकर राजा का हृदय-परिवर्तन स्नेह और सेवा के बल पर किया गया है।

---

1. रेवा, चन्द्रगुप्त विद्यालंकार, खन्ना पब्लिशर्स, लाहौर, सन् 1938 ई०, पृष्ठ 13-14 (नवीन संस्करण, राजपाल एण्ड सन्ज़, दिल्ली से प्राप्य)

सेठ गोविन्ददास के 'हर्ष' नाटक में भी हृदय-परिवर्तन के लिए स्नेह और सौजन्य को ही आवश्यक माना गया है। इस नाटक में हर्ष, राज्यश्री और सुएनच्यांग सेवा-मार्ग को ही सर्वश्रेष्ठ समझते हैं। हर्ष और भण्डि का संवाद इसको स्पष्ट कर देता है कि वास्तविक विजय हृदय-परिवर्तन में है न कि शस्त्र द्वारा देश-विजय में।

'उग्र' का 'ईसा' भी इसी कोटि में आता है। ईसा की प्रसिद्ध कहानी में आवश्यकतानुसार परिवर्तन करके नाटक लिखा गया है। इस नाटक में ईसा पर भारतीय संस्कृति का प्रभाव दिखाया गया है। ईसा जिस संस्कृति का प्रतिपादन करते हैं, उसका मूलमन्त्र यह है :

"पशुबल को यदि पशुबल दबाएगा तो वह महा पशुबल हो जाएगा, जिससे किसी को भी सुख न मिल सकेगा। अत्याचार के प्रतिकार के लिए धैर्य, आत्मदमन और अहिंसा ही सर्वश्रेष्ठ साधन है।"

इस युग का एक प्रसिद्ध सांस्कृतिक नाटक है 'पुण्य पर्व'। सियारामशरणजी ने इस नाटक में सत् और असत् के प्रतीक-रूप में सुतसोम बोधिसत्त्व और ब्रह्मदत्त नरखादक को रखा है। इन दोनों का संघर्ष ही इस नाटक का प्राण है। इस नाटक को यदि प्रतीक मान लिया जाए तो इसमें वह संघर्ष समझना चाहिए जो मानव के अन्तःकरण में देवता और राक्षस के मध्य होता रहता है।

विक्रमद्विसहस्राब्द उपरान्त लक्ष्मीनारायण मिश्र, उदयशंकर भट्ट, वृन्दावनलाल वर्मा ने कई सांस्कृतिक नाटकों की रचना की है। इनमें 'गरुड़ध्वज,' 'नारद की वीणा', 'दशाश्वमेध', वत्सराज', 'वितस्ता की लहरें,' 'शक-विजय', 'हंसमयूर' प्रसिद्ध हैं।

इतिहास-प्रसिद्ध जैन-गुरु कालकाचार्य की जीवन-घटना को लेकर कई नाटक लिखे गए, जिनमें तीन प्रमुख नाट्यकारों की रचनाएं प्रसिद्ध हैं—पं० उदयशंकर भट्ट का 'शक-विजय' (वि० 2006), वृन्दावनलाल वर्मा का 'हंसमयूर' और पं० लक्ष्मीनारायण मिश्र का 'गरुड़ध्वज' (संवत् 2005 वि०)। तीनों नाट्यकारों ने इतिहास-ग्रन्थों के आधार पर भिन्न-भिन्न रूप में इस जैन-गुरु का चरित्र-चित्रण किया है।[1]

'गरुड़ध्वज' में विदिशा के शुंग सेनापति विक्रममित्र नायक के रूप में प्रदर्शित किए गए हैं, किन्तु नाटक का नायक सर्वशक्ति-सम्पन्न होते हुए भी अपनी महत्ता से अधिक अपने राष्ट्रध्वज (गरुड़ध्वज) को गौरव देता है। इसी कारण मिश्रजी ने नाटक का नाम विक्रममित्र न रखकर प्रसिद्ध राष्ट्रध्वज के अनुरूप 'गरुड़ध्वज' रखा। यह वही राष्ट्रध्वज है, जिसकी मान-रक्षा के लिए गुप्त-राज्य के बड़े-बड़े सम्राट्, सेनापति और योद्धा अपना प्राण समर्पण करते रहे हैं। भारतीय इतिहास में स्वर्णयुग लानेवाला यह गरुड़ध्वज केवल राष्ट्र-पताका ही नहीं, प्रत्युत राष्ट्र-प्रतीक के रूप में हमारे गौरव का द्योतक बन गया है। जिस पराक्रमी विक्रममित्र को नायक बनाकर नाटक लिखा गया है,

1. तीनों नाटकों की विशेषताएं अलग-अलग स्थानों पर नाट्यकार की अन्य रचनाओं के साथ दिखाई गई हैं।

वह नित्य ब्राह्ममुहूर्त में उठकर पूजा, यज्ञ और अनुष्ठान के बाद गरुड़ध्वज को अपनी आंखों से लगाता है।

नाट्यकार ने विक्रममित्र को देवव्रत भीष्म के सदृश चित्रित किया है। इसका कारण यह दिखाया है कि गरुड़ध्वज की छाया में जिस धर्म, समाज और राजनीति का निर्माण हुआ था, वह उन्हीं के वंशज के गृह-कलह के कारण नष्ट न हो जाए। इस बाल-ब्रह्मचारी योद्धा ने सारे जीवन में यह जाना ही नहीं कि रमणी का आकर्षण क्या वस्तु है। इसने नारी-जाति की रक्षा के लिए देशी और विदेशी अत्याचारियों से युद्ध किया, अशरण को शरण दी। इसके लिए नारी जाति अभिवन्द्य है, चाहे वह भारतीय हो अथवा विदेशी। यवन-कन्या कौमुदी को भगानेवाले अन्तिम शुंग शासक कुमार देवभूति को विक्रममित्र बन्दी बनाता है। यवन-बालिका के अपहरणकर्ता देवभूति को आश्रय देनेवाला काशिराज भी विक्रममित्र के कोप का भाजन बनता है। इसी प्रकार काशिराज की कन्या वासन्ती से उसकी इच्छा के विरुद्ध विवाह करने का अभिलाषी यवन मनेन्द्रि भी दण्ड से नहीं बचता।

विक्रममित्र अपने चरित्र-बल और निःस्वार्थ सेवा से जनता की श्रद्धा का भाजन बन जाता है। इसके राज्य में अनुशासन भंग करने का साहस भी किसी व्यक्ति को नहीं। एक दिन एक सैनिक भूलवश विक्रममित्र को महाराज कहकर अनुशासन भंग करता है, उस दिन वह भयभीत हो कांपता हुआ कहता है :

"मैंने सेनापति की जगह महाराज जो कह दिया—यह अपराध अक्षम्य है। कदाचित् सेनापति विक्रममित्र के राज्य-विधान में इससे बड़ा कोई भी दूसरा अपराध नहीं है।"[1]

इस प्रकार विक्रममित्र अपने चरित्र-बल से राज्य में सुव्यवस्था और न्याय के प्रति निष्ठा उत्पन्न करता है। उसकी न्यायप्रियता, सदाचार और पराक्रम से यवन विदेशी भी भारत को अपना देश समझने लगे हैं। यवन हलोदर कहता है :

"जिस धरती के अन्न-जल से पला व्यक्ति उस धरती के धर्म में, जब तक अपने को ढाल नहीं लेता, तब तक तो वह अत्याचारी है। उसे अधिकार नहीं है उस धरती पर रहने का। हमारे पूर्वज इस देश में आने के साथ ही इस देश के धर्म में ढल गए। जुपिटर और मिनर्वा को तो वे यवन-देश में ही छोड़ आए। यहां तो श्री विष्णु, महेश्वर, लक्ष्मी, सरस्वती और पार्वती के भक्त हो गए। ऐसा नहीं करने पर तो वे इस देश में विश्वास के पात्र कभी होते ही नहीं।"[2]······कदाचित् मुस्लिम लीग को लक्ष्य करके यह लिखा गया।

'वत्सराज' संवत् 2006 वि० की रचना है। इस नाटक की प्रेरणा के सम्बन्ध में मिश्रजी लिखते हैं—"वत्सराज के जिस चरित्र ने भास और कालिदास ऐसे महा-

1. गरुड़ध्वज, लक्ष्मीनारायण मिश्र, सन् 1948 ई०, पृष्ठ-6
2. गरुड़ध्वज, लक्ष्मीनारायण मिश्र, पृष्ठ-68-79

कवियों को मोहित किया, उसके आधार पर यह नाटक लिखने का साहस केवल इस विश्वास से सम्भव हुआ कि भारतीय जनतन्त्र के इस पुण्य अवसर पर भारतीय साहित्य और कला के माध्यम से भारतीय संस्कृति का निरूपण आज के लेखक का सबसे पहला धर्म है।"[1]

वत्सराज उदयन इस नाटक का नायक है। उदयन के सम्बन्ध में भास, वररुचि, गुणाढ्य, श्रीहर्ष, अनंगहर्ष,[2] क्षेमचन्द्र, सोमदेव और 'प्रसाद' आदि कई महानुभावों की रचनाएं मिलती हैं, किन्तु मिश्रजी ने भास के कथानक को अपने नाटक के लिए अधिक उपयुक्त समझा है। इस नाटक का कथानक 'प्रतिज्ञायौगन्धरायण' और 'स्वप्नवासवदत्ता' के आधार पर कल्पना के योग से निर्मित हुआ है। मिश्रजी ने इस नाटक को 'प्रतिज्ञायौगन्धरायण' के माध्यम से प्रारम्भ किया है। एक अंक में 'प्रतिज्ञायौगन्धरायण' का सम्पूर्ण कथानक आ जाता है। पद्मावती-विवाह के उस पूरे प्रसंग को वासवदत्ता के मुख से कहला दिया गया है, जिसे भास 'स्वप्नवासवदत्ता' के छठे अंक में प्रदर्शित करते हैं।

इस प्रकार उदयन की जिस कथा को भास ने 'प्रतिज्ञायौगन्धरायण' के पांच और 'स्वप्नवासवदत्ता' के छः अंकों में प्रदर्शित किया है, उसे मिश्रजी ने 'वत्सराज' के दो अंकों में प्रस्तुत कर किया है। मिश्रजी ने एक नई घटना, सिद्धार्थ का युवावस्था में गृहत्याग और उनके इस कर्म का तत्कालीन समाज पर प्रभाव, को इसमें दिखाया है। तीसरा अंक मिश्रजी की कल्पना के आधार पर निर्मित है। इस अंक में देश का सांस्कृतिक रूप उनकी मौलिकता के कारण सबसे अधिक चमक उठा है। इस अंक के प्रारम्भ में वासवदत्ता का पुत्र कुमार तथागत के उस श्रमण-धर्म में दीक्षित हो जाता है, जिसे महाराज उदयन देश के पौरुष और कर्म को हानि पहुंचानेवाला समझते हैं। उदयन युद्ध के 'वीर धर्म और गीता-उपनिषद् के कर्मयोग का' माननेवाला है। उसकी अनुमति विना उसके पुत्र को श्रमण-धर्म की दीक्षा देनेवाले गौतम कौशाम्बी में आ रहे हैं और प्रजा उनके स्वागत का बृहद् आयोजन कर रही है। इस प्रकार राजा और प्रजा के धार्मिक विचारों में असामंजस्य होने के कारण एक जटिल समस्या खड़ी होने की सम्भावना है, किन्तु दूरदर्शी उदयन इसे सुलझाने के लिए यह आदेश करता है, "मेरे सैनिक, पौरजन कोई ऐसा कार्य न करें जिससे तथागत तथा श्रमणों का अपकार हो। भारत भूमि के निवासी कर्म से विमुख होकर श्रुति और स्मृति का विधान मिटाकर श्रमण-धर्म से जो योग-क्षेम चाहते हैं, उसमें बाधा मैं न दूंगा।"

प्रजा के धार्मिक विश्वासों में हस्तक्षेप न करते हुए भी वह इसके भावी दुष्परिणाम की आशंका स्पष्ट प्रकट कर देता है। रानी वासवदत्ता को भी संघारामों का भविष्य

1. वत्सराज, लक्ष्मीनारायण मिश्र, हिन्दी-भवन जालन्धर, इलाहाबाद, संवत् 2006 वि०, भूमिका
2. अनंगहर्ष ने तापस वत्सराज नामक ग्रन्थ लिखा है।

अन्धकारमय प्रतीत होता है। वह स्पष्ट रूप से कह देती है, "संघारामों के कुमार-कुमारी छिपकर प्रेम करेंगे। वहां भी शिशु···केहां···केहां करेंगे, उनका पिता कौन है, यही कोई नहीं जानेगा। ऐसी दशा में इस देश की नाव डूब जाएगी।" उदयन गौतम के प्रति श्रद्धा रखते हैं, किन्तु उनके धर्म को कायरों का धर्म कहते हैं।

उदयन का मन्त्री यौगन्धरायण भी तथागत के धर्म को देश के लिए अमंगलकारी समझकर इस पाखण्ड को फूंक देना चाहता है। उसका मत है कि जो मृत्यु से डरकर भागा वह मृत्युञ्जयी कैसे हो सकता है। मिश्रजी के इस नाटक में 'प्रसाद' का विलासी और लम्पट उदयन नहीं, प्रत्युत् एक तेजस्वी, प्रजापालक और कर्मयोगी वीर उदयन परिलक्षित होता है, जिसे हम भारतीय साहित्यशास्त्र के अनुसार धीरोदात्त नायक भी कह सकते हैं। 'प्रसाद' ने 'अजातशत्रु' में बौद्ध-दर्शन और अहिंसा-धर्म की गरिमा की ओर अधिक ध्यान दिया है, किन्तु लक्ष्मीनारायण मिश्र ने श्रमण को भी कर्मयोग में दीक्षित किया है। मिश्रजी ने 'प्रसाद' के नाटकों में आत्महत्या-प्रवृत्ति का खण्डन-किया है और उदयन के मुख से कहला दिया है कि "कर्मयोग में विश्वास करने वाला अपने कर्म के फल से भाग निकलने के लिए कभी आत्मघात नहीं करेगा।"[1] इस प्रकार इस नाटक में उदयन के सम्बन्ध की घटनाओं का मनोवैज्ञानिक, मानवीय और बौद्धिक रूप उपस्थित करते हुए तप और भोग का समन्वय दिखाया गया है जो हमारी संस्कृति का मेरुदण्ड है।

नारद की वीणा (संवत् 2003 वि०)

मिश्रजी ने प्रागैतिहासिक काल की एक घटना के आधार पर 'नारद की वीणा' नामक नाटक की रचना की है। 'देवीभागवत' में नर और प्रह्लाद के युद्ध का जो वर्णन है, उसके माध्यम से धर्म और आपद्धर्म की विवेचना इस नाटक में की गई है। इसका कथानक हिरण्यकशिपु के वध के उपरान्त प्रारम्भ होता है। अपने पिता की मृत्यु का कारण प्रह्लाद क्यों और कैसे हुआ, इसका बौद्धिक उत्तर देने का प्रयास इस नाटक में मिलता है। आर्यों के भारत-आगमन से यहां के मूल निवासियों के सम्मुख जो विकट समस्या खड़ी हुई, उसके सुझाव में शैवों और वैष्णवों में मतभेद हुआ। शैवागम मूढ़ाग्रह के कारण विकट परिस्थिति में भी धर्म में परिवर्तन नहीं चाहता, किन्तु वैष्णव धर्म उदार और समन्वयवादी होने से आततायी से भी समझौता करता है। हिरण्यकशिपु शैव और प्रह्लाद वैष्णव था। जातीय हित के लिए एक शैव का वध अनिवार्य बन गया। अत:सिंह की खाल के आवरण में छिपकर मानव ने हिरण्यकशिपु का वध किया। इस षड्यन्त्र में प्रह्लाद का हाथ था, यह नाट्यकार की नवीन स्थापना है नितान्त नवीन होने से यह धारणा सहसा ग्राह्य नहीं बनती।

---

1. वत्सराज, लक्ष्मीनारायण मिश्र, हिन्दी भवन, जालन्धर, संवत् 2006 वि०, पृष्ठ 116

आर्य जाति इस देश में आने पर भी कच्चा मांस खाती व यायावर के रूप में स्थान-स्थान पर घूमती रहती थी। आर्य किशोर किशोरियों के साथ स्वच्छन्द विहार करते। इसके प्रतिकूल यहां के मूल निवासी आश्रमों में रहते, अध्यात्म-विद्या की खोज करने के लिए संयममय जीवन बिताते और परिणय में कन्यादान को महत्त्व देते।

कालान्तर में आर्यों ने अपनी सन्तान को इन आश्रमों में शिक्षा के लिए भेजना प्रारम्भ किया। गुरुवर्ग अनार्य था, किन्तु उन्होंने अपने सहज औदार्य से आर्य-सन्तान की उचित शिक्षा-दीक्षा की व्यवस्था की। संस्कृत, सोमश्रवा, सुमित्र आर्यकुमार थे, चन्द्रभागा आर्य कन्या थी। आश्रम में ही सुमित्र और चन्द्रभागा में प्रेम हो गया। अनार्य महर्षि नर, आचार्य नारायण और वैष्णव भक्त नारद और प्रह्लाद के सहयोग से सुमित्र और चन्द्रभागा का विवाह अनार्य-पद्धति पर होता है। इस परिणय में अनार्य विधि कन्यादान का सर्वप्रथम प्रयोग होता है। आर्य कच्चा मांस खाना छोड़ देते हैं। आर्यों की यज्ञ-व्यवस्था अनार्य आश्रम में स्वीकृत होती है।

ऋषियों के हाथ में अस्त्र-शस्त्र देख प्रह्लाद हिंसा का विरोध करते हैं। नर और प्रह्लाद में युद्ध होता है। नर प्रह्लाद को हरा देता है। किन्तु नारायण अनासक्त भाव से यह सब देखता है। नारायण जैसे आचार्य की बुद्धि एवं आश्रम का इतना प्रभाव पड़ता है कि आर्य भी अपने शव को गाड़ना छोड़कर उन्हें भस्म करने लगते हैं। वे भारत के उपनिषदों की मूलभूत ब्रह्म-भावना को स्वीकार कर लेते हैं।

नर और प्रह्लाद के युद्ध में प्रह्लाद एक ऐसे नवीन आग्नेयास्त्र का प्रयोग करते हैं कि सभी वीर चकित रह जाते हैं। किन्तु उनकी मुखमुद्रा युद्धकाल में क्रोधावेश के कारण नितान्त परिवर्तित हो जाती। उनके नेत्रों से आग निकलने लगती है। इस कारण उनकी पराजय होती है और महर्षि नर की विजय। नारायण नितान्त शान्त मुद्रा में अपना कार्य करता हुआ कहता है, "संघर्ष और तप में ही यह प्रकृति पूर्ण है और प्रकृति के पूर्ण होने में ही हम भी पूर्ण हैं। द्रोह और वैर में नहीं। दो नदियों के मिलने में पहले संघर्ष होता है और फिर एक धार हो जाती है।" प्रह्लाद की हार का कारण बताते हुए नारायण कहता है, "प्रह्लाद धीर हैं, विख्यात धनुर्धर हैं, किन्तु तब भी इनकी उत्तेजना पराजित करेगी। भीतर से शान्त नहीं है, वह विजय के समीप नहीं जा पाता।"

नाट्यकार इस बात को स्पष्ट करना चाहता है कि सभ्यता और संस्कृति सदा असभ्यों और असंस्कृत बर्बरों के हाथों परास्त होती है, किन्तु उसकी महानता यही है कि पराजित होने पर नवागन्तुकों को अपने रंग में ऐसा रंग लेती है कि वे इसी भूमि के बन जाते हैं। वे इसी भारत भूमि के उस धर्म का आचरण करते हैं, जिसकी मान्यता है—"धर्म व्यक्ति का नहीं होता, जाति का नहीं होता, वह तो प्रकृति का होता है! जिस भूखंड की प्रकृति का जो गुण और स्वभाव है, उसी के अनुरूप उसके निवासियों का धर्म होता है × × × इस भूखण्ड की प्रकृति में ही प्रेम और तुष्टि है।"

सारांश यह है कि जिस समय नैमिषारण्य के अनार्य विद्यार्थी वीणा बजा रहे हैं,

चन्द्रभागा के उस पार के आर्य धमधड़ाम सूखा चमड़ा ही बजाते हैं। शरीर और शस्त्र के बली यायावर आर्य योग-दर्शन, कला-विज्ञान और ज्योतिष के अधिकारी अनार्यों को रणभूमि में पराजित करने में तो समर्थ हुए, पर एक समय ऐसा आया जब अपने विजितों से ही उन्हें बहुत कुछ सीखना पड़ा। गंगा और यमुना की धार की तरह एक में मिलकर दोनों आगे बढ़े, उसी में इस देश की संस्कृति और जीवन-दर्शन को वह संजीवनी शक्ति मिली, जो आज तक बराबर चलती चली जा रही है। गंगा की धार की तरह उसका भी अन्त नहीं।

ऐसा प्रतीत होता है कि वैदिककाल के ये नर-नारायण महाभारत-काल में अर्जुन और कृष्ण के रूप में अवतरित हुए। इन दोनों के चरित्र में यही संकेत मिलता है।

दशाश्वमेध (**संवत्** 2007 **वि०**)

'वत्सराज' के बाद यह नाटक लिखा गया। अपने इन सांस्कृतिक नाटकों—नारद की वीणा, गरुड़ध्वज, वत्सराज, दशाश्वमेध—में मिश्रजी ने संस्कृत नाटकों के अनुसरण पर भरतवाक्य जैसी पद्धति अपनाई है। इन सभी नाटकों के अन्त में किसी न किसी चरित्र ने मंगल और उत्कर्ष की बात कह ही दी है। इस नाटक में भगवती विन्ध्य-वासिनी के प्रधान पुजारी भैरवी-सिद्ध के ये शब्द हैं—"इस देश का इतिहास भारशिव नागों की तरह बराबर इस देश के वीरों के खड्ग से लिखा जाए।" इस वाक्य के आधार पर यह कहा जा सकता है कि इस नाटक दशाश्वमेध के कथानक में नागराज वीरसेन और उसके सहधर्मियों ने अपने समय का इतिहास अपने खड्ग से लिखा।

ईसा की प्रथम शती में देवपुत्र कुषाणराज कनिष्क ने पुरुषपुर से लेकर प्राय: पाटलिपुत्र तक की भूमि को ही अपने अधिकार में नहीं किया, अपितु गान्धार और काश्मीर के उत्तर चीन की कुछ भूमि पर भी अपना प्रभाव स्थापित किया। उसके समय में बौद्ध धर्म को बहुत बल मिला था। चीन के दो राजकुमार उसके बन्दी बने थे। चीन और भारत में परस्पर शान्ति बनी रहे और चीन कभी आंख उठाने का साहस न करे, इस उद्देश्य से दोनों कुमारों को बन्धक के रूप में काश्मीर के भीतर जिस स्थान पर रखा गया था, वहां चीनियों का एक छोटा-मोटा उपनिवेश-सा बन गया है, जो इतिहास में 'चीन-मुक्ति' नाम से प्रसिद्ध है।

सम्राट् कनिष्क अपने सारे गुण और धर्म-भाव के बाद भी विदेशी ही था। विदेशियों के द्वारा—चाहे वे सब ओर से देव सरीखे ही क्यों न हों—शासित होना इस देश के वीरों के लिए सदैव कलंक की बात रहा।

ईसा की तीसरी शती में भारशिव नागों की एक ऐसी शक्ति उठ खड़ी हुई, जिसने विदेशी कुषाण-शक्ति को देश के बाहर खदेड़ते हुए गंगा-यमुना की धारों को मुक्त कर, पूर्वजों के स्वर्ग का द्वार खोल दिया। इस नाटक में पद्मावती (एक स्थान विशेष) का तरुण वीरसेन नाग, कुषाण-शक्ति का उनके भीतर से पता लगाने के लिए मथुरा के कुषाणराज वासुदेव की सेना में एक सामान्य सैनिक के रूप में कार्य करने लगता है।

पश्चिम में पहले से ही हूणों का आतंक पुरुषपुर की कुषाण-सेना पर छा रहा था। वीरसेन मथुरा की कुषाण-सेना में रहते हुए अपने जातीय संगठन को बराबर बढ़ाता रहा और अब पश्चिम की तरह पूर्व में भी कुषाण-शक्ति के ऊपर संकट के बादल मंडराने लगे हैं। कुषाण-राज्य के पूर्वी अंचल में नाग-शक्ति के संकेत पर बार-बार गंगा के जल में कुषाणों का राजकोश लूटा गया। कान्तिपुरी के हाथियों के बेड़े ने गंगा का मार्ग कुषाण-सेना के लिए अरक्षित कर दिया। वीरसेन ने जब कुषाण-सेना में नौकरी कर ली है, तब से यह अराजकता बन्द तो हो गई पर इसके संकट सदैव के लिए मिटे नहीं हैं। कुषाण-शक्ति का पूर्वी क्षत्रय अंगारक वासुदेव की पुत्री कौमुदी को अपनी प्रिया बनाने की चिन्ता में काशी छोड़कर मथुरा में डेरा डाले है, किन्तु कौमुदी का स्वाभाविक स्नेह उस वीरसेन नाग की ओर कुछ ऐसे अनोखे ढंग से हो जाता है, जिसके लिए किसी ने कहा, 'तस्मै नमो भगवते कुसुमायुधाय।' राजपुत्री वर्ष के उत्सव-पर्वों में वीरसेन को अपने निकट रखने लगी। राजमन्त्रणा में भी वीरसेन का आसन ऊपर रहा। यह नाग तरुण जितना ही अल्हड़ है उतना ही अनासक्त भी।

नित्य के सम्पर्क में इसने कामना की आंखों से न तो कभी राजपुत्री को देखा, न उसकी सखियों को। उसके इस संयम और आचरण में राजपुत्री सूर्य-किरणों से हिम-सी पिघल उठती है, पर वीरसेन की ओर से इस आशय का कोई संकेत उसे कभी नहीं मिलता दूसरी ओर अंगारक उसे अपनी भेंट और आग्रह के विविध रूपों से तंग कर देता है। इन दोनों पुरुषों के स्वाभाविक विभेद में राजपुत्री के भीतर वीरसेन के प्रति अनुराग और अंगारक के प्रति घृणा का भाव धीरे-धीरे बढ़ने लगता है। वीरसेन को अपने सिद्धि-मार्ग का अवरोधक मानकर, शिव-मन्दिर में पूजा करते समय अंगारक उसकी हत्या का षडयन्त्र करता है, पर वीरसेन शत्रु-शस्त्रों को अपने अर्घ्यपात्र से रोककर उनका अस्त्र छीनकर शत्रुओं को आहत करता है। पहले अंक के अन्त में जहां उसके आचरण का विचार होता है और राजपुत्री कौमुदी उसके सिर से बहते रक्त के उपचार की चेष्टा करती है वहीं वह प्रतिज्ञा करता है, "अंगारक को जिस दिन मैं युद्ध में मारूंगा, शिवपुरी काशी में अश्वमेध यज्ञ करूंगा।" अंगारक और वीरसेन के द्वन्द्वयुद्ध की बात काशी के उस पार गंगा की रेती में निश्चिन्त होती है।

दूसरे अंक में विन्ध्यवासिनी देवी के मन्दिर में वीरसेन के वीरों की उपासना, सेना-संग्रह और गंगा की रेती में अंगारक के साथ वीरसेन का द्वन्द्वयुद्ध, अंगारक की मृत्यु और कुषाण-सेना का वीरसेन पर अकस्मात् आक्रमण, वीरसेन के सहयोगियों की बुद्धि और वीरता, वीरसेन की रक्षा और शत्रु-सेना का संहार दिखाया गया है।

तीसरे अंक में वीरसेन की प्रतिज्ञा पूरी होती है। वर्ष की अन्तिम सन्ध्या में वह मथुरा के दुर्ग-द्वार पर विजयी के रूप में पहुंचता है। कुमार कनिष्क अपने सैनिकों के साथ पुरुषपुर की ओर निकल भागता है। अकेली राजपुत्री कौमुदी अपनी प्रतिहारी नन्दिनी के साथ मथुरा में अपने जन्मसिद्ध अधिकार की रक्षा के लिए रह जाती है। वीरसेन के पहुंचने पर वह उसका स्वागत करती है। वीरसेन उसे समूचे राज्य की स्वामिनी

स्वीकार करता है। दोनों हाथों दुर्ग-शिखर पर भारशिव नागों की पताका फहराई जाती है। अश्वमेध यज्ञ का जो संकल्प वीरसेन ने एक वर्ष पूर्व मथुरा में किया था वह काशी में गंगा के तटवर्ती स्थान-विशेष पर पूरा होता है। वहां भविष्य में अश्वमेध की परम्परा चल पड़ती है। वही स्थान नाटक में दशाश्वमेध कहा गया है, जिस नाम से काशी में आज भी उसकी ख्याति है।

कुषाण-कन्या कौमुदी वीरसेन के अनुराग में यज्ञ के सारे कार्य राजमहिषी के रूप में सम्पादित करती हुई सब अर्थों में भारतीय बाला बन जाती है।

वितस्ता की लहरें (सं० 2010 वि०)

मिश्रजी का मत है कि यवन विजयी अलिकसुन्दर[1] अपने देश के नगर राज्यों को ध्वंस कर एथेंस, स्पार्टा के गौरवपूर्ण इतिहास को मिटाकर महान् बना था। दर्शन और राजनीति के साधक मेधावी अरिस्तातल की प्रेरणा से अलिकसुन्दर के पिता फिलिप ने ही अपने देश के नगर राज्य को मिटाया था। इस कार्य से यवन-देश में एक सार्वभौम शक्ति का उदय हुआ पर सभ्यता-संस्कृति, ज्ञान-विज्ञान, कला-कौशल, जिनके लिए आज तक उन नगर-राज्यों का नाम चलता आ रहा है, सब कुछ मिट भी गया। विश्व-विजय की कामना में अलिकसुन्दर एक के बाद दूसरे देशों को रौंदता भारत की पश्चिमी सीमा पर आ धमका। पारसीक साम्राज्य में प्रवेश के पूर्व एशिया माइनर की भूमि को वह रौंद चुका था; अन्तिओक की वारवनिता, रूप और विलास की मोहिनी ताया, उसकी प्रेयसी बन चुकी थी। विलास और विभव के मद में चूर महान् पारसीक साम्राज्य इस महत्त्वाकांक्षी यवन का धक्का नहीं सह सका। आर्यों में आर्य और क्षत्रियों में क्षत्रिय कुरु के वंशज दारयवहु के राज्य और राज्य-विधान के साथ-साथ अन्तःपुर की नारियों की जो दुर्दशा हुई वह अवर्णनीय है। राजकोष के साथ समूचे देश में फैली अटूट धनराशि की लूट से भी इस ध्वंसक यवन की तृप्ति नहीं हुई। पारसीक राज्य की महान् नगरी पारसपुर को जलाकर भस्म किया गया। मन्दिरों की मूर्तियां यवन हथौड़ों की मार से चूर-चूर हुईं और अब विजयी सेना के भय और आतंक से जैसे जगत् थर्रा उठा। अब तो यवनों के लिए पूर्व का द्वार खुल गया। तक्षशिला के राजा आम्भीक ने यवन विजयी को इस देश में प्रवेश के लिए निमन्त्रित किया, पर सिन्धु-तट पर पहुंचते-पहुंचते विजयी यवन को एक-एक पग भूमि के लिए जो कठोर संग्राम करने पड़े, इससे उसे पता चल गया कि निषद के पूर्व की मानवता कुछ दूसरी थी। उसे बार-बार ऐसे छल और विश्वासघात से कार्य लेना पड़ा, जिसे पारस में वह अपनी जाति और सेना के गौरवबोध में लज्जाजनक मान चुका था।

आम्भीक की सहायता से सिन्ध तो उसने पार कर लिया, पर तक्षशिला की राजशक्ति की सहायता पर भी उसकी विजय का सबसे बड़ा प्रतिरोध वहीं (तक्षशिला में)

---

1. टिप्पणी—अलेक्ज़ेंडर का नाम मिश्रजी के मत से अलिकसुन्दर था।

उत्पन्न हुआ। देश की स्वतन्त्रता और धर्म के आग्रह में तक्षशिला महाविद्यापीठ के कपाट बन्द हो गए। स्नातकों और आचार्यों ने यवन-विनाश का संकल्प लेकर कार्य करना आरम्भ कर दिया। इस भूमि ने इसके पूर्व ऐसे बर्बर आक्रमण का अनुभव नहीं किया था। यहां के लोग जानते ही नहीं थे कि युद्ध में पराजित होने पर धन और धरती के साथ नारी-मर्यादा का भी अन्त था। यवन-सेना वितस्तता के तट तक पहुंची, तब तक इस पार केकय-मण्डल का नारी समुदाय चन्द्रभागा की ओर भेज दिया गया। (तक्षशिला के आचार्य विष्णुगुप्त को राजनीति की जानकारी भी कदाचित् इसी अवसर पर हुई।) कुछ काल तक युद्ध के उपरान्त दोनों पक्षों ने विराम सन्धि की। किन्तु सन्धि-वार्ता के साथ ही साथ विजयी यवन का रात को वितस्तापार करने का प्रयत्न और उसकी प्रेयसी ताया का तक्षशिला के स्नातकों द्वारा हरण, अपने दुमर्द हाथी से स्वयं पुरु का अलिकसुन्दर की रक्षा करना और अन्त में ताया की प्रेरणा से ही दोनों पक्षों में सन्धि, नाटककार की कल्पना के वे सूत्र हैं, जो मनोरम होते हुए भी इतिहास-सिद्ध नहीं हैं। भूमिका में मिश्रजी ने यवन लेखकों के द्वारा लिखे इतिहास पर सन्देह प्रकट कर दिया, किन्तु सत्य इतिहास का कोई सन्तोषजनक प्रमाण नहीं दिया। अतः इस नई स्थापना को स्वीकार करना सहज नहीं। ऐतिहासिक नाटकों में इतिहास की मर्यादा रक्षणीय है। इस नाटक में यह त्रुटि अखरती है।

अशोक

मिश्रजी का प्रथम नाटक 'अशोक'—जिसकी रचना उनकी 32 वर्ष की अवस्था में संवत् 1983 वि०में हुई थी—भी इसी कोटि में आ सकता है, पर इस नाटक के विषय में जब मेरी बातें उनसे हुईं तो उन्होंने निस्संकोच भाव से स्वीकार किया कि यह नाटक उनके प्रमाद का फल है। उनके कथनानुसार शेक्सपियर का भूत बंगाली नाट्यकार द्विजेन्द्रलाल राय के हृदय का देवता बन गया था, जिसकी अर्चना जाने या अनजाने देश की कितनी ही भाषाओं के नाटककारों ने की थी। मिश्रजी का यह नाटक 'अशोक' इस अर्चना के उसी क्रम में लिखा गया। मिश्रजी का कहना है कि शेक्सपियर से प्रभावित होकर द्विजेन्द्र के नाटक यदि न लिखे गए होते तो इस देश की विभिन्न भाषाओं के सभी नाटककार कालिदास और भास की परम्परा में चलकर भारतीय जीवन-दर्शन के निष्ठावान् पोषक बने रहते, पर ऐसा न हो सका। यूरोप के नाटकीय विधान में जिस समय इब्सन और अन्य नाटककार जीवन की वास्तविकता का चित्रण करने लगे थे और शेक्सपियर की पद्धति के विरुद्ध वेगवती प्रतिक्रिया चल पड़ी थी, इस देश के अभाग्य से शेक्सपियर के छोटे संस्करण द्विजेन्द्र का जन्म बंगाल में हो गया। मिश्रजी ने अपने नाटक 'मुक्ति का रहस्य' की भूमिका लैला और नूरजहां, गुलेनार और दुर्गादास के संवादों के आधार पर द्विजेन्द्रलाल राय को अन्तःकरण का अन्धा साहित्यकार कहा है। समय आ गया है कि जब हम इस विषय पर गम्भीरता से विचार कर यह निर्णय करें कि मिश्रजी का यह कथन केवल उनके अहंकार के पोषण के लिए है अथवा भारतीय कला और

साहित्य के उन सिद्धान्तों की रक्षा के लिए है, जिन्हें वे वाल्मीकि से लेकर तुलसीदास तक सब कहीं अधिक मानते हैं और कहते हैं कि पाश्चात्त्य साहित्य का प्रभाव पहले बंगाल में फैला और वहां से महामारी की तरह सारे देश पर छा गया।

'अशोक' नाटक के सम्बन्ध में यह कह देना आवश्यक है कि हिन्दी नाट्य-साहित्य के इतिहास में ब्रजरत्नदासजी ने इसके धर्मनाथ पर प्रसाद के चन्द्रगुप्त नाटक के चाणक्य की जो छाया देखी है, वह रचनाक्रम को देखते हुए भ्रान्त प्रतीत होती है। 'अशोक' चन्द्र-गुप्त' से कई वर्ष पूर्व प्रकाशित हो चुका था। अशोक के साथ-साथ 'कामना' नाटक प्रकाशित हुआ। उसके चार वर्ष उपरान्त 'चन्द्रगुप्त' प्रकाशित हुआ। अतः प्रसाद के चाणक्य की छाया मिश्रजी पर किस प्रकार सम्भव है ? ऐसा प्रतीत होता है कि ब्रजरत्नदासजी से अनजान में यह भूल हो गई है।

प्रतिज्ञा-भंग क्यों

मिश्रजी ने अपने प्रथम समस्या-नाटक 'संन्यासी' की भूमिका में यह कहा था कि "इतिहास के गड़े मुर्दे उखाड़ने का काम इस युग के साहित्य में वांछनीय नहीं", पर अपनी इस प्रतिज्ञा के विरुद्ध जो उन्होंने इतने ऐतिहासिक और सांस्कृतिक नाटकों की रचना कर डाली, इसका कोई न कोई कारण अवश्य रहा होगा। इस सम्बन्ध में वार्तालाप करने पर उन्होंने बताया कि "प्रसाद के नाटकों की प्रतिक्रिया में मुझे अपनी प्रतिज्ञा तोड़नी पड़ी।" उनका कथन है कि "प्रसाद के नाटकों से भारतीय संस्कृति और जातीय जीवन-दर्शन की जो हानि मुझे दिखाई पड़ी, उससे भावी पीढ़ी के पथ-भ्रष्ट होने की आशंका मेरे भीतर उपजने लगी, उसके निराकरण के लिए मुझे ऐसे नाटक रचने पड़े, जिनमें हमारी संस्कृति और जीवन-दर्शन का वह सत्य झलक उठे जो कालिदास और भास के नाटकों में पहले ही निरूपित है।"

मिश्रजी का मत है कि "प्रसाद के नाटकों में रंगमंच पर जो आत्महत्याएं कराई जाती है, संवाद में जो अस्वाभाविकता पाई जाती है, प्रेम की अभिव्यक्ति में जो लम्बे भाषण कराए जाते हैं, कौमार्य को विवाह से जो श्रेष्ठ माना जाता है, कल्पना में जो उन्माद भरा जाता है, वह भारतीय नाट्य-पद्धति के विरुद्ध है।" इसी कारण वे अपने नाटकों में आत्महत्या, काव्यमय संवाद, प्रेमी-प्रेमिका के लम्बे भाषण और कौमार्य-महत्त्व एवं कल्पना में अतिरंजन को स्थान नहीं देते। अब समय आ गया है कि मिश्रजी के विचारों की समीक्षा की जाए और इस बात का निर्णय किया जाए कि देश और जाति के हित के लिए उनकी ये गर्वोक्तियां कहां तक उपयुक्त हैं।

शैली

मिश्रजी के सभी सांस्कृतिक नाटक तीन अंकों में समाप्त होते हैं। सम्पूर्ण नाटक गीतरहित हैं। भाव-चित्रण के साथ-साथ बौद्धिक विवेचन पर ही बल है। अधिकांश घट-नाओं को प्रारम्भ में क्रिया के रूप में न दिखाकर पात्रों के संवाद में सूचित किया गया है,

जो नाट्यकला की दृष्टि से दोषपूर्ण है।

भाषा काव्यमयी न होकर सरल, स्वाभाविक, अन्तर्जगत् के चित्रण में समर्थ, ओजस्वी, नाट्योपयोगी और मनोरम है। मिश्रजी इसे स्वीकार नहीं करते कि उनकी शैली का आधार भारतीय नाट्य-शास्त्र नहीं, प्रत्युत् पाश्चात्य नाट्यकला है।

हम पूर्व पढ़ आए हैं कि उदयशंकर भट्ट का 'शक-विजय' (संवत् 2006 वि०) सांस्कृतिक नाटकों की कोटि में आता है। भट्टजी को शक-विजय की प्रेरणा भारतीय संस्कृति के महत्त्व से मिली। उनका कहना है कि धर्म की आड़ में भारतीय संस्कृति पर कुठाराघात करनेवाला अक्षम्य है। इसे ही दर्शाना इस नाटक का लक्ष्य है। भट्टजी इस नाटक द्वारा देशवासियों में ऐसी भावना जागरित करना चाहते हैं, "जो देश को धर्म से भी महान् और व्यक्ति और समाज से भी बृहत्तर समझे।" जिस मानसिक संतुलन से उपर्युक्त विचारों को प्रोत्साहन मिले, उसे ही स्वीकार करना आप नाटक का इष्ट समझते हैं। इस नाटक में अपने शत्रु से प्रतिशोध लेने के उद्देश्य से विदेशी शकों को आमंत्रित करने वाले कालकाचार्य और गन्धर्वसेन को देश-द्रोह के कारण पश्चाताप करते दिखाया गया है। अन्त में वह आतमहत्या कर लेता है।

'विक्रमादित्य' के सम्बन्ध में वृन्दावनलाल वर्मा ने भी एक नाटक लिखा है। उन्होंने 'हंसमयूर' (सं० 2005 वि०) नामक नाटक की प्रेरणा के विषय में लिखा है :

"हिन्दी में 'विक्रमादित्य' के ऊपर जो नाटक अब तक लिखे गए हैं, उनमें आधुनिकतम ऐतिहासिक अनुसन्धानों का बहुत कम उपयोग किया गया है। एक बार विक्रमादित्य चित्रपट (फिल्म) को देखकर तो मन में बहुत बड़ी ग्लानि हुई थी। यह चित्रपट उस समय के इतिहास और तत्कालीन अवस्था का विपर्यय-मात्र था।"

इस नाटक का नायक इन्द्रसेन है, जो कृत नाम से संवत् चलाता है और हंसमयूर नामक संस्कृति की स्थापना करता है। नाट्यकार 'हंसमयूर' नाम से भारतीय संस्कृति का जो रूप सामने रखना चाहता है, वह इन्द्रसेन और रामचन्द्र के वार्तालाप से स्पष्ट हो जाता है। रामचन्द्र का मत है कि "यह समय रुद्रशंकर के ताण्डव का है।" इन्द्रसेन का मत है कि शकों को पराजित करने पर उनके बाल-बच्चों का वध अनुचित है। यदि वे भारतीय संस्कृति के होकर भारत देश में रहेंगे, तो उसी प्रकार उनकी रक्षा की जाएगी, जैसे आर्यजनों की होती है। इन्द्रसेन जिस वैष्णव धर्म और भारतीय संस्कृति की कल्पना करता है, उसमें "भक्ति और पुरुषार्थ का, तपस्या और जीवन का, त्याग और भोग का, विषय और महिमा का, सौन्दर्य और तेज का, बुद्धि और बल का···कोमलता का और दृढ़ता का, क्षमा और दण्ड का, क्रिया और विचार का, शान्ति और सक्रियता का समन्वय" है। चतुर्भुज विष्णु के हाथों में गदा और चक्र दुर्वृत्तियों के दमन का, शंख जन-जागरण का, कमल विश्व में सर्वत्र जीवन को पुरस्कार तथा वरदान देने का सूचक है। भारतीय संस्कृति को हंसमयूर की उपाधि देकर इन्द्रसेन इसका तात्पर्य समझाता है कि "हंस बुद्धि, विवेक, प्रज्ञा, मेधा, भक्ति और संस्कृति का प्रतीक है; मयूर तेज, बल और पराक्रम का। दोनों का समन्वय ही आर्य-संस्कृति है।"

इस नाटक में कई स्थानों पर काल-दोष दिखाई पड़ता है। कुजुक, भूमक तथा नहपाल को एक साथ उपस्थित करना घटना-चक्र के प्रतिकूल है। उषवदास ऐतिहासिक प्रमाणों के आधार पर जैन नहीं है, किन्तु इस नाटक में जैन धर्मावलम्बी दिखाया गया है। इस ऐतिहासिक नाटक में एक कल्पित पात्र को नायक बनाना और 'हंसमयूरी' नामक काल्पनिक संस्कृति का आविष्कार करना नाटक के महत्त्व की अभिवृद्धि नहीं करता। नाट्यकार का लक्ष्य था इतिहास की रक्षा करना, किन्तु इस नाटक में वह यत्र-तत्र इतिहास सम्बन्धी अक्षम्य भूलें कर जाता है।

पूर्व की ओर (सं० 2007 वि०)

वर्माजी का सांस्कृतिक नाटक 'पूर्व की ओर' संवत् 2007 वि० में प्रकाशित हुआ। भारत के स्वतन्त्र होने पर नाटककारों की दृष्टि समीपवर्ती देशों की सभ्यता और संस्कृति की ओर अधिकाधिक आकर्षित होती जा रही है। वर्माजी ने जातक-कथाओं, पूर्वी द्वीपों में उपलब्ध भग्नावशेषों और शिलालेखों के आधार पर भारत के साथ वारुण द्वीप (बोर्नियो) का अति प्राचीन सम्बन्ध सिद्ध किया है। वारुण द्वीप के एक शिलालेख पर उत्कीर्ण मूलवर्मा, अश्ववर्मा और कुण्डुंग का दक्षिण भारत में पल्लववंशी होना प्रमाणित हुआ है। पल्लवों का ग्याहवां राजवंशज वीरकूर्च एक तेजस्वी शासक था। उसका प्रपौत्र वीरवर्मा हुआ, जिसका भाई अश्ववर्मा कुण्डुंग का पिता था। यही अश्ववर्मा इस नाटक का नायक है।

इस नाटक में दूर-दूर तक भारतीयों की समुद्र-यात्रा और भारतीय संस्कृति का पूर्वी देशों में विकास दिखाने का प्रयास पाया जाता है। प्रारम्भ में ही गौतमी और कन्दर्प-केतु के वार्तालाप से यह सिद्ध कराया गया है कि आज से प्रायः 1600 वर्ष पूर्व सौम्य (सुमात्रा), कसेरू (मलय), नागदीप (निकोबार) और वारुण (बोर्नियो) आदि द्वीपों में हमारे जलयान आते-जाते थे। लोग छः-छः महीने तक समुद्र-यात्रा करते थे और मानव-कल्याण के लिए देश के नवयुवक ही नहीं, नवयुवतियां भी समुद्र-यात्रा की भयंकरता का निर्भीकता से सामना करती थीं।

अश्ववर्मा वारुण द्वीप में पहुंचकर भारतीयों का उपनिवेश बनाने में समर्थ होता है। ये भारतीय उस द्वीप का अन्नाभाव दूर करने के लिए नहर खोदने का कार्य करते हैं। वहां अन्न की उपज बढ़ जाती है। देश समृद्ध हो जाता है तो अश्ववर्मा अपने सहकारियों को बुलाकर कहता है, "धर्म का राज्य स्थापित हो जाए, सुन्दर भारतीय कलाओं का प्रसार हो जाए और जनता सर्वथा सुखी रहने लगे।"[1] इसी समय 'प्रेमी' की नवकृति आई।

शपथ (सं० 2008 वि०)

'प्रेमी' का यह सबसे नया नाटक है। इसमें भारतीय इतिहास के आधार पर

1. पूर्व की ओर, वृन्दावनलाल वर्मा, पृष्ठ 155

भारतीयों के उन गुणों और संस्कारों का उल्लेख है, जिनके कारण भारत तेजस्वी, वीर और बलवान् बना। साथ ही उन निर्बलताओं और त्रुटियों को भी दिखाया गया है, जिनके कारण भारत को अनेक बार विदेशी शक्तियों से पराजित होना पड़ा।

'प्रेमी' को इस नाटक की प्रेरणा स्वतन्त्र भारत की जनता की दुर्बलताओं को देखकर मिली है। उनका कहना है कि "जिन भूलों और जिन जातीय दुर्गुणों के कारण भारत बार-बार पराधीन हुआ है, उन्हें फिर दुहराया जा रहा है।"

इस नाटक में हूणों के आक्रमण से देश की रक्षा करनेवाले विष्णुवर्धन को नायक बनाया गया है। इतिहास-प्रसिद्ध योद्धा और लोकनायक विष्णुवर्धन (यशोवर्मन) कई नाटकों का नायक बन चुका है।[1]

'शपथ' में वेश्या कंचनी का चरित्र-चित्रण विशेष रूप से उल्लेखनीय है। देश-रक्षा में योद्धा, नीतिज्ञ, कृषक, व्यवसायी आदि सभी वर्गों के साथ वेश्याओं का साहस भी बल प्रदान करता है। 'प्रेमी' यह सिद्ध करना चाहते हैं कि जातीय जीवन का विकास प्रत्येक वर्ग के त्याग और पुरुषार्थ पर निर्भर है। ऐसा ही सिद्धान्त मिलिन्द का है।

गौतम नन्द (सं० 2009 वि०)

जगन्नाथप्रसाद 'मिलिन्द' ने तीन नाटक—'प्रताप-प्रतिज्ञा', 'समर्पण' और 'गौतम नन्द' लिखे हैं। 'समर्पण' सं० 2007 वि० में लिखा गया। 'गौतम नन्द' उनकी नवीन रचना है। गौतम बुद्ध के अनुज गौतम नन्द इस नाटक के नायक हैं। नाटककार का मत है कि गौतम बुद्ध के गृह-त्याग के उपरान्त महाराज शुद्धोदन की सम्पूर्ण आशा अपने कनिष्ठ पुत्र गौतम नन्द पर केन्द्रित हुई। किन्तु गौतम नन्द ने भी गौतम बुद्ध के आदेश पर अपने विवाह, नवगृह-प्रवेश तथा राज्याभिषेक के ऐन मौके पर भिक्षु-धर्म स्वीकार किया। इसी घटना को नाटक के रूप में दिखाना नाटककार को अभीष्ट है।

मिलिन्दजी इस तथ्य को स्वीकार करते हैं कि 'भारतीय लोकतन्त्र के अभ्युदय के उषाकाल' में साहित्य, कला और संस्कृति के क्षेत्र में अधिक कार्य करने की आवश्यकता है। कला के सम्बन्ध में वे कहते हैं कि "जीवन से अलग कटकर कला के जीवित रहने का सिद्धान्त अब बहुत पुराना पड़ गया है। आज कला और साहित्य भी जीवन ही के अंग बन गए हैं।"

इस सिद्धान्त के आधार पर मानव-जीवन के कल्याण के लिए उन्होंने गौतम नन्द का चरित्र-विकास दिखाया है। माधविका के मुख से नाटककार ने महान् व्यक्ति गौतम नन्द के गुणों का इस प्रकार उल्लेख किया है, "तुमने इतना महान् त्याग किया है, यह तुम्हारी पहली विशेषता है, और अपने महान् त्याग को त्याग ही न मानना तुम्हारी दूसरी विशेषता है। कोटि-कोटि सामान्य मानवों की सरल त्याग-भावना के प्रतीक! तुम्हें

1. भारत की स्वतन्त्रता के उपरान्त यशोवर्मन को नायक मानकर तीन नाटक-स्वतन्त्र भारत, समाधि और शपथ लिखे गए हैं।

बारम्बार प्रणाम !"

मिलिन्दजी अब नाटकों में अधिक दृश्य-परिवर्तन के पक्ष में नहीं हैं। 'प्रताप-प्रतिज्ञा' के तीन अंकों में जहां 23 और 'समर्पण' में 12 दृश्य थे, वहां अब इस नाटक के तीन अंकों में कुल 9 दृश्य हैं। पात्रों की संख्या भी घटाने का प्रयास किया गया है।

पग-ध्वनि (सं० 2009 वि०)

महात्मा गांधी के जीवनकाल में और उनके निधन के उपरान्त उनके सम्बन्ध में प्रचुर साहित्य बना, किन्तु किसी प्रमुख नाटककार ने उन्हें नाटक का नायक या पात्र नहीं बनाया। संवत् 2009 वि० में चतुरसेन शास्त्री ने 'पग-ध्वनि' नामक एक नाटिका लिखी, जिसमें बापू, गुरुदेव, खान अब्दुलगफ्फारखां, एंड्रूज़ आदि महानुभाव पात्र के रूप में दिखाए गए।

इस नाटिका में सर्वथा नई पद्धति प्रयुक्त है। नाटक की अब तक की सभी पुरानी-नई परम्पराओं का इसमें उल्लंघन किया गया है। नाटिका में कोई भी कथानक नहीं, केवल भावना के रेखाचित्र हैं। मानव के साथ हिंसा, पूंजी, राजनीति, अहिंसा, सभ्यता, सत्य, धर्म, सत्याग्रह, खद्दर, असहयोग आदि भी पात्र के रूप में विद्यमान हैं और मानव के सदृश वार्तालाप करते हैं। सम्पूर्ण नाटिका छः अंकों में विभक्त हैं और प्रत्येक अंक में एक ही दृश्य है। प्रस्तावना में 'कस्तूर बा' का स्तवनगान[1] है और अन्त में भरतवाक्य के रूप में एक गान है।[2]

प्रथम अंक में शान्तिनिकेतन का दृश्य है, जहां गांधी-दर्शन की व्याख्या होती है। दूसरे अंक में नोआखाली का गांव है, जहां खान अब्दुलगफ्फारखां गांधी-भावना का विवेचन कर रहे हैं। तीसरे अंक में नोआखाली का दूसरा गांव है, जहां गांधी का प्रभाव डाकुओं और लुटेरों पर दिखाया गया है। इसी अंक में गांधी का यह सन्देश स्पष्ट सुनाई पड़ता है—"मैं मरने की रीति सिखाता हूं। जब तुम मरो तो गुस्से से उबलते मत मरो, ठण्डे दिल से मुस्कराते हुए, मारनेवाले को माफ कर दो, उसे अपना प्यार देते जाओ।"

चौथे अंक में आगाखां महल का दृश्य है। कस्तूर बा रुग्णावस्था में हैं। यहां

---

1. बा कस्तूर जयति जय,
जय-जय-जय-जय हे।
मन वैरागिनी, जन अनुरागिनी
परम तपस्विनी, अग्ररोहिनी
बापू की अनुगामिनी हे।

2. जग रे जग, अब तो जग।
अभय अमर विगत रोष।
मत्सर तज-चल निरकुल—
अब तो पग-पग—जग रे जग।

गांधी-जीवन की एक झांकी दिखाई गई है। विश्व-मंगल में सतत संलग्न व्यक्ति अपने समीपवर्तियों के साथ प्रेम में तन्मय होकर कैसे व्यवहार करता है, उसकी छटा यहां पर देखने को मिलती है।

पांचवें अंक में बापू का दिल्ली में उपवास और हिन्दू-मुसलमानों पर उसका प्रभाव दिखाया गया है। दोनों जातियां रक्तपात से ऊबकर गांधीजी के प्रभाव में आ जाती हैं। नोआखाली में हुस्नजहां कहती है, "भागे हुए भाइयों को वापस बुलाना, उन्हें फिर से बसाना है; नोआखाली का सारा पाप-ताप धो बहाना है।" इस प्रकार इस अंक में हिन्दू-मुस्लिम विरोध का परिहार दिखाई पड़ता है।

छठे अंक में अणुबम से ध्वस्त एक नगर का हृदयविदारक दृश्य है। लाशों और आहतों के मध्य नागरिकता और सभ्यता क्षीणकाय स्त्री-वेश में दबी पड़ी है। इसी अंक में हिंसा, अहिंसा, पूंजी, राजनीति, धर्म, सत्य, सत्याग्रह आदि पात्र दिखाई पड़ते हैं।

इनके वार्तालाप के अन्त में हिन्दू-मुस्लिम ऐक्य आता है। वह मानवता को अपनी सेवाएं अर्पण करता है। हिंसा अहिंसा की शरण लेती है, धर्म भी अहिंसा की शरण में जाकर सत्य का अनुसरण करता है और भरतवाक्य के साथ नाटक समाप्त होता है।

नाटक रचना का यह नितान्त नवीन शिल्प है। इसमें गांधी-जीवन की बिखरी घटनाओं को एकत्र दिखाते हुए मानव-कल्याण का पथ दर्शाया गया है। विभिन्न घटनाओं में एकसूत्रता न होने के कारण एक कथानक नहीं बन पाया है। प्रत्येक अंक स्वतन्त्र चित्र के सदृश हैं। ऐसे छः चित्रों को एक कैनवास पर सजाया गया है। इस प्रकार सबका सम्मिलित प्रभाव दिखाया गया है।

सब मिलाकर नाटक बड़ा ही रुचिकर और हितकर बन गया है, किन्तु नाटकों में जो रस व्यापार-विधान के मध्य से फूटकर निकलता है, उसका यहां प्रायः अभाव है। अधिकांश घटनाएं संवादों से सूचित होती हैं, किन्तु कुछ स्थल ऐसे मार्मिक बन गए हैं, जहां संवाद और व्यापार का मेल हो जाता है। ऐसे स्थलों में कस्तूर बा के अन्तिम क्षणों का दृश्य अत्यन्त मार्मिक है। यहां करुणरस व्यापारों और संवादों के मिलन से फूट निकला है। इस शिल्प में यदि जीवन का नैसर्गिक विकास दिखाया जाए तो यह अवश्य सफल होगा।

अनूदित सांस्कृतिक नाटक

आलोच्यकाल में सांस्कृतिक नाटकों के विकास में यूरोपीय नाटकों से भी सहायता ली गई। प्रथम युद्ध में जर्मनों के युद्ध कौशल को देखकर भारतवासी विशेष रूप से उधर आकृष्ट हुए। फलतः वहां की कला और साहित्य से भी यहां के लोग प्रभावित हुए। जर्मनी के जिन प्रसिद्ध नाट्यकारों ने देश के सांस्कृतिक विकास में योग दिया था, उनका साहित्य देशी भाषाओं में अनूदित होने लगा। जर्मन नाट्यकार लेसिंग के दो नाटकों का हिन्दी अनुवाद 'मिना' और 'नातन' नाम से किया गया। डॉ० मंगलदेव ने 'मिना' को और श्री अबुलफज़ल ने 'नातन' को अनुवाद रूप में उपस्थित किया। 'मिना' नाटक में

'मिना' यहूदी है और शेष पात्र मुसलमान और ईसाई हैं। पात्रों के दो वर्ग हैं—प्रुशियन और सैक्शन। प्रुशियन पात्र 'ट्याल हाइप' अत्यन्त क्रूर और कठोर हैं, किन्तु मिना का चरित्र अति उदार और निष्कलंक है। मिना सैक्सन प्रदेश की निवासिनी है। इस नाटक द्वारा यह सिद्ध किया गया है कि धार्मिक संकीर्णता हमें धर्म के सच्चे तत्व से बहुत दूर रखती है। इस नाटक से यह भी प्रमाणित किया गया है कि किसी धर्म का महत्त्व जीवन के आदर्श की उच्चता और पवित्रता के ऊपर निर्भर है, न कि थोथे रीति-रिवाजों पर।

नातन

दूसरा जर्मन नाटक है 'नातन'। 'नातन' नाटक का अनुवाद उपस्थित करते हुए अबुलफज़ल साहब लिखते हैं कि "आजकल हमारे देश में जो उपद्रव उपस्थित हैं, उसके कारणों में से एक बड़ा कारण यह है कि परस्पर लड़ने वाले एक-दूसरे के धार्मिक मतों से अज्ञात हैं और प्रत्येक मतावलम्बी संकीर्ण हृदय और अदूरदर्शिता से काम ले रहा है। दुर्भाग्यवश साहित्य भी ऐसा निकल रहा है जो एक-दूसरे से लड़ने में सहायता दे रहा है। यूरोप में भी ईसाई और मुसलमान एक-दूसरे के शत्रु थे, परन्तु जब प्रत्येक ने अपने-अपने स्थान पर ध्यान दिया तो दोनों ने अपनी संकीर्णता को स्वीकार किया। मुझे आशा है कि जो कुछ 'नातन' ने यूरोप में किया, वही भारत में भी करेगा।"

उपर्युक्त कथन से यह सिद्ध होता है कि अनुवादकर्ता ऐसे नाटकों का अनुवाद कर रहे थे, जो धार्मिक सहिष्णुता का वातावरण बनाने में सहायक हों। इस 'नातन' नाटक में एक यहूदी एक ईसाई लड़की को पड़ा पाता है; उसका पालन-पोषण करता है। उसको अपने धर्म की शिक्षा न देकर धार्मिक विषयों में उसे पूर्ण स्वतन्त्रता देता है। उसके इस कार्य से मठाधीश इस कारण अत्यन्त क्रुद्ध होता है कि एक ईसाई लड़की को यहूदी ने अपने घर क्यों रखा। यहूदी को जला देना चाहिए। टेपलर जब मठाधीश से कहता है कि यदि वह बच्चा मर जाता तो क्या होता ? तो मठाधीश इस प्रकार उत्तर देता है :

मठाधीश—"कोई हर्ज नहीं। यहूदी को तब भी जला डालना चाहिए। वह बच्चा सदा के लिए शाप में पड़ जाए, इससे अच्छा है कि वह यों ही मर जाए। परमेश्वर जिसे चाहे, उसे यहूदी की सहायता के बिना भी आपत्ति से मुक्ति दे सकता है।"

उपसंहार

इस विवेचन से यह निष्कर्ष निकलता है कि सांस्कृतिक नाटकों की तीन मुख्य शैलियां उस समय प्रचलित थीं। एक शैली द्विजेन्द्रलाल राय के नाटकों के निकट होकर चल रही थी, दूसरी यूरोपीय नाटकों के अनुवाद तथा रूपान्तरित रूप में ग्रहण की जा रही थी और तीसरी प्रसाद की निजी शैली थी, जो नितान्त मौलिक थी। प्रसाद जितने सफल कलाकार थे, उतने ही प्रवीण इतिहास के अनुसन्धानकर्ता भी। उन्होंने अतीत

भारत के गौरव-प्रासाद का खंडहर देखा। उसकी प्राप्य सामग्री से ही सन्तुष्ट न होकर उसके लुप्तप्राय अंगों का अनुसन्धान किया। उन्हें विस्मृति के गर्त से ढूंढ़ निकाला और अपनी कल्पना से भग्नावशेषों को संयुक्त कर ऐसा प्रासाद निर्मित किया, जिसमें जोड़ का कहीं चिह्न नहीं दिखाई पड़ता। यह थी प्रसाद की अपनी मौलिकता। यद्यपि उनके पथ पर चलने का प्रयास कई नाट्यकारों ने किया, किन्तु न तो वे भग्नावशेष को ढूंढ़ पाए और न कल्पना के बल से नवनिर्माण के द्वारा वैसा प्रासाद बना पाए, जैसा प्रसाद ने 'स्कन्दगुप्त' और 'चन्द्रगुप्त' में हमारे सामने प्रस्तुत किया है।

प्रसाद युगीन नाटकों का सांस्कृतिक अध्ययन

हम पूर्व प्रमाणित कर आए हैं कि प्रेमचन्द जी को प्रसाद के नाटकों में गड़े मुर्दे उखाड़ने का व्यर्थ प्रयास दिखाई पड़ा था, पर आश्चर्य है कि प्रेमचन्द ने स्वयं कर्बला नाटक में उसी पथ का अनुसरण क्यों किया ? अंग्रेज़ी राज्य में विदेशी सत्ता से सन्तप्त प्रजा की आर्थिक, सामाजिक, धार्मिक दुर्दशा दिखाने का सुगम सुरक्षित मार्ग यही था कि इतिहास और पुराणों के व्याख्यानों के माध्यम से भारतवासियों में राष्ट्र-प्रेम जाग्रत करके विदेशी महाशक्ति से जूझने का उत्साह, संकल्प एवं दृढ़ भावना उत्पन्न की जाय। प्रसाद ने स्कन्दगुप्त, चन्द्रगुप्त में मानव प्रेम और राष्ट्र प्रेम की एकरूपता एवं सामंजस्य दिखाने का सफल प्रयास किया था। राष्ट्रीय चेतना को भारत की सांस्कृतिक चेतना द्वारा बलवती बनाकर त्याग, तप, सत्य, अहिंसा, दृढ़ता, शौर्य से राष्ट्र-हित में सर्वस्व बलिदान का मन्त्र गांधी जी गांव-गांव सुना रहे थे। निरस्त्र जनता शताब्दियों के बाद ऐसे दीन हितकारी राष्ट्र नेता का दर्शन करके धन्य बन रही थी।

पाश्चात्य वैभव में अपने को भूला हुआ समृद्ध समाज, त्यागी-तपस्वी के चरणों पर अनायास ही लोटकर धन्य हो रहा था। सन् 1931 में भारत के वायसराय लार्ड इरविन ने एक सप्ताह तक नित्य गांधीजी से मिलकर गांधी इरविन समझौता तैयार किया था। एक भिखारी तपस्वी के सम्मुख ब्रिटिश साम्राज्य के प्रतिनिधि का नतमस्तक समझौते के लिए लालायित होना सम्पूर्ण विश्व में एक अनोखी ऐतिहासिक घटना स्वीकार की गई। बड़े-बड़े योद्धा और सम्राट त्याग, तपस्या की ऐसी अद्‌भुत शक्ति देखकर चकित रह गए। प्रसाद के 'चन्द्रगुप्त' में पात्र दाण्डयायन के सम्मुख विश्वविजयी सम्राट सिकन्दर का विनीत होना दिखाकर प्रसाद ने लगभग तेईस सौ वर्ष पूर्व घटित घटना और सन् 1931 में गांधीजी की प्रत्यक्ष शक्ति के साथ पूर्ण रीति से जोड़ दिया था। इसका प्रभाव तत्कालीन नाट्यकारों पर पड़ना स्वाभाविक था, इसी कारण गांधीजी के जीवन काल में ऐतिहासिक और पौराणिक व्याख्यानों के आधार पर शताधिक नाटकों की रचना हुई। इनका प्रदर्शन विशेषकर कांग्रेस अधिवेशनों के समय देश के भिन्न-भिन्न कोनों से आने वाले प्रतिनिधियों के द्वारा अत्यन्त सराहनीय बन गया। अतः नवयुवकों में राष्ट्र-प्रेम, धार्मिक सहिष्णुता और भारतीय संस्कृति की महत्ता दिखाने वाले नाटकों की धूम मच गई। इनमें प्रमुख नाट्यकारों ने न केवल अपनी रचनाओं से ही राष्ट्रीय भावना

उद्दीप्त की, अपितु स्वयं विदेशी सत्ता से जूझते हुए लाठियां खाईं; जेल की रोटियां प्रेम से तोड़ीं; जेल की भारी चक्की पीसी, जेलर के डंडे सहे, फिर भी "विजयी विश्व तिरंगा प्यारा, झंडा ऊंचा रहे हमारा" तथा "जाँ फिसानी की तमन्ना अब हमारे दिल में है" का राष्ट्रीय नारा उच्च स्वर से लगाते रहे। शुक्ल जी ने ऐसे नाट्यकारों की भूरि-भूरि प्रशंसा की है। पंडित माखनलाल चतुर्वेदी, हरिकृष्ण प्रेमी, रामवृक्ष बेनीपुरी, गोविन्द-वल्लभ पन्त, मैथिलीशरण गुप्त, सेठ गोविन्ददास, रामनरेश त्रिपाठी आदि नाट्यकार प्रमुख रूप से बन्दीगृह की घोर यातना सहते हुए राष्ट्रीय और सांस्कृतिक चेतना जगाने वाले नाटक लिखते रहे। इन नाट्यकारों की रचनाओं पर हम पृथक्-पृथक् विचार कर चुके हैं।

'प्रसाद' के जीवनकाल में ही कतिपय हिन्दी नाट्यकारों पर इब्सन और बर्नाड शा का प्रभाव बढ़ता जा रहा था। समस्या नाटकों का जन्म हो गया था।

लक्ष्मीनारायण मिश्र और भुवनेश्वर विशेष रूप से पश्चिम के नाट्यकारों से प्रभावित थे। मिश्र जी के समस्या नाटकों पर विस्तार से विचार करके यह सिद्ध किया जा चुका है, भुवनेश्वर ने अपने नाटक संग्रह "कारवां" के प्रवेश के रूप में इसे स्वीकार करते हुए लिखा है 'शैतान' लिखने के बाद मुझे प्रतीत हुआ कि मेरे 'शैतान' के एक सीन में शा की छाया मुखर हो गई है, मैं इसे निर्विवाद स्वीकार करता हूं कारवां प्रवेश पृ. 27।

हिन्दू विवाह के सम्बन्ध में भुवनेश्वर ने लिखा ऐसा मैंने एक स्त्री को कहते सुना—"कि हिन्दू-विवाह वेश्यागमन का पतित रूप है"। आधुनिक हिन्दू जीवन में ट्रेजडी केवल तीन बातों तक सीमित है, (1) प्रेम-अन्त तक जिसका विवाह नहीं होता (2) वैधव्य (3) पश्चिमी सभ्यता और शिक्षा के सन्दर्भ सें किसी पात्र में एक मुखर बौड़मपन का प्रवेश।"

उन्होंने पहली बार यह उद्घोषित किया कि "कला अपनी चरम सीमा पर पहुंच कर अश्लील हो जाती है। कला में अश्लीलता का अर्थ है नग्न पवित्रता।" 45 वर्ष पूर्व कही हुई भुवनेश्वर की वाणी आज के विसंगत नाटकों में मुखरित हो रही है हिन्दी के समस्या नाटक ब्रेख्त और वेकेट के प्रभाव से आज के नाटकों में कथ्य में नए रूप में दिखलाई पड़ रहे हैं पर आज का नाट्य शिल्प समस्या नाटकों से सर्वथा भिन्न हो गया है।

प्रसाद-युग गांधीवादी विचारधारा से ओत-प्रोत था। प्रसाद जी पर गांधीजी के सिद्धान्तों का गहरा प्रभाव पड़ा था। एक बार जब नमक सत्याग्रह चल रहा था मैं दिल्ली से प्रसाद जी से मिलने गया। बात-बात में सत्याग्रह की चर्चा छिड़ी। मैंने कहा—प्रसाद जी देश के सारे नेता और देशप्रेमी बन्दीगृह की यातना सह रहे हैं, क्या हम लोगों का कुछ कर्तव्य नहीं है? प्रसाद जी गम्भीर होकर बोले—"मैं संग्रहणी का रोगी हूं। जेल की रोटियां खाने से छः महीने भी जीवित न रह पाऊंगा अतः मैंने संकल्प लिया है कि गांधीजी के राजनैतिक, दार्शनिक और सांस्कृतिक सन्देशों का प्रचार अपने नाटकों द्वारा करूंगा। देश में चरित्र-बल रहेगा तो कोई भी शक्ति हमें पराजित नहीं कर सकती।

मुस्लिम काल में हमारी पराजय हमारे चारित्रिक पतन के कारण हुई ।"

प्रसादजी की तरह नाट्यकारों का एक ऐसा वर्ग था जो उस काल में राष्ट्रीय एवं सांस्कृतिक नाटकों की रचना कर रहा था। दूसरा राष्ट्र चेतना को बलिष्ठ बनाने के लिए सामाजिक सुधार पर बल दे रहा था। तीसरा वर्ग इब्सन और शा के समस्या नाटकों के प्रवाह में तैर रहा था। चौथा वर्ग उन कविगणों का था जो सांस्कृतिक धरातल पर रवि बाबू के नाटकों की तरह काव्य रूपकों की रचना कर रहा था।

धार्मिक नाटकों में राष्ट्रीय-चेतना

हिन्दी साहित्य में नाटक का प्रारम्भ ही धर्म को लेकर हुआ और पहले धार्मिक कथानक ही इसके आधार बने। हमें जो नाट्य-साहित्य मिला है, उसमें भरतेश्वरबाहुबली रास, गयसुकुमार रास आदि प्रारम्भिक जैनरास धार्मिक पुरुषों के चरित्र के ही आधार पर लिखे गए हैं और यही स्थिति वैष्णव रास की भी है। इसके कथानक भी धार्मिक पुरुष राम और कृष्ण के चरित्र ही हैं। धार्मिक नाटकों का वर्गीकरण यदि चरित्र के आधार पर किया जाए तो इन नाटकों को तीन भागों में विभक्त किया जा सकता है—(1) राम-चरित्र, (2) कृष्ण-चरित्र, (3) सन्त-चरित्र।

रामचरित्र के नाटकों के दो भेद हैं। कुछ नाटक तो केवल लीला-मण्डलियों के अभिनय के लिए विरचित हुए और कुछ साहित्य के लिए। हम यहां साहित्यिक नाटकों की ही चर्चा करना चाहते हैं। रामलीला-सम्बन्धी अनेक नाटक मिलते हैं, किन्तु उनका मूल्य साहित्य की दृष्टि से अधिक नहीं। साहित्यिक नाटकों में सेठ गोविन्ददास का 'कर्तव्य' (सं० 1982 वि०), चतुरसेन शास्त्री का 'सीताराम' (सं० 1996 वि०) और 'श्रीराम' (सं० 1997 वि), हरिमंगल मिश्र का 'उत्तर रामचरित्रच्छाया' (सम्वत् 1969 वि०), बन्दीदीन दीक्षित का 'सीता-स्वयंवर नाटक' (सं० 1956 वि०) प्रसिद्ध हैं।

कृष्ण के चरित्र को लेकर अनेक नाटक विरचित हुए जिनमें माखनलाल चतुर्वेदी कृत 'कृष्णार्जुन-युद्ध' का प्रमुख स्थान है। 'कृष्णार्जुन-युद्ध' (सन् 1918) हिन्दी साहित्य सम्मेलन के सप्तम अधिवेशन के अवसर पर अभिनीत हुआ और इतना जनप्रिय हुआ कि देश के विभिन्न स्थानों पर भी इसका अभिनय किया गया। इसकी एक लाख प्रतियां पाठकों के हाथों में पहुंच चुकी हैं, इसी से इसकी लोकप्रियता का अनुमान लगाया जा सकता है। जब उन्नीसवीं शताब्दी के अन्त में यह धारणा बन गई थी कि पौराणिक गाथाएं गल्प मात्र हैं और समाज-सेवा की भावना इस देश में कभी नहीं थी, यह तो एक मात्र पश्चिमी-सभ्यता की देन है तब उक्त दोनों धारणाओं को भ्रममूलक सिद्ध करने के लिए इस नाटक में नारदीय लीला को कथावस्तु रूप में ग्रहण किया गया है।

एक प्रसिद्ध पौराणिक गाथा है कि एक दिन विमान यात्रा करते समय चित्रसेन गन्धर्व के मुंह से पान की पीक तर्पण देते हुए गालव ऋषि की अंजलि में आ गिरी। क्रुद्ध गालव ऋषि तत्कालीन शासक श्रीकृष्ण को चित्रसेन के इस दुर्व्यवहार के लिए दोषी

ठहराने लगे। गालव ऋषि का क्रोध तभी शान्त हुआ जब श्रीकृष्ण ने चित्रसेन के वध की प्रतिज्ञा की। प्रतिज्ञानुसार श्रीकृष्ण चित्रसेन के वध के लिए प्रस्तुत होते हैं। इधर नारद के परामर्श से चित्रसेन पांडवों के यहां सहायतार्थ पहुंचते हैं। द्रौपदी और भीम में सहायता के विषय में विवाद खड़ा होता है। भीम का तर्क है कि आर्त्त की रक्षा करना धार्मिक का धर्म है। द्रौपदी का तर्क है कि गन्धर्व चित्रसेन इन्द्र के राज्य में रहता है और उसने कृष्ण के राज्य में अन्याय-कार्य किया, अतः पाण्डवों पर रक्षा का दायित्व नहीं। कृष्ण के हमारे ऊपर अनेक उपकार हैं अतः उनसे कलह मोल लेना अनुचित है। युधिष्ठिर की अनुपस्थिति में कोई निर्णय लेना अर्जुन को अभिष्ट नहीं, किन्तु भीम आग्रह करते हैं कि चित्रसेन की रक्षा करना हमारा धर्म है। अर्जुन भीम और द्रोपदी का विवाद अनिर्णीत रह जाता है, अतः चित्रसेन लौटकर नारद के मतानुसार चिता जलाकर भस्म होने को प्रस्तुत होता है ताकि कृष्ण उसका वध न कर सकें और उनकी प्रतिज्ञा अधूरी रह जाए।

नारद चित्रसेन की प्राण-रक्षा के लिए अहर्निश प्रयत्नशील हैं। वह सौभाग्य-वर्द्धक पर्व के पावन अवसर पर अर्जुन की पत्नी सुभद्रा को गंगा स्नान के लिए उस स्थान पर ले जाते हैं जहां चित्रसेन चिता सजाकर भस्म होने की तैयारी करता है और उसके बच्चे करुण क्रन्दन करते हैं। सुभद्रा चित्रसेन की रक्षा के लिए प्रतिश्रुत होती है और अर्जुन से कृष्ण के साथ युद्ध करने का आग्रह करती है। अर्जुन युद्ध के लिए सन्नद्ध हो जाते हैं। निश्चित समय पर अर्जुन और कृष्ण का युद्ध छिड़ जाता है। कृष्ण के प्रहार से अर्जुन आहत होते हैं। कृष्ण उन्हें गोद में उठा लेते हैं। थोड़ी देर बाद अर्जुन खड़े होते हैं और पाशुपतास्त्र का प्रयोग करने को उद्यत होते हैं। भयंकर स्थिति उत्पन्न हो जाती है। नारद के प्रयास से ब्रह्मा गालव ऋषि से अनुरोध करते हैं कि इस भयावह स्थिति को सुधारें। युद्ध भूमि में आकर, अर्जुन द्वारा पाशुपतास्त्र के प्रयोग से पूर्व ही गालव ऋषि चित्रसेन को क्षमा कर देते हैं और युद्ध रुक जाता है। इस प्रकार नारद के प्रयास से सबकी प्रतिज्ञा की रक्षा हो जाती है और गन्धर्व चित्रसेन भी बच जाता है।

'उर्मिला' नामक एक सुन्दर नाटक पृथ्वीनाथ शर्मा ने (सं॰ 2007 वि॰) में लिखा। उर्मिला का चरित्र-चित्रण मनोवैज्ञानिक ढंग से किया गया है। उर्मिला का चरित्र मैंथिलीशरण के 'साकेत' से मिलता-जुलता है। 'सीता की मां' नाटक श्री बेनीपुरी जी ने लिखा है। इस नाटक में भी परम्परागत धारणा को त्यागकर सीता की माता को एक अकाल-पीड़िता नारी दिखाया गया है।

सन्त-चरित्र

इस काल की सबसे बड़ी विशेषता सन्त-चरित्र को नाटक रूप में ढालना ही है। भारतेन्दु-युग में गोपीचन्द, मोरध्वज और भर्तृहरि के चरित्रों के आधार पर केवल तीन-चार नाटक रचे गए थे, किन्तु इस काल कई उत्तम नाटक सन्त-चरित्र को लेकर बने। इस काल में 'भक्त तुलसीदास' (सं॰ 1979 वि॰), "बुद्ध-चरित्र' (सं॰ 1988 वि॰), 'भक्त सूरदास' (सं॰ 1980 वि॰), 'महात्मा कबीरदास', 'स्वामी विवेकानन्द'

(सं० 1974 वि०),'प्रह्लाद चरित्र' (सं०1952 वि०),'भगवान् शंकराचार्य','कुमारिल भट्ट', 'श्री रामानन्द' (सं० 1992 वि०), 'मतवाली मीरा' (सं० 1992 वि०),'निमाई संन्यास' (सं० 1987 वि०), 'स्वामी दयानन्द' (सं० 1979 वि०), 'शंकर-विजय' सं० 1992 वि०), 'प्रबुद्ध यामुन' (सं० 1986 वि०) प्रसिद्ध नाटक हैं।

परम्परा

सन्त-महात्माओं के चरित्र के आधार पर नाटक लिखने की परम्परा अपभ्रंश-काल में भली प्रकार प्रचलित थी। हमें ऐसे-ऐसे रास मिलते हैं, जिनमें धर्म-कार्य करनेवाले गृहस्थों को भी नायक बनाकर नाट्य-रचना की गई है। वैष्णव धर्म में सन्त-महात्माओं को आदर तो दिया जाता था, किंतु नाटकों से उन्हें प्रायः पृथक् रखा जाता था। भारतेन्दु-युग में स्वांग-मण्डलियां भर्तृहरि, गोपीचन्द आदि सन्त-महात्माओं का स्वांग खेला करती थीं। अंग्रेजी में बर्नार्ड शा ने 'सेंट जान' नामक नाटक लिखकर धूम मचा दी थी। हिन्दी में सम्भवतः अपनी पूर्व परम्परा तथा पश्चिम के प्रभाव के कारण सन्त-नाटकों की रचना इतनी अधिक संख्या में हुई।

शैली

सन्त-नाटकों की शैली प्रायः संस्कृत नाटकों की ही शैली है। यह वही शैली है, जिसका अनुसरण भारतेन्दुजी ने सत्य हरिश्चन्द्र नाटक में किया। इसमें नान्दी सूत्रधार, भरतवाक्य का दर्शन होता है। गद्य-भाग तो खड़ी बोली में उपलब्ध होता है, किन्तु कविताएं ब्रजभाषा की हैं। 'पूर्व भारत'[1] नामक पौराणिक नाटक में मिश्रबन्धु ब्रजभाषा की कविता में अधिक रस स्वीकार करके खड़ी बोली में कविता अप्रिय समझते हैं। कविताओं में यत्र-तत्र भारतेन्दुजी की झलक आ जाती है। वियोगी हरि का 'प्रबुद्ध यामुन'[2] नाटक (सं० 1986 वि०) देखिए। इसमें उपर्युक्त सारी विशेषताएं विद्यमान हैं। प्रारम्भ में नान्दी, सूत्रधार, प्रस्तावना है तथा अन्त में भरतवाक्य स्पष्ट शब्दों में लिख दिया गया है। कावेरी-तट का वर्णन तो इन्दुमती उसी प्रकार करती है, जिस प्रकार भारतेन्दुजी ने 'हरिश्चन्द्र' नाटक में गंगा का वर्णन किया है। उदाहरण के लिए देखिए :

"अंजुरिन भरि-भरि नीर परस्पर छिरकत कूदत।
× × ×
वेद-घोष सुनि परत, बजत कहुं संख अघासी।
कहुं घण्टा घहरात घोर कलि-कलुष विनासी।"[3]

हां, एक विशेषता इसमें और मिलती है। समय के अनुसार समाज-सुधार की

---

1. पूर्व भारत, मिश्रबन्धु, भूमिका संवत् 1988 वि०
2. प्रबुद्ध यामुन, वियोगी हरि, गंगा पुस्तकमाला (सं० 1986 वि०), पृ० 179
3. प्रबुद्ध यामुन, वियोगी हरि, गंगा पुस्तकमाला, संवत् 1986 वि०, पृ० 144

प्रेरणा भी इसमें पाई जाती है। यामुनाचार्य एक स्थान पर अछूतोद्धार की समस्या को इस प्रकार सुलझाते हैं :

"मां, क्या अन्त्यज, परम भागवत होते हुए भी, कोरे कर्मठ ब्राह्मणों से नीच और हीनतर हैं ? क्या महात्मा निरुप्याण के चरण छूकर मैं एकदम पतित हो गया ?"[1]

इस नाटक की रचना का वही समय था, जब महात्माजी अछूतोद्धार में तल्लीन थे। वियोगीजी महात्माजी के साथ अछूत समस्या के सुलझाने में संलग्न थे। अतएव नाटक द्वारा भी उन्होंने इसी समस्या को सुलझाने का प्रयास किया।

कृष्ण-चरित्र पर इस काल में कई अच्छे नाटक विरचित हुए। कृष्ण-सम्बन्धी कतिपय नाटकों का विवेचन हम पूर्व कर आए हैं। इस स्थल पर इतना ही कहना पर्याप्त होगा कि कृष्णजी को हम हिन्दी की प्रत्येक शैली के नाटकों में विराजमान पाते हैं। क्या नाटक, क्या एकांकी, क्या रेडियो-रूपक, क्या गीति-नाट्य, सभी कृष्ण-कला से सरस और सजीव हो उठते हैं। कृष्ण-चरित्र-सम्बन्धी नाटकों की विस्तृत सूची परिशिष्ट में दी जाएगी। यहां केवल इतना संकेत कर देना पर्याप्त होगा कि कृष्ण-चरित्र को लेकर वियोगीहरि ने जो 'छद्म योगिनी-लीला' संवत् 1980 वि० में लिखी है, वह चाचा वृन्दावनदास जी की छद्मलीला की परम्परा में है। नाटक में भी लीला-नाटकों के सदृश गीतों का प्राधान्य और क्रियाशीलता की क्षीणता विद्यमान है।

ऐतिहासिक कथानकों की भांति धार्मिक कथानक भी इस काल में राष्ट्रीय चेतना के उद्बोधन के साधन बनाए गए थे। भारतेन्दु ने 'धनंजय-विजय' में एक धार्मिक आख्यान के सहारे राष्ट्रीय भावना को ग्रहण किया था। इस पथ पर अनेक नाट्यकार चलते रहे। इन लोगों ने देश की वर्तमान अवस्था की ओर संकेत करते हुए प्रागैतिहासिक अन्यायी राजाओं की दुर्दशा दिखाने का प्रयत्न किया। ऐसे नाटकों में द्रौपदी-वस्त्र-हरण (सं० 1953 वि०), सीता-स्वयंवर (सं० 1956 वि०), सीताहरण (1952 वि०), कंस-विध्वंस (1966 वि०), सती नाटक (सं० 1946 वि०), कुरु दहन (सं० 1969, वि०), वेनचरित (सं० 1969 वि०), कृष्णार्जुन युद्ध (सं० 1974 वि०), पूर्व भारत (सं० 1979 वि०), धर्मालाप (सं० 1942 वि०), निर्भय भीम (सं० 1979 वि०), क्रूर वेणु (सं० 1981 वि०), श्री प्रद्युम्न विजय व्यायोग (सं० 1950 वि०) आदि प्रसिद्ध हैं।

इस शैली पर आधुनिक काल में कतिपय उत्तम नाटक लिखे गए हैं। पं० उदय शंकर भट्ट का 'सगर विजय' उनमें से एक है। राजा सगर के जन्म से लेकर उनकी विजय तक की घटनाओं के आधार पर इस नाटक का कथानक निर्मित है। इस नाटक में राष्ट्र को सर्वोपरि प्रदर्शित किया गया है। राजा सगर देश-विजय करके जब राजधानी को लौटना चाहता है, तो अपनी पूजनीया माता की मृत्यु का दुःखद समाचार सुनता है। उस समय उसे वैराग्य होता है। सेनापति से कहता है, "तुम जाओ, प्रजा की रक्षा करो। मैं

1. प्रबुद्ध यामुन, वियोगीहरि, गंगा पुस्तक माला, संवत् 1986 वि०, पृष्ठ 111

कब लौटूंगा, मालूम नहीं; कहां जाऊंगा, मालूम नहीं ! चाहता हूं जी भरकर रोऊं ! इस विशाल मैदान को, ऊंचे पर्वतों को माता के अश्रु-तर्पण के जल में डुबो दूं !" उनका सेनापति त्रिपुर उन्हें सान्त्वना देते हुए कहता है, "जीवन एक संग्राम है। कर्तव्य की जागरुकता उस संग्राम की महत्ता है। व्यक्ति से समाज, समाज से राष्ट्र ऊंचा है। राष्ट्र के आगे व्यक्ति का, जाति का, नगर का और प्रान्त का कोई मूल्य नहीं। राजा का व्यक्तित्व कुछ भी नहीं है, वह प्रजा की इच्छा और राष्ट्र की थाती है। राष्ट्र उसकी माता, उसका पिता, उसका गुरु और उसका सर्वस्व है।"[1]

सगर अपने सेनापति की इस चेतावनी से जागरूक बन जाता है और वह यह स्वीकार कर लेता है। वह कहता है, "मेरे सामने कर्तव्य का महासागर लहरा रहा है। राष्ट्र के उनींदे प्राण मुझे पुकार रहे हैं। ओह ! मैं क्या कर रहा था ? नहीं, अब नहीं। यह सम्पूर्ण वसुमती, जिसने मेरा लालन किया, माता विशालाक्षी की प्रतिमा बनकर मेरी ओर देख रही है। ये सरिताएं और ये महासागर उस मां के मन्दहास हैं, ये भूधर उसकी इच्छाएं हैं, मेरी सारी साध मां के आंसू पोंछने की होगी। मैं मां की धूलि मस्तक पर चढ़ाकर प्रतिज्ञा करता हूं कि मेरा रोम-रोम उसकी सेवा के लिए होगा।"

सगर की यह प्रतिज्ञा सुनकर भारतमाता की जयध्वनि गूंज उठती है :

हम पूर्व देख आए हैं कि भारतेन्दु-युग के नाट्यकार राष्ट्रीय चेतना के उद्बोधन के लिए अधिकांश रूप से 'भारत-दुर्दशा' नाटक की शैली अपना रहे थे, किन्तु कई ऐसे भी नाट्यकार थे, जिन्हें 'धनञ्जय-विजय' की शैली अधिक अनुकूल प्रतीत हुई और उन्होंने पौराणिक कथानकों के द्वारा राष्ट्रीय भावनोत्तेजक नाटक लिखे। हरिऔधजी ने 'प्रद्युम्न-विजय व्यायोग' की भूमिका में इसे स्वतः स्वीकार किया है। 'प्रद्युम्न-विजय व्यायोग' (सं० 1950 वि०) में ब्राह्मण-कन्याओं के अपहरणकर्ता निकुम्भ और उसके साथियों को अत्याचारी शासकवर्ग के रूप में प्रदर्शित करके अबलाओं के उद्धारकर्ता प्रद्युम्न की वीरता प्रदर्शित की गई है। इसी पद्धति पर नाटक लिखकर उस युग के नाट्यकर्ता पाठकों और दर्शकों में राष्ट्रीय चेतना उत्पन्न कर अन्यायी शासन से त्रस्त भारतमाता को उन्मुक्त कराने का उद्योग करते रहे। यह क्रम इसी रूप में प्रसाद-काल तक चलता रहा है। उदाहरण के लिए 'अंजनी कुमार'[2] नामक नाटक देखिए। इस नाटक में रावण का सामन्त वज्रदन्त उससे जानकी को लौटाने का निवेदन करता है। रावण इस प्रस्ताव को ठुकरा देता है। वज्रदन्त रावण को सावधान करते हुए कहता है कि "यदि सीता को वापस न दीजिएगा तो आपकी भी खैरियत नहीं। आपके अत्याचारों से पिसा हुआ मन्त्रिमण्डल अब इस युद्ध में आपकी धन-जन से कुछ भी सहायता नहीं करेगा।" रावण के अत्याचारों का वर्णन करते हुए वज्रदन्त कहता है कि "तूने क्या देश के प्राण—नेताओं को जेलों में बन्द नहीं करवाया ? ब्राह्मणों तक से करस्वरूप उनका रक्त नहीं मंगवाया ? वही हुतात्माओं

1. सगर-विजय, पं० उदयशंकर भट्ट, मसिजीवी प्रकाशन, पृष्ठ 109
2. अंजनीकुमार, रामगोपाल पांडे, पृ० 110

पर किए गए अत्याचारों का पाप आज वज्र बनकर तेरे मस्तक पर गिरेगा।"

तात्पर्य यह है कि पौराणिक तथा अन्य धार्मिक नाटकों में रावण, कंस, वेणु, दुर्योधन आदि राजा अंग्रेज़ शासकवर्ग के प्रतिनिधि रूप में प्रदर्शित किए जाते थे और सत्पथ पर चलकर उनको पराजित करनेवाले योद्धा राष्ट्रीय नेता समझे जाते थे।

हम उदयशंकर भट्ट के 'सगर-विजय' नाटक में देख आए हैं कि राजा सगर अपनी माता की प्रतिच्छवि भारतमाता के रूप में देखकर उसकी सेवा में तल्लीन होने का संकल्प करता है। इस प्रकार देश की सेवा को मातृसेवा के रूप में प्रदर्शित कर राष्ट्रीय चेतना का उद्बोधन किया गया।

जनतन्त्र की स्थापना के पश्चात् भी पौराणिक कथानक के आधार पर नाटक लिखे जा रहे हैं, किन्तु उनकी प्रवृत्ति अब बदल रही है। अब अत्याचारी राजा प्रतिनायक नहीं बनाए जा रहे हैं। अब देश की समस्याओं को बुद्धि की कसौटी पर कसा जा रहा है। आज की विविध समस्याओं को सुलझाने के लिए पौराणिक नाटक 'ययाति' की रचना संवत् 2008 वि० में पं० गोविन्दवल्लभ पन्त ने की। इस नाटक में ययाति को पुरु की युवावस्था देने का मनोवैज्ञानिक अर्थ किया गया है। ययाति अपना वृद्ध शरीर पुरु से बदल लेता है। जब पुरु का सुन्दर शरीर धारण कर वह अपनी पत्नियों के पास जाता है तो वे उसे अपना पुत्र पुरु समझकर दुत्कार देती हैं। राजा ययाति को केवल एक वर्ष के लिए पुरु की युवावस्था मिली है, अतः वह एक-एक घड़ी गिनता रहता है।

अब वह राजधानी छोड़कर चला जाता है और उसके जाते ही चारों वर्ण तथा चारों आश्रम विद्रोह कर उठते हैं। ब्राह्मण धन का लोभी, क्षत्रिय विलासी और वैश्य दूध में पानी मिलानेवाला हो जाता है। ययाति क्रुद्ध होकर मन्त्री से कहता है कि ब्राह्मण की महिमा छीनकर शूद्र को दो और इस प्रकार ब्राह्मण को शूद्र और शूद्र को ब्राह्मण बना दो। क्षत्रियों को सेना से निकालकर गांवों में खेती के लिए भेज दो और किसानों को सेना में सम्मिलित कर लो। इस प्रकार राज्य में उथल-पुथल मच जाती है और ययाति को कोई मार्ग नहीं सूझता। अन्त में विश्वाची के द्वारा उसे बोध होता है और वह राजधानी में लौटकर कहता है, "माया के सपने को तोड़कर मैंने शाश्वत् सत्य को पाया है। कामनाएं ही मनुष्य के बन्धन हैं।"[1]

राजा ययाति सबसे बड़े राजकुमार को राज देता है और राजा पुरु देश-मंगल के लिए अन्न उत्पन्न करता है।

इस प्रकार पौराणिक कथानक के आधार पर अन्न की समस्या सुलझाने का प्रयत्न किया गया है।

आधुनिक नाटकों में 'गान्धारी' (सं० 2007 वि०) एक प्रसिद्ध नाटक है। चतुरसेन शास्त्री इस नाटक में नारी-समाज का ध्यान पतिव्रत धर्म की ओर खींचते हैं।

---

1. ययाति, गोविन्दवल्लभ पन्त, साहित्य सदन, देहरादून, नवम्बर 1951 ई०

पतिव्रता गांधारी सखियों से अपनी आंखों पर पट्टी बांधने का आग्रह करती हुई कहती है, "जब वे विश्व को चर्मचक्षुओं से देखने में अक्षम हैं तो मैं भी उसका आनन्द-लाभ लेने की अधिकारिणी नहीं। स्त्री पति की अर्धांगिनी है, वह पति के सुख-दुख-जीवन-तप सभी बातों में आधे की भागीदार है। सखी, यह पट्टी मेरी आंखों पर बांध दो।"[1]

पतिव्रत धर्म के पालन से गांधारी का चरित्र इतना उज्ज्वल बन जाता है कि वह पुत्र-घातक पाण्डवों को भी क्षमा कर देती है और वंशरक्षा के लिए उन्हें आगामी विपत्ति से सावधान करते हुए कहती है, "जाओ कृष्ण, पाण्डवों को सावधान कर दो। अश्वत्थामा ने आज रात सब पाण्डवों को मार डालने की प्रतिज्ञा की है। अब सबका (देश का) भार वीर पाण्डवों पर ही तो है।"

गान्धारी का निर्मल और उदात्त चरित्र देखकर कृष्ण भी चकित हैं। वे कहते हैं, "माता, आपके समान तपस्विनी, बुद्धिमती, गुणवती स्त्री त्रिलोक में नहीं है। आपकी बात न मानकर ही दुर्योधन की यह दुर्दशा हुई है।"

सारांश यह है कि यदि पति-पत्नी एक-दूसरे का सम्मान करते हुए जीवनयापन करें तो दोनों के चरित्र का पूर्ण विकास सम्भव है। वैवाहिक जीवन की समस्या धर्म-पालन के द्वारा जितनी सुगमता से सुलझाई जा सकती है, उतनी सम्बन्ध-विच्छेद के विधि-विधान तथा विद्रोह-भावना के उद्दीपन से नहीं। नाट्यकार का यही मत प्रतीत होता है।

उपर्युक्त विवेचन इस मत को प्रतिपादित करता है कि आज के पौराणिक नाटक भी युग-समस्या के समाधान का प्रयास करते हुए समाज का नैतिक तथा धार्मिक स्तर ऊंचा करना चाहते हैं।

अनूदित नाटक

इस काल में इब्सन तथा बर्नार्ड शॉ के अतिरिक्त कई अन्य यूरोपीय नाट्यकारों की कृतियों का भी अनुवाद हुआ। मारिस मेटरलिंक के नाटकों का हिन्दी अनुवाद 'सरस्वती' के सम्पादक बख्शीजी ने किया। मेटरलिंक बेलजियम के सुप्रसिद्ध नाट्यकार थे। उनके दो नाटक 'सिस्टर बीट्रिस' और 'दी यूज़लेस डेलिबरेन्स' का मर्मानुवाद 'प्रायश्चित्त'[2] और 'उन्मुक्ति का बन्धन'[3] नाम से हुआ। 'प्रायश्चित्त' नाटक में अलौकिक तत्त्व की प्रधानता है। पुजारिन कमला युवक कुमारसिंह के प्रेम में आबद्ध होने के कारण, मन्दिर की परिचर्या त्याग देने पर, अन्ध कारागार में भेज दी जाती है, किन्तु उसके

---

1. गांधारी, चतुरसेन शास्त्री, संवत् 2007 वि०, पृ० 17
2. प्रायश्चित्त, पदुमलाल पुन्नालाल बख्शी, हिन्दी ग्रन्थ रत्नाकर, सन् 1916 ई०
3. उन्मुक्ति का बन्धन, पदुमलाल पुन्नालाल बख्शी, हिन्दी ग्रन्थ रत्नाकर सन् 1916 ई०

पहुंचते ही कारागार प्रकाशमान हो उठता है। स्वर्गलोक से गन्धर्व आकर गान गाते हैं। कमला के ऊपर पुष्पों की वर्षा होती है। अतः कमला के प्रति लोगों की घृणा की भावना विलीन हो जाती है। कमला की अनुपस्थिति में भी दर्शकों को कमला ही देवी की परिचर्या करती हुई दृष्टिगोचर होती है। नाटक का अन्त इस प्रकार होता है, "किसी समय में लोग पापियों की वेदनाओं से सहानुभूति प्रकट नहीं करते थे। उनसे घृणा करते थे, उन्हें दण्ड देते थे, किन्तु आज प्रेम का विजय-दिवस है।"[1]

अलौकिक तत्त्व तथा पापी के प्रति भी दया के भाव इस काल के नाटकों में प्रायः मिलते हैं। सम्भव है कि मेटरलिंक के इन आध्यात्मिक नाटकों का प्रभाव हिन्दी नाट्य-कारों पर भी पड़ा हो, क्योंकि इस काल के मौलिक हिन्दी नाटकों में भी उपर्युक्त दोनों विशेषताएं विद्यमान हैं। अलौकिक तत्त्व तो इस काल के पूर्व भी मिलते थे, किन्तु पापों के प्रति उदारता इस काल की देन है।

इस काल में जो धार्मिक नाटक लिखे गए, उनमें आध्यात्मिकता की गहरी छाप है। समाज-संगठन और चरित्र-निर्माण के लिए ऐसे नाटकों का प्रणयन आवश्यक समझा गया। अतएव इन नाटकों में से धर्मवृत्ति के साथ ही सामाजिक नीति व्यवस्था और आदर्शों के रंगीन रेखाचित्र खींचे गए।

तथ्य तो यह है कि संस्कृति का विकास धर्मतत्त्व पर ही आधारित है। हमें मानव जीवन के दो रूप मिलते हैं—एक सैद्धान्तिक, दूसरा व्यावहारिक। ये दोनों रूप केवल प्रगतिशील जातियों में ही नहीं, पिछड़ी समझी जाने वाली जातियों में भी विद्यमान हैं। विश्व का कोई भी ऐसा मानव-समाज नहीं है, जिसमें धर्मतत्त्व मूलरूप से विद्यमान नहीं। इस धर्मतत्त्व का आधार है श्रद्धा, जिसका आलम्बन उदात्त और दिव्य शील है। यह भी एक कारण है कि हम अपने धार्मिक नाटकों को श्रद्धा के जिस आचरण या अलौकिक शक्ति से परिपूर्ण पाते हैं, वह राक्षस, किन्नर, पितर आदि विविध योनियों के बीच प्रस्फुटित होता है। वह स्वाभाविक भी है, क्योंकि जहां श्रद्धा है वहां अमंगल नहीं, अविश्वास नहीं।

इसकी मीमांसा से ऐसा प्रतीत होता है कि जब मनुष्य अभिलाषाओं की सिद्धि के लिए निज बाहुबल और बुद्धिबल के सहारे यथाशक्ति प्रयत्न करने पर सफल-मनोरथ नहीं होता, तब मानवीय शक्ति को असमर्थ पाकर वह अलौकिक शक्तियों की शरण जाता है। ये अलौकिक शक्तियां उसके अनुभव तथा कल्पना के बल पर जो रूप धारण करती हैं, उन्हीं पर वह अपनी रति, प्रीति, भीति आदि भावों का आरोप करता है और अपनी भावनाओं के अनुरूप उनको रूप दे देता है। इस अवस्था में वह दो कार्य करता है—या तो क्रुद्ध शक्तियों को शान्त करता है, अथवा उनको अपने वश में करने का प्रयास करता है। प्रथम को आराधना और द्वितीय को साधना कहते हैं। जितने कर्मकाण्ड हैं, वे आराधना के अन्तर्गत आते हैं और तान्त्रिक क्रियाएं साधना में परिगणित होती हैं। इन सम्पूर्ण भावों तथा अनुभावों का सहारा लेकर नाट्य-रचना की जाती है। इन्हीं तत्त्वों की अभिव्यक्ति हमें धार्मिक अथवा पौराणिक नाटकों में मिलती है।

1. प्रायश्चित्त, पदुमलाल पुन्नालाल बख्शी, हिन्दी ग्रन्थ रत्नाकर, सन् 1916 ई०

दसवां अध्याय

गीति-नाट्य

काव्य-रूपक

हम पूर्व-अध्यायों में संकेत कर चुके हैं कि हिन्दी में काव्य-रूपक की परम्परा अपभ्रंश-साहित्य से उद्भूत हुई। संस्कृत नाटकों में जब प्रेक्ष्य की अपेक्षा पाठ्य-तत्वों की प्रधानता होने लगी तो वे रंगमंच से दूर हटने लगे। एक तो संस्कृत नाटक अभिजात-वर्ग के लिए विरचित ही होते थे, दूसरे जब उनकी सीमा और भी संकुचित होने लगी और वे केवल संस्कृत-साहित्य के मर्मज्ञों को दृष्टि में रखकर लिखे जाने लगे तो मध्यम वर्ग ने अपभ्रंश भाषा में अभिनेय नाटकों की रचना प्रारम्भ की। जन-नाटक गीतों के आधार पर शताब्दियों से समाज में खेले जाते थे। उन्हीं की शैली पर नाटकों की रचना हुई जो रास, कीर्तनियां या अंकिया नाट के रूप में अब तक विद्यमान हैं।

मध्ययुग में हिन्दी भाषा के मेधावी कवियों ने पद्य-रूपक लिखने का प्रयास किया। अठारहवीं शताब्दी तक वह धारा अविच्छिन्न रूप से प्रभावित होती रही। उन्नीसवीं शताब्दी में इसका विरोध हुआ और गद्य-नाटकों का प्रचलन प्रारम्भ हुआ। बीसवीं शताब्दी में 'प्रसाद' ने नाटक में पद्यशैली को पुनरुज्जीवित किया। उन्होंने रोला, उल्लाला, छप्पय आदि छन्दों में 'सज्जन' तथा अरिल्ल छन्द में 'करुणालय' नामक गीति-नाट्य लिखे।

'प्रसाद' ने 'करुणालय' में गीति-नाट्य की जो शैली प्रचलित की, उसका विकास इस काल के अन्य गीति-नाट्यों में दिखाई पड़ता है। गीति-नाट्य में बाहरी क्रियाशीलता और संघर्ष के स्थान पर मानसिक भावों का एक-दूसरे के साथ संघर्ष दिखाया जाता है। नाटकमें भौतिक युद्ध आन्तरिक संघर्ष को उद्दीप्त करने के लिए रखा जाता है। दूसरा अंतर यह है कि गीति-नाट्य का सम्पूर्ण कथानक गेय होता है, और उसका अभिनय संगीतमय होता है। गेय पदों का उपयोग नृत्य-नाटक (Ballet) में भी होता है, किन्तु गीति-नाट्य, नृत्तनाट्य, भावनाट्य से पृथक् होता है। नृत्तनाटय में पात्रों की वेशभूषा, रंगमंच की सजावट और प्रकाश के पटु प्रबन्ध पर ही बल दिया जाता है, किन्तु गीति-नाट्य में कविता का प्रभाव अन्य प्रभावों से विशेष महत्त्वपूर्ण होता है।

'करुणालय' का कथानक यह है—आकाशवाणी सुनकर राजा हरिश्चन्द्र अपने पुत्र रोहित को यज्ञ में बलि देना चाहते हैं, किन्तु रोहित इस प्रस्ताव का विरोध करता है।

देश-विदेश भ्रमण करता हुआ रोहित उस स्थान कर पहुंचता है, जहां अजीगर्त और तारिणी क्षुधा से व्याकुल हैं। रोहित सौ गायें अजीगर्त और तारिणी को देकर उनके पुत्र शुनःशेप को बलिदान के लिए उनसे ले लेता है। शुनःशेप बलिदान होने को प्रस्तुत होता है, उसी समय विश्वामित्र आ जाते हैं। यह भेद खुल जाता है कि शुनःशेप विश्वामित्र का पुत्र है, अजीगर्त और तारिणी का नहीं। इसके उपरान्त बलिदान बन्द हो जाता है और शुनःशेप की रक्षा हो जाती है। इस गीति-नाट्य में स्थल-स्थल पर भावनाओं का संघर्ष दिखाई पड़ता है। राजा हरिश्चन्द्र के मनोभावों में उस समय कितना संघर्ष है जब वे अपने पुत्र को बलिदान के लिए कहते हैं। उसी प्रकार क्षुधा से पीड़ित अजीगर्त अपने पुत्र शुनःशेप को बलिदान के लिए बेचते समय कहता है :

"जीवन की आकुल आशा जब त्रस्त हो
एक-एक दाने का आश्रय खोजती।
वह वीभत्स पिशाच खा लिया चाहता
जब अपना ही मांस।........."

इस स्थल पर एक ओर क्षुधा के कारण परिवार के प्रत्येक सदस्य की मृत्यु का प्रश्न है, दूसरी ओर निज पुत्र का बलिदान। इस स्थल पर नाट्यकार ने माता-पिता को ऐसी परिस्थिति में रख दिया है, जहां मन की विविध भावनाओं का घोर संघर्ष हो सके।

प्रसाद ने गीति-नाट्य की एक शैली निर्मित की। मैथिलीशरण गुप्त का 'अनघ' सियारामशरण गुप्त का 'उन्मुक्त', प्रेमी का 'स्वर्णविहान' और उदयशंकर भट्ट के गीति-नाट्य इसी शैली पर विरचित हुए।

गुप्तजी ने 'अनघ' को दृश्यों में न विभाजित कर रवीन्द्रनाथ टैगोर के 'अचलायतन' की शैली पर स्थानों के नामानुसार निर्दिष्ट किया है। दृश्यों के नाम हैं—अरण्य, चौपाल, उद्यान, वटच्छाया, मच का घर, चबूतरा, ग्राम भोजक का घर, मधुवन, मुखिया, और चौपाल, उद्यान का एक भाग, एकान्त, मेंड, दग्ध-गृह, कारागार, मगध राजधानी और न्याय-सभा।

'अनघ' की रचना गीति-नाट्य की शैली पर की गई है और इसमें मानसिक संघर्ष गहराई तक पहुंच जाता है। उदाहरण के लिए एकान्त में बैठे मघ को जब हम संसार की विषम समस्याओं में चिन्तित कुछ सोचते हुए पाते हैं तो वह जनसाधारण की भाषा में कर्म-विपाक में गहन सिद्धान्त को सुचारु रूप से इस प्रकार प्रकट करता है :

"उसका वैसा ही कटना है,
जिसका जैसा बोना है।"[1]

मघ विचार में मग्न था कि चोरों ने उसे घेर लिया, किन्तु वह ऐसे कौशल से निकल भागा कि चोरों की लाठियां आपस में ही टकराती रह गईं। अवसर पाते ही मघ चोरों की गर्दन पकड़-पकड़कर उन्हें नीचे गिरा देता है।

---

1. अनघ, मैथिलीशरण गुप्त, पृष्ठ 7, पंचम आवृत्ति, 2005 वि०

ये घटनाएं इतनी शीघ्रता से घटती हैं कि नाटक में क्रियाशीलता को प्रमुख स्थान मिल जाता है। एक ही दृश्य में उपर्युक्त दो घटनाओं का वर्णन है—एक मघ के मानसिक संघर्ष को सूचित करती है और दूसरी चोरों के साथ युद्ध को। सम्पूर्ण घटना को मिलाकर देखने से युद्ध का वर्णन और संघर्ष दोनों मिलकर मनोरम हो जाते हैं।

इसी प्रकार जहां संवाद-योजना का अवसर आता है, वहां भी मन की भावनाओं के संघर्ष और बाह्य संघर्ष का सामंजस्य दिखाई पड़ता है। भोजन और भार्या[1] तथा शोभन और मघ के साथियों[2] का वार्तालाप इसका प्रमाण है। इस संवाद में दोनों के हृद्गत भाव और मानसिक संघर्ष स्फुट हो जाते हैं। ऐसा प्रतीत होता है कि नाट्यकार क्रियाशीलता और चरित्र-चित्रण के साथ मानसिक संघर्ष भी प्रकट करना चाहता है।

सियारामशरणजी ने 'उन्मुक्त' नामक एक गीतिनाट्य लिखा है। इस नाटक में भी मैथिलीशरणजी के 'अनघ' नाटक के समान स्थान से दृश्य की सूचना मिलती है; जैसे शयन-कक्ष, शुश्रूषालय, संचालन-शिविर इत्यादि। इसमें रंगमंच के संकेत भी 'अनघ' के सदृश मिलते हैं। यह नाटक भी गीति-नाट्य की दृष्टि से सफल नाटक कहा जा सकता है।

'प्रेमी' का गीति-नाट्य 'स्वर्णविहान' है, जिसमें अहिंसा के द्वारा हिंसा पर विजय दिखाई गई है। इसमें प्रेम की महत्ता दिखाते हुए नाट्यकार कहता है :

"जाने कब किसकी वीणा का गूंज मधुरतम मादक गान
अन्तर के पर्दे छू छू कर पागल कर देता है प्राण।"

इस नाटक में मानसिक संघर्ष के कई सुन्दर स्थल हैं और नाट्यकार ने उन स्थलों की गम्भीरता को समझा है। इस प्रकार इसकी गणना उत्तम गीतिनाट्यों में की जा सकती है।

उदयशंकर भट्ट अपने काल के सबसे सफल गीति-नाट्यकार माने जा सकते हैं। उन्हें अपनी कृतियों के प्रयोग के साधन भी उपलब्ध थे। रेडियो स्टेशन से उनके गीति-नाट्य प्रसारित किए जाते रहे। 'कालिदास', 'मत्स्यगन्धा', 'विश्वामित्र' और 'राधा' चार गीति-नाट्यों में उनकी काव्यकला और नाट्यकला दोनों झलकती हैं। 'विश्वामित्र' में तो 'करुणालय' का अरिल्ल छन्द ही प्रयुक्त हुआ है।

मत्स्यगंधा

यौवन के मत्त से उन्मत्त मत्स्यगंधा के सामने प्रगट होकर अनंग अपना परिचय देते हुए उसे वरदान देना चाहता है किन्तु मत्स्यगंधा उसे अस्वीकार कर देती है। अनंग के चले जाने पर पराशर ऋषि मत्स्यगंधा की नौका पर पार होने की इच्छा प्रगट करते हैं। अशरीरी अनंग के प्रबल वेग से उन्मत्त युवा ऋषि और युवति मत्स्यगंधा का मिलन

---

1. अनघ, पृष्ठ 65, 71
2. वही, पृष्ठ 41, 50

होता है। यही मत्स्यगंधा जब सत्यवती के रूप में विधवा हो जाती है तो अनंग आकाश में इस प्रकार व्यंग्य करता है—

पियो कंठ तक पियो ओंठ तक डाल-डाल,
यौवन महान् है, अलभ्य है जगत् में।

इस गीति-नाट्य में मानसिक द्वन्द्व चरमोत्कर्ष तक पहुंचता दिखाई देता है। भट्टजी का दूसरा नाटक 'विश्वामित्र' है। इस पौराणिक कथा को प्रतीक-नाटक के रूप में दिखाया गया है। इस नाटक में पुरुष और नारी का संघर्ष है। विश्वामित्र अहंकार के और मेनका कोमलता की प्रतीक हैं। इन दोनों का संघर्ष नर-नारी का संघर्ष है, जो आदिकाल से चला आ रहा है।

उदयशंकर भट्ट पौराणिक कथाओं द्वारा आधुनिक नारी-समस्या को सुलझाने का प्रयत्न करते हैं। इस नाटक में उक्त समस्या को सुलझाया गया है और गीतिनाट्यों के नियमों का भली भांति पालन भी हुआ है।

राधा

'राधा' एक भाव-नाट्य है। सम्पूर्ण नाटक मधुर गीतों में विरचित है। राधा को हम यमुना के किनारे मूक, अर्द्धचेतन-सी, केवल स्वप्न की मूर्ति-सी अर्धजागरित, यमुना के जल में पैर डाले, लहरों पर हाथ थपथपाते अपस्मार की दशा में पाते हैं। वह गाती है। तभी सखी विशाखा आ जाती है। कृष्ण-प्रेम के सम्बन्ध में इन दोनों में वार्तालाप होता है।

विशाखा भी कृष्ण-प्रेम में विभोर है।

राधा से विशाखा कहती है कि कृष्ण की छवि निरखने और ध्वनि सुनने को 'मैं ही नहीं, यह जगत सारा हुआ पागल'।

इस नाटक में राधा को विवाहिता नारी के रूप में दिखाया गया है। राधा ने बचपन से ही अविवाहिता रहने का संकल्प किया था, किन्तु उसका विवाह कर दिया गया है। उस दाम्पत्य-जीवन से उसे सुख-प्राप्ति नहीं होती। वह अपनी स्थिति इस प्रकार बता रही है :

'दम्पती के धर्म का पालन न मैं कर पा रही हूं,
नाव पर बैठा दिया है अपरिचित मल्लाह की री।'[1]

राधा पर्णकुटीर में कृष्ण को 'अनिर्वचनीय भाव' और जग का 'ब्रह्म रूप' मानकर साधना करती है। कृष्ण उसे कितना समझाते हैं, किन्तु वह अपने संकल्प में दृढ़ है। जब राधा कृष्ण-विरह में मूर्छित हो जाती है तो कृष्ण दर्शन देते हैं। तब राधिका प्रसन्न होकर नृत्य-गान करने लगती है। कृष्ण भी प्रसन्न होकर गाने लगते हैं :

'राधिके ! मेरे हृदय की श्वास भाषा कल्पना तुम,
कृष्ण राधामय हुआ है, आज राधा-कृष्णमय सब।'

---

1. विश्वामित्र और दो भाव-नाट्य, पृ० 108

इसी काल में पं० रूपनारायण पांडेय ने 'तारा' नामक गीति-रूपक प्रस्तुत किया। सन् 1927 ई० में लिखे गए गीति-नाटकों का एक संग्रह साहित्य-सदन, चिरगांव, झांसी से प्रकाशित हुआ। इसमें मंगलाप्रसाद-विरचित उत्तरा और अभिमन्यु, श्रीकृष्ण-सुदामा, राधा, लौंगी, शाहजहां, देवदासी एवं चित्रलेखा नामक गीति-नाट्य संकलित हैं। एक गीति-नाट्य में भील-बालिका लौंगी के जीवन के आधार पर सामाजिक नाटक की रचना की गई है। आधुनिक गीति-नाट्य-शैली में सामाजिक नाटक लिखने का कदाचित् यह प्रथम प्रयास है। इन नाटकों में मुक्त छन्द प्रयुक्त है।

'प्रसाद' का युग गद्य-विकास का युग था। इस युग में स्वच्छन्द छन्दों का प्रयोग काव्य में भी सर्वमान्य नहीं बन पाया तो गीति-रूपकों का तो कहना ही क्या। 'प्रसाद' ने युग-धर्म को पहचाना और उन्होंने अरिल्ल छन्द गीति-रूपक लिखने की पद्धति को यहीं समाप्त कर दिया।

गीति-रूपकों की ओर नाट्यकारों का ध्यान पुनः आकर्षित करने का श्रेय रेडियो और पश्चिमी नाट्यकारों को है। रेडियो पर संगीत-रूपक रंगमंच की अपेक्षा अधिक सफल होते हैं। रंगमंचीय नाटकों में दर्शक बाह्य द्वन्द्व और क्रिया-व्यापार का मनोहारी स्थूल रूप दिखाना अपेक्षाकृत कम सम्भव है। इस कारण कवियों ने गीत-रूपकों को सूक्ष्म भाव-प्रदर्शन का माध्यम बनाया। उदयशंकर भट्ट ने 'मत्स्यगन्धा', 'विश्वामित्र', 'राधा' नामक गीति-नाट्य लिखे, जिनका विवेचन किया जा चुका है।

मैथिलीशरण गुप्त का 'अनघ', सियारामशरण गुप्त का 'उन्मुक्त' और प्रेमी का 'स्वर्णविहान' इसी कोटि में आते हैं। आधुनिककाल के कतिपय उत्तम कोटि के गीति-नाटकों का सृजन हुआ है। इन नवीन नाटकों की कथावस्तु और शैली पर विचार कर लेना आवश्यक है।

आधुनिक पद्य-रूपकों में दिनकरजी का नाटक 'मगध-महिमा', पन्तजी के नौ नाटक—(1) रजतशिखर, (2) फूलों का देश, (3) उत्तरशती, (4) शुभ पुरुष, (5) विद्युत-वसना, (6) शरत् चेतना, (7) शिल्पी, (8) ध्वंसशेष, (9) अप्सरा और भगवतीचरण वर्मा के तीन नाटक– (1) कर्ण, (2) महाकाल, (3) द्रौपदी प्रसिद्ध हैं। इसके अतिरिक्त सिद्धनाथकुमार और धर्मवीर भारती के पद्य-नाटक विवेच्य प्रतीत होते हैं। धर्मवीर का 'अन्धा युग' पांच अंकों का पूर्ण नाटक है। सिद्धनाथ के नाटक हैं—कवि, सृष्टि की सांझ, लौह देवता, संघर्ष, विकलांगों का देश, बादलों का शाप। 'कवि' को वे गीति-नाट्य मानते हैं, शेष नाटकों को काव्य-नाटक।

इन नाटकों के अतिरिक्त निरालाजी का 'पंचवटी-प्रसंग', गिरजाकुमार का 'इंदुमती', आरसीप्रसाद सिंह का 'मदनिका' और 'धूप-छांव' प्रसिद्ध कृतियां हैं।

दिनकर कृत 'मगध-महिमा' नामक नाटक के पात्र हैं—कल्पना, इतिहास, गौतम, सुजाता, नागरिक, सेल्यूकस, सेल्यूकस की कन्या, मेगस्थनीज़, चाणक्य और सभासद् अशोक। स्थान है—कलिंग की भूमि।

इस नाटक का प्रारम्भ नालन्दा के खंडहर में गैरिकवसना कल्पना के गीतों द्वारा

होता है। वह पूछ रही है—

है कोई इस शून्य प्रान्त में
जो यह भेद मुझे समझा दे,
रजकण में जो किरण सो रही
उसका मुझको दरस दिखा दे।

नेपथ्य से उत्तर मिलता है कि यहीं मगध में छः वर्षों तक घोर तपस्या करनेवाले क्षीणकाय गौतम संन्यासी बरगद के नीचे बैठे थे। सुजाता की खीर खाकर गौतम बोल उठे :

खोज रहा हूं जिसे, अमृत की अगर मिली वह धार;
नर के साथ देवताओं का भी होगा उद्धार।

इसके उपरान्त चन्द्रगुप्त और चाणक्य के युग के मगध की महिमा का वर्णन है और अन्त में अशोक का गीत है :

गूंजे धर्म का जयगान।
शान्ति-सेवा में लगें समवेत तन, मन, प्राण।

दिनकर का यह नाटक गीतों में मगध के अतीत वैभव का सांस्कृतिक रूप प्रदर्शित करता है।

पन्त के प्रथम छः नाटकों में अतुकान्त रोला छन्द प्रयुक्त हुआ है। इसमें विराम 13, 11 मात्रा पर न होकर 12-12 अथवा आठ-आठ मात्राओं पर तीन स्थानों पर मिलता है। पद के अन्त में दो गुरु मात्राओं के स्थान पर लघु-गुरु या दो लघु मात्राओं का प्रयोग है, जो कथोकपथन की धारावाहिकता के लिए अधिक उपयोगी प्रमाणित हुआ है। रजतशिखर की कथावस्तु अति संक्षिप्त है—वाद्य-संगीत के साथ नाटक का प्रारम्भ होता है। इसमें पात्र हैं युवक साधक, युवती, मनोवैज्ञानिक (सुखव्रत) विस्थापित। समस्या है नवसंस्कृति के द्वारा विस्थापित मानव को पुनः सुखी बनाने की। युवक और युवती बचपन के साथी हैं किन्तु दोनों के चेतन मन में संघर्ष बना है। युवती युवक पर दोषारोपण करती है तो मनोवैज्ञानिक उन्हें समझाता है :

प्रणयदान तुम इन्हें नहीं दे सकीं; कदाचित्
हृदय समर्पण करना तुमको इष्ट नहीं था—
इसमें इनका दोष नहीं है : अवचेतन की
प्रबल शक्ति से ये संतत अनभिज्ञ रहे हैं!

युवती पुनः प्रश्न करती है कि 'प्रेम कैसे होता है?'

सुखव्रत उत्तर देता है :

प्राण चेतना अपने ही मौलिक नियमों से
संचालित करती मानव की राग-वृत्ति को,
सजातीयता प्राणों को आकर्षित करती
युग्मों के हृदयों को गोपन प्रणय-पंथ पर!

सुखव्रत रागात्मक प्रवृत्ति के अन्ध दमन को मनोद्वेग का कारण समझता है। वह युवक-युवती को प्रेम का सच्चा स्वरूप समझा रहा था। इतने में विस्थापित और राजनीतिज्ञ आ जाते हैं। विस्थापितों का चीत्कार हृदय-विदारक है।

लंगड़ाती गिरती पड़ती कंपती छायाएं
अंगों को छटपटा रही दुःख की आंधी में;
टपक रहे हैं घाव, खौलता रुधिर बह रहा,
× × ×
मां बहिनें हैं, मां बहिनें वे,···जो पीड़ा से
चीख रहीं ! दुख की कराह से कान फट रहे।

इस भयंकर परिवर्तन को देखकर युवक का हृदय-परिवर्तन होता है। वह नव-संस्कृति-निर्माण का संकल्प करता है :

भ्रातृ-भावना, विश्व प्रेम से भी गंभीरतम
प्रीति-पाश में बांधे हम नव मानवता को
जिसका दृढ़ आधार एकता हो आत्मा की,
जिसका शाश्वत् नींव चेतना की उज्ज्वलता
मनुज प्रेम के लिए मात्र हो मनुज प्रेम वह
जग को नव संस्कृति का स्वर्णिम द्वार दिखाए,
आओ, हम नव मानव का घर द्वार बसाएं।

इस नाटक में तत्कालीन विस्थापित समस्या के आधार पर विस्थापित मानवों को पुनः बसाने का मार्ग निकाला गया है। मानव आज अपने वास्तविक सुख-वैभव से राग-द्वेष के द्वारा पृथक् कर दिया गया है। नई संस्कृति के निर्माण से नव मानव का जीवन किस प्रकार सुखमय बनाया जा सकता है, उसका दिग्दर्शन कराया गया है।

'फूलों का देश' नामक नाटक में "अध्यात्मवाद-भौतिकवाद तथा आदर्शवाद-वस्तुवाद-सम्बन्धी संघर्ष को अभिव्यक्ति देकर उनमें व्यापक समन्वय स्थापित करने की चेष्टा की गई है एवं विश्व-जीवन में बहिरंग संतुलन तथा परिपूर्णता लाने के लिए दोनों की ही उपयोगिता दिखाई गई है।"

इसके पात्र हैं कलाकार, वैज्ञानिक और विद्रोही। जनकवि और वैज्ञानिक के वार्तालाप से मानव-समस्या को सुलझाने का इस प्रकार प्रयास किया गया है :

फिर से बहिरंतर संयोजित होगा मानव
पुनः ज्ञान-विज्ञान समन्वित होगा जीवन।
व्यक्ति-समाज परस्पर अन्योन्याश्रित होकर
बढ़ते जाएंगे विकास के स्वर्णिम पथ पर !
बहिर्जगत् के शिखर ज्वार पर आरोहण कर
नव्य चेतना उतरेगी किरणों से मंडित,
सत्य अहिंसा होंगे भावी के पथदर्शक,

विचरेगी मानवता फूलों के प्रदेश में
नव संस्कृति की श्री-शोभा सौरभ से घोषित।

उत्तर शती में सन् 1951 पात्र बनकर आता है और 1900-1950 तक विश्व में होनेवाली क्रान्तियों का इस प्रकार उल्लेख करता है :

जिस युग ने हैं दिए मार्क्स-से भौतिक चिन्तक,
श्री अरविन्द सदृश द्रष्टा, भू स्वर्ग विधाता।
लेनिन-गांधी-से जन अधिनायक, जो निश्चय
भिन्न परिस्थिति, भिन्न प्रकृति मानव पदार्थ पा
निज क्षेत्रों के रहे विधायक, जन-उन्नायक।

अन्त में भरतवाक्य के रूप में आशा प्रकट की गई है :

नारी-नर हों समान
कर्म-निरत लोक-प्राण;
जग को दे आत्मदान
जनहित जनश्रम फल हो !

'शुभ्र पुरुष' में गांधीजी के व्यक्तित्व का और 'विद्युत्-वासना' में स्वाधीनता की चेतना का रूपक है। स्वाधीनता ध्येय नहीं साधन-मात्र है, ध्येय हैं आत्मनिर्भरता तथा एकता। इस रूपक का सन्देश है—"स्वतन्त्रता की उपयोगिता लोक-एकता तथा विश्व-मानवता के निर्माण ही में चरितार्थ हो सकती है।"

'शरत् चेतना' में हेमन्त, शिशिर, वसन्त आदि ऋतुएं शरद्ऋतु का अभिवादन करती हैं। धरती के चराचर—पुष्प, मुकुल आदि —आनन्द-उत्सव मनाते हैं। अन्त में वन्दना-गीत इस प्रकार है :

बरसाओ हे नव श्री शोभा
हो स्वप्नों से स्मित भू प्रांगण
लहरों में झलके रजत ज्वाल
फूलों की पलकों में हिमकण।
× × ×
बरसो भू मानस के प्रतीक,
चेतना सिक्त हों सब भू-जन।

'शिल्पी' को पन्तजी ने काव्य-रूपक और नाटक दोनों नामों से अभिहित किया है। रजत शिखर आदि नाटकों से इसमें यह अन्तर है कि इसमें तीन दृश्य हैं। प्रथम दृश्य में वृद्ध शिल्पी एक नवीन प्रतिमा के निर्माण में तल्लीन है। छेनी पर हथौड़ी चलाने से जो ध्वनि निकलती है उसी से स्वर मिलाता हुआ वह बीच में गुनगुनाता रहता है। दूसरे दृश्य में मुरलीधर की मूर्ति की प्राण-प्रतिष्ठा होती है और मन्दिर में कीर्तन चलता है। दर्शकों की भीड़ लगी है। एक भावुक दर्शक मुरली मनोहर के दर्शन से भावावेश में आकर गाने लगता है :

काम क्रोध से कुण्ठित, भवतृष्णा से लुण्ठित
आत्मा को कर मोहमुक्त मुरली की मधुध्वनि
जो नित अन्तरतम में निःस्वर गुञ्जित रहती।
निज गोपन आकर्षण से मानव आत्मा को
सतत उठाती रहती स्वर्गिक सोपानों पर
सूक्ष्म भावना के नभ में सच्चिदानन्दमय !

मुरलीमनोहर के दर्शन से उसकी वृत्तियां शान्त हो जाती हैं, अन्तःकरण मलिन वासना से मुक्त हो उठता है और संचित कर्मों का फल ज्ञानाग्नि में दग्ध हो जाता है।

राम-कृष्ण आदि की मूर्तियां बनाने पर शिल्पी मन्दिरों में पूजोपचार करनेवाले दर्शकों को देखकर कहने लगता है :

यही प्रश्न है आज कला के सम्मुख निश्चय,
जो दुःसाध्य प्रतीत हो रहा कलाकार को।
बहिरंतर की जटिल विषमताओं में उसको
नव समत्व भरना होगा, सौन्दर्य संतुलित !

इसी समय एक दर्शक उसे सान्त्वना देता है और कहता है कि :

व्यर्थ मनुज बाहर के मरु में उसे खोजता
अंतरतम में स्रोत छिपा जो अमृत सत्य का।

इस दृश्य के अन्त में एक गीत है जिसके द्वारा नव प्रकाश का आह्वान है।

तृतीय दृश्य शिल्पी का कला-कक्ष है। शिल्पी एक नवीन प्रतिमा का निर्माण कर रहा है। उसकी शिष्या हथियारों पर धार चढ़ा रही है। शिल्पी अन्धविश्वासों का विनाश देख रहा है। चिन्तन करते-करते उसके सम्मुख 'नव भावों की स्वर्ण शुभ्रशोभा में वेष्ठित एक मनोरम दिव्य मूर्ति प्रस्फुटित होती है। उस नव्य चेतना को शिला-फलक पर वह अंकित करना चाहता है। किन्तु हत्प्रभ होकर पुकार उठता है :

किंतु हाय, भू-जीवन की निर्मम वास्तवता
बांध नहीं पा रही मनुज आत्मा का वैभव,
मिट्टी की जड़ता विरोध करती प्रति पग पर
नव प्रकाश के शोभा स्पर्शों के प्रति निष्क्रिय !
कुंठित हो उठती फिर-फिर उद्भ्रांत कल्पना !

शिल्पी को उसकी शिष्या समझाती है कि आप जो प्रतिमा निर्मित कर रहे हैं, उसमें आपकी इच्छानुसार सभी भाव अभिव्यक्त हो रहे हैं। आप इतने चिन्तित क्यों हो रहे हैं ? शिल्पी अपनी नवीन प्रतिमा को ध्यानपूर्वक देखकर पुकार उठता है :

अवयव की रेखाओं में साकार हो उठा
मानव आत्मा का अवाक् सौन्दर्य अकलुषित !

× × ×

भू-जन का उज्ज्वल भविष्य आंखों के सम्मुख
उदय हो उठा चीर युगों का अन्ध आवरण !

शिल्पी के कलाकक्ष में कृषकों एवं श्रमिकों का दल आता है। वे लोग भी अपनी रुचि के अनुकूल प्रतिमाएं देखकर सन्तुष्ट हो गान करते हैं। एक मूर्ति को ध्यानपूर्वक देखकर दर्शकों का एक दल विस्मय-विभोर होकर गाता है :

सामूहिक चेतना हो उठी मूर्तित इसमें,
शक्ति स्फूर्ति विश्वास भरेगी यह जन-मन में !
हम इसके हित प्राणों का बलिदान करेंगे !

उस मातृमूर्ति की वन्दना होती है :

नव युग ज़ीवन प्रभात
निखरी तुम ज्योति-स्नात,
स्वर्ण रश्मि स्फुरित गात,
भास्वर वदने !
जयति जयति मातृ-मूर्ति,
शान्ति चेतने !

अप्सरा

पन्तजी ने शिल्पी के सदृश ही संगीतज्ञ-अभिनेताओं को लक्ष्य करके यह नाटक लिखा है। इस नाटक द्वारा संगीत एवं नृत्यकला में नवजीवन लाने का प्रयास किया गया है। इसमें कलाकार और अप्सरा का वार्तालाप है। स्वर्ग से उतरती हुई अप्सरा के स्वप्न-वाहक संगीत से मुग्ध कलाकार अपनी मनोगति का इस प्रकार वर्णन करता है :

चंचल हो उठता फिर-फिर मन ! यह क्या केवल
प्राणों का उद्वेलन है ? या मन का भ्रम है ?
अथवा बदल रहा युग करवट ? मन के भीतर
नया सत्य या जन्म ले रहा ?···महारात्रि है !

× × ×

धुँधला पड़ता जाता मन का पिछला संचय
उपचेतन के गहरे गर्तों की विस्मृति में,
एक नया सौन्दर्य ज्वार उठता अन्तर से
धरणी के जड़ पुलिनों को प्रक्षालित करने !

अप्सरा को सम्मुख देखकर कलाकार उससे कहता है कि तुम छाया के सदृश हृदय में छिपकर व्याकुलता उत्पन्न करती हो। हे रंगमयी, तुम मेरे अन्तःकरण को शोभा-ज्वारों में नहला देती हो।

दूसरे दृश्य में कलाकार के मानसिक संघर्ष का दृश्य है। नैराश्यसूचक वाद्य-संगीत सुनाई पड़ता है। कभी कोमल प्रतिध्वनियां और कभी परुष ध्वनियां श्रवण कर कलाकार

अपने कर्तव्य-पथ को सोचता है :

आज घोर अधिविश्व क्रान्ति छाई जन भू पर
निगल रहा जीवन तृष्णा का अवचेतन तम
मानव आत्मा के मूल्यों के ध्रुव प्रकाश को !
× × ×
मनुष्यत्व की नव प्रतिमा कल्पित कर उसको
प्राण प्रतिष्ठित करना है जन मन मन्दिर में !

तीसरे दृश्य में "सूक्ष्म वाष्पों का स्वर्णिम छाया-सेतु इन्द्रधनुष की तरह धरती-आकाश के बीच टंगा है, जिसके ऊपर कलाकार ऊपर खड़ा हो देख रहा है।" अप्सरा गीत गाती है कि जो व्यक्ति युग-प्रबुद्ध, श्रद्धा-रत एवं संवेदनशील हैं, मैं उनके अन्तर-शिखरों को स्पर्श करती हूं, किन्तु अहंवादी एवं मूढ़ों को तिरस्कृत करती हूं।

जगत् में सत्य का अनुसन्धान करते-करते कलाकार उपनिषद् के मंत्र 'ईशावास्य-मिदंसर्वं' का गान करता है। मनुज-नियति के गीत के साथ यह दृश्य समाप्त होता है।

चतुर्थ दृश्य में नवप्रभात की शोभा को देख और अप्सरा का गीत सुनकर कलाकार के हृदय में एक प्रकार का स्फुरण होता है और वह गुनगुनाने लगता है :

भेद भाव मिट रहे, छंट रहा सशय का तम,
उदय हो रही अन्तर्मुख भावना साम्य की !
× × ×
संयोजित हो रहा मनुज मन नव प्रकाश में,
जन्म ले रही नव मनुष्यता हृदय-क्षितिज में !

कवि के मन में मानव-कल्याण की एक नई आशा जगती है और वह फिर कहता है :

अन्तर्मन का विभव उतर प्राणों के स्तर पर
शोभा मंडित कर पाएगा कब जीवन को ?

अन्त में प्राण-चेतना मानव-कल्याण का मार्ग बताती हुई गाती है :

दुर्दम इच्छा के अश्वों को संयत स्ववश करो !

जब मानव को इच्छा-अश्वों को संयत करने की शक्ति प्राप्त हो जाएगी तो वह अमृत-स्पर्श से पुलकित हो उठेगा और दिव्य शिखा लेकर 'गुह्य तमस के गह्वर' में प्रवेश पा सकेगा। मानव-कल्याण का यही मार्ग है।

पन्तजी के प्रारम्भिक छः नाटकों में एक-एक दृश्य है। प्रत्येक नाटक के प्रारम्भ में वे उसका मूल उद्देश्य समझा देते हैं। स्थान-स्थान पर वाद्य-संगीत के संकेत दिए हुए हैं। कहीं संगीत आत्मोन्नयनसूचक है, कहीं मनमोहक; कहीं तानपूरे का स्वर भी सुनाई पड़ता है, तो कहीं द्विविधासूचक वाद्य-संगीत, कहीं स्वप्नवाहक संगीत, कहीं विविध प्रभावपूर्ण संगीत।

रजतशिखर के नाटकों का उद्देश्य "मानव-मन के विकास की वर्तमान स्थिति में

ऊर्ध्व के अवरोहण तथा समतल के आरोहण पर बल देकर दोनों में समन्वय स्थापित करने का प्रयत्न" है। इनमें कथावस्तु लघु, अति सरल एवं एक प्रकार की है। सभी रूपक प्रतीकात्मक हैं।

इनमें वार्तालाप की अपेक्षा संगीत, नाटक की अपेक्षा काव्य का महत्त्व विशेष है।

पन्तजी के काव्य-रूपकों में 'ध्वंसशेष' सर्वश्रेष्ठ प्रतीत होता है। इसमें कवि को हम आधुनिक जीवन के सबसे अधिक निकट पाते हैं। इस नाटक में एक युवती बीसवीं शताब्दी की नई सभ्यता के रूप में प्रदर्शित की गई है। इस सभ्यता का नग्न रूप देखिए :

टूटे फूटे, दीमक के खाए खानों का,
धूल भरे गन्दे कागज़ पत्रों में लिपटा
कटे छंटे अखबारों के पन्नों-सा बिखरा,
बड़े बड़े खातों, भारी भरकम पोथों से
भरा ठसाठस, युग का मन है, रीढ़ झुकाए
जीर्ण पुलिन्दों के बोझों से !!

इस फाइल और यन्त्र के युग में गुप्त रीति से अणु-दानव का पालन-पोषण किया जा रहा है। दूसरे दृश्य में वह असुर बाहर प्रकट हो जाता है। नेपथ्य में अणु-विस्फोटकों के फटने की भयानक ध्वनि होती है। प्रकृति-पुरुष का परस्पर संवाद है। प्रकृति अणु-विस्फोटक का परिणाम बता रही है :

धू धू करता ताम्र व्योम, धू धू जलती भू,
धू धू बलतीं दिशा, उबलता धू धू सागर,
भभक रही भू की रज, दहक रहे गल प्रस्तर
सुलग रहे वन विटपी, धधक रहा समस्त जग।

सम्पूर्ण द्वितीय दृश्य में अणु-विस्फोटक के द्वारा होनेवाला विध्वंस दिखाया गया है। उस सर्वसंहार में एक स्थान पर आशा की क्षीण स्वर-लहरी सुनाई पड़ती है कि :

फिर से मानव शिशु खेलेंगे भू श्मशान में,
पुनः बहेगी जग के मरु में जीवन-धारा।

सामाजिक को स्वभावतः जिज्ञासा होती है कि इस विनाशकारी दानव—विस्फोटक—से मुक्ति का क्या मार्ग निकलेगा !

तृतीय दृश्य में प्रस्तर-युग से पूंजीवादी युग तक का इतिहास-चिह्न खंडहरों से खोद-खोदकर निकाला जाता है। प्रत्येक युग की मूर्ति से उस युग का इतिहास स्पष्ट होता है। अणु-युग को आमंत्रित करनेवाली है राजनीति और अर्थनीति की दुरभिसंधि। इन दोनों नीतियों के विरुद्ध जनता में रोष फैलता है। कुछ दूरी पर एक हंस उतरता दिखाई पड़ता है :

स्वर्ण हंस-सी उतर रही निःस्वर जन भू पर
ज्योतिर्मयी नवल आध्यात्मिकता नव चेतन !

नव संस्कृति की इस प्रतिमा से मानवता प्रसन्न हो उठी। "आशा-आनन्द-उत्साह द्योतक संगीत" धरा पर गूंजने लगेगा—

इस नव संस्कृति के आगमन से मानव-जीवन के मन व्यापारों को दिव्य चेतना संचालित करने लगी। कोरा तर्कवाद, बौद्धिकता का अंधकार, इच्छाओं का संघर्षण मिटने लगा। आत्मऐक्य के कारण अहंभाव तिरोहित हो गया। श्रद्धा-ईडा सहज-समन्वित हो गईं। अणुशक्ति से धरती उर्वर बनी। कृत्रिम घनों से समयानुकूल वर्षा होने लगी। अन्तर्मन की सुप्त शक्तियां जागरित हो जाती हैं। मानव के अन्तःशिखरों पर नव्य चेतना उतरती है।

इस नाटक में विश्व-मंगल का हेतु भगवत्कृपा मानी गई है। अन्त में भगवान की वन्दना की जाती है।

पन्तजी के सभी नाट्यों का उद्देश्य एक, शैली एक, तंत्र एक है। सर्वत्र अध्यात्मवाद का पुट और नवमानववाद का सन्देश है। पन्तजी का मत है कि भारत का अध्यात्मवाद ही अणु-विस्फोटकों से विश्व की रक्षा करने में समर्थ होगा। सभी नाटकों में मानव के 'नवजीवन-निर्माण का स्वप्न' है। जिन नाटकों में तीन दृश्य हैं, उनमें प्रथम में मुख, द्वितीय में प्रतिमुख और तृतीय में निर्वहण सन्धि मानी जा सकती है, क्योंकि कार्यावस्था में आरम्भ प्रयत्न और फलागम ही को इनमें स्थान है।

'ध्वंसशेष' और 'अप्सरा' में चार दृश्य हैं। प्रथम दृश्य में आरम्भ और द्वितीय-तृतीय में प्रयत्न है। चतुर्थ में फलागम स्पष्ट झलकता है। जहां तक प्रयत्न का प्रश्न है, नायक में कोई बाह्य संघर्ष नहीं दृष्टिगोचर होता। अन्तःकारण का मंथन करने से विश्व-व्याधि का उपचार झलकने लगता है और एक प्रतिभा नभमंडल से अवतरित होकर आवश्यक औषधि समर्पित कर देती है।

पंतजी अपने काव्य-रूपकों का उद्देश्य बताते हुए कहते हैं—

"युग-संघर्ष के अनेक रूपों को मैंने अपने काव्यरूपकों द्वारा भी प्रस्तुत करने का प्रयास किया है। 'फूलों का देश' में मैंने संस्कृति और विज्ञान के समन्वय के प्रश्न को उठाया है। 'ध्वंसशेष' में अणुयुद्ध के बाद नवीन मानवता के निर्माण की समस्या प्रस्तुत की है। 'विद्युत्-वासना' में मैंने मानव-स्वतन्त्रता के सिद्धान्त को मानव-एकता के अधीन रखने की उपयोगिता पर प्रकाश डाला है। 'शिल्पी' में कला-मूल्यों तथा 'रजत शिखर' में उपचेतन की समस्याओं तथा जीवन-मान्यताओं के संघर्ष का समाधान प्रस्तुत करने का प्रयत्न किया है। 'ध्वंसशेष' के तृतीय दृश्य में मैंने वर्तमान सभ्यता के विविध तत्वों का मूल्याङ्कन किया है। और उसके अन्तिम दृश्य में नवीन मानवता के सांस्कृतिक मूल्यों को विकसित लोकतन्त्र के रूप में प्रतिष्ठित कर ध्वंस के बाद नवीन मानव-संस्कृति के उद्भव तथा निर्माण की दिशा की ओर संकेत किया है। अपने 'सौवर्ण' नामक काव्य-रूपक में मैंने प्राचीन निष्क्रिय अध्यात्म को सक्रिय बनाने की आवश्यकता पर बल

दिया है ।

देख रहा मैं, बरफ बन गया, बरफ बन गया,
मानव का चैतन्य शिखर, नीरव, एकाकी
निष्क्रय नीरस, जीवन-मृत, सब बरफ बन गया !
× × ×
आह, उसे प्राणों का स्पन्दित ताप चाहिए,
जीने को जन-मन का भावोच्छ्वास चाहिए ।

"सौवर्ण के व्यक्तित्व में---जिसका बाह्य रूप वर्तमान जनयुग के संघर्ष की झंझा का द्योतक है। सौवर्ण झंझा के रथ पर चढ़कर आता है---मैंने जीवनोपयोगी धन आध्यात्मिकता का मानवीकरण कर भावी मानवता का स्वरूप उपस्थित किया है। अपने काव्य रूपकों को मैं नाटक न कहकर कथोपकथन-प्रधान श्रव्य-काव्य ही की संज्ञा दूंगा ।"

भगवतीचरण वर्मा के तीन गीतिनाट्य हैं---(1) कर्ण, (2) महाकाल और (3) द्रौपदी। वर्माजी ने 'कर्ण' में एक मनोवैज्ञानिक विश्लेषण का प्रयत्न किया है और महाभारत में उपलब्ध अलौकिक घटनाओं का बौद्धिक विवेचन किया है। कृष्ण और शल्य के वार्तालाप द्वारा कृष्ण के जघन्य प्रतीत होने वाले कृत्य का इस प्रकार समर्थन किया गया है :

प्रत्येक रोम में लिए हुए प्रतिहिंसा
अस्वित्व घृणा का वह विकराल भयंकर;
कल्याण विश्व का था उसके मरने में
वह जन जीवन में था समर्थ प्रलयंकर !
उस दानवीर के दुखद निधन का मुझको
है दुख महान ! पर मेरी निपट विवशता !
यह धरा न उसका भार सहन कर पाती,
यह गगन न उसका तेज रहन कर सकता !

कर्ण की दानप्रियता का अनुपम उदाहरण अन्त में दिखाया गया है। वह मृत्यु से पूर्व अपने धनुष से अपने स्वर्ण-दन्त तोड़कर भिखारी को प्रदान करता है। चरित्र-चित्रण की दृष्टि से यह नाटक प्रभावशाली है। 'महाकाल' में चेतन मानव का प्रकृति के साथ संघर्ष प्रदर्शित करने का प्रयास है। इनमें पंचतत्त्व, प्रकृति, चेतना और मानव पात्र हैं। मानव प्रकृति से ही शक्ति प्राप्त कर उसी के विनाश के लिए प्रयत्नशील है। इसका परिणाम यह होता है कि गोलों का विस्फोट होता है। चेतना पराजित होती है और महाकाल विजयी होता है। वह मानव को चुनौती देता हुआ कहता है :

चेतने, पराजित हो और अति थकित हो तुम
मुझमें लय हो जाओ, बस यह मेरा विधान ।
× × ×

एकोहम्—एकोहम्—एकोहम्—महाकाल।

पन्तजी के नाटकों में जहां हमें युद्ध-ज्वाला से त्राण पाने की आशा की झलक मिलती है, वहां वर्माजी का यह नाटक हमें नैराश्य के अन्धकार में छोड़ देता है।

वर्माजी का अन्तिम गीतिनाट्य है 'द्रौपदी'। इसमें स्वयंबर से महाभारत के युद्ध तक का द्रौपदी-सम्बन्धी कथानक दस लघु दृश्यों में वर्णित है। केवल एक समवेत गान में महाभारत युद्ध की व्याख्या और दसवें दृश्य में द्रौपदी-चरित का वास्तविक मूल्यांकन किया गया है। इस नाटक में महाभारत-युग की हिंसा-प्रतिहिंसा, घृणा-अहम्मन्यता, मान-अपमान का चित्र उतारा गया है। विजयिनी द्रौपदी हिमसमाधि के समय अपने गत जीवन पर सिंहावलोकन करते हुए कहती है :

सच, वह था मेरा अभिमान दर्प-भरा अहम्
जोकि ग्लानि से कह-कह उठता था त्राहिमाम्
साधन थी नियति की, समर्पित मैं उसको हूं
नत हूं, श्री चरणों पर मेरे शत-शत प्रणाम !

द्रौपदी के चरित्र का विकास उसकी जीवन-साधना और अनुभूति के बल पर दिखाकर नाट्यकार ने काव्यतत्त्व और नाटकतत्त्व का सामंजस्य किया है।

मूलतः रंगमंच को दृष्टि में रखकर धर्मवीर भारती ने एक नया नाटक 'अन्धा युग' विरचित किया है। इसमें मुक्त छन्दों का ही प्राधान्य है। केवल दृश्य-परिवर्तन के अंकों का नामकरण क्रमशः कौरव नगरी, पशु का उदय, अश्वत्थामा का अर्ध सत्य, गान्धारी का शाप, विजय, एक क्रमिक आत्महत्या के शीर्षक से किया गया है।

इस नाटक की कथावस्तु महाभारत से ली गई है। महाभारत के भीषण युद्ध के समाप्त होने पर धृतराष्ट्र और गान्धारी परिणाम जानने को व्यग्र हैं। जब गान्धारी अपने सभी पुत्रों की मृत्यु का दुःसंवाद सुनती है तो कृष्ण को शाप देती है :

तुमने किया है प्रभुता का दुरुपयोग
यदि मेरी सेवा में बल है
संचित तप में धर्म है
तो सुनो कृष्ण
प्रभु हो या परात्पर हो
कुछ भी हो
सारा तुम्हारा वंश
इसी तरह पागल कुत्तों की तरह
एक-दूसरे को परस्पर फाड़ खाएगा।
तुम खुद उनका विनाश करके कई वर्षों बाद
किसी घने जंगल में
साधारण व्याध के हाथों मारे जाओगे।

पंचाङ्की गीतिनाट्यों में यह नाटक एक विशेष स्थान रखता है।

गिरिजाकुमार माथुर[1] का 'इन्दुमती' श्रृंगारस-प्रधान गीतिनाट्य है। इसके कई गीत संगीत की दृष्टि से अत्यन्त आकर्षक है। उनके अन्य नाटक हैं 'धरादीप' 'मेघ की छाया', 'ऋतुसंहार', 'राम की अग्नि-परीक्षा', 'नींद के देश में' इत्यादि।

सिद्धनाथ कुमार के कतिपय गीतिनाट्य लोकप्रिय बन गए हैं। 'कवि' में वास्तविकता और यथार्थवाद का सामंजस्य दिखाया गया है। 'सृष्टि की सांझ' में विश्वयुद्ध की समस्या पर विचार किया गया है। इसी प्रकार 'संघर्ष', 'विकलांगों का देश', 'बादलों की शाम' में काव्यतत्त्व और नाट्यतत्त्व का सम्मिलन दिखाई पड़ता है। बेनीपुरीजी ने इनके नाटकों को सफल काव्य-नाटकों में परिगणित किया है।

सृष्टि की सांझ[2]

'सृष्टि की सांझ' में हिंसा की समस्या उठाई गई है। अणुबम के विस्फोट से विनाश का जो स्वरूप विश्व के सामने आ रहा है, उसी का अनुमान लगाया गया है। इस नाटक में पात्र भावात्मक हैं। सैन्यशक्ति (सेनानायक), मन, विचार-शक्ति (महामात्य), कामना, अजय, रेखा पात्रों के नाम हैं—सैन्यशक्ति और विचार-शक्ति में रेखा के लिए संघर्ष होता है। रेखा विश्व का संहार देखकर व्याकुल होती है। अजय रेखा से प्रणय की भिक्षा मांगता है और उसके सहयोग से नई सृष्टि रचना चाहता है। रेखा की ओर अजय के इस आकर्षण से सेनानायक विक्षुब्ध होता है और अजय का वध करके रेखा से पाणिग्रहण करना चाहता है। वह इसके लिए प्रयत्नशील बनता है, किन्तु महामात्य रेखा पर सेनानायक के एकाधिकार को सहन नहीं कर पाता और उस पर आक्रमण करता है। दोनों में युद्ध होता है और दोनों एक-दूसरे को आहत करते हैं। आहत अजय सप्राण हो उठता हैं। रेखा को देखकर कहता है :

यह मेरा चरण हुआ है क्षत-विक्षत !
लेकिन हैं मेरे प्राण शेष !

रेखा अजय की वाणी सुनकर प्रकृति की ओर उसका ध्यान आकर्षित करती हुई कहती है :

क्या कहूं अजय !
तुम देख रहे, परिधान श्याम गिर रहा, गिर रहा अंबर से !
ढंक रही धरा ! घिर रही सांझ ! सृष्टि की सांझ ! आह !

अजय रेखा की बात स्वीकार करता है किन्तु चन्द्रमा की ओर संकेत करता हुआ कहता है :

सृष्टि की सांझ !
किन्तु देखो रेखा,
उग रहा क्षितिज पर नया चांद।

---

1. गिरिजाकुमार माथुर के गीतिनाट्यों का विस्तृत विवेचन हमारे आधुनिक नाटक में देखिए।
2. सृष्टि की साँझ (1954) सिद्धनाथ कुमार।

यह नई चांदनी उतर रही।
यह नई चांदनी !
जगती की मधुमय आशा।

इस नाटक का पर्यवसान मधुमय आशा के साथ दिखाया गया है, किन्तु वह मधुमय आशा है क्या ? इसकी ओर कहीं भी संकेत नहीं मिलता। दिनकरजी ने हिमालय में एक दिव्य सन्देश मानवतावाद का स्पष्ट कर दिया है। युद्ध के कारणों का विश्लेषण और उनका परिहार दिखाकर दिनकरजी ने नाटक को प्रभावशाली बना दिया है। पर 'सृष्टि की सांझ' में युद्ध समस्या का दुष्परिणाम तो दिखाया गया है किन्तु उसका समाधान इसमें नहीं मिलता। नाटक सुनने के उपरान्त यह जिज्ञासा बनी रह जाती है कि अणुबम के विस्फोट से सृष्टि की सांझ होने जा रही है, किन्तु इसमें आशा का चन्द्रमा कहां से आ गया, इसका कहीं संकेत नहीं मिलता।

लौहयुग

धरती पर भूख से तड़पने वाले व्यक्तियों की पुकार सुनाई पड़ती है। श्रमजल का अर्ध्य चढ़ाने, बीजों का अक्षत देने तथा हल-कुदाल, हंसिया-खुरपी से सेवा में निरत रहने पर भी क्षुधार्त व्यक्तियों का हाथ से पेट दबाए तड़प-तड़पकर मरना दिखाया गया है। इस नाटक का नायक लौहदेवता है। जो देश उसके पावन चरणों पर स्वर्ण-खंड अर्पित करता है उस पर यह प्रसन्न होता है। इसके प्रसन्न होते ही खेतों में ट्रैक्टर चलने लगे, नहरों से सिंचाई होने लगी, मोटर-वायुयान पर जनता यात्रा करने लगी। एक ओर तो बड़ा वैभव है किन्तु दूसरी ओर क्षुधार्त जनता कोलाहल मचाती है। वह लौहदेवता की प्रतिमा को खण्डित करना चाहती है। लौहदेवता उन्हें युक्ति देते हुए कहता है :

युक्तिवान हे !
अपनी युक्ति स्वयं तुम सोचो।
देखो, ढूंढ़ो,
क्षुधा-तृषा, अगणित क्लेशों का
मूल कहां है।
वह यन्त्रों में नहीं,
तुम्हारे ही समाज में।
मत आघात करो तुम मेरे वरदानों पर
शक्ति-साधना करो युक्ति से,
युग-युग तक तुम सुखी रहोगे।

लौहदेवता की उत्पत्ति से विद्रोही जनता शांत हो जाती है और पुरुष वचनबद्ध होता है :

देखेंगे हम,
क्षुधा-तृषा, पीड़ा-क्लेशों का

मूल कहां है,
हम उसका ही नाश करेंगे।

इस नाटक में लौहदेवता का अर्चन सार्थक और समाज की अर्थिक विषमता सदोष सिद्ध की गई है। इस प्रकार देश में भुखमरी का कारण लौह-यन्त्र नहीं समाज की दुर्व्यवस्था बताई गई है।

संघर्ष

पंकज नामक कलाकार एक पाषाण-प्रतिमा के निर्माण में इतना दत्तचित्त है कि अपने रुग्ण पुत्र मोहन की भी सुध-बुध भूल जाता है। सहसा उसके मन में विद्रोह उठता है और विद्रोही मन ही पात्र बनकर कलाकार के जीवन-पथ की आलोचना करता है। मन पंकज को वास्तविक स्थिति का परिचय कराते हुए कहता है कि तुम अपनी प्राण-प्यारी बेला को भूले बैठे हो। तुम्हें पता है उसकी क्या स्थिति है। पंकज को चेतावनी देते हुए मन कहता है :

तुमने थे जो आश्वासन दिए कभी उसको,
वे पाषाणों से टकराकर क्या धूल हुए ?
क्या सचमुच ही
तुम देख नहीं पाते उसकी इच्छाओं को ?—
जो सिसक-सिसककर रोती हैं,
जो घुट-घुटकर मिट जाती हैं !

पंकज अपनी साधना के सम्मुख सांसारिक सुखों को हेय समझता हुआ कहता है :

इस दुनिया की यह चमक-दमक,
यह रंगीनी,
सब नश्वर हैं, हैं क्षणिक, तुरत मिट जाएंगी
मैं नश्वरता के लिए
अमरता को न कभी भी खो सकता !
× × ×
सब मिट जाएंगे,
वर्तमान के प्राणी हैं,
लेकिन यह मेरा कलाकार
है तोड़ रहा इस वर्तमान की सीमाएं
× × ×
आनेवाली सदियों में भी
यह कभी न मिटने वाला है।

नाट्यकार मूर्तिकार के भविष्य का दृश्य उपस्थित करता है। वह दिखलाता है कि कालान्तर में ऐसा युग आता है कि मूर्तिकार की अनेक प्रस्तर-प्रतिमाएं भूगर्भ से खोद-

खोदकर निकाली जा रही हैं। उन प्रतिमाओं पर मूर्तिकार का परिचय अंकित है। एक स्थान पर उन्नीस सौ पचास लिखा है। दर्शकों को विस्मय होता है कि अनेक शताब्दियों के उपरान्त भी पंकज की कला में मन को गुदगुदाने की शक्ति पाई जाती है। वे मूर्तियां संग्रहालय में रखी जाती हैं।

पंकज यह स्वप्न देखा रहा था। जागरित होने पर विद्रोही मन पुनः उसकी हंसी उड़ाने लगा। कारण पूछने पर मन पंकज को सावधान करते हुए कहता है :

धरती पर सब कुछ नश्वर है,
क्षणभंगुर है,
× × ×
संभव है,
जग के भले आदमी,
शांति चाहने वाले नर
कुछ एटम बम भी बरसा दें !
तब कलाकार पंकज की
ये मूर्तियां कहीं बच पाएंगी ?
अमरत्व चाहने वाले भावुक कलाकार !

अब पंकज मन के सिद्धान्तों को सहज ही स्वीकार कर लेता है और पुकार उठता

अमरत्व नहीं इस धरती पर !
भ्रम है सब मिथ्या है।
× × ×
मेरी मूर्तियां सभी
खंडित हो जाएंगी !

इतना कहते-कहते वह ऐसे जोर से हथौड़ा मारता है कि उसकी अर्धनिर्मित प्रस्तर-प्रतिमा नष्ट हो जाती है। वह पश्चात्ताप करता है, किन्तु धैर्य संकलित कर फिर प्रतिमा के निर्माण की योजना बनाते हुए कहता है :

मुझे आत्मसुख मिलता था,
संतोष हृदय को होता था !
मैं फिर से कोई मूर्ति रचूंगा मनमोहक,
पत्थर में ज्योति जगाऊंगा।

इस काव्यरूपक में निर्धन कलाकार की मनःस्थिति का परिचय 'मन' को पात्र बनाकर कराया गया है। पर यह समझ में नहीं आता कि जब मन स्वयं एक पात्र बना सम्मुख खड़ा है तो पंकज नई योजना बनाने में किस प्रकार सफल होता है। मन के अलग पात्र होने पर संकल्प-विकल्प की शक्ति कहां से आ जाती है ? इस नाटक में यह एक बड़ा दोष है। यदि मन के स्थान पर किसी यथातथ्यवादी मित्र को पात्र बनाया गया होता

तो इस दोष का परिहार हो जाता और नाटक की प्रभविष्णुता में किसी प्रकार की त्रुटि न दिखाई पड़ती।

विकलांगों[1] का देश

कवि भारतीय समाज के उस वर्ग को विकलांगों (खंडित अंगवालों) का देश मानता है जिसको पूर्ण विकास का अवकाश नहीं मिलता। शिक्षा और स्वास्थ्य का अवसर न मिलने से जिनके नेत्र ज्योतिहीन और श्रवण बधिर हो गए हैं; पौष्टिक भोजन के अभाव में जिनके हाथ-पैर निर्बल रह गए हैं उनका रोदन सुनाई पड़ता है। अन्धे, लंगड़े, लूले, बौने जहां कराह रहे हैं वह दुनिया विकलांगों की दुनिया है।

इस दुनिया के बसने का कारण बताने के लिए कवि ने गिरधर और भोला दो पात्रों की सृष्टि की है। गिरधर के पूछने पर भोला स्वयं अशिक्षित रहने का कारण बताते हुए कहता है :

मां कहती थी—
'पढ़-लिखकर लाट बनेगा तू ?
इससे कोई फायदा नहीं
जा,
गलियों-सड़कों से चुनकर
कोयले उठा,
बाजारों में जाकर
फिर उसको कहीं बेच।'
मैं करता क्या ?
उस समय कोयले चुनता था,
मशीन साफ अब करता हूं !

भोला के कई मित्र थे जो चित्रकार और कवि होना चाहते थे। किन्तु विकलांग देश में कहीं शिक्षा का प्रकाश नहीं फैलने पाया। क्षुद्र सीमाओं से परिवेष्टित उस निर्धन समाज का विकास अवरुद्ध रहा। दुर्दशाग्रस्त उन विकलांगों की एक ही लालसा है :

सीमाओं से हीन जगत् में
हमको मुक्त विकास चाहिए !
हमें चाहिए मुक्त धरा औ'
हमें मुक्त आकाश चाहिए।

इस प्रकार जीवन की सुखद अभिलाषा की अभिव्यक्ति के साथ नाटक समाप्त होता है। इस नाटक में दुःख-निवारण का मार्ग नहीं बताया गया है। केवल मंगल-कामना प्रकट की गई है।

---

1. विकलांगों का देश (1954) सिद्धनाथ कुमार

बादलों का शाप

देश में अकाल पड़ा है। जल के अभाव में अनेक मनुष्य तड़प-तड़पकर मर रहे हैं। धरित्री नीरस बन गई है, अतः वनस्पतियों का लोप हो गया है। काले-काले बादल आकाश में उमड़-घुमड़कर आते हैं, पर वर्षा की एक बूंद नहीं। वे जल बिना बरसाए चले जाते हैं। इस अकाल के कारणों पर विविध प्रकार से लोग तर्क कर रहे हैं। एक स्त्री कहती है :

उस पार क्षितिज के
बैठा कोई मनुज
शाप का स्रष्टा है !
उसने ही बंदी कर रक्खा है मेघों को
वह नहीं बरसने देता है

दूसरी स्त्री कहती है—है प्रकृति रुष्ट हम लोगों से !
तीसरा व्यक्ति कहता है—हमने है कोई पाप किया !
चौथा व्यक्ति कहता है—हम भोग रहे हैं कर्मों का फल !
पांचवां व्यक्ति कहता है—उस ओर मेघ बरसें,
हरियाली लहराए,
इस ओर धरा,
जल की कुछ बूंदों को तरसे !

इन कारणों पर विचार करते-करते अन्त में यह निष्कर्ष निकलता है कि :

वैषम्य-कलुषताएं जब
सब मिट जाएंगी,
उस क्षितिज पार ही जैसी
होगी धरती यह !
बादल स्वच्छंद हो घूम-घूम
रस की बूंदें बरसाएंगे,
धरती की प्यास बुझाएंगे !

उत्साही युवकों का एक वर्ग अभिशाप देने वाले व्यक्ति को ढूंढ़ने निकलता है और अभिशाप के कारणों के परिहार का संकल्प करता है।

इस प्रकार घोर निराशा में आशा का मार्ग दिखाई पड़ जाता है और दुःखी जीवन में नवीन उत्साह का संचार होता है। सिद्धनाथ आज के सफल नाट्यकार हैं।

हिमालय का सन्देश

रामधारीसिंह 'दिनकर' का यह दूसरा काव्य-रूपक है। इस रूपक में हिमालय को पात्र बनाकर उसके मुख से विश्व को एक नया सन्देश सुनाया गया है। नाटक के अन्य पात्र हैं—कवि, जनता (सात व्यक्तियों के विभिन्न प्रकार के स्वर के रूप में), युद्ध देवता।

सर्वप्रथम कवि रंगशाला में प्रविष्ट होता है और संसार की दशा देखकर और विज्ञान का दुष्परिणाम सोचकर चिन्तित होकर कहता है :

बुद्धि तृष्णा की दासी हुई, मृत्यु का सेवक है विज्ञान,
चेतता तब भी नहीं मनुष्य, विश्व का क्या होगा भगवान?

तदुपरान्त सात व्यक्तियों के स्वर सुनाई पड़ते हैं। एक का विश्वास है कि संसार में शांति-दूत आनेवाला है, जिसकी तैयारी विश्व कर रहा है। दूसरे स्वर से देश में घोर विषमता के कारण अशान्ति का आभास मिलता है। उसका कथन है कि "इस समाज की एक दवा है—आग और उत्क्रांति।"

तीसरा वर्ग उन व्यक्तियों का है जो हिंसा और प्रतिहिंसा की भावना का विरोध करते हैं। उनका कथन है :

करके दलन नर में जगाओ बन्धु, प्रतिहिंसा नहीं।
हिंसा नहीं, हिंसा नहीं।

चौथे वर्ग में वे लोग हैं जो हिंसा को अनिवार्य दूषण मानकर अहिंसा के उपदेश को व्यर्थ समझते हैं। उनका कथन है कि जब विनय हार मान लेती है और प्रस्तर-हृदय को प्रेम-पुकार भेद नहीं पाती, तब हिंसा आवश्यक बन जाती है। वे हिंसा की उपयोगिता तब तक स्वीकार करते हैं जब तक 'नर में पशुत्व' शेष है।

इसी समय एक समवेत स्वर सुनाई पड़ता है, जिसकी पुकार है, "हम भूखों को सिर्फ चाहिए एक वसन, दो भात। भूख लगी है, रोटी दो।"

इस प्रकार का समर्थन करने वाला पांचवां विचारक-दल है जो दर्शनशास्त्र और ललित कलाओं को व्यर्थ समझता है। उसका मत है कि :

सच तो है, रोटियां नहीं तो क्या ये कविता खाएंगे ?
थाली में धरकर विराट कवियों के गीत चबाएंगे ?

छठे वर्ग में वे विचारक हैं जो केवल रोटियों से सन्तुष्ट नहीं होते। उनका कथन है कि मनुष्य का लक्ष्य केवल क्षुधा-निवारण ही नहीं है। उसे 'मन के ऊपर पड़े शिलामय प्राचीरों को चूर' करना पड़ेगा। यहीं विवाद प्रारम्भ होता है। सातवां वर्ग जीवन का एक नया सिद्धान्त रखता है। वह पाप-पुण्य, स्वर्ग-नरक को ढकोसला समझता है। उसका कथन है कि "इस मनुष्य का धर्म स्वेद है, ईश्वर अविश्रान्त श्रम है। समझ नहीं पाता इसको तो चिन्तक, यह तेरा भ्रम है।"

छठे वर्ग के स्वर में इसका विरोध सुनाई पड़ता है। इस वर्ग के लोग धरा और आकाश, लोक और परलोक दोनों का चिन्तन आवश्यक मानते हैं। वे तन और मन दोनों का आहार प्रस्तुत करना चाहते हैं। उनका मत है कि "तन-मन दोनों बढ़ें अगर तो चमक उठे, सचमुच, संसार।" केवल रोटी को पर्याप्त न समझकर वे कहते हैं "रोटी और अभय भी दो।"

इतने में ही युद्ध-देवता अट्टहास करता हुआ आता है। वह अपने जीवन का उद्देश्य बताते हुए कहता है :

नर के मन को विद्वेष, घृणा, तृष्णा से भरने आया हूं।

विश्व में अशान्ति के कारणों पर प्रकाश डालते हुए युद्ध-देवता कहता है कि अपने धर्म, अपनी जाति, अपने राष्ट्र को सर्वश्रेष्ठ मानकर एक राष्ट्र दूसरे के साथ युद्ध में तत्पर होता है। उसका कथन है कि जब तक राष्ट्रीयता की महत्ता मानवता से ऊपर मानी जाएगी तब तक देशों में अलग-अलग झंडे फहराएंगे और विश्व-मानव को कहीं स्थान नहीं मिल सकेगा। वह कहता है :

मैं राष्ट्रवाद का सखा, कौन तोड़ेगा मेरा सम्मोहन ?

युद्ध-देवता के अट्टहास से पृथ्वी कराहने लगती है। पृथ्वीमाता के क्रन्दन से कवि-हृदय-विकम्पित हो उठता है। वह अपने भारत देश को सम्बोधित करके कहता है।

तृष्णा की पंकिल तरंग में तू भी खो जाएगा ?
या तेरा शुभ कलश कमल सा ऊपर लहराएगा ?

कवि का विश्वास है कि भारत देश ही संसार की अशान्ति को मिटा सकेगा। क्योंकि "सब कहते हैं, लाया है कोई नवीन संदेश।"

कवि योगेश्वर हिमालय की अभ्यर्थना करता है कि वह कोई नया सन्देश विश्व को सुनाए। वह पूछता है :

योगेश्वर ! क्यों मची हुई इतनी अशान्ति भारी है ?

इतने में हिमालय से विस्फोट होता है। मानो हिमालय विश्व की अशान्ति के कारणों का विश्लेषण करते हुए कहता है—

आज जो लगी हुई है आग, ज्ञान के घर से आई है,
जगत् की आंखों पर रोशनी, अंधता बनकर छाई है।

हिमालय कहता है कि युद्ध के विविध कारणों का मूल वैज्ञानिक अनुसन्धान की अभिवृद्धि के साथ मन की कोमलता का विनाश है। हिमालय भारत देश की व्याख्या करता हुआ कहता है कि यह देश भौतिकता को महत्त्व न देकर स्वर्ग को भूतल पर उतारनेवाले विचारों को गौरव प्रदान करता है। हिमालय की दृष्टि में भारत वहां विद्यमान है "जहां त्याग माधुर्यपूर्ण हो, जहां भोग निष्काम। समरस हो कामना, वहीं भारत का करो प्रणाम।'

हिमालय का अन्तिम सन्देश है :

धर्म को, श्रद्धा को मत त्यागो।
निरी बुद्धि के लिए भावना का मत दलन करो रे।
जो अदृश्य प्रहरी है, उससे भी तो कभी डरो रे !
शान्ति चाहते हो तो पहले सुमति शून्य से मांगो,
नवयुग के प्राणियो ! ऊर्ध्वमुख जागो, जागो, जागो।
धर्म को, श्रद्धा को मत त्यागो।

उर्वशी

'दिनकर' का अन्य गीतिनाट्य है उर्वशी (1961 ई०)। इसका ढांचा पद्य-नाटिका का है। इसमें पांच अंक हैं। प्रथम दो अंकों में प्रचलित ललित छन्द अत्यानुप्रास के सहित प्रयुक्त हुआ है। बाकी तीन अंकों में छन्द तो वही है, किन्तु वह अत्यानुप्रास से मुक्त है। जहां छन्दों में अत्यानुप्रास है, वहां कवित्व की गरिमा परम्परा की याद दिलाती है। जहां अत्यानुप्रास नहीं है, वहां पद्यों में कवित्व के साथ-साथ चिन्तन की स्वाभाविक प्रक्रिया गम्भीर हो उठी है, जिससे नाट्यशैली को भी निखरने का अवसर मिला है।

पुरूरवा और उर्वशी की कथा ऋग्वेद से लेकर कथा सरित्सागर तक अनेक रूपों में मिलती है। कवि ने जो कथानक रखा है, उसका प्रथम अंकवाला अंश कालिदास के विक्रमोर्वशीयम् के अनुसार है। किन्तु बाकी चार अंकों का कथानक बिल्कुल नवीन है, यद्यपि नवीन होने पर भी वह परम्परा में कहीं न कहीं अपना आधार रखे हुए है। प्रत्येक अंक के आरम्भ में प्राचीन साहित्य से एक-दो उद्धरण देकर कवि ने संकेत देना चाहा है कि उस अंक के अन्तर्गत कथा अथवा कल्पना का जो रूप है, उसका मूल उत्स कहां मिलता है। इससे सारी काव्य परम्परा की डाल से फूटकर निकला हुआ अत्यन्त मनोरम एवं नवीन पुष्प-सा दिखाई देता है।

प्रथम अंक का आरम्भ नटी और सूत्रधार के वार्तालाप से होता है। नटी और सूत्रधार चांदनी रात में प्रकृति की शोभा का पान कर रहे हैं। स्थान पुरूरवा की राजधानी प्रतिष्ठानपुर के समीप है। इतने में आकाश से कई परियां एकसाथ पृथ्वी पर उतरती हैं। उनके अवतीर्ण होते ही नटी और सूत्रधार छाया में छिप जाते हैं और नाटक का वास्तविक आरम्भ हो जाता है। अप्सराएं बातों के क्रम में स्वर्ग और पृथ्वी की तुलना करती हैं, देवताओं और मनुष्यों का मिलान करती हैं। इतने में उर्वशी का प्रसंग आ जाता है और अप्सराओं की बातचीत से पाठक को पुरूरवा और उर्वशी का पूर्वराग मालूम हो जाता है। फिर चित्ररेखा उड़ती हुई आती है। वही यह संवाद सुनाती है कि उर्वशी पुरूरवा के उद्यान में पहुंच गई है और अब उसके विरह का अन्त होने ही वाला है। इस अंक में दो-तीन गीत भी हैं। इस अंक की भाषा भी नाटक के अत्यन्त अनुकूल है।

दूसरे अंक में कवि ने यह दिखलाया है कि उर्वशी को साथ लेकर जब पुरूरवा विहार के निर्मित गन्धमादन पर्वत पर चला गया तब इसकी प्रतिक्रिया अन्तःपुर अर्थात् उसकी परिणीता महारानी औशीनरी पर क्या हुई। इस अंक का कथोपकथन औशीनरी और उसकी दो सखियों के बीच चलता है। औशीनरी को इस कांण्ड से जो व्यथा हुई उसका वर्णन तो इस अंक में है ही, आकर्षण का मुख्य केन्द्र यह विवेचन बन जाता है कि पुरुष का नारी-विषयक अनुराग कैसा होता है।

पुरुष सदा आक्रान्त विचरता मादक प्रणय-क्षुधा से,
जय से उसको तृप्ति नहीं, सन्तोष न कीर्ति-सुधा से।

असफलता में उसे जननि का वक्ष याद आता है,
संकट में युवती का शय्या-कक्ष याद आता है।

तृतीय अंक में पुरूरवा-उर्वशी का गन्धमादन-विहार वर्णित है। यह अंक आकार और ऊंचाई अथवा गाम्भीर्य की दृष्टि से सभी अंकों से विशाल और श्रेष्ठ है। इसे हम इस काव्य का शिखर कह सकते हैं। किन्तु पात्र उनमें दो ही हैं। पुरूरवा और उर्वशी तथा घटनाएं भी इस अंक में नहीं घटती हैं। वास्तव में यह अंक शुद्ध कवित्व और गहन दार्शनिक चिन्तन का स्थान है, जिससे यह अनुमान होता है कि कवि का लक्ष्य नाट्य-विधान नहीं, काव्य का सृजन रहा है और काव्य की दृष्टि से इस अंक में दो-एक ऐसे शिखर भी दिखाई देते हैं जो हिन्दी में पहले कहीं भी दिखाई नहीं पड़े थे। अवश्य ही कुरुक्षेत्र और रश्मिरथी के रचयिता ने अपनी पहले की सीमा लांघकर एक ऐसे शिखर पर चरण रखा है जो दिनकर-काव्य के शिखरों से ही उन्नत नहीं, बल्कि समस्त आधुनिक काव्य के भीतर नई ऊंचाई का मान स्थिर करता है।

उदाहरणार्थ, पुरूरवा और उर्वशी प्रेम करते-करते जब समाधि में पहुंच जाते हैं तब उनका प्रेम दैहिक प्रेम नहीं रह जाता, वह देश और काल की सीमा से बाहर निकलने का साधन बन जाता है। यह कल्पना तंत्रमार्ग के आधार पर बनी थी, इसी आदर्श पर सहजिया सम्प्रदाय के साधक भी चले थे। किन्तु उस कल्पना को उर्वशी में आकर विज्ञान-सम्मत भाषा की उपलब्धि हो गई है और वह अत्यन्त प्रभावशालिनी दिखाई देती है। देश और काल के अतिक्रमण की अनुभूति पहले उर्वशी को होती है और वह कहती है :

प्रिय ! उस पत्रक को समेट लो जिसमें समय सनातन,
क्षण, मुहूर्त, संवत् शताब्दी की बूंदों में अंकित है।
बहने दो निश्चेत शान्ति की इस अकूल धारा में,
देश काल से परे, छूटकर अपने भी हाथों में,
किस समाधि का शिखर, चेतना जिस पर ठहर गई है।
उड़ता हुआ शिखर अम्बर में स्थिर-समान लगता है।

उत्तर में पुरूरवा जो कुछ कहता है, उससे प्रेमियों की समाधि की गम्भीरता और भी अजेय हो जाती है :

सिंधु, विंध्य हिमवान खड़े हैं दिगायाम में जैसे
एक साथ, त्यों काल देवता के महान प्रांगण में
भूत, भविष्यत्, वर्तमान, सब साथ-साथ ठहरे हैं,
बातें करते हुए परस्पर गिरा मुक्त भाषा में।
कहां देश, हम नहीं व्योम में जिसके गूंज रहे हैं,
कौन कल्प, हम नहीं तैरते हैं जिसके सागर में
महाशून्य का उत्स हमारे मन का भी उद्गम है
कहती है चेतना काल के आदि-मूल को छूकर।

इस प्रसंग में पुरूरवा और उर्वशी के संवाद देश के धरातल से बहुत ऊपर उठ जाते हैं और उनके उद्‌गारों से प्रेम विभासित पुण्य का रूप ले लेता है। प्रेम को धर्म के आसन पर अवस्थित करने का प्रयास आधुनिक साहित्य में शायद इसी काव्य में हुआ है। नर-नारी प्रेम करते हुए भी परम चेतना के स्वरूप होते हैं और उनकी प्रणय-चेष्टाएं अदृश्य के चरणों का उपहार हैं, यह भाव उर्वशी में अत्यन्त सूक्ष्मता से व्यक्त हुआ है :

और चूमते हम अचेत हो जब असंख्य अधरों को,
वह चुम्बन अदृश्य के चरणों पर भी चढ़ जाता है।
देह मृत्ति, दैहिक प्रकाश की किरणें मृत्ति नहीं हैं,
अधर नष्ट होते, मिटती झंकार नहीं चुम्बन की।
यह अरूप आभा तरंग अर्पित इसके चरणों पर,
निराकार हो जाग रहा है सारे आकारों में।

चतुर्थ अंक में उर्वशी का मातृत्व दिखलाया गया है। कालिदास का अनुसरण करते हुए दिनकरजी ने भी उर्वशी के पुत्र का जन्म च्यवनाश्रम में ही दिखलाया है, किन्तु विशेषता यह है कि इस अंक में सुकन्या और महर्षि च्यवन का चरित्र बड़े ही उदात्त ढंग से अंकित किया गया है। भरत-शाप के कारण उर्वशी के भीतर मातृत्व और पत्नीत्व के बीच विरोध उत्पन्न हुआ। इस विरोध का चित्रण बड़े ही कौशल से और हृदयग्राही ढंग से किया है। सुकन्या और उर्वशी की उक्तियों में कविता भी अत्यन्त सरस हो उठी है। कथानक की दृष्टि से यह अंक इस बात की सूचना देता है कि उर्वशी अपने नवजात पुत्र को सुकन्या की गोद में छोड़ स्वयं पुरूरवा के राजमहल में लौट गई।

शुद्ध नाटक की दृष्टि से पांचवां अंक अत्यन्त सफल रचना है। इस अंक का आरभ पुरूरवा के स्वप्न-वर्णन से होता है इसके पश्चात् आयु को लेकर स्वयं सुकन्या राजभवन आती है और उर्वशी सहसा विलुप्त हो जाती है। उर्वशी के मुख से इस अंक में दो-तीन ही उद्‌गार कहलाए गए हैं। किन्तु उतने से ही अभिशाप की विकरालता पाठकों के हृदय को हिला डालती हैं। उर्वशी के विलुप्त होने पर नेपथ्य से एक ध्वनि आती है, जो पुरूरवा की ही आत्मा की ध्वनि है। इसी ध्वनि से प्रभावित होकर पुरूरवा संन्यास लेता है, किन्तु काव्य यहां समाप्त नहीं होता। यह समाप्त होता है सुकन्या और औशीनरी के संवाद में, जो अत्यन्त हृदयग्राही और विचारपूर्ण है। पुरूरवा के संन्यास को कदाचित् कवि ने स्वस्थ कृत्य नहीं माना, इसलिए उसने नाटक की समाप्ति दो सती नारियों के संवाद में की। सती नारियों का चरित्र आधुनिक साहित्य से प्रायः त्रिदा हो चुका है। प्रसन्नता का विषय है कि उसकी छोटी किन्तु प्रबल झांकी उर्वशी काव्य में आ गई है।

लीला

'लीला' (जनवरी, सन् 1961) मैथिलीशरण गुप्तजी का एक गीतिनाट्य है। यद्यपि यह आज से चालीस वर्ष पूर्व लिखा गया था, परन्तु आज भी उसे तद्वत् प्रकाशित

करना ही गुप्तजी ने उचित समझा है। वे स्वयं लिखते हैं "मनुष्यत्व के प्रति मेरी तब जो आस्था थी, वह अब भी है।" इसके प्रथम दृश्य में सोलह पदों की वस्तु निर्देशात्मक षोडशपदा नान्दी है, जिसमें पृथ्वीदेवी रत्न-सिंहासन पर बैठकर रामावतार की आशा से प्रसन्न हो रही है। वे भारत-भाग्य के परिवर्तन की आशा प्रकट करती हैं तथा संसार को भारत के माध्यम से पूर्ण आदर्श चरित की शिक्षा देने का संकल्प करती हैं।

'लीला' के द्वितीय दृश्य में वन के प्रान्तभाग में राजा दशरथ के राजकुमार राम, लक्ष्मण, भरत और शत्रुघ्न अपने बालसखा धीर और गम्भीर के साथ मृगया की योजना बनाते हैं। इतने में 'वीर' नामक पात्र प्रस्तुत होकर विश्वामित्र नामक मुनि के आगमन की सूचना देता है। वे सब प्रस्थान करते हैं। दृश्य यहीं समाप्त होता है। तृतीय दृश्य में कुशल-प्रश्नों के पश्चात् अयोध्या के राजभवन में विश्वामित्रजी राजा दशरथ से यज्ञ-रक्षा के निमित्त राजकुमारों की याचना करते हैं। परन्तु दशरथजी प्रथमतः अपने प्राणाधिक प्रिय पुत्रों को देने में मीन-मेख करते हैं किन्तु राम-लक्ष्मण के ही विनय करने पर उन्हें कहना ही पड़ता है, "मेरे दोनों हाथ राम-लक्ष्मण प्रस्तुत हैं। लीजिए अब से पिता आप हैं, ये दो सुत हैं।" चतुर्थ दृश्य में राम-लक्ष्मण के विश्वामित्र के साथ प्रस्थानोपरान्त खिन्नमना कौशल्या को सुमित्रा समझती हैं। पंचम दृश्य का प्रारम्भ अराल-कराल नामक राक्षसों के वार्तालाप से होता है और अन्त ताड़का के वध से। षष्ठ दृश्य में धीर, गम्भीर, भरत और शत्रुघ्न के वार्तालाप से राम-लक्ष्मण की कुशलता और जनकपुर के धनुष-यज्ञ की सूचना मिलती है। सप्तम दृश्य सीता-उर्मिला आदि से राम-लक्ष्मण के प्रथम साक्षात्कार का है। अष्टम दृश्य में दो राजाओं का आपस में धनुष तोड़ने के विषय में वार्तालाप दिखाया है तथा नवम दृश्य के साथ जनकपुर धनुःशाला में धनुष-भंग, परशुराम-लक्ष्मण-संवाद और सबसे बाद में सीता-राम-विवाह समारोह में जयमाल डालकर नाटक समाप्त किया जाता है।

इसमें वार्तालाप में कहीं छन्दों की अर्द्धाली और अर्द्धाली की भी अर्द्धाली पाई जाती है। राम के बालसखाओं तथा सीता की सखियों को क्रियाशीलता में योग दिखाने का नूतन प्रयास किया गया है जो अन्यत्र नहीं मिलता। सम्भवतः नाटकीयता के मोह ने सौन्दर्य को निखरने नहीं दिया है। परन्तु नाटकीयता भी स्पृहणीय नहीं बन पाई है। गुप्तजी का यह नाटक उनकी अन्य रचनाओं से सुन्दरतर नहीं बन पाया है।

गीतिनाट्यों की धारा नई दिशा में मुड़ रही है। अब केवल एकांकी नहीं अपितु पूर्ण नाटक विरचित होने लगे हैं। विविध नाट्यकार विविध रूपों में प्रयोग कर रहे हैं। नवीन गीतिनाट्यों का विशेष विवरण हमारी पुस्तक 'आधुनिक नाटक' में देखिए।

केदारनाथ मिश्र 'प्रभात' के कतिपय गीतिनाट्य प्रकाशित हुए हैं, जिनमें 'स्वर्णोदय', 'अंगुलिमाल', 'मानव निश्चय ही लौटेगा', 'संवर्त्त' प्रसिद्ध हैं। जानकीवल्लभ शास्त्री के गीति नाट्य काव्यकला एवं नाट्यकला दोनों दृष्टियों से उच्च कोटि के प्रतीत होते हैं। वे सफल कवि और शास्त्रविद् नाट्यकार हैं। 'पंचाली', 'तमसा',

'मदन-दहन', 'उर्वशी-मानभंग', 'गोपा', 'इरावती-शाप-मुक्ति' और 'आदमी' (1960) नामक प्रसिद्ध गीतिनाट्यों की उन्होंने रचना की है। इनका विशेष विवरण हमारे 'आधुनिक नाटक' में देखिए। गीति नाट्य धारा का विकास नाट्य-साहित्य के उज्ज्वल भविष्य की सूचना दे रहा है। इस शैली की विशेषता है कि इसमें मनोभावों का संघर्ष बाह्य संघर्ष की अपेक्षा अधिक मुखरित हुआ है। इस शैली में मनोवृत्तियों का द्वन्द्व रमणीय शैली में दिखाना अभीष्ट होता है।

गीतिनाट्यों की संख्या शताधिक पहुंच चुकी है। पुस्तक के अन्त में उनकी सूची दी जा रही है। अद्यावधि विरचित गीतिनाट्यों में 'दिनकर' का 'उर्वशी' नाटक सर्वश्रेष्ठ प्रतीत होता है।

अंग्रेजी में गीति नाट्य

अंग्रेजी नाटकों में भी काव्य-नाटक को नई प्रेरणा मिली है। उनके यहां काव्य-नाटक विकास के तृतीय स्तर पर पहुंच गया है। स्टिफेन फिलिप्स, जी० बाटमले, मेंसफील्ड, ड्रिंकवाटर, एवरक्राम्बी, गिब्सन गीतिनाट्यों के प्रारम्भकर्ता थे। ईट्स और सींजे आदि आइरिश नाट्यकारों की प्रतिभा से इनका विकास हुआ। इलियट, इशरवुड, डनकन, विलियम्स आदि नाट्यकार नये प्रयोगों द्वारा काव्य साहित्य को इतना समृद्ध और उत्कृष्ट बना रहे हैं कि सम्भवत: गद्य नाटकों से काव्य-नाटक कहीं अधिक मान्य एवं लोकप्रिय बन गए हैं। यूरोप में काव्य-नाटक लिखनेवाले विद्वानों ने शेक्सपियर की पूर्ववर्ती नाट्य-शैलियों को नवजीवन प्रदान किया है। शेक्सपियर से पूर्व रिलिजंस (धार्मिक), मिराकल (चमत्कारी) नाटक कविता में विरचित होते थे। शेक्सपियर ने उक्त शैली में परिवर्तन किया और गद्य-पद्यमय चरित्र-प्रधान नाटकों में ऐतिहासिक कथानक का आधार लिया।

इब्सन और शा के प्रभाव से बुद्धि-प्रधान नाटकों की रचना-शैली शेक्सपियर और उसके परवर्ती नाटककारों की प्रतिक्रिया के रूप में स्थापित हुई और नाटकों से कविता को सर्वथा बहिष्कृत कर दिया गया।

बीसवीं शताब्दी में नाटकों में कविता के सर्वथा बहिष्कार के विरुद्ध एक नवीन आन्दोलन उठ खड़ा हुआ और नाटकों से गद्य को पूर्णतया निष्कासित किया गया।

कवि-नाट्यकार काव्य-नाटक के विश्लेषण के उपरान्त जिस परिणाम पर पहुंचे हैं उसका सारांश यह है कि काव्य में कवि स्वत: अपने को ही अपनी वाणी सुनाना चाहता है। यदि उसे अपनी वाणी प्रिय प्रतीत होती है तो उसे विश्वास हो जाता है कि पाठकों की यह क्रमश: प्रिय बनती जाएगी। काव्यरूपक में कवि पात्रों की वाणी सामाजिक को सुनाने का अभिलाषी होता है। उसे ज्ञात नहीं कि उसकी रचना का परीक्षण किन अज्ञात अभिनेताओं द्वारा किन अज्ञात दर्शकों के सम्मुख होने वाला है। कवि को केवल अपनी अन्तरात्मा को सन्तुष्ट करना होता है, किन्तु नाट्यकार को एक-एक पंक्ति के नाट्य-औचित्य के बल पर सामाजिक को आनन्द-विभोर बनाना पड़ता है।

पद्य-नाट्य का विषय-चयन

साधारणतः लोगों की यह धारणा रही है कि पद्य-रूपक का विषय कोई पौराणिक गाथा (Mythology) अथवा अति प्राचीन ऐतिहासिक घटनाएं हो सकती हैं। इसके पात्र प्रागैतिहासिक काल के प्राणी होने चाहिए जिनको कविता में सम्भाषण करते देखकर सामाजिक को लेशमात्र भी आश्चर्य न हो। धार्मिक नाटक की यह विशेषता है कि उसके दर्शक पुण्य-प्राप्ति की आशा में घटना और अभिनय-क्रम को अभिरुचि के प्रतिकूल देखकर भी अभिनयशाला से उठकर चले नहीं जाते।

तीर्थस्थानों एवं पुण्य पर्वों के अवसर पर जनता इन धार्मिक नाटकों को देखने से पुण्य-लाभ समझती है; अतएव ऐसे नाटकों का अभिनय पुण्य-बल पर जीवित रह सकता है।

हिन्दी में धार्मिक नाटक पद्यबद्ध हैं। किन्तु वे कविताएं आज रंगमंच पर अस्वाभाविक प्रतीत होंगी। कारण यह है कि आज गद्य के युग में कविता में वार्तालाप कौन सुनना चाहेगा। अतः नाट्यकारों ने मध्य का मार्ग निकाला है। कविता में छन्द का ध्यान अनिवार्य समझा जाता था, किन्तु आधुनिक नाटककारों ने इस बन्धन को अस्वीकार किया और मुक्त छन्द में रचना प्रारम्भ की जिसे हम गद्य ओर पद्य के मध्य की कड़ी कह सकते हैं। कोरस में छन्दबद्ध रचना अधिक सरस और स्वाभाविक समझी गई और छन्द-विधान को ऐसे ही अवसरों के उपयुक्त माना गया।

काव्य रूपक में स्वछन्द छन्द की प्रेरणा छठे दशक में सामान्य जनजीवन से ग्रहण की गई है जिसके लिए माध्यम रेडियो को बताया गया है। स्वतन्त्रता से पूर्व जिस काव्य रूपक का नया रूप प्रसाद ने 'करुणालय' में दिया था उसी का क्रमशः विकास मंगला प्रसाद विम्वकर्मा, भगवतीचरण वर्मा, उदयशंकर भट्ट, केदारनाथ मिश्र, सेठ गोविन्ददास ने अपने-अपने ढंग से किया। इन नाट्यकारों ने अपने काव्य रूपकों के लिए निरालाजी के नवनिर्मित स्वछन्द छन्द का उपयोग अधिक उपयोगी समझा। निरालाजी ने अपनी पुस्तक "प्रबन्ध प्रतिभा" में इस नए छन्द की आवश्यकता पर विचार करते हुए लिखा— 'मेरा लिखा हुआ स्वछन्द छन्द ऐसे ही नाटकों (पौराणिक) के लिए उपयोगी है। इसी विचार से मैंने लिखा भी था। अवश्य काव्य लिखने के विचार से पहले मैंने उसे मिल्टन की इस तरह क्लिष्ट भाषा पूर्ण कर दिया था। पर मेरा असली मतलब उसे पौराणिक नाटकों में लाना ही था। 'पंचवटी-प्रसंग' की अवतारणा का यही कारण है। इसका उदाहरण पेश करने के लिए मैंने अपने लिखे एक सामाजिक नाटक के पात्रों में इसका समावेश कर दिया और वह पात्र कलकत्ता स्टेज पर मैंने खुद खेला था। इससे प्रमाणित होता है कि 'पंचवटी-प्रसंग' तो नाटकीय कविता थी, जिस छन्द को निरालाजी अपने सामाजिक नाटक के एक पात्र पर प्रयोग करके यह देखना चाहते थे कि दर्शकों पर इस नए छन्द में निर्मित नाट्य कृति का कैसा प्रभाव पड़ता है। उनका यह प्रयोग सफल हुआ और भविष्य के नाट्यकारों में सर्वप्रथम धर्मवीर भारती ने पूरी सफलता प्राप्त की। इस पर हम पूर्व

विचार कर आए हैं।

लगभग विगत 30 वर्षों में जो काव्य रूपक निर्मित हुए हैं उनको नाटकत्व की दृष्टि से तीन भागों में विभाजित किया जा सकता है—(1) नाटकीय काव्य, (2) काव्य नाटक, (3) संवादात्मक काव्य रूपक। नाटकीय काव्य प्रमुख रूप से पाठ्य नाटक के उद्देश्य से, काव्य नाटक रेडियो एवं रंगमंच के लिए और तीसरा पठन, रेडियो एवं रंगमंच तीनों को दृष्टि में रखकर लिखे गए। यही कारण है कि कतिपय काव्य रूपक रेडियो पर अधिक सफल होते हैं, रंगमच पर फीके पड़ जाते हैं - जैसे अज्ञेय का 'उत्तर प्रियदर्शी'। कुछ ऐसे हैं जो रंगमंच पर ही अधिक सफल होते हैं अन्य दृष्टियों से फीके पड़ जाते हैं जैसे दुष्यन्त कुमार लिखित 'एक कंठ विषपायी'। इस काव्य रूपक पर अन्यत्र आगे विचार किया गया है।

यद्यपि यह कहना बड़ा कठिन है कि स्वच्छन्द छन्द में विरचित केवल पौराणिक और ऐतिहासिक नाटक ही रंगमंच पर सफल होते हैं अथवा सामाजिक नाटकों की सफलता के लिए भी ये छन्द उपयुक्त हैं। आजकल के नाट्यकार इस पर विविध प्रकार से प्रयोग कर रहे हैं। इनमें सबसे अधिक सफलता डा० सिद्धनाथ कुमार, रामेश्वरसिंह काश्यप, डा० लक्ष्मीनारायण लाल को मिली है। ये नाट्यकार प्रतीक शैली का अनुसरण करते दिखाई दे रहे हैं। इन्होंने रामसिंहासन राय 'उन्मुक्त' विरचित काव्य रूपक 'मोक्ष का विद्रोह' (सन् 1949) नामक नाटक की प्रतीकात्मक शैली को आधुनिक युग के अनुरूप विकसित कर लिया है। उन्मुक्त ने गांधीजी के बलिदानमय जीवन को दर्शाने के लिए यह नाटक लिखा कि किस प्रकार सत्य और आदर्श की रक्षा के लिए गांधीजी बलिदान हुए। सत्य प्रतीक है महात्मा गांधी का, मानव की हिंसा प्रवृत्ति का प्रतीक है पशु पुरुष जो महात्मा गांधी की हत्या करता है। यह हत्या मानो सत्य की हत्या है। इस नाटक में एक त्रुटि दिखाई पड़ती है। वह है रंग संकेतों का अभाव। साठोत्तरी नाट्यकारों ने इस त्रुटि का निवारण किया और अपने काव्य रूपकों के लिए रेडियो अथवा रंगमंच के अनुरूप रंग संकेत भी दे दिया है।

पौराणिक काव्य रूपक में समसामयिकता

डा० हजारीप्रसाद द्विवेदी ने लिखा है, "वर्तमान जीवन के स्पर्श से ही साहित्य में प्राण आता है। जो साहित्य, जीवन से विच्छिन्न हो जाता है वह केवल वाग्विलास मात्र रहकर समाप्त हो जाता है। पर जो जीवन के स्पर्श से प्राणवन्त बन जाता है उसमें विकसित होने और बलिष्ट होने की संभावनाएं बढ़ जाती हैं।" आज के काव्य रूपक लेखक इसी सिद्धान्त के आधार पर अपने पौराणिक और धार्मिक कथानकों में युक्तिपूर्वक आधुनिक जीवन की समस्याओं, विशेषताओं और विचारों का समावेश प्रतीकों द्वारा करते जा रहे हैं। मिथकों का प्रयोग इसीलिए उत्तरोत्तर बढ़ता जा रहा है।

श्री नरेश मेहता ने अपने काव्य रूपक की प्रेरणा के सम्बन्ध में लिखा है—"मिथक जातीय मूल्यवत्ता के प्रतीक होते हैं जबकि चरित्र अधिक से अधिक वैयक्तिक अथवा

सामाजिक वैचारिकता और घटनात्मकता के प्रतीक होते हैं।" आगे चलकर भारतीय और पाश्चात्य नाट्य चिन्तन में अन्तर दिखाते हुए वे लिखते हैं--"इससे अस्वीकार हो ही नहीं सकता कि साहित्य की आधारभूत भावभूमि यथार्थ ही होती है, परन्तु प्रश्न है सृजनात्मक दृष्टि का। जब तक वह ऊर्ध्वोन्मुखी असंगता से प्रसूत नहीं होगी तब तक कैसा ही मेधावी प्रणयन क्यों न हो सामाजिक परिवर्तन का कारण नहीं बन सकता।"[1]

विगत एक शताब्दी से काव्य रूपकों की धारा निरन्तर अधिक प्रवाहमान, वेगवती एवं निर्मल होती गई है। मिथक का आधार लेकर वाजिद अली शाह ने काव्य रूपक का सम्बन्ध पतूरिया समाज नामक इन्द्र सभा (अमानत कृत) से जोड़ा था जिसमें भारतीय मिथक का एक पतित रूप दिखाया गया था, किन्तु आज का नाट्यकार भारतीय मिथक का प्रयोग यथार्थ का चित्रण करते हुए भी मानवीय जीवन के उच्च गुणों का समावेश करता जा रहा है। 'संशय की एक रात' में युद्ध की अनुपादेयता को केन्द्र बनाकर राम के प्रज्ञा व्यक्तित्व को प्रस्तुत करने की चेष्टा की गई। मेहता जी का विचार है—"जब तक राजा की मन:स्थिति अनासक्त नहीं बनती वह तत्कालीन समस्याओं के उलझे हुए सूत्रों को सुलझा नहीं सकता। यह त्रिकाल सत्य है।" इसी प्रकार 'महाप्रस्थान' में युधिष्ठिर भीम के उपालम्भ का उत्तर देते हुए कहते हैं :

मैं राज्यान्वेषी नहीं
मूल्यान्वेषी रहा हूं।
राज्य जैसी अपदार्थता के लिए
अपने ही रक्त
कौरवों का नाश
मेरे लिए असम्भव था बन्धु
असम्भव था।

'सूखा सरोवर' (सन् 1960) से डा० लक्ष्मीनारायण लाल ने यह सिद्ध करने का प्रयास किया है कि लोकगाथा के आधार पर भी आधुनिक समस्याएं काव्य रूपक के द्वारा समझाई जा सकती हैं। इसमें नाट्यकार दिखाना चाहता है कि जब समाज विशेषकर राजा मर्यादा छोड़कर मन के रथ पर मनमाना दौड़ने लगता है, तो समाज के जीवन का सरोवर सूख जाता है और वह सरोवर तभी भरता है जब राजन्य वर्ग स्वार्थ को त्याग कर आत्म बलिदान को प्रस्तुत होता है।

मिथकों के अतिरिक्त जीवनीपरक काव्य रूपकों में भी आधुनिक परिवेश की झांकी दिखाई पड़ती है। वीरेन्द्रनारायण विरचित 'सूरदास' (1961-62) का घटना स्थल है एक छोटे से वीरान स्टेशन का प्लेटफार्म, जहां सूरदास दिन भर भीख मांगने के बाद नियमित रात को सोया करता है। सूरदास से सहसा एक रात एक युवती कुछ बातें करती है। उसके सौन्दर्य पर रीझकर स्टेशन मास्टर और दूकानदार अपनी-अपनी तरफ उसे

1. नरेश मेहता— महाप्रस्थान-भूमिका, पृष्ठ 14।

खींचते हैं। इस खींचातानी में वे आपस में ही लड़ जाते हैं। स्टेशन मास्टर के द्वारा प्लेटफार्म से भगा देने पर वह आहत हो जाता है और उसी युवती के पुनर्मिलन पर सूरदास उसके साथ चल पड़ता है।

रेडियो काव्य रूपक में नये प्रयोग

सन् 1950 से 60 तक रेडियो पर काव्य रूपकों का अधिक प्रचलन रहा। इस काल के नए नाट्यकारों में आरसीप्रसाद सिंह, प्रभाकर माचवे, जानकीवल्लभ शास्त्री, श्री नरेश मेहता, हंसकुमार तिवारी और डा० सिद्धनाथ कुमार प्रसिद्ध हैं। इनमें से अधिकांश ने नैरेटर का एक पात्र बनाया है जो बीच-बीच में कथासूत्र को जोड़ता है।

आरसीप्रसाद सिंह

आरसीप्रसाद सिंह की कविताओं में संगीत का माधुर्य है जिनके कारण इनके संगीत-रूपक अपने युग में रेडियो पर बहुत ही सफल माने गए। 'नवान्न मंगल' नामक संगीत रूपक में ग्रामीण जनता धान की नई फसल के अवसर पर खेत की हरियाली से उल्लसित होकर उमंग भरे संगीत से सारे वातावरण को सुखमय बना देती है। इस कवि-हृदय में ऋतुराज आते ही बसन्त का आगमन देखकर उल्लासमयी संगीतधारा फूट पड़ती है। सारे वातावरण को अपने संगीत रूपक 'ऋतुराज' में नैरेशन और गीतों के द्वारा बड़ी ही मनोहर शैली में चित्रित करता है। जो संगीत रूपक ग्रामीण जीवन संबंधी हैं, उनमें ग्रामीण स्त्रियों के द्वारा लोक संगीत समाविष्ट किया गया है। ये संगीत रूपक रेडियो पर बहुत ही सफल माने गए हैं।

प्रभाकर माचवे

बुन्देली लोकगीतों का आश्रय लेकर माचवे जी ने रेडियो के लिए 'विन्ध्याचल' और 'रामगिरी' नामक काव्य रूपकों की रचना की। दोनों रूपकों में छन्दोबद्ध नैरेशन है। बीच-बीच में गीत और विभिन्न स्वरों के संलाप आते गए हैं। इनमें सूचनात्मकता को विशेष महत्व दिया गया है। इसी से इसमें अधिकाधिक सामग्री भरने का प्रयत्न दिखाई पड़ता है। फलस्वरूप काव्यत्व और रोचकता के गुणों में कुछ कमी आ जाती है।'[1]

जानकीवल्लभ शास्त्री

शास्त्रीजी अपने रेडियो काव्य रूपकों को संगीतिका की संज्ञा देते हैं। अतः आकाशवाणी ने संगीत रूपकों को संगीतिका के नाम से ही प्रसारित करना आरम्भ कर दिया है। शास्त्रीजी सफल गीतिकार हैं। इनकी संगीतिकाओं से हिन्दी का काव्य रूपक समृद्ध हुआ है। इनकी प्रमुख रचनाएं हैं—गंगावतरण, उर्वशी, वासन्ती, पाषाणी,

1. हिन्दी पद्य नाटक—डा० सिद्धनाथ कुमार, पृष्ठ 77।

मंजरी, तमसा, मदन दहन, उर्वशी मान-भंग, गोपा, इरावती, शापमुक्ति और आदमी। लेखक ने इन संगीतिकाओं में अन्त्यानुप्रास युक्त छन्दों का भी प्रयोग किया है। वे स्वयं अपनी कृति 'पाषाणी' में लिखते हैं—'मैंने अपनी अभी तक की नाट्य रचनाओं में संगीतिका की शाब्दिक सार्थकता को लक्ष्य करते हुए परिसम्वादों के लिए भी अन्त्यानुप्रासों की अनिवार्यता-सी स्वेच्छया स्वीकृत की है।' उनका मत है कि भावप्रवाह और प्रभाव तीव्रता के लिए ऐसे छन्द अनिवार्य हैं। उन्होंने भावनाओं की तरलता, संघर्ष तत्व —यथार्थ चित्रण के लिए भाव की प्रधानता को वस्तु प्रधानता से अधिक महत्व दिया है। उनके मत से 'काव्य नाटक में घटना चक्र का चमत्कार नहीं के बराबर होता है, बाह्य तथा आभ्यंतर घात-प्रतिघातों का मनोविज्ञान भी ऋजुता से ग्रंथित होता है।'

श्री नरेश महता

श्री नरेश मेहता मूलतः सांस्कृतिक नाटक के रचयिता हैं। वे नाटक में अलौकिक और ऊर्ध्वगामी तत्वों, असम्भावित घटनाओं को भी काव्यरूपकों में ग्राह्य मानते हैं। डा० सिद्धनाथ कुमार का मत है कि इसी कारण उनका काव्य रूपक 'अग्नि देवता' विषय की दृष्टि से उदात्त अवश्य है पर प्रस्तुतीकरण में प्रभावोत्पादकता नहीं आ पाई है। इसका कारण यह है कि दृश्यों के निर्वाचन में अन्विति पर ध्यान नहीं रखा गया है। रूपक में राक्षसों की वाणी भी है, गोपिकाओं का रास गीत भी है, भिक्षुओं का बुद्धं शरणं भी है, जयदेव का ललिल लता परिशीलन भी है, पर इन सबसे लेखक के कथ्य की स्पष्टता में बाधा पड़ती है।'[1]

हंसकुमार तिवारी

इन्होंने संगीत प्रधान एकांकी रूपक अधिक संख्या में लिखे हैं। इनकी रचनाएं हैं—शकुन्तला, मिलनयामिनी, मेघदूत, कच-देवयानी और पुजारिनी। इन संगीतरूपकों का कथानक बहुत ही संक्षिप्त है। अधिकांश पौराणिक कथाओं पर आधृत हैं। केवल पुजारिनी ऐतिहासिक पुरुष अजातशत्रु और भगवान बुद्ध की कथा पर आधृत है। इस संगीत रूपक में अजातशत्रु की पत्नी पति की आज्ञा के विरुद्ध बुद्ध भगवान की पूजा करने जाती है और जब राजसैनिक उसे बन्दी बनाना चाहते हैं तो वह आत्महत्या कर लेती है।

सिद्धनाथ कुमार

रेडियो रूपक के जागरूक नाट्यकार डा० सिद्धनाथ कुमार अपनी रचनाओं से निरन्तर रेडियो नाट्य साहित्य को समृद्ध बनाते जा रहे हैं। स्वयं आकाशवाणी के निकट सम्पर्क में रहने से इन्हें रेडियो के अनुकूल काव्य रूपक लिखने का कौशल प्राप्त हुआ। कविहृदय निरन्तर अपनी साधना में जुटा हुआ है। इनका काव्य रूपक 'नौआखाली की

1 हिन्दी पद्य नाटक—डा० सिद्धनाथ कुमार, पृष्ठ 77, सन् 1979।

यात्रा' रेडियो से कई बार प्रसारित हुआ है। इनके काव्य रूपक आधुनिक युग की समस्याओं का उद्घाटन करते हैं। कभी-कभी यथार्थ चित्रण के मोह में वे आवश्यकता से अधिक मुखर बन जाते हैं पर इतना निश्चित है कि इनकी प्रत्येक रचना का एक मूल केन्द्र है, एक निश्चित समस्या है जिसके समाधान के लिए वे चरित्रों की अवतारणा करते हैं।

एक कंठ विषपायी—(सन् 1963) दुष्यन्त कुमार ने दक्ष प्रजापति के आख्यान के माध्यम से युद्ध की विभीषिका एवं इसकी अनिवार्यता पर नए ढंग से विचार किया है। युद्ध पर विचार तो एक निमित्त मात्र है, वास्तव में नाट्यकार को प्राचीन परम्परा और नवीन मान्यता में संघर्ष दिखाना अभीष्ट है। शिव द्वारा दक्ष यज्ञ विध्वस्त हो जाने पर उन पर क्रुद्ध होकर यज्ञ देवता इन्द्र, वरुण और कुबेर घोर युद्ध का निर्णय लेते हैं किन्तु ब्रह्मा उनका विरोध करते हैं। ब्रह्मा युद्ध को सामूहिक आत्मघाती उपाय मानते हैं किन्तु इन्द्रादि देवता युद्ध को आत्मरक्षा का एकमात्र साधन मानते हैं। इन्द्र का न्याय के नाम पर युद्ध ब्रह्मा को सन्तुष्ट नहीं कर पाता। ब्रह्मा का मत है कि युद्ध दायित्व से बचने का एक नाटक मात्र है :

> नये सत्य की सृजन व्यथा से
> कतराना बचना चाहा था।[1]

इसी आधार पर पुरानी और नई पीढ़ी का संघर्ष इस नाटक में दिखाया गया है। जब पुरानी परम्पराएं प्रबल होकर नई चेतना को नितान्त दबाती रहती हैं तो समाज का अमंगल होता है। वे अपने मित्र धनंजय वर्मा को पत्र में लिखते हैं—'हम जो नये से चौंकते हैं, उसका विरोध करते हैं; हम जो सत्य से बचते और कतराते हैं और उन प्रश्नों पर मनन नहीं करते जो कटु, नये या अनपेक्षित होते हैं, हम जो एक परम्परा के मर जाने पर दुःखी होते हैं, उसके शव को अरसे तक ढोते हैं और मृत्यु या समाप्ति के सहज सत्य को स्वीकार नहीं करते। यह तथा युद्ध आदि के प्रश्न मैंने उठाए हैं···मुझे भय है कि मैं अलग कर दिया जाऊंगा'।[2]

नाटककार का मत है कि शंकर सती के शव को पीठ पर लाद कर ढो रहे हैं, यही प्राचीन मृतक परम्परा को समाज का ढोना है। इस नाटक में वर्तमान की ज्वलंत समस्याओं के समाधान के लिए परम्परा को मिटाना आवश्यक बताया गया है। श्री नरेश मेहता ने 'संशय की एक रात' में जहां युद्ध की अनुपादेयता को केन्द्र बनाकर राम के प्रज्ञा व्यक्तित्व को प्रस्तुत करने की चेष्टा की है वहां दुष्यन्त कुमार ने दक्ष यज्ञ, शिव, सती का वास्तविक रहस्य समझे बिना ही परम्परा पर एक व्यंग्य किया है।

अग्निलीक (सन् 1976)—भारतभूषण अग्रवाल मुख्य रूप से कवि थे। इसीलिए उन्होंने अपनी अन्तिम रचना 'अग्निलीक' को दृश्यकाव्य नाम से अभिहित किया,

1. एक कंठ विषपायी, पृष्ठ 112
2. आस्वाद के धरातल, धनंजय वर्मा, सं० 1969, पृष्ठ 169।

किन्तु रचना से यह प्रतीत होता है कि यह आधुनिक ढंग का काव्य रूपक है। यह कहना कठिन है कि यह उनकी पूर्ण कृति है। इसमें अंक या दृश्य नहीं है किन्तु विभाजन और वार्तालाप से यही अनुमान होता है कि वे इसे नाटक का रूप देना चाहते थे। इसमें निर्वासिता सीता की कथा है जिसकी खोज में राजपुरुष और रथवान एक ताल के निकट विश्राम के लिए रुक कर वार्तालाप करते हैं। रथवान के मन में पुरानी स्मृति जाग उठती है कि मैंने यहीं सीता को निर्वासित किया था और वह मेरे द्वारा राम को यह सन्देश भेजना चाहती थी —'वनवास देते समय इतना तो सोचते कि जब उन्हें वनवास मिला था तो मैं उनके साथ गई थी।' रथवान के मन में राम की करतूत के सम्बन्ध में यह व्यथा उठती है कि 'जिन राम ने कभी सत्य के लिए राज्य ठुकराया था उन्होंने बाद में राज्य के लिए सत्य ठुकरा दिया।' इस काव्य रूप का अन्त उस समय होता है कि लव-कुश के रोकने पर भी सीता दौड़ती हुई खड्ड में कूद पड़ती है और धरती के अतल में समा जाती है। राम निश्चल खड़े होकर यह काण्ड देखते हुए अपनी दुर्बलताएं स्वीकार करते हैं। राम को अन्त में यह कहते दिखलाया गया है—'मैंने अपनी आंखों देख लिया कि प्रजा मुझसे दूर भागती है, पत्नी क्षमा नहीं कर सकती और मेरे ही बच्चे मुझे चुनौती देते हैं।—क्या यह सच नहीं है कि मैं अपने जनों से असम्पृक्त और विच्छिन्न एक आत्मलीन और स्वनिर्मित लोक में जिया हूं ?' इस काव्य रूपक के द्वारा नाट्यकार आधुनिक युग के महापुरुषों के जीवन की विडम्बना दिखाना चाहता है। लम्बे स्वगत भाषण और दीर्घ सम्वादों के कारण नाटक का प्रवाह कहीं-कहीं रुक जाता है।

ग्यारहवां अध्याय

नया नाटक और अस्तित्ववाद

सातवां दशक आते-आते स्वतन्त्रता का प्रथम दशक समाप्त होने जा रहा था। कविता प्रगतिवाद और प्रयोगवाद से हटकर नई कविता[1] का नाम धारण कर रही थी। जगदीशचन्द्र माथुर इससे पूर्व ही 'कोणार्क' (1951) में 'नया नाटक' युग ला चुके थे। नई कविता और नया नाटक पश्चिम का अस्तित्ववादी (Existentialism) दर्शन साथ लेकर आया। डा० रामविलास शर्मा का दृढ़ मत है कि "यह नई कविता बहुत कुछ अस्तित्ववाद से प्रभावित थी।" (नई कविता और अस्तित्ववाद पृ० 154)

नया नाटक भी प्रगतिवाद के विरोध में खड़ा हुआ। यह प्रारम्भ से ही दो वर्गों में विभाजित दिखाई पड़ता है। एक उच्च मध्य वर्गीय रचनाकार मार्क्सवाद से प्रभावित था पर निजी जीवन में स्वयं बुर्जुआ था। किसान मजदूर की गरीबी पर रोता था पर न तो कभी किसानों में रहा और न जीविका के लिए श्रमिक बना। दूसरा गरीब वर्ग था जो मजदूरी पर जीता था। नई कविता को निराला, नागार्जुन, मुक्तिबोध जैसे मेधावी कवि मिले जो निजी गरीबी के आधार पर गरीबों की वेदना उड़ेलते रहे पर मार्क्सवादी नाट्यकार पार्लियामेंट और सम्पन्न अखबार-समाचार पत्रों के एयर कंडीशन वाले भवनों में बैठकर मार्क्सवाद पर बहस करते रहे। मुक्तिबोध और नागार्जुन के लिए मार्क्सवाद उनकी रग-रग में समाया जीवन सिद्धान्त था। वे उसी सिद्धान्त पर स्वयं चलकर औरों को भी चलाना चाहते थे। "उनका जीवन निम्नवर्ग के अति साधारण लोगों के जीवन के समान था। बहुत से मजदूर उनसे अच्छी हालत में थे। शोषक वर्गों के प्रति उनकी घृणा मार्क्सवाद के अलावा उनके जीवन की परिस्थितियों से पैदा हुई थी।"[2]

इसके विरुद्ध मार्क्सवादी नाट्यकार भारतभूषण अग्रवाल प्रारम्भ में मार्क्सवाद से प्रभावित थे लेकिन अन्त में कम्युनिस्ट नहीं रहे। तार सप्तक के प्रथम संस्करण में वह लिखते हैं—

"मार्क्सवाद को आज के समाज के लिए रामबाण मानता हूं, कम्युनिस्ट हूं।" दूसरे संस्करण में लिखते हैं "कम्युनिस्ट नहीं हूं। अब तो लगता है कि जब कहता था तब

1. नई कविता नामक पत्रिका इलाहाबाद में सन् 1954 में प्रारम्भ हुई।
2. नई कविता और अस्तित्ववाद—डा० रामविलास शर्मा पृ० 154।

भी नहीं था।"

इस वर्ग के नाट्यकार भारतीय परम्परा की जीवन पद्धति के छिद्रान्वेषण में इतना आगे बढ़े कि राम, कृष्ण, शिव, मनु, वाल्मीकि, कालिदास, सूर की अप्रामाणिक जीवनी स्वयं गढ़कर उसकी कटु आलोचना में जुटे रहे। मिथकों का रहस्य बिना समझे आधुनिकता के नाम पर टीका टिप्पणी करने लगे। इन लोगों ने गांधी को भी शोषक वर्ग का प्रतिनिधि बना डाला। जिस गांधी पर बनी फिल्म ने दुनिया में तहलका मचा दिया उसी की सादगी, ईमानदारी, दीनप्रियता, धार्मिकता को ढोंग, पाखण्ड की संज्ञा दी। यह भी एक कार है कि मार्क्सवादी नया नाटक जन सामान्य को प्रभावित नहीं कर पाया, तीसरा वर्ग विसंगत नाट्यकारों का है जिन पर सार्त्र, बेकेट, काभू का प्रभाव है।

सातवां दशक आते-आते सात्र और बेकेट ने भी अपनी-अपनी असफलता स्वीकार कर ली थी। बेकेट स्वयं लिखता है—

"I dare to take risk to achieve unsuccess as much as no body else can do." अर्थात् असफलता प्राप्ति की सबसे अधिक हिम्मत मैंने की।

यूरोप में विसंगत नाट्य युग जब छठे दशक में समाप्त हो चला तब भारत में वह पैर फैलाने लगा।

अस्तित्ववाद का उद्भव और विकास
(Existentialism)

अस्तित्ववादी चिन्तन की नींव गिडे और सार्त्र से एक शताब्दी पूर्व ही डेनमार्क के नाट्यकार किर्केगार्ड ने डाल दी थी। किर्केगार्ड के अस्तित्ववादी चिन्तन के विषय में विस्कान्सिन विश्वविद्यालय के प्रो० रिचार्ड वावेल्स (Richard B. Vowles) का कथन है—

"He affected the course of drama chiefly through his use of mask; his probing exploration of comic, the ironic, and the nature of dramatic motivation; and the ground work that he laid for an existential theatre in the twentieth century."

(World Drama page 176)

अर्थात् "नाट्यमार्ग को नई दिशा में मोड़ने वाले किर्केगार्ड ने स्टेज पर मुखौटों के प्रयोग से कॉमिक (प्रहसन) की गहरी छानबीन की। उसने व्यंग्य और नाटकीय उद्देश्य की नई प्रकृति और प्रवृत्ति प्रस्तुत की। इस प्रकार किर्केगार्ड ने सर्वप्रथम बीसवीं शती में उभरने वाले अस्तित्ववाद की भूमिका तैयार की।"

यूरोप में हेगेल के सिद्धान्तों का विरोध करते हुए किर्केगार्ड ने कहा था "केवल व्यक्ति सत्य है; उसकी उलझनें तथ्यों की छानबीन से दूर नहीं होतीं। मनुष्य के मन में जो संघर्ष और द्वंद्व फूटते हैं, जो वेदना वह सहता है, उसी से वह निर्णयों तक पहुंचता है। भय और त्रास से हमें बोध होता है कि अस्तित्ववाद क्या है और मृत्यु क्या हो सकती

है ? अपराध और पश्चाताप की भावनाओं से हमें ज्ञान प्राप्त होता है कि नैतिक आधार क्या है और हम क्या करने में स्वतन्त्र हैं। वेदना से व्याकुल होकर हम ऐसे संसार की आकांक्षा करते हैं जो सोद्देश्य और व्यवस्थित हो। अनिश्चय की स्थिति में जब मन दुःखी होता है तब हमें ज्ञात होता है कि ईश्वर क्या है।"

— (नई कविता और अस्तित्ववाद, प्रो० रामविलास शर्मा पृ० 92)

उक्त उद्धरण से स्पष्ट होता है कि अस्तित्ववाद ईश्वर की नई खोज में निकला। पर वह एक ओर उन अनीश्वरवादी सार्त्र, बेकेट, कामू, हेडेगेर आदि एब्सर्ड साहित्यकारों के चिन्तन का विषय बन गया; जिनके पीछे अनीश्वरवादी दार्शनिक हाइडेगर का वह जीवन दर्शन था जिसमें ईश्वर को कहीं स्थान नहीं। पर दूसरी ओर कार्ल वार्थ, पॉल तिल्लिच, ग्रेब्रिएल, मार्सेल एवं कार्ल यास्पर्स हैं जो प्राचीन धर्म ग्रन्थों में निष्ठा न रखते हुए भी अलौकिक सत्ता में विश्वास रखते हैं। अनीश्वरवादियों का कथन है कि—

"Man is alone in a Godless Universe. He has no reality if he unthinkingly follows social law or convention. Suffering, anguish and despair in his loneliness he may nevertheless, become what he wishes by the exercise of free will."

(A Readless guide to literary terms by Karl Beckson, page 64)

अर्थात् "इस ईश्वररहित जगत् में मानव एकाकी अर्थात् निरावलम्ब है। यदि वह विचारहीन हो केवल सामाजिक नियमों अथवा परम्परागत धारणाओं का अनुसरण करता है तो उसका कोई अस्तित्व नहीं; कोई यथार्थ जीवन नहीं। एकाकीपन में उसे उत्पीड़न होगा। वेदनाएं और निराशाएं मिलेंगी, पर अपनी स्वतंत्र इच्छा का उपयोग कर वह जो बनना चाहता है, बन सकता है।

आस्तिक (ईश्वर विश्वासी) अस्तित्ववादियों का चिन्तन इसके विरुद्ध है। जर्मन दार्शनिक कार्ल यास्पर्स और मार्टिन हाइडेगर का कथन है कि 'जागतिक ज्ञान का स्रोत केवल बाह्य पदार्थ एवं हमारी ज्ञानेन्द्रियां ही नहीं हैं, हमारी इच्छा शक्ति प्रत्येक प्रकार के ज्ञान के मूल में विद्यमान रहती है। हमारा मन किसी पदार्थ, प्राणी या घटना को जिस रूप में देखना चाहता है या देखने का अभ्यासी बन गया है उसी सांचे में वह हमारे ज्ञान को ढालता जाता है। यथार्थ यह है कि हम लोग मृत्यु और विनाश का दृश्य नित्य देखकर यह मानने को विवश हैं कि जीवन नश्वर है और कोई अदृश्य शक्ति सारे विश्व को उंगलियों पर नचा रही है। फिर भी जीवन तो इसी विनश्वर जगत् में बिताना ही है। चाहे जिस प्रकार हो जीवन का दायित्व तो निभाना ही है। मानव को नश्वर और मिथ्या के पीछे छिपे अनश्वर और सत्य की खोज करनी ही होगी। शताब्दियों से चिंतकों ने जिस जीवन दर्शन की खोज की है उसका सारांश है सत्य का साक्षात्कार।'

नास्तिक और आस्तिक अस्तित्ववादियों में दूसरा अन्तर मानवीयता के प्रश्न पर

मिलता है। सार्त्र का कथन है :

"प्रत्येक व्यक्ति की मानवीयता का अलग-अलग ढांचा है जिसका निर्माता वह अपने आप है। इस दायित्व का बोध हो जाने पर वह अपने को उसी ढांचे में ढाल देने को छटपटाता है। अपना भाग्य-विधाता स्वयं होने पर वह आत्म-निर्भर होने को विवश है। वह सहारा मांगना चाहे भी तो मांगे भी किससे ? सभी तो अपने-अपने में परेशान हैं। और ईश्वर कभी का मर चुका है। इसी कारण सार्त्र-कृत 'उबकाई' का पात्र रोका तो सोचता है कि संसार में सब कुछ निस्सार है तो आत्महत्या से सभी व्यर्थ के अस्तित्वों में से एक को तो खतम करूं।" इसके विरुद्ध किर्केगार्ड[1] का कथन है :

"आस्तिक अस्तित्ववादी नित्य प्रति के संघर्ष से उत्पन्न मानसिक तनाव को, ईश्वर-चिन्तन द्वारा मिटा लिया करता है क्योंकि उसका विश्वास है कि वही ईश्वरीय शक्ति सान्त और अनन्त दोनों में विद्यमान है।" अत: जो नाट्यकार पराशक्ति का विश्वासी है वह तनाव, आत्महत्या और विक्षिप्ति में ही जीवन का अन्त नहीं करता। निरन्तर संघर्ष में भी वह कठिनाइयों से जूझने का रास्ता निकाल लेता है। वह मृत्यु को निमन्त्रित करने नहीं जाता, पर घर आने पर उससे विचलित भी नहीं होता। तीसरा अन्तर जीवन-रहस्य के दृष्टिकोण में है। नास्तिक अस्तित्ववादी को जीवन में सर्वत्र सड़ांध ही दिखाई पड़ती है। जैसे मिस मेयो को भारत में केवल पाप-दुराचार, दुर्गन्ध, दुर्बुद्धि, जुगुप्सा, जहालत ही दिखाई पड़ी। गांधीजी ने उसे ड्रेन इन्सपेक्टर की उपाधि दी। रोकांतैं अघोरी की तरह जीवन बिता रहा है। वह सड़े हुए शव की साधना करता है जहां दुर्गन्धि का साम्राज्य है। पार्क में लेटीमुनीम का काम करने वाली स्त्री के स्कर्ट के अन्दर ढकी देह मुर्दे जैसी सड़ रही है। रोकांतैं उसके साथ लेटा है। वह अपनी अनुभूति इस प्रकार बता रहा है —"उस स्त्री का शरीर एक पार्क है जिसमें चीटियां कनखजूरे रेंग रहे हैं, वहां जानवर हैं। जिनके शरीर टोस्ट के उन टुकड़ों के बने हैं जो भुने हुए कबूतरों के नीचे रखे जाते हैं और ये जानवर केंकड़ों की तरह टेढ़े मेढ़े चलते हैं। इस पार्क में 'कै' की दुर्गन्ध आती है।"

—(नई कविता और अस्तित्ववाद, डा० रामविलास शर्मा पृ० 102)

किन्तु आस्तिक अस्तित्ववादी क्रिश्चियन ईसाई धर्म के अनुसार पाप प्रक्षालन का रास्ता ढूंढ़ निकालता है। अत: वह जगती तल पर पुण्य, धर्म-अधर्म दोनों विरोधी रूपों को समेटता हुआ चलता है। इसलिए उसके मन में कुण्ठा, संत्रास, नैराश्य, संशय, वेदना के बवंडर उठते तो हैं पर ईश्वरीय विश्वास के बल पर वह विपतियों के थपेड़े सहता हुआ अपने कर्तव्य-पथ पर तब तक चलता जाता है जब तक मृत्यु स्वयं उसे उठा न ले जाय। वर्तमान फेंच नाट्यकार अनोइल्ह का नाटक 'रेऐंटीगान' दिल्ली में कितनी बार खेला

1. Kierkegard (1813-1855)
2. नौशिआ (उबकाई) सार्त्र कृत उपन्यास का नायक अन्त्वान रोकांतैं, रमेश बक्षी के नाटक पात्रा विभा पर रेकान्तैं के दर्शन का प्रभाव है।

गया। इसकी नायिका अन्याय से कभी पराजित और विचलित नहीं होती। हंसते-हंसते सूली पर लटक जाती है। हिन्दी में आधुनिक नाट्यकार सार्त्र के अनुसार अकेलेपन-नैराश्य, तनाव, कुण्ठा, घुटन, आत्महत्या को ही अपनाते हैं।

इस प्रकार कतिपय आधुनिक नाट्यकारों ने मानवमूल्यों की सर्वथा उपेक्षा करते हुए जीवन का केवल वीभत्स रूप ही सामने रखा। उनका कथन है कि वर्तमान युग में सद्गुण, सुन्दरता, सुगन्धि है कहां ! इस प्रश्न पर आगे विचार किया गया है।

स्वातन्त्र्योत्तर हिन्दी नाट्य-सृजन की रंग प्रवृत्तियां

स्वतन्त्रता के बाद सामाजिक चेतना का नया-नया विकास सम्भव हुआ। ज्ञान-विज्ञान एवं आर्थिक-राजनीतिक अनुभवों में नये मोड़ दिखलाई पड़ने लगे। सर्वाधिक विशेष बात विदेशों के तकनीकी ज्ञान के प्रयोग की थी। तकनीकी ज्ञान के आयात की प्रक्रिया से रंगमंच अस्पृष्ट नहीं रहा। यहां के रंगकर्मी विदेशों की रंगमंच सम्बन्धी तकनीकी उपलब्धियों से प्रभावित हुए और अपने नाट्य-सृजन और प्रस्तुतीकरण में उनका प्रयोग करने की ओर अग्रसर हुए फलतः रंगमंच विषयक एक सर्वथा नयी चेतना हिन्दी नाट्य-सृजन में विकास को प्राप्त हुई, जिससे रंग विधान की निम्नलिखित प्रवृत्तियां प्रकट हुईं।

1. नाटक अब काल्पनिक रंगमंच के लिए न लिखे जाकर, रंगमंच पर प्रस्तुत करने के उद्देश्य से रचे जाने लगे। अतः नाटककार रंगमंच की उपलब्ध सीमाओं और संभावनाओं को ध्यान में रखकर ही दृश्यबन्ध और गति-संचार के विधान की ओर उन्मुख हुए। नाट्यकार अब नाटकों में एक दृश्यबन्ध को ही रखने को महत्व देने लगे : बहु धरातलीय एवं बहुदृश्यीय दृश्यबन्ध को नाटक में दिखलाना कम होने लगा। इसका कारण रंगमंच प्रयोग की व्यावहारिक सीमाएं ही थीं।

2. नाट्याभिनय और दर्शक के बीच में कोई अन्तराल न अनुभव हो, इसलिए अभिनयस्थली और रंगोपवेशन को एक ही भूमि के संश्लिष्ट अंगों के रूप में दिखाते हुए नाटक लिखने और अभिनय करने की प्रवृत्ति प्रकट हुई। इस प्रकार की रंग-परिकल्पना दर्शक को यह बोध कराने के लिए थी कि नाटक वस्तुतः उसके अपने जीवन का ही यथार्थ है जो वह प्रत्यक्ष देखता ही नहीं रहा, इसका सहभागी भी है। यह रंग-परिकल्पना ब्रेख्त की टोटल थियेटर की रंग-कल्पना से मिली है। ब्रेख्त ने पहले अभिनेता और दर्शक को अलग-अलग इकाई के रूप में देखा था परन्तु कालान्तर में दर्शक और अभिनेता को एक इकाई के रूप में देखने से इस रंग परिकल्पना में दर्शक और अभिनेता एक होकर रंगानुभव करते हैं। इससे नाट्य-भ्रान्ति की कलात्मकता बढ़ जाती है।

3. रंगमंचीय प्रस्तुति के सन्दर्भ में निर्देशक की भूमिका का नया महत्व उजागर हुआ है। आरम्भ में तो कुशल निर्देशकों के न होने के कारण हिन्दी नाटककार लम्बे-लम्बे रंग-संकेत देता था। बाद में क्रमशः अच्छे रंग-निर्देशकों के आगमन के साथ नाटक में रंग-

संकेत देने की प्रवृत्ति घटने लगी। नये नाटकों की रचना में रंग-संकेत देने की पद्धति हटने लगी। इससे निर्देशक को कृति को प्रभावशाली बनाने में समीचीन रंग-कल्पना करने की अधिक स्वतन्त्रता प्राप्त हुई। रंग-संकेतों में लक्षित नाटककर का अधकचरा रंग-संकेत अब निर्देशक की रंग-कल्पना को बहुत बाधित नहीं करता है।

4. हिन्दी में अब, विशेषकर सातवें-आठवें दशक में आकर ऐसे नाटक लिखे जाने लगे, जिन्हें किसी एक शैलीबद्ध रंगमंच पर न प्रस्तुत कर रंगमंच की अनेक शैलियों में प्रस्तुत किया जा सकता है। धर्मवीर भारती के 'अंधायुग' को अनेक प्रकार की रंग शैलियों में प्रस्तुत करने में सफलता प्राप्त हुई है। इसी प्रकार 'बकरी', 'उत्तर युद्ध' और 'एक गधा' आदि नाटकों को नयी-नयी रंग शैलियों में अभिनीत करने की सम्भावना अन्तर्निहित है।

5. एक ही नाटक को अनेक रंग-शैलियों में प्रदर्शित करने की प्रवृत्ति से नाट्य-सृजन को एक नया सन्दर्भ मिला है। एक नाटक में नाटककार को एक से अधिक कथ्य के संयोजन को बल मिला है। इससे एक नाटक के विभिन्न स्तरीय रंगानुभव संभव हुए। एक रंगशैली में एक प्रकार का रंगानुभव प्राप्त होता है, तो दूसरी शैली में खेले जाने पर भिन्न स्तर का रंगानुभव सुलभ होता है।

इन पर अधिक विस्तार से विचार रंगमंच-विकास के प्रकरण में किया जायगा। डा० मोहन राकेश ने सफल नाट्यकार बनने के लिए किसी न किसी रंगमंच से जुड़े रहना अनिवार्य बताया। आधुनिक युग में प्रत्येक नाट्यकार किसी न किसी नाट्यसंस्था से अवश्य जुड़ा है।

जन नाटक और जनवादी नाट्यधारा

सन् 1942 के उपरान्त विशेष रूप से एक नई नाट्यधारा चली जो साम्यवाद के प्रकाश में भारतीय ग्राम्यजीवन का स्तर ऊंचा करने के उद्देश्य से जन्मी। किसान और श्रमिकों को लक्ष्य करके भारतीय साम्यवादियों ने अपने नये जीवन दर्शन का प्रचार करने के लिए कविता, कहानी और नाटकों को एक नया रूप देने का प्रयास किया, जिस अनुष्ठान में नवयुवक लेखक वर्ग ने विशेष उत्साह दिखाया। उन्हीं के उत्साह भरे प्रयत्नों का फल है— जनवादी नाट्य-प्रयोग।

जनवादी नाटक और जननाटक में अन्तर स्पष्ट करने के लिए दोनों के कथ्य, शिल्प, प्रयोजन और रंगमंच प्रयोगों पर अच्छी तरह विचार कर लेना चाहिए। यद्यपि जनवादी नाटक जननाटकों की तरह विशेषकर ग्रामवासियों के लिए लिखे और खेले जाते हैं पर उनका उद्देश्य भिन्न होता है।

जनवादी नाटकों का लक्ष्य

1. मूलतः साम्राज्यवादी एवं पूंजीवादी नीतियों का घोर विरोध करना।
2. देश में व्याप्त सम्प्रदायवाद का विखंडन और जाति वर्ग भेद का उन्मूलन इनका ध्येय होता है।

3. संकीर्णता की सभी सीमाओं को तोड़ते हुए सम्पूर्ण पिछड़े जनसमाज को साथ लेकर चलना इन्हें अभीष्ट है।
4. सत्ताधारी राजनीति की वर्तमान गतिविधि से उत्पन्न विभीषिकाओं का चित्रण करने के लिए ग्रामीण जनता को छली, कपटी, स्वार्थी, भ्रष्टाचारी, राजनीतिक नेताओं से सावधान करना नाट्यकार का लक्ष्य होता है
5. देश के वर्तमान सामाजिक और धार्मिक जीवन में जो कृत्रिमता, ढोंग, चारित्रिक पतन, कामुकता का साम्राज्य छाया हुआ है, उनसे ग्रामवासियों को सचेत करना इनकी नाट्य रचना का मुख्य उद्देश्य होता है।
6. भारत की परम्परागत धार्मिक और सामाजिक मान्यताओं को प्रगति-विरोधी सिद्ध करके उन्हें वर्तमान परिस्थिति में अमान्य घोषित करना इनकी नाट्य रचना का प्रधान लक्ष्य होता है।
7. पूंजीवादियों और प्रगति के अवरोधकों का डटकर विरोध करना इनके नाट्यान्दोलन की एक शैली है। जन-जीवन से नाटकीय पात्रों के जीवन को जोड़ देना और उनके द्वारा समाज के हृदय को बदल देना इनकी नाट्यकला का नया कौशल है।
8. राजनीतिक, धार्मिक, सामाजिक क्षेत्रों से भ्रष्टाचारियों का बहिष्कार, दमन और उनके साथ घोर संघर्ष करने की शक्ति उत्पन्न करना ध्येय है।
9. नाट्यकार अपने कथ्य का बोध कराने के लिए सांकेतिक भाषा, सामाजिक, धार्मिक, राजनैतिक, समसामयिक घटना का सहारा लेता है। समस्या की केवल ऊपरी सतह पर ही नहीं अपितु गहराई में जाकर विवेचन करता है। उसका कथ्य शिल्प एवं जीवन दर्शन आर्थिक बुनियादों पर खड़ा होता है। उसके प्रमुख पात्र साम्यवादी विचारधारा के किसी न किसी भाग से जुड़े होते हैं। नाट्यकार भी किसी न किसी साम्यवादी विचारधारा से जुड़ा होता है। अतः अपने दलीय सिद्धान्तों के प्रचार प्रसार के लिए वह जनता की भाषा में उन्हीं की बोधगम्य विचार सारणी का प्रतिपादन करता है। इस प्रकार वह अपनी नाट्यकला को सामाजिक परिवेश से जोड़ देने को व्याकुल हो रहा है। वह शहरी वर्ग और उच्च स्तरीय विद्वानों से दूर हटकर सामान्य जनता के स्तर पर उतरकर नाट्य रचना करता है क्योंकि उसे न तो धनी वर्ग की सहायता प्राप्त होती है और न सरकारी प्रोत्साहन की आशा रहती है।
10. जनता को आकृष्ट करने के लिए वह लोक मुहावरे, लोकगीत, लोकनृत्य और लोक कथा का सहारा लेता है और नाट्य प्रदर्शन के लिए सीधा-सादा, अल्पव्यय-साध्य रंग सज्जा का विधान बनाता है।
11. असंगत नाटकों के शृंखला-रहित, अस्पष्ट कथ्य, धुंधले विचार और अटपटी भाषा

---

1. सन् 1942 के उपरान्त ग्रामीण जनता के बीच जनवादी रंगमंच का विशेष रूप से प्रचार हुआ। इस रंगमंच के अग्रणी संगठन-कर्त्ता साम्यवादी नेता जोशी थे।

के स्थान पर जनवादी नाट्यकार सहज, स्पष्ट शृंखलाबद्ध कथ्य अपनाता है। उसके विचारों में स्पष्टता और सफाई होती है। उसकी भाषा सहज सरल होते हुए, भी व्यंग्य से भरी रहती है। वह दर्शक को वर्तमान दु:खद स्थिति से निकलने का मार्ग ही नहीं बताता अपितु संघर्ष के लिए उन्हें तैयार भी करता है।

12. उसका कार्य क्षेत्र महानगर नहीं लघुनगर, उपनगर, कस्बा और गांव होता है। उसका स्टेज भव्य अट्टालिकाओं की जगह गांव के खुले मैदान, उद्यान, नदी-सरोवर के तट अथवा चौराहे पर बनता है।

13. वह समसामयिकता से पूर्णत: जुड़े रहने के कारण प्रत्येक परिवर्तन के लिए तैयार बैठा रहता है। वह अपनी मान्यताओं को लचकदार, परिवर्तन के योग्य बनाए रखता है। क्रान्ति उसका लक्ष्य है। शोषक वर्ग से जूझनेवाले समाज के निर्माण में योगदान देना जनवादी नाट्यकार का प्रमुख उद्देश्य रहता है। वह समझाने-बुझाने की अपेक्षा बल प्रयोग को अधिक उपयोगी समझता है। वह सांस्कृतिक क्षेत्र में समाज के सभी वर्गों को साथ लेकर चलना तो चाहता है पर राजनीतिक और आर्थिक लड़ाई में वह साम्यवादी विचार को ही तरजीह देता है। नित नया विचार, नया उद्देश्य, नया कथानक नया शिल्प उसके सम्बल हैं। जनहित उसका लक्ष्य है। यही जनवादी नाटकों की कतिपय विशेषतायें हैं।

जनवादी नाट्यक्षेत्र में योगदान देने वालों की संख्या उत्तरोत्तर बढ़ती जा रही है। इनमें अधिकांश साम्यवादी देशों की यात्रा कर चुके हैं। अत: उन्हें साम्यवादी विचार तदनुरूप टेकनीक, शिल्प एवं कथ्य शैली का प्रत्यक्ष अनुभव है। ऐसे लोगों में यशपाल, सर्वेश्वरदयाल, भीष्म साहनी, हबीब तनवीर के कतिपय नाटक विशेष उल्लेखनीय हैं। हबीब तनवीर ने पिछड़ी जातियों, विशेषकर छत्तीसगढ़ के निम्न वर्ग के जीवन के आधार पर नाटक लिखे। उनका 'आगरा बाजार' प्रसिद्ध नाटक माना जाता है। हम प्रत्येक नाट्यकार की कृतियों का विवेचन पृथक रूप से कर आये हैं, सर्वेश्वरदयाल का 'बकरी' नाटक प्रतिनिधि नाटक बन गया है। इन विशेषताओं के साथ ही क्या यदि जनवादी नाटक ग्रामीण जीवन के भिन्न वर्गों में कलह के स्थान पर सौमनस्य स्थापित करने का मार्ग निकाल पाता तो इसका भविष्य उज्ज्वल होता। महान नाट्य कृतियां समाज को विशृंखल नहीं करतीं अपितु जोड़ती चलती हैं : उनका उद्देश्य नैराश्य को दूर कर जिजीविषा उत्पन्न करना होता है। वह वर्ग संघर्ष का आह्वान सम्पूर्ण देश की सुख समृद्धि और शान्ति के लिए किया करती हैं। उनका दृष्टिकोण संकीर्ण न होकर व्यापक होता है। वह जीवन का खेल हंसकर खेलने का मार्ग बनाती हैं। सबसे प्रसिद्ध जनवादी नवीनतम कृति की समालोचना से इसे स्पष्ट करना है।

कबिरा खड़ा बाजार में (1981)

प्रथम प्रदर्शन (1981) अप्रैल भीष्म साहनी

इस नाटक में कबीर के सत्रह पदों को धुरी बनाकर आज की विविध राजनैतिक

सामाजिक और धार्मिक स्थितियों का आरोप कबीर कालीन स्थिति पर किया गया है। नाट्यकार इसमें मुल्ला, मौलवी, महन्त, साधुओं के द्वारा धार्मिक बाह्याडम्बर का रहस्योद्घाटन करता है। शीतकालीन रात्रि बेला में काशी नगरी की बाहर सड़क पर फटे चीथड़े से तन ढंकने वाले भिखारियों, मजदूरों और दीन-हीनों का हृदयद्रावक दृश्य दिखाया गया है। हिन्दू, मुसलमान दोनों के आडम्बरमय जीवन का भंडाफोड़कर कुठाराघात करने वाले कबीर की, नगर कोतवाल की ओर से की जाने वाली क्रूरताओं का दर्दनाक वर्णन है महन्त और ब्राह्मणों के द्वारा अछूतों पर अत्याचार, लोदी राज्यकाल में कुटीर उद्योगों की दुर्दशा, मुल्ला, पंडे, पुजारियों का समाज पर आधिपत्य बड़े कौशल से दिखाया गया है। तीन अंकों के इस नाटक के अन्त में सामाजिक, आर्थिक और राजनैतिक पतन स्पष्ट हो जाता है। सारी विपदाओं को झेलने वाला कबीर मीरतकी के आदेशानुसार बादशाह से सम्मानित और पुरस्कृत होता है, नाट्यकार का उद्देश्य आज की अछूत समस्या, हिन्दू मुसलमानों के धार्मिक कलह, शासक वर्ग का अत्याचार, दीनों की दुर्दशा दिखाकर इनसे बचने के लिए सहिष्णुता, ईमानदारी, प्रेम, खुदा और ईश्वर के वास्तविक रूप को समझाना है। इस नाटक पर ब्रेख्त का प्रभाव स्पष्ट जान पड़ता है। इसको टोटल थियेटर के रंगमंच, खुले रंगमंच तथा नुक्कड़ नाटकों की तरह भी प्रदर्शित किया जा सकता है। संगीत के कारण नाटक में प्राण आ गया है पर कबीर, रैदास आदि सन्तों का न तो व्यक्तित्व निखर पाया और न उनके प्रभाव का ही आभास मिल पाया है। सम्भवतः नाट्यकार का यह उद्देश्य है भी नहीं। भाषा और संवाद यदि और परिमार्जित हो जाएं तो नाटक अधिक प्रभावशाली बन सकता है। कबीर के चमत्कार का रहस्य मनोवैज्ञानिक नहीं प्रतीत होता। एक ओर तो धर्म में अविश्वास दिखाया गया है दूसरी ओर ब्रह्मवादी कबीर का चमत्कार भी। दोनों में संगति बिठाने का प्रयास सराहनीय है।

कबीर का व्यक्तित्व-नाट्यालोचन-विकास दिखाना नाट्यकार को इष्ट नहीं, अतः उसने इसका नामकरण ऐसे ढंग से किया है जो समाज सापेक्ष हो, न कि वैयक्तिकता सूचक। आधुनिक नाट्यालोचन रचनाकार के नाट्योद्देश्य को मानदंड मानता है। नाट्यकार के अवचेतन मन में ब्रेख्त का प्रसिद्ध नाटक गैलिलियो रहा है, जिसे रूसी श्रेष्ठ कृति मानता है। गैलिलियो भी बाइबिल के सिद्धान्तों का विरोध करने के कारण कारावास का दंड भोगता है। वह तत्कालीन शासकों के विज्ञान विरुद्ध आदेश स्वीकार करने पर बन्धन मुक्त होता है। स्कूल में छात्रों को पढ़ाते समय जोर से यही कहता है—'पृथ्वी स्थिर है सूर्य घूमता है।' पर धीरे से फिर कहता है—'यह सब झूठ है। वास्तव में पृथ्वी धुरी पर घूमती है, सूर्य स्थिर है।'

भीष्म जी का यह नाटक और भी प्रभावशाली बन गया होता यदि इसकी संवाद भाषा अनगढ़ जोड़ों वाली न होती। आंचलिक भाषा के मोह से शब्द चयन और वाक्य विन्यास में यत्र तत्र झोल पोल आ गया है। अतः कर्णप्रिय भाषा के स्थान पर यह भाषा झटका देती चलती है। पर इस कृति की मुख्य प्राणदायिनी शक्ति कबीर के संगीतमय पदों में निहित है, जो अजर अमर हैं। ब्रेख्त की शैली पर लिखा यह नाटक आवश्यक सुधार होने पर श्रेष्ठ कृतियों में परिगणित होने योग्य बन सकता है।

बारहवां अध्याय

एकांकी नाटक

प्रसाद जी का 'एक घूंट' नाटक जब संवत् 1986 वि० में प्रथम बार प्रकाशित हुआ तो समालोचकों के सम्मुख उसके वर्गीकरण का प्रश्न आया। उस समय यह विवाद छिड़ गया कि इसे एकांकी कहा जाए अथवा नहीं। प्रो० अमरनाथ गुप्त ने उसे संस्कृत परिपाटी का एकांकी मानकर आधुनिक एकांकियों से पृथक् रखा। कुछ समालोचक[1] इसे हिन्दी का प्रथम एकांकी घोषित करने लगे। डॉ० नगेन्द्र ने कहा, "एकांकी की टेकनीक का 'एक घूंट' में पूरा निर्वाह है, उतना ही जितना कमलाकान्त के 'उस पार' में।" उक्त मत के समर्थक डॉ० सत्येन्द्र का कथन है कि इसमें संस्कृत से कुछ भी नहीं लिया गया, यह निर्विवाद है।[2]

आज से न्यूनाधिक पचास वर्ष पूर्व चाहे जो भी मत इस नाटक के विषय में रहा हो, किन्तु अब तो प्रायः सर्वसम्मति से यह एकांकी नाटकों में परिगणित किया जाता है। आज तो कुछ लोगों की धारणा ही बन गई है कि हिन्दी का सर्वप्रथम एकांकी नाटक 'एक घूंट' ही है।

यहां यह विचार कर लेना आवश्यक है कि क्या 'एक घूंट' ही हिन्दी का प्रथम एकांकी नाटक है ? क्या इसके पूर्व हिन्दी में एकांकी नाटक लिखे ही नहीं गए ? इसका उत्तर ढूंढ़ने के पूर्व एकांकी नाटक का लक्षण और उसका तन्त्र (टेकनीक) समझ लेना चाहिए। आज के एकांकी नाटकों का विश्लेषण करके हम कह सकते हैं कि जो नाटक एक अंक में समाप्त होने वाला, एक सुनिश्चित लक्ष्य वाला, एक ही घटना, एक ही परिस्थिति एक ही समस्या वाला हो, जिसके प्रवेश में कौतूहल और वेग, गति में विद्युत-सी वक्रता और तेजी, विकास में एकाग्रता और आकस्मिकता के साथ चरम सीमा तक पहुंचने की व्यग्रता हो और जिसका पर्यवसान चरमसीमा पर ही प्रभाव की तीव्रता के साथ हो जाता हो, जिसमें प्रासंगिक कथाओं का प्रायः निषेध, घटनाओं की विविधता का निवारण तथा चारित्रिक प्रस्फुटन में आदि, मध्य और अवसान का वर्जन हो, उसे एकांकी कहना चाहिए। तात्पर्य यह कि जिस नाटक में नायक जीवन के एक ही लक्ष्य को प्रमुखता देने के लिए उत्तेजक, सूचक अथवा प्रभाव व्यंजक पात्रों की सहायता से घटनाओं तथा भाव-विचारों की तहें खोलता हुआ हमारी जिज्ञासा को उभारकर या तो सन्तुष्ट कर

---

1. प्रो० प्रकाशचन्द्र गुप्त, 'हंस', सन् 1938 ई०, एकांकी विशेषांक।
2. हिन्दी एकांकी, डॉ० सत्येन्द्र, साहित्य रत्न भंडार आगरा पृ० 29।

देता है अथवा किसी उलझन में ही छोड़ देता है, वह एक अंक में समाप्त होनेवाला नाटक एकांकी है।

संस्कृत साहित्य में एकांकी

संस्कृत में कतिपय रूपक एक अंक में समाप्त हो जाते हैं। डा० कीथ[1] ने एक अंक में समाप्त होने वाले इन नाटकों को एकांकी (One-Act Play) की संज्ञा दी है। इस दृष्टि से परीक्षण करने पर रूपकों में व्यायोग, उत्सृष्टांक, भाण, वीथी और प्रहसन एकांकी हैं। उपरूपकों में नाट्यरासक, रासक, गोष्ठी, उल्लाप्य, काव्य, श्रीगदित, विलासिका और प्रेङ्खण अल्प परिवर्तन के साथ एकांकी की ही कोटि में आते हैं।

संस्कृत आचार्यों ने अंक[2] का लक्षण समझाते हुए कहा है—अंक में नायक का चरित्र प्रत्यक्ष होना चाहिए। रस और भाव पूर्ण हों, गूढ़ार्थक शब्द न हों। छोटे-छोटे चूर्णक (बिना समास के गद्य) होने चाहिए। अंक में अवान्तर कार्य तो पूरा हो जाना चाहिए, किन्तु बिन्दु कुछ लगा रहना चाहिए। बहुत कार्यों से युक्त न हो और बीज का उपसंहार न हो। अनेक प्रकार के संविधान हों, किन्तु पद्य बहुत न हों।...जो अनेक दिनों में सिद्ध हुई हो, उसे एक ही अंक में नहीं कहना चाहिए। नायक सदा सन्निहित रहे और तीन-चार पात्रों से युक्त हो।

अंक के इस लक्षण में बिन्दु और बीज का उल्लेख एकाधिक अंकोंवाले नाटकों को दृष्टि में रखकर किया गया है। स्पष्ट है कि एकांकी में इनकी आवश्यकता होती ही नहीं। अतः एकांकी रूपक तथा उपरूपकों में अनेक दिन की कथा वर्जित है। इस व्यापक परिभाषा के अंतर्गत एकांकी और अनेकांकी दोनों के अंक-लक्षण प्राप्त हो जाते हैं।

अंक की इस परिभाषा को ध्यान में रखते हुए एकांकी रूपक एवं एकांकी उप-

---

1. "The Anka, or One Act Play, is represented by very few specimens."
—The Sanskrit Drama, page 267, by A. Berridale Keith, Oxford University Press,

2. प्रत्यक्षनेतृचरितो रसभावसमुज्ज्वलः।
भवेदगूढ़शब्दार्थः क्षुद्रचूर्णकसंयुतः॥
विच्छिन्नावान्तरैकार्थः किन्चित्संलग्नबिन्दुकः।
युक्तो न बहुभिः कार्यैबीजसंहृतिमान्न च।
नानाविधानसंयुक्तो नातिप्रचुरपद्यवान्।
× × ×
नानेकदिननिर्वर्त्यकथया सम्प्रयोजितः।
आसन्ननायकः पात्रैर्युतस्त्रिचतुरैस्तथा॥
— साहित्यदर्पण, षष्ठ परिच्छेद, श्लोक 12-15

रूपक के स्वरूप पर विचार कर लेना चाहिए। व्यायोग[1] में इतिवृत्त इतिहास-प्रसिद्ध होता है। स्त्री पात्रों की संख्या अल्प होती है। गर्भ और विमर्श सन्धियों से हीन तथा बहुत पुरुषों से आश्रित होता है। इसमें अंक एक ही होता है। युद्ध स्त्री के कारण नहीं होता। कैशिकी वृत्ति नहीं होती। इसका नायक प्रख्यात धीरोदत्त राजर्षि अथवा दिव्य पुरुष होता है। हास्य, शृंगार, शान्त इससे अन्य कोई रस यहां प्रधान होता है।

संस्कृत एकांकियों में भाण का विशेष महत्त्व है। आचार्यों ने भाण का लक्षण विस्तार के साथ लिखा है। तदुपरान्त कई एकांकियों को भाणवत् बताकर केवल उनका अन्तर दिखा दिया—जैसे उत्सृष्टिकांक प्रहसन[2]। उत्सृष्टिकांक में अंक एक, नायक साधारण पुरुष, रस करुण, विलाप स्त्रियों का, कथा इतिहास-प्रसिद्ध, सन्धि, वृत्ति और अंग भाण के समान होते हैं।

प्रहसन[3]

भाण के समान सन्धि-सन्ध्यंग, लास्यांग और अंकों के द्वारा सम्पादित, निन्दनीय पुरुषों का कवि-कल्पित वृत्तान्त प्रहसन कहलाता है। आचार्यों ने प्रहसन के भी भेद-प्रभेद किए हैं। जहां तपस्वी, संन्यासी, ब्राह्मण आदि में से कोई धृष्ट नायक हो, शुद्ध प्रहसन; वेश्या, चेट, नपुंसक आदि का आश्रय हो तो संकीर्ण प्रहसन; कंचुकी तापस, कामुक, बन्दी आदि का अनुकरण हो वहां विकृत प्रहसन होता है।

---

1. ख्यातेतिवृत्तो व्यायोगः स्वल्पस्त्रीजनसंयुतः।
हीनो गर्भविमर्शाभ्यां नरैर्बहुभिराश्रितः॥
एकांकश्च भवेदस्त्रीनिमित्तसमरोदयः।
कैशिकीवृत्तिरहितः प्रख्यातस्तत्र नायकः॥
राजर्षिरथ दिव्यो वा भवेद्धीरोद्धतश्च सः।
हास्यशृंगारशान्तेभ्य इतरेऽत्रांगिनो रसाः॥
—साहित्यदर्पण, षष्ठ परिच्छेद, श्लोक 231-233

2. उत्सृष्टिकांक एकाङ्को नेतारः प्राकृता नराः।
× × ×
भाणवत्सन्धिवृत्यङ्गान्यस्मिन्जयपराजयौ ॥

3. भाणवत्सन्धिसन्ध्यङ्गलास्याङ्गाङ्कै विनिर्मितम्।
भवेत्प्रहसनं वृत्तं निन्द्यानां कविकल्पितम्॥
—साहित्यदर्पण, षष्ठ परिच्छेद, श्लोक 264

भाण[1]

धूर्तों के चरित्र से युक्त, अनेक अवस्थाओं से व्याप्त, निपुण विट जो रंगभूमि पर अपनी अनुभूत या औरों की अनुभूत बातों को प्रकाशित करता है। सम्बोधन और उक्ति-प्रत्युक्ति 'आकाशभाषित' के द्वारा होती है। वीर और शृंगार रस होता है। कथा कल्पित, वृत्ति भारती या कैशिकी होती है। मुख और निर्वहण सन्धियां होती हैं।

बारहवीं शताब्दी से पूर्व विरचित भाण और प्रहसन के उदाहरण प्रायः नहीं के बराबर हैं। शंखधर कविराज का 'लटकमलक' (1200 ई०), काशिपति कविराज का 'मुकुदानन्द' (1300 ई०), ज्योतीश्वर का 'धूर्त्त समागम' (1500 ई०), जगदीश्वर का 'हास्यार्णव', गोपीनाथ का 'कौतुक सर्वस्व', वामनभट्ट बाण का 'शृंगार-भूषण' (1500 ई०), सामराज दीक्षित का 'धूर्तनर्तक' (1700 ई०) प्रहसन या भाण माने गए हैं। इनके अतिरिक्त कर्पूरक जुआरी को नायक बनाकर 'कर्पूरचरित' भाण (Monologue) और ज्ञानराशि नामक कपटी साधु को नेता मानकर 'हास्य चूड़ामणि' प्रहसन लिखे गए।

प्रहसन और भाण का आधुनिक एकांकी से अन्तर दिखाते हुए डा० कीथ का कहना है—"The Prahasanas and Bhanas are hopelessly coarse from any modern European standpoint, but they are certainly often in a sense artistic productions. The writers have not the slightest desire to be simple; in the Prahasana their tendency to run riot is checked, as verse is confined to erotic stanzas and descriptions and some action exists. In the Bhana, on the other hand, the right to describe is paramount, and the poets give themselves full rein."[2]

तात्पर्य यह है कि डॉ० कीथ के मतानुसार प्रहसन और भाण आधुनिक एकांकी कला की दृष्टि से उच्चकोटि के न होते हुए भी कलात्मक हैं और इन दोनों—प्रहसन और भाण—में अन्तर भी नाममात्र का है।

---

1. भाणः स्याद्धूर्त्तचरितो नानावस्थान्तरात्मकः।
   एकाङ्क एक एवात्र निपुणः पण्डितो विटः॥
   रङ्गे प्रकाशयेत्स्वेनानुभूतमितरेण वा।
   सम्बोधनोक्तिप्रत्युक्ती कुर्यादाकाशभाषितैः॥
   सूचयेद्वीरशृङ्गारौ शौर्यसौभाग्यवर्णनैः।
   तत्रेतिवृत्तमुत्पाद्यं वृत्तिः प्रायेण भारती।
   मुख-निर्वहणे सन्धी लास्याङ्गानि दशापि च॥

   —साहित्यदर्पण, षष्ठ परिच्छेद, श्लोक 227-230

2. The Sanskrit Drama, Dr. Keith, Page 264

व्यायोग

भास के पांच एकांकी—'मध्यम व्यायोग', 'दूत वाक्य', 'दूत घटोत्कच', कर्ण-भार' और 'उरु-भंग'[1]—व्यायोग ही माने जाते हैं। प्रह्लादन देव का 'पार्थपराक्रम' (सं० 1220 वि०), वत्सराज का 'किरातार्जुनीय' (सं० 1260 वि०), विश्वनाथ सौगन्धिकाहरण (1373 वि०), कंचन पण्डित का 'धनञ्जय विजय', मोक्षादित्य का 'भीम विक्रम व्यायोग' (1385 वि०), रामचन्द्र का निर्भय भीम (तेरहवीं शताब्दी) प्रसिद्ध व्यायोग हैं। इन नाटकों के नायक प्रायः भीम या अर्जुन रहे हैं।

वीथी[2]

वीथी नामक एकांकी का नायक कल्पित होता है। आकाशभाषित का प्रयोग, शृंगार की बहुलता, मुख-निर्वहण सन्धियां, कैशिकी वृत्ति होती है। संस्कृत नाटकों में वीथी का प्रचार बहुत कम रहा है।

उपरूपकों में एकांकी

हम पूर्व कह आए हैं कि उपरूपकों में रासक, नाट्य रासक, हल्लीश, उल्लाप्य, काव्य, श्रीगदित, विलासिका, गोष्ठी प्रेंखण और भाणिका, अल्प परिवर्तन के साथ एकांकी नाटक हैं। रासक, नाट्य रासक और हल्लीश के सम्बन्ध में पूर्व उल्लेख हो चुका है। उल्लाप्य, काव्य, श्रीगदित, विलासिका, गोष्ठी, भाणिका के लक्षण ही काव्य-शास्त्रों में उपलब्ध हैं, किन्तु इनके उदाहरणों का प्रायः अभाव है। प्रेंखण[3] (प्रेक्षणक) ऐसा एकांकी उपरूपक है, जिसका उल्लेख कई स्थलों पर मिलता है। प्रेंखण में नायक हीन होता है, गर्भ और विमर्श सन्धियां नहीं होतीं, सूत्रधार, विष्कम्भक और प्रवेशक भी नहीं होते। युद्ध, सम्फेट और सभी वृत्तियां होती हैं। नान्दी और प्ररोचना नेपथ्य में पढ़ी जाती है।

---

1. संस्कृत नाटकों में शोकान्तक यही नाटक प्रसिद्ध है।
2. वीथ्यामेको भवेदङ्कः कश्चिदेकोऽत्र कल्प्यते।
   आकाशभाषितैरुक्तैश्चित्रां प्रत्युक्तिमाश्रितः॥
   सूचयेद् भूरिशृंङ्गारं किञ्चिदन्यान् रसान्प्रति।
   मुखनिर्वहणे सन्धी अर्थप्रकृतयोऽखिलाः॥
   —साहित्यदर्पण, षष्ठ परिच्छेद, श्लोक 253-254
3. गर्भाविमर्शरहितं खप्रेंणं हीननायकम्।
   असूत्रधारमेकाङ्कमविष्कम्भप्रवेकम्॥
   नियुद्धसम्फेटयुतं सर्ववृत्तिसमाश्रितम्।
   नेपथ्ये गीयते नान्दी तथा तत्र प्ररोचना॥ —वही, श्लोक 286-287

जब एक नाटक के अन्तर्गत दूसरा नाटक आ जाता है तो वह भी प्रेंखण कहलाता है। राजशेखर के 'बालरामायण' नाटक के अन्तर्गत एक प्रेक्षणक पाया जाता है। भास्कर कवि का 'उन्मत्त राघव', लोकनाथ भट्ट का 'कृष्णाभ्युदय', विश्वनाथ का 'सौगन्धिकाहरण' प्रेंखण कोटि में आते हैं। यह एकांकी संस्कृत का एक प्रकार से 'कर्टेन रेज़र'[1] कहा जा सकता है।

संस्कृत एकांकी और आधुनिक हिन्दी एकांकी का अन्तर

इस विवेचन से यह निष्कर्ष निकला कि संस्कृत में एकांकी नाटकों की इतनी विविधता थी कि उनका वर्गीकरण नायक के चरित, इतिवृत्त के प्रकार, रस के प्राधान्य, वृत्तियों के विकास आदि के आधार पर किया गया। आधुनिक एकांकी से संस्कृत एकांकी की तुलना करें तो हमें कई प्रकार के अन्तर दिखाई पड़ेंगे। संस्कृत नाटकों में अन्तर्द्वन्द्व और संघर्ष, तथा मानसिक प्रक्रिया का वह विश्लेषण नहीं पाया जाता जो आधुनिक एकांकी का प्राण है। आज का पाठक या दर्शक नाटक की घटनावली से ही संतुष्ट नहीं होता, वह उनके कारणों को भी जानना चाहता है। संस्कृत नाट्यकार (भास के अतिरिक्त) इस कार्य-कारण-विवेक को परितृप्त बनाकर जिज्ञासा को शान्त करने का उतना प्रयास नहीं करते जितना राजाओं के विलास एवं तत्कालीन परिस्थिति के चित्रण करने का। जीवन की वास्तविकता के प्रति उसकी उतनी पैनी दृष्टि नहीं होती जितनी आज के सफल नाट्यकार की है। आज महती घटनाओं का उतना महत्त्व नहीं, जितना दिन-प्रतिदिन की सामान्य घटनाओं के उस घात-प्रतिघात का, जिसमें व्यक्तियों का चरित्र उभरता या गिरता है। आज का नाट्यकार सामान्य एवं मध्यम वर्ग के दैनन्दिन जीवन की सच्ची व्याख्या करना अपना कर्त्तव्य मानता है, केवल राजा-महाराजा की स्थति का विशेष प्रदर्शन करना नहीं। तीसरा अन्तर है चरम विकास का, संस्कृत का नाट्यकार नायक की विजय का अटल सिद्धान्त लेकर चलता है, इस कारण नायक को पराजय एवं मृत्यु के मुख में सहसा फेंक देनेवाली भावनाओं और घटनाओं से वह कतराकर निकल जाना चाहता है, किन्तु आज का नाट्यकार उनका स्वागत करता है। अतः संस्कृत के नाट्यकार उस चरम विकास (Climax) की अवहेलना करते रहे, जो आज एकांकी नाटकों में अनिवार्य माना जाता है।

इतिवृत्त, नायक, संवाद-गति और जीवन-दर्शन के दृष्टिकोण से आधुनिक हिन्दी एकांकी संस्कृत एकांकियों से इतने भिन्न प्रतीत होते हैं कि इन दोनों की पृथक्-पृथक् स्वतन्त्र धारा स्वीकार करने में आपत्ति नहीं जान पड़ती। इसका कारण बताते हुए

1. अंग्रेज़ी में बड़े नाटकों के साथ-साथ जिन लघु नाटकों का अभिनय होता था, कर्टेन रेज़र कहलाते थे। उन्हींका विकसित रूप आधुनिक अंग्रेज़ी एकांकी है। प्रेक्षणक संस्कृत के वृहद् नाटकों के मध्य में अभिनीत होते थे। सम्भव है इनका विकास वहीं से हुआ हो।

वात्स्यायन का कथन सत्य प्रतीत होता है कि "संस्कृत एकांकियों की न तो कोई अविच्छिन्न परम्परा मिलती है और न भारतेन्दु-काल के एकांकियों में आधुनिक एकांकी के तत्त्व मिलते हैं।"[1]

प्रसाद से पूर्व हिन्दी एकांकी की परम्परा

तन्त्र की कसौटी पर परीक्षण करने से हमें 'प्रसाद' के पूर्व भी कतिपय ऐसे नाटक उपलब्ध होते हैं, जो एकांकी की कोटि में आ सकते हैं। भारतेन्दु ने अपने लघु नाटकों को अंकों में विभक्त किया है, जिससे वे एकांकी जैसे प्रतीत नहीं होते, किन्तु यदि उनमें अंकों के स्थान पर दृश्यों की योजना कर दी जाए तो वे अन्य सभी बातों में एकांकी नाटक ही ठहरते हैं। 'वैदिकी हिंसा हिंसा न भवति' तीन अंकों में विभक्त है, "किन्तु प्रत्येक अंक में घटित होनेवाला व्यापार इतना सूक्ष्म है और घटनाएं इतनी लघु और तीव्रगामिनी हैं कि इसे एकांकी कहना ही उचित है। इसी प्रकार 'नीलदेवी' को भी समालोचक एकांकी नाटक ही मानते हैं।"[2]

भारतेन्दु के नाटक 'वैदिकी हिंसा हिंसा न भवति' और 'नीलदेवी' को एकांकी मान लेने में कोई आपत्ति नहीं होनी चाहिए। भारतेन्दु ने सांस्कृतिक चेतना का पुनर्जागरण किया। उन्होंने संस्कृत नाटकों का अनुवाद किया और संस्कृत एकांकी की व्यायोग-शैली पर 'धनंजय विजय' लिखा, जो एकांकी नाटक है; और भाण-शैली पर 'विषस्य विषमौषधम्' की रचना की।

भारतेन्दु के पथ पर उस युग के अन्य कई नाट्यकार चलते रहे। बालकृष्ण भट्ट के एकांकी नाटक उसी परम्परा में परिगणित होते हैं। भारतेन्दु-युग में एकांकी की एक और शैली चल पड़ी थी जो जन-नाटकों से अधिक प्रभावित थी। उस शैली के प्रवर्तक थे—लाला श्री निवासदास। उन्होंने 'प्रहलाद-चरित्र' नामक नाटक उस शैली पर लिखा, जो रामलीला तथा स्वांग-मण्डलियों में 'प्रहलाद लीला' नाम से शताब्दियों से चली आ रही थी। यदि इस नाटक के विविध दृश्यों को हटा दें तो सम्पूर्ण नाटक रासधारियों तथा स्वांग का वह नाटक बन जाता है, जिसमें मनसुखा[3] अपनी विनोदपूर्ण वाणी से जनता का मनोरंजन करता रहता है। उदाहरणार्थ 'प्रहलाद-चरित्र' का पाठशाला-दृश्य देखिए :

षंडामर्क—(विद्यार्थियों से) देखो, हम जैसे कहें बोलते जाओ।
सब विद्यार्थी—अच्छा गुरुजी, आप कहोगे वैसे बोलेंगे।
षंड—बोलो ओनामासीधं।
सब विद्यार्थी—बोलो ओनामासीधं।

---

1. नये एकांकी, स० ही० वात्स्यायन, राजपाल एण्ड सन्ज़, दिल्ली-6 भूमिका
2. प्रो० ललिताप्रसाद, सुकुल, नीलदेवी की भूमिका
3. जन-नाटकों का विदूषक मनसुखा कहलाता है।

षंड—अबे ! बोलो क्यों बोलते हो ।

सब विद्यार्थी—अबे ! बोलो क्यों बोलते हो ।

षंड—ओनामासीधं (दो-तीन बेंत मारकर) हां पांडे की टूटी टंग, देख बच्चा पांडे की टूटी कि तेरी टूटती है (और दो-तीन बेंत जड़ देते हैं) ।

विद्यार्थी—अरे जी मरे, गुरु जी मरे हाय हाय······

षंड—अबे गुरुजी मरे कि तू मरा······

इस नाटक में हनुमान् की पीठ पर आकाश से राम के आगमन का, श्मशान से चिता का, समुद्र में डूबने आदि का वर्णन उसी रूप में उपलब्ध होता है, जो रूप तत्कालीन जन-नाटकों और रासलीला के नाटकों में मिलता है। अतएव 'प्रहलाद-चरित्र' नामक एकांकी को तीसरी कोटि में रखना चाहिए ।

प्रहलाद-चरित और रास

हम रास के प्रकरण में 'प्रहलाद-लीला और 'नृसिंह-लीला' के विषय में चर्चा कर आए हैं। ये लीलाएं कृष्ण-लीला की पद्धति पर शताब्दियों से होती चली आ रही हैं। अतएव 'प्रहलाद-लीला' भारतेन्दु के गद्य युग में नितान्त गीति-नाट्य के रूप में न रहकर पद्य-गद्यमय बन गई। भारतेन्दु के नाटकों का प्रभाव केवल साहित्यिक नाटकों तक ही सीमित न रहा, वह रामलीला, रासलीला तथा अन्य जन-नाटकों तक फैल गया था। आज काशी और रामनगर की लीलाओं में प्राप्त गद्य-भाग भारतेन्दु की ही देन है। रामनगर के तत्कालीन महाराज भारतेन्दु के घनिष्ठ मित्र थे। उन्हींके अनुरोध से भारतेन्दु ने तुलसीकृत रामायण के संवादों को गद्य में परिवर्तित करके लीलाओं में संयुक्त किया था। इसी प्रकार रासलीला में जो गद्य-भाग आज उपलब्ध है, वह उस युग के प्रभाव के कारण है। इस काल में स्वांग तथा रासलीला की पद्यबद्ध 'प्रहलाद-लीला' 'प्रहलाद-चरित्र' में परिवर्तित हो गई, जिसमें पद्य-भाग के साथ गद्यांश भी संयुक्त कर दिया गया।

हम 'रासलीला' के प्रकरण में यह सिद्ध कर आए हैं कि ब्रजवासीदास-विरचित चौहत्तर लीलाएं उस काल के एकांकी नाटक ही थे। जिस प्रकार आधुनिक एकांकी नाटक का प्रारम्भ नायक के जीवन के मध्य भाग से सहसा हो जाता है, आरम्भ की घटनाएं नाटक के मध्य से उत्तेजक, सूचक तथा प्रभाव-व्यंजक पात्रों की सहायता से अभिव्यंजित होती रहती हैं, उसी प्रकार ब्रजवासीदास की चौहत्तर लीलाएं कृष्ण-जीवन के मध्य भाग से प्रारम्भ हो जाती हैं और वे स्वतन्त्र होते हुए भी एक शृंखला में आबद्ध प्रतीत होती हैं। इसी प्रकार मनिहारिन लीला, गौनेवारी लीला आदि बयालीस छद्म लीलाओं पर हम विस्तारपूर्वक विचार कर आए है। हम यह भी सिद्ध कर आए हैं कि रासलीला नाटकों की उत्पत्ति सहसा विक्रम की सोलहवीं शताब्दी में नहीं हुई, प्रत्युत इसकी परम्परा बहुत पहले से चली आ रही थी। हम यह भी देख आए हैं, कि तेरहवीं शताब्दी से जैन रास परम्परा अक्षुण्ण रूप से चली आ रही थी। इनमें अनेक एकांकी

नाटकों की रचना होती रही।

रास नाटक और आधुनिक एकांकी

जैन रास की दो धाराएं हमें स्पष्ट दृष्टिगोचर होती हैं—एक धारा में गय सुकुमार रास', 'भरतेश्वर बाहुबली रास',[1] तथा 'राहिणो चोर नो रास' आदि लघु रास परिगणित होते हैं, दूसरी धारा 'श्री कुमारपाल रास', 'शत्रु जय रास', आदि बृहद् रासों की है। लघु रासों में वाणी, ढवणी आदि गेय पद अल्पसंख्या में होते थे और सम्पूर्ण नाटक एक दृश्य में ही एक घण्टे के अन्तर्गत अभिनीत हो जाता था। स्याम-सगाई, दान-लीला, मानलीला, छद्म लीलाएं, चौहत्तर लीलाएं, इसी शैली पर विरचित हुई थीं। दूसरी ओर बृहद् रास की शैली पर हमारे साहित्यिक नाटक निर्मित हुए। अतएव उक्त प्रमाणों के आधार पर यह दृढ़ता के साथ कहा जा सकता है कि 'एक घूंट' नामक एकांकी उसी परम्परा में है जो तेरहवीं शताब्दी में जन्म लेकर क्रमशः परिपुष्ट होती रही है और देश-कालानुसार परिस्थिति के अनुकूल वेश धारण करती हुई 'प्रसाद' के समय नितान्त नवीन रूप में प्रकट हुई। अतः एकांकी नाट्यशैली यूरोप से गोद ली हुई नहीं प्रत्युत अपने ही वंश में उत्पन्न हुई है। पर पलिपालित हुई पश्चिमी नर्सों से।

एकांकी का विकास

हिन्दी एकांकी की प्रथम अवस्था जैन लघु रास में है, जिसका विवेचन हम पूर्व कर आए हैं। इसकी दूसरी अवस्था वैष्णव रास में है, जिसमें नृत्य और संगीत की प्रधानता रही। वैष्णव रास सोलहवीं शताब्दी से उन्नीसवीं शताब्दी तक निरन्तर गतिशील रहे। भारतेन्दु जैसे कलाकार के हाथों में बीसवीं शताब्दी में एकांकी ने विविध वेश धारण किए। कभी वह संस्कृत के 'भाण' का रूप धारण करता और कभी रास की पद्धति पर एक नये वेश में प्रकट होता। भारतेन्दु-युग के नाट्यकारों ने दोनों रूपों को स्वीकार किया। भारतेन्दु-युग के प्रसिद्ध एकांकी ये हैं—पं० बालकृष्ण भट्ट-विरचित 'कलिराज की सभा', 'रेल का विकट खेल', 'बाल-विवाह नाटक'। पं० रुद्रदत्त शर्मा-विरचित नाटक हैं—'स्वर्ग में सबजैक्ट कमेटी', 'पाखण्ड-मूर्ति', 'अपूर्व संन्यासी', 'कंठी-जनेऊ का विवाह'। अन्तिम नाटक को हम प्रतीक-नाटक के वर्ग में रख सकते हैं। भारतेन्दु-युग के अन्य एकांकी नाटकों का उल्लेख कर देना यहां आवश्यक प्रतीत होता है। इस काल में पं० प्रतापनारायण मिश्र-विरचित एकांकी हैं—'कलि-कौतुक', 'भारत दुर्दशा'। पं० बद्रीनारायण चौधरी का नाटक है—'भारत-सौभाग्य', राधाकृष्णदास का प्रसिद्ध एकांकी है—'दुःखिनी बाला'। अम्बिकादत्त व्यास ने दो प्रसिद्ध नाटक लिखे हैं—'भारत-सौभाग्य नाटक', 'गो-संकट नाटक'।

इन नाटकों को हम एकांकी की तीसरी अवस्था कह सकते हैं। चौथी अवस्था में

---

1. गुजराती साहित्य सम्मेलन, तेरहवां वार्षिक अधिवेशन।

प्रसाद का एकांकी 'एक घूंट' है।

आधुनिक हिन्दी एकांकी पर पश्चिम के नाट्यकारों—विशेषत: शॉ—का अधिक प्रभाव पड़ा है। इस प्रभाव को हम कई रूपों में देखते हैं। कुछ नाट्यकार यूरोपीय नाट्य-कला का इतना अनुकरण करते हैं कि उनकी रचना में मौलिकता के लिए कोई स्थान नहीं रह जाता। भुवनेश्वरप्रसाद इसी वर्ग में आते हैं। इनके प्रसिद्ध एकांकी हैं—श्यामा: एक वैवाहिक विडम्बना, एक साम्यहीन साम्यवादी, शैतान, प्रतिभा का विवाह, रोमांस, लाटरी। सन् 1935 ई० में उनका एकांकी संग्रह 'कारवां' प्रकाशित हुआ। इसमें नाट्य-कार ने स्वतः लिखा है, "शॉ की छाया तनिक मुखर हो गई है। मैं इसे निर्विकार स्वीकार करता हूं।" सही आधुनिक अर्थ में भुवनेश्वर एकांकी के अग्रदूत थे उन्होंने पुरुष-स्त्री के आधुनिक सम्बन्धों को दिन प्रति दिन के संवादों में सांकेतिकता के द्वारा अभिव्यक्त किया।

सेठ गोविन्ददास—सेठ गोविन्ददास उन नाट्यकारों में से हैं, जो पश्चिमी-नाट्य-कला से पूर्ण प्रभावित होकर नाटक लिखते हैं, किन्तु अपनी प्रतिभा का योग भी देते चलते हैं। सेठजी के एकांकी नाटकों के संग्रह हैं—सप्तरश्मि, एकादशी, पंचभूत।

डा० रामकुमार वर्मा यद्यपि वर्माजी आधुनिक एकांकी नाटकों के प्रारम्भिक रचयिताओं में से एक हैं, तथापि इनके नाटकों ने पथ-प्रदर्शक का कार्य कम किया। इनके नाटकों के संग्रह हैं—'पृथ्वीराज की आंखें', 'रेशमी टाई', 'चारुमित्रा'।

इन नाट्यकारों के अतिरिक्त उपेन्द्रनाथ 'अश्क', गणेशप्रसाद द्विवेदी, चतुरसेन शास्त्री, भगवतीचरण वर्मा, सद्गुरुशरण अवस्थी, विष्णु प्रभाकर के भी एकांकी नाटक प्रकाशित हुए हैं। दो नाटक और प्रकाशित हुए हैं—बेनीपुरी का 'नेत्रदान' और विष्णु प्रभाकर का 'क्या वह दोषी था ?' इन नाट्यकारों की रचनाएं पढ़ने से यह प्रतीत होता है कि तीसरा वर्ग ऐसे नाट्यकारों का है, जो पश्चिम की नाट्यकला का अध्ययन करके उसे आत्मसात् कर लेता है। तदुपरान्त ऐसी रचना करता है, जिसका वेश तो पश्चिम का है, किन्तु विचार भारतीय हैं: जिनमें मौलिकता है, मार्मिकता है और देश, काल तथा परिस्थिति के अनुकूल साहित्य-सृजन की क्षमता भी है। आज का नाट्यकार इब्सन, मैटरलिंक, स्ट्रिण्डबर्ग, चेखब, सिमोनाव, ओनील, काफमैन माहम, बेरी प्रीस्टले, शॉ तथा गाल्सवर्दी, पिरेन्देलो[1], स्तानिस्लाव्यस्की को पढ़ता है। अतएव उनका प्रभाव पड़ना स्वाभाविक है।

एकांकी का आदर्श

आज का व्यस्त मानव-समाज समय को बचाना भी चाहता है, साथ ही साथ मनोविनोद के साधन से सम्पन्न भी होना चाहता है। वह अल्प से अल्प काल में अधिक

1. प्रकाशचन्द्र गुप्त, एकांकी नाटक, हंस का एकांकी विशेषांक, सन् 1938

से अधिक विचार ग्रहण करना और मनोरंजन करना चाहता है।

आज के एकांकी केवल मनोरंजन के लिए ही नहीं लिखे जाते हैं, प्रत्युत वे जीवन की गहन समस्याओं को आकर्षक रीति से सुलझाने का प्रयास भी करते हैं। आज का मानव, जीवन की जटिलताओं को प्रत्यक्ष रूप से देखना चाहता है। अतः सफल एकांकी वही माना जाएगा जो अल्प से अल्प काल में रम्य से रम्य रूप में वर्तमान समस्याओं को व्यक्त कर दे। तात्पर्य यह कि जो नाटक मनोरंजन और उन्नयन दोनों का सन्तुलन कर सकेगा, वही सफल एकांकी माना जाएगा।

स्वोक्ति नाटक

संस्कृत और अंग्रेज़ी के एकपात्रीय (Monodrama) की शैली पर गत वर्षों में कई नाटक हिन्दी में भी प्रकाशित हुए हैं। भारतेन्दु का 'विषस्य विषमौधम्' इस शैली का है। सेठ गोविन्ददास ने इस शैली पर कई प्रयोग किए हैं। उन्होंने 'चतुष्पथ'[1] नामक अपनी पुस्तक में 'प्रलय और सृष्टि', 'अलबेला', 'शाप और वर' तथा 'सच्चा जीवन' चार नाटक संगृहीत किए हैं। इन चारों नाटकों की रचना उन चार विभिन्न पथों का अनुसरण करते हुए की गई है, जो अन्ततः एक में मिल जाते हैं। कदाचित् इसी कारण संग्रह का नाम चतुष्पथ रखा गया है। यह कहना अधिक उपयुक्त होगा कि एकांकी के चतुष्पथ पर आकर चारों नाट्य-शैलियां एकत्र हो जाती हैं। अतएव इन्हें एकांकी के अन्तर्गत रखना अनुपयुक्त न होगा।

सेठ गोविन्ददास अपनी भूमिका में यह स्वीकार करते हैं कि ये मोनोड्रामा ब्राउनिंग, स्ट्रिण्डबर्ग तथा नील नामक नाट्यकारों की रचनाओं से प्रभावित होकर लिखे गए हैं। देखना यह है कि इस प्रकार के नाटक हमारी भारतीय परम्परा में कभी विरचित हुए थे अथवा नहीं।

'प्रलय और सृष्टि' में एक अधेड़ अवस्था का मनुष्य अपने विविध वर्ण के चश्मों, नोटबुक, कलम, लाइट हाउस टावर, घण्टा, चिमनी, बादल तथा धरती को देख-देखकर अपने मनोविकारों को प्रकट करता है। नेपथ्य में बार-बार ध्वनि सुनकर उसका ध्यान एक विचार-शृंखला से हटकर दूसरी ओर आकर्षित होता है। सम्पूर्ण नाटक में एक पात्र, एक कमरे में एक समय बैठा हुआ विभिन्न वातायनों से बाह्य प्रकृति का अवलोकन कर अपने मन के विविध विचारों का उद्गार प्रकट करता है।

'अलबेला' में एक आदमी अपने घोड़े से बातें करता है। 'शाप और वर' के दो भाग हैं। प्रथम भाग में समृद्ध पुरुष की उपेक्षिता नारी मृत्यु के समय अपने पति को प्रसूतिगृह में अपने हृदयोद्गार इस प्रकार सुनाती है—"देखो···देखो···शायद मैं जा रही हूं। सुनो···सुनो···हां···शाप देती हूं। तुम्हारा वंश निर्वंश हो जाए। यह सोना-चांदी, ये हीरे-मोती, यह निर्जीव वैभव, यह सारा हृदय, भावनाओं और आत्मा से हीन आयो-

1. चतुष्पथ, सेठ गोविन्ददास, (शाप और वर) पृष्ठ 57, साहित्य रत्न भण्डार, आगरा

जन···यदि सब कुछ होते हुए भी मैं धर्म के अनुसार सती···रही हूं, तो मेरे शाप···शा···प··· से भस्म···भस्म···।"

'शाप और वर' के उत्तरार्द्ध में एक निर्धन किसान का घर है। उसकी स्त्री मृत्यु के समय पति से निवेदन करती है—"वर दो नाथ, घर सूना न रखोगे, अपना जीवन अकेला न चलाओगे, इस शिशु को माता-विहीन न रहने दोगे। स्वर्ग जा रही हूं हृदयेश, स्वर्ग से तुम्हारा विवाह देखूंगी।···तुम अकेले रहे तो मुझे स्वर्ग में भी तुम्हारी चिन्ता लगी रहेगी।···कौन तुम्हें खिलाएगा···कौन खेत पर तुम्हारी रोटी ले जाएगा!"

चौथा नाटक 'सच्चा जीवन' है, जिसमें खादी का कुर्ता पहने एक मनुष्य इस समस्या को सुलझाने में तल्लीन है कि सच्चा जीवन क्या है? क्या ऐहिक-आधिभौतिक सुख सच्चे हैं? क्या अधिकार-प्राप्ति ही सच्चा जीवन है? तर्क-वितर्क करते-करते वह इस निर्णय पर पहुंचता है कि "सूर्य का जीवन ही सच्चा जीवन है।—काले-काले बादल उसे आच्छादित कर लेते हैं, पर वह विघ्न-बाधाओं की परवाह नहीं करता। सबकी सेवा करता है···मैं भी···मैं भी···।"[1]

सेठजी ने 'सच्चा जीवन' नाटक में संस्कृत भाण की 'किं ब्रवीषि' की शैली का अनुसरण किया है। शेष नाटकों में एक पात्र आद्योपान्त बोलता है और सम्मुख उपस्थित दूसरा पात्र केवल अनुभवों से अपने हृद्‌गत विचारों को प्रकट करता है। सेठजी ने दूसरे पात्र के सर्वथा मूक रहने का कारण उसकी अत्यधिक भावुकता बताया है।[2]

सेठ गोविन्ददास के अतिरिक्त बेनीपुरीजी ने भी एक स्वोक्ति रूपक लिखा है। उन्होंने 'सीता की मां' नामक स्वोक्ति नाटक में एक पात्र के द्वारा सम्पूर्ण रामायण की प्रसिद्ध घटनाओं का वर्णन कर दिया है। इस नाटक में पांच दृश्य हैं। सीता की माता, सीता की जन्म-कथा से लेकर धरती-माता में उसके अन्तर्निहित होने तक की सम्पूर्ण घटनाएं क्रमशः सुना जाती हैं। सीता की जन्म-कथा गतानुगत न होकर 'उज्झिता' रूप में प्रदर्शित की गई है। सीता की मां सीता-स्वयंवर से लेकर अयोध्या-पुनरावर्तन की सारी मुख्य-मुख्य घटनाएं सुनाती जाती है। जहां दो व्यक्तियों के वार्तालाप हैं उन स्थलों का वर्णन इस प्रकार करती है।[3]

'यों न कहा कीजिए, नाथ।' सीता ने कहा—फिर अपनी दशा का वर्णन करती है···ऐसे मौके पर मां को देखना नहीं चाहिए। मेरी आंखें मुंद गईं और कानों ने सुना—'भाभी, इसमें मेरा भी हिस्सा होना चाहिए, भाभी।'

नाट्यकार ने दृश्य-विधान इस प्रकार किया है कि पर्दे के चित्र से घटना-स्थल का संकेत मिल जाए। पर्दे की छाया-मूर्तियों में से ही एक स्त्री की छायामूर्ति निकलती है, जो सम्पूर्ण घटना का वर्णन करती है। अतएव इस नाटक की टेकनीक सेठ गोविन्ददास

---

1. चतुष्पथ, सेठ गोविन्ददास (सच्चा जीवन), पृष्ठ 81, संवत् 1999 वि०
2. शाप और वर, सेठ गोविन्ददास, पृ० 63
3. सीता की मां, रामवृक्ष बेनीपुरी, जनवाणी प्रकाशन, पटना, पृ० 37

से भिन्न प्रतीत होती है। सेठजी के प्रत्येक मोनोड्रामा में एक दृश्य है। एक स्थान पर ही सम्पूर्ण अभिनय हो जाता है। अभिनयकर्ता केवल अपने हृद्गत भावों को व्यक्त करता है। अन्य व्यक्तियों के वार्तालाप को उसमें कहीं स्थान नहीं है। किन्तु बेनीपुरी ने रामायण के समग्र कथानक को पांच दृश्यों में विभाजित किया है—(1) सीतामढ़ी के निकट अटवी, (2) जनकपुर की पुष्प वाटिका, (3) चित्रकूट का पहाड़ी अंचल, (4) लंका की अशोक-वाटिका, (5) अयोध्या का प्रान्तर।

उपर्युक्त विवेचन के आधार पर हम यह कह सकते हैं कि सेठजी और बेनीपुरी दोनों ने पश्चिम के मोनोड्रामा से प्रभावित होकर ये नये नाटक लिखे हैं, किन्तु यह समझ लेना भ्रमपूर्ण होगा कि ऐसे नाटक हमारे यहां कभी थे ही नहीं।

स्वोक्ति की भारतीय परम्परा—एकपात्री नाटक

भाण नाटकों की शैली में भी एक ही व्यक्ति सम्पूर्ण नाटक का अभिनय करता है। सेठजी के नाटक भी न्यूनाधिक उसी कोटि में आते हैं; किन्तु बेनीपुरीजी के नाटक की शैली नितान्त नवीन प्रतीत होती है। संस्कृत के 'भाण' नाटकों में सम्बोधन और उक्ति-प्रत्युक्ति 'आकाशभाषित' के द्वारा होती है, किन्तु बेनीपुरीजी की यह शैली नहीं। हां, हिन्दी जन-नाटकों में इस प्रणाली के नाटक आज भी अभिनीत होते हैं। जिस प्रकार 'सीता की मां' में एक ही पात्र अन्य पात्रों के संवाद अभिनय द्वारा इस प्रकार बोलता है मानो वे ही पात्र बारी-बारी बोल रहे हों, उसी प्रकार जन-नाटकों में 'निहालदे' नामक एक नाटक आज भी दिल्ली के समीपवर्ती भागों में अभिनीत होता है, जिसमें एक ही पात्र सम्पूर्ण नाटक गाता है। अतएव यह कहना अधिक उपयुक्त होगा कि बेनीपुरीजी की यह नवीन शैली हमारे जन-नाटकों में शताब्दियों से विद्यमान है। जिस प्रकार सहस्रों साहित्यिक बेनीपुरीजी का नाटक देखकर प्रसन्न हुए थे, उसी प्रकार बड़ी संख्या में कृषक प्रतिवर्ष वर्षाऋतु में 'निहालदे' का अभिनय देखकर आनन्द उठाते हैं।

रेडियो-नाटक

रेडियो-नाटक इस युग का नितान्त अभिनव आविष्कार है। कतिपय वर्षों में रेडियो-नाटक ने कितनी-प्रगति की है ? इसका तन्त्र (टेकनीक) क्या है ? रंगमंच और रेडियो के नाटकों में क्या अन्तर है ? इन विषयों पर विचार करने में प्रथम रेडियो-रूपक 'राधाकृष्ण'[1] और आज के नाटकों की शैली समझ लेना सहायक होगा।

'राधाकृष्ण' रूपक के पात्र हैं—राधा, कृष्ण, बलदेव, उद्धव, वृषभानु, राधा का पति, रुक्मिणी, सत्यभामा, व्यास और अर्जुन। समस्त नाटक वार्तालाप द्वारा प्रदर्शित

---

1. 'राधाकृष्ण' हिन्दी का प्रथम रेडियो-रूपक है। इसकी रचना के लिए रेडियो स्टेशन डाइरेक्टर, नाटककार तथा कई अन्य कलाकारों की एक समिति बनाई थी। रेडियो रूपक का भारत में यह प्रथम प्रयोग था।

होता है। संवाद भी एक-एक वाक्य के हैं। जैसे—

"हमारा-तुम्हारा ब्याह होगा।"

"ब्याह ?"

"हां, बाबा कहते थे और भैया भी।"

× ×

"कृष्ण, तुम बड़े बुरे हो।"

"राधा, तुम बड़ी अच्छी हो।"

अन्तिम दृश्य कुरुक्षेत्र श्मशान का है। यह दृश्य इस प्रकार प्रारम्भ होता है :[1]

"कहां, कहां है, कृष्ण कन्हैया ?"

"इधर आओ राधाजी, भैया यहां बैठे हैं, वे रो रहे हैं।"

"कृष्ण रोते क्यों हो ?"

"राधा, तुम हंस रही हो ?"

"कितने दिन बाद हंसी हूं, जानते हो कृष्ण ?"

"कदाचित् अस्सी बरस बाद।"

राधा कृष्ण की मुरली लौटा देती है। यह मुरली उसके पास उनहत्तर वर्ष से थी। कृष्ण बांसुरी बजाते हैं। मुरली की ध्वनि सुनकर राधा महाप्रस्थान करती है। कृष्ण पुकार उठते हैं, "भैया ! भैया !! यह क्या हो रहा है ?"

"राधे ! राधे !! आंखें खोलो।"

"कृष्ण !"

"राधे !"

इस प्रकार 'राधाकृष्ण' का स्वर क्षीण से क्षीणतर होता जाता है। यह राधाकृष्ण रूपक आज से न्यूनाधिक पचास वर्ष पूर्व रेडियो द्वारा प्रसारित हुआ था। इस अवधि में जालन्धर, दिल्ली, लखनऊ, प्रयाग, पटना आदि रेडियो स्टेशनों से सैकड़ों नाटक प्रसारित हो चुके हैं। रेडियो के इन नाटकों का वैज्ञानिक विश्लेषण द्वारा वर्गीकरण एक स्वतन्त्र विषय है, तथापि रेडियो-नाटक के मुख्य भेदों पर दृष्टिपात कर लेना अप्रासंगिक न होगा। रेडियो और रेडियो-नाटक हिन्दी में पश्चिम की देन है। पश्चिम में रेडियो-नाटक कुछ पहले से लिखे जा रहे हैं और प्रगतिशील देशों में इनकी नाट्यकला निर्धारित होती जा रही है। हमारे देश पर भी उन नाटकों का जो प्रभाव पड़ा है, उनके अनुसार रेडियो-नाटक के मुख्य भेद इस प्रकार किए जा सकते हैं :

(1) रेडियो-रूपक, (2) फीचर, (3) ध्वनिनाट्य (मनोवैज्ञानिक), (4) स्वोक्ति, (5) फैण्टेसी (भावनाट्य या ऋतु-सम्बन्धी), (6) ध्वनिगीति रूपक, (7) रिपोर्ताज, (8) जन नाटक, (9) व्यंग्य।

---

1. पांच एकांकी, चतुरसेन, पृ० 92

रंगमंच के नाटक और रेडियो-नाटक

कुछ लोगों का विचार है कि "स्टेज के नाटक कुछ हेर-फेर के साथ रेडियो के उपयुक्त बनाए जा सकते हैं।"[1] कुछ लोग इस मत को नहीं मानते। कुछ लोग समझते हैं कि रेडियो नाटक एकांकी ही है, पर कई समालोचक इसे भ्रमपूर्ण मानते हैं।[2] तथ्य तो यह है कि अभी तक हमारे देश में 'रेडियो नाटक' किशोरावस्था में हैं। इनके विषय में अभी क्या कहा जाए ! जब तक रेडियो की नाट्यकला विकसित नहीं हो जाती, कोई निर्दिष्ट मत कैसे बन सकता है। किन्तु इतना अवश्य कहा जा सकता है कि प्रदर्शन के साधन के अन्तर से नाटक के रूप में अन्तर आना स्वाभाविक है। रंगमंच के सभी नाटक रेडियो पर सफल कैसे बनाए जा सकते हैं ? रंगमंच पर आंगिक अभिनय का प्राधान्य होता है, नृत्य का समावेश करके कई नाटक सरस बनाए जाते हैं। रेडियो नाटक में इन साधनों का नितान्त अभाव होता है, अतएव इनके द्वारा उत्पन्न प्रभाव की पूर्ति ध्वनि के साधनों द्वारा ही करनी पड़ती है। दूसरा अन्तर यह है कि रंगमंचीय एकांकी नाटकों को कार्य, काल और स्थान की इकाई—संकलन त्रय का भी बन्धन किसी न किसी मात्रा में मानना ही पड़ता है, किन्तु रेडियो नाटक इन बन्धनों से नितान्त मुक्त हैं, अतएव इन दोनों प्रकार के नाटकों में मौलिक अन्तर स्वाभाविक है। तीसरी बात यह है कि जो स्वगत कथन अथवा स्वप्न सम्भाषण रंगमंच पर अस्वाभाविक प्रतीत होता है, वह रेडियो पर स्वाभाविक बन जाता है। अतएव रेडियो नाटक में किसी व्यक्ति के हृद्गत भावों को प्रकट करने में सुविधा हो जाती है। चौथा और सबसे बड़ा अन्तर यह है कि रेडियो नाटक का प्राण संवाद-योजना है, किन्तु रंगमंचीय नाटक का आवश्यक अंग क्रियाशीलता है। रंगमंच पर दो आदमियों का केवल संवाद नाटक के प्रभाव को क्षीण कर देता है। दर्शक रंगमंच पर प्रत्यक्ष आंगिक अभिनय और पात्रों को कार्य-तत्पर देखना चाहते हैं। 'कृष्णलीला' जब हम रासलीलाओं में देखते हैं तो हमपर राधाकृष्ण के संवाद से अधिक प्रभाव उनके क्रियाकलाप का पड़ता है। दोनों का नृत्य, दोनों का गोपियों के साथ विविध क्रीड़ा-विनोद हमें प्रभावित करता है।

पांचवां अन्तर यह है कि रंगमंच पर नाटकीय पात्रों के अतिरिक्त अन्य किसीका प्रवेश वर्जित है। नाटक की सम्पूर्ण घटनाएं पात्रों के सम्भाषण तथा क्रियाकलाप द्वारा प्रकट की जाती हैं, किन्तु रेडियो-रूपक में 'कथाकार' नामक एक व्यक्ति वर्णन (Narration) के द्वारा पूर्वापर घटनाओं को संयुक्त करता चलता है। उदाहरण के लिए डॉ० रामकुमार वर्मा का एक रेडियो रूपक 'ज्यों की त्यों धर दीनी चदरिया' देखिए।[3]

---

1. उदयशंकर भट्ट, कालिदास, भूमिका, पृ० 6 (सन् 1950)
2. क्या वह दोषी था, विष्णु प्रभाकर, भूमिका (डॉ० नगेन्द्र), पृष्ठ च, छ, सन् 1951 ई०
3. नई धारा, सम्पादक : रामवृक्ष बेनीपुरी, वर्ष 1, अंक 7

इस नाटक में कबीर का समस्त जीवन— जन्म से मृत्यु तक—एक दृश्य में प्रदर्शित किया गया है।

नाटक का प्रारम्भ कबीर के गान 'भीनी भीनी बीनी चदरिया' से होता है। कथाकार कबीर का परिचय देते हुए कहता है, "भक्त कबीरदास का जन्म सं० 1455 में हुआ, माता-पिता नीमा और नीरू, जाति के जुलाहे थे।…आप शिशु कबीर के दर्शन कीजिए।"[1]

कुछ देर तक नीमा-नीरू का वार्तालाप होता है, तदुपरान्त कथाकार कबीर के गुरु रामानन्द के सम्बन्ध में कहता है :

"किन्तु स्वामी रामानन्द किसी शूद्र या विधर्मी को अपना शिष्य नहीं बनाना चाहते थे।…ब्राह्म मुहूर्त में ही पंच गंगा घाट की सीढ़ियों पर कबीर लेट रहे। जब स्वामी रामानन्दजी स्नान कर लौट रहे थे, वे राममन्त्र पढ़ते चले आ रहे थे।…"

रामानन्द और कबीर के वार्तालाप के उपरान्त पुनः कथाकार कहता है…"इस प्रकार कबीर स्वामी रामानन्द के शिष्य बने।"

आगे चलकर काज़ी और कबीर का संवाद हो चुकने पर कथाकार कहता है, "इस प्रकार कबीर साहब ने अपने सच्चे धर्म के प्रचार से हिन्दू और मुसलमान, दोनों को सीधा रास्ता दिखाया।"

आगे चलकर कबीर, रहीम और रामदेव के वार्तालाप के उपरान्त कथाकार कहता है, "हिन्दू-मुसलमान तथा ब्राह्मण-शूद्र का भेद दूरकर उन्होंने संवत् 1551 में अपनी जीवन-लीला समाप्त की।"[2]

तात्पर्य यह है कि रंगमंच नाटकों में विष्कम्भक और प्रवेशक का जो कार्य होता था, उसे एक कथाकार वर्णन के रूप में रखता चलता है।

यह है इस रेडियो-रूपक की संक्षिप्त रूपरेखा। इसमें कबीर-जन्म से पूर्व ही कबीर का गाना गाया जाता है, जो रंगमंचीय नाटक की दृष्टि से नितान्त काल-विरोधी है। पचासों वर्ष की घटनाएं आधे घण्टे में रेडियो रूपक के रूप में ही दिखाई जा सकती हैं। रंगमंच पर एकांकी रूप में कबीर के जीवन की कोई एक विशेष घटना ही प्रदर्शित की जा सकती थी।

रेडियो के एक और नाटक 'कालिदास' पर विचार कर लेने से यह बात स्पष्ट हो जाएगी कि अन्य नाट्यकार भी रेडियो-रूपक में इसी पद्धति का अनुसरण कर रहे हैं। 'कालिदास' पं० उदयशंकर भट्ट का रेडियो-रूपक है, जो कई रेडियो स्टेशनों से प्रसारित किया जा चुका है। इस रूपक में कालिदास के सभी ग्रन्थों की रचना के उद्देश्य पर विस्तार से प्रकाश डाला गया है और यह भी दिखाया गया है कि किस ग्रन्थ के प्रणयन की प्रेरणा कहां से मिली है। प्रारम्भ में फाहियान और एक युवक के वार्तालाप द्वारा तत्कालीन

---

1. नयी धारा, सम्पादक : रामवृक्ष बेनीपुरी, वर्ष 1, अंक 7, पृष्ठ 10
2. वही, वर्ष 1, अंक 7, पृष्ठ 21

परिस्थिति का संक्षिप्त परिचय दिया गया है। तदुपरान्त सूत्रधार कालिदास की प्रशंसा करते हुए कहता है, "जीवन के कवि, शृंगार के आचार्य, रस के सागर, शब्दव्रत के परमाभ्यासी, भाव-गाम्भीर्य के साथ उक्ति-वैचित्र्य के उदधि, सृष्टि के अणु-अणु के पारदर्शी कालिदास।"[1] यहां वियोगी कालिदास के हृदय में उमड़ते हुए मेघ को देखकर अपनी प्रिया विलासवती को सान्त्वना देने की प्रेरणा उत्पन्न हुई और उन्होंने यक्ष यक्षिणी के रूप में 'मेघदूत' की रचना की। इसमें वस्तुतः मेघ कालिदास के प्राणरूपी यक्ष का संदेश वाहक बनता है। इसी प्रकार 'कुमारसम्भव', 'विक्रमोर्वशी', 'शकुन्तला', और 'रघुवंश' की रचना का आशय और प्रेरणा का कारण दिखाकर महाकवि गेटे की श्रद्धांजलि के साथ नाटक समाप्त होता है। स्फुट प्रसंगों का परिचायक सूत्रधार होता है, जो प्रासंगिक घटनाओं का समय-समय पर निर्देश करता चलता है।

उदयशंकर भट्ट-विरचित 'मेघदूत', 'विक्रमोर्वशी', 'शकुन्तला', 'राधा' आदि गीतिनाट्य बार-बार कई रेडियो स्टेशनों से सफलतापूर्वक प्रसारित हुए हैं। इसी प्रकार सामाजिक, मनोवैज्ञानिक समस्या, प्रहसन आदि भी समय-समय पर प्रसारित होते रहते हैं। आचार्य चतुरसेन के चार और रेडियो-रूपक प्रकाशित हुए हैं—'सीताराम', 'हरिश्चंद्र', 'श्री भरत' और 'राखी'। श्री विष्णु प्रभाकर के चार रेडियो-रूपक—(1) 'उपचेतना का छल', (2) 'मुरब्बी', (3) 'सरकारी नौकरी' और (4) 'क्या वह दोषी था, मुद्रित हुए। इनमें प्रथम और चतुर्थ मनोवैज्ञानिक नाटक हैं, जिनका अभिनय सफलतापूर्वक रेडियो स्टेशन दिल्ली से हुआ।

रेडियो-रूपक

नाटक की यह ऐसी शैली है, जिसमें नाट्यकार एक ही समय, एक स्थान पर सहस्रों वर्ष—वैदिककाल से प्रारम्भ करके आधुनिककाल तक—के प्रसिद्ध सांस्कृतिक, धार्मिक, राजनीतिक उथल-पुथल का रूप प्रदर्शित कर सकता है। वह संकलनत्रय के बन्धन को स्वेच्छा से क्षण-भर में चूर-चूर कर सकता है और रंगमंच की 'स्वगत' नामक अस्वाभाविक प्रणाली को पूर्ण स्वाभाविक बना सकता है। वह अंकों और दृश्यों की सीमाएं एक झटके में धराशायी कर सकता है।

रेडियो-फीचर

प्रसिद्ध उपन्यासों को नाटक रूप में उपस्थित करने की कला अंग्रेजी में एक काल से रेडियो में आ चुकी थी। रेडियो की यह शैली क्विलर काउच (Sir A. T. Quiler Couch) के हाथों विकसित हुई। उन्होंने तीन प्रसिद्ध उपन्यासकारों की रचनाओं का नाटक में रूपान्तर किया। इस प्रकार लार्ड लिटन और चार्ल्स डिकेन्स के बृहद् उपन्यासों का रसास्वादन थोड़े समय में फीचर के द्वारा किया गया। इसी शैली पर हिन्दी में प्रेमचंद

---

1. कालिदास, उदयशंकर भट्ट, अप्रैल, सन् 1950, पृष्ठ 9

के प्रसिद्ध उपन्यासों का रेडियो फीचर में रूपान्तर हुआ।

रेडियो फीचर की दूसरी विशेषता यह है कि यह सूचनात्मक और प्रचारात्मक भी होता है। इसमें शुष्क विषयों पर प्रकाश डालने के लिए उनसे सम्बद्ध बातों का नाट्य-सा किया जाता है। सुशील का 'पंचायती राज'[1] इसका उदाहरण है।

ध्वनिनाट्य

इसका आधार है वाचिक अभिनय। इसमें कथनोपकथन का प्राधान्य रहता है। कुछ लोग इसे 'अन्धों का सिनेमा' कहते हैं। ध्वनिनाट्य का उपयुक्त उदाहरण विष्णु प्रभाकर का 'बीमार' है।

स्वोक्ति

एकपात्रीय नाटक है। इसका रूप रंगमंच के एकांकी से भिन्न होता है। रंगमंच पर 'इसमें कथावस्तु का सुसम्बद्ध होना अनिवार्य नहीं, परन्तु रेडियो पर कथा सुसम्बद्ध' होनी ही चाहिए। विष्णु प्रभाकर का 'सड़क' नाटक इसका उदाहरण है।

फैण्टेसी (भावनाट्य)

उदयशंकर भट्ट इसे ऋतु-सम्बन्धी नाटक मानते हैं। किन्तु विष्णु प्रभाकर का मत है कि "जीवन के किसी अमूर्त तथ्य पर आधारित रोमानी चित्रण फैण्टेसी (भावनाट्य) है।" इसमें भावात्मक घटना एवं अनुभूति को स्वच्छन्द रीति से चित्रित किया है। इसमें मानसिक चिन्तन का सतत प्रदर्शन रहता है। विष्णु प्रभाकर के दो नाटक 'अर्द्धनारीश्वर' और 'शलभ और ज्योति' उत्तम भावनाट्य हैं।

रंगमंच पर भावनाट्य उस नाटक को कहा जाता है, जिसमें अभिनय का हाव-भाव संगीत तथा नाटक के अन्य उपकरणों से अधिक प्रभावशाली हो। मुद्रा और अनु-भावों के द्वारा भावों के प्रदर्शन का नाटक में प्रभुत्व रहने के कारण इसे भावनाट्य कहा जाता है। उदयशंकर भट्ट का 'विश्वामित्र और दो भावनाट्य' इसका सफल उदा-हरण है।

ध्वनि-गीति-रूपक

इसका माध्यम है कविता। इसमें आन्तरिक संघर्ष की प्रधानता रहती है। कार्य की अपेक्षा भाव का महत्त्व अधिक होता है। बृहत् कथा की संक्षिप्ति के लिए वाचक-वाचिका का प्रयोग होता है। भगवतीचरण वर्मा का 'कर्ण', सुमित्रानन्दन पन्त का 'शिल्पी', 'शुभ्रपुरुष' इसके सुन्दर उदाहरण हैं।

---

1. एकांकी-विहार, विष्णु प्रभाकर, पृ० 96

रिपोर्ताज़[1]

यह नाटक की एक अभिनव पद्धति है, जो विगत युद्धकाल में आविष्कृत एवं विकसित हुई। द्वितीय महायुद्ध में बड़ी-बड़ी घटनाएं एक के बाद दूसरी इतनी द्रुत गति से घटित होने लगीं कि नाट्यकार उन्हें कला से सुसज्जित बनाकर जनता तक पहुंचाने का अवसर ही न पा सके। जनता युद्ध की महत्त्वपूर्ण घटनाओं, उनके कारणों और परिणामों को समीप से जानने के लिए क्षण-क्षण व्यग्र थी। सबकी आंखें पत्र-पत्रिकाओं की ओर लगी थीं और कान रेडियो की ओर। ऐसी असाधारण परिस्थिति में कलाकारों ने एक अभिनव नाट्यविधान का आविष्कार किया, जो घटना और घटनाक्रम के इतिहास, घटनास्थल के वातावरण और घटना में भाग लेने वाली शक्तियों की गति-विधि, वादे-इरादे, रीति-नीति पर पर्याप्त प्रकाश डाल सके। वह संकट का ऐसा काल था, जब जनता घटना के आभ्यन्तरिक और बाह्य सभी रूपों को जानने के साथ भविष्य में होने वाले उसके प्रभावों से भी परिचित होना चाहती थी, क्योंकि उसके परिणामों से कोई बच नहीं सकता था।

ऐसी स्थिति में कलाकार किसी घटना या वर्ण्य वस्तु का वर्णन इस प्रकार करने लगा मानो घटना से सीधा सम्बन्ध रखने वाला व्यक्ति उसका अंग बन गया हो और पाठकों की सहानुभूति का भाजन होकर उनके हृदयों में रागात्मक अनुभूति भर रहा हो। यह तभी सम्भव हो सकता है, जब कलाकार संजय की तरह विवेक-दृष्टि से देखता हुआ महाभारत के विविध दृश्यों का, वीरों के जय-पराजय एवं उनके शौर्य और पराक्रम का, युद्ध की भीषणता और भयंकरता का वर्णन रागात्मक सहानुभूति के साथ करता चले।

यह कला रूस और अमेरिका में नित्यप्रति विकासोन्मुख बन रही है। हमारे देश में भी इसका प्रयोग विविध उत्सवों के अवसरों पर होता है। गणतन्त्र दिवस, स्वतंत्रता दिवस, क्रिकेट मैच, कुम्भ मेला आदि विशेष अवसरों पर रेडियो से जो समाचार प्रसारित होते हैं, उनकी यही शैली है। इसमें घटनास्थल के विवरण के साथ-साथ प्रसिद्ध वक्ताओं के भाषणों को भी उन्हींके मुख से सुनने का सुयोग प्राप्त होता है।

पत्र-पत्रिकाओं में युद्ध-वर्णन के अतिरिक्त सांस्कृतिक रिपोर्ताज भी लिखे गए। हिन्दी में सर्वप्रथम रूसी लेखक लियोनिद लियोनोव का सोवियत रिपोर्ताज 'हंस' के 'शान्ति-संस्कृति अंक' में प्रकाशित हुआ। इस लेख में लियोनिद लियोनोव ने रूसी जनता, अमेरिकनों और अंग्रेजों को सम्बोधित कर कहा :

"ऐसे समय में महान् सोवियत मानवतावादी लेखक मैक्सिम गोर्की के शब्दों में हम संस्कृति के पुजारियों पर एक बहुत बड़ी जिम्मेदारी आ जाती है। वक्त का हमसे तकाजा है कि हमारे अन्दर अटूट एकता हो।"

---

1. प्रगतिवाद, शिवदानसिंह चौहान, पृ० 111

"अमेरिकनों से नहीं हुजूर, यह मास्को की साजिश नहीं है...यह तो धरती डोल रही है, यह एक भूचाल है, जो सदियों पुरानी गुलामी के घृणित और शर्मनाक जुए को झकझोर रहा है। हुजूर, इन फूटते हुए ज्वालामुखियों से बचके रहिए, जरा-सी भी लापरवाही आपकी तन्दुरुस्ती को नुकसान पहुंचा सकती है।"

"सभी देशों से अब दुनिया धीरे-धीरे अहम्, प्रेम, अहंकार, लालच और पाखण्ड से उसी तरह मुक्ति पा रही है, जिस तरह प्लेग और हैजे और कष्टकर मध्ययुग के दूसरे रोगों से। विदा, ट्रेजेडी से अद्भुत सुन्दर दर्पणों में प्रतिबिम्बित भयानक छायाओ, विदा...तुम मैकबेथ और शाइलॉक, रोस्तिनियाक और तारतुफ़ विदा...हैमलेट, जीवन के पुनर्जन्म पर मुस्कराओ! और अब कोई प्यारी जूलियट का दिल न तोड़े।"[1]

पं० उदयशंकर भट्ट[2] का मत है कि "प्रगतिशील लेखकों ने (हिन्दी में) रिपोर्ताज लिखने का प्रयत्न किया है, किन्तु वे नाटक न होकर वस्तुस्थिति के वर्णनात्मक चित्र बन गए हैं।"

हमारा मत है कि यह कला यदि रूस और अमेरिका में विकसित हो सकती है तो हिन्दी में भी इसे विकासोन्मुख बनाया जा सकता है। यह कला प्रगतिशील लेखकों के ही हिस्से नहीं पड़ी है, कोई भी इसमें प्रयास के द्वारा सिद्धहस्त हो सकता है। नवयुवकों के सम्मुख उन्नति का यह एक विशाल क्षेत्र पड़ा है। आशा है कि हमारी भाषा में भी ऐसे रिपोर्ताज लिखे जाएंगे, जो इस समृद्ध भाषा के उपयुक्त होंगे।

जन-नाटक

रेडियो द्वारा जन-नाटकों को भी प्रोत्साहन मिला है। रास, स्वांग, ढोला-मारू, निहालदे, नौटंकी आदि जन-नाट्यशैली के नाटक समय-समय पर प्रसारित होते रहते हैं। ग्रामीण जनता के विनोद के लिए जो विविध नाटक प्रस्तुत किए जा रहे हैं, वे मनोरंजन के साथ उन्नयन के भी साधन बनाए जा सकते हैं। जन नाटकों ने देश के संकटकाल में सांस्कृतिक विचारों की निरन्तर रक्षा की है। जैन रास, कृष्णरास, रामलीला के द्वारा घोर आपत्ति काल में भी राम-कृष्ण के बल पर भारतीय संस्कृति जीवित रही। आज हमारी संस्कृति का क्षेत्र भारत तक ही सीमित नहीं, वह अन्तर्राष्ट्रीय रूप धारण कर रहा है। ऐसी परिस्थिति में जन-नाटकों के द्वारा बाह्य देशों की सांस्कृतिक विशेषताओं को आत्मसात् किया जा सकता है। इस प्रकार भारतीय जनता में राष्ट्रीय भावना जागरित की जा सकती है। स्वतन्त्र भारत में ज्यों-ज्यों ग्रामीण जनता की शक्ति का महत्त्व बढ़ता जाएगा, त्यों-त्यों जन-नाटकों का अभ्युदय अनिवार्य रूप से होता जाएगा। उसका कारण यह है कि गतानुगतिका-प्रेमी ग्रामीण जनता में किसी नवीन विचार की स्थापना

---

1. हंस, शान्ति-संस्कृति अंक, वर्ष 22, अंक 6, 7, पृष्ठ 25 से 90 तक
2. **जीवन और संघर्ष**, उदयशंकर भट्ट, भूमिका, पृष्ठ 18

और प्रचार के लिए जन-नाटक से बढ़कर कोई दूसरी युक्ति नहीं।

व्यंग्य

व्यंग्य-नाटक प्रहसन से कई कारणों से भिन्न होता है। प्रहसन का ध्येय केवल विनोद होता है, किन्तु व्यंग्य में एक विशेष उद्देश्य होता है। इस नाटक में वाग्वैदग्ध्य, कटाक्ष एवं चुभते व्यंग्य के द्वारा समाज की कुरीतियों, कुप्रवृत्तियों और आडम्बरमय विधि-विधानों का उपहास किया जाता है। इसमें गम्भीर हास्य के साथ विचारों को भी उद्बुद्ध करने की शक्ति होती है। 'अश्क' का 'अधिकार का रक्षक', भुवनेश्वर का 'स्ट्राइक', विष्णु प्रभाकर का 'कांग्रेसमैन बनो' और उदयशंकर भट्ट का 'दस हज़ार' हिंदी के प्रसिद्ध व्यंग्य-नाटक हैं।

हिन्दी में एकांकी नाटकों को रेडियो के द्वारा प्रभूत प्रोत्साहन मिला। आज का नाटककार ऐसे एकांकी लिखने का प्रयास करता है जो रंगमंच और रेडियो स्टेशन दोनों पर सफल हो सकें। यह मोह नाटककार और नाट्यकला दोनों के लिए हानिकारक है। दोनों का पृथक् तन्त्र (टेकनीक) है, दोनों के पृथक् प्रयोग हैं। बी० बी० सी० के एक प्रसिद्ध नाटककार का अनुभव है कि "रंगमंच के लिए लिखा गया नाटक कदाचित् ही रेडियो पर सफल हो।"[1] दोनों प्रकार की कला से परिचय प्राप्त करके एकांकी लिखे जाएंगे तो अवश्य ही अपने-अपने स्थान पर उपयुक्त हो सकेंगे। नाटककार को स्मरण रखना चाहिए कि रंगमंच के नाटक का माध्यम है आंगिक और आहार्य अभिनय, सिनेमा का चलचित्र, किन्तु रेडियो-नाटक का माध्यम माइक्रोफोन -- स्वर-प्रक्षेपण यन्त्र। अतः माध्यम के पार्थक्य से तन्त्र में अन्तर होना स्वाभाविक है।

आधुनिक एकांकी

चन्दनवन एकांकी (1976)—**अमृतलाल नागर**

इसमें चन्दन वन के अतिरिक्त तीन एकांकी 'सुहाग के नूपुर' 'महावोधि की छाया में', 'रत्ना के प्रभु संकलित हैं। चन्दन वन में पुरानी और नई पीढ़ी की नारी-जाति के जीवन, दर्शन का अन्तर दिखाया गया है। शर्मिष्ठा सम्पन्न कुल वाले डॉक्टर यज्ञिक की पुत्री है जो अपने प्रेमी जय से पिता की इच्छा के विरुद्ध विवाह करना चाहती है। डा० याज्ञिक जय के पिता को एक जलील आर्टिस्ट (कलाकार) समझकर विवाह का विरोध करता है पर

1. It may save a certain amount of disappointment to say roundly that it is only in very exceptional cases that a play written for the theatre is likely to make good material for broadcasting,

Radio Theatre, Val Gielgud, Foreword, page ix, Macdonald & Co., London, 1946

शर्मिष्ठा कला के क्षेत्र में अपनी प्रसिद्धि के लिए उसी कलाकार को चुनती है। विवाह होने पर शर्मिष्ठा जय की वृद्धा माता के पूजा-पाठ को व्यर्थ समझकर उसकी पूजा की घंटी, शंख, ठाकुर जी का सिंहासन नौकर से उठवाकर अपने नाटक के रिहर्सल के लिए ले जाती है। जय की पुजारिन माता बच्चों के हित में प्राण विसर्जन करती है। इधर जय और शर्मिष्ठा में कल्चर के ढोंग को लेकर विवाद खड़ा हो जाता है। जय फिल्म की कल्चर पर खीझकर शर्मिष्ठा से कहता है—"मुझे घर चाहिए, होटल नहीं, मुझे घरवाली चाहिए झूठी कल्चर की साझीदार नहीं, मुझे पत्नी चाहिए जो मेरे बच्चों की मां बन सके।" पर शर्मिष्ठा पति के सिद्धान्तों का विरोध करते हुए विदग उठती है—"यह नहीं हो सकता। मैं भी नाम और शोहरत चाहती हूं।" शर्मिष्ठा अपने को धीरे-धीरे बदलती है पर दोनों में समझौता नहीं हो पाता। शर्मिष्ठा को अपने पिता डा० याज्ञिक का और जय को अपनी माता के उपदेश याद आते हैं। मां ने प्राण विसर्जन से पूर्व पत्र में लिखा था—"हर कूड़े को कूड़ा न समझ, पहले उसके चन्दन वन से सदा खिले रहने वाले पारिजात फूलों को चुन ले। तुम दोनों को आशीर्वाद दिए जाती हूं। फूलो फलो ! सुमति पाओ।" पर जय अब शर्मिष्ठा से रुष्ट होकर एक नीच नर्स मंजु पर रीझता है। अतः शर्मिष्ठा क्रोधावेश में आकर मंजु को गोली मार देती है। यह है आधुनिकता का स्वरूप। श्री नागर जी की यह बड़ी ही सन्तुलित नाटिका आज की प्रमुख कृति मानी जाएगी।

चक्करदार सीढ़ियां और अंधेरा (सन् 1978)—अमृतलाल नागर

नागर जी का सम्बन्ध रेडियो रंगमंच और नाट्यकार संगोष्ठियों से वर्षों तक रहा है। उन्हें देश-विदेश की नाट्यकला का अच्छा ज्ञान है और वे सतत् जागरूक साहित्यकार होने के कारण इस अन्वेषण में सफल हो रहे हैं कि कृति को रेडियो रंगमंच और पठन तीनों के योग्य बना सकें। तीनों का प्रत्यक्ष अनुभव होने से इनके रेडियो नाटक में भी रंगमंचीयता और पठनीयता निहित रहती है।

कृतियां : 1. 'बात की बात' सन् 1974, 'चन्दन वन' सन् 1976, 'उतार चढ़ाव' सन् 1978, 'चक्करदार सीढ़ियां और अंधेरा' सन् 1978।

'बात की बात' : इस संकलन में 'बांकेमल फिर आ गए' 'अबीर गुलाब', 'प्रेमी की चकल्लस', 'मुफलिस का रेडियो', 'बात की बात' सम्मिलित है।

'बांकेमल' में उन्नीसवीं सदी के जवान और बीसवीं सदी के बूढ़े सेठ बांकेमल के सत्तर वर्षों के अनुभव का विवरण नाटकीय ढंग से दिया गया है। सेठ बांकेलाल राशन के जमाने में अपनी जवानी के दिन याद करते हुए कहते हैं दुनिया बड़ी खुस्केट हो गई है प्यारे··· एकदम फौक्स सुसरी। हम सरीफों के रहने काबिल अब रही नहीं भैयों। बारे आने सेर दूध, भला बताओ कोई कैसे जिए। अरे कहां रुपै का सौलै सेर दूध पीके दण्ड करें थे, पेला करें थे हम लोग—हाय रे जमाने। सेठ बांकेलाल अपने पुराने मित्र चौबे के मस्ती भरे गानों को याद कर करके मस्त रहना चाहते हैं। गाते हैं—

सावन की बहार है फुहार पड़े झीनी सी।
गुलज़ार के चमन और पुकार रहे मोरा है॥

पर आधुनिक युग की चोर बाजारी और बेईमानी को देखकर थोड़ा परेशान होता है, फिर भी प्रेम के बल पर सबको खुश रखना चाहता है। अन्त में कहता है

जिन्दगी जिन्दादिली का नाम है।
मुर्दा दिल ससुरे खाक जिया करते हैं ।।

उसका लक्ष्य है "भाइयो स्वयं जियो और औरों को जीने दो।" इसी प्रकार मस्ती और हास्य के भरे हुए अन्य नाटकों में भी तत्कालीन सामाजिक जीवन पर व्यंग्य किया गया है।

डा० सिद्धनाथकुमार (सन् 1927)

डा० सिद्धनाथकुमार आज के सफल आलोचक नाट्यकार प्राध्यापक एवं रंग-निर्देशक हैं। प्रारंभ में रेडियो पर इन्होंने अपनी कला कुशलता का परिचय दिया। रेडियो नाटक लिखते रहे। रेडियो नाटक को समसामयिक जीवन के सन्दर्भ में सर्वत्र प्रचारित करने का श्रेय इस नाट्यकार को मिला। इन्होंने हिन्दी के प्राचीन एवं नवीन नाट्य साहित्य का मनोनिवेशपूर्वक अध्ययन किया। बीस वर्ष की अवस्था में भारत को स्वतन्त्र पाकर विगत 35 वर्षों से ब्रेख्त और बेकेट के प्रभाव से एब्सर्ड और अस्तित्ववादी नाटकों की प्रगति देखने का इन्हें सुअवसर मिला। प्राचीन की अपेक्षा नवीन को आत्मसात् करने में वे अधिक प्रसन्न हुए। 'प्रसाद' की अपेक्षा उन्होंने राकेश के नाटकों को आधुनिक संवेदनाओं को बोध कराने में अधिक सफल पाया। पर ज्यों-ज्यों उनकी अवस्था बढ़ती जा रही है वे विसंगति नाटकों को समाज के लिए अहितकर समझने लगे हैं। वह भावुकता से तर्क को, हृदय से बुद्धि को, आदर्श से यथार्थ को अध्यात्म से अस्मिता को भारतीय शास्त्र से फ्रायड को आधुनिक जीवन के लिए अधिक कल्याणकारी समझते हैं। कला में पूर्ण स्वतन्त्रता के वे हामी हैं।

कृतियां—कवि, सृष्टि की सांझ और अन्य काव्य नाटक, रंग और रूप, वे अभी भी कुमारी है, आदमी है नहीं है, मुर्दे जिएंगे ! इनके काव्य रूपकों पर हम विस्तार से विचार कर आए हैं। यहां एकांकियों पर विचार करना है।

'आदमी है नहीं है' (सन् 1979 ई०)—डा० सिद्धनाथकुमार

आज हमारे देश का आदमी जीवन की आवश्यकताओं को जुटाने में उतना दुःखी नहीं है जितना सम्पन्न होने पर भी अपने को सर्वथा रिक्त; लोगों से चारों ओर घिरे रहने पर भी अपने को अकेला, सगे सम्बन्धियों के होते हुए भी अपने को अजनबी पाकर दुःखी है। इसी प्रकार 'चेहरे और चेहरे' नामक नाटक में एक ही आदमी के दो रूप दिखाए गए हैं : एक आन्तरिक और असली और दूसरा बाहरी मुखौटे वाला नकली। नाट्यकार के अनुसार आज के भ्रष्टाचार का मूल कारण आधुनिक मानव का यही दुहरा रूप धारण करना है। मुखौटा भ्रष्टाचार का और असली चेहरा अस्मिता का प्रतीक है। इसी प्रतीकात्मक शैली में आज की समूची दुर्व्यवस्था भ्रष्टाचारिता; सामाजिक पतन पर व्यंग्य किया गया है। 'देखती दीवारें', 'एक बेचैन आवाज','परिधि के टुकड़े' द्वारा भी आधुनिक

विसंगतियों पर प्रकाश डाला गया है। सभी नाटक आधुनिक भाव बोध कराने के उद्देश्य से लिखे गए हैं। एक ही उद्देश्य होने से इन पांचों एकांकियों की प्रभावान्विति रमणीय बन गई है।

कुछ आलोचकों का कथन है कि इनकी रंगमंचीय शैली और इनका नाट्य विधान अब पुराना पड़ने लगा है जिनके कारण नाटकीय स्थितियां नहीं निखर पातीं।

"मुर्दे जिएंगे" (सन् 1981)—डा० सिद्धनाथकुमार

डॉ० सिद्धनाथकुमार एक सिद्ध हस्त रेडियो नाट्यकार हैं। वर्षों से वे रेडियो नाटक की नई-नई टेकनीक निकालने का प्रयोग करते रहे हैं। विगत पांच वर्षों से विविध रेडियो स्टेशनों से प्रसारित होने वाले अनेक नाटकों में से सर्व प्रशंसित पांच चुने हुए नाटकों का संकलन इस वर्ष उन्होंने 'मुर्दे जिएंगे' नाम से प्रकाशित किया है। 'आदमी है नहीं है' संकलन रंगमंच पर बहुत ही सफल हुआ है।

इस संकलन में पांच नाटक हैं 1. मुर्दे जिएंगे, 2. खुला कमरा बन्द धुआं, 3. बंजर धरती के फूल, 4. कड़ियां, 5. कोई एक किरण।

'मुर्दे जिएंगे' यह चौंकाने वाला नाम देश पर बलिदान होने वाले शहीद के परिवार की कहानी के आधार पर लिखा गया है। नाट्यकार ने शहीदों की समाधियों पर पहरा देने वाले सन्तरी के माध्यम से युवक इंजीनियर अशोक के शहीद पिता की मर्म व्यथा नाटक में सुनाई है। शहीद संतरी को बताना चाहता है कि सत्याग्रह आन्दोलन ने पुत्र कलत्र को असहाय छोड़ गोली खाकर मरने में मुझे एक सुख मिला और हमें सन्तोष है कि हमने देश को आजाद कराने में अपनी ओर से कुछ उठा नहीं रखा। विधवा पत्नी ने, पता नहीं, बच्चों का पालन किस प्रकार किया।

शहीद को जहां बलिदान होने की प्रसन्नता है, वहीं सामाजिक परिस्थितियों से विवश अपने पुत्र को पुत्री के विवाह के लिए ठेकेदार से रिश्वत लेने की योजना बनाते देख दुःख भी होता है। सीमावर्ती इलाके में शत्रु से रक्षा के लिए एक मजबूत पुल बनाना है "पर वह अपने लाभ के लिए ऐसा पुल बनाने जा रहा है जिसकी नींव कमजोर हो जो समय पर साथ न दे। हमें लगता है, कोई हमारा गला घोंट रहा है और अपना बेटा भी ऐसे कामों में लगने को तैयार हो जाय, तब अपनी बेचैनी का क्या कहना। आदर्शों की हत्या देखकर हम बेचैन तो हो सकते हैं पर कर क्या सकते हैं। अशोक स्वप्न में पिता को दुःखी देखकर रिश्वत से मुंह मोड़ लेता है और अपनी पत्नी को समझाते हुए कहता है—"मैं अपने हाथों मुर्दों का शहीदों का गला नहीं घोटूंगा। वे जीना चाहते हैं जिएंगे।"

भ्रष्टाचार के इस युग में युवा इंजिनियर का यह दृढ़ संकल्प अन्धकार में आशा की किरण के समान दिखाई पड़ रहा है। आज देश को ऐसे ही दृढ़ संकल्प वाले कर्त्तव्य-निष्ठ युवा सरकारी कर्मचारियों की आवश्यकता है।

'खुला कमरा बन्द धुआं' में पति-पत्नी के परस्पर अविश्वास का कारण अनूप नामक एक युवक है। रजनी के पति विनोद को अनूप और अपनी पत्नी के गुप्त सम्बन्ध

पर सन्देह है। रजनी कहती है--"जो अपना समझकर, आत्मीय बनकर अतिथि बनकर दरवाजे पर आए, उसे वापस जाने को कैसे कह सकती हूं।" यह सुनकर विनोद के मन का संदेह दृढ़तर बन जाता है। वह रजनी से कहता है—"इसके बाद भी कहती हो कि कोई तुम पर अविश्वास न करे।"

इस एकांकी नाटक में प्रश्न उठाया गया है कि यदि पति-पत्नी परस्पर समझौता न कर पाएं तो क्या करना होगा। पिता समाज की लज्जा और मर्यादा को लेकर चलने वाला है, पर विनोद कहता है—"मैं समाज की बात नहीं सोचता, मैं सबके बारे में नहीं जानता पिता जी अपने बारे में जानता हूं।" विनोद पर अनजाने ही परम हितैषी पिता के तर्कों का ऐसा प्रभाव पड़ता है कि जब वह लौटकर रजनी को ज्वर ग्रस्त तड़पते हुए शिशु को गोद में लिए हुए देखता है तो उसके मन का संशय रूपी सारा धुआं मानों कमरा खुल जाने से बाहर निकल जाता है। संयोग से उसी समय अनूप भी उस दिन उन दोनों की शादी की वर्षगांठ का उपहार लेकर कमरे में प्रविष्ट होता है और बच्चे की औषधि लिए अपना सब काम छोड़कर डाक्टर के पास जाने को तैयार हो जाता है।

बन्द कमरा हृदय की संकीर्णता का, और धुआं घुटन तनाव का संकेत करते हैं। मेरी सम्मति से आधुनिकता के नये मोड़ का यह एकांकी सूचक है। क्योंकि इसमें भ्रमित युवा पीढ़ी को सत्पथ पर लाने वाली पुरानी पीढ़ी की स्वस्थ सामाजिक परम्परा और नई पीढ़ी के कल्याण का भाव निहित है। ऐसे ही कलापूर्ण नाटकों से आधुनिक रुग्ण समाज स्वस्थ बन सकता है, जो कलाकार का धर्म है।

खोए हुए आदमी की खोज (सन् 1981) विपिन कुमार

विसंगति नाटकों के रचयिता विपिन कुमार का नवीनतम एकांकी संग्रह है जिसमें पांच एकांकी : 1. मौत एक कुत्ते की, 2. अभिव्यक्ति, 3. राष्ट्र सम्राट, 4. अपने देश में, 5. खोए हुए आदमी की खोज हैं।

आज की शिक्षा-दुर्व्यवस्था और युवा-युवतियों के विसंगत जीवन को दिखाने के लिए इस व्यंग्य नाटक की रचना हुई है, अभिव्यक्ति में धनी व्यक्तियों की धार्मिकता और नेताओं के निरर्थक भाषण पर व्यंग किया गया है। 'राष्ट्र सम्राट' में आज देश में दिखाई पड़ने वाली लक्ष्यहीनता, राष्ट्र का आन्तरिक खोखलापन एवं समाज की विभिन्न विसंगतियां स्पष्ट की गई हैं। इसमें भी शिक्षालयों और विश्वविद्यालयों की विसंगतियां मार्मिक ढंग से दिखाई गई हैं। खोए हुए आदमी की खोज एक काव्य नाटक है जिसमें आधुनिक शासन व्यवस्था रूपी मशीन में सामान्य आदमी को पिसते हुए चित्रित किया गया है। सभी एकांकी विसंगति नाटक के शैली शिल्प का अनुसरण करते हुए आधुनिक जीवन की विडम्बना स्पष्ट करते हैं।

अश्वत्थामा (सन् 1980) —डॉ० राजानन्द

इस नाटक में मध्य रात्रि के समय सुप्तावस्था में पड़े पांडव पुत्रों धृष्टद्युम्न तथा

पांडवापक्षधारी सैनिकों की निर्मम हत्या करने के कारण अश्वत्थामा को पश्चाताप करते हुए दिखाया गया है। नाटक में न कोई नवीनता न शिल्पगत कुशलता दिखाई पड़ती है।

'बादशाह गुलाम बेगम' (सन 1979)—गिरिराज किशोर

गिरिराज किशोर पूर्ण नाटकों के साथ-साथ एकांकियों की भी रचना करते आ रहे हैं। उनके इस नवीन एकांकी संग्रह में 'बादशाह गुलाम बेगम' पहला एकांकी है, शेष हैं 2. हम रोशनी बांटते हैं 3. दिन रुक गया 4. कोल्डेस्ट।

'बादशाह गुलाम बेगम'

शतरंज के खिलाड़ी इन नामों से भली-भांति परिचित हैं। आज की राजनीति शतरंज का खेल है। बादशाह प्रतीक है आज की राजनीतिक व्यवस्था की शक्तिमत्ता का जिसके अधीन रहने वाली जनता बेगम की तरह है। सर्वोच्च सत्ता के तन्त्र में व्यवस्था करने वाले अधिकारी और कर्मचारी गुलाम के रूप में है। 'जोकर' नामक पात्र जन नेता है, जिसकी स्थिति विदूषक से अधिक नहीं। जनता विवश बेगम की तरह बादशाह और उसके कर्मचारियों से प्रताड़ित और ठगी, शोषित हुई इतनी मर चुकी है कि विद्रोह की आग कभी-कभी उभड़ने पर भी सहसा बुझ जाती है। इस एकांकी में बादशाह अधिकारी कर्मचारी, सभी की अधिकार लिप्सा, सर्वत्र व्याप्त भ्रष्टाचार, चारित्रिक पतन, शासकीय दुर्व्यवस्था आदि का वास्तविक चित्र प्रस्तुत किया गया है। समूचे समाज को जीवन की आधुनिक विसंगतियों से गुजरता हुआ दिखाया गया है। रंगमंच पर कुर्सियों की पीठ सामाज की ओर रखकर दिखाना मानों व्यवस्था का उल्टा रूप प्रदर्शित करना है।

नाट्यकार यह दिखाना चाहता है कि ब्रिटिश साम्राज्य की बादशाहत जाने पर भी देश में आज प्रजातंत्र नहीं, बादशाहत और नौकरशाही बची है। पर नाट्यकार, अपना मन्तव्य स्थितियों की अपेक्षा बातों और कथ्यों से प्रकट करने के कारण पूरा सफल नहीं हो पाया। इसी प्रकार दूसरे एकांकी में कम्युनिसिपैलिटी की दुर्व्यवस्था के कारण नगर-वासियों को जिन कठिनाइयों, अड़चनों रिश्वती अफसरों का सामना करना पड़ता है उनका खाका खींचा गया है। 'दिन रुक गया' में सरकारी दफ्तरों की सुस्ती, लालफीता शाही रिश्वतखोरी आदि का विवरण दिया गया है। इन नाटकों में नाटकीय संकेतों की अपेक्षा कथन प्रधान हो गया है। संप्रेषण शक्ति की न्यूनता के कारण नाटक की प्रभविष्णुता जगह-जगह खंडित हो गई है। भाषा नाट्यकार के मन्तव्य को प्रकट करने में पूरी तरह समर्थ नहीं हो पाती।

'चलते सिक्के' (सन् 1981)—डा० अज्ञात

इस संग्रह में सात एकांकी आधुनिक समाज की विविध दुर्बलताओं और समस्याओं को प्रदर्शित करते हैं। आज की सबसे बड़ी विसंगति यह है कि खोटा सिक्का अबाध रूप से अपनी धाक जमाए चला जा रहा है। जो जितना ही बड़ा चार सौ बीसी धोखेबाज

और Cunning है, वह समाज में उतना ही उन्मुक्त भाव से समाज को लूट रहा है। सीताराम और छिद्दन साहब भिखारी बनकर खोटे सिक्के के बल पर हलवाई के यहां मनमाना माल उड़ाते हैं। वे ही दोनों वाजिदअली शाह के वंशज नवाब हैदरअली और तख्तमल जौहरी बनकर असली सेठ अमीरचन्द को धोखा देते हैं। यही दोनों दलाल और सरदार बनकर लखनऊ, कानपुर रोड के लिए दो पब्लिक कैरियर (ट्रक) का नकली परमिट बेचते पकड़े जाते हैं। पर चालाकी से परमिट का कागज दारोगा के जेब में डालकर छूट जाते हैं। अन्त में सीताराम और छिद्दन एक दूसरे की प्रशंसा करते हुए कहते हैं :

सीताराम : साहब, गुरु आज तुमने खूब बचाया मान गए। पक्के गुरु के चेले हैं कच्चे खिलाडी नहीं।

पहले एकांकी 'बन्द अध्याय' में सुग्रीव और राजीव नामक दो सौतेले भाइयों का पारस्परिक प्रेम दिखाते हुए कर्कशा भाभी के कारण राजीव की आत्महत्या दिखाई गई है। इसमें कर्म और भाग्य का द्वन्द्व दो सगे भाइयों के अन्तःद्वन्द्व द्वारा बड़े कौशल से दिखाया गया है।

दूसरे नाटक 'गिरती दीवारों' में स्वेच्छा विवाह के कारण होने वाली घर की परिस्थिति पर विचार किया गया है। बड़े भाई पूरनमल की पत्नी और उसकी सौतेली मां और भाई में अनबन होने के कारण दोनों भाई पूरनमल और सौतेले भाई नन्दू की विषम स्थिति हो जाती है। वे गृह-निष्कासित भाई को घर बुलाने के कारण दंडित हो जाते हैं। उनके बलिदान से सेठ सागरमल और उसकी नई पत्नी के द्वेष और महत्त्वाकांक्षा की दीवार ढह जाती है और वे अपनी कृतियों पर पश्चाताप करते हुए पुत्र-वधू को स्वीकार कर लेते हैं।

तीसरे नाटक 'रूप का हार और चांदी का सौदा' में आज के दो सहपाठियों-रेणुका और मधुलता का क्रमशः विवाहिता और वेश्या रूप दिखाया गया है। दोनों अपने-अपने जीवन से दुखी हैं। विवाहिता पति के दुर्व्यवहार से वेश्या बनने की आकांक्षा करती है और वेश्या रेणुका विलासी धनिकों की घृणित मनोवृत्ति से ऊबकर वैवाहिक जीवन बिताने को आतुर है। नारी जीवन का मनोवैज्ञानिक अध्ययन सराहनीय है।

चौथे नाटक 'रैन बसेरा' में एक उत्पीड़ित जापानी वेश्या प्रतिशोध लेने के लिए अपने अतिथि गृहपति सिन्तु के पुत्र की हत्या करके टोकियो की भीड़-भाड़ भरी सड़कों पर बचकर निकल जाती है। चकले के जीवन से ऊबी हुई सुन्दरी वेश्या गीसा अपने प्रेमी मजदूर ओयामा के साथ भिक्षु भिक्षुणी रूप में जीवन बिताती है।

शेष दो नाटक 'हवाई हमला' और 'हार की जीत' में द्वितीय महायुद्ध की भीषणता की स्मृति दिलाई गई है। नाट्यकार ने बरात में छोड़े गए गुब्बारों और पटाकों के द्वारा हवाई हमले की बम वर्षा का आभास कराया है। हवाई हमले के समय बम फटने की आशंका से लोग तहखानों में किस प्रकार घुस जाते हैं, उसी की अनुकृति नाटक में दिखाई गई है। बच्चों के मन पर इस परिहास का यह भी प्रतिकूल असर हो सकता है

कि वे युद्ध की विभीषिका को सचमुच ही मजाक न समझने लगें। इस नाटक को और भी मार्मिक बनाया जा सकता था। 'हार की जीत में' मास्टर साहब और उसकी शिष्या चम्पा के प्रेम और विछोह की कहानी है। नाटक सामान्य है।

उभरती नई प्रतिभाएं—डा० चन्द्रशेखर की रचनाएं 'लघु नाटक'

त्रिकोण की भुजाएं (सन् 1970)

समकालीन पीढ़ी की धुरीहीनता से यह रचना जुड़ी है। इसमें मूल्यों के संक्रान्त बिन्दु पर स्वीकार—अस्वीकार का द्वन्द्व और तनाव दिखाया गया है। निर्णयहीनता के कारण संघर्ष अनिवार्य है। दिवाकर में अस्वीकार का स्वर है पर नमिता में स्वीकार का दिवाकर नमिता को खण्डित करता है। प्रो० शर्मा निर्णय के धरातल पर हैं और नमिता का स्वीकार भी निर्णय के धरातल पर होने से प्रो० शर्मा द्वारा प्रेरणा पाता है, यही त्रिकोण की भुजाएं हैं।

'कटा नाखून' (सन् 1974)—डा० चन्द्रशेखर

आज का यथार्थ तथाकथित प्रणय—और परिणय के आयाम में क्या स्थिति बनाता जा रहा है? आज वह मध्यमवर्गीय समाज की आधुनिक मानसिकता को किस अनुपात में प्रगतिशील बना पाया है? हमारी युवा पीढ़ी कहीं आत्मघाती तो नहीं बनने लगी है? इन्हीं प्रश्नों पर गंभीरता से विचार किया गया है?

परिधि और बिन्दु (सन् 1980)

समकालीन सम्पर्कों में हमारे वरण का बिन्दु कौन-सा है। विवाह से पूर्व स्थापित सम्पर्क किस सार्थकता को ग्रहण करा रहे हैं जो विवाहोत्तर जीवन को रचनात्मक बना सके। यही प्रश्न इस रचना में उठाया गया है।

बिना सूइयों का टाईमपीस (सन् 1980)

आधुनिक युवा पीढ़ी सर्वथा संस्कार भ्रष्ट होकर सम्पूर्ण निरपेक्षता के धरातल पर तो नहीं पहुंच रही है। केवल वर्तमान के क्षण को समर्पित वर्ग किस प्रकार ध्वस्त होता जा रहा है। वह ऐसा टाइमपीस है जो टिक-टिक तो कर रहा है परन्तु उसकी सूइयां गिर चुकी हैं।

पांचवां टायर (सन् 1980)

स्त्री पुरुष के सम्बन्धों में वह कौन-सा धरातल है, जहां जीवन सुखी बन सके? विवाह पूर्व अनेक संघर्षों से नितान्त जूझना, क्या कोई सार्थक दिशा दे पा रहा है? इस प्रक्रिया में हम कहीं क्षेपक तो नहीं बन गए हैं? संघर्ष से खंडित दो व्यक्ति अब कहीं बंधने का प्रयत्न करते हैं तब और विखंडित हो जाते हैं।

डा चन्द्रशेखर और शिला पिघल गई— (सन् 1980)

आरोपित मूल्य हमें कितना सार्थक बना रहे हैं, आधुनिकता की अंधी नकल में हमारी अस्मिता कितना सही पहचान पाती है। आधुनिकता के आरोपण में हमारे परिवार, हमारे मानवीय सम्बन्ध कितने विकृत होते जा रहे हैं !

पद्मा के लाल कमल (सन् 1980)

बंगला देश का मुक्ति अभियान यह एक सन्दर्भ है, मूल प्रश्न है संस्कृति-रक्षा एवं धर्म परिवर्तन का। इस समस्या पर गंभीर चिन्तन पाया जाता है।

नहीं कोई अन्त एकांकी संकलन

एक निराश बुद्धिजीवी की गाथा है, जो अपनी ही कुण्ठाओं के कारण सामाजिक नियम तोडता चला जाता है। 'नहीं कोई अन्त' नामक एकांकी संकलन के 'अन्ततः' में स्त्री-पुरुष' के बीच का तनाव दिखाया गया है। पिता के तनाव के कारण बच्चे की स्थिति में विकृति स्पष्ट की गई है। 'एहसास' में दबंग पत्नी के सामने पति की दयनीय स्थिति और फिर पत्नी का पश्चात्ताप दिखाया गया है। 'कोई और रास्ता' में तलाक के बाद नारी की मनःस्थिति बताई गई है। 'सवेरा जरूर होता है' में ऐसे युवक का चित्रण है जो एक पथ-भ्रष्ट लड़की का किसी भी कीमत पर जीवन सुधारने को उतारू है।

'आखिरकार' में दहेज की प्रथा को उभारने की कोशिश है। 'लड़ाई' में जाति-व्यवस्था के खिलाफ एक युवा का एकांकी संघर्ष है। 'वह भी'...नाटक में ऐसे चार किशोरों की मानसिकता समझने की कोशिश की गई है, जो आर्थिक दबावों के कारण अपराध-वृत्ति स्वीकार करने को उद्यत है। 'अ का मतलब' एक बहुत ही छोटा नाटक है जो रंगकर्मियों की अनावश्यक प्रयोगधर्मिता पर कटाक्ष करता है। सभी एकांकी बुद्धिवर्धक एवं मनोवैज्ञानिक होने से सराहनीय हैं।

मुद्रक : हरिकृष्ण प्रिंटर्स, शाहदरा, दिल्ली-32

उपसंहार

इस नाट्येतिहास ग्रन्थ को अद्यतन बनाने के उत्साह में अठारह अध्याय तैयार कर लिए गए थे, पर ग्रन्थ इतना विशालकाय होने लगा कि आधुनिक काल को पृथक् करना अनिवार्य बन गया। सन् 1984 में प्रकाशित ग्रन्थ से आधुनिक नाट्यालोक की झांकी देखने की पाठकों की जिज्ञासा भी स्वाभाविक है, अतः कतिपय नवीन नाट्यालोचन-पद्धतियों का उल्लेख भी यहां किया जा रहा है। पर मूल रूप से सिद्ध सामन्त-काल से गांधी-युग तक निरंतर प्रवहमान नाट्य-सरिता की मूलधारा में ही विचरण करने का अवसर इस इतिहास में मिल पाया है। सन् 1950 के उपरान्त विरचित विसंगत नाट्य-आंदोलन की छटा दूसरे ग्रन्थ 'आज का हिन्दी नाटक : प्रगति और प्रभाव' में देखी जा सकती है।

प्रारम्भ में यही विचार था कि अन्तर्राष्ट्रीय नाट्यचिन्तन का नवीनतम स्वरूप भी इसी ग्रन्थ के सत्रहवें और अठारहवें अध्यायों में दिखा दिया जाए, पर स्थानाभाव से उसको इसमें समाविष्ट नहीं किया जा सका। इस प्रकार प्राक्कथन में उल्लिखित योजना के कार्यान्वियन की असमर्थता के लिए पाठकों से क्षमा चाहता हूं। उस अभाव-पूर्ति के लिए इसके एकादश अध्याय में अस्तित्त्ववादी नाटकों की नव नाट्य-प्रवृत्ति पर स्वल्प विचार अवश्य किया गया है। रूसी जनवादी नाट्य-चिन्तन का कुछ प्रभाव संकेत रूप में भीष्म साहनी की नवीननम कृति के द्वारा इसीलिए दिखाया गया है। युवा छात्र और अध्यापकों के सन्तोष के लिए यहां पर सन् 1930 से सन् 1980 तक की उस अंतर्राष्ट्रीय प्रगति का दिग्दर्शन मात्र कराया जा सका है, जिसके आलोक में हम अपनी वर्तमान नाट्य-गतिविधि को परख सकेंगे।

हिटलर की हार के बाद योरोप, अमेरिका और रूस में दो विरोधी आन्दोलन चल पड़े। एक पक्ष का उद्देश्य युद्ध की विभीषिका दिखाकर जीवन के सभी प्राचीन मूल्यों एवं तत्कालीन सारी सामाजिक, धार्मिक, चारित्रिक, राजनीतिक, पारिवारिक मान्यताओं को सर्वथा नकारने का था, दूसरा पक्ष मानवीय मूल्यों, चारित्रिक नियमों, जिजीविषावर्धक तत्त्वों के संरक्षण में विश्वास रखता था। विसंगत नाट्यकार सारी प्राचीन मान्यताओं को नकारने के साथ-साथ मानव-जीवन को ही निरर्थक और निरुद्देश्य सिद्ध करने में लगा था, किन्तु दूसरा पक्ष पूर्वजों के अनुभव को आधुनिक युग के विकास में सहायक बना रहा था। ऐसे नाट्य-कर्मियों और नाट्यकारों को प्रोत्साहन देने वाला देश रूस है। रूसी नाट्यान्दोलन के पारखी प्रो० माइक डेविडोव (Prof. Mike Davidow) के अनुसार सोवियत-नाट्यकर्मी जीवन-मूल्यों को स्वीकार करने में ही देश-जाति का विकास सम्भव

मान रहा था। वे लिखते हैं—

"Soviet life is far richer in positive characters who consciously take part in advancing themselves and their country than in those who are still held back by negative influences of the past."

(People's Theatre, by Mike Davidow, 1977, page.' 22)

अर्थात् सोवियत-समाज उन महापुरुषों के, जो अपने और अपने देश के विकास में प्राणपण से जुटे हुए थे, सद्गुणों को प्रदर्शित करके उन देशों से अधिक सम्पन्न बन रहा था, जो पूर्वजों की केवल त्रुटियों और दोषों के ही उधेड़-बुन और प्राचीन मान्यताओं को नकारने में लगे हुए थे।" जिस लेनिनग्राड नगर के नौ लाख निवासी हिटलर की तोपों से भून दिए गए थे, वहां रूसी-विजय के साधन थियेटर थे, जो युद्धकाल में भी नाट्यकारों और कलाकारों को सीमा-युद्ध पर ले जाकर जान पर खेले आहत सैनिकों को आश्वस्त करने और वीर योद्धाओं में उत्साह भरने का निरंतर प्रयत्न करते रहे। इसी कारण वहां का रंगमंच आज भी निरंतर देश के विकास का नित्य नया मार्ग निकालता रहता है। केवल युवकों को ही नहीं, देश की भावी पीढ़ी तैयार करने के लिए बालकों और बालिकाओं के हृदय को भी शिक्षित एवं परिष्कृत बनाने में लगा है। केवल लेनिनग्राड थियेटर के 400 कलाकारों में एक सौ से अधिक विद्यार्थी और अध्यापक इस अभिनयशाला में काम कर रहे हैं और थियेटर का सारा खर्च सरकार की सहायता के बिना अपने ही उद्योग से पूरा कर रहे हैं। विद्यार्थियों को वीर, निर्भय, अनुशासित नागरिक बनाने के उद्देश्य से लेनिनग्राड थियेटर में लगातार नौ सौ दिनों तक जर्मन-संग्राम करने वाले वीर-योद्धाओं के बलिदान की घटनाएं रंगमंच पर दिखाई जाती हैं। नाट्यकार और नाट्य-निर्देशक केवल सांस्कृतिक मूल्यों पर ही बल नहीं देते अपितु विद्यार्थियों में रूसी-विजय के प्रति आत्म-विश्वास भी भरते रहते हैं। प्रो० डेविडोव लिखते हैं—

"It not only demonstrated haw our Soviet society values culture. It demonstrated our confidence also in our victory."

(Peope's Theatre, Moscow, 1977, page 53)

रूस का वोलशायी ड्रामाटिक थियेटर विश्व के चुने हुए श्रेष्ठ नाटकों का निरंतर अभिनय दिखाते हुए रूसी जनता के हृदय का परिष्कार और बुद्धि का विकास करता जा रहा है। वहां के प्रसिद्ध नाट्य-निर्देशक टावस्टोनोगोव (Tovstonogov) रूस, अमेरिका, इंग्लैंड की स्वस्थ नाट्य परम्पराओं को आत्मसात करते हुए रूसी जीवन को सुखी और समृद्ध बनाने के लिए निरन्तर नाट्य-चिन्तन करते रहते हैं। उन्होंने स्टानिस्लावस्की, नेमिरोविच, मेयरहोल्ड, ब्रेख्त, पिस्केटर, मिलर, शेक्सपीयर आदि नाट्यकारों की सर्वोत्तम कृतियां आधुनिक ढंग से प्रदर्शित करना अपने जीवन का ध्येय बना लिया है। इसी प्रकार यूरी ल्यूबीमोव (Uri Lyubimov)—टगांका (Taganka) थियेटर के निर्देशक—भ्रमणशील अभिनेताओं को साथ लेकर मध्यकालीन नाटकों का आधुनिक ढंग से अभिनय दिखाते हुए रूसी युवकों में शौर्य, उत्साह, धैर्य, सहिष्णुता, परोपकार, राष्ट्रीयता आदि

सद्गुणों का समावेश करा रहे हैं। प्रो० मकारेविच (Makarevich) लिखते हैं—

"Lyubimov reviving the traditions of the medieval play, re-interprets the old tradition, combining them with modern theatrical devices in most unexpected ways."

Soviet Theatre, by Irina Makarevich, 1980, page 75)

अर्थात् लियूबीमोव मध्यकालीन नाट्य परम्परा को पुनरुज्जीवित करते हुए उनके नवीन अर्थ को नाट्यकला के योग से बिल्कुल नये अद्भुत ढंग से प्रदर्शित करते हैं।

यहां तक तो रूसी महानगरों के थियेटर घरों की चर्चा हुई। अब उस देश के सामान्य नगर पेनेवेज्यास (Panevejys) जिसकी आबादी एक लाख से भी बहुत कम है—के थियेटर हाल का नाट्योद्देश्य देखिए। यहां के प्रसिद्ध रूसी नाट्यकार, नाट्य निर्देशक मिल्टिनिस (Miltinis) की यह जन्मभूमि है। मिल्टिनिस के जीवनोद्देश्य के विषय में लिखते हैं—

"His is Marxist outlook on the best of thc cultural contributions of the West, as his interpretation of Strindbrg's 'The Dance of Death' Ben Johnson's 'Volpone.' In Paris he studied the Stanislavsky system with Vladimir Sokolov, one of his teachers.

(Cultural Renaissance, page 144)

अर्थात् मिल्टिनिस ने पाश्चात्य देशों की सर्वोत्तम कृतियों की पुनर्व्याख्या मार्क्सवादी दृष्टिकोण से की। उन्होंने स्ट्रिन्डबर्ग के 'मृत्यु नर्त्तन' और बेन जानसन के 'वोलपोन' की नई व्याख्या की। पेरिस के एब्सर्ड थियेटर में जाकर वे स्टानिस्लवस्की-शैली की स्वस्थ परम्परा का अध्ययन अपने गुरु ब्लादीमिर के साथ करते रहे।" उन्होंने अपना नाट्योद्देश्य उन विसंगत नाट्यकारों की तरह समाज के यथायथं चित्रण की संकीर्णता तक सीमित नहीं रखा, अपितु वह सारी विकृतियों के मूल कारणों की खोज भी करते हैं। वे कहते हैं—

"We must bring to our audience Reality. That is the mystery of Acting." (Cultural Renaissance, page 144-45)

"यथार्थ या यथायथं से अधिक की खोज ही रंगमंच की रहस्य-साधना है।" मिल्टिनिस का दूसरा उद्देश्य भाषा सम्बन्धी नव अनुसन्धान है, जो अन्तर्राष्ट्रीय सिद्ध हो और जिसे प्रत्येक देशी-विदेशी सरलता से समझ सकें। वे कहते हैं—

"Language on the stage is international, absolutely international. That is why in watching good acting one does not think of language."

अर्थात्, अच्छे अभिनय की यही कसौटी है कि भाषा की ओर दर्शक का ध्यान ही न जाए। पृष्ठ 47

तीसरी विशेषता इस सामान्य नगर के थियेटर संचालन की यह है कि निर्देशक

मिल्टिनिस केवल अभिनय कला के निर्देशन पर बल नहीं देते, वह अभिनेताओं के हृदय में प्रविष्ट होकर उन्हें नाट्यकला की नई ज्योति भी प्रदान करते रहते हैं। उनका मत है कि केवल ऐक्टिंग अर्थात् अभिनय मात्र पर बल देने वाला डायरेक्टर पपेट थियेटर तो बता सकता है, पर जीवित थियेटर का डायरेक्टर वह है जिसे ऐक्टर ही नहीं, दर्शक भी ढूंढ़ता फिरे और वह सर्वत्र होते हुए भी कहीं सामने न आये। तात्पर्य यह कि यश-मान के मद में मस्त नाट्य-निर्देशक देश और समाज का हितकारी हो ही नहीं सकता।

रूसी नाट्यकार की चौथी विशेषता यह है कि वह दुःखी जनता के प्रति करुणा प्रदर्शित करने में व्यक्ति विशेष—वह चाहे जितना अपराधी क्यों न हो—के प्रति कटुता, द्वेष, हिंसा, घृणा का आवेग प्रगट करने के स्थान पर बुर्जुवा नैतिकता का विश्लेषण करना अधिक उपयोगी समझता है—जिन दोषों, अहम्मन्यताओं ने उसके हृदय से मानवीय कोमल भावना एवं जीवन-आदर्शों को निर्मूल कर दिया है, और उसे अमानवीय बनाकर आदमखोर सिद्ध कर दिया। सच पूछिए तो अमेरिका के एल्बी जैसे प्रमुख नाट्यकार इसी सिद्धांत के अनुयायी होने के कारण 'मृत्यु नर्तन' के ऋणी हैं। आज सभी रूसी, विशेषकर नाट्यकार और नाट्य-निर्देशक विसंगत थियेटर के नैराश्यवाद के घोर विरोधी हैं। रूसी नाट्य-कर्मियों का सिद्धांत है—

"Those who are helpless await death and view life pessimistically. But those who understand man's morality and search for a way to make life better can never be Pessimistic, no matter now bitterly they cry out." (Cultural Renaissance, page 151)

'नैराश्योपासक अपने जीवन से निराश हो मृत्यु की प्रतीक्षा करता रहता है, पर जिनको मानवीय आचरणशीलता की परख है, और जीवन-विकास की खोज है, वे घोर आपदा में भी जीवन से निराश नहीं होते।'

रूसी नाट्य-चिन्तकों ने विलास-प्रेमी अमेरिकन और धनी योरोपीय देशों की मूलबद्ध जीवन-मान्यताओं का गम्भीर अध्ययन कर यह निष्कर्ष निकाला कि रूसी जनता विशेषतः युवा छात्र-छात्राओं को पूंजीवादी साम्यवादी सिद्धान्तों का अन्तर स्पष्टता के साथ दिखाना ही शिक्षा का प्रथम उद्देश्य होना चाहिए। पूंजीवादी समाज पारिवारिक प्रेम का महत्त्व बिलकुल ही भूलकर 'तलाक' पर टिका रहना चाहता है। रूस को इस अभिशाप से बचाना ही है। प्रो० डेविडोव लिखते हैं—

"Nothing is more educational today for the Soviet People then the contrasting of the two worlds in all the basic aspects of life, including personal relations." (People's Theatre, page 151)

रूसी नव नाट्य-चिन्तन की पांचवीं विशेषता समाज की मानसिक व्याधियों, अतिशय मद्यपायियों, दुराचारियों, स्वार्थांधियों आदि के सुधारने के प्रयास में पाई जाती है। रूस-व्यापी कतिपय समाज-विरोधी तत्त्वों का उल्लेख करते हुए प्रो० डेविडोव लिखते हैं—

"There are conflicts of family life, the battle of the sexes, problems of collective and state farms, workers and farmers, the struggle against bureaucracy, self seeking, the fight against immorality, drunkenness and crime." (People's Theatre, page 177)

अर्थात् भारत की तरह रूसमें भी निम्नलिखित समस्याएं मुंह बाये खड़ी हैं। वहां भी पारिवारिक कलह, पुरुष-नारी वर्गीय संघर्ष, पीढ़ीगत मतभेद, सरकारी-गैर सरकारी कृषि-विवाद, कृषक-मजदूर समस्या, शासक वर्ग के विरुद्ध आन्दोलन, स्वार्थों एवं चरित्र-भ्रष्टता के विरुद्ध युद्ध, शराबी की शरारत, विविध अपराधों की वृद्धि आदि समस्याएं विद्यमान हैं, पर नाटकों में इनसे छुटकारे का मार्ग जागरूक सामाजिक चेतना दिखती है, न कि सरकारी कानून या उनके प्रति थोथी सहानुभूति।

इस प्रश्न पर पन्द्रहवें अन्तर्राष्ट्रीय थियेटर सम्मेलन में जब विवाद छिड़ा तो रूसी नाट्यकार टोवस्टोनोगोव (Tovstonogov) ने रूसी दृष्टिकोण समझाते हुए कहा—

"Soviet socirety poses that relationship as one in which the good of society stands above the narrow interests of individuals." (same)

जब सामूहिक कल्याण-भावना व्यक्तिगत स्वार्थ साधन से ऊपर स्थान पाती है, तभी विविध सामाजिक बुराइयां समाज को ह्रासोन्मुखी बनाती हैं। अतः रूसी नाट्यकार अपराधी के प्रति सहानुभूति को समाज-घातक सिद्ध करते हुए सामूहिक चेतना को उद्धृत करता है, क्योंकि यही एकमात्र मार्ग समाज-कल्याण के लिए उपयोगी सिद्ध होता है। मानव-इतिहास में एकमात्र सोशलिस्ट-सोसायटी ही ऐसी है, जिसमें सामाजिक मान्यताओं के विरुद्ध साभूहिक आन्दोलन सम्भव नहीं है। रूस सामाजिक अशुभ दोषों का परिहार सामाजिक शुभ शक्तियों की अभिवृद्धि द्वारा ही करता है, सामाजिक मान्यताओं के विध्वंशकारी उपायों द्वारा नहीं। इस अभिनव सिद्धांत को दो विशिष्ट रूसी नाटकों द्वारा स्पष्ट किया जा सकता है।

रूसी नाट्य-निर्देशक की विशेषता

नाट्य-क्षेत्र में नाट्यकार और नाट्य-निर्देशक का पद समान माना जाता है, पर नाट्य-निर्देशक भी नाट्यकार की ही तरह दीर्घकालीन अनुभव के बाद बनता है। (Maxim Art Theater Director Vakhtangov) वैख्टनगोव ने रूसी डायरेक्टरों की क्लास लेते हुए एक बार डायरेक्टर के लिए निम्नलिखित सिद्धांत नियत किए—

(1) डाइरेक्टर बनने के लिए ऐसा ऐक्टर बनना आवश्यक है, जो मर्द-स्त्री, बालक-वृद्ध और युवा-युवती के रूप में ट्रेजेडी, कामेडी या किसी प्रकार के नाटक में कोई भी पात्र बन सकने की सामर्थ्य रखता हो।

(2) जो आधुनिक नाटकों को जिस सफलता से डाइरेक्ट करने की शक्ति रखता है, उतनी ही सफलता के साथ गेटे के 'फाउस्ट (Goethe's Faust) ह्यूगो के 'ला, मिजरेबल' (Hugo's Les Miserables,), बाइजोन के, हेवन और अर्थ, (Byjon's Heaven and Earth), कामेन्स्काई के 'स्टीफन रागिव' (Kamesky's Stephen Ragiv) शेक्सपियर के 'हैमलेट' (Shakespeare's Hamlet) का भी निर्देशन कर सके।

(3) उसके अन्दर ऐसी नम्रता हो कि स्टेज के प्रत्येक कार्यकर्ता भय और आतंक से नहीं, उसके प्रेम से आज्ञाकारी बने रहें।

(4) जो सबसे टीम भावना बना सके। प्रत्येक की प्रतिभा को पहचान सके।

(5) जो ऐसा निराभिमान हो कि स्टेज को स्वच्छ रखने में किसी की प्रतीक्षा किए बिना कागज़ के टुकड़े, प्रकाश में मरे कीड़े-मकोड़े को भी साफ करने में अपमान न समझे।

(6) वाख्तानगोव ने नाटक के पात्र और डाइरेक्टर में निम्नलिखित अन्तर माने हैं :—

(क) पात्र को केवल अपना और अपने साथी के अभिनय के अतिरिक्त दर्शकों की रुचि का ध्यान रखना होता है, पर डाइरेक्टर को इनके अतिरिक्त—

"For the director, it is the entire space with the traps, flies, and all the machinery. If the director does not know, love and respect the audience, if he works merely to satisfy his ambitions, then he will nevor have a theatre."

अर्थात्, निर्देशक को प्रकाश आदि के द्वारा रंगमंच सजाना होता है। इसके अतिरिक्त दर्शक के साथ प्रेम और आदर का व्यवहार भी अनिवार्य है। यदि वह केवल अपनी ही इच्छा पूर्ति चाहता है तो उसका थियेटर सफल नहीं हो सकता।

(7) डाइरेक्टर को सिर्फ स्टेज ही नहीं, पूरी रंगशाला को सजाना पड़ता है।

(8) अपने नाटक का पूर्वाभ्यास कराते समय उसे वर्तमान को एक पात्र बनाकर अतीत और अनागत नामक पात्रों से संवाद कराना होता है। उसे देखना है कि तीनों में टीम-भावना है, या नहीं नाट्यकार भले ही चूक गया हो।

आधुनिक नाट्यकार प्राचीन शास्त्रीय-पद्धति में जो परिवर्तन ला रहा है, उससे नाट्य-निर्देशक अपरिचित नहीं। रूसी नाट्य निर्देशक के नाट्यकार की तरह denouncement को rhythm में बदल रहा है। वे लोग tempestuous rhythm (तूफानी उतार चढ़ाव) में विश्वास करते हैं जिसमें कभी-कभी comic scene और lyric आना ही चाहिए। डाइरेक्टर कुछ ऐसा रहस्य जानता है, जिसे पात्र स्वयं नहीं जानते। इसी विद्या के बल से वह कृति में थिएट्रिकल चमत्कार जोड़ पाता है। जैसे वाख्तानगोव (Vakhtangov) एक नाटक को डाइरेक्ट कर रहे थे। रिहर्सल को उन्होंने पहले दिन अचानक बन्द कर दिया। कारण यह था कि सहसा उत्पन्न आंधी का दृश्य

उपस्थित करना पड़ा। उस स्थिति में अभिनीत पात्रों की मनोदशा देखनी थी, वाख्तानगोव ने बिना किसी को कुछ बताए दूसरे दिन संगीत के द्वारा आंधी-तूफान लाकर चन्द्रमा को धूमिल कर दिया। उन्होंने शोर-गुल मचाकर और प्रकाश में परिवर्तन लाकर सहसा आंधी जैसा दृश्य उपस्थित किया। अभिनेता स्वयं आश्चर्यचकित रहे, उनकी स्वाभाविक मुद्राएं दर्शनीय थीं। यह थी विचित्र सूझ नाट्य-निर्देशक (Director) की।

दूसरी विशेषता है नाट्य-प्रयोजन और नाट्य-स्थान के चयन की। रूस ने सर्व-प्रथम युद्ध-क्षेत्र में भी नाट्य-कला की महिमा समझी। रूसी रंगकर्मियों ने जान पर खेलकर युद्ध-क्षेत्र के समीप जोशीले नाटकों का अभिनय किया।

जब हिटलर का लेनिनग्राड पर आक्रमण हुआ तो गोर्की जीवित थे। उनके साहित्य का गहरा प्रभाव लोगों के मन पर था। स्टेनिस्लावस्की के सामने कई बार जो नाटक खेले जा चुके थे, उन्हें फासिस्टों के विरुद्ध तैयार किया गया। ध्यान आया कि देश के हित में सैनिकों में उत्साह, आहतों में सहिष्णुता के लिए कोई प्रोग्राम तैयार हो। पूरी तैयारी हुई। अब अभिनय स्थल चुनना था। ये स्थान चुने गए।

At recruiting stations, in barracks, on station platforms, at the front itself." —सैनिक भर्ती-स्थल, बैरक, स्टेशन, प्लेटफार्म, बारूद निर्माण-क्षेत्र, छिपने की खाई, अस्पताल, और युद्ध-स्थल। युद्ध क्षेत्र में जहां घायलों के लिए अस्पताल बने थे, जिनमें डाक्टर, नर्स, सेवकगण घायलों का उपचार कर रहे थे। वहां नाटक देखने घायल सैनिक ह्वील चेयर में आते। जिनके न हाथ, न पैर—ऐसे घायलों के वार्ड में अभिनय उनके शैया-कक्ष में किया जाता।

"For many patients these performoces would be more important than medicine, because it will make them eat better and sleep sounder."

(page 233)

उनके प्रदर्शनों का घायल सैनिकों पर प्रभाव बताते हुए अस्पताल के मुख्य डाक्टर लिखते हैं—'नाट्य-प्रदर्शन दवा से अधिक गुणकारी है, क्योंकि इससे आहत खूब खाएगा और सोएगा।' प्रदर्शन अस्पताल के एक विंग से दूसरे विंग में बारी-बारी से किया जाता। एक बार एक वार्ड में आपरेशन किये हुए सैनिक कराह रहे थे, जब हमने उनसे कहा कि यहां इन्हें नाटक-प्रदर्शन से कष्ट होगा तो डाक्टर ने कहा—"नहीं, आप अवश्य नाटक खेलें। इस समय मन बहलाने के लिए इन्हें इसी की आवश्यकता है।"

"No, you must perform, It is just what they need."

केवल तीन दर्शकों के सम्मुख नाटक खेला गया, पर नाट्यकार और अभिनेताओं को उस नाट्य-प्रदर्शन से भी अधिक प्रसन्नता हुई थी, जिसमें सहस्रों बड़े-बड़े नामी नागरिक नाट्यशाला में दर्शक थे।

एक बार पार्टी जंगलों में छिपे अस्पताल में जा रही थी तो बस के ऊपर हिटलर की सेना बम वर्षा कर रही थी। वायुयान आकाश में मंडरा रहे थे। Anti aircraft अपना काम कर रहे थे। हम अपने कार्य में लगे थे। मौत का डर नहीं केवल देश के लिए मिटने की लगन थी। कामरेड एखानटोव और ओब्राजस्तोव (Comrade Yakhon tov, Comrade Obsraztsov) तथा अन्य नाट्यकर्मी सम्मिलित थे।

इस प्रकार नया नाट्य-निर्देशन समाज को स्वस्थ, व्यक्ति को चरित्रवान्, परिवार को कलह रहित, देश को समृद्ध, किसान-मजदूर को और परिश्रमी बनाने के लिए नित्य नया मार्ग ढूंढ़ता रहता है।

अमेरिकन नव नाट्यालोचन (1930-80)

सन् 1930 के आस-पास, प्रो० डाउनर ने योरोपीय और अमेरिकन-नाटकों की समीक्षा पर विचार करते हुए चार प्रश्न उठाए—

Whether a play should be judged by

(A) fixed standards ?

अर्थात् क्या किसी युग की नाट्य-कृतियों का पूर्व निर्धारित नाट्य-नियमों के अनुसार परीक्षण किया जाए ?

(B) or by the changing standards of the day ?

अथवा युगानुरूप परिवर्तित मापदंडों के आधार पर परीक्षण हो ?

(C) or by the playwright's own success or failure in achieving the purpose he set himself ?

अथवा कृति के मध्य झांकने वाले नाट्यकार के अभिप्राय और कृतिकार के प्रयोजन की सफलता की दृष्टि से समीक्षा की जाए ?

(D) or an ideal critic is he who brings to bear on his writing a sensitive personal response to the experience of the play ?

(American Drama and its Critics, page viii)

अथवा आदर्श आलोचक वह है जो नाट्य-प्रदर्शन द्वारा पड़े हुए अपने आन्तरिक मूक प्रभाव को उपयुक्त वाणी प्रदान करने में समर्थ है ? तथ्य तो यह है कि प्रत्येक देश के साहित्य-क्षेत्र में, प्रत्येक युग में चारों प्रकार के आलोचक होते हैं। इस शताब्दी के पूर्वार्द्ध में प्रथम पक्ष पर बल देने वाले थे—प्रो० हार्ने और (Prof James A Harne) और प्रो० लासन (Howard lawson), दूसरी शैली के थे, जीन नाथन (Jean Nathan) और राबर्ट बेंकले (Robert Benchley)। तीसरी शैली के प्रचारक ओ नील (O' Niell), ओडेट्स (Odets), मिलर (Miller), विलियम्स (Williams) एल्बी (Albee), चतुर्थ पद्धति के समर्थक थे सौन्दर्य शास्त्री और दार्शनिक फर्ग्युसन, (Fergusson) और प्रो० यंग (Strank Young)।

द्वितीय महासमर के समय एक नया परिवर्तन धूम-धाम के साथ यह आया कि

नाट्य-समीक्षा का आधार नाट्य कृति नहीं, अपितु सम्पूर्ण प्रदर्शन प्रक्रिया है, जिससे कृति को गुजरना पड़ता है। समीक्षा उस नाट्यानुभूति को वाणी देती है, जो नाट्य-प्रदर्शन के साथ समीक्षक के अन्तःकरण से फूट पड़ती है।

प्रो० डाउनर लिखते हैं :—

"In recording personal experiences to plays as they are performed, the essays emphasise the play as a total work, not simply a literary text."

अर्थात् नाट्य-समीक्षा केवल कृति के साहित्यिक गुण-अवगुण के विश्लेषण तक ही सीमित नहीं, उसका संपूर्ण प्रभाव रंगशाला में ही स्पष्ट होता है, क्योंकि यहां कला और साहित्य का संगम होता है।

कालान्तर में कृति के साहित्यिक विवेचन को कुछ रंगकर्मियों ने समीक्षा-क्षेत्र से बलात् खींचकर बाहर निकाल दिया और ड्रामा अब अन्य खेलों के समान 'प्ले' मात्र माना जाने लगा। हमारे देश में इस मत के सबसे प्रबल समर्थक विजय तेंदुलकर, अलकाजी एवं सभी विसंगत नाट्यकार सिद्ध हुए। वे सामान्य दर्शक की वाहवाही को ही नाटक की सफलता का प्रमाण मानने लगे। सामान्य दर्शक किसी चौंकाने वाली घटना से विशेष प्रभावित होता है, अतः नाटक अनसुनी और अनहोनी घटना प्रदर्शन पर बल देने लगा।

सातवें दशक में योरोप में इसका प्रतिकूल परिणाम पड़ते देख नया आन्दोलन प्रारम्भ हुआ और किसी परीक्षित जीवन-दर्शन को साथ लेकर चलना अनिवार्य बन गया। चौंकाने वाली घटनाओं की नैराश्यमयी कल्पना जब ईसाई धर्म, राष्ट्र-प्रेम, सामाजिक नियम, पारिवारिक प्रेम तथा मानवीय सद्भावों के प्रति विद्रोह-भावना का सीमोल्लंघन करने लगी और चिर परीक्षित सिद्धान्तों को विखंडित करते हुए कोई ऐसा नया जीवन-दर्शन निर्मित नहीं कर पाई, जिससे समाज शक्तिशाली बन पाता तो विसंगत नाट्य-पद्धति धीरे-धीरे अवांछनीय सिद्ध होने लगी। जर्मन नाट्यकार ब्रेख्त, अमेरिकन आर्थर मिलर, इंगलिश टी० एस० इलियट, भारतीय जगदीशचन्द्र माथुर ने नाटक को पुनः जिजीविषा से जोड़ने का प्रयत्न किया। इस संक्रान्तिकालीन आन्दोलन का अन्तर्राष्ट्रीय स्वरूप इस प्रकार है।

नाटकों में नितांत नैराश्यवाद के विरुद्ध स्वर ऊचा करने वाले सबसे समर्थ आज के नाट्यकार आर्थर मिलर हैं। उन्होंने योरोपीय और अमेरिकन नाट्य-प्रवृत्तियों का विश्लेषण करते हुए निर्भय होकर कहा :—

"The single theme to which our most ambitious plays can be reduced is frustration... The individual is scratching away at a wall beyond which stands society, his fellowmen. Sometimes he tries to blow it up, but at the end the wall is always there, and the man is dead or doomed to defeat in his attempt to live a human life."

(Essays, Arthur Miller, page 55)

अर्थात् ओ नील आदि सभी विसंगत नाट्यकारों की महत्त्वाकांक्षामयी कृतियों का मूल स्वर एकमात्र नैराश्यवाद में परिणत हो गया है। इनके पात्र समाज और साथियों से बिलकुल अलग-अलग रहते हुए, सिर खुजलाते हुए, सदियों परीक्षित मान्यताओं की ठोस दीवाल उड़ा देने में सर्वथा असफल होने पर या तो आत्महत्या कर लेते हैं या अमानवीय जीवन-यापन करते दिखाई पड़ते हैं। अतः नाट्य-चिन्तन और कृति-परीक्षण की ऐसी पद्धति निकालनी होगी जो समाज को स्वस्थ, परिवार को सुखी, कृषक-मजदूर को परिश्रमी और सम्पन्न तथा देश को अपनी स्वातन्त्र्य रक्षा के उपयुक्त बना सके। पर यह तभी सम्भव है, जब प्रत्येक व्यक्ति में जिजीविषा जगेगी, स्वार्थपरता पर अंकुश होगा, कार्य में उत्साह और इन्द्रियों पर संयम रहेगा। अमेरिका के नाट्यकार विशेषकर आर्थर मिलर इसी प्रकार की रचना कर रहे हैं।

दुर्दैव वश हमारा नाटक और रंगमंच फ्रेंच विसंगत नाट्यचिन्तन के अशुद्ध अनुवादों के माध्यम द्वारा ऐसा प्रभावित हुआ कि फ्रांस, रूस, जर्मनी, अमेरिका और ब्रिटेन की मौलिक परम्परा की उपेक्षा करता रहा। यदि इनमें से किसी ऐसे नाट्य-सिद्धान्तों का अनुसरण किया जाता जो उनकी मूलधारा से जुड़ा था तो हमारा नाट्य-साहित्य आज कहीं अधिक स्वस्थ और समृद्ध हो गया होता। इस पर दूसरी पुस्तक 'आज का नाटक : प्रगति और प्रभाव' में विस्तार से विचार किया गया है।

थिएटर के परिप्रेक्ष्य में हिन्दी नाट्य-प्रगति (सन् 1950-84)

विगत दो शताब्दियों में बाह्य प्रभाव ने एक दिशा पकड़ ली। सन् 1950-62 तक हमारे देश पर अमरीकी मार्क्सवादी विचारधाराओं का प्रभाव समानान्तर रूप में चलता रहा। एक ओर ओ नील और विलियम मिलर आदि के अमेरिकन नाटक Maine Masque Theater Group दिल्ली के प्रसिद्ध प्रेक्षागृह में अभिनीत होते रहे, दूसरी ओर दिल्ली का LTG ग्रुप ब्रेख्त "काकेशियन चाक सर्किल", और यूनिटी थिएटर हारोल्ड पिन्टर का The Dumb Waiter, बेकेट का Krapp's Last Tape और आमोनेस्को के नाटक The Lesson धूमधाम से खेले जा रहे थे। तदुपरान्त धीरे-धीरे, ब्रेख्त, पिन्टर का प्रभाव बढ़ता गया और अमेरिकन नाट्यकारों का असर क्षीण से क्षीण-तर होता गया। (Natya, Vol VI, No 7)

सम्भवतः इसका कारण यह था कि असंगत नाटक एवं एपिक ड्रामा और थिएटर हमारे देश की राजनीति एवं सामाजिक स्थिति के प्रदर्शन में अधिक सक्षम सिद्ध हुए। हमारे देश में पूंजीवाद, जातिवाद और पौराणिक पाखंडवाद का खुलकर विरोध होने लगा था। इसके लिए अमेरिका का पूंजीवाद-व्यक्तिवाद चिन्तन-प्रगति में अवरोधक प्रतीत हुआ और मार्क्सवादी ब्रेख्त का Alienation दिशा-परिवर्तन सिद्धांत अधिक अनुकूल जान पड़ा। पुराणपन्थियों की प्राचीन मान्यताओं, पूंजीपतियों की स्वेच्छाचारिता और राजनीतिक सत्ताधारियों की निरंकुशता, नारियों पर सौंदर्य लोलुपों की बर्बरता, अछूतों पर क्रूरता आदि का घोर प्रतिवाद इसी मार्क्सवादी सिद्धान्त के अन्तर्गत अधिक सम्भव

जान पड़ा, इसलिए सभी युवा नाट्य-रचयिता, रंगकर्मी नाट्य-निर्देशक नेशनल स्कूल ऑफ ड्रामा के प्राध्यापक, विश्वविद्यालय के छात्र इसी ओर झुक पड़े और बीस वर्षों में लगभग 500 असंगत एवं एपिक हिन्दी नाटक विविध शैलियों में विरचित और विभिन्न रंगमंचों से अभिनीत हुए। उन्हीं का लेखा-जोखा समसामयिक नाट्येतिहास का लेखा-जोखा है।

बीस वर्षों में अनेक प्रकार के नाट्य-प्रयोग हुए। एब्सर्ड थिएटर, एपिक थिएटर, अर्थहीन थिएटर, ऐंटी या विलोग थिएटर, थिएटर ऑफ इन्वाल्वमेंट, डाइलेक्टिकल थिएटर, क्रुएल थिएटर, रफ थिएटर, (सज्जाहीन), जनवादी थिएटर, फ्री थिएटर इत्यादि। इनमें प्रमुख के विषय में आगे चर्चा की जाएगी। देश के विभिन्न राज्यों में अपने-अपने ढंग से नए-नए प्रयोग हो रहे हैं। बंगाल में बादल सरकार, कर्नाटक में गिरीश कर्नाड, महाराष्ट्र में विजय तेन्दुलकर, दिल्ली में अलकाजी और उनके साथी सरकारी सहायता से नेशनल स्कूल ऑफ ड्रामा में विविध प्रयोग कर रहे हैं। इनके अतिरिक्त पंजाबी में सेक्स-प्रधान व्यावसायिक रंगमंचों की धूम मची हुई है। हिन्दी में डॉक्टर लक्ष्मीनारायण लाल, बृजमोहन शाह, कारंथ, राजेन्द्र नाथ, वंशी कौल, डॉ० अज्ञात, मुद्राराक्षस, मणि मधुकर, अग्निहोत्री, सुरेन्द्र वर्मा, शंकर शेष, मन्नू भंडारी, सर्वेश्वरदयाल सक्सेना, रमेश मेहता, बीसों नाट्यकार अपनी-अपनी शैली और निजी प्रतिभा के आधार पर नित्य नए-नए ढंग से नाटक और रंगमंच पर प्रयोग कर रहे हैं। पहले वेकेट का प्रभाव अधिक पड़ा, पर सन् 1972 के उपरान्त एपिक थिएटर और ब्रेख्त की नाट्य-शैली का प्रभाव बढ़ने लगा। वेकेट ने भाषा और विचार के क्षेत्र में कतिपय नाट्यकारों को इतना झकझोर कर प्रभावित किया कि वे अपनी धरती से उखड़ से गए, अतः दर्शकों को नैराश्य, अनास्था, विक्षिप्त एवं आक्रोशमयी वाणी वक्र होते हुए भी अधिक समय तक झुठला न सकी। हम प्रत्येक नाट्यकार की कृतियों का आलोचन करते हुए यह स्पष्ट करते रहे हैं।

इस स्थल पर ऐंटी थिएटर, एपिक थिएटर आदि पश्चिमी प्रयोगों का विशेष विवरण इसलिए दिया जा रहा है ताकि भारतीय नाट्यकला और प्रदर्शन-शैली पर उनका प्रभाव स्पष्ट हो सके। सेमुअल वेकेट सन् 1952 से सन् 1962 तक सारे विश्व पर छाया रहा। कुछ काल तक ब्रेख्त की पश्चिम में धूम मची। अतः इन दोनों नाट्य-कलाओं और नाट्य-शैलियों पर विस्तार से विचार अनिवार्य जान पड़ता है। अब तो दोनों का सूर्य अस्तप्रायः है। सर्वप्रथम Mr Martin Esslin ने अपने आलोचना ग्रन्थ The Teatre of the Absurd (1968) में इनके दुर्बल पक्षों का उद्घाटन किया।

एब्सर्ड थिएटर के अनुसार एक अच्छे नाटक की पहचान

If a good play must have a cleverly constructed, strong, theme, others have no strong theme or plot to speak of; if a good play is judged by subtlety of characterisation and motivation these are often without recognisable characters and present the audience with almost meehanical puppets; if a good play has to have a fully explained theme, which is neatly exposed and finally solved, these neither have a beginning nor an end; if a good play is to hold the mirror to nature and portray the manners and mannerism of the age in finely observed sketches, these seem often to be reflections of dreams and nightmares; if a good play relies on witty repartee and pointed dialogue, these often consist of incoherent babblings.

(The Theatre of the Absurd, p. 21-22, by Martin Esslin)

अर्थात् यदि माना जाय कि किसी प्रभावशाली नाटक में या तो कलापूर्ण कहानी की सृष्टि की जाती है, या पात्रों का सूक्ष्म मार्मिक चरित्र-चित्रण पाया जाता है, अथवा विशद् कथावस्तु का समावेश किया जाता है, अथवा अच्छी कृति तत्कालीन समाज का आचार-व्यवहार और जीवन शैली-वैशिष्ट्य का दर्पण होती है, या सुष्ठु कृति में श्लेष-गर्भित विदग्ध प्रत्युत्पन्नमतिपूर्ण क्षिप्रोत्तर (हाजिर जवाब) पाया जाता है, पर इनमें अर्थात् एब्सर्ड ड्रामा में यह कुछ नहीं होता। न तो कोई कहानी या कथावस्तु होती है, न कोई चरित्र-चित्रण या कर्म का प्रोत्साहन और प्रयोजन। विसंगत नाटक के पात्र मशीन से नाचनेवाली कठपुतली के समान निष्प्रयोजन घूमते दिखाई पड़ते हैं। चरित्रों के सूक्ष्म विश्लेषण के स्थान पर स्वप्निल जगत के दुःस्वप्न ही मानो चिंघाड़ते रहते हैं। विदग्ध संवादों की जगह असम्बद्ध बेतुकी प्रलापमयी बक-बक पाई जाती है।"

विसंगत नाटकों का जन्म सन् 1942 में फ्रांस के सार्त्र, कामु, गिरौडाक्स (Giraudox) के मस्तिष्क में एक नए रूप में एक साथ हुआ। इस नाट्यकारों ने जीवन की निस्सारता और जीवन-आदर्शों की निष्प्राणता का आभास कराया। कालान्तर में एब्सर्ड नाट्यकारों ने इनमें नैराश्य, विक्षिप्ति, स्वप्न-प्रलाप का ऐसा गहरा रंग भर दिया कि मानो यही मानव-जीवन का असली रूप है, इसको सिद्ध करने के लिए किसी तर्क या प्रमाण की आवश्यकता ही नहीं। जब जीवन का कोई पूर्वानुभव प्रमाण बन ही नहीं सकता तो कोई तथ्य सिद्ध किया भी कैसे जाय ? फ्रांस में उत्पन्न यह झंझावात भिन्न-भिन्न देशों के नाट्यकारों को झकझोरता रहा। रूस का एडोमोव (Adamov), आयरलैंड का वेकेट, रूमानिया का आयोनेस्को (Ionesco), इंग्लैंड का पिंटर इसके प्रभाव से अछूते न रहे। कई आलोचकों ने, विशेषकर मार्टिन एसलिन ने जर्मन नाट्यकार ब्रेख्त के प्रारम्भिक नाटकों को इसी एब्सर्ड नाटकों की कोटि में रखा है। पर ब्रेख्त क्रमशः समाजवाद और रूसी साम्यवाद से प्रतिबद्ध होता गया और उसने अपने को एपिक थिएटर का आविष्कारक सिद्ध कर दिया। कालान्तर में ब्रेख्त ने अपने थिएटर को (Didactic Socialist Theatre) डाइडेक्टि सोशलिस्ट थिएटर नाम से अभिहित किया। इस शैली के नाटक Alienation स्वत्त्व हस्तान्तरण में विश्वास करते हैं।

ब्रेख्त और वेकेट में अन्तर

ब्रेख्त का उद्देश्य रहता है दर्शकों के बौद्धिक चिन्तन और उनकी आलोचनात्मक शक्ति को उद्दीप्त करना। पर वेकेट का तो नारा है कि 'Nothing is more real than nothingness' अर्थात् 'इस जगत में रिक्तता से बढ़कर और कोई वास्तविकता या सत्य नहीं।'

दूसरा अन्तर है कि ब्रेख्त बुद्धि-विकास और न्यायोचित स्वत्त्व हस्तान्तरण में विश्वास करता है, पर वेकेट भावात्मकता, एकाकीपन और मूल्यहीनता को प्रधान मानता है।

तीसरा अन्तर है कि ब्रेख्त अपने नाट्य-दर्शक को तत्कालीन सामाजिक एव राजनैतिक समस्याओं से जूझने के लिए प्रेरणा देता चलता है। जबकि वेकेट मानता है कि विसंगत का कृमि मानव-जीवन के मूल को इतना चाट गया है कि न केवल ईश्वर ही स्वर्ग में मर गया है, मानव भी आकाश मंडल के नीचे मरा पड़ा है। मानव-जाति से कुछ होने की आशा करना व्यर्थ है।

चौथा अन्तर समाज के बाह्य जगत् और अन्तर्जगत के विवरण और विश्लेषण के सम्बन्ध में मिलता है। ब्रेख्त बाह्य जगत् की स्थिति सुधारने और समाज को आधुनिक युगोपयोगी जीवन जीने के लिए दर्शकों को स्पष्टतया प्रोत्साहित करता है। पर Absurd Drama विसंगत नाटक इसमें विश्वास नहीं करता।

Irving Wardle का कथन है कि

"The substitution of an inner landscape for the outer world; the lack of any clear division between fantacy and fact; a free attitude towards time; a fluid environment which projects mental condition; and an iron precision of language and construction as the writer's only defence against the chaos of living experience."

(New English Dramatists, 1968)

अर्थात् विसंगत नाटक बाह्य जगत् के विवरण की क्षतिपूर्ति अन्तर्जगत् के प्रकृति-चित्रण से करते हैं। उनमें स्वैर कल्पना एवं वास्तविक तथ्य के मध्य कोई स्पष्ट व्यावर्तक रेखा नहीं। समय के प्रति वे सर्वथा लापरवाह हैं, निजी मानसिक स्थिति के अनुरूप वे बाह्य वातावरण को तोड़ते-मोड़ते हैं। उनके जीवन से अनुभव में सर्वत्र व्याप्त अराजकता से समाज-रक्षा का एकमात्र कवच उनके पास सुव्यवस्थित भाषा और उसकी गठन-प्रक्रिया से है।" —न्यू इंगलिश ड्रामाटिस्ट-1968, इरविंग वार्डले

पांचवां अन्तर नैतिकता सम्बन्धी है। ब्रेख्त धर्म-निरपेक्ष होने का कारण आत्मा या ईश्वर के जीवन-मरण की समस्या पर ध्यान नहीं देते। जो नैतिकता समाज को समृद्ध बनाती और सत्ता-स्वत्त्व का वितरण समुचितरूपेण कर सकती है, वह मान्य है। शेष सभी अमान्य। पर विसंगत नाटककार का उद्देश्य है—God is dead अर्थात् ईश्वर मर चुका है। अकृत्रिमता अन्ध विश्वास से कहीं अधिक ग्राह्य है। ईश्वर की मृत्यु से मानव

समाज पर विशेष रूप से नैतिक अराजकता का भार आ पड़ा हैं। इससे नया कन्डक्ट कोड (चारित्रिक नियम) बन गया है, जो युद्ध भयभीत (Pandour) कहलाता है।

आठवें दशक में धीरे-धीरे एब्सर्ड थिएटर को एंटी-थिएटर की उपाधि मिलने लगी। योरोप में इसका अन्त्येष्टि-संस्कार देखकर भारत के नाट्यकार और नाट्य निर्देशक नया मार्ग ढूंढ़ने लगे। फिर भी मणि मधुकर, सुरेन्द्र वर्मा, रमेश बख्शी, बृजमोहन शाह एवं नेशनल स्कूल ऑफ ड्रामा की अलकाजी परम्परा इस शव को कभी-कभी पुनरुज्जीवित करने का प्रयास कर रही हैं। अब भी वेकेट के प्रारम्भिक नाटक अभिनीत हो रहे हैं।

विसंगत नाट्यकारों का सबसे बड़ा योगदान एक नई रंगमंचीय भाषा का निर्माण है, जिसमें देश की सीमा तथा भाषा वैभिन्न की कठिनाई की दीवार ढह रही है। रूस इस अनुसन्धान में सबसे आगे है। यदि हमारे देश में भारत की नाट्यमुद्राओं का सहारा लेकर सांकेतिक भाषा का उपयोग होने लगे तो निश्चय ही देश की एकता-स्थापन में सहायता मिले।

नाट्य-प्रदर्शन की बड़ी महिमा है। इसके दो क्षेत्र नाट्य-धर्म और लोक-धर्म एक दूसरे के पूरक हैं। कालिदास ने दोनों की संगति बिठाकर संस्कृत समाज के योग्य नाट्य-प्रदर्शन प्रस्तुत किया। इस देश का मूल सिद्धांत है—

'आपरितोषात् विदुषां न साधु मन्ये प्रयोग विज्ञानम्''

'अभिज्ञान शाकुन्तलम्'

ग्रंथकार अनुक्रमणिका

अ

अबुलफजल 312
अमरनाथ गुप्त 384
अमानत 354
अमानसिंह गोटिया 157
अम्बिकादत्त व्यास 157, 164
अमृतलाल नागर 388
अज्ञात 393
अज्ञेय 353
अर्नाल्ड हिंचलिफ 18,81

आ

आइन्स्टाइन 16
आइओनेस्को 15, 19
आगाहश्र 261
आरसीप्रसाद सिंह 328, 355
आर्थर मिलर 19
आलेग केरेन्स्की 19
आस्कर वाइल्ड 275
आस्त्रावस्की 271

इ

इन्द्र 28, 29
इन्द्रनाथ मदान 20
इन्द्राणी 28
इब्सन 19, 271, 272, 264, 270, 289, 277, 351
इलियट 351

ई

ईट्स 276, 351
ईसरउड 351

उ

उदयशंकर भट्ट 32, 282, 297, 298, 308, 319, 326, 387
उदितनारायण लाल 171
उपेन्द्रनाथ अश्क 268, 277, 290
उमापति 48, 49
उर्वशी 28

ए

एडवेरमन 19
एडवर्ड थाम्पसन 208
एंडामाव 14, 19
एडिसन जोसेफ 170
एलवी 15
एवरक्राम्बी 351
एसलिन 14, 18

ओ

ओल्डेनवर्ग 29
ओसबार्न 15

क

कपिलेन्द्रदेव 45
कर्णपूर 94
कात्यायन 28
कामु 15, 360
कार्तिकप्रसाद 157
कार्लयास्पर्स 361
कार्लवार्थ 361
कालिदास 26, 263, 270
कार्लवेक्सन 361
काशीनाथ 157
किर्केगार्ड 360
किर्लोस्कर 177
की F. E. 177
केदारनाथ मिश्र 'प्रभात' 350

केशवराम भट्ट 171
कौटिल्य 32, 33
कृपानाथ मिश्र 269
कृष्णजीवन लच्छीराम 99
कृष्णदेवशरण सिंह 157

ख

खड्गबहादुर मल्ल 164
खांडेलकर पी० एस० 128

ग

गारसादितासि 137, 245
गार्ल्सवर्दी 276, 277
गिब्सन 351
गिरिजाकुमार माथुर 328, 339
गिरिराज किशोर (A) 393
गिरीशचन्द्र घोष 179
गिरीश रस्तोगी 20
ग्रियर्सन 44, 179
गीब्स एडविन 179
गुरु गोविन्दसिंह 90
गुलाबराय 133, 207, 251
ग्रेव्रिएल 361
गोपाल अत्ता 84
गोपीनाथ पुरोहित 170
गोविन्ददास सेठ 269, 277, 298, 315, 316

च

चतुरसेन शास्त्री 37, 311, 316
चार्ल्स गैरोविट्स 19
चेखव 19, 271, 277
चन्द्रगुप्त विद्यालंकार 297
चंद्रशेखर 395, 396

ज

जगज्योतिर्मल्ल 53
जगदीशचंद्र माथुर 277, 290, 359
जयशंकर प्रसाद 179-261, 324
ज्योतीन्द्रनाथराजा 176
ज्योतिरीश्वर 48
ज्वालाप्रसाद मिश्र 163, 170, 176
जानकीवल्लभ शास्त्री 350, 355, 351
जार्ज बर्नाड शा 275
जीनलुइस वाराल्ट 19
जोला 19, 270, 277
जोसेफ मैकमहोन 11

ट

टाइनान 17
टेनेसी विलियम 19
ट्रेल 39

ठ

ठाकुर टा० ई० गुहा 128, 207

ड

डंकन 251
डब्ल्यू० राबर्ट्सन 275
डानचेंको 19
डालाथ्रास्नोदार 264
ड्रिंक वाटर 351
डेविड टुटेव 17
डेविस 271

त

ताम्हणकर नांधों 283
तोताराम 157

द

दयानाथ झा
दामोदर सप्रे 163
दामोदर शास्त्री 157
दास गुप्त 30, 131, 163
दीनबन्धु मित्र 175, 179, 271
दुष्यन्त कुमार 353, 357
देवकीनन्दन त्रिपाठी 163, 166
दैत्यारि ठाकुर 84
द्विजभूषण 84

द्विजेन्द्रलाल राय 253, 271, 294

ध

धर्मवीर भारती 290, 328
ध्रुवदास 69

न

नगेन्द्र 384
नरेश मेहता 353, 354, 355, 356
नागार्जुन 351
नारायणप्रसाद बेताब 258
निकल अल्लारडीएल 152, 271
नित्यानन्द तिवारी 256
नेमिरोविच 19
नेवाज कवि 97
नन्ददुलारे वाजपेयी 255, 289

प

पदुमलाल पुन्नालाल बख्शी 321
पिंटर 15
पुरुषोत्तम कवि 167
प्रतापनारायण मिश्र 156, 157
प्रभाकर माचवे 355
पृथ्वीनाथ शर्मा 277, 290, 317
प्रेमचन्द 253, 276
प्लांक 16
पोल तिल्लिच 361

फ

फ्रायड 270

ब

बंदीदीन दीक्षित 163, 316
बकलैंड सी० ई० 179
बद्रीनारायण प्रेमघन 157, 163
बनारसीदास 89
बर्ग शां 274
बर्नार्ड शा 257, 276
बलदेव 163
बालकृष्ण भट्ट 156, 159
बीरेन्द्र नारायण 354
बेकेट 360
बेचन शर्मा उग्र 297, 298
बोहर 16
ब्रजनाथ (A) 171
ब्रजवासीदास 74
ब्रह्मा 19
ब्रेख्त 19, 315

भ

भगवतीचरण वर्मा 277, 281, 289, 290, 337, 338
भरत मुनि 25, 26, 109
भवभूति 263, 270
भवालकर 283
भारत भूषण अग्रवाल 357, 359
भारतेन्दु हरिश्चन्द्र 117, 171
भास 263
भीमसेन निर्मल 169
भीष्म साहनी 366
भुवनेश्वर 315
भूदेव शुक्ल 94

म

मंगला प्रसाद (A) 352
मथुराप्रसाद उपाध्याय (B) 171
माइकेल मधुसूदन दत्त 171, 179
महावीर 27
माखनलाल चतुर्वेदी 315, 316
माधव देव 84
माधव शुक्ल 262
मार्क्स 270
मार्सेल 361
मेटरलिंक 289, 322
मेसफील्ड 351
मैक्समूलर 29
मैथिल गोकुलनाथ 95

मैथिलीशरण गुप्त 315, 325, 349
मोहनलाल विष्णुलाल पंड्या 157

य

यशपाल 93, 366
यशवंतसिंह महाराज 104

र

रणछाड़ोदास भाई 128
रघुराम नागर 98
रमेश चौधरी आरिगपूडि 284
रमेश मेहता 277
रवीन्द्रनाथ ठाकुर 179, 247
राजशेखर 130, 177
राजनन्द 392
रामगोपाल पांडे 320
राधाकृष्णदास 156, 158
राधाचरण गोस्वामी 157, 161
राधेश्याम कथावाचक 260
रामचरण ठाकुर 84
रामकृष्ण वर्मा 171
रामचन्द्र शुक्ल 127, 156
रामकृष्ण शिलीमुख 255
रामधारीसिंह दिनकर 328, 344, 349
रामनरेश त्रिपाठी 281, 315
रामबाबू सक्सेना 259
रामविलास शर्मा 359
रामवृक्ष बेनीपुरी 315
रामानन्द तर्क रत्न (A) 175, 177
रामेश्वरसिंह काश्यप 353
रायकृष्णदास (A) 187
रामसिंहासन राय 353
रावर्ट्‌सन 275
रावर्ट कारिगिन 14
रूप गोस्वामी 97
रिचर्ड वावेल्स 360
रेवतीशरण शर्मा 277

ल

लक्ष्मीनारायण मिश्र 252, 264, 265, 272, 290, 297, 298, 299, 301, 303, 305, 307
लक्ष्मीनारायण लाल 253, 290, 354
लेसिंग 312

व

वरदाचार्य 95
वाजिद अलीशाह 293, 394
वारमले 351
वामनाचार्य गिरि 163
वाल्टर वेंजामिन 12, 13
वाल्टर पीटर 244
वाल्मीकि 263
विद्यापति 50
वियोगी हरि 318
विपिनकुमार अग्रवाल 392
विलियम्स 19
विलियम क्योर 213
विश्वनाथ पांडुरंग दांडेकर 176
विश्वनाथसिंह महाराज 107
विष्णु प्रभाकर 384
वीर नारायण 52
वृजरत्नदास 126, 141
वृन्दावनदास 70
वृन्दावनलाल वर्मा 95
वृषाकपि 28, 351
वेकेट 13, 19
वेडेकाइण्ड 275
वेद कवि 95
वेद व्यास 263

श

शंकरदेव 46, 84
शॉ वर्नार्ड 270, 277, 351
शारदातनय 26

शाह जी 95
शालिग्राम 157
शिवदानसिंह चौहान 386
शुक्ल यजुर्वेद 30
शेक्सपियर 139
श्यामसुन्दरदास 133, 136
श्रीकृष्ण मिश्र 91
श्रीनिवासदास लाला 155, 170, 351

स

सत्येन्द्र 384
सर्वेश्वरदयाल (A) 360
सार्त्र 366
सिंगी 276
सिंजे 351
सिद्धनाथ कुमार 328, 339, 344, 355, 356, 390, 391
सिद्धकण्हपा 36
सिम्पसन 15
सियारामशरण गुप्त 297, 298, 326
सीताराम लाला 170
सुमित्रानन्दन पन्त 329-336
सूरदास 110
सूर्यकांत त्रिपाठी 'निराला' 328, 352, 359
सूर्यनारायण मूर्ति 286
सूर्यप्रसाद मिश्र 171
सैलवेन लेवी 29
सोमराज दीक्षित 95
स्टानिस्लावस्की 17
स्टिनवर्ग 271
स्टीफेन फिलिप्स 151

ह

हंसकुमार तिवारी 355, 356
हजारीप्रसाद द्विवेदी 264, 353
हरप्रसाद शास्त्री 52
हरमैन संडरसन 274
हरमैन कांट 21
हरिऔध अयोध्यासिंह उपाध्याय 168, 320
हरिकृष्ण प्रेमी 295, 310, 315, 326
हरिमंगल मिश्र 376
हरिहरदत्त दुबे 164
हबीब तनवीर 366
हाप्टमैन 19, 271
हिंचलिफ 18
हिंडमन 264, 353
हेडंगेर 361
हृदयराम 88
हेवल फ्रेडरिक 271